Augusta Treverorum (Trier) im 4. Jahrhundert n. Chr.

1 Porta Martis
2 Dom
3 Konstantinsaula
4 Circus
5 Unvollendete Kaiserthermen
6 Arena
7 Forum
8 Große Thermen
9 Asklepiustempel
10 Getreidespeicher

Frank S. Becker

Der Preis des Purpurs

Frank S. Becker

Der Preis des Purpurs

Roman

LangenMüller

Für Daniel, den Entdecker

Zu den Abbildungen

Seite 7: Steinrelief eines römischen Reisewagens
Seite 75: Römische Rechenmaschine (Abacus)
Seite 135: Steinrelief eines römischen Handelsschiffs im Hafen
Seite 199: Münze des Carausius mit den Köpfen von Carausius, Maximianus und Diocletianus
Seite 271: Ausschnitt aus dem diokletianischen Preisedikt
Seite 357: Medaille des Kaisers Constantinus mit Labarum am Helm

Besuchen Sie uns im Internet unter
http://www.herbig-verlag.de

Schutzumschlag: Claudia S. Sanna
unter Verwendung eines Motivs von akg-images, Berlin
Vorsatz: Lambert Dahm
Nachsatzkarte: Eckehard Radehose
Lektorat, Herstellung und Satz: VerlagsService
Dr. Helmut Neuberger & Karl Schaumann GmbH, Heimstetten
Gesetzt aus der 11/13,75 Punkt Berkeley
auf Apple Macintosh in QuarkXPress
Druck und Binden: GGP Media GmbH, Pößneck
Printed in Germany
ISBN 978-3-7844-3108-6

INHALT

1. Kapitel
FREMDE HEIMAT
7

2. Kapitel
DER GRIFF NACH DEM PURPUR
75

3. Kapitel
MACHT UND OHNMACHT
135

4. Kapitel
UNTER KALTEM HIMMEL
199

5. Kapitel
JUPITERS BEFEHL
271

6. Kapitel
IN DIESEM ZEICHEN
357

EPILOG
419

Nachwort *421*
Glossar *425*
Personenverzeichnis *431*
Zeittafel *432*

1. Kapitel

FREMDE HEIMAT

(275–276 n. Chr.)

»Wir wissen, dass die gewaltige Katastrophe, die dem Erdkreis droht, ja dass das Ende der Welt, das entsetzliche Leiden heraufbeschwört, nur durch die dem römischen Reich gewährte Frist aufgehalten wird. Daher wollen wir dies nicht erleben, und indem wir um Aufschub bitten, tragen wir zum Fortbestand Roms bei.«

Tertullianus, Kirchengelehrter

Langsam hob der blonde Soldat die Stiefelspitze, während sein Blick dem Ahornblatt folgte. Es schwebte in der Luft, drehte sich, erglühte in einem Sonnenstrahl und sank geräuschlos auf die geschotterte Straße. Dort stand der Reisewagen mit seinen goldglänzenden Beschlägen. Der Wagenkasten schwankte kaum merklich über den Speichenrädern, gehalten von Lederriemen, die durch die Mäuler kleiner Bronzepanther liefen. Eine andere Bewegung war nicht zu erkennen, so sehr sich der Soldat auch mühte. Seit heute Morgen war er nebenhergeritten, näher als jeder andere der Eskorte, um einen Blick von der Frau zu erhaschen. Doch der Vorhang blieb zu. Dabei hatte sie ihm noch gestern Abend zugelächelt, als er die Türe aufgehalten hatte und sie aus dem Wagen gestiegen war, um mit dem kleinen Kind in der Herberge zu verschwinden. Zugelächelt und ihn direkt angeblickt mit ihren grünen Augen, deren geschwungene Brauen ihrem Gesicht etwas Fremdartiges verliehen, trotz der hellen Haut mit den kaum wahrnehmbaren Sommersprossen.

Im Geist sah er noch immer ihren Körper vor sich: groß, schlank und biegsam wie der einer Katze – eine Frau, die er haben musste. Anfangs würde sie sich vielleicht etwas sträuben, sich unter ihm winden, sogar kratzen oder beißen. Aber das wäre ein Teil des Spiels, und der Gedanke erregte ihn umso mehr.

In den Augen der Römer, das wusste Berus, war ein Söldner kaum besser als die Wilden jenseits des großen Stromes – sein Volk, vor dem er diese Herren schützen sollte. Mit seinen muskelbepackten Armen und der mächtigen Brust, für die der Waffenmeister der Legion extra einen Panzer hatte schmieden lassen müssen, in den man

zwei dieser römischen Wichte stecken konnte. Den Frauen aber hatte seine Kraft noch nie missfallen. Manche zeigten es offen, wie das Schankmädchen vor zwei Tagen, bei dem sein wütender Optio das Nachsehen gehabt hatte. Die feinen Römerinnen gaben sich zwar nicht so direkt, aber Frauen waren auch sie.
Berus schob das Kinn vor, als er den jungen Mann um den Wagen biegen sah, ein Bündel Trauben in der Hand. Der mit einer weißen Tunika bekleidete Römer war schlank, hatte helle Haut und dunkle Locken, von denen sich zwei über der Stirn kreuzten. Der Soldat spuckte aus. Von diesem Jüngelchen, Flavius Verecundus, hatte sich die Frau schwängern lassen. Oft wussten die verdammten Weiber wirklich nicht, was gut für sie war.
Der Blonde sah nach unten, wo gerade die Weinbergschnecke unter seinen Stiefel kroch. Langsam senkte er den Fuß, bis er Widerstand spürte. Das Tier zog sich zusammen. Grinsend verstärkte er den Druck, hörte ein leichtes Knacken, dann ein Splittern, und drückte weiter, bis eine weißliche Masse unter der Sohle hervorquoll. Er wischte den Stiefel an einem Grasbüschel ab und ging auf den Wagen zu.

»Was gibt es, Optio?«
Der Reiter sah zu dem jungen Römer herab und sein gestreckter Arm, um den sich tätowierte Schlangen wanden, zeigte in Richtung des Weges vor ihnen. »Da, Herr, der Rauch.«
Jetzt bemerkte auch Berus die große, graubraune Wolke, die hinter einem Hügel in den Himmel quoll. »Was ist das? Ein Waldbrand?«, hörte er Flavius fragen und lächelte grimmig. Oft genug hatte er in den letzten Tagen die Hinterlassenschaften seiner Stammesbrüder gesehen: niedergebrannte Häuser, geschlachtetes Vieh, erschlagene Menschen.
Der Optio schüttelte den Kopf. »Das glaube ich nicht. Dort liegt kein großes Waldgebiet.«
»Was liegt dort?«, fuhr ihn der Mann in der weißen Tunika an.
Der Reiter zögerte. »Augusta Treverorum«, antwortete er und lockerte sein Schwert. »Wir sollten besser umkehren, Curator.«

»Dann hol deine Leute!«
Auf dem Weg zum Wagen rief der junge Römer dem Kutscher einen Befehl zu, als eine Hand die Vorhänge beiseiteschob und ein bärtiges Gesicht herausspähte. »Was gibt es, mein Sohn?«
»Die Franken scheinen die Stadt überrannt zu haben.«
»Was jetzt?« Ruhig blickten die Augen unter den dunklen, grau gesträhnten Locken.
»Wir kehren um. Das letzte Kastell ist nur eine Wegstunde entfernt. Dort seid ihr sicher.«
»Und was wirst du machen?«
»Vorausreiten und die Lage erkunden.« Der Römer hielt ein Bündel grüner Beeren hoch. »Die sind für Aqmat. Schläft sie noch?«
Der Bärtige nickte, nahm die Trauben und ließ den Vorhang zufallen.
Berus fluchte innerlich. In der Enge der Soldatenbaracken würde sich keine Gelegenheit ergeben. Er sah nach hinten, wo die übrigen zehn Mann römischer Reiterei gerade aufsaßen. Etwa dreißig Flüchtlinge umdrängten sie, verängstigte Männer, einige mit blutigen Verbänden, Frauen, Kinder, Greise – ein hilfloser Haufen, der sich den Reisenden in den letzten Tagen angeschlossen hatte, um im Schutz der Eques die rettende Stadt zu erreichen – diese Stadt, die jetzt brannte.

Der Kutscher trieb die Pferde an, um den Wagen zu wenden. Doch die kreischende Stimme des Männchens auf dem Bock verwirrte die Tiere, die unruhig die Ohren drehten, wieherten und auszubrechen drohten. Berus schüttelte den Kopf, schritt auf den Wagen zu und bedeutete dem Kutscher, abzusteigen, um die Pferde zu beruhigen. Seine Pranken umschlossen die Deichsel, er spannte die Muskeln an und begann, den Wagen nach rückwärts zu schieben. Da vernahm er ein Keuchen neben sich und sah den komischen Gallier, der abends immer zu kochen pflegte und der sich ebenfalls gegen den Wagen stemmte, dass die Stirnadern unter seinen rötlichen Locken anschwollen. Ein Geräusch ließ Berus innehalten. Er beugte sich vor und spähte um den braunen Wagenkasten. Doch es war

nicht die Frau, sondern Primus, der Vater des Curators, der ausstieg, zu den Hinterrädern ging und in die Speichen griff. Enttäuscht wollte Berus erneut die Deichsel anpacken, als eine Bewegung oberhalb der Flüchtlingsgruppe seinen Blick auf sich zog. In das verwaschene Blau des Himmels, über den der Wind jetzt graue Wolken trieb, stieg eine Schar schwarzer Vögel. Ihr Krächzen war auf die Entfernung nicht zu hören, aber es mussten Krähen sein – die Krähen, die am Rande des Weges, den sie gekommen waren, auf den Kadaver eines Pferdes eingehackt hatten.
Berus richtete sich auf, als ihn die Stimme des Optio traf. »Was trödelst du rum, ist dir die Luft ausgegangen?«
Mit zusammengebissenen Zähnen sah der Blonde auf den kahlköpfigen Mann, der sich darum bemühte, sein unruhig tänzelndes Pferd auf der Stelle zu halten. Der hagere Britannier, schon seit einem Jahrzehnt bei den Eques, sprach Latein fast akzentfrei. Er würde demnächst Centurio werden und gebärdete sich römischer als jeder Senator. Gestern hatte er sogar drohend sein Stöckchen geschwungen, das er im Vorgriff auf die Beförderung schon trug, weil er Flecken auf dem Panzer des Soldaten bemerkt hatte. Berus schluckte seinen Ärger herunter und zeigte auf den Himmel hinter dem Reiter.
»Herr, die Vögel ...«
»Na und – hat dich Rom als Augur angeheuert?« Der Reiter machte eine abfällige Handbewegung. »Los, hilf den Wagen wenden, dass wir weg kommen!«
»Halt, was meint der Legionär?« Der Mann in der weißen Tunika trat zu der Gruppe. »Was ist mit den Vögeln?«
Der Blonde drehte sich um und zeigte auf den schwarzen Schwarm. »Aufgescheuchte Krähen. Die lassen nicht leicht vom Futter. Ich glaube, wir werden verfolgt.«
Einen Augenblick verharrten die Männer stumm. Der Optio strich sich über den dünnen Oberlippenbart, der Curator musterte den Weg, den sie gekommen waren. Kinderweinen drang aus der Kutsche. Flavius wandte sich an den rundlichen Gallier.
»Olus, bitte sieh nach, ob Aqmat etwas braucht.«

Noch während er sprach, schob sich die Sonne wieder hinter einer Wolke hervor und ließ etwas im Gebüsch aufblinken. Eine Bewegung neben der Straße, kaum dreihundert Schritte entfernt, dann zwei, drei.
»Mars steh uns bei! Sie kommen!« Der junge Römer lief auf die Kutsche zu, in deren Türe eine große, schlanke Frau mit einem Säugling im Arm erschien.
»Danke für die Trauben!« Sie strich sich eine rotbraune Strähne aus der Stirne, doch ihr Lächeln erstarb, als sie das Gesicht ihres Mannes sah. »Was ist geschehen, was bedeutet die Wolke vor uns?«
»Augusta Treverorum brennt.«
»Müssen wir umkehren?« Aqmat drückte das Kind an sich.
»Zu spät, wir werden überfallen«, rief Flavius. »Zurück in den Wagen!« Er winkte dem Kutscher. »Los, die Angreifer sind nicht beritten. Wir können es schaffen.«
Das Männchen kletterte auf den Bock, Olus rannte zu seinem Pferd, Primus schob Aqmat in den Wagen und griff nach seinem Langschwert, während Flavius dem Optio winkte.
»Wo bleiben Eure Männer?«
Der hagere Britannier deutete auf den Weg hinter ihnen. Dort hatten die Flüchtlinge die Gefahr begriffen, wie dreiste Bettler umdrängten sie die Reiter, die ihre Tiere zur Kutsche lenken wollten. Frauen flehten die Soldaten an, Männer hingen am Zaumzeug der Pferde, Kinder schrien.
»Soll ich Befehl geben, das Pack auseinanderzutreiben?«
Der junge Römer sah ihn verständnislos an. »Was?«
»Sonst lassen die nicht los. Wir verlieren Zeit.«
Eine Wolke schob sich vor die Sonne, doch man sah schon vereinzelt behelmte Köpfe, die sich durch das Gebüsch kämpften. Wie zahlreich sie waren, konnten die Männer an der Kutsche nicht erkennen. Aber bis sie Gewissheit hätten, würde es zu spät sein. Alle Blicke richteten sich auf den Mann in der weißen Tunika, der wie gelähmt da stand.
»Herr, Eure Befehle?« Das gesenkte Schwert des Optio zitterte leicht.

»Aber die Flüchtlinge können doch nicht schutzlos zurückbleiben?« Primus zeigte mit der linken Hand auf die sich nähernde Gruppe. Der Curator stand noch immer regungslos, mit gefurchtem Gesicht, wie jemand, der einen schweren inneren Kampf auszufechten hat. Dann wandte er sich an den Reiter.
»Ihr müsst Eure Männer aufteilen ...«
»Herr, damit schwächen wir uns!«
»Nur, wenn wir zu wenige zurücklassen.« Die Stimme des jungen Römers duldete keinen Widerspruch. »Sie werden unseren Rückzug decken und die Flüchtlinge schützen.«
Der Reiter starrte ihn an. »Wie viele sollen Euch begleiten?«
»Ihr und noch ein Soldat. Damit sind wir fünf kampffähige Männer.«
Der Optio schüttelte den Kopf.
»Zu wenige. Das ist ...«
»... ein Befehl! Verstanden?«, schrie Flavius. In seinem geröteten Gesicht schimmerte eine helle Narbe auf dem rechten Wangenknochen. Der Unteroffizier nickte, sein Mund bildete einen schmalen Strich zwischen tief eingegrabenen seitlichen Falten.
»Darf ich Euch begleiten?« Berus trat einen Schritt vor. »Solange mein Arm ein Schwert hält, kommt keiner uns zu nahe.«
Der Mann in der weißen Tunika sah ihn verblüfft an, dann lächelte er. »Das glaube ich. Komm mit!« Er wandte sich an den Optio. »Befehlt Euren Männern, die Flüchtlinge zu verteidigen. Kennt Ihr Euch hier aus?« Der Unteroffizier schüttelte den Kopf. Flavius wandte sich an den Blonden. »Und du?«
Berus nickte. »Ja, meine Familie gehört zu den Laeten, die der Kaiser in dieser Gegend angesiedelt hat.«
»Sehr gut.« Der junge Römer wies auf die Reiterschar, die sie, von den Flüchtlingen umlagert, jetzt fast erreicht hatte. »Beschreib ihnen den Weg und mach einen Ort aus, wo wir uns heute Abend treffen können.«
Entfernt war dumpfes Gebrüll zu hören – die Kriegsrufe, mit denen die Franken sich in Kampfesrausch versetzten und ihre Gegner einschüchterten. Hastig half Primus dem rundlichen Gallier,

die beiden Ersatzpferde zu satteln, die hinter dem Wagen angeschirrt waren, dann reichte er ihm ein Schwert. Olus nahm es prüfend in die Hand, zog es sausend durch die Luft und grinste. »Gut. Ein Koch sollte beim Hackfleischmachen nicht aus der Übung kommen!«

Berus hatte den Reitern einige Worte zugeworfen und rannte zu seinem Pferd, als ihn ein Keuchen zurückblicken ließ. Eine junge Frau, der ein zerfetzter roter Wollumhang von den Schultern flatterte, hastete ihm nach. Sie hatte hellbraune Locken, eine Stupsnase und hielt einen kleinen Jungen an die Brust gepresst. Mit abwehrenden Armbewegungen versuchte Berus, sie zu den anderen Flüchtlingen zurückzuscheuchen, doch sie lief an ihm vorbei, direkt auf den Curator zu, und sank in die Knie.
»Herr, bitte helft mir!«
Der Römer musterte sie mit gerunzelter Stirn. »Was gibt es?«
»Hier, nehmt!« Wie eine Opfergabe hielt sie ihm den spitznasigen Jungen hin. »Sein Name ist Flavius.«
Der Curator trat einen Schritt zurück und fuhr sich mit der Hand durch die beiden Locken, die sich auf seiner Stirn kreuzten. »Was soll das? Ich … ich lasse Euch Eques zum Schutz!«
»Bitte!« Die Frau, die Mitte zwanzig sein mochte, erhob sich. »Euch vertraue ich meinen Sohn an. Ihr versteht doch, wie sich ein Sechsjähriger bei einem Barbarenangriff fühlt …«
Berus trat näher und blickte fragend auf den Curator, der abwinkte. »Frau, wer seid Ihr?«
»Mein Name ist Faustina. Ich bin eine Freigelassene der Secundinii …«
Der Mann in der weißen Toga schien zu erstarren. Wieder musterte ihn Berus, als warte er auf einen Befehl. »Soll ich sie …«
Das »Nein!« war fast ein Aufschrei. »Geh zu deinem Pferd!«
»Verdammter Schnösel«, zischte der Soldat unhörbar und stapfte los. Aus den Augenwinkeln nahm er wahr, wie der Curator mit der Frau einige Worte wechselte, dann das Kind ergriff, es durch den Vorhang in den Wagen reichte, zu einem der Ersatzpferde lief und

sich in den Sattel schwang. Auch Berus saß auf und blickte Faustina nach, wie sie zu der Flüchtlingsgruppe eilte. Klein, aber drall und gut geformt. Vielleicht etwas für später – falls sie dann noch lebte …

»Los, macht schnell!« Der Curator gab dem Kutscher ein Zeichen. Die Peitsche knallte, ruckartig setzte sich der Wagen in Bewegung. Der Kasten schwankte in seinen Lederbändern wie ein Schiff im Sturm, und die Vorhänge flatterten. Berus lenkte sein Pferd näher heran, jetzt konnte er die Frau im Inneren erkennen. Ihre Blicke kreuzten sich, und dem Soldat war es, als schenke sie ihm ein dankbares Lächeln.
Hinter ihnen verklangen Schreie und Waffengeklirr, als der Wagen, begleitet von fünf Reitern, die leicht abschüssige Straße entlang polterte, dass die eisernen Radreifen Funken schlugen.
Berus lächelte. So trübe der Tag begonnen hatte, so vielversprechend entwickelte er sich.

Die nächsten Stunden jedoch glichen einem Albtraum. Unerbittlich trieb sie der Curator voran. Er ritt voraus, gefolgt von dem Optio, seitlich schützten Berus und Primus den Wagen, während Olus die Nachhut bildete. Beim geringsten Verdacht – einer Bewegung im Gebüsch, aufgescheuchtem Wild, einem Geräusch – griff der junge Römer nach seinem Bogen, legte einen Pfeil ein und spähte nach der Gefahr. Die anderen Männer zogen ihre Schwerter, darauf gefasst, jederzeit eine Horde brüllender Angreifer aus dem Unterholz brechen zu sehen. Doch alles, was sie vernahmen, war Vogelgezwitscher, sodass sie nach kurzer Anspannung die Waffen wieder sinken ließen. Mehrfach gelangten sie zu Weggabelungen, wo fragende Blicke sich auf Berus richteten, der mit vorgetäuschter Sicherheit die Richtung wies. Aber auch er hatte die Orientierung verloren, seit eine graue Wolkenbank sich von Westen her vor die Sonne geschoben hatte. Es begann schon zu dämmern, als die Straße in einem großen Bogen durch ein Waldstück führte. Dort mussten sie absteigen und in die Speichen greifen, um den Wagen durch ein Bachbett zu stemmen, da sich die erschöpften Pferde nur noch vorwärts schleppten.

»Wir übernachten hier«, befahl der Curator. »Es gibt Wasser und niemand kann uns von weitem sehen.« Mit vereinten Kräften schoben sie den Wagen bis zu einer Stelle, wo sich neben der Straße eine Lichtung im Wald auftat. Große, feinblättrige Farne umstanden eine Wiese mit den schwärzlichen Resten eines Lagerfeuers. Erschöpft ließen sich die Männer auf die Grasbüschel fallen.

Berus saß eine Weile, bis sein Atem ruhig ging. Er wusste, dass sie nicht so allein waren, wie dieser Römer glaubte. Seit einer halben Leuge hatte er wiederholt die geheimen Zeichen seines Stammes bemerkt: Frisch gebrochene Zweige, die ihm verrieten, dass vier Männer in der Nähe sein mussten. Nicht genug, um die Reisegruppe zu überwältigen, solange er dabei war. Ohne ihn allerdings würde es fünf gegen vier stehen, den Kutscher nicht mitgezählt. Und wenn die anderen erst schliefen …

»Nein, Olus, wir sollten kein Feuer machen.« Die Stimme des Curators klang müde. »Wir dürfen nicht riskieren, dass der Rauch uns verrät.«

Der rotblonde Gallier nickte und steckte den Feuerstein weg, bevor er aus einem Korb Brotfladen kramte, die er mit Wurstscheiben belegte und herumreichte. In diesem Augenblick öffnete sich die Türe, der fremde Junge sprang zu Boden und Aqmat stieg aus dem Wagen. Sie trug einen hellbraunen Wollmantel über ihrem blauen Kleid, in den Armen hielt sie einen gepolsterten Korb, in dem der Säugling schlief. Haarsträhnen hingen ihr ins Gesicht und der Tag hatte Ringe unter ihre Augen gegraben, doch als sie den Korb neben dem Wagen abstellte und zu den Männern ging, glichen ihre Bewegungen denen einer Wildkatze.

Berus sah sie an und wusste, dass er diese Frau haben musste. Er rückte zur Seite, um ihr Platz zu machen, aber sie setzte sich neben Flavius und drückte ihm einen Kuss auf die Wange. Der spitznasige Junge kauerte neben ihr und schob sich ein Stück Brot in den Mund, während seine Blicke über den Kreis der einsilbigen Erwachsenen huschten. Als das Licht schwächer wurde und die Farben zu gleichförmigem Graublau verblassten, sah Olus den Curator fragend an, der zustimmend nickte. Der Gallier ging zum Wagen und kam mit einem kleinen Fass sowie einer Öllampe zurück. Bald schnitt das Flämmchen einen zitternden Lichtkreis aus der Dunkelheit, in dem die Männer ihren mit Wasser verdünnten Wein schlürften.

»Wo bleiben nur unsere Kameraden?« Der Optio sah Berus prüfend an. »Du hast ihnen doch den Weg beschrieben, oder nicht?«

Der Blonde nickte und kratzte sich den behaarten Nackenspeck, der aus seinem Lederwams herausquoll. »Hab ich. Weiß nicht, wo sie bleiben.«

»Ich glaube, wir waren zu schnell«, warf Flavius ein. »Wenn sie die Flüchtlinge nicht alleine gelassen haben, kommen sie nur langsam voran.«

Alle schwiegen. Berus öffnete den Mund, sagte dann aber nichts. Wenn niemand die andere Möglichkeit erwähnen wollte …

Der Curator nahm einen Schluck und blickte den stämmigen Soldaten an. »Du kennst dich doch aus. Wo sind wir hier?«

»Schwer zu beschreiben.«

Flavius runzelte die Stirn. »Was ist der nächste Ort?«

Berus schlug die Augen nieder und tat so, als drücke ihn sein Stiefel. Die anderen durften nicht merken, dass er keine Ahnung hatte. »Müsste … Ad Decem sein«, murmelte er. »Von da sind's nur noch ein paar Meilen bis Augusta Treverorum.«

»Zehn, würde ich sagen«, warf der Optio ein. »Sonst würde der Ort ja wohl nicht so heißen.«

Flavius schüttelte den Kopf. »Ad Decem liegt östlich der Mosella, und wir haben den Fluss nicht überquert.«

»Ich habe einige hundert Schritt von hier einen Leugenstein an der Straße gesehen.« Der Unteroffizier musterte Berus spöttisch. »Da könnte morgen früh ein des Lesens Kundiger nachsehen, während der da sich mal richtig wäscht.« Sein tätowierter Arm hielt Olus den Becher hin, der ihn eifrig befüllte. »Was römische Zivilisation betrifft, so hat es nämlich unser Franke in seinem Jahr bei der Kavallerie noch nicht weit gebracht.« Nach einem tiefen Schluck wischte er sich den Schnurrbart. »Als Berus, so hat man mir glaubhaft berichtet«, der Britannier senkte die Stimme und blickte sich um, als fürchte er Lauscher, »als dieser tapfere Soldat das erste Mal in der Mannschaftsbaracke die Stiefel auszog, sollen seine Kameraden spontan gesammelt haben, um ihm einen Thermenbesuch zu ermöglichen!« Ein bellendes Gelächter folgte, in das der Kutscher meckernd einstimmte. Olus gab einige glucksende Laute von sich, die rasch erstarben, als er Primus' betretene Miene gewahrte.

Stockendes Kinderschluchzen, das sich zu Greinen steigerte, zog die Aufmerksamkeit auf sich, sodass niemand auf den Franken achtete, der die Fäuste ballte und sich erhob.

»Alexander, was hast du? Haben sie dich geweckt?« Die Frau stand als dunkler Umriss neben dem Wagen und wiegte den Säugling, der mit den Ärmchen fuchtelte. »Psst, sei still, gleich bekommst du zu trinken.« Sie öffnete ihr Kleid und gab dem Kind, das zufrieden schmatzte, die Brust. Mit der Linken langte sie in das Wageninnere, um ein Tuch herauszuholen. »Ich glaube, ich muss mit ihm zum Bach gehen.«

»Aber nicht alleine.« Der Optio hatte sich leicht aufgerichtet. »Keiner sollte ohne Begleitung das Lager verlassen.« Er wies mit dem Becher auf Berus. »Du stehst schon. Hol dein Schwert und geh mit ihr.«

Berus nickte und tat so, als müsse er sich mit der Hand die Nase putzen, damit sich niemand fragte, was der Ausdruck grimmiger Zufriedenheit in seinem Gesicht bedeuten sollte. Dann bückte er sich nach seiner Waffe und folgte der Frau, die einen kleinen, abschüssigen Pfad eingeschlagen hatte. Nach wenigen Schritten gewöhnten sich seine Augen an das Dunkel des Waldes, und als er das Glucksen des Wassers vernahm, gewahrte er Aqmats Umriss. Sie kniete am Bachufer und schien, falls Berus das leise Quäken richtig deutete, den Jungen zu waschen. Im Licht einiger Sterne, die durch die Schneise über dem Bachbett flimmerten, konnte er unter dem Baumwollkleid den Umriss ihrer Hüften erkennen. Bei dem Gedanken, dass er nur hinter sie treten und den losen Stoff hochschieben müsste, um seine rauen Finger über ihre glatte Haut gleiten zu lassen, wurde seine Erregung fast schmerzhaft. Er tastete mit dem rechten Fuß, bis er die weiche Wölbung eines Moosbüschels spürte, dann verlagerte er sein Gewicht nach vorne. Einen Augenblick verharrte er regungslos. Leichter Wind ließ die Blätter der Bäume rauschen. Ein Käuzchen schrie, ein zweites antwortete. Berus grinste, während er langsam die Arme ausbreitete.

Da schnellte die Frau hoch und fuhr herum. Einen Augenblick starrte sie auf die schwarze Statue, die hinter ihr aus der Dunkelheit wuchs, dann lachte sie.

»Ach Ihr seid es. Fast wäre ich erschrocken.«

Doch der Mann spürte einen Unterton in ihrer Stimme, der ihm einen Schauder über den Rücken jagte. Plötzlich stand ihm eine Szene vor Augen, etwas, das er vor Jahren gesehen und seitdem verdrängt hatte. Es war in Germanien gewesen, nordöstlich des großen Stromes, in einem Hügelland, in das die Römer einst begonnen hatten, ihre Straßen und Viereckslager zu schneiden, bevor sie der Sturm germanischer Stämme hinwegfegte. Berus war mit seinem besten Freund auf Luchsjagd gegangen. Sie hatten ein prächtiges Weibchen aufgespürt, mit langen buschigen Ohren, das ihre Speere tödlich getroffen hatten. Doch die große Katze schleppte sich noch durch das Gebüsch, hinter sich eine Blutspur und die schnaufenden Männer. Als sie schließlich ihre Beute einholten, erblickten die Jäger die maunzenden Jungen, die sich an ihre Mutter drängten, die auf die Seite gesunken im Gras lag. Berus' Freund hatte sich lachend vorgebeugt, seinen Dolch in der Hand, um der Alten den Gnadenstoß zu geben. Sein Blick auf das feine Fell der Kätzchen sollte das Letzte sein, das er im Leben zu sehen bekam. Plötzlich hatte sich die waidwunde Bestie aufgerichtet, eine krallenbewehrte Tatze fuhr durch die Luft, quer über das Gesicht des Jungen, der aufheulend zurücktaumelte, die Hände vor die Augen gerissen, aus denen Blut rann.

An diese Tiermutter fühlte sich Berus erinnert. Weiber mit ihrer Brut waren heftig, unberechenbar, furchterregend. »Ich wollte nur fragen, ob ich helfen kann«, stotterte er und ließ die Arme sinken.

Wenn es so nicht ging, würde es eben anders gehen müssen. Vielleicht war das sogar besser. Dann konnte er gleich noch eine offene Rechnung begleichen.
»Ihr könntet das nasse Tuch da auswringen.« Die Frau zeigte auf einen Baumstumpf. Der Mann beugte sich vor und ein feines Plätschern unterbrach die Stille, während Aqmat den kleinen Alexander aufhob, um den Pfad zum Lager einzuschlagen. Berus, der Säuglinge hasste, folgte ihr stumm, bis sie den Lichtkreis der Öllampe erreichten.
Der Curator erhob sich, legte den Arm um seine Frau und gähnte. »Wir sind müde und sollten früh schlafen gehen. Wer hält Wache?«
»Er kann anfangen.« Der liegende Optio wies auf Berus. »Drei Stunden, dann soll er mich wecken. Aber wir brauchen noch einen.«
»Ich übernehme das.« Auch Primus klang müde. »Nur wie wissen wir ohne Sonnenuhr, wann die Zeit gekommen ist?«
Einen Augenblick herrschte Schweigen.
»Unter den Habseligkeiten, die mir Ulixes hinterlassen hat, war eine Clepsydra.« Flavius ging zum Wagen und kam nach kurzem Suchen mit einem kleinen Bronzegefäß zurück, dessen Innenwand eine Stricheinteilung trug. »Sie läuft nur eine Stunde, also muss man Wasser nachgießen.« Er nahm einen Krug und füllte das Gefäß, an dessen Boden sich sogleich eine feuchte Stelle bildete, aus der es langsam zu tropfen begann. Berus nahm die Wasseruhr und setzte sich neben die Öllampe, während der Curator mit seiner Frau im Wagen verschwand. Primus und der rotflaumige Gallier, dessen Namen Berus immer wieder vergaß, rollten sich unter dem Wagen in ihren Decken zusammen. Der Kutscher hatte sich schon vor einer Weile zu seinen Pferden gesellt; sein regelmäßig auf- und abschwellendes Schnarchen glich dem Ruf einer Riesenzikade.
»Pünktlich nach der dritten Füllung, aber nicht früher!« Der Optio zeigte auf die Clepsydra und gähnte. »Zu wenig Schlaf verdirbt mir den ganzen nächsten Tag. Ist das klar?«
»Ja, Herr.« Berus nickte und murmelte. »Ich werde tun, was ich kann, dass Ihr morgen nicht müde seid!«
Er wusste auch schon, was er tun würde.

Aqmat fuhr aus dem Schlaf auf, als der Säugling leise zu wimmern begann. Für einen Augenblick wusste sie weder, was sich zugetragen hatte, noch wo sie sich befand. Erst als sie sich aufsetzte und der Raum langsam zu schaukeln begann, fielen ihr die Ereignisse des Vortages wieder ein: der Überfall, die Flucht der kleinen Gruppe, das Lager im Wald und dann die Nacht auf dem Boden der engen Kutsche. Leise schnarchte ihr Mann neben ihr. Vorsichtig, um ihn nicht zu stören, schob sie die Vorhänge des Türfensters beiseite. Mit allen Sinnen versuchte sie, die Dunkelheit da draußen zu durchdringen. Durch die Baumkronen, die ihre Äste wie Finger in das Nachtblau reckten, fiel der Schein des Mondes. Einige Schritte entfernt erkannte sie die Umrisse eines in seine Decke gehüllten Soldaten. Eine Weile betrachtete sie die unbewegte Szene, dann ließ sie sich zurücksinken und ihre Gedanken in die Vergangenheit schweifen.

Vier Jahre zuvor, in Palmyra, hatte ihr Rennkamel das Maultier eines Fremden zum Bocken gebracht. Damals wäre sie in lautes Lachen ausgebrochen, hätte ihr jemand gesagt, dass sie, die Tochter eines reichen Handelsherrn, einmal die Frau jenes jungen Mannes werden würde, der sich da im Staub krümmte. Doch wie anders war alles gekommen …

Ihre Hand glitt zu dem ersten Geschenk, das ihr Flavius in Babylon gekauft hatte: ein uraltes zylindrisches Steinsiegel, auf dem ein Löwe einen Stier riss und das sie seitdem an einem Lederband um den Hals trug. Sie musste an die Reise nach Persien denken, an die Schrecken des Gottesurteils, die Begegnung mit Flavius' Vater und die gemeinsame Flucht.

Wie glücklich waren sie in Rom angekommen, wo Flavius seinen Freund Ulixes in die Arme schloss, diesen alten Mann, dessen ironische Weltsicht die junge Frau nicht minder faszinierte als sein scharfer Verstand. Sein schrecklicher Tod hatte alles überschattet, sodass sie sich selbst über Flavius' Ernennung zum Curator nicht wirklich hatten freuen können; erst die Geburt ihres Sohnes Alexander hatte die trüben Gedanken verscheucht. Und jetzt, so kurz vor der Stadt, als deren Finanzaufseher ihr Mann vom Kaiser ein-

gesetzt worden war, spielte ihnen das Schicksal diesen üblen Streich.
Wieder ertönte das leise Greinen neben ihr, Aqmat drehte sich um und gab dem Kind die Brust, bis es satt war und wieder einschlief. Dann richtete sie sich auf. Sie musste sich bewegen, heraus aus dieser Enge, an die frische Luft. Erneut schob sie den Vorhang zur Seite, doch die leblose Szene draußen schien unverändert. Vorsichtig, um die schlafenden Männer nicht zu stören, öffnete sie die Türe, stieg aus dem Wagen und schritt über die Wiese. Gespannt lauschte sie dem leisen Rauschen und Knacken, das den Wald durchzog, als ob ein lebendes Wesen im Schlaf murmelte. Als die mit Tau bedeckten Grashalme ihre Knöchel streiften, schauderte sie leicht, dann atmete sie tief die würzige Waldluft ein und sah zum Himmel hinauf. Der Mond war hinter einer gezackten Wolke verschwunden, deren Umrisse gelblich schimmerten.
Aqmat liebte den flimmernden Sternenhimmel der Wüste. Doch hier, über den grünen Bergen ihrer neuen Heimat, war der Himmel nie so klar, selbst wenn ihn keine grauen Wolken überzogen. Auch wenn sie keine Furcht empfand, so hatte dieser Wald doch etwas Fremdes, Unheimliches. Aqmat war schnell, gelenkig und trug immer einen Wurfdolch bei sich, mit dem sie auf zehn Schritte einen fingerdicken Ast spalten konnte. Aber bislang hatte es noch niemand gewagt, ihr zu nahe zu treten.
Inzwischen hatten sich ihre Augen an die Finsternis gewöhnt, und sie musterte die Lichtung. Der Form nach konnte der lautlose Schläfer nur der Optio sein. Aber wo steckte dieser blonde Muskelberg, der sie ständig wie ein ergebener Riesenhund anstarrte?
Als sich der Mond langsam hinter der Wolke hervorschob, sah Aqmat im niedergetretenen Gras die Clepsydra glänzen. Sie bückte sich, um die Wasseruhr aufzuheben – leer. Wahrscheinlich war Berus den Krug füllen gegangen. Beim Gedanken an Wasser verspürte sie plötzlich heftigen Durst und schlug den Pfad zum Bach ein. Doch auch dort war niemand. Sie schüttelte den Kopf. Obwohl sie nicht an Gefahr glaubte, hatte die Wache für diese Nachlässigkeit morgen früh einen gehörigen Rüffel verdient.

Sie hockte sich nieder und trank aus vollen Händen, denn der Wein am Vorabend war schwer gewesen. Als sie sich wieder aufrichtete, gab der matschige Boden unter ihrem rechten Fuß nach. Aqmat taumelte nach vorne, suchte Halt im Bachbett, rutschte auf einem glitschigen Stein aus und stürzte.
Benommen kniete sie in dem leise plätschernden Wasser. Ein heftiger Schmerz schoss durch ihren linken Knöchel und ließ sie aufstöhnen. Doch um Hilfe zu rufen wagte sie nicht. Scham oder Angst – was ihr die Kehle zuschnürte, hätte sie nicht sagen können. Tastend richtete sie sich auf. Etwas klirrte, sie achtete nicht darauf. Wie ein verwundetes Tier kroch sie die Uferböschung empor, die Finger um Baumwurzeln gekrallt. Dann hinkte sie den Pfad entlang, während der tropfende Stoff an ihren Beinen klebte.
Erst als sich die Bäume lichteten, atmete sie auf. Doch statt des Lagerplatzes erstreckte sich vor ihr das schwarzgraue Band der Straße. Verwirrt stand sie einen Augenblick regungslos, dann schüttelte sie den Kopf über ihre Unachtsamkeit. Offenbar war sie nach dem Sturz den Pfad weiter gegangen, der den großen Bogen der Straße abkürzte!
Gerade wollte sie umkehren, als Schritte über den Schotter knirschten. Vorsichtig schob sie einen Zweig beiseite und spähte hinaus. Männer näherten sich, schleichend, flüsternd. Sie verstand kein Wort, war aber erleichtert, Berus' massigen Umriss zu erkennen. Einen Augenblick glaubte sie, dass er der zurückgebliebenen Eskorte begegnet sei und sie zum Lager führe. Doch als sich die Männer näherten und Aqmat die germanischen Hosen und die zusammengewürfelte Bewaffnung sah, krampfte sich ihr Magen zusammen und ihr Herz hämmerte: Weg, schnell, bevor diese Männer das Lager erreichen …
Sie hinkte den Pfad zurück, verdrängte den Schmerz im Knöchel, nur weiter, ein Ast knackte unter ihren Füßen, weiter, durch den Bach, jetzt nicht stürzen, das Ufer empor, weiter, schneller, sie strauchelte über eine Wurzel, weiter, da schimmerte die Lichtung im Mondlicht, schwer atmend trat sie auf die Wiese. Von den Fremden keine Spur!

Jetzt leise die Männer wecken, zuerst den Optio. Der Soldat schlief noch immer. Aqmat bückte sich, schlich zu der liegenden Gestalt und flüsterte: »Wacht auf!«
Nichts geschah.
Sie legte ihre Hand auf seine Schulter, schüttelte ihn leicht.
Der Mann lag regungslos. Hatte er so viel Wein getrunken?
Ihre Stimme wurde dringender, ihr Schütteln stärker. »Aufwachen, Gefahr!«
Vergeblich.
Verzweifelt kniete sie nieder, griff nach seinem Kinn, bewegte den schnurrbärtigen Kopf hin und her, wiederholte ihr »Aufwachen, Gefahr!«. Doch der Soldat gab kein Lebenszeichen von sich. Sie ließ los, der Unterkiefer des Mannes sank herab. Ungläubig fixierte Aqmat den zu einem stummen Schrei aufgerissenen Mund, als sie etwas Feuchtes spürte. Zögernd hob sie die Hand. Im Mondlicht glänzten ihre Finger. Klebrig waren sie und rot. So rot wie der breite Schnitt, der sich über den Hals des Mannes zog.

Einen Augenblick war die junge Frau nahe daran, in Tränen auszubrechen. Dann biss sie sich auf die Lippen, und der Schmerz lenkte sie ab. Ihre rasenden Gedanken sammelten sich, wurden ruhig. Sie schlich zum Wagen und rüttelte Primus und Olus, die darunter in ihre Decken gerollt lagen, an den Schultern. Die Köpfe zu berühren wagte sie nicht, aus Angst, auch hier in diese schreckliche Feuchte zu greifen. Doch nach wenigen Herzschlägen, die ihr wie eine Ewigkeit erschienen, grunzte Primus und setzte sich auf, gefolgt von Olus.
»Was ist, warum …«
»Psst!« Aqmat legte den Finger auf die Lippen. »Holt eure Waffen! Wir werden überfallen.«
Dann kroch sie unter dem Wagenkasten hervor und riss die Türe auf, um ihren Mann zu wecken.
»Flavius, wach auf, ein Überfall!«
Raschelnde Geräusche, keine Fragen, nur ein geknurrtes »Ich komme«.

In diesem Augenblick durchflutete Aqmat ein solches Gefühl der Liebe, dass sie selbst die Bedrohung vergaß. Noch nie war sie so glücklich gewesen, diesen Mann geheiratet zu haben. Sie musste sich die Augen wischen und drehte sich um, damit Flavius nicht glaubte, sie würde aus Angst weinen. So schnell sie konnte, hinkte sie zu dem Optio, um sein Schwert zu holen, doch ihre Hand tastete vergeblich im Gras umher. Dann ging alles sehr schnell.
Sie sah die Bewegung, massige Schatten, die von der Straße her auf die Lichtung drängten, sah Metall im Mondlicht blitzen, hörte Stiefelgetrampel und keuchende Stimmen. Der erste Schrei, einer der Angreifer stolperte und schlug längs auf den Boden – erst später sollte sie erfahren, dass Olus ihm einen Ast zwischen die Beine gestoßen hatte. Jetzt war die Wiese erfüllt von Leibern, von stampfenden Füßen und zuckenden Armen, von Händen, in denen Klingen im Mondlicht glänzten. Sie konnte Primus erkennen, der sein Schwert mit jener tödlichen Sicherheit führte, wie die nur der Dienst in den Legionen zu lehren vermochte. Olus hielt ein Küchenmesser umklammert, mit dem er wütende Stiche in Richtung eines Angreifers führte, der einen Knüppel schwang. Flavius, den Rücken zum Wagen, wehrte mit seinem Schwert die heftigen Attacken eines Hünen mit langem Blondhaar ab.
Aqmat bemerkte, wie vor ihr der Gestürzte sein geschwärztes Gesicht aus der alten Feuerstelle hob, und ihre Hand schoss zum Gürtel. Der Dolch, wo war ihr Dolch? Mit zitternden Händen fuhr sie über ihr Kleid, doch die Waffe, die sie seit ihrer Jugend immer bei sich getragen hatte, blieb verschwunden. Das Klirren im Bach, das sie vorhin nicht beachtet hatte …
»Na, mein Täubchen, brauchst einen Beschützer?«
Sie fuhr herum und sah sich dem Franken gegenüber.
»Berus, was soll …«
Der Mann, der wieder seinen römischen Brustpanzer trug, lachte und zog sie mit seinen Pranken zu sich heran.
»Du weißt, was das soll. Willst du doch auch!« Von Bartstoppeln umrandete Lippen näherten sich ihrem Gesicht, weinsaurer Atem schlug ihr entgegen.

»Nein!«, schrie sie, »nein, nein!«, bevor sie sich an das erinnerte, was erfahrene Frauen für solche Fälle zu raten pflegten. Ihr Knie schmerzte, als sie traf, doch ihr Gegner krümmte sich stöhnend und ließ von ihr ab. Sie wich einige Schritte zurück, stolperte über den gestürzten Angreifer, der dabei war, sich die Aschenreste aus dem Gesicht zu reiben, und verlor das Gleichgewicht. Noch im Fallen sah sie, wie Olus von einem Knüppelhieb getroffen zu Boden ging. Sein Gegner wandte sich nun gegen Flavius, während Aqmat verzweifelt versuchte, in Richtung ihres Mannes zu kriechen. Doch eine Hand schnappte um ihren schmerzenden Knöchel und hielt sie wie in einer Sklavenfessel gefangen. Hilflos musste sie mit ansehen, wie Berus auf den Wagen zuhumpelte, das blinkende Schwert in der Faust. Flavius versuchte, ihm auszuweichen, achtete kurz nicht auf den Mann mit dem Knüppel, erhielt einen Schlag auf den Kopf und sackte langsam zusammen. Berus verschwand im Wageninneren und einen Augenblick später hielt er in der Linken ein weinendes Bündel, während die Rechte das Schwert hob.
»Alexander! Tut ihm nichts«, keuchte Aqmat und streckte die Arme in Richtung ihres Kindes aus. Jetzt bemerkte auch Primus die neue Lage, senkte seine Klinge und ließ die Waffe fallen.
Einen Herzschlag lang herrschte reglose Stille, nur von Alexanders Schreien durchbrochen, dann lachte Berus. Ein rollendes, grunzendes, brüllendes Lachen, das die Lichtung erfüllte, als Aqmat das Bewusstsein verlor.

Feuchte Grashalme im Gesicht. Geruch nach Pilzen. Schmerzen im Knöchel. Knistern, Rauch, grobe Stimmen – langsam kehrte ihr Bewusstsein zurück. Sie hörte Berus grölend nach Wein verlangen. Er benützte das lateinische Wort, da die Germanen kein eigenes hatten, aber vom Rest der Unterhaltung verstand Aqmat nichts. Sie war mit palmyrischem Aramäisch aufgewachsen, konnte sich gut auf Griechisch und Latein verständigen, kam sogar mit Arabisch zurecht, das sie von Karawanenhändlern aufgeschnappt hatte. Dazu sprach sie etwas Persisch durch ihren Vater und Galatisch, die Sprache ihrer Mutter, die sie oft in Unterhaltungen mit Olus benutzte.

Der rotblonde Gallier schmunzelte zwar gelegentlich, wenn Aqmat Ausdrücke verwendete, die ihm altertümlich oder geschraubt vorkamen, aber es genügte, sie einmal zu korrigieren, schon hatte sie sich das passende Wort gemerkt.
Doch hier waren alle ihre Kenntnisse nutzlos, denn die Männer sprachen einen germanischen Dialekt. Vielleicht verstand ihn Flavius, der nicht nur Latein und Griechisch, sondern dank seiner germanischen Mutter auch Suebisch konnte.
Flavius, Alexander?! Was war geschehen? Kalter Schweiß trat ihr auf die Stirn, als die Erinnerung zurückkehrte. Sie öffnete die Augen, stützte sich auf einen Ellenbogen und versuchte zu erkennen, was um sie herum vorging. Die Nacht wurde von einem knisternden, hoch auflodernden Feuer erhellt, um das vier Männer saßen. Ein fünfter kehrte gerade, ein kleines Weinfass unterm Arm, zur Gruppe zurück, wo er mit erhobenen Bechern lautstark begrüßt wurde.
Als Aqmat aufstehen wollte, merkte sie, dass ihre Füße gefesselt waren, sodass sie sich nur mühsam aufsetzen konnte. Im Halbdunkel nahm sie neben dem Wagen vier liegende Gestalten wahr. Aus Angst, die Reglosen könnten das Schicksal des Optio geteilt haben, der noch immer in seine Decke eingehüllt auf der Wiese lag, hielt sie den Atem an. Doch dann bemerkte sie die Fußfesseln, und ihr Verstand sagte ihr, dass man Leichen wohl kaum festzubinden pflegte.
Aber wo blieben ihr Sohn Alexander und dieser fremde Junge, der ebenfalls Flavius hieß? Die Wiese war übersät mit Gepäckteilen, die die Plünderer aus dem Wagen gerissen hatten: Ein Haufen Kleider lag neben dem kleinen Holzzuber, in dem sie Alexander zu baden pflegte, umgeben von Öllampen, Säckchen mit Gewürzen und Kochgerät. Ihr Schminkkästchen stand halb offen auf der Kiste, in der sich Ulixes' Nachlass befunden hatte, daneben konnte sie zu ihrer Erleichterung Flavius' bronzenes Medikamentenkästchen, einige Gläser und die drei Amphoren mit Garum erkennen, die sie in Südgallien gekauft hatten. Von den Kindern allerdings fand sich keine Spur …

Aqmat richtete sich auf den Knien auf, spähte zu den Trinkern am Feuer, die heftig gestikulierten und deren Stimmen immer lauter zu werden schienen, rief hinüber und winkte.
Die Männer drehten die Köpfe, zwei Gestalten erhoben sich und kamen über die Wiese auf sie zu. Berus wurde von einem hochgewachsenen Germanen mit langen, blonden Haaren begleitet, dessen jugendliche Stimme bereits verriet, dass er zu befehlen gewohnt war.
»Du bist Aqmat?«, sagte er in leidlichem Latein. »Steh auf!«
»Dann löst zuerst mal diese Fessel, oder habt ihr Angst vor mir?« Die junge Frau zeigte auf den Lederriemen an ihren Füßen. »Hat man Euch auch einen Namen gegeben?«
»Ascarius«, knurrte der Germane und gab Berus einen Wink, der sich bückte, die Riemen aufknotete und plötzlich seinen Arm um die Frau legte.
»Das Täubchen gehört mir!« Vergeblich versuchte Aqmat, sich dem Bärengriff zu entwinden – der Franke hielt sie so fest umklammert, dass sie sich kaum rühren konnte.
»Loslassen!«, fuhr ihn der andere an. »Bei uns wird die Beute gemeinsam verteilt!«
Zögernd lockerte Berus den Griff, Aqmat entwand sich ihm und hinkte zum Feuer.
»Wo ist mein Sohn?«
Alle starrten sie verwundert an, dann lächelte ein kleiner Mann verlegen und zeigte auf den gepolsterten Korb, der neben ihm stand und den er in sanften Wiegebewegungen hielt. Erleichtert sah Aqmat darin das schlummernde Kind, ein Stück entfernt den fremden Jungen. Der kleine Mann winkte und wies auf einen freien Platz am Feuer. Aqmat setzte sich, möglichst weit von Berus entfernt, der Grashalme ausrupfte, in Stücke riss und die junge Frau anstarrte.
»Ich will die Römerschlampe als Erster«, stieß er auf Latein zwischen den Zähnen hervor. »Wenn ich mit ihr fertig bin, könnt ihr weitermachen!«
Der Langhaarige, der sich Ascarius nannte, schüttelte den Kopf. »Das ist nicht unser Brauch. Morgen wird die Beute gesichtet, dann

aufgeteilt. Und ein solches Prachtweib ist viel wert …«, er nahm einen Schluck Wein und musterte Aqmat, der es kalt den Rücken herunterlief. »Unbeschädigt bringt die uns einen schönen Haufen Goldstücke. Besonders wenn sie unser Häuptling als Bettgespielin nimmt!«
»Welcher Häuptling?« Berus war aufgesprungen, ballte die Fäuste und überschüttete den Sprecher mit einem Schwall Fränkisch, dem die junge Frau in hilflosem Entsetzen zuhörte, ohne ein Wort zu verstehen. Auch die anderen Männer hatten sich erhoben, ihre Dolche gezückt. Einen Augenblick sah es so aus, als ob sie übereinander herfallen wollten, doch dann brachte sie die schneidende Stimme des Langhaarigen wieder zur Vernunft.
Sie ließen sich wieder am Feuer nieder und redeten wild durcheinander, bis schließlich Ascarius Aqmat zu sich herwinkte.
»Wir haben Hunger. Kannst du kochen?«
Die Frau nickte. »Ja, aber ich kenne mich bei unseren Vorräten nicht aus.« Sie zeigte auf den gefesselten Olus. »Da liegt unser Koch. Wenn ihr den losbindet …«
Der Germane schüttelte den Kopf. »Schluss mit dem feinen Leben. Du kochst. Und zwar gut, sonst setzt es was …«
Er sah, wie Aqmat zornig zu Boden starrte, erhob sich, winkte ihr, ihm einige Schritte zu folgen, und senkte die Stimme.
»Ich glaube, du hast deine Lage nicht begriffen.« Er musterte das Rollsiegel an ihrem Hals und nahm es prüfend in die Hand. Nach einem kurzen Blick auf den Löwen, der einen Stier tötete, ließ er es los und schob mit der Rechten ihr Kinn hoch, bis sich ihre Augen trafen. »Ich selbst will nur Frauen, die mich begehren. Und davon gibt es genug.«
Widerwillig musste Aqmat zugestehen, dass er wohl nicht übertrieb. Der Franke mochte kaum mehr als siebzehn Sommer zählen. Sein kühnes Gesicht mit den wasserblauen Augen, der gepflegte Bart über dem energischen Kinn, die muskulöse Figur und sein herrschaftliches Auftreten ließen sicher viele Mädchen schwach werden. Ascarius bemerkte ihren Blick und lächelte. »Mir liegt nichts an Weibern, die ihre Schenkel spreizen, weil eine Klinge ihre Kehle

kitzelt. Aber diese Männer ...«, er zeigte auf die Gruppe am Feuer, »besonders dieser Berus, der ist ganz wild auf dich. Der kriegt so eine feine Puppe wohl nie wieder zu fassen. Wir sind Teil eines größeren Trupps, aber freie Krieger, und die Abstimmung vorhin ging knapp aus.« Er hob beide Hände und spreizte rechts drei, links zwei Finger.

»Und deshalb, meine Herrin«, bei diesen Worten tätschelte er Aqmats Wange, »deshalb wäre es für dein Wohlbefinden sehr unbekömmlich, wenn nur ein einziger seine Meinung ändert, wenn doch Geilheit über Geldgier siegt. Mach sie satt und träge. Sonst käme ich um meinen Anteil an den schönen Goldstücken. Du hingegen, nun ja ...« Er ließ den Satz unvollendet.

Aqmat schluckte. »Ich will euch gerne ein Mahl bereiten. Aber bitte gestattet mir, mit dem Koch zu sprechen und nach meinem Mann zu sehen. Was habt Ihr mit den Gefangenen vor?«

Ein spöttischer Blick war die Antwort. »Warum müssen Frauen immer so neugierig sein? Kann einer von denen unsere Sprache?«

Aqmat wollte schon nicken und Flavius erwähnen, als sie den lauernden Gesichtsausdruck ihres Gegenübers bemerkte.

»Nein, leider nicht«, murmelte sie. »Aber Ihr sprecht doch ein gutes Latein, mein Herr!«

»Man muss die Sprache seiner Feinde kennen. Etwas, wozu ihr Römer zu hochnäsig seid. Los jetzt, mach dich nützlich!« Während Aqmat zu den Gefangenen humpelte, rief ihr der Langhaarige nach: »Und keine Dummheiten. Wenn mich etwas traurig stimmt, dann sind es die Grabsteine von Kindern, die viel zu früh ins Schattenreich abberufen wurden!«

Zum Glück konnte er in diesem Augenblick Aqmats Gesichtsausdruck nicht sehen.

»Flavius, wie geht es dir?«

Der Gefesselte hob den Kopf und lächelte. »Leidlich; ich habe nur eine Beule und einige Schrammen. Ist einer von uns entkommen?«

»Leider nein«, Aqmat schüttelte den Kopf, dann flüsterte sie: »Wenigstens haben sie unser Geld nicht gefunden.«

Sie war sehr stolz auf den Einfall, das Vermögen, das ihr Vater ihr als Mitgift gegeben hatte, zusammen mit Flavius' wenigen Goldstücken in den Amphoren mit Garum versteckt zu haben. In der stinkenden Fischsauce hatte keiner der Plünderer nachgesehen.
»Noch nicht«, seufzte ihr Mann. »Aber sie vermuten, dass vornehme Reisende wie wir mehr haben müssten. Ich habe vorhin mitgehört, dass sie morgen einen von uns foltern wollen …«
»Wird's bald mit dem Essen?«, hallte eine Stimme vom Feuer herüber.
»Ja, sofort«, rief Aqmat, ließ sich rasch von Olus Anweisungen geben und kehrte mit einem Korb voller Lebensmittel zurück. Sie gab sich alle Mühe, scherzte mit den Männern, die meist einige Brocken Latein verstanden und schenkte ihnen Wein nach, während ihr Gehirn fieberhaft an einem Plan arbeitete.
Als alle satt waren, hörte sie Alexander schreien. Aqmat fragte unterwürfig: »Darf ich mich jetzt um die Kinder kümmern?«
Ascarius erteilte ihr mit einer lässigen Handbewegung die Erlaubnis. Sie gab dem fremden Jungen ein Stück Wurst, dann nahm sie den Säugling aus dem Körbchen, legte ihn an die Brust und begann, mit klarer Stimme ein Wiegenlied zu singen, während sie über die Lichtung wanderte.
»Was plärrst du da, was ist das für eine Sprache?«, herrschte sie Ascarius an.
Aqmat antwortete freundlich: »Verzeihung, das ist die Sprache meiner Heimat. Habt Ihr Angst, ich verhexe Euch?«
Der Langhaarige schüttelte unwillig den Kopf und wandte sich wieder seinen Stammesbrüdern zu. Aqmat fuhr fort, leise zu singen. Es wäre zwar sehr unwahrscheinlich gewesen, aber sie durfte kein Risiko eingehen. Nun war sie sicher, dass der Anführer kein Griechisch sprach. Kurze Zeit später hustete ihr Mann, und da wusste sie, dass er verstanden hatte.

Als das Kind in ihren Armen eingeschlafen war, legte sie es in das Körbchen und setzte sich zu dem fremden Jungen, der sie mit schlaftrunkenen Augen anstarrte.

»Hast du noch Hunger, Flavius?«
»Ja, aber ich heiße nicht Flavius«, war die Antwort.
Aqmat musterte den Kleinen erstaunt. »Aber mein Mann sagte mir ... nun, wie auch immer, wie ist dein Name?«
»Esuvius!«
»Also, Esuvius, willst du ein Stück Honigkuchen?«
Noch heftigeres Nicken. Aqmat lächelte, dann wurde ihre Miene ernst und sie murmelte: »Diese Männer hier sind böse. Hast du verstanden?«
»Böse«, wiederholte der Junge.
»Ich brauche deine Hilfe. Wenn du mir hilfst, bekommst du ein Stück Honigkuchen. Willst du das?«
»Ja. Gib's mir!«
Aqmat schob die ausgestreckte Hand zurück. »Erst später, wenn du mir geholfen hast. Du musst genau tun, was ich dir sage.«
Der Junge ließ den Blick nicht von der Frau, die ihm flüsternd erklärte, was sie von ihm wollte.

Kurze Zeit später erhob sich Aqmat, ging zum Feuer und wandte sich an Ascarius. »Mich friert. Darf ich mir etwas warmen Würzwein machen?« Ein Nicken war die Antwort. Sie setzte einen Topf mit Wein und Kräutern aufs Feuer, bevor sie zu der Stelle schlenderte, an der Flavius' Medikamentenkästchen stand. Sie bückte sich und schob den Deckel auf. In den Bronzefächern lagen kleine Stoffbeutel. Über die meisten wusste sie Bescheid, denn Flavius, der vor Jahren einmal zu einem Arzt in die Lehre gegangen war, hatte ihr die Wirkungsweisen erklärt. Da gab es das schwangerschaftsverhütende, intensiv schmeckende Asafoetida, ferner Mittel zur Fiebersenkung, Brech- und Abführpülverchen, Opium zur Betäubung und ein versiegeltes Beutelchen, das anzufassen ihr Flavius streng untersagt hatte. Nach kurzem Zögern nahm sie eines der Säckchen, griff sich zwei Gläser und ging zu den Männern zurück. Sie hob den Topf vom Feuer, suchte sich einen Platz am Rande der Gruppe und füllte den warmen Wein in beide Gläser. Dabei warf sie immer wieder verstohlene Blicke über die Schulter und als sie sicher sein konnte, dass

Ascarius sie beobachtete, ließ sie schnell etwas Pulver in eines der Gläser fallen. Dann stand sie auf, ging langsam mit beiden Gläsern zu dem Anführer und reichte ihm eines mit der Linken.
»Hier, edler Herr, weil Ihr mich beschützt habt. Probiert, es ist ein altes Rezept aus meiner Heimat.«
Alle Augen ruhten auf dem Anführer, der sich langsam erhob, grinste und kopfschüttelnd entgegnete:
»Für wie dumm hältst du mich? Meinst du, ich habe nicht gesehen, dass du etwas in eines der Gläser geschüttet hast?«
Aqmat hielt seinem Blick stand. »Das stimmt. Für mich, aber das war nichts Unrechtes. Nur ein Mittel, das Frauen nehmen, um nicht schwanger zu werden!« Sie reichte ihm erneut das Glas. »Da ist nichts drin, Ihr könnt unbesorgt trinken! Oder habt Ihr Angst?«
»Angst?« Der Germane lachte. »Kein Wunder, dass sich bei euch Römern die Provinzen entvölkern, wenn die Weiber lieber solchen Dreck schlucken, statt ihren Männern Söhne zu schenken.« Spöttisch fügte er hinzu: »Obwohl dein Mittelchen ja nicht viel zu taugen scheint«, eine Kopfbewegung wies in Richtung der Kinder, »wenn ich mir das da ansehe!«
Die junge Frau lief rot an und ließ langsam die ausgestreckte Linke mit dem Glas sinken.
Ascarius beugte sich vor und packte ihre rechte Hand. »Dass du's nur weißt: Ab sofort ist Schluss mit solch widernatürlichem Zeug! Verstanden?«
Aqmat nickte und wollte sich umdrehen, aber der Mann hielt ihr Handgelenk fest.
»Warte noch. Ich traue dir nicht. Weißt du, was ich glaube?« Die Frau sah ihn fragend an.
»Ich glaube, dass du was in mein Glas getan hast, nicht in deins. Und zwar kein Weiberpulver, sondern etwas anderes. Vielleicht Gift?«
»Nein, Herr, nein«, Aqmat begann zu zittern, »es verhält sich genau so, wie ich es gesagt habe.«
»Und das sollen wir glauben?« Ascarius blickte leicht schwankend in die Runde.

Die Männer grölten, und Berus rief: »Tauscht doch die Gläser und lasst die Schlampe ihren Hexentrunk selber saufen!«
»Keine schlechte Idee. Was hältst du davon, meine Süße?«
Aqmat versuchte, ihre Rechte mit dem Glas an sich zu ziehen. »Bitte, Herr, glaubt mir, in Euer Glas habe ich nichts getan. Meinen Wein solltet Ihr nicht trinken, das Mittel gegen Schwangerschaft bekommt Männern nicht!«
»Soso«, nickte Ascarius. »Du machst dir also Sorgen um mein Wohlbefinden?« Seine Faust presste Aqmats Handgelenk zusammen, bis sie zu stöhnen anfing. »Gnade, Herr, lasst mich los!«
»Unter einer Bedingung!«, zischte er und lockerte den Griff. »Du trinkst jetzt, was du mir zugedacht hattest!«
Er verschränkte die Hände hinter dem Rücken und musterte herausfordernd die Frau, die langsam das Glas in ihrer Linken zum Munde führte, es ansetzte und nach kurzem Zögern mit tiefen Schlucken leerte.
»Ah«, sagte Aqmat, leckte sich die Lippen und hielt dem Germanen den Wein in ihrer Rechten hin. »Probiert wenigstens, oder traut Ihr Euch nicht?«
Die Blicke der Männer am Lagerfeuer waren auf das Paar gerichtet, auf den großen blonden Mann in ledernen Hosen, dem ein Schwert mit Goldgriff vom Gürtel baumelte, und auf die Frau im schmutzigen blauen Baumwollkleid, die herausfordernd das Weinglas emporhielt. Nichts war zu hören außer dem Knistern des Feuers und erstem Vogelgezwitscher, das den nahen Morgen ankündigte.
»Nun, dann eben nicht.« Aqmat lächelte, ließ den Arm sinken und wollte sich abwenden, als die Hand des Franken nach vorne schoss und den Wein ergriff. Er prostete den Kumpanen am Lagerfeuer zu, stürzte den Inhalt herunter und warf das Glas in den Wald, wo es klirrend an einem Baumstamm zerschellte.
Aqmat senkte den Kopf, damit niemand ihren Gesichtsausdruck erkennen konnte. Jetzt musste sie rasch handeln, denn sie wusste nicht, wie viel Zeit ihr noch blieb.
»Darf ich nach den Gefangenen sehen und ihnen etwas zu trinken geben?«, fragte sie demütig.

»Ja, aber nicht deinem Mann«, antwortete Ascarius. »Mit dem hast du vorhin zu lange geplaudert.« Er wandte sich ab, als ein hagerer Germane mit Hakennase und Haarkranz, der bisher geschwiegen hatte, die Stimme erhob.
»Wenn dieses Weib sich so lange bei den Gefangenen herumgetrieben hat, sollten wir kontrollieren, ob die Fesseln noch sitzen!«
»Gut, mach das«, antwortete der Langhaarige.
Der Hakennasige ging zu den Gefesselten, untersuchte Arme und Beine und kehrte zufrieden nickend zurück.
Aqmat sah sich derweil suchend um. »Esuvius – habt ihr den Jungen gesehen?«
Berus lachte. »Jetzt sollen wir auch noch Kinder hüten. Die Schlampe wird immer dreister!«
Aqmat musste sich beherrschen, um nicht aus der Haut zu fahren, doch Berus war noch nicht fertig. »Wer weiß, vielleicht trägt sie eine Waffe bei sich? Hat sie schon jemand richtig untersucht? Soll ich mal nachsehen?« Er stand schwankend auf und kam grinsend auf Aqmat zu.
»Nein, das mache ich selber«, antwortete Ascarius. Er erhob sich, winkte dem Hakennasigen, der den wütend dreinblickenden Berus zurück zu seinem Platz schob, und wandte sich Aqmat zu. Seine Hände glitten sanft, fast liebkosend über die Rundungen der jungen Frau, die mit angehaltenem Atem stocksteif dastand und versuchte, sich nichts anmerken zu lassen. Es waren starke, gepflegte und erfahrene Hände, die ihren Körper abtasteten, und einen schrecklichen Augenblick lang war sie in Versuchung, die Berührung zu genießen.
Doch schon trat der Mann zurück, meinte »Alles, wie es sein sollte – kein einziger Dolch!«, und der Bann war gebrochen.

Aqmat schloss die Augen, atmete langsam aus und plötzlich befiel sie eine ungeheure Müdigkeit. Aber noch durfte sie nicht schwach werden. Noch nicht, sonst war alles verloren. Sie sah sich um. Der Nachthimmel war nicht mehr ganz so schwarz. Erleichtert bemerkte sie den kleinen Esuvius, der stumm einige Schritte entfernt

stand, etwas Helles in der Hand. Sie humpelte zum Feuer, nahm einen Wasserkrug und wollte gerade zu den Gefangenen gehen, als der Mann, der vorhin lächelnd auf die Kinder gewiesen hatte, herüberrief: »He, mein Kleiner, komm her. Was hast du da?«
Der Junge sah ängstlich auf Aqmat, die ihren Krug umklammerte. Sie wusste, was er da hatte. Es war das kleine Klappmesser mit dem aus Knochen geschnitzten Affen als Griff, das Flavius von Ulixes geerbt hatte. Er trug es stets an seinem linken Stiefel in einer verborgenen Tasche, aus der es Esuvius gezogen hatte. Heimlich, auf Aqmats Anweisung hin, weil sie hoffte, damit die Fesseln durchschneiden zu können. Wurde das Messer entdeckt, war alles verloren …
»Na, lass es den Mann kurz sehen!«, lächelte sie mit aller Selbstbeherrschung, die sie aufbieten konnte. Der Junge ging und hielt die Hand hoch, aus der der kleine Affe hervorlugte.
Der Germane winkte ihn näher heran und fragte verblüfft: »Was ist das?«
»Ein Affe!«, erklärte der Junge.
»Ich habe noch nie einen Affen gesehen. Willst du ihn mir nicht zeigen?«
»Das ist mein Spielzeug!«
»Ich will es nur sehen, du bekommst es gleich wieder!«, antwortete der Mann, der dabei war, die Geduld zu verlieren.
»Meins, meins!«, rief Esuvius und sprang einen Schritt zurück. »Fang mich doch!«
Der Mann schickte ihm einen germanischen Fluch nach und wandte sich wieder seinen Kumpanen zu. Aqmat winkte Esuvius heran, flüsterte »Gut gemacht« und ging zu den gefesselten Männern. Sie gab zuerst dem Kutscher zu trinken, dann kniete sie bei Primus nieder, flößte ihm Wasser ein und flüsterte:
»Ich werde dir die Handfesseln durchschneiden, danach Olus. Das Messer lasse ich zwischen euch fallen. Auf mein Zeichen hin müsst ihr euch ganz befreien, Flavius die Fesseln lösen und euch auf die Räuber stürzen. Die sind ziemlich betrunken. Einverstanden?«
Primus nickte.

»Werdet ihr euch bewegen können? Waren die Riemen nicht zu eng?«, fragte sie leise.
»Es geht schon«, antwortete Primus.
Aqmat wandte sich an Esuvius. »Gib mir jetzt den Affen.«
Doch der Junge hielt die Hände hinter dem Rücken versteckt und sah sie mit schief gehaltenem Kopf an. »Und mein Honigkuchen?«
»Den kriegst du gleich!«
»Ich will ihn aber jetzt«, gab der Kleine trotzig zurück. »Du hast ihn mir versprochen!«
Aqmat merkte, wie ihre Hände zu zittern begannen. Sie überlegte, ob sie versuchen sollte, dem Jungen das Messer zu entreißen, verwarf den Gedanken aber gleich wieder.
»Warte einen Augenblick!« Vorsichtig erhob sie sich und ging zu den Vorräten, als sie Ascarius' Stimme einholte.
»Wo bleibst du so lange? Hier werden deine Dienste gebraucht!«
»Ich komme sofort. Ich muss nur Esuvius etwas zu essen geben. Oder wollt ihr Kindergeschrei bis zum Morgen?«
»Gut, aber beeil dich. Und bring den Zuber mit, Berus will ein Fußbad nehmen!«
Ihr Schicksal verwünschend, suchte Aqmat in den Vorräten, bis sie den Rest Honigkuchen fand, nahm den Zuber, brach das Gebäck in zwei Stücke, hockte sich neben Esuvius und gab ihm einen Teil. Der Junge riss ihr die Süßigkeit aus der Hand und stopfte sie in den Mund, hielt aber mit der Linken den Affen hinter dem Rücken versteckt.
»Mehr Honigkuchen!«
Aqmat seufzte; das hatte sie erwartet. Sie gab ihm das zweite Stück. Doch der Junge schlang auch das hinunter und forderte: »Noch mehr Honigkuchen!«
Da beugte sich Aqmat vor und zischte: »Wenn du nicht sofort den Affen hergibst, spreche ich mit dem Mann am Feuer. Der geht mit dir in den Wald und sucht dort einen langen Stock. Und was dann passiert, brauche ich dir wohl nicht zu sagen!«
Erschrocken starrte sie der Junge an, zog langsam die Hand hinter dem Rücken hervor und hielt ihr den Affen hin.

»Gut gemacht.« Aqmat ergriff das Klappmesser. »Und jetzt geh und pass auf den Kleinen in seinem Körbchen auf. Dann kriegst du später noch was Feines zu essen!«
So schnell es das schwache Licht zuließ, schnitt sie Primus und Olus die Handfesseln durch, ließ das Messer ins Gras fallen, schulterte den Zuber und war mit wenigen Schritten bei den Männern.

Das Feuer war heruntergebrannt und alle schienen müde. Nur Berus begrüßte sie lautstark.
»Na endlich! In jeder billigen Taverne wird man besser bedient. Aber das Bedienen wird die Schlampe schon noch lernen, was meint ihr?« Er sah sich in der Runde um, doch die Männer nickten nur gelangweilt. Ascarius gähnte.
»Also gut, du kriegst noch dein Fußbad, dann lasst uns schlafen. Einer muss Wache halten. Das machst du!« Er zeigte auf den Hakennasigen und fügte hinzu: »Und nachher nicht vergessen: Die Fesseln der Gefangenen kontrollieren und das Weib anbinden!«
Aqmat brach der kalte Schweiß aus. Sollte dieser Albtraum denn niemals enden? Sie goss, was noch an Wasser im Krug war, in einen Bronzekessel, den sie auf die Glut setzte, nahm den Zuber und hielt ihn den Männern hin.
»Mein Fuß schmerzt. Könnte jemand mir beim Wasserholen helfen?« Schweigen, schließlich erhob sich der kleine Mann, der vorhin den Affen sehen wollte, und ging mit ihr zum Bach. Er setzte sich ans Ufer, die Stirn auf die Hände gestützt, während Aqmat sich damit abplagte, den Holzbottich zu füllen, zugleich aber fieberhaft in dem kalten Wasser nach dem verlorenen Dolch suchte. Inzwischen war der Himmel grau geworden und sie konnte die Kieselsteine auf dem sandigen Bachgrund erkennen. Der Dolch, wo war nur dieser Dolch? Sie flehte zu allen Göttern, deren Namen ihr einfielen. Wasser in den Zuber schöpfen, einen Blick ins Bachbett, tastendes Suchen, wieder Wasser schöpfen – langsam wurden ihre Hände klamm vor Kälte.
»Was treibst du da? Fängst du Fische?« Die Stimme des Mannes klang eher gelangweilt als misstrauisch.

»Wenn Ihr mir helft, geht das Schöpfen schneller!«, gab Aqmat zurück, doch zugleich vertraute sie darauf, dass er genau das nicht tun würde.
Jetzt war das Gefäß voll, sie erhob sich – und sah die Klinge im Wasser schimmern! Nach einem Blick auf den Mann, der mit gebeugtem Kopf dasaß, ließ sie sich noch einmal nieder, steckte die Waffe ein, dann bat sie um Hilfe. Schweigend schulterte der Germane den Zuber mit dem schwappenden Inhalt und stellte ihn neben Berus ab. Aqmat hatte gerade den Kessel auf dem Feuer aufgefüllt, als sie einen harten Griff am Oberschenkel spürte.
»Jetzt zieh mir die Stiefel aus!«
Einen Herzschlag lang konnte sie kaum der Versuchung widerstehen, dem Widerling ihren Dolch in die Kehle zu rammen. Doch sie dachte an ihren Plan und beherrschte sich.
Berus lag auf die Ellenbogen gestützt und hatte die Füße ausgestreckt. Aqmat fasste einen der schlammverkrusteten Stiefel an Spitze und Hacken und zog. Immer wieder glitten ihre Hände an dem schmutzigen Leder ab, sodass sie beinahe gestürzt wäre. Der liegende Mann musterte sie, ohne eine Bewegung zu machen, die der Frau ihre Aufgabe erleichtert hätte.
»Als Dienstmagd muss sie noch viel lernen, was meint ihr?«, wandte er sich an seine Kumpane.
»Ach, lass sie endlich in Ruhe«, fuhr ihn Ascarius an, dem vor Müdigkeit schon die Augen zufielen.
Berus machte eine beleidigte Grimasse, doch dann bewegte er seine Füße so, dass sie bei Aqmats nächstem Versuch aus den Stiefeln glitten. Entsetzt starrte die Frau auf die hornhautverkrusteten Zehen und hätte sich am liebsten die Nase zugehalten.
»Gefallen sie dir nicht? Na, wenn du sie erst liebevoll gewaschen hast, werden sie zum Ablutschen schön.« Berus setzte sich auf. »Und das Bad bitte gut temperiert, wie es bei feinen Römern üblich ist, sonst …«
Aqmat zog den Zuber mit dem kalten Wasser heran und legte ein Stück Seife bereit, bevor sie nach dem Kessel sah. Jetzt musste das Wasser gleich zu kochen beginnen.

In diesem Augenblick stand der Hakennasige auf und machte Anstalten, zu den Gefangenen zu gehen. Verzweifelt starrte ihm Aqmat nach. Die Wiese lag in der ersten Morgendämmerung. Der Mann würde die durchgeschnittenen Fesseln bemerken, selbst wenn er sich nur flüchtig über die Gefangenen beugte. Doch wie konnte sie ihn aufhalten? Nur so lange, wie ein Mensch benötigte, um bis zehn zu zählen. Oder wenigstens bis fünf! Aber wie? Sie kannte nicht einmal den Namen!

Da sah sie das Tuch im Gras. Eines der Tücher, in die sie Alexander zu wickeln pflegte. Ein schöner Stoff aus weißer ägyptischer Baumwolle mit aufgestickten roten Zackenmustern.

»Herr, bitte«, rief sie dem Mann nach. Er schien sie nicht zu hören. Mit schweren Schritten ging er weiter in Richtung der Gefangenen.

»Bitte, wie heißt er?«, wandte sie sich mit rasendem Herzklopfen an Berus.

»Warum, was geht's dich an?«

»Ich brauche das Tuch, das da liegt. Jetzt, sofort, sonst stimmt die Badetemperatur nicht mehr, mein Herr!« Aqmat wusste nicht, welcher Gott im römischen Pantheon für dreiste Lügen zuständig war. So schickte sie ein Stoßgebet zu Merkur und versprach ihm ein Tempelopfer, sollte der blonde Muskelberg keinen Verdacht schöpfen. Und der Gott erhörte ihr Flehen.

Berus richtete sich auf und rief etwas auf Fränkisch. Der Hakennasige, schon fast bei den Gefesselten angelangt, drehte sich um. Berus redete weiter, gestikulierte und zeigte auf die Wiese. Der Mann zuckte mit den Schultern, bückte sich, hob das Tuch auf und brachte es der Frau, die es mit einem Dankeswort entgegennahm. Aqmat sah auf den Kessel, in dem das Wasser sprudelte und dampfte. Schnell rollte sie den Stoff zusammen, legte ihn um das heiße Gefäß und hob es an. Einen Augenblick stand sie gebeugt. Ihre Augen wanderten vom Zuber zu Berus. Erwartungsvoll räkelte sich der Blonde. Da wurden Aqmats Lippen zu einem schmalen Strich …

Die Nacht war kühl, die Fesseln drückten, und Flavius hatte viel Zeit für seine Gedanken. Doch das, was morgen drohte, falls Aqmats Plan scheiterte, verdrängte er lieber. Die Gesprächsfetzen, die der Wind von der Horde am Lagerfeuer herübergeweht hatte, ließen ihn schaudern. Der Plan musste aufgehen.
Er durchwanderte lieber die Vergangenheit; das, was geschehen war, seit er vor sieben Jahren seine Heimat bei Augusta Treverorum verlassen hatte. Die Jugend auf dem Landgut seiner Tante Drusilla – eine unbeschwerte Zeit, wären da nicht die Albträume gewesen, die ihn immer wieder heimsuchten, Albträume, die erst aufhörten, als Onkel Julius die Türe zu seiner Vergangenheit öffnete und ihm die Geschichte des jetzt sechzehn Jahre zurückliegenden Untergangs ihrer einstigen Heimatstadt erzählte: Wie der Onkel das Portal des Fortunatempels, den kostbarsten Besitz Lopodunums, verbergen konnte. Wie die Barbaren die Stadt stürmten und Flavius' Mutter Brigida verschleppten. Vom Schrecken des Verstecks im Keller und der anschließenden Flucht aus der brennenden Stadt …
Flavius konnte ein bitteres Lächeln nicht unterdrücken, als er an seine damalige Gutgläubigkeit dachte: An die Vorstellung, er müsse nur dieses Tempelportal bergen, um schnell und mühelos den Reichtum zu erlangen, den er brauchte, um Faustina, seine Geliebte, zu gewinnen …
Kein Wunder, dass ihm die Götter bei diesem Unternehmen nicht gewogen waren, das er in Begleitung seines Freundes Ulixes Gabinius Aquila begonnen hatte, dessen Miniatur er noch immer an einem Band um den Hals trug. Anders war alles verlaufen, als er es gedacht hatte, schwieriger, leidvoller, doch letztlich ungleich besser.
Und nun, bei der Rückkehr als kaiserlicher Beamter, in Begleitung seines Vaters und der Frau, die er liebte, schien sich das Schicksal erneut gegen ihn verschworen zu haben. Wieder fegte ein Germanensturm über die römischen Grenzprovinzen, diesmal sogar bis in das einst sichere Mosellaland. Würde nie Frieden herrschen zwischen den Römern und ihren wilden östlichen Nachbarn? Was trieb die Germanen dazu, stets auf Raubzug zu gehen? Warum waren

Kampf, Plünderung und Heldentod in ihren Augen ehrenvoll, ein friedliches Leben dagegen etwas für Schwächlinge? Warum konnten sie nicht als Nachbarn der Römer siedeln und von ihnen lernen? Gab es nicht genug Land für alle? War es nicht besser, Häuser zu bauen, statt sie in Brand zu stecken …

Unmerklich glitt er in den Schlaf der Erschöpfung, als ihn ein Geräusch aufschreckte.

»Psst, sieh her!«

Flavius wandte den Kopf. Olus, der neben ihm lag, hatte sich auf die Seite gerollt und lächelte verschmitzt. Langsam hielt er die rechte Hand eine Daumenlänge hoch. In der Morgendämmerung sah Flavius das Klappmesser mit dem Affengriff. Vorsichtig hob er den Kopf, und als keiner der Männer am Feuer herübersah, streckte er Olus die gefesselten Hände hin. Ein Schnitt, er war frei. Dankbar rieb er sich die steifen Gelenke und flüsterte:

»Und die Füße?«

»Erst auf Aqmats Zeichen hin. Wenn wir uns vorher aufrichten, schöpfen sie Verdacht. Ich gebe das Messer jetzt Primus, damit der den Kutscher befreien kann. Leg du die Riemen wieder über die Hände.«

Die nächste Zeit verstrich mit qualvollem Warten. Was für eine Art von Zeichen hatte Aqmat gemeint? Würde sie winken, rufen, oder sollten sie auf etwas gänzlich anderes achten?

Schritte im Gras. Ein kahlköpfiger, hakennasiger Mann näherte sich. Flavius machte sich bereit, ihn am Hals zu packen und zu würgen, falls er sich herabbeugen sollte, um die Fesseln zu betasten. Doch zwei Schritte vor ihnen erreichte Berus' herrische Stimme den Franken, der sich umwandte und zum Feuer ging. Erleichtert ließ sich Flavius zurücksinken. Offenbar war es noch nicht so weit …

»Auaaahh!«

Ein grässlicher Schrei zerriss die Stille, ein Laut wie aus dem Rachen eines tödlich getroffenen Untiers. Entsetzt fuhren die Gefangenen hoch, sahen eine Dampfwolke, sahen die beiden Männer, die zu Berus rannten, und den Hakennasigen mit seinem gezückten Schwert, der sich auf Aqmat stürzte, die etwas auf ihn schleuderte.

Doch bevor der Mann sie erreichte, ließ er die Waffe fallen, stolperte und sank in die Knie.
Primus zerschnitt als Erster seine Fußfesseln, lief danach zu den anderen, um sie zu befreien. Mit wenigen geduckten Sprüngen waren die vier Männer am Feuer. Flavius riss Ascarius' Schwert aus der Scheide, auch Primus, Olus und der Kutscher griffen sich Waffen. Die beiden Franken, über den wimmernden Berus gebeugt, erstarrten, als sie vier blanke Klingen auf sich gerichtet sahen. Mit ungläubigem Staunen hoben sie die Hände und ließen sich widerstandslos fesseln. Flavius warf einen Blick auf Alexander, der in seinem Körbchen schlief, bevor er zu seiner Frau rannte, die reglos auf der Wiese lag.
»Aqmat, was hast du?«
Er kniete nieder, nahm sie in den Arm und streichelte ihr Gesicht. Ihre Lider zuckten, dann schlug sie die Augen auf. »Flavius … habt ihr …?
»Ja, die beiden, die noch kampffähig waren, sind gefesselt.« Er strich ihr eine Haarsträhne aus der Stirne. »Bist du verletzt?«
Sie schüttelte den Kopf. »Nur ein verstauchter Knöchel. Und mein Kind?«
»Schläft wie ein Stein.« Flavius sah sie prüfend an. »Was hast du mit dem Anführer gemacht? Etwas aus dem versiegelten Säckchen?«
»Nein, das … das konnte ich nicht. Ich habe Opium genommen. War das in Ordnung?«
Flavius nickte. »Damals in Palmyra, weißt du noch, wie du mir sagtest, die Galater seien ein tapferes Volk, ganz besonders die Frauen?«
Aqmat lächelte schwach, und Flavius küsste sie sanft.
»Du bist eine Heldin. Drei Angreifer hast du …«
Aqmat schlang ihre Arme um seinen Hals. »Bitte, bring uns irgendwohin, wo wir in Sicherheit sind. Wo wir als Familie leben können …« Sie begann zu schluchzen. »Heldin will ich nie wieder sein müssen. Bitte, versprich mir das!«
Flavius sah sie an und nickte stumm. Auch er sehnte sich nach Sicherheit. Doch wie er das Versprechen halten sollte, wusste er nicht.

Er hob sie hoch und trug sie zum Wagen, holte Alexander und legte ihr das Kind in die Arme.
Die Morgensonne begann die Wolkenfetzen am östlichen Himmel zu röten, als Flavius zu den Männern am Feuer trat. Primus und Olus hatten Berus' blasenübersäte Füße in den Bottich mit kaltem Wasser getaucht und waren gerade dabei, Ascarius zu fesseln. Primus zeigte auf den leblosen Franken.
»Was war es? Gift?«
»Leider nein«, antwortete Flavius mit einem harten Zug um den Mund, wie ihn sein Vater noch nie zuvor an ihm bemerkt hatte. »Das wäre mir lieber, weil ich es leichter wieder beschaffen kann. Stattdessen hat sie ihm das kostbare Opium gegeben.«
Primus sah ihn kopfschüttelnd an. »Sei froh, dass sie keinen Menschen auf dem Gewissen hat.« Er zeigte auf den Hakennasigen. »Kannst du ihn versorgen?«
Sein Sohn zuckte mit den Schultern, dann zog er schweigend Aqmats Dolch aus der Wunde und verband den Stöhnenden.
Während sie achtlos etwas aßen, beratschlagten sie, was sie tun sollten. Als die verstreuten Habseligkeiten verstaut, der Optio begraben und alle Waffen eingesammelt waren, brachen sie auf. Zurück blieben vier gefesselte Franken.

Einige Wegstunden später machte die Gruppe halt. Am Straßenrand erhob sich ein kleiner, nur zwei Fuß tiefer überdachter Bau. Er schützte ein buntbemaltes Steinrelief, von dem drei Göttinnen mit hohen, runden Frisuren die Reisenden anblickten. Flavius erkannte das Matronenheiligtum wieder; jetzt wusste er, wo sie waren. Auf sein Zeichen hin hievten Primus und Olus eine gefesselte Gestalt vom Kutschbock und lösten die Bande des kleinen Franken, der fluchend den Weg einschlug, den sie gekommen waren. Mit Peitschenknallen trieb der Kutscher die Pferde an. Wenn nichts dazwischenkam, konnten sie ihr Ziel vor Einbruch der Dunkelheit erreichen.
Die nächsten Stunden vergingen in sorgenvollem Schweigen. Aqmat und die Kinder schliefen; Primus, der einige Male das Wort an

seinen Sohn gerichtet, doch nur einsilbige Antworten geerntet hatte, war schließlich verstummt und hatte zu schnarchen begonnen. Flavius versank in seine Gedanken. Immer wieder zerbrach er sich den Kopf, was er jetzt tun sollte. Vor kurzem hatten sie die Abzweigung nach Augusta Treverorum passiert. Doch die Stadt, vermutlich noch in den Händen der Plünderer, erschien ihm zu gefährlich. Besser war es, auf dem Gut Zuflucht zu suchen, auf dem er seine Jugend verbracht hatte. Wie oft hatte er damals mit seinem Schicksal gehadert, auf einem so abgelegenen Hof aufwachsen zu müssen – jetzt konnte das ihre Rettung bedeuten. Er hoffte, dass die Frankentrupps, die längs der großen römischen Straßen vorstießen, nicht auf die unbedeutende Abzweigung achten würden – eine unsichere Hoffnung, doch Besseres blieb ihnen nicht.
Ob Drusilla und Julius dort noch lebten? Vielleicht war der Hof verkauft oder aufgegeben worden, wie so viele in diesen Zeiten wirtschaftlicher Not und steigender Steuerlasten. Flavius hatte nur zweimal Gelegenheit gefunden, vertrauenswürdigen Reisenden Briefe an seinen Onkel mitzugeben: vor fünf Jahren, in Augusta Raurica, und dann erneut dieses Frühjahr, in Rom. Doch beide Male hatte er vergeblich auf Antwort gewartet.
Flavius ließ sich im Sitz zurücksinken und betrachtete seine schlafende Frau. Er verstand ihren Aufschrei, den verzweifelten Wunsch nach Sicherheit, doch wie er sein Versprechen halten sollte, darüber zermarterte er sich den Kopf. Wäre es besser, die Stelle in Augusta Treverorum gar nicht erst anzutreten? Sollten wir umkehren, um durch das Imperium zu irren, bis wir in irgendeiner abgelegenen Provinz endlich Frieden finden? Doch wie kann ich meine Familie ernähren?
Er schüttelte den Kopf, um die trüben Gedanken zu verscheuchen. Bald musste Hilfe kommen. Kaiser Aurelianus war zwar im Sommer zu dem lange geplanten Perserfeldzug aufgebrochen, aber wenn er von diesem Frankeneinfall erfuhr, würde er sofort seinen fähigsten Heerführer mit einer Legion in Marsch setzen, um die Barbaren aus dem Land zu treiben. So lange mussten sie durchhalten.
»Herr, ich glaube, wir sind da!«

Die meckernde Stimme des Kutschers riss Flavius aus seinen Gedanken. Das Gefährt rollte langsam aus und kam zum Stillstand, nur der hölzerne Wagenkasten schwankte noch leicht in seinen Lederbändern. Steifbeinig stieg Flavius aus und sah sich um. Vor ihm standen flechtenbedeckte Weihesteine im Gras, dahinter erhob sich ein quadratischer kleiner Bau. Das weiße Obergeschoß des zweistöckigen Mittelteils ragte über das schindelgedeckte Dach des Umgangs, das auf rotbemalten Säulen ruhte – ganz so, wie er es in Erinnerung hatte. Die Umgebung jedoch erkannte er kaum wieder. Von der großen Tanne war nur noch ein zersplitterter Stumpf vorhanden, der aussah, als habe ihn ein Blitz gespalten, während der Wald völlig verschwunden war. So weit das Auge die Nebelschwaden durchdrang, bedeckten gebüschüberwucherte Wurzelstrünke den Boden.
Zögernd, voll Angst vor dem, was er vielleicht sehen würde, wandte Flavius seinen Blick nach rechts, wo in einer halben Leuge Entfernung der Gutshof liegen musste. Es dämmerte bereits und dichter Nebel erfüllte den Talgrund, doch ihm schien es, als zeichneten sich am jenseitigen Hang die vertrauten Umrisse ab. Bei schärferem Hinsehen konnte er die beiden zweistöckigen Eckbauten der Villa erkennen, verbunden durch den überdachten Säulengang. Darum gruppierten sich die Wirtschaftsgebäude, beherrscht von dem Speicherturm. Alles umschloss die mannshohe Mauer, in die der ängstliche Onkel einst seine letzten Denare gesteckt hatte.
Die Gebäude schienen unversehrt, doch war auf die Entfernung kein Lebenszeichen zu erkennen – weder Bewegung noch Licht oder Rauch. Fragend blickte der Kutscher Flavius an, der das Zeichen zur Weiterfahrt gab und in den Wagen stieg. Die Speichenräder rumpelten über den vom Regen ausgewaschenen Weg, langsam kam der Gutshof näher.
Flavius fühlte eine Hand an seiner Wange und lehnte den Kopf zurück, bis er Aqmats Brust berührte. »Ist es das?«, hörte er ihre Stimme.
Er nickte. »Aber ich weiß nicht, ob dort noch jemand lebt.« Er wandte sich um und sah seiner Frau in die Augen.

»Glaubst du, dass wir hier sicherer sind als in Augusta Treverorum?«, fragte sie leise, und ihre Mundwinkel zuckten.
»Ja«, antwortete er, nahm ihre Hand und bemühte sich, seiner Stimme einen festen Klang zu verleihen, »das glaube ich.«

Jetzt war der Hof nur noch etwa fünfzig Schritt entfernt. Die weiß verputzten Wände der Villa, von roten Ziegeldächern gekrönt, ragten über die Hofmauer, die braunen Fensterläden waren geschlossen. Der Wagen holperte weiter über den Schotterweg. Olus lenkte sein Pferd heran, beugte sich herab und fragte: »Soll ich vorreiten und nachsehen?«
Flavius nickte, ließ die Kutsche anhalten und beobachtete, wie der rundliche Gallier zum Hoftor ritt, absaß und durch das Schlüsselloch spähte, bevor er den bronzenen Türklopfer ergriff. Das Pochen dröhnte herüber, gefolgt von dem dumpfen Bellen des Hofhundes. Die Wartenden sahen, wie sich Olus zum Tor beugte, zu sprechen schien und dann heftig winkte. Ruckartig setzte sich der Wagen in Bewegung, im gleichen Augenblick schwangen die Torflügel aus Eichenholz auf. Flavius stieß Primus an, dessen Schnarchen schlagartig abbrach, dann hielt er es nicht mehr aus, sprang aus dem Wagen und lief auf die Menschen zu, die vor das Tor getreten waren. In diesem Augenblick lösten sich eine große, magere Frau mit dunklen Locken und ein etwas kleinerer, fast kahlköpfiger, stämmiger Mann aus der Gruppe.
»Drusilla, Julius«, rief Flavius und umarmte sie, während der Wagen durch das Tor in den Innenhof rollte. Als alle drinnen waren, schloss Ursus, der alte Wächter, hastig die Torflügel und schob ächzend einen großen Riegel vor. Flavius begrüßte Molossus, den Hofhund, der an ihm emporsprang und ihm die Hand leckte, während das Gesinde zusammenlief und die Angekommenen begaffte.

Einige Stunden später saßen sie gesättigt in der großen Halle. Flavius, der eine kurze Zusammenfassung der Ereignisse seit seiner Abreise gegeben hatte, wandte sich an seinen Onkel.
»Und wie ist die Lage bei euch?«

Julius zuckte mit den Schultern. »Wir warten.«
»Worauf?«
»Dass sie kommen. Oder weiterziehen.« Allen war klar, wer damit gemeint war.
Primus räusperte sich. »Gibt es in der Gegend keine Legionäre?«
Sein Halbbruder sah ihn mit einem bitteren Lächeln an. »Du weißt doch, wie das läuft.«
»Wie was läuft?«, fragte Aqmat und warf einen Blick auf Alexander, der ein Stück entfernt in seinem Körbchen schlief.
»Hier im Hinterland gibt es zwar einige Kastelle, doch die schwachen Besatzungen ducken sich lieber hinter ihre Mauern, statt sich blutige Nasen zu holen. Das Nächste ist übrigens in Beda, also ein Stück entfernt.« Julius winkte einem blonden jungen Mann, der im Hintergrund wartete. »Felix, bring uns den griechischen Wein.«
Primus wandte sich Aqmat zu. »Die meisten Truppen sind längs der Rhenusgrenze stationiert, aber auch das ist nur eine dünne Linie. Wenn die Germanen einmal durchgebrochen sind, hält sie niemand mehr auf, bis sie ihre Schwerter bei den Säulen des Herkules ins Meer tauchen.«
Die junge Frau sah ihn ungläubig an. »Niemand hält die Barbaren auf?«
Julius nickte. »Zumindest nicht beim Vormarsch. Deshalb hoffen wir, dass sie schnell vorbeiziehen. Divodurum soll doch auch ganz lohnend sein ...« Er lachte mit einem bitteren Unterton und warf einen Blick auf die Amphore, die der Sklave soeben hereintrug. »Mein letzter Samoswein. Nicht einmal Tertius, der größte Weinhändler in der Stadt, kann heute so etwas noch besorgen.«
Alle tranken andächtig den mit etwas Wasser verdünnten, süßen schweren Wein. Olus kratzte seinen roten Bartflaum und räusperte sich. »Die übrig gebliebenen Grenztruppen bleiben also untätig am Rhenus sitzen und sehen zu, wie die Hintern der Barbaren am Horizont verschwinden ...?«
»Mehr oder minder«, nickte Julius.
Primus hob die Hand. »Was sollen sie sonst tun? Hinterher marschieren, die Grenze entblößen und noch mehr Einfälle riskieren?

Was dem Reich fehlt, sind Bürger, die ihre Stadtmauern selbst verteidigen können und dürfen, dazu mobile Truppeneinheiten im Hinterland.«

»Da hat unser ehemaliger Legionär natürlich recht«, lenkte Julius ein, »aber man muss auch zugeben, dass diese Wartetaktik sehr einträglich sein kann.«

»Wieso das?«, fragte Olus.

»Weil sich die Barbaren nicht im Imperium niederlassen wollen. Irgendwann haben sie genug zusammengerafft und bekommen Sehnsucht nach ihren heimatlichen Schweinekoben.« Julius verzog den Mund. »Und wenn sie schwer beladen wieder in Richtung Reichsgrenze ziehen, warten da schon unsere tapferen Soldaten, um sie zu überfallen und ihnen den ganzen Plunder abzunehmen ...«

Aqmat schüttelte verständnislos den Kopf. »Aber dann ist der Schaden doch bereits angerichtet.«

»Nicht aus der Sicht unserer Truppen. Da tun seit Langem kaum noch Römer Dienst, sondern angeheuertes Gesindel, kaum besser als unsere Feinde«, seufzte Julius. »So machen sie ungleich mehr Beute, als wenn sie durch die Wälder und Sümpfe Germaniens marschieren müssten.«

»Dürfen sie denn behalten, was sie den Plünderern abgenommen haben?«, fragte Olus ungläubig. »Müssen sie das nicht den früheren Besitzern zurückgeben?«

Julius warf ihm einen Blick zu, als sei so viel geballte Einfalt zu viel für sein leidgeprüftes Gemüt, während er stumm den Kopf schüttelte. Flavius kam dem Gallier zu Hilfe.

»Die Frage ist berechtigt. Nur – wie sollte das durchgeführt werden? Wie will man die früheren Besitzer ermitteln?« Er griff nach seinem schwarzen Faltenbecher und trank einen Schluck. »Es haben auch schon Kaiser von den Soldaten verlangt, ihre Beute wieder rauszurücken Wenn du wissen willst, wie das ausgeht, dann versuch mal, Molossus eine Wurst aus der Schnauze zu reißen.« Er wandte sich an seinen Onkel. »Wie war denn das damals genau in Colonia?«

Julius kratzte sich am Kopf. »Das muss so etwa anderthalb Jahrzehnte her sein. Saloninus, Söhnchen und Mitregent von Kaiser Gallienus, hatte den törichten Einfall, seinen Soldaten eine solche Germanenbeute streitig zu machen. Und wisst ihr, wie das ausging?«

Primus, Olus und Aqmat schüttelten die Köpfe.

»Das Heer rebellierte, rief den Legatus Postumus zum Kaiser aus, der Colonia eroberte und das Kaiserlein abstechen ließ. Danach regierten er und seine Nachfolger ihr eigenes Reich, bis Aurelianus vor einem Jahr die verlorenen Provinzen für Rom zurückgewinnen konnte.«

Alle saßen eine Weile stumm da, während die Kerzen in einem leichten Windzug flackerten, bis Flavius fragte:

»Aber ihr wartet doch nicht einfach nur untätig, ob ein Plündererhaufen den Weg hierher findet?«

Julius zuckte mit den Schultern und lächelte seine Frau an. »Viel können wir nicht tun. Aber der Bagaudenüberfall, den du ja noch miterlebt hast, setzte allen, nun ja, Meinungsverschiedenheiten zwischen Drusilla und mir ein Ende.« Er ging zu einem Fenster und öffnete den Holzrahmen mit den kleinen Glasscheiben. Dahinter, noch vor dem hölzernen Fensterladen, wurde ein oben und unten eingemauerter schmiedeeiserner Stab sichtbar, von dem zu beiden Seiten gebogene Spitzen abzweigten. Durch diese Öffnung konnte sich niemand mehr zwängen.

»Alle Fenster der Villa sind jetzt so gesichert, die Türe ist mit Eisen beschlagen und die Hofmauer wurde nochmals erhöht.« Er schloss das Fenster wieder und ging zum Tisch zurück. »Aber das Wichtigste ist unser Burgus.«

»Es gibt hier einen richtigen Festungsturm?«, fragte Primus erstaunt. Julius nickte.

»Wir haben den großen Speicher umgebaut. Morgen zeige ich es euch bei Tageslicht.« Er nahm die Hand seiner Frau. »Leider mussten wir, um all das zu finanzieren, den Wald opfern. Die schönen Stämme wurden als Bauholz verkauft, der Rest zu Holzkohle gebrannt. Die Zustimmung dazu fiel Drusilla nicht leicht. Aber nach-

dem in der Nähe von Augusta Treverorum schon alles abgeholzt war, bekamen wir einen guten Preis dafür.« Julius hob seinen Weinbecher und schmunzelte. »Unser Nachbar Marcus Severus hat uns damals ausgelacht. Ich weiß nicht, ob ihm heute noch nach Scherzen zumute ist.«
Eine Weile saßen alle stumm, in Gedanken versunken, und starrten in die zuckenden Flämmchen der Öllampen.
»Hast du noch die Gänse?«, fragte Flavius zuletzt.
Julius nickte und erklärte Aqmat: »Wachsame Tiere, die haben einst Roms Kapitol gerettet.« Er prostete den abwesenden Gänsen zu. »Aber zusätzlich sind jetzt die ganze Nacht über zwei Sklaven auf Posten. Einer späht vom Speicherturm über das Land, der andere patrouilliert längs der Hofmauer. Lasst uns jetzt schlafen gehen.«
Im Zimmer angekommen, öffnete Flavius den Fensterladen und sah in den dichten Nebel hinaus. Der Vollmond durchdrang die kalte Feuchte mit weißer Blässe. Flavius spürte die Gänsehaut auf seinem Arm und erschauerte; sanft nahm ihn Aqmat in den Arm und zog ihn zum Bett, neben dem ein kleines Holzkohlebecken Wärme spendete.

Doch diese Nacht bringt Flavius keinen ruhigen Schlaf. Immer wieder schreckt er auf, immer stärker wird das Gefühl, etwas stimme nicht. Mit einem Male ist er auf dem Weg, der zum Tempel führt: angezogen, die Schuhe geschnürt. Wie komme ich hierher? Als Kind bin ich öfters im Schlaf gewandelt. Aber nicht so weit, nie außerhalb des Gutshofs. Doch das ist jetzt ohne Belang. Er sucht etwas, das er finden und in Sicherheit bringen muss. Verstohlen sieht er sich um und erschrickt. Hinter ihm liegt der Hof, deutlich sichtbar über dem Tal. Hell erleuchtete Fenster starren in die Nacht. Er schluckt einen Fluch herunter. Sind alle toll geworden? Jetzt muss ich mich noch mehr beeilen, muss finden, was ich suche, bevor … Plötzlich weiß er auch, was es ist: seine Fuchsstute. Julius hat sie ihm zu seiner Volljährigkeit geschenkt. Sie muss noch irgendwo hier draußen sein. Vielleicht am Tempel? Er fängt zu rennen an. Vor ihm tauchen die Säulen auf, die das Dach des Umgangs tragen. Etwas Rotes flattert zwischen den Votivsteinen. Er will rufen. Nein, jedes Geräusch kann die Barbaren anlocken. Er hetzt weiter, bis er den Tempel erreicht. Der Nebel ist verschwunden. Der volle Mond lässt die roten Holzsäulen erglänzen, die Türe steht offen. Innen glimmt eine fast erloschene Öllampe. Das Standbild Jupiters ragt im Halbdunkel auf, sonst ist niemand zu sehen. Vielleicht hilft mir der Gott? Aber für seine Gunst müsste ich ihm ein Opfer bringen. Nur was? Vergebens stülpt er seinen Beutel um – leer, nicht die kleinste Münze. Er tastet im Dunkel des Tempels umher. Nichts – er muss erst wieder zurück zum Hof, um eine Gabe zu holen. Nur schnell, denn jetzt ist die Villa den feindlichen Blicken ausgesetzt, jeder Augenblick zählt. Er tritt vor die Türe und späht aus dem Säulenumgang. Mit Erleichterung sieht er, wie die hell erleuchteten Fenster des Hofes eines nach dem anderen erlöschen. Primus hat ein Machtwort gesprochen! Zugleich aber packt ihn Angst, denn wenn das letzte Licht gelöscht ist, das spürt er, wird der alte Ursus das Tor verriegeln und niemanden mehr hineinlassen. Dabei habe ich doch die Fuchsstute noch nicht gefunden! Wo ist sie nur? Flavius merkt, wie er in Panik gerät. Unten am Bach, diese Bewegung …? Er rennt los, seine Lungen schmerzen, er sieht flatterndes rotbraunes Haar, und plötzlich wird ihm klar, dass es nicht sein Pferd ist, sondern Aqmat. Sie muss die Orientierung verloren haben, denn sie läuft weg vom Hof, an dem noch drei Fenster erleuchtet sind. Eines davon erlischt, während seine Frau weiter in die falsche Richtung läuft, sie wird es nicht mehr schaffen. Ich muss rufen, auch auf die Gefahr hin, dass die Barbaren kommen: »Aqmat, kehr um! Aqmat …«

»Flavius, was hast du?«
Er schrak hoch. Im Halbdunkel des Zimmers gewahrte er das besorgte Gesicht seiner Frau, die sich über ihn beugte. Er streckte die Arme aus und zog sie an sich.
»Ich hatte einen Albtraum. Ich war draußen, ich suchte dich …«
Sie strich ihm über die verschwitzte Stirne. »Alles ist gut. Es war stickig im Raum. Ich habe den Laden geöffnet …«

Flavius blickte zum Fenster und brauchte einen Augenblick, um zu erfassen, was er sah. Durch das Rechteck, von dem geschwungenen, gezackten Schmiedeeisenstab in zwei Teile geteilt, schien der Vollmond. Klar war die Zeichnung des Gesichts in der runden Scheibe zu erkennen, verschwunden der Nebel, aufgelöst und weggeweht von einem Wind, der leicht an dem offen stehenden Holzladen rüttelte.

»Aqmat, der Himmel …« Er zeigte auf das Fenster.

»Willst du die anderen wecken?«, fragte sie leise.

Flavius schüttelte den Kopf. »Nein, aber nachsehen, ob die Wachen auf ihrem Posten sind.«

Aqmat nickte und schauderte bei der Erinnerung. Waren die Schrecken im Wald wirklich erst einen Tag her?

Flavius schwang sich aus dem Bett, zog Schuhe und Tunika an, band sich sein Kurzschwert um und ging leise zum Eingang der Villa. Noch nach Jahren war ihm alles so vertraut, dass er keine Lampe brauchte. Er öffnete die Türe. Der Brunnen, die Fachwerkhäuser der Wirtschaftsgebäude, die Brennholzstapel, der große Speicherturm – alles lag wie erstarrt im kalten Mondschein. Doch als er aus dem Haus trat, näherten sich Schritte und er sah einen unbekannten Knecht, der ihn fragend musterte, dann aber zu erkennen schien, grüßte und wieder zur Hofmauer ging. Flavius erwiderte den Gruß mit stummer Geste und war mit wenigen Schritten beim Burgus. Mit leisem Knarren öffnete er die Türe und tauchte in Nachtschwärze. Jetzt bereute er es, keine Lampe mitgenommen zu haben, denn bei jedem Schritt stieß er an ein Fass, eine Kiste, einen Ballen, doch er tastete sich vorwärts, bis er zu der Leiter gelangte. Vorsichtig setzte er einen Fuß vor den anderen und kletterte empor, wiederholte das Gleiche, bis er im dritten Stock angekommen war. Hier fiel Licht durch kleine, schlitzförmige Fenster und die Türe zu dem Umgang stand offen. Er trat hinaus. Am blauschwarzen, von Sternen übersäten Himmel strahlte der niedrig stehende Mond. Unter ihm erstreckte sich das Ziegeldach der Villa, dahinter die Obstbäume, dann die Mauer, die Wiese, die Senke mit dem Bach. Ungehindert schweifte sein Blick zum Tempel und wei-

ter, über die umliegenden Hügelkuppen, die einst der Wald eingehüllt hatte, von dem jetzt nur noch Wurzelstrünke übrig waren, die keinen Schutz vor feindlichen Blicken boten.
Er hörte Schritte und sah Felix, der um die Turmecke bog und ihn lächelnd begrüßte. Der gallische Sklave war etwa dreißig Jahre alt und der Einzige aus dem Hausstand seines Onkels in Lopodunum, der mit ihnen zusammen hatte fliehen können, als die Barbaren vor anderthalb Jahrzehnten die Stadt gestürmt hatten. In seinen Jugendtagen auf dem Hof war Felix für ihn eine Mischung aus Aufsichtsperson und großem Bruder gewesen, doch seit der Rückkehr hatte Flavius noch keine Zeit gefunden, mehr als ein paar flüchtige Worte mit ihm zu wechseln.
»Herr, was macht Ihr hier?«, fragte der Sklave besorgt, als er bemerkte, dass Flavius im Wind fröstelte, und legte ihm seinen gallischen Kapuzenmantel um. »Ist etwas geschehen?«
»Danke«, Flavius zog den groben Wollstoff enger um sich. »Ich habe schlecht geschlafen und wollte etwas frische Luft schnappen.« Er stützte sich mit einer Hand auf die Holzbrüstung und sah über das graue Land. »Ist die Nacht schon lange so klar?«
Felix zuckte mit den Schultern. »Eine ganze Weile, zwei bis drei Stunden sicher.« Er gähnte, um sogleich schuldbewusst zusammenzuzucken. »Aber unaufmerksam war ich nicht. Keinen Augenblick! Ich bin ständig um den Turm gegangen und habe Ausschau gehalten, doch nichts Verdächtiges bemerkt.«
Flavius nickte und beobachtete zwei dunkle Figuren, die sich eine gute halbe Leuge entfernt auf der Wiese bewegten: äsende Rehe. Sie schienen unruhig, hoben immer wieder die Köpfe, mehr jedoch konnten selbst seine scharfen Augen nicht erkennen. Er zeigte in Richtung der Tiere. »Waren die vorhin auch schon da?«
Felix starrte ihn unsicher an. »Wen meint Ihr, Herr?«
Flavius war verdutzt. »Siehst du denn die Rehe nicht?«
»Ach so, die Rehe …«, stotterte der Sklave, »ja, die waren vorhin auch schon da.«
Flavius fixierte den jungen Mann, dann runzelte er die Stirne. »Felix, wie viele sind es?«

Der Sklave beugte sich über die Brüstung. »Drei, mein Herr … ich glaube, ich sehe drei Rehe.«
Flavius nahm seinen Kopf und drehte ihn ein Stück, bis er in Richtung der Tiere blickte. »Dort, Felix! Wie viele sind es?«
In diesem Augenblick stoben die Rehe mit langen Sprüngen über das Feld und verschwanden hinter einem Hügel. Felix kniff die Augen zusammen, dann schüttelte er den Kopf und sah Flavius mit kläglicher Miene an.
»Verzeiht mir, Herr, aber ich sehe nicht so weit. Alles, was mehr als einen Steinwurf entfernt liegt, ist verschwommen. Ich kann es nicht erkennen.«
Flavius runzelte die Augenbrauen. »Weiß Julius das?«
»Nein, mein Herr, und bitte sagt es ihm nicht.« Der Sklave zögerte, dann setzte er hinzu: »Ich habe Angst, dass er mich sonst verkauft.«
»Unsinn.« Flavius schüttelte den Kopf. »Aber begreifst du denn nicht, dass unser aller Leben davon abhängt, was du hier oben siehst?« Felix nickte betreten, während sein Herr fortfuhr. »Dass wir nun nicht wissen, ob sich da draußen jemand herumtreibt, seit der Nebel sich gelichtet hat?« Beim letzten Satz packte Flavius den Sklaven bei den Schultern und schüttelte ihn. »Geht das in deinen Schädel?«
»Ja, Herr«, murmelte der junge Mann und Flavius ließ ihn los, um sich mit der Rechten über die Stirne zu fahren. Ist eine bloße Möglichkeit es wert, die anderen um den Schlaf zu bringen – vielleicht unnötigerweise? Aber wenn ich keinen Alarm schlage und sie doch kommen… Er nahm die Hand des Sklaven.
»Du gehst runter und meldest Julius, ich sei bei dir gewesen und hätte eine verdächtige Bewegung bemerkt. Er soll die Männer wecken, bewaffnen und an der Hofmauer Stellung beziehen lassen. Als Wachposten schick mir Olus herauf. Und weder Licht noch einen Laut, verstanden?«
Felix nickte und verschwand im schwarzen Rechteck der Türe. Der Mond war im Untergehen; wie ein trübes Auge schwebte er über der Hügelkette, während sein Schein an Kraft verlor. Flavius musterte die kahlen Felder, sein Herz klopfte. Manchmal war es ihm,

als nähme er aus den Augenwinkeln eine Bewegung wahr, doch wenn er den Blick darauf richtete, war nichts zu erkennen.
Er beugte sich über die Brüstung und beobachtete, wie Felix über den Hof huschte, sich die Türen der Häuser öffneten und immer mehr Gestalten lautlos heraustraten. Als er eine Hand auf seiner Schulter spürte und ihn das vertraute Rundgesicht angähnte, schärfte er Olus seine Aufgabe ein und stieg hinunter.
Am Tor stieß er auf Julius, der ihn misstrauisch anblickte.
»Ich glaubte, draußen eine Bewegung bemerkt zu haben«, flüsterte Flavius, »und da jetzt die Villa von weitem sichtbar ist ...«
Der Satz blieb unvollendet. Sein Onkel stand da, eine Hand auf den Balken gestützt, der die Türflügel verriegelte, und schien antworten zu wollen. Plötzlich erstarrte er, legte den Finger auf den Mund und zeigte auf das Tor. Flavius versuchte vergeblich, etwas in dem schwachen Licht zu erkennen und schüttelte den Kopf. Schweigend nahm Julius die Hand seines Neffen und legte sie auf das zerfurchte Eichenholz. Mit angehaltenem Atem warteten beide Männer. Gerade als Flavius die Anspannung nicht mehr ertragen konnte und tief durchatmete, spürte er einen Ruck. Der rechte Flügel hatte sich bewegt. Nur eine Daumenbreite, doch zu stark, als dass es der Wind hätte sein können. Jemand versuchte, das Tor aufzudrücken. Wieder legte Julius den Finger auf den Mund, dann wichen beide lautlos zurück, das Tor im Blick. Sie winkten zwei Sklaven heran, die einige Schritte entfernt mit ihren Mistgabeln in der Hand warteten. Lautlos postierten sich die Männer zu beiden Seiten des Tores, wo sie wie nachtschwarze Statuen an der Mauer verharrten.
Jetzt, da die Gefahr mehr war als nur eine ungreifbare Bedrohung, da sie jenseits der dicken Bohlen lauerte, wurde Flavius ruhig. Die Götter hatten ihm den Traum gesandt, um sie zu warnen. Gerade noch rechtzeitig. Dennoch zuckte er zusammen, als er Laute vor dem Tor hörte. Knirschende Schritte, Klirren, flüsternde Stimmen. Die Männer zu beiden Seiten der Torflügel standen sprungbereit, die Mistgabeln in den erhobenen Händen. Flavius spürte sein Herz pochen, während er in die Nacht horchte. Jetzt war links neben dem Tor ein keuchendes Atmen zu hören, ein Schaben, der Umriss

eines Oberkörpers erschien auf der Mauerkrone. Der unten stehende Sklave sprang hoch, stieß zu. Ein Aufschrei, gefolgt von einem dumpfen Aufschlag, Stöhnen, unterdrückte Flüche, Schritte und ein Scharren, als würde etwas Schweres weggeschleppt, dann Stille. Flavius zählte bis hundert – noch immer kein Laut. Der Sklave links neben ihm schlich herbei, seine Gabel wie eine Trophäe in der Hand. Flavius befühlte die Zinken und spürte, dass sie feucht waren. Lächelnd klopfte er dem Mann auf die Schulter, als er hinter sich Schritte hörte. Es war Primus, eine Laterne in der Linken, der Zeichen machte, ihm zum Brunnen zu folgen.

»Meinst du, das reicht ihnen?«, flüsterte Julius. Sein Halbbruder wiegte zweifelnd den Kopf.

»Das war nur ein kleiner Spähtrupp, maximal ein Dutzend. Die haben uns zufällig gefunden und geglaubt, leichte Beute machen zu können, ohne die anderen beteiligen zu müssen.« In dem trüben Licht, das durch die Scheiben aus Horn fiel, sah sein bärtiges Gesicht müde aus.

»Meinst du, sie kommen noch heute Nacht zurück?«, überlegte Flavius.

Sein Vater zuckte mit den Schultern. »Unwahrscheinlich. Jetzt wissen sie, dass der Hof verteidigt wird. Für einen richtigen Angriff müssten sie Verstärkung holen.«

Die drei Männer beratschlagten noch eine Weile, dann schlich Flavius auf Zehenspitzen in sein Zimmer und sah voll Erleichterung, dass Aqmat schlief. Vorsichtig kroch er unter die Bettdecke und kuschelte sich an ihren warmen Körper, doch sein aufgewühlter Geist ließ ihn schwer Ruhe finden.

Die Morgensonne stieg über den Horizont, hinein in einen makellos blauen Himmel, als Flavius erwachte. Er spürte Finger auf seinem Gesicht, streckte die Arme aus und zog Aqmats Kopf zu sich heran. Ihre rotbraunen Haare fielen auf seine Wangen, er sah in ihre grünen Augen, küsste sie und wollte sie zu sich herunterziehen, doch sie schüttelte den Kopf.

»Steh auf!« Sie zog an seiner Hand, sodass er gähnend aus dem Bett stolperte und in seine Tunika schlüpfte. Leise öffneten sie die Türe und liefen über den Gang zur Bogengalerie, die noch im Schatten lag. Durch den breiteren Mittelbogen traten sie hinaus auf die Treppe, die hinunter zu den Obstbäumen führte. Flavius fröstelte und rieb sich die Gänsehaut seiner Unterarme – unter dem klaren Himmel war es kalt geworden, und er spürte den Schlafmangel. Er legte den Arm um seine Frau; sie setzten sich auf die oberste Stufe aus rotem Ziegelstein und genossen die Sonnenwärme. Vor ihnen erstreckte sich das weite Hügelland; langsam verblichen die dunklen Schatten in den Senken, in denen noch weißer Reif die Gräser bepuderte. Über dem Bach stiegen Dunstfetzen hoch, die sich rasch in den Sonnenstrahlen auflösten, die mit jedem Augenblick an Kraft gewannen.

»Weißt du, dass es mir heute zum ersten Mal hier gefällt?« Aqmat ließ ihren Blick über das Land schweifen. »Dieses Land könnte ich lieben. Es ist so anders als meine Heimat. Grün, saftig, fruchtbar, nicht ausgedörrt und voll schwarzer Steine, wie um Palmyra.«

Flavius nickte, schloss die Augen, lehnte seinen Kopf an Aqmats Schultern und genoss die Sonnenwärme. Nichts tun, nichts erklären, an nichts denken müssen … Eine Weile saßen sie schweigend.

»Alles liegt so friedlich da.« Aqmats Stimme schreckte ihn aus seiner Träumerei. »Meinst du wirklich, dass sie noch kommen?«

Er atmete tief durch. Einen Augenblick hatte er die letzte Nacht vergessen, hatte verdrängt, dass seine Frau von nichts wusste. Er sah Aqmat in die Augen, bevor er ihr den nächtlichen Vorfall berichtete.

»Warum, Flavius …«, flüsterte sie und rückte weg von ihm. »Warum …«

»Warum was?«, entgegnete er verwundert.

»Warum hast du uns in diese Lage gebracht?«

Ihr Tonfall traf ihn wie ein Schlag. Langsam ließ er die Arme sinken. »Was meinst du damit? Augusta Treverorum ist gebrandschatzt worden, vielleicht noch voller Feinde. Hier haben wir zumindest eine Chance, unentdeckt zu bleiben.« Flavius schluckte. »Und als mir der Kaiser die Stelle des Curators in Augusta Treverorum übertrug, konnte doch niemand ahnen …«

»Natürlich. Das meine ich auch nicht.« Sie sah ihn an und ihre Mundwinkel zitterten. »Aber vor zwei Tagen, als du die Eques zurückgelassen hast ...«
Flavius hob die Hände. »Wir wurden überfallen. Niemand wusste, wie viele es waren. Die Reiter haben unsere Flucht gedeckt.«
Langsam schüttelte Aqmat den Kopf. »Und nur deshalb hast du ihnen befohlen, zurückzubleiben? Waren da nicht die Flüchtlinge?«
»Auch ihretwegen.« Flavius nickte. »Sollte ich sie den Barbaren ausliefern?«
»Lag dir wirklich so viel an den Fremden?« Aqmat lächelte bitter. »Aber vielleicht kennst du ja einige besser. Könnte das da der Grund sein?« Sie zeigte auf den kleinen Jungen, der in der Ecke der Terrasse hockte und sie beobachtete. »Hast du mir nichts zu sagen?«
Flavius fühlte, wie ihm brennende Röte ins Gesicht schoss. »Du glaubst, ich hätte wegen seiner Mutter die Soldaten zurückgelassen?«
Seine Frau nickte. »Allerdings. Du schienst sie ja ziemlich gut zu kennen. Sonst hätte sie dir wohl kaum ihren Balg in die Arme gedrückt. Wer ist diese Frau?«
»Sie ist ... nun ja, sie war die Tochter eine Pächters ...« Flavius streckte den Arm nach Aqmat aus, die zurückwich.
»Die Tochter eines Pächters? – Du meinst, sie war deine Geliebte und du hast sie geschwängert!«
»Ja, nein ... nun, sie war ... meine erste ... aber nur ganz kurz.«
Flavius erzählte, wie er Faustina bei einer Pachtzahlung kennengelernt hatte, von ihrem Wiedersehen im Wald, von den Saturnalien und dem Ausritt, bei dem sie sich geliebt hatten. Wie er sie später als Sklavin wiedertraf und dann mit Ulixes aufgebrochen war, den Schatz in Lopodunum zu bergen.
»Danach war ich Gefangener der Alamannen und habe sie nie wieder gesehen.«
Aqmat sah ihn durchdringend an, strich sich eine rotbraune Haarsträhne aus der Stirne, und ihre Stimme zitterte.
»Und wie viele gibt es hier noch von dieser Sorte?«

»Keine, das schwöre ich dir!« Flavius nahm ihre Hand. »Ich verstehe, dass alles zu viel für dich ist. Aber Primus ist mein Zeuge. Ich hatte schon beschlossen, einen Teil der Reiter zurückzulassen, bevor diese Frau mir ihr Kind aufdrängte.«
Sie runzelte die Stirne. »Deinen Bastard, meinst du?«
»Ich weiß nicht, ob er das ist«, Flavius zuckte mit den Schultern. »Ich bin vor gut sieben Jahren aufgebrochen.« Er musterte den Jungen. »Ähnlich sieht er mir nicht. Bei unserer letzten Begegnung war Faustina ganz geschmeichelt, weil sich ihr Herr für sie interessierte. Einer aus der Secundinius-Familie, das waren reiche Tuchhändler.« Er rieb sich die Nase. »Dass der Junge Flavius heißt, muss nichts bedeuten.«
»Er heißt Esuvius«, warf Aqmat ein.
Ihr Mann sah sie erstaunt an. »Wirklich? Ich hatte seine Mutter so verstanden, dass er Flavius hieße und sechs Jahre alt sei.« Er machte dem Kind ein Zeichen, zu kommen. »Wie alt bist du, Esuvius?«
Der Junge legte den Kopf schief. »Weiß ich nicht.«
Aqmat beugte sich zu dem Kleinen herunter. »Es ist sehr wichtig, dass wir das wissen. Hat deine Mutter nie mit dir gesprochen, wer dein Papa ist?«
Esuvius schüttelte den Kopf. »Nein, der ist verreist, sagte sie.«
Flavius öffnete den Mund, doch Aqmat fragte ruhig weiter. »Weißt du, nach wem du Esuvius heißt?«
»Meine Mutter hat erzählt, das sei der Name von jemandem, der am Tag meiner Geburt zum Kaiser gekrönt wurde.«
»Tetricus, er meint den Gegenkaiser Esuvius Tetricus!«, entfuhr es Flavius. »Der hat vor fünf Jahren den Thron in Augusta Treverorum bestiegen. Also kann der Junge nicht …«
Aqmat richtete sich auf, nickte, lächelte und nahm die Hand ihres Mannes. »Nein, das ist unmöglich. Aber bitte sage mir in Zukunft, wenn ich etwas wissen sollte …«
Flavius nickte. Einen Augenblick schoss ihm die Frage durch den Kopf, wieso Frauen eigentlich bei Männern Geschick und Einfühlungsvermögen auf gewissen Gebieten erwarteten, ohne zugleich zu akzeptieren, dass zum Erwerb dieser Fähigkeiten nun einmal

der Umgang mit dem anderen Geschlecht gehörte. Doch er spürte, dass solche Gedanken jetzt fehl am Platze wären und drückte Aqmat an sich. »Ja, das werde ich. Aber da gibt es nichts. Lass uns zum Burgus gehen und alles vorbereiten, um die nächste Nacht dort zu verbringen.« Doch als sie um die Ecke der Villa bogen, riss einer der Wachen auf dem Umgang des Turmes die Arme in die Höhe und rief: »Römische Reiter!«

Eine Viertelstunde später ritten zehn Eques durch das flügellose Tor und wurden im Hof von einer jubelnden Schar begrüßt. An der Spitze des Trupps, neben einem Soldaten, hielt eine junge Frau mit hellbraunen Locken Ausschau. Als sie den kleinen Esuvius sah, der auf Olus' Schultern saß, ließ sie sich vom Pferd gleiten, rannte zu ihrem Sohn und drückte ihn an die Brust.
Flavius stand einige Schritte entfernt, Aqmat im Arm. Erst als sie ihm einen Stups gab, ging er zu Faustina.
»Hast du die Reiter hergeführt?«
Sie nickte. »Natürlich, wer denn sonst? Als ich euch in Augusta Treverorum nicht fand, dachte ich mir, dass ihr hier sein müsstet …«
»… Und dann hat das Weib keine Ruhe gegeben«, seufzte ein Soldat, »bis es uns so weit hatte, dass wir hierher aufgebrochen sind.«
Flavius stand noch immer da, und sein Blick wanderte von Esuvius zu Faustina. »Warum hast du mir …«
»Hab ich was?«, lachte sie. »Ist das eine Begrüßung für Gäste, die bereit waren, für euch ihr Leben zu wagen?«
Bevor Flavius antworten konnte, war sie zur Villa gelaufen, verfolgt von Olus' Blicken. Am Eingang stand Julius mit einer Weinamphore, umdrängt von Knechten, Mägden und Soldaten mit Bechern in den Händen. Er machte Olus ein Zeichen, zu ihm zu kommen.
»Kannst du uns ein Schwein braten? Das beste Schwein, das du je zubereitet hast?«
Der Gallier nickte begeistert, lief zum Stall, und bald erscholl wildes Quieken, als ein fettes Ferkel aus der Türe schoss, durch den Hof rannte, schnaufend verfolgt von Olus mit gezücktem Messer. Es dauerte eine Weile, bis das Tier mit vereinten Kräften eingefan-

gen worden war, denn außer den Soldaten war schon kaum mehr jemand nüchtern. Im Hof wurde ein großes Feuer entfacht, und bald brutzelte das Schwein am Bratspieß. Männer wie Frauen schrien, tanzten und führten sich so närrisch auf, als seien die Saturnalien vorzeitig ausgebrochen.

Zwei Tage später rollte ein Reisewagen am Mosellaufer entlang, begleitet von einem Trupp römischer Reiterei und einem rothaarigen rundlichen Mann, der immer die Nähe der einzigen Reiterin suchte, einer braungelockten, stupsnasigen Frau. Alle machten kurz halt, als sie die doppeltürmige Torfestung am westlichen Flussufer erreichten, doch weder Wachen noch Zollbeamte hielten sie auf. So ratterten die Räder über die Holzbohlen der Brücke, begleitet von dem Pochen der Pferdehufe, bis der Wagen langsam ausrollend den Bogen des Stadttores erreichte, wo herabgestürzte Mauerbrocken den Weg versperrten.
Vorsichtig um sich spähend betrat Flavius den Durchgang. Als er über sich die spitze Pfahlreihe des Fallgitters schweben sah, zog er unwillkürlich den Kopf ein und beschleunigte seine Schritte, bis er den Bogen der Stadtseite erreichte. Vor ihm erstreckte sich der geschotterte Decumanus Maximus, ein graues, menschenleeres Band, gesäumt von zweistöckigen Häusern mit säulengestützten Vordächern. Augusta Treverorum, tot und verlassen?
Hinter sich hörte er Pferdeschnauben und das Knirschen der Räder, doch er verzichtete darauf, wieder in den Wagen zu steigen. Langsam schritt er die Straße entlang, sah nach rechts, nach links, in die Seitengassen, bemerkte Fassaden mit rußgeschwärzten Fensterhöhlen und endlich die ersten Menschen.
Anfangs waren es nur zerlumpte, verhärmte Gestalten, die sich an Straßenecken herumdrückten. Dann trat ein wohlgenährter Mann auf seinen Balkon, musterte mit verkniffenem Gesicht die Soldaten, wandte sich um und verschwand wieder. Flavius starrte ihm nach. Warum begrüßen sie uns nicht, was haben wir ihnen getan?
Rechts passierten sie einen dreibogigen Hofeingang, der den Blick auf die reich dekorierte Fassade der großen Thermen freigab –

schattengraue Nischen mit Statuen, rotes Ziegeldach, unzerstört, wie es schien. Er bog nach links ab, bis er den von Wandelhallen umgebenen Platz erreichte. In seiner Mitte ragte der Asclepius-Tempel auf seinem Stufenpodest auf. Doch dieser Bau mit seinen verschnörkelten Säulenkapitellen und den bunten Akanthusblätterfriesen war nur noch eine rußgeschwärzte Ruine. Wie von Riesenfäusten zertrümmert lag die eisenbeschlagene Tür vor dem Eingang, der in das Untergeschoss führte, in dem wohlhabende Bürger ihr Geld dem Schutz der Götter anzuvertrauen pflegten. Nach einem langen Blick kehrte Flavius um, bog links in die erste Parallelstraße zum Decumanus Maximus ein, durchschritt einen Ehrenbogen und erreichte nach drei Insulae den großen Säulenportikus, der den Eingang zum Forum bildete. Dort schien die Curia, die Versammlungshalle der Ratsherren, bis auf einige zersplitterte Fensterscheiben unversehrt.
Als hinter ihm der Wagen hielt, wandte sich Flavius um und winkte den Reitern. »Benachrichtigt die Decurionen – treibt alle auf, die ihr finden könnt! Morgen zur vierten Stunde will ich hier zu ihnen sprechen. Und jetzt bringt mich zu diesem Victorinus-Palast, den Kaiser Aurelianus mir zur Verfügung gestellt hat. Vielleicht gibt es auch noch eine Popina, die nicht von den Barbaren leer gefressen wurde!«
Einige Stunden später hatte sich Flavius mit seiner Familie in dem leeren Palast westlich des Forums eingerichtet, in dem noch der Name im Bodenmosaik davon zeugte, dass er einst dem vorletzten Rebellenkaiser gehört hatte. Während Aqmat dafür sorgte, dass der Staub entfernt und Holzkohle für die Hypokaustheizung beschafft wurde, war Primus mit einigen Soldaten aufgebrochen. Er müsse feststellen, wie groß der von den Barbaren an den Thermen und der städtischen Wasserversorgung angerichtete Schaden sei.
Flavius ließ Olus rufen, um mit ihm einen Rundgang durch die Stadt zu machen. Immer wieder stießen sie auf Gebäude, die bei dem Barbarenüberfall in Flammen aufgegangen waren. In der Nähe des Nordtors, der aus riesigen Steinquadern erbauten Porta Martis, erregte eine Wandmalerei ihre Aufmerksamkeit – eine große Rebe,

die sich über die Fassade eines Hauses zog. Olus zeigte auf das Schild »Zum Weinstock«, das über dem Eingang baumelte.
»Wollen wir uns hier einen Schluck genehmigen? Ich hätte ...«, der Gallier kraulte seinen Bartflaum, »... ich hätte eine Frage an dich.«
»Gern«, antwortete Flavius und stieß die Türe auf. Doch innen war alles verlassen. Umgestürzte Tische und ein rotbrauner Fleck auf dem Boden ließen das Schicksal der Wirtsleute erahnen. Olus sah sich kurz um, nahm auf einem Stuhl Platz und räusperte sich.
»Flavius, du bist doch mein Freund ...«
Der Angesprochene runzelte die Stirne. »Ja, zweifelst du etwa daran?«
»Nein, aber ... nun, ich meine, ein Mann muss ja auch mal an seine eigene Zukunft denken.«
Flavius musterte ihn erstaunt. »Natürlich, worauf willst du hinaus?«
Olus rutschte auf seinem Stuhl hin und her. »Ich meine sozusagen eine Familie ... mit allem, was man dazu braucht ... du verstehst, was ich sagen will?«
»Meinst du eine Frau?«, fragte Flavius.
Der Gallier knetete die Hände. »Ja, sozusagen ...«
»Na und, wo ist das Problem? Dann such dir doch eine!«
Olus sah ihn von der Seite her an. »Ich hab schon eine gefunden!«
»Dann ist ja alles bestens!«, lachte Flavius. »Wer ist es denn? Kenne ich sie?«
»Ich glaube, sogar recht gut.« Olus schluckte. »Es ist Faustina ...«
Flavius sah ihn verblüfft an, dann schlug er seinem Freund auf die Schulter. »Na großartig! Glückwunsch!«
»Und du hättest nichts dagegen?« Olus Stimme verriet seine Erleichterung. »Sie ist eine so wunderbare Frau – schön, aufrichtig, sanft, und der kleine Esuvius ist so lieb ...«
Flavius überlegte einen Augenblick, ob es nicht zu seinen Freundespflichten gehörte, diese Begeisterung etwas zu dämpfen, schluckte jedoch seine Bedenken herunter.
»Mich freut das sehr – und wenn sie dich auch will, tue ich gerne alles, was in meiner Macht steht, um dein Glück zu fördern!«

»Ach danke, danke!« Olus sprang auf und drückte Flavius so fest an seine Brust, dass dem fast der Atem wegblieb, bevor er los ließ, um mit Verschwörermiene fortzufahren.
»Mit Faustina habe ich noch nicht gesprochen, aber in meinem Stiefel sind zehn gesparte Aurei versteckt.« Er sah sich um. »Wenn sie erst sieht, was ich aus dieser Taverne mache – eine richtige Popina, mit Speisen aus Rom, Palmyra, Persien … Die Lage ist großartig, an der belebten Straße, die zum Tor führt, da kommen die Reisenden, haben Hunger, und wenn …«
Olus lief durch den düsteren Raum. In Gedanken versunken gestikulierte er, ganz von seinen Zukunftsplänen in Anspruch genommen, bis sich Flavius räusperte. »Lass uns jetzt gehen. Du kannst morgen in der Nachbarschaft fragen, wem diese Schenke gehört und ob sie zu mieten wäre.« Er ging zu Türe und sah in die Abenddämmerung hinaus. »Sollte es Schwierigkeiten geben, kann ich bei den Stadträten ein gutes Wort einlegen. Wenn der Vertreter des Kaisers einen Wunsch äußert, werden sie schon springen.«
Doch hier irrte sich der Curator.

Am nächsten Morgen betrat Flavius, begleitet von vier Legionären, den hohen Raum, in dem sich der Stadtrat versammelte. Zu beiden Seiten zogen sich ansteigende Stufen mit Bankreihen entlang, auf denen etwa dreißig bis vierzig Männer saßen. Durch die hohen Bogenfenster mit ihren in Holzgitter eingelassenen Scheiben fiel trübes Licht; in der halbrunden Apsis standen zwei Stühle, die offenbar für die Duoviri bestimmt waren.
Bei seinem Eintreten verstummte das Stimmengesumm, während ein hagerer, weißhaariger Mann in die Apsis eilte. Flavius wartete, bis völlige Stille herrschte, dann gab er seinen Soldaten das Zeichen, am Eingang zu warten, und durchschritt langsam den Raum. In der Mitte blieb er stehen und hob den Arm mit einer Schriftrolle.
»Decurionen von Augusta Treverorum! Ich, Flavius Verecundus, mit dieser Urkunde von Aurelianus zum Curator dieser Stadt bestellt, entbiete euch den Gruß des Kaisers!«
»Salve, Curator!« Die Stimme des Duumvir war die eines geschul-

ten Rhetors. »Wir danken für den Gruß, den wir in aller Demut erwidern! Womit können wir Euch zu Diensten sein?«
Flavius musterte den Mann. Formell war an der Antwort des Bürgermeisters nichts auszusetzen, doch irgendwie missfiel ihm der Ton. »Ich komme, um mein Amt als Leiter der Finanzaufsicht über diese Stadt anzutreten«, antwortete er. »Außerdem hat mir Kaiser Aurelianus eine Reihe von Sondervollmachten erteilt, um die Verhältnisse hier zu ordnen.«
»Zu ordnen?« Die Stimme mit griechischem Akzent kam aus einer der hinteren rechten Bankreihen. »Unsere Stadt ist verarmt, geplündert und teilweise zerstört. Bringt ihr Goldstücke mit? Holz? Ziegel? Weizen?«
»Mit wem habe ich die Ehre?« Flavius versuchte, zu erkennen, wer gesprochen hatte.
»Annullinus Polybius, Quaestor der Stadt. Zuvor Nummularius, dann auf kaiserlichen Befehl des Amtes enthoben, als unsere Münze geschlossen wurde.« Der untersetzte Mann war aufgestanden und strich sich mit der Rechten über seine dichten, grauen Locken. »Ich frage Euch im Namen des Stadtrats: Gehört zu den erwähnten Sondervollmachten zufällig auch der Befehl über eine Legion, um die Barbaren zu vertreiben?«
Im Saal erhob sich Gemurmel, einige Stadträte lachten. Flavius versuchte, Zeit zu gewinnen. »Ich habe einige Reiter zum persönlichen Schutz, aber Ihr wisst so gut wie ich, dass ein Curator keine militärische Befehlsgewalt ausübt.«
»Mein Junge, du kennst unsere Stadtmauer.« Flavius fuhr herum und sah einen dicken Mann, der links in der vordersten Reihe saß. Tertius Saturnus, der Weinhändler, bei dem er vor sieben Jahren kurze Zeit gearbeitet hatte. Ausgerechnet der, ausgerechnet hier, ausgerechnet jetzt!
»Wir haben die mächtigsten Stadttore im Imperium, doch die weite Mauer ist seit deiner Abreise weder kürzer noch höher geworden. Deine Handvoll Soldaten wird zu ihrem Kastell zurückkehren und uns alle genau so schutzlos zurücklassen wie zuvor!« Der Weinhändler betupfte sich die Stirne mit einem Tuch. »Auch ich gehörte

zu denen, die dafür waren, dieser unseligen römischen Zwietracht ein Ende zu setzen. Auch ich habe Opfer gebracht für die Wiedervereinigung des Imperiums, das können alle hier bezeugen!«
Beifälliges Gemurmel erfüllte den Saal, während sich Flavius zu erinnern versuchte, was Ulixes über die Haltung dieses Weinhändlers erzählt hatte. Ja, der Mann war bei der Intrige beteiligt gewesen, die zum Sturz des Gegenkaisers Postumus geführt hatte, doch wohl weniger aus Vaterlandsliebe als aus persönlichem Gewinnstreben. Und jetzt gebärdete er sich …
»… ist es schon ein Jahr her«, durchdrang des Bürgermeisters Stimme seine Gedanken, »dass Aurelianus Alleinherrscher im Reiche ist. Nur – was haben wir davon? Unsere alten Beamten wurden abgesetzt, die Münze geschlossen, die hier stationierten Truppeneinheiten als angeblich unzuverlässig aufgelöst – und dann? Wann kommt der Kaiser selbst mit den Legionen? Wir harren seiner voller Ungeduld, Herr Curator!«
»Ich bin sicher, dass er, sobald er von diesem Überfall erfährt, seinen tapfersten Heerführer schickt, vielleicht sogar Probus selbst. Der wird wie Jupiters Blitz zwischen das Barbarengesindel fahren und es in die heimatlichen Sümpfe zurücktreiben«, gab Flavius scharf zurück. »Es wäre nicht das erste Mal.«
»Es wäre auch nicht das erste Mal, dass uns hier die Dächer angezündet werden«, rief ein magerer, weißblonder Mann dazwischen, »während ein ruhmsüchtiger Imperator hofft, in der persischen Hauptstadt Ktesiphon reichere Beute zu machen als in den germanischen Sümpfen. Den letzten Nachrichten zufolge, die wir vom Kaiser haben, ist er schon an Sirmium vorbei auf dem Weg nach Osten!«
Flavius winkte seinen Legionären, die mit klackenden Stiefeln anmarschierten und hinter ihm Aufstellung nahmen. Dann ging er zur rechten Bankreihe, verschränkte die Arme vor der Brust, fixierte den Sprecher und sprach so leise, dass alle im Saal den Atem anhielten, um nur ja kein Wort zu verpassen.
»Ein interessanter Beitrag, mein Freund, würdig eines Senators aus den besten Tagen der Republik. Euren Namen wird man sich merken müssen … Wie lautet er übrigens?«

Der Blonde sah ihn misstrauisch an, dann antwortete er zögernd: »Titus Aelius Viperinus, Bankier und Geldverleiher in dieser Stadt.«

»Ihr tragt den Vornamen eines großen Imperators, mein Freund«, gab Flavius zurück. »Es wäre doch schade, ihn durch einen unehrenhaften Tod zu beflecken.«

Im Saal erhob sich aufgeregtes Gemurmel, das er mit einer Handbewegung zum Verstummen brachte.

»Ich kenne den Imperator persönlich und glaubt mir, er ist ein Mann der Tat. Wisst ihr, was er im Fall eines beim Ehebruch ertappten Legionärs befahl?« Flavius sah sich im Saale um wie ein Lehrer, der eine Klasse prüft, und tatsächlich duckten sich einige Stadträte wie Schuljungen, die ihre Aufgaben nicht gemacht hatten und nun Prügel befürchteten. Nur der Bürgermeister antwortete widerwillig.

»Er ließ ihn zwischen zwei zusammengebundene Bäume spannen, die den armen Mann beim Auseinanderschnellen zerrissen.«

»So ist es«, nickte Flavius und gab sich Mühe, seinem Gesicht einen strengen Ausdruck zu verleihen. »Und was glaubt ihr wohl, wiegt in den Augen des Kaisers schwerer: ein Ehebruch oder zum Hochverrat anstiftende Reden?«

»Ich habe doch nicht …«, rief der Geldverleiher und sprang auf.

»Und ich habe Euch nicht gefragt!«, schrie Flavius in den Saal, als ihn Schritte herumfahren ließen.

Ein verschwitzter Soldat, in der Hand ein Päckchen, stand hinter ihm. »Herr, eine dringende Botschaft.«

Flavius blickte auf das Päckchen, dann auf die Versammlung.»Wie ihr seht, rufen mich unaufschiebbare Amtsgeschäfte. Ich vertage die Sitzung und erwarte alle in vier Stunden wieder hier!«

Er winkte seinen Legionären, ihm zu folgen, und bemühte sich, beim Verlassen des Raumes seine Schritte ihrem militärisch geschulten Tritt anzupassen. Draußen auf dem Forum riss er dem Boten das gefaltete Blatt aus der Hand, erbrach das Siegel, überflog die Botschaft, erbleichte und ließ den Papyrusbogen sinken. Dann winkte er den Mann beiseite und unterhielt sich eine Weile im Flüsterton mit ihm, bevor er sich wieder seinen Soldaten zuwandte. »Begleitet mich zum Palast zurück und holt mich kurz vor der achten Stunde dort ab.«

Doch in seinem neuen Zuhause hallten seine Schritte durch leere Räume. Eine Dienerin, die Aqmat angeheuert hatte, berichtete, dass frühmorgens Olus, später auch Aqmat und Primus weggegangen seien, ohne ihr Ziel zu hinterlassen.
Flavius verwünschte den Tag und ließ sein Pferd satteln, um zum »Weinstock« zu reiten. Dort traf er nicht nur Olus, sondern auch seine Frau und seinen Vater, denen der zukünftige Wirt bei einem Krug heißen Gewürzweines seine Pläne ausmalte.
»Flavius, schön, dass du auch da bist. Stell dir vor, ich …«
»Keine Zeit, Olus. Schlimme Nachrichten.«
Alle drei beugten sich über das Blatt, während Flavius das Dokument vorlas, das mit dem Siegel des Statthalters der Provinz Obergermanien versehen war.
»Was sollen wir jetzt machen? Wenn das wahr ist …« Seine Stimme stockte, als er Aqmats grüne Augen sah und an das Versprechen denken musste, das er ihr gegeben hatte.
Sie nahm seinen Arm. »Was auch immer geschieht, wir werden es gemeinsam durchstehen. Ob wir nun fliehen oder bleiben.«
»Aber das ist genau, worum es geht …«, stöhnte Flavius. »Wir sollten uns schnell entscheiden, bevor die ganze Stadt in Aufruhr ist.«
Primus erhob sich. »Kommt mit, ich möchte euch etwas zeigen. Es ist nicht weit.«
Sie ließen Olus in seiner Taverne und standen nach wenigen Schritten vor der Porta Martis, dem Nordtor der Stadt. Wie ein Palast ragte die dreistöckige Bogenfassade in den trüben Himmel; durch die beiden Torbögen waren die Grabmäler zu erkennen, die sich entlang der nach Colonia führenden Straße erstreckten.
Sie stiegen im linken Torturm eine Holzleiter empor, dann noch eine, bis sie das zweite Obergeschoss erreichten. Primus trat zu einem der Fenster an der halbrunden Nordseite und blickte lange hinaus, bevor er sich umdrehte.

»Er ist also tot. Feige ermordet, nicht einmal in einer Schlacht gefallen. Wie konnte das geschehen?«
»Ich weiß nur, was mir der Bote zugeflüstert hat«, seufzte Flavius. »Es soll sich um eine Intrige seines Sekretärs handeln. Aurelianus hatte ihn bei einer Lüge ertappt, und der Schurke fürchtete die Strafe seines Herrn.«
»Streng ist er … war er wirklich«, warf Primus ein. »Unerbittlich, das habe ich Ulixes oft gesagt, aber der meinte, das sei heutzutage nötig. Wie ging es weiter?«
»Diese Kreatur fertigte eine Namensliste an, auf der hohe Offiziere mit einigen wirklich zum Tode Verurteilten vermengt waren, fälschte die Unterschrift des Kaisers und ließ das Blatt zirkulieren. Die Genannten fürchteten um ihr Leben, tranken sich Mut an und erstachen den Kaiser.«
»Und wer ist sein Nachfolger, wer hat jetzt die Macht?«, fragte Aqmat.
»Bisher niemand, soweit ich weiß. Als die Verschwörer wieder nüchtern waren, befielen sie Reue und Schrecken. Sie sandten eine Botschaft an den Senat mit der Bitte, den nächsten Kaiser zu ernennen.«
»Und niemand unter den weisen Vätern war lebensmüde genug, nach diesem Amt zu streben«, lachte Primus.
»So ist es. Derzeit haben wir keinen Imperator, und niemand weiß, wie es weitergeht. Im Senat hat sich viel heimlicher Hass aufgestaut, seit der Kaiser vor einem Jahr bei seinem Triumphzug zwei Senatoren der Schaulust des Pöbels preisgab.«
»Der eine war Vaballathus, der Sohn Königin Zenobias«, meinte Aqmat. »Aber wer war der andere?«
»Tetricus, der letzte gallische Gegenkaiser. Aurelianus hat zwar anschließend beide milde behandelt, aber der Senat hat ein langes Gedächtnis«, antwortete Flavius. »Ich halte es nicht einmal für ausgeschlossen, dass dieser Retter des Reiches der Damnatio Memoriae verfällt!«
»Damit würden alle Verfügungen und Ernennungen hinfällig, die Aurelianus ausgesprochen hat«, murmelte Primus. »Du wärst kein

Curator mehr, sondern nur noch ein hergelaufener Emporkömmling, der die Stadträte verärgert hat ...«
»Jetzt verstehst du auch, warum der Gedanke an unsere sofortige Abreise nicht aus der Luft gegriffen ist. Warum sollen wir noch hierbleiben?«
Primus sah seinem Sohn in die Augen. »Weil wir hierher gehören. Diese grünen Hügel sind unsere Heimat, nicht Spanien oder Afrika. Das habe ich in Persien gemerkt, und auch deshalb bin ich damals mit dir mitgekommen.« Er atmete tief durch. »Verecundus ist ein gallischer Name. Caesars Legionen haben unser Land erobert, unterjocht und jeden Widerstand in Blut ersäuft. Doch dann hat uns Rom unendlich viel gebracht – das Ende unserer ewigen Stammesfehden und fast alles, was heute unser Leben ausmacht. Seit drei Jahrhunderten ist unser Schicksal mit dem Roms so vereinigt wie diese beiden Steine hier.« Seine Hand strich über die große Eisenklammer, die zwei Blöcke verband und deren Enden mit Blei vergossen waren. »Selbst Rebellen wie Postumus, Victorinus oder Tetricus wollten römische Kaiser sein, keine gallischen.« Primus sah seinen Sohn an, der Aqmats Hand genommen hatte.
»Die Menschen, die diese Steine gebrochen, behauen und aufeinander getürmt haben, hatten Vertrauen in die Zukunft. Sie glaubten, dass es sich lohne, für die Ewigkeit zu bauen. Selbst wenn das Imperium, was Gott verhüten möge, auseinanderfiele – das, was es gebracht hat, wird nicht verschwinden, solange Menschen da sind, die es weiterführen.« Nach kurzer Pause fuhr er fort: »Und auch wenn du das nicht gerne hören willst, mein Sohn, aber viele Christen beten für Rom. Mit jedem Jahr verbreitet sich unser Glaube mehr im Reich. Fällt Rom jedoch, so kommt das Ende der Welt.«
»Lass uns hierbleiben und kämpfen«, murmelte Aqmat und schmiegte sich an ihren Mann. »Gegen die Barbaren und, wenn nötig, auch gegen die Stadträte.«
Flavius nickte. »Gut. Dann muss ich mir jetzt gut überlegen, was ich nachher den Decurionen sagen werde.«

Als Flavius die Türe zum großen Saal der Curia öffnete, spürte er sofort, dass die Stadträte wussten, was geschehen war. Den Raum erfüllte ein Stimmengebraus, das durch sein Erscheinen kaum gedämpft wurde. Diesmal ging er mit festen Schritten zur halbrunden Apsis und stellte sich vor den leeren Bürgermeisterstuhl, misstrauisch beäugt von dem weißhaarigen Duumvir.
Er machte die Geste eines Rhetors, der eine Ansprache halten will, und wartete, bis sich die Stille im Raum verbreitete.
»Decurionen von Augusta Treverorum! Ich spüre, dass euch die schrecklichen Nachrichten mit dem gleichen Entsetzen erfüllen wie mich. Jetzt ist jeder Bürger im Römischen Reich aufgefordert, verantwortungsbewusst zu handeln und sein Bestes für den Staat zu geben!«
»Was ist denn das Beste?«, schrie der Quaestor. »Befehle eines toten Kaisers ausführen, die vielleicht morgen widerrufen werden?«
»Wenn sie sinnvoll waren, wird der Senat sie nicht widerrufen«, antwortete Flavius. »Aber ich glaube, wir sind uns alle einig, dass die Zeiten der Republik auf ewig vorüber sind. In der heutigen Lage brauchen wir einen starken Herrscher, und den werden wir auch bekommen. Einen Herrscher, der das Vertrauen des Heeres genießt. Und ich sage euch, ehrwürdige Stadträte …«, Flavius machte eine Kunstpause, wie er es einst bei seinem Rhetoriklehrer in Rom gelernt hatte, »ich sage euch: Dieser Herrscher wird einer von Aurelianus' Offizieren sein. Und jetzt, darum bitte ich euch, möge sich jeder erheben, der sich dann dazu bekennen wird, die Anordnungen des von allen Soldaten verehrten Imperators Aurelianus missachtet zu haben.«
Flavius blickte sich um. In der Halle herrschte Totenstille. »Nur zu, mutige Stadträte. Heute ist es noch leicht, vorzutreten. Viel leichter als dann, wenn der Abgesandte des neuen Herrschers vor euch steht und Rechenschaft fordert. Jetzt könnt ihr einen Mut bezeugen, den ihr dann vielleicht nicht mehr aufbringen werdet.«
Wieder rührte sich niemand. Flavius unterdrückte ein Schmunzeln und fuhr fort: »So schlage ich denn vor, dass wir so verfahren, als sei kein Widerruf eines Befehls zu erwarten.«

»Was dieser junge Mann sagt, klingt vernünftig.« Die Stimme des Weinhändlers erfüllte die Halle. »Ich habe aber auch einen Vorschlag zu machen. Um keine Zwietracht zwischen uns und dem Gesandten des Kaisers aufkommen zu lassen, schlage ich, Tertius Saturnus, hiermit vor, diesen jungen Mann, der mir von früher her bekannt ist, in den Stadtrat aufzunehmen. Und da unser zweiter Bürgermeister von den Barbaren erschlagen wurde, könnte ich mir vorstellen, dass er zur rechten Zeit einen guten Nachfolger abgäbe!« Stimmengewirr erfüllte den Raum, von zustimmenden Rufen durchbrochen. »Ja, das ist gut! Wir brauchen neue Mitglieder! Lasst uns diesen Verecundus wählen!«
Glück und Stolz erfüllten Flavius. Mit einer solchen Wendung, die seinen Einfluss erheblich vergrößern würde, hatte er nicht gerechnet. Erst Jahre später würde er merken, wie teuer ihn diese Ehre zu stehen kommen würde.

Die nächsten Wochen waren für Flavius mit Arbeit angefüllt – vom Morgengrauen bis in die Nacht. Mit Zustimmung des Stadtrates verfügte er eine Zwangsanleihe bei allen wohlhabenden Bürgern, mit deren Ertrag die zerstörten öffentlichen Bauten notdürftig instand gesetzt wurden. Unter Missachtung kaiserlicher Erlasse, die das Waffentragen verboten, wurden kampferfahrene Männer zu einer Bürgerwehr formiert. Sie sollten nach Barbarentrupps Ausschau halten, um im Notfall einige große öffentliche Gebäude wie das Amphitheater, die Porta Martis und die Thermen als Fluchtburgen für die Bevölkerung zu verteidigen. Doch glücklicherweise trat diese Notwendigkeit nicht ein.
Unterdessen richtete Olus seine Taverne her, nannte sie stolz »Zenobia« und warb um Faustinas Gunst. Die besah sich Küche und Schankraum, gab ihr Jawort und wies ihren zukünftigen Gatten an, sich ab sofort bei Betreten des Raumes die Schuhe abzuputzen. Bald darauf flüsterte Aqmat ihrem Mann ins Ohr, dass sie wieder guter Hoffnung sei, worauf Flavius seine ganze Würde als Stadtrat vergaß und mit seiner Frau durch den Raum tanzte.

Niemand jedoch ahnte, was während dieser Zeit im Kopf eines unbekannten Legionärs vorging, obgleich es für die Stadt an der Mosella und die römische Welt von großer Bedeutung war.
Noch zu Aurelianus' Lebzeiten beschwerte sich eines Abends ein stiernackiger Unteroffizier in einer Schenke im nördlichen Gallien so grob über die Rechnung, dass die Wirtin ihn ob seines Geizes anfauchte. Da grölte der Soldat höhnisch:
»Wenn ich Kaiser bin, werde ich mich großzügiger zeigen!«
In die plötzliche Stille des Raumes hinein entgegnete die Frau, ein altes Druidenweib: »Diocles, lass das Scherzen, denn du wirst Kaiser werden, wenn du einen Eber erlegt hast!«
Der Stiernackige lachte und schwieg. Aber der Gedanke an die Prophezeiung ließ ihn nicht mehr los. So oft wie möglich ging er auf Wildschweinjagd, während er beim Militär Karriere machte. Zum Kaiser wurde er jedoch nicht ausgerufen, sodass er schließlich enttäuscht brummte: »Ich erlege stets die Eber, aber den Braten verzehrt ein anderer.«
Doch sein Tag sollte kommen.

2. Kapitel

DER GRIFF NACH DEM PURPUR

(284–287 n. Chr.)

»Wenn ich mir die Sache gut überlege, so wird mir klar, dass im Großen und Ganzen kein Genie der Nachwelt einen wirklich bedeutenden Sohn hinterlassen hat. Die meisten Großen der Geschichte hatten entweder gar keine Söhne oder solche Kinder, die man der Menschheit gerne erspart hätte.«

Aelius Spartianus, römischer Historiker

Fast windstill war der Novembertag und so schwül, als wolle der Herbst ein letztes Mal seine Wärme verschenken, bevor kalte Regenschauer über das Land fegten. Gelegentlich trug eine schwache Brise den Salzgeruch des nahen Meeres herüber, doch immer wieder mischte sich dieser seltsame Hauch von Fäulnis darunter, der die Legionäre die Nase rümpfen ließ. Das Heer lagerte etwas außerhalb der Stadt Nicomedia, deren Mauern und Türme in der Ferne aufragten. In langen Reihen standen die Zelte der Offiziere und Mannschaften, alles war bereit, doch noch immer verließ der Imperator die Sänfte nicht. Mit zugezogenen Vorhängen stand sie vor dem Purpurzelt, in dem seine Bediensteten etwaiger Befehle harrten, geduldig und ohne zu fragen, wie sie es gewohnt waren.
Schon seit Tagen hatte niemand mehr Numerianus gesehen. Der Kaiser litt, so munkelte man, seit dem Perserfeldzug an einer Augenkrankheit, die ihm das Tageslicht zur Qual werden ließ. Keinen seiner Heerführer wolle der Kaiser sprechen, jede Störung verbitte er sich, so lautete der Bescheid, mit dem der Prätorianerpräfekt Aper alle Frager abwehrte. Auch jetzt stand der Befehlshaber der kaiserlichen Elitetruppe wieder vor der Sänfte. Die vergoldeten Ornamente auf seinem Brustpanzer glänzten in der Sonne und sein roter Helmbusch wippte leicht, als er von einem Bein auf das andere trat. Er war ein verschlagener und verschlossener Mann, der Mächtigste im Lager nach dem Kaiser, doch auch seine Macht fand ihre Grenzen. Selbst er konnte nicht kontrollieren, was in den Köpfen einer ganzen Armee vor sich ging – vom einfachen Legionär bis zum höchsten Offizier. Bislang hatten die meisten nur die Stirn gerunzelt und waren ihren Pflichten nachgekommen, doch manche

tuschelten bereits hinter vorgehaltener Hand. Aber noch schlugen sie die Augen nieder, wenn Apers stechender Blick sie traf.

Alle bis auf einen. Der Mann war mittelgroß, kräftig, hatte eine hohe Stirn und wache Augen. Wie die meisten Offiziere trug er einen kurz gestutzten Vollbart, doch seine Rüstung, die nicht weniger prunkvoll war als die des Mannes an der Sänfte, hob ihn aus der Masse heraus. Diocles war Befehlshaber der Leibgarde, und dass ihm dieser eingebildete Prätorianer den Zugang zum Kaiser verwehrte, ließ seine Wut wachsen – und sein Misstrauen. Schon das rätselhafte Ende des alten Carus war ihm seltsam erschienen. In Persien hatte man den Vater und Vorgänger des jetzigen Kaisers nach einem Gewitter tot aufgefunden – in seinem Zelt, das kurz danach in Flammen aufging.

Als gelte es, Spuren zu verwischen, dachte Diocles, gähnte und räkelte sich in dem vergoldeten Bronzeklappstuhl, der am Eingang seines Zeltes stand. Wieder starrte er in Apers Richtung. Irgendwann musste dessen Aufmerksamkeit erlahmen, wenigstens für einen Augenblick. Darauf lauerte er. Seine Zeit würde kommen.

Eine halbe Stunde später war es so weit. Der Prätorianerpräfekt schlenderte zum kaiserlichen Prunkzelt und rief einen Befehl hinein. Wie ein Raubtier sprang Diocles auf. Seine Stiefel knirschten auf dem Sand, als er sich mit großen Schritten der Sänfte näherte. Aper wandte den Kopf, machte eine abwehrende Armbewegung, rief etwas, doch Diocles achtete nicht darauf. Jetzt stand er vor der Sänfte, deren vergoldete Bronzebeschläge in der Sonne funkelten. Unbewegt hingen die bestickten Purpurvorhänge herab.

»Imperator«, murmelte Diocles mit stockender Stimme. Niemand antwortete, nur hinter sich hörte er das Geräusch hastiger Stiefel. Einer spontanen Eingebung folgend streckte er die Hand nach dem schweren Vorhang aus.

»Nein! Stört den Kaiser nicht!« Apers Stimme überschlug sich fast, doch sprach aus ihr nicht die Sorge um das Wohlergehen eines Kranken. Eher schien sie Angst zu verraten.

Mit grimmiger Miene hob Diocles den Vorhang hoch und fuhr zurück, als ihm ein Schwarm schwarzer Schmeißfliegen entgegenbrummte. Seine Augen brauchten nur kurz, um sich an das Dämmerlicht im Inneren zu gewöhnen und zu erfassen, was er dort sah. »Der Kaiser ist tot! Numerianus wurde ermordet!« Er schrie es, ohne seinen Blick von der Sänfte zu wenden, obgleich ihm der Fäulnisgeruch den Atem zu nehmen drohte. Nie würde er diesen Anblick vergessen, und selbst drei Jahrzehnte später, als er in seinem riesigen Palast auf den Tod wartete, sah er manchmal in Albträumen noch alle Einzelheiten vor sich: Der jugendliche Kopf des Kaisers zurückgesunken auf die Kissen; der aufgerissene, eingetrocknete Mund, die hilflos verkrampften Hände und die von blutigen Stichwunden übersäte Brust.

Die Schritte hinter ihm stockten, dafür erfüllte ein Stimmengewirr aus unzähligen Kehlen den Platz.

»Kommt her!« Diocles' Bass ließ die Männer der Leibwache auffahren, die neugierig vor ihr Mannschaftszelt getreten waren. »Da steht der Mörder! Fasst ihn!« Er stieß sein Schwert in Richtung Apers, der langsam zurückwich und mit abwehrenden Handbewegungen stammelte: »Nein, ich bin kein Mörder. Nein, nein ...«, während sich der Kreis der Bewaffneten um ihn schloss.

Eine Stunde später hatte sich das ganze Heer versammelt. Umgeben von der tuschelnden Masse der Soldaten standen die Offiziere auf einer Holztribüne, eine Gruppe glänzender Harnische, blinkender Phalerae und wippender roter Helmbüsche. Doch alle Zeichen militärischer Macht, erworben und erprobt in Kämpfen gegen einen klar fassbaren Feind, konnten nicht die Hilflosigkeit verdecken, die jetzt herrschte: Nicht nur, dass in den eigenen Reihen ein Mörder umging – noch mehr quälte die Männer die Ungewissheit, wie Carinus reagieren würde, der Bruder des Toten.

»Wir sollten sofort einen Boten nach Italien schicken, um den Kaiser unserer Treue zu versichern.«

»Aber wird er uns glauben? Erst kommt sein Vater ums Leben ...«

»Das war ein Blitzschlag, dafür kann niemand etwas.«

»... dann wird sein Bruder ermordet. Würdest du da an einen Zufall glauben?«

»Da hast du recht. Wir müssen den Mörder selbst finden.«

»Diocles meint, dass es Aper war.«
»Vielleicht, vielleicht auch nicht.«
»Meinst du, dass er selbst ...?«
»Nein, aber was ich glaube, tut nichts zur Sache. Was Carinus denkt, das zählt.«
»Carinus wird Rache wollen, das kostet mehr als einen Kopf!«
»Aber doch keinen Unschuldigen!«
»Sag das den Folterknechten, vielleicht mögen die deinen Humor.«
»Ich bin dafür, sicherzugehen. Was interessiert uns Carinus, der in Rom herumhockt? Wir haben die Perser geschlagen, nicht er!«
»Ja, uns steht es zu, den Kaiser zu bestimmen! Außerdem fällt so ein schönes Donativum für uns ab!«
»Das Geld könnte ich gut gebrauchen ...«
»Wenn Diocles schwört, dass er mit dem Mord nichts zu schaffen hat, stimme ich für ihn!«

Während sich die anderen Offiziere die Köpfe heiß redeten, stand der Befehlshaber der Leibwache abseits und tat so, als ginge ihn das alles nichts an. Plötzlich trat er vor, hob die Hand und wartete, bis alle Augen auf ihn gerichtet waren
»Kameraden! Ich schwöre bei Jupiter und allen Göttern, nichts mit dem Tod des Kaisers zu tun zu haben. Dort steht der Mörder!«
Damit zeigte er auf den gefesselten Aper, der einige Schritte entfernt wartete. Die Offiziere sahen ihn an, einige murmelten etwas, dann wurden die Stimmen lauter, bis zuletzt die ganze Gruppe skandierte:
»Diocles Imperator! Diocles Imperator! Diocles Imperator!«
Diocles atmete tief ein, schloss die Augen und ließ die Luft langsam aus den Lungen entweichen. Seit vielen Jahren, seit der Prophezeiung der Druidin, hatte er sich immer wieder überlegt, was er in diesem Augenblick tun würde. Vor allem aber hatte er sich geschworen, nicht so zu enden wie seine Kameraden, wie Gallienus, Aurelianus, Probus, Carus und jetzt Numerianus, von den unzähligen Usurpatoren ganz zu schweigen – alle diese Soldaten, die ihre Kaiserwürde mit dem Leben bezahlen mussten. Rom brauchte ein

völlig anderes Nachfolgesystem, wenn es nicht in ewigen Bürgerkriegen zugrunde gehen wollte. Ein für alle Male musste Schluss sein mit dem steten Kampf der Generäle um den Purpur, bei dem jedes Mal die Barbaren über die Grenzen strömten, während sich Roms Legionen gegenseitig abschlachteten. Da Diocles nur eine Tochter hatte und die römische Geschichte lehrte, dass auf starke Väter schwache Söhne zu folgen pflegten, hielt er nichts vom Erbkaisertum. Außerdem war auch nach drei Jahrhunderten der Kaiserherrschaft der republikanische Geist noch so stark, dass Rom für eine Dynastie, wie sie dem Erzfeind Persien eine gewisse Stabilität verlieh, nicht reif schien. Deshalb plante er etwas anderes, Neuartiges, das er durchsetzen wollte, sobald er über die alleinige Macht verfügte. Der erste Schritt dazu war vollbracht; der entscheidende dritte würde im Sieg über Carinus bestehen, den Bruder des Toten dort, der die Legionen im Westen befehligte. Mit diesem arroganten Weiberhelden würde er zu gegebener Zeit fertig werden – ein junger Mann, von dem es hieß, dass er sich mit Speichelleckern umgebe, edelsteinbesetzte Schuhe trage und sein Schlafzimmer mit Rosen bestreuen ließe. Zuvor aber war der zweite Schritt zu tun.
Er öffnete die Augen und sein Blick fiel auf den Gefesselten. Seine Stiefel knarzten, als er auf den Mann zuschritt, der einsam auf der offenen Fläche zwischen den Offizieren und dem Heer stand.

Einige Monate später verlangte in einer Taverne in Augusta Treverorum ein fetter Glatzkopf nach einer weiteren Runde Wein. Der Wirt, ein beleibter Rothaariger mit schütterem Bart, rieb sich die Hände und winkte dem Jungen hinter der Theke, schnell das Gewünschte zu bringen.
»Komm rüber, Caupo«, rief der Mann, dessen Akzent den Pannonier und dessen Goldringe seinen Wohlstand verrieten. Er hatte sich, kaum in Augusta Treverorum angekommen, danach erkundigt, wo man in dieser Stadt am besten speisen könne, und als drei Einheimische unabhängig voneinander die Popina »Zenobia« nannten, war er zum Nordtor geritten, sobald er ein Zimmer für die Nacht gefunden hatte. Das Haus hatte einen guten Eindruck ge-

macht: Die Preisliste, auf die ein Schild neben der Türe hinwies, versprach mehr, als die üblichen Spelunken boten. Innen war alles blitzsauber geschrubbt, und die Wirtin drängte keine Nebendienste auf. Als der volle Teller auf dem Tisch dampfte, verstand der Fremde, warum sich sogar Mitglieder der örtlichen Honoratiorenschicht nicht zu fein waren, hier einen Abend zu verbringen.

»Die britannischen Austern …«, schmatzte er zufrieden, »waren bereits köstlich, aber dann erst dieser gefüllte Hase … Nimm einen Schluck Wein auf meine Kosten und setz dich zu uns. Du musst mir das Rezept verraten!«

Der Wirt lächelte geschmeichelt, wischte sich die Hände an der Schürze ab und zog einen Hocker an den Tisch.

»Das Rezept ist von Apicius, mein Herr, ich habe es nur verfeinert. Für die Füllung nehme ich Mandeln, Pinienkerne, geschrotete Nüsse, Pfeffer, fein gehackte Eingeweide des Hasen und genügend Eier, um alles zu binden.« Nachdem er sich einen gehörigen Schluck Wein genehmigt hatte, fuhr er mit gesenkter Stimme fort: »Den Hasen sollte man in Speckscheiben wickeln, bevor man ihn langsam zwischen zwei Feuern röstet, damit das Fleisch nicht zu trocken wird. Während er brät, ist Zeit, die Sauce aus Zwiebeln, Bohnenkraut, Datteln, Pfeffer, Wein und Garum zu machen. Aber nicht zu viel Garum, mein Herr, das ist ein Anfängerfehler.«

»Bist du im Osten in die Lehre gegangen? Heißt deine Popina deswegen nach der syrischen Königin?«, fragte der Kaufmann, nachdem er sich den Mund mit einem Tuch abgetupft hatte.

Der Wirt nickte. »Kochen habe ich in Rom gelernt, aber in Palmyra war ich auch. Dort bin ich sogar Zenobia begegnet …«

»Olus, erzähl uns von Palmyra!«, rief eine Stimme im treverischen Dialekt vom Nebentisch. »Wir wollen die Geschichte von deinen Kämpfen hören!«

Der Wirt drehte mit verlegenem Gesichtsausdruck seinen Weinbecher zwischen den Fingern und meinte:

»Nun ja, aber die kennen doch alle …«

»Ich nicht!« Der Kaufmann klopfte ihm auf die Schulter. »Gegen wen hast du gekämpft?«

Olus räusperte sich. »Also, das war vor fast anderthalb Jahrzehnten, als wir von Rom aus mit einem hochgeheimen Auftrag des Kaisers Aurelianus nach Osten segelten. In meiner Begleitung befanden sich noch Ulixes Gabinius Aquila sowie Flavius Verecundus, heute einer unserer Stadträte, und Duumvir ...«

Während der Wirt die stürmische Überfahrt schilderte, bei der sie nur knapp einem Meermonster sowie gotischen Piratenschiffen entronnen waren, hörte am Ende des Raumes ein Gast mit vollem, braunem Haar aufmerksam zu. Seine grauen Augen spähten aus einem gut geschnittenen Gesicht, dessen hervorstechender Zug seine freundliche Ebenmäßigkeit war: gerade Nase, schmaler Mund, gestutzter Kaiserbart und keinerlei Narben oder Muttermale. Als Marcus Aurelius hatte er sich dem Wirt vorgestellt. In letzter Zeit bevorzugte er diesen Namen, der wohlklingend, Vertrauen erweckend und vor allem sehr häufig war. Abertausende hatten ihn vor gut acht Jahrzehnten zu einem Bestandteil ihres Namens gemacht – zu Ehren des Kaisers Marcus Aurelius Antoninus, besser bekannt als Caracalla, der allen freien Einwohnern des Reiches das römische Bürgerrecht verliehen hatte.

Mit dem fingerlangen Eisendorn, der hinten aus dem Griff seines Silberlöffels ragte, spießte der Mann das letzte Stück Schweinebraten auf. Er schob es in den Mund und kaute bedächtig, während seine großen Nasenlöcher wie die eines Hundes schnupperten. Dann drehte er sein Werkzeug um, löffelte den Rest der Sauce, wischte mit einem Stück Brot den Teller ab, putzte mit seinem Tuch die Silberteile des Löffels blank und stand auf, um sich langsam durch die Stühle nach vorn zu schieben. Dabei entging ihm nichts – wie seit seiner Ankunft in der Stadt. Augusta Treverorum hatte bessere Tage gesehen, aber auch schon schlechtere. Die Zerstörungen des Frankeneinfalls vor einem Jahrzehnt waren gelegentlich noch sichtbar – hier ein ausgebrannter Tempel, dort eine verfallene Stadtvilla, deren Besitzer umgekommen oder geflohen sein mochte. Reich war diese Stadt, in der einige Jahre lang die gallischen Rebellenkaiser residiert hatten, nicht mehr, aber die Decurionen schienen ihren Verpflichtungen besser nachzukommen als in vielen anderen Provinzstädten, die noch immer an den Verheerungen der Barbarenzüge litten. Morgen war eine Sitzung des Stadtrats anberaumt, da würde sich die Gelegenheit ergeben, einen Blick auf die lokalen Würdenträger zu werfen. Vielleicht ließ sich aber heute schon etwas herausfinden, etwas, das Aufschluss über die führenden Männer dieser Stadt gab – über ihre Eigenheiten, ihre Vorlieben und vor allem über ihre Schwächen und Verfehlungen.

Unauffällig musterte der Mann die Gäste, jeden Einzelnen, während der Wirt von der Landung in Berytus berichtete, vom großen Stieropfer in Heliopolis und der Ankunft in Palmyra. Sein Gesicht war gerötet und schweißbedeckt, als er mit ausholenden Gesten den Prunk der Wüstenstadt beschrieb. »Säulen, sooo dick und fast so hoch wie die Porta Martis. Überall Gold, Lapislazuli, Weihrauch, ihr könnt euch das gar nicht vorstellen …«

»Die Kämpfe, Olus …«, erinnerte ihn die Stimme vom Nebentisch.

Der Wirt nickte. »Ja richtig, die Feinde des Imperiums. Also, sie gerieten in ziemliche Aufregung, als sie von unserer Ankunft erfuhren, denn sie hatten ja alles versucht, das zu verhindern. Was ich hier vielleicht noch erwähnen sollte: Schon vor unserer Abfahrt aus Rom, als wir am Hafen entlangspazierten, da sah ich plötzlich …«

»Die Kämpfe, Olus …«, mahnte die Stimme erneut.

»Natürlich, natürlich, ich verzettele mich«, gab der Wirt zu. »Wo war ich stehen geblieben?«

»Die Feinde gerieten in Aufregung«, half der Pannonier aus. Olus strahlte und nahm noch einen tiefen Zug aus dem Weinbecher.

»Regelrechte Panik befiel sie bei dem Gedanken, wir könnten mit unserer Mission bei der Königin Erfolg haben. Weil sie aber zu feige waren, uns anzugreifen, solange wir zusammen blieben, verfielen sie auf einen tückischen Plan.« Olus machte eine Kunstpause, bevor er die Stimme senkte. »Durch eine gefälschte Botschaft lockten sie Flavius und Ulixes vor die Stadt zu den Türmen der Toten. Dort sollten die beiden von den versammelten Räuberbanden der syrischen Wüste überfallen werden, während ich ahnungslos die große Säulenstraße entlangspazierte.« Der Wirt sah sich im Raum um, ob auch alle gebührend lauschten, dann hob er mit theatralischer Ge-

bärde die Hände.»Aber ich vergesse ja meine Pflichten als Gastgeber. Sicher möchte noch jemand Wein, bevor ich weiter erzähle – Esuvius, frag die Herren!«
Während der etwa fünfzehnjährige Junge wie ein Wiesel zwischen den Tischen hindurch huschte, um die Bestellungen aufzunehmen, trat eine Frau aus der Küche und lehnte sich neben der Tür an die Wand. Sie hatte volle, hellbraune Locken, eine Stupsnase und mochte vielleicht Mitte dreißig sein. Trotz ihrer fülligen Figur und des deutlichen Doppelkinns sah sie noch immer anziehend aus, und dem Mann, der sich Aurelius nannte, entgingen die selbstbewussten Blicke nicht, die sie einigen Gästen zuwarf. Er beglückwünschte sich zur Wahl dieser Kneipe, und das nicht nur, weil der Hecht in Ingwersauce ausgezeichnet gewesen war. Einen besseren Ort für seine Pläne hätte er kaum finden können, mit dieser Wirtsfamilie, die offenbar einen der Duoviri gut kannte.
»Also, ich ging die große Säulenstraße entlang, immer die Ohren gespitzt, denn ich hatte natürlich die Zeit unseres Aufenthalts in Palmyra bereits dazu genutzt, die dortige Sprache zu erlernen.« Olus legte die Hand hinter das rechte Ohr und drehte den Kopf spähend hin und her. »Da hörte ich verdächtige Stimmen aus einem Kleiderladen. Ohne lange nachzudenken, trat ich unauffällig ein und tat so, als ob ich mich für die dort feilgebotenen Mäntel interessierte. Die dunklen Gestalten in der Ecke redeten unbekümmert weiter, da sie meinten, niemals könne ein Fremder ihr seltsames Geschnatter verstehen, und siehe da: Mein Gefühl hatte mich nicht getrogen. Eine ganze Gruppe erbitterter Romfeinde plante eine Verschwörung gegen das Imperium!«
»Im Mantelladen?«, staunte der Pannonier.
Olus nickte mit düsterer Miene. »Genau da, wo berufsmäßige Späher des Kaisers sie nie vermuten würden! Das eben war ja ihre Heimtücke!« Er wischte sich den Schweiß von der Stirne und fuhr fort: »Plötzlich wurde mir die Gefahr bewusst, in der ich schwebte. In diesem finsteren Gewölbe konnten sie mich hinterrücks abstechen, ohne dass je irgendwer von meinem Schicksal erfuhr.« Er hob die Arme. »Umsonst würde mein Blut fließen, nie mehr könnte ich

die erlauschten Geheimnisse dem Kaiser melden! Ich musste zu einer gewagten List greifen, um dieser Falle zu entrinnen!«
Mit gerunzelter Stirn sah sich Olus im Raum um, und Aurelius, der die Mienen der Zuhörer beobachtete, musste ihm zugestehen, dass er die Aufmerksamkeit seines Publikums zu fesseln verstand, auch wenn diese Geschichte offenbar schon mehr als einmal zum Besten gegeben worden war.
»Ich stellte mich einfältig und fragte in der Sprechweise eines ahnungslosen Fremden nach dem Preis eines Mantels! Doch die Schurken hatten Verdacht geschöpft. Ihr Anführer näherte sich mir bedrohlich, die Linke hinter dem Rücken, in der er gewiss einen Dolch umklammerte. Dabei nannte er einen völlig unverschämten Preis. Da begriff ich, dass es jetzt galt, die Feinde zu verwirren und nach rückwärts Raum zu gewinnen, wie es mir einmal ein bedeutender Stratege erläutert hat.«
Olus machte einen Schritt zurück, wobei er beinahe einem Gast auf die Füße getreten wäre, entschuldigte sich wortreich und wies mit dem Finger in einen dunklen Winkel der Stube.
»Deine Preise, erklärte ich dem Finsterling, stinken wie die hundert Haufen Hundescheiße auf deinen Mänteln dort! Das ließ ihn herumfahren, und während er verblüfft seine Ware musterte, machte ich einen Satz zur Tür. Fast wäre ich entkommen, da stieß ich gegen den Türbalken, dass mir die Sterne vor den Augen tanzten, und ging in die Knie …«
Olus ließ sich nach vorne sacken, stützte sich mit der linken Hand auf den Tisch und schwankte wie ein Boxer, der einen schweren Schlag einstecken musste. Dann hob er die rechte Faust.
»Das gedachte der schurkische Mantelhändler auszunutzen. Er sprang herbei, gewiss um mir den Gnadenstoß zu versetzen. Doch meine Faust traf seine Räuberfresse und schleuderte den Nichtswürdigen auf seine Kumpane, dass sie wie Säcke in die Ecke fielen, während ich aufstand und hocherhobenen Hauptes den Laden verließ.«
»Bravo, Olus, du hast's ihnen gezeigt!« Die treverische Stimme klang nicht mehr ganz nüchtern, aber dafür umso begeisterter.

Der Wirt winkte bescheiden ab. »Nun ja, ich tat, was ich konnte. Aber damit war mein Abenteuer noch nicht zu Ende, denn aus dem Laden erscholl ein so jämmerliches Geschrei, dass sich sogleich die gesamte Nachbarschaft zusammenrottete und drohend gegen mich vorrückte. Da griff ich mir den ersten, hob ihn drei Fuß über den Boden – ja, damals war ich noch in athletischer Verfassung – und gab ihm meine Faust zu riechen, dass er meinte, sich gleich bei seinen Ahnen im Hades einfinden zu müssen.«
Der Wirt hielt seine von rötlichem Flaum bedeckte Hand unter die eigene Nase, ballte sie, schnüffelte daran, tat so, als ob er das Bewusstsein verlöre und fuhr fort: »Als ich mich umwandte und rasch die Säulenstraße entlangschritt – schließlich hatte ich an diesem Tag noch Wichtiges vor –, trat vor das Portal eines prachtvollen Palastes eine wunderschöne junge Frau, die mir zurief: ›Wohin, stolzer Held …‹«
»Hase!«, gluckste die Stimme der Wirtin aus dem Hintergrund. »Sie sagte: ›Warum rennt dieser Mann wie ein Hase?‹«
»Schweig, du warst doch gar nicht dabei«, brummte der Wirt und wandte sich kopfschüttelnd zu seiner Frau um, die sich jedoch nicht bremsen ließ.
»Wie ich die Geschichte kenne, war sie eine alte, dicke Bäckerin.«
»Sie war jünger als du jetzt«, gab der Wirt zurück, »und dick ist schließlich Ansichtssache. Ich habe sie schlank in Erinnerung!«
»Aber sie nannte dich ›Hase‹, weil du Haken schlagend vor der Volksmenge geflüchtet bist!«
»Ich war in Eile, aber von Flucht kann keine Rede sein!«
»Das mit dem Hasen gibst du also zu?«
»Hasen stehen im Osten für ausgeprägte Männlichkeit, mein Schatz«, antwortete Olus, nahm einen Bronzemörser aus dem Wandregal und machte mit dem Stößel einige ruckartige Bewegungen, bei denen die Männer im Raum begeistert grölten. »Aber wenn meine Frau wie immer alles besser weiß, dann soll sie die Geschichten erzählen. Ich bin mit meiner fertig!«
Dröhnender Beifall erfüllte den Raum, und auch Aurelius bestellte noch einen Krug Wein. Erfahrungsgemäß war bei einer solchen

Stimmung am meisten von den Gästen zu erfahren. Unauffällig rückte er seinen Hocker in Richtung eines hageren, blonden Mannes, an dessen Händen mehrere Goldringe glänzten. Zufällig hatte er vorhin sein Gesicht im Blickfeld gehabt, und ihm war gewesen, als habe sich beim Namen Flavius Verecundus der Mund verhärtet. Auch dieser Viperinus, so hatte er von einem anderen Gast erfahren, war Mitglied des Stadtrates. Hier zeichneten sich nützliche Möglichkeiten ab.

»Ihr kommt aus Pannonien?«, fragte in diesem Augenblick Viperinus.

»Aus Sirmium an der Donau«, nickte der fremde Kaufmann. »Wieso?«

»Nun, vielleicht habt Ihr Neuigkeiten, wie … nun, ich möchte es mal so ausdrücken: Wie derzeit die Lage ist – den oder die Imperatoren betreffend. Bis wir in diesem Winkel des Reiches etwas erfahren … Man will ja ungern etwas tun oder sagen, das später Anlass zu Missverständnissen geben könnte.«

Der hagere Blonde rieb sich die Nase, während der Kaufmann verständnisvoll lächelte.

»Dass nach Numerianus' Tod ein gewisser Diocles vom Ostheer zum Kaiser ausgerufen wurde, wisst Ihr?«

Viperinus nickte. »Aber wie ging das genau ab?«

Während der Pannonier die Vorfälle bei Nicomedia schilderte, lehnte sich Aurelius zurück. Die Ereignisse waren ihm bekannt, sodass er lieber den Jungen beobachtete, der in der Kneipe half. Ein flinkes Füchschen – und ein hungriges dazu. Dieser Esuvius konnte noch nützlich werden.

»… sah das versammelte Heer zu, wie Diocles zu Aper ging, der gefesselt in der Mitte des Platzes wartete.« Der Mann aus Sirmium hatte jetzt die Aufmerksamkeit des ganzen Raumes auf sich gezogen, während er mit ruhiger Stimme berichtete, was sich einige Monate zuvor Tausende von Meilen weiter östlich zugetragen hatte: »Als Diocles vor dem Gefangenen stand, zeigte er auf ihn und rief: ›Dies ist Numerianus' Mörder!‹ Bei diesen Worten stieß er Aper sein Schwert in den Leib und ging, die vor Blut triefende

Klinge in der Hand, zu der Gruppe von Offizieren zurück. Dort angekommen bemerkte er lächelnd, nun endlich habe er den schicksalhaften Eber erlegt.«
Totenstille herrschte im Raum; kein Stühlescharren, kein Räuspern war zu vernehmen. Die Flammen der Öllämpchen flackerten, und in den Ecken zuckten stumme Schatten, als jeder der Anwesenden versuchte, sich ein Bild von dem Mann zu machen, der Gegner auf solche Weise aus dem Weg räumte. Ein Mann, der vielleicht bald ihr neuer Herr sein würde ... In allen Gesichtern las der Pannonier die gleiche Frage. »Ob das Urteil gerecht, ob Aper schuldig war? Ich weiß es nicht. Man munkelt, mit dieser Tat habe Diocles, der sich jetzt Diocletianus nennt, endlich die Prophezeiung erfüllen wollen – er soll ein ziemlich abergläubischer Mann sein.«
Viperinus drehte seinen Becher in der Hand. »Aber es gibt doch noch unseren Kaiser Carinus, hinter dem die Truppen der westlichen Provinzen stehen.«
Der Pannonier zuckte mit den Schultern. »Beide haben ihre Heere gegeneinander in Marsch gesetzt. Ob es jedoch zu der üblichen Metzelei gekommen ist und wie sie ausging, kann ich euch nicht sagen. Aber es werden wohl bald Boten kommen ...«
Langsam füllte sich der Raum wieder mit Stimmen, deren anfangs nachdenklicher Ton bald der üblichen Ausgelassenheit wich.
Aurelius spendierte einem neben ihm sitzenden, grauhaarigen Flussschiffer einen Becher Wein und lauschte seinen Erzählungen – wer viel Geld verdiente, wer es mit wessen Frau trieb, wer beliebt war in der Stadt und wem man lieber aus dem Wege ging. Besonders beeindruckt war der Alte von der Tatkraft jenes Flavius Verecundus, der in der Zeit nach dem Tode des Kaisers Aurelianus eine bewaffnete Bürgerwehr zum Schutz der Stadt aufgestellt hatte. In den letzten Jahren schien er zu Geld gekommen zu sein, mit dem er seltsame, von Wasser getriebene Mühlen errichten ließ.
Da mischte sich plötzlich Viperinus in das Gespräch: »Na ja, ob da alles mit rechten Dingen zugegangen ist ...«
Als Aurelius eine Stunde später die Kneipe verließ, überzog ein zufriedenes Lächeln sein Gesicht.

Der Junge war so in die Betrachtung des Eisvogels vertieft, der über dem kleinen Teich seine Stürzflüge vollführte, dass der alte Mann seine Worte wiederholen musste.
»Wir müssen gehen. Es wird bald dunkel, und morgen früh fahrt ihr zurück in die Stadt.« Er nahm den Jungen an die Hand und ging mit ihm in Richtung des Hauses, das sich an der Stelle erhob, an der sich der Bach zu einem kleinen See verbreiterte. Der Junge sah noch einmal zurück. Hinter der bogenförmigen Staumauer waren das Dach und der obere Teil des Rades der ersten Mühle zu erkennen; die zweite lag tiefer und war verdeckt. Wenn gemahlen werden sollte, öffnete der Großvater einen Schieber, und das Wasser schoss über die Holzrinne zur obersten Mühle. Dann übertönten das Platschen der Räder, die sich unter dem Druck des strömenden Wassers drehten, das Knarren der hölzernen Getriebe und das Scharren der Mahlsteine jedes Wort. Am Abend war der Spiegel des kleinen Sees um ein Drittel gesunken, doch am nächsten Tag hatte ihn der Bach wieder aufgefüllt, und die Fische hatten gelernt, den Sog zu meiden.
Heute war wenig zu tun gewesen, sodass die Sklaven die Arbeit früh einstellen und zum Gutshof zurückkehren konnten. Nur das Glucksen des Baches und das Abendlied einer Amsel waren zu hören, als vom Haus her eine triumphierende Mädchenstimme die Ruhe durchbrach:
»Gewonnen! Ich habe dich geschlagen!«
»Na, wenn Fortuna dir einmal beim Nux gnädig ist, musst du doch nicht gleich so gackern!« Der Stimme des Jungen war das Bemühen anzumerken, seinen Ärger hinter Herablassung zu verbergen.
»Fortuna? Dann hat dir bisher ein mitleidiger Jupiter geholfen.«
»Das werden wir gleich sehen, wer hier den Beistand der Götter braucht. Na, war das ein Wurf?«
Alexander drückte die Hand seines Großvaters, der ihn fragend ansah.
»Wie kann man Kinderspiele nur so ernst nehmen!«, sagte der Junge mit einem Kopfschütteln und einer Mimik, die den alten Mann an den Vater des Jungen denken ließen. Alexander war tat-

sächlich das genaue Abbild von Flavius – die gleichen Locken, von denen sich zwei über der Stirn zangenförmig zusammenbogen, und die gleiche helle Haut, ein Erbe seiner germanischen Großmutter. Von Aqmat schien er nur die grünen Augen geerbt zu haben. Er war knapp zwei Jahre älter als die Zwillinge, doch hoch aufgeschossen. Obgleich er wie alle Kinder noch immer das Lederband mit der Bulla um den Hals trug, dem kleinen Behälter mit dem Segensspruch, fühlte er sich doch stets mehr zur Welt der Erwachsenen hingezogen als zu den Spielen seiner Geschwister.

Primus und Alexander betraten den sandbestreuten Platz vor dem Haus, in den die Zwillinge ein etwa drei Fuß langes Dreieck gezeichnet hatten, das durch Querstriche wie eine Leiter unterteilt war. Vom breiten unteren Ende bis zur schmalen Spitze waren die Zahlen von I-X eingeritzt; statt der üblichen Nüsse lagen einige braune und weiße Kieselsteine auf dem Spielfeld verstreut. Die Kinder standen einige Schritte vom unteren Rand des Spielfeldes entfernt und waren so in ihre Würfe vertieft, dass sie nicht auf die Neuankömmlinge achteten.

»Lucius, Lucilla! Schluss jetzt, wir müssen gehen!«

»Nur das Spiel noch, Großvater, ich hab fast gewonnen!«, rief der Junge.

»Das wollen wir erst einmal sehen, du Großmaul!«, entgegnete das Mädchen und warf ihren letzten Stein so geschickt, dass sie die Partie für sich entschied. »Na, Bruderherz, ich hab's dir doch gesagt!«

Der Junge schnitt eine Grimasse und lief auf seinen Großvater zu, während das Mädchen mit Siegermiene hinterherschritt.

Primus hatte sich immer wieder über Gottes Fügung gewundert, die Zwillinge äußerlich derart ungleich schaffen konnte. Lucilla war sommersprossig, blond und hätte eine junge Germanin sein können, wären da nicht die dunklen Augenbrauen und die zierliche Gestalt gewesen. Lucius dagegen war eher kräftig und gedrungen, von seinem persischen Großvater hatte er die dunkle Hautfarbe geerbt, dazu die grünen Augen seiner Mutter.

»Holt eure Sachen und dann los. Ihr wisst ja, dass wir noch eine halbe Stunde bis zum Hof brauchen und …«

»Kommst du morgen mit?«, unterbrach ihn Lucius.
»Ja bitte, Großvater«, rief Lucilla und nahm seine Hand. »Du warst schon soooo lange nicht mehr bei uns, da musst du doch sicher etwas in der Stadt erledigen, und die Thermen würden dir guttun, und außerdem kennst du mein Hündchen noch nicht!«
Primus schmunzelte. »Schon gut, ihr habt mich überzeugt.« Er ging ins Haus, holte den Geldbeutel aus seinem Versteck und packte einige Habseligkeiten in eine Ledertasche. Dann zog er die Tür des kleinen Hauses zu, schob den bronzenen Schlüssel in das Schloss, hob den Riegel an und ließ ihn einrasten. Während der warmen Jahreszeit, wenn die Mühlen in Betrieb waren, zog er es vor, hier zu wohnen und nur gelegentlich zum Abendessen auf dem Gutshof zu erscheinen, wo sein Halbbruder Julius mit seiner Frau Drusilla lebte. Nach einer Weile tauchte oberhalb der Wiesenhügel, die mit den Kugeln der Löwenzahnsamen gesprenkelt waren, die braune Umfassungsmauer des Gutshofes auf, überragt von der weiß verputzten Villa mit ihren hellroten Dächern. Gerade verschwand unter Glockengebimmel eine Kuhherde im Hoftor, gefolgt von einigen Landarbeitern. Die Kinder rannten voraus, und als Primus den Hof betrat, sah er dort die Carruca stehen, den vierrädrigen Reisewagen, der sie am nächsten Tag nach Augusta Treverorum bringen sollte. Mit einem Male freute sich der alte Mann auf die Reise, auf das Wiedersehen mit seinem Sohn und auf das Treffen mit Glaubensbrüdern. Außerdem würde er so endlich die Möglichkeit haben, Papyrus und Schreibzeug zu kaufen, denn er hatte sich in seinen einsamen Stunden Gedanken über neue Mühlenkonstruktionen gemacht, die er ausarbeiten wollte.

Als sie die Mosellabrücke erreicht hatten, staute sich davor eine große Menschenmenge, die zum Markt drängte. Scheele Blicke trafen den Reisewagen mit dem Zeichen des Duumvir, und als Primus mit den Kindern ausstieg, blickte er in verschlossene Mienen. Wem er ins Gesicht sah, der schlug den Blick nieder. Doch hinter dem Rücken des alten Mannes ballte ein zerlumpter Hinkefuß die Faust und zischte »Reichenbrut«.

Eilig ließen sie den Wagen zurück und schoben sich in der Masse der Bauern, Fischer, Handwerker, Flussschiffer und Dirnen über den Fluss, vorbei an der Zollstation, durch den düsteren Quaderbogen des Stadttores und weiter bis zum Forum. Der größte Teil des Platzes war mit Marktständen bedeckt, die allerlei feilboten – rot glänzendes Geschirr, Stoffe, geräucherte Würste, Gebäck, beinerne Haarnadeln oder grüne Gläser aus Colonia. Primus kaufte den Kindern einige Stücke Gewürzkuchen und schlenderte weiter, ohne beim Bezahlen auf den Mann mit den grauen Augen zu achten, der Alexander intensiv musterte und sich danach bei einigen Umstehenden erkundigte, wer denn dieser nette Junge sei.
Am anderen Ende des Platzes, vor den Stufen, die zur Basilika führten, drängte sich eine Gruppe Schaulustiger. Fragend sahen die Zwillinge auf, und als Primus lächelnd nickte, schossen sie los, während Alexander seinem Großvater mit der Würde eines jungen Erwachsenen folgte. Als sie die Zuschauer erreichten, zwischen deren Beinen die Kinder verschwunden waren, brandete Beifall auf. Doch erst als Primus seinen Enkel auf die Schultern hob, konnte der erkennen, was dort vor sich ging.
Ein Mann mit dunkler Hautfarbe, wulstigen Lippen und krausen schwarzen Haaren tänzelte auf einem Holzpodest hin und her, eine Flöte in der Hand. Auf der Schulter des Gauklers, den eine grellbunte Tafel als den berühmten Maurus aus Volubilis anpries, hockte ein Äffchen, das unruhig den Kopf verdrehte. Einige Schritte entfernt stand eine Leiter, an der ein Hund tollpatschig, aber unverdrossen emporzuklettern versuchte. Der Mauretanier zeigte auf den Boden und rief dem Äffchen einen Befehl zu. Dieses sprang zu Boden und begann auf zwei Beinen laufend einen Reifen zu rollen, während der Mann der Flöte piepsende Töne entlockte. Doch plötzlich schien der Affe die Lust zu verlieren, rannte zur Leiter und stieß sie um. Jaulend purzelte der Hund zu Boden, um gleich darauf kläffend den Störenfried die Bühne entlang zu jagen. Schimpfend rannte ihnen der Gaukler nach, fast hatte der Hund den Affen gepackt, da sprang dieser den Mauretanier an und kletterte ihm mit wenigen Griffen auf den Kopf, um von dort aus keckernd und zäh-

nefletschend seinen Verfolger zu verspotten. Die Menge reagierte mit lauten Bravorufen und zugeworfenen Münzen, die der Affe behände auffing, während Herr und Hund sich dankend verbeugten. Auch Primus war so von der Vorstellung gefesselt, dass er nicht auf den unscheinbaren Mann achtete, der ihn streifte, eine Entschuldigung murmelte und gleich darauf in der Menge verschwand. Erst als er nach seinem Beutel fingerte, um eine Kupfermünze herauszusuchen, und sein Griff ins Leere ging, zuckte er zusammen. Erneut tastete er seine Kleidung ab – vergebens, der Beutel blieb verschwunden.

»Was hast du, Großvater?«

»Mein Geld … man hat mich bestohlen!«

Alexander starrte ihn an, dann rief er: »Ein Dieb, hier ist ein Dieb!«

Während sich eine aufgeregte Gruppe um Primus scharte, beobachteten ein Stück entfernt zwei graue Augen einen ärmlich gekleideten Mann, der an einem Getränkestand einen Sextarius billigen Apfelweins bestellte. Einen Augenblick wurde er von einem anderen Kunden verdeckt, der den Verkäufer etwas zu fragen schien und sich dann mit raschen Schritten entfernte. Langsam ging der Beobachter zu dem Weinverkauf und bestellte einen Becher, wobei er sich so hinstellte, dass er dem anderen Trinker den Rücken zuwandte. Beim Bezahlen stieß er mit dem Knie gegen den Verkaufstresen. Er stöhnte leise und rieb sich das Knie, scheinbar ohne zu merken, dass sein Geldbeutel zu Boden gefallen war – im Gegensatz zu dem Mann in der geflickten Tunika, der alles genau beobachtete. Aurelius trank seinen Becher aus und wandte sich zum Gehen, doch plötzlich wurde seine Aufmerksamkeit von der aufgeregten Menschengruppe angezogen und er schlenderte hinüber wie ein neugieriger Müßiggänger. Dabei versicherte er sich durch unauffällige Blicke zurück, dass der andere seinen Platz nicht verlassen hatte. Bei der Gruppe um Primus angekommen, galt seine Aufmerksamkeit jedoch nicht dem Bestohlenen, sondern weiterhin dem Mann am Apfelweinstand, der zögerte, umherblickte, sich bückte und etwas aufhob. Schlagartig fiel alle gelangweilte Gelassenheit von Aurelius ab, er drängte sich durch die Umstehenden zu

Primus und stieß mit halblauter Stimme hervor. »Entschuldigt, aber ich glaube, dieser Bettler dort drüben hat Euch bestohlen!« Er zeigte in Richtung des ärmlich gekleideten Mannes, der in diesem Augenblick dem Wirt eine Münze hinwarf und mit langen Schritten in Richtung der Säulenhalle hastete, die den Ausgang des Forums bildete.
Sofort lösten sich mehrere Männer aus der Gruppe und rannten zwischen den Ständen hindurch über den Platz, bis sie dem Verdächtigen so nah waren, dass sie ihn mit wenigen Sprüngen packen konnten. Der Mann stieß einen lauten Schrei aus und wand sich heftig, doch vergeblich.
»Haltet ihn, ich rufe die Marktwache!« Primus lief über das Forum und kam mit zwei Männern in Lederpanzern zurück.
»Hast du diesen Bürger bestohlen?«, fragte der Ältere und zeigte auf Primus.
»Nein, beim Merkur, bin ihm noch nie begegnet!«, protestierte der barfüßige Mann.
»Na, Freundchen, dann lass uns mal sehen, was du so bei dir hast!« Bei diesen Worten tastete der jüngere Wachmann den Gefangenen ab und förderte ein Messer, einige Münzen und ein Ledersäckchen zutage.
»Großvater, das ist doch dein Geldbeutel!«, rief Alexander aufgeregt. »Wir haben den Dieb!«
»Eine dreiste Lüge!«, protestierte der Beschuldigte. »Das ist mein Geld!«
Mit gerunzelten Stirnen sahen die Wachen auf die Kontrahenten.
»Da kann doch nur einer der Besitzer sein, denk ich«, bemerkte der Ältere kopfschüttelnd. »Die sollen sagen, was drin ist. Wer's nich' weiß, hat gelogen!«
»Da ist eine Handvoll Doppeldenare drin, und die gehören mir!«, rief der des Diebstahls Verdächtigte.
»Genau achtundzwanzig«, nickte Primus, »und auf der Innenwand ist ein Zeichen geprägt. Kennt Ihr das auch?«
Verwirrt sah ihn der Dieb an. »Hab ich nie reingeschaut. Was für ein Zeichen soll das sein?«

»Das des Ledermachers, bei dem ich den Geldbeutel in Divodurum gekauft habe!«, entgegnete Primus, nahm das Säckchen, zeigte auf die Markierung und steckte seinen Geldbeutel ein.
»Irgendein Schwein hat mich reingelegt!«, keuchte der Dieb und wollte sich auf Primus stürzen, doch die Wachen hielten ihn mit eisernem Griff fest.
»Na ja, dann is ja alles klar«, nickte der Ältere, während Primus die Zwillinge an den Händen nahm.
»Großvater, was machen die mit ihm?«, fragte Lucilla.
»Er wird bestraft«, antwortete Primus, »damit er das nie wieder tut. Lass uns gehen.« Er hörte nicht, was eine der Wachen zu dem Bettler sagte, und sah auch nicht, wie sich das Gesicht des Gefangenen vor Entsetzen verzerrte. Der Mann fiel auf die Knie, verbarg das Gesicht in den Händen und begann zu wimmern. Da trat Aurelius heran, beugte sich zu ihm herab und murmelte etwas im Dialekt seiner Heimat.

»Und, wie kamt Ihr darauf, dass dieser Mann ein Dieb sein könnte?« Flavius musterte das freundliche, gut geschnittene Gesicht des Besuchers, den sein Vater vor einer halben Stunde vom Forum mitgebracht hatte. Der Fremde hatte jeden Dank für den wieder beschafften Geldbeutel abgelehnt und, als Primus sich vorstellte, nur gefragt, ob er zufällig den Herrn Curator kenne, der den gleichen Familiennamen trage und von dem er, obgleich ein Fremder in der Stadt, schon so viel gehört habe. Daraufhin hatte Primus ihn zum Abendessen eingeladen, das in einer Stunde serviert werden sollte.
»Mir war sein Treiben schon einige Zeit verdächtig vorgekommen«, antwortete der Gast, »aber ich war mir nicht sicher. Außerdem arbeiten diese Burschen fast immer mit einem Komplizen zusammen, der dann die Beute verschwinden lässt.« Er kratzte sich hinter dem Ohr.
»Euer Vater war mir aufgefallen, weil er so liebevoll zu den Kindern war. Als ich genau erkennen konnte, wie ihn dieser Mann bestahl – nun, da musste ich natürlich helfen.«

Flavius nickte anerkennend. »Die meisten hätten weggesehen …« Aurelius hob die Hände. »Das ist ja das Grundübel unserer Zeit – kein Gefühl mehr für Anstand und Pflicht. Alle erwarten gleich eine Belohnung für jeden Handgriff. Kein Wunder, dass unser Staat zugrunde geht.«

»Aber wie habt Ihr es geschafft, auch noch die Geldbeutel der anderen Opfer wiederzubekommen?« Flavius schob seinem Gast einen Teller hinüber. »Bitte nehmt.«

Aurelius führte eine in Honig eingelegte Feige zum Mund, leckte sich die Finger ab und lächelte versonnen.

»Hier musste ich nur Geduld haben. Als er genügend geheult und gejammert hatte, flüsterte ich ihm ins Ohr, ich sei ein Freund der Aedilen und würde mich bei ihnen für eine milde Strafe einsetzen. Dafür müsse er aber seinen Komplizen verraten, dem er das Diebesgut zugesteckt hatte. Da überlegte der Kerl nicht lange …«

»Wie, Ihr kennt die Aedilen persönlich? Ich denke, Ihr seid fremd in der Stadt?«

»Eine kleine Notlüge«, Marcus Aurelius zuckte mit den Schultern. »Ich schäme mich auch ein wenig dafür. Aber das Diebespack wird in diesen Zeiten immer dreister, was soll man da machen.«

»Da habt Ihr recht«, seufzte Flavius. »Bitte kommt, ich höre, das Essen ist fertig.«

»Ich danke Euch.« Marcus Aurelius blickte ihn mit dem gleichen freundlichen Gesichtsausdruck an, mit dem er eine Stunde zuvor den Dieb betrachtet hatte.

»Willst du nicht schlafen kommen?«

Flavius saß an seinem Schreibtisch, das Kinn auf die Hände gestützt, den Blick in die Flammen gerichtet. Drei Öllampen hingen an dünnen Ketten von einem Bronzeständer, auf dem großen Tisch stand ein rundes Tintenfass, dessen bunte Emailverzierung im Lichte der Flammen glänzte. Daneben lag ein Schreibrohr, vor dem sich eine Papyrusrolle mit erbrochenem Siegel ringelte. Als er Aqmats Stimme hörte, blickte Flavius auf und nickte, doch war deutlich zu spüren, dass er mit den Gedanken weit weg war.

Seine Frau lächelte ihn an, doch als sie merkte, dass er ernst blieb, ging sie zu ihm und strich ihm mit den Fingerspitzen die widerspenstigen Locken aus der Stirne. Sie waren jetzt seit über einem Jahrzehnt verheiratet, und es erfüllte sie mit Unruhe, dass ihr Mann in letzter Zeit immer wieder in abweisendes Schweigen versank.
»Hast du Sorgen? Bitte, sag es mir, wenn dich etwas belastet.« Sie beugte sich vor, legte ihre Wange an die seine und spürte die feinen Bartstoppeln. »Komm mit ins Atrium, die Nacht ist noch warm. Du sitzt jetzt schon seit Stunden über deiner Arbeit. Irgendwann muss es genug sein, meinst du nicht?«
Flavius nickte, erhob sich und folgte ihr. Sie durchquerten das große Speisezimmer, dessen Boden ein braungelbes Mosaik mit verschlungenen geometrischen Mustern bedeckte. Im quadratischen Mittelfeld war ein gewisser Polydus dargestellt – vor vier Jahrzehnten der Publikumsliebling im Circus der Stadt, heute ein Haufen Knochen unter einem bemoosten Grabstein. Mit starrer Pose stand der Rennfahrer auf seinem Wagen und hielt Lorbeerkranz und Palmzweig über seine siegreichen Pferde. Das kunstvoll ausgeführte Mosaik war einer der Gründe für Flavius gewesen, dem Besitzer die von einem Brand beschädigte Stadtvilla abzukaufen. Doch jetzt hatten weder Aqmat noch er Sinn für das, was sich im Halbdunkel unter ihren Sandalen abzeichnete. Sie gingen zum Atrium und setzten sich auf eine Bank im Innenhof, von der aus sie den vollen Mond sehen konnten. In einem Käfig, der einige Schritte entfernt an der Decke hing, sang eine Nachtigall. Unwillkürlich lächelte Aqmat. Sie konnte sich noch an den Sommer in der Mosellagegend erinnern, als sie zum ersten Mal diese trillernden, schluchzenden Laute hörte und nicht glauben wollte, dass sie aus der Kehle des kleinen Vögelchens stammten, das Flavius ihr in einem Baum zeigte. Bald darauf war er nach Hause gekommen, ein Lächeln auf den Lippen, den Käfig mit einer zahmen Nachtigall in der Hand. Damals waren sie ärmer gewesen als heute, aber es schien Aqmat, als hätten sie unbeschwerter gelebt.
Sie sah ihrem Mann in die Augen. »Bitte, lass mich nicht länger im Ungewissen!«

Flavius atmete tief aus und rieb sich das Kinn. »Weißt du noch, wie Ende Mai die Nachricht kam, Kaiser Carinus habe an der Donau die Truppen dieses Diocletianus geschlagen, den das Ostheer zum Kaiser ausgerufen hatte?«

Aqmat nickte. »Wart ihr damals nicht alle froh darüber?«

»Ja, das waren wir. Am nächsten Tag, bei der Sitzung des Finanzausschusses, kam der Vorschlag auf, einen Boten zum Kaiser zu schicken. Mit einem Glückwunschschreiben, wie glücklich hier alle über diese Fügung der Götter seien, dass sie dem Imperator weiterhin ein langes Leben schenken mögen, na ja, und so weiter.«

»Wer kam auf diesen Einfall?«, fragte Aqmat. »Dieser Aurelius, der jetzt fast zu deiner rechten Hand geworden ist?«

»Nein, wie kommst du darauf? Den habe ich doch nur als kleinen Beamten eingestellt, der hat nicht einmal genug Besitz, um Decurio zu werden«, antwortete Flavius, und Aqmat schien es, als höre sie einen ungehaltenen Unterton heraus.

»Ich glaube, es war Viperinus, der Quaestor«, fuhr er nach kurzer Pause fort. »Er meinte, der Kaiser sei nach dem Sieg sicher bei guter Laune. Das sei ein günstiger Moment, um ihm unsere Bitte nach Unterstützung vorzutragen. Wie du weißt, bröckeln viele öffentliche Gebäude in der Stadt. Die Heizung der Thermen müsste ganz dringend erneuert werden. Aber das ist nur der Anfang …«

Aqmat nickte, das Thema war ihr vertraut. Die im Garum versteckten Goldstücke, mit dem sie damals angereist waren, stammte zum überwiegenden Teil aus ihrer Mitgift. So war sie zur aktiven Teilhaberin ihres Mannes geworden. Er erkundete die Geschäftsmöglichkeiten, die zu erwerbenden Grundstücke und Handwerksbetriebe, während sie die Finanzierung übernahm und zäh um die Preise feilschte. Bisher war immer alles gut gegangen, sogar die seltsamen Wassermühlen brachten einen hübschen Gewinn.

»Auf jeden Fall ließ ich das Dokument aufsetzen«, fuhr Flavius fort, »unterschrieb es allein, ohne Viperinus, der plötzlich zu einem kranken Verwandten reisen musste, und befahl dem Boten, zum Kaiser zu reiten, als seien die Alamannen hinter ihm her.« Er stand auf, knetete die Hände und sah zum Himmel empor, auf dem sich

eine ausgefranste Wolke auf den Mond zuschob. »Einen Tag später kam die Nachricht.«
»Du meinst, dass Carinus ermordet worden war?«
»Ja, in seinem Zelt erstochen. Angeblich von einem eifersüchtigen Offizier, mit dessen Frau er was hatte.«
»Kaiser sind auch nur Männer«, schmunzelte Aqmat, wurde aber gleich wieder ernst. »Hast du den Boten zurückgerufen?«
»Das ging nicht mehr«, stöhnte Flavius. »Ich habe alles versucht und sofort einen Eilkurier hinterhergehetzt, aber nach der zweiten Mansio verlor sich die Spur und er blieb verschwunden.«
Aqmat überlegte. »Das ist jetzt zwei Monate her, oder?«
Flavius nickte stumm.
»Könnte es sein, dass der Bote nie zum Kaiser gelangt ist? Die Zeiten sind unsicher, es gibt Räuber …«
Sie beobachtete ihren Mann, der unruhig im Atrium hin und her ging, sich dann an eine der Säulen lehnte und mit den Fingern auf den glatten Verputz trommelte. »Möglich wäre es, aber niemand hat von einem Überfall gehört oder eine Leiche gefunden. Zumindest nicht innerhalb der sieben Tagesreisen, wo wir gefragt haben.« Plötzlich schlug er mit der Faust auf die Säule. »Bei allen Göttern der Unterwelt! Wenn ich nur wüsste, wer diese verfluchte Ergebenheitsadresse jetzt in den Händen hält!«
Aqmat ging zu ihrem Mann und umarmte ihn. Sie spürte sein Herz pochen, hörte seinen raschen Atem und nahm seinen Kopf als Umriss gegen den dunklen Nachthimmel wahr. Eine Weile standen sie stumm zusammen, nur der Gesang der Nachtigall war zu hören, doch keiner von beiden achtete darauf.
»Könnte es nicht sein, dass der neue Kaiser sich gar nicht darum schert? Dass er Wichtigeres zu tun hat, als sich über die Schreiben irgendwelcher Provinzstädte aufzuregen? Dass er sich im Osten um die Perser kümmern muss? Dass er es nie bis in unsere Gegend schafft, bevor ihn der nächste General absticht?«
Flavius nickte. »Möglich. Nur ist das noch nicht alles.«
»Was gibt es denn noch?«
»Hast du nichts von den Bagauden gehört?«

Aqmat sah ihn fragend an. »Der Name fiel gestern Vormittag, als ich mit einigen Freundinnen in den Thermen war. Sind das nicht irgendwelche aufsässige Arme in Gallien?« Sie ging zu dem Wasserbecken in der Mitte des Gartens, legte ihre Hand auf den kühlen Marmorrand und erschauerte. »Wenn ich dieses abgerissene Volk sehe, das an Markttagen in die Stadt strömt, die vielen Bettler, die in den Säulenhallen des Forums herumlungern, und die ausgemergelten Tagelöhner, die am Hafen schuften … Ich möchte ihnen so gerne helfen, aber wie?« Sie seufzte leise. »Neulich, als ich mit den Kindern unterwegs war, habe ich einem verwahrlosten Alten eine Münze zugeworfen, aber der Kerl hat uns nur hasserfüllt angestarrt. Überall diese gierigen Blicke, der Neid, mit dem sie jede Sänfte verfolgen … es kann einem richtig angst werden.« Aqmat ließ ihren Blick über die Säulen des Atriums wandern, die das Mondlicht in kalten Glanz tauchte. »Hier sind wir doch nicht in Gefahr, oder? Augusta Treverorum ist eine große, befestigte Stadt. Es gibt eine Bürgerwehr, die du selbst aufgebaut hast.«
»Wenn es sich nur um Diebstähle oder um kleine Überfälle handeln würde, wie in meiner Jugend, dann könnte ich ruhig schlafen. Leider ist inzwischen mehr daraus geworden«, entgegnete Flavius, »viel mehr. Die schlimmen Zeiten haben zahllose Colonen zur Verzweiflung getrieben. Sie schlachten ihr Vieh, verlassen das Land und ziehen bewaffnet umher. Immer größere Scharen rotten sich zusammen. Darunter sollen auch viele Christen sein, die vom Ende aller Zeiten faseln. In einigen Städten haben sich sogar Sklaven den Banden angeschlossen und ihnen die Tore geöffnet!«
Aqmat überlegte. »Kann der Kaiser nicht ein Einsehen haben und den verwüsteten Landstrichen die Steuern erlassen?«
»Schön wär's. Nur wovon soll er dann die Legionen bezahlen? Und ohne die haben wir bald neben den Bagauden auch noch die Barbaren auf dem Hals.« Flavius nahm Aqmats Hand. »Inzwischen ist alles so schlimm, dass der Kaiser keine Gnade mehr üben darf. Er muss das Gesindel ausrotten!«
Aqmat zuckte unter seinem Klammergriff zusammen. So kannte sie ihren Mann nicht.

»Was ist denn noch geschehen?«, fragte sie leise.
»Die Bagauden haben sogar Städte geplündert, darunter das gut befestigte Augustodunum. Das ist ihnen zu Kopf gestiegen, sie sind zu einer verlassenen Befestigung auf einer Halbinsel bei Lutetia gezogen und haben dort ihre beiden Anführer, Amandus und Aelianus, zu Kaisern ausgerufen. Wenn es nicht so bitterernst wäre, könnte man über diese Posse lachen. Verlauste Bauern, die purpurbehängt durch den Dreck stolzieren!«
Flavius ließ die Hand seiner Frau los, die sich die Druckstellen massierte. »Was geschieht jetzt? Schickt Diocletianus ein Heer?«
»Ja, es ist schon im Anmarsch. Geführt wird es von einem General namens Maximianus, wohl auch ein rauer Bursche. Und weißt du, was man munkelt?«
Aqmat schüttelte den Kopf.
»Dass dieser Maximianus zum Mitkaiser ernannt werden soll, der den Westen des Reiches übernimmt. Das bedeutet neue Sondersteuern, für die wir Decurionen den Kopf hinhalten müssten.«
Aqmat dachte eine Weile nach, dann legte sie ihre Arme auf die Schultern ihres Mannes und sah ihm tief in die Augen. »Das kann sein, aber wir haben schon Schlimmeres überstanden. Lass uns zu Bett gehen, mir wird kühl.«

Der Raum im Rathaus, in dem Flavius einige Monate später saß, war von großen Fenstern erhellt, durch deren kleine, in Holzrahmen gefasste Glasscheiben die Wintersonne schien. Zu beiden Seiten seines Stuhles leuchtete die Glut in zwei Holzkohlebecken, ohne jedoch den hohen Saal zu erwärmen. Bis zur Decke säumten Regale die Wände, in denen sich die verstaubten Lederfutterale zahlloser Papyrusrollen stapelten. So sehr Flavius auch mit klammen Fingern die Kugeln des Abacus hin und her schob, so oft er Berechnungen auf seine mit Wachs überzogenen Holztäfelchen kritzelte – es half nichts. Die Kassen der Stadt waren leer, die von Rom geforderten Steuern von absurder Höhe und er zusammen mit den anderen Decurionen für die pünktliche Entrichtung der vollen Summe verantwortlich.

Den ganzen Vormittag hatte er mit den ältesten Stadträten zusammengesessen – Männern, die Erfahrungen mit früheren Finanzkrisen besaßen. Doch keiner hatte Rat gewusst. Nicht, dass die Stadt keinen Besitz gehabt hätte – ihr gehörten die Thermen, die Stadtmauer samt Toren, das Theater, der Circus, die Arena, der Aquädukt und die Tempel, großartige Bauten, einst von spendablen Statthaltern oder wohlhabenden Stadträten gestiftet. Doch für die Bürger einer verarmten Provinzstadt bildeten sie eine immer drückendere Bürde. Flavius musste an den Kaiser Marcus Aurelius denken, der vor über einem Jahrhundert dringend Geld gebraucht hatte, um den Abwehrkampf gegen die Markomannen zu finanzieren. Dieser Philosoph auf dem Thron war sich nicht zu fein gewesen, nach altrömischer Sitte eine Auktion zu veranstalten, bei der sechzig Tage lang der unter seinen Vorgängern angehäufte Prunk versteigert worden war. Flavius sah vor seinem geistigen Auge, wie neureiche Freigelassene und hochnäsige Senatoren sich durch den kaiserlichen Palast schoben, wie ihre Finger eine Marmorvenus betasteten, das Gewicht einer Silberschale prüften oder über die Elfenbeinschnitzereien eines Prunksessels glitten.
Doch das war in der Hauptstadt möglich gewesen, in der es von Reichen wimmelte. In Augusta Treverorum dagegen war alles anders: Einen kaiserlichen Hof gab es nicht mehr, die Handelsherren waren durch die Kriege verarmt, und was die Stadt an Verkaufbarem besaß, war im Laufe der Jahre verhökert worden, um wenigstens die Feuer in den Thermen nicht ausgehen zu lassen.
Ungeduldiges Pochen an der Türe riss ihn aus seinen Überlegungen. »Herein, was gibt es?«
Das schmale Gesicht von Quintus Vallio, seinem persönlichen Sekretär, erschien im Türrahmen. Der Mann atmete schwer. »Herr, Valerius Aulucentius ist geflohen!«
»Der Händler? Woher weißt du das?«
»Als ihn Aurelius zur nächsten Sitzung des Stadtrates laden wollte, traf er niemanden an«, schnaufte Vallio. »Nur den schlafenden alten Türhüter, den man wohl vergessen hatte, von seiner Kette zu lösen. Er durchsuchte das Haus vom Keller bis zum Dach – verge-

bens, alles leer. Ein Nachbar will jedoch letzte Nacht das Geräusch von Rädern gehört haben …«

Flavius fluchte. Jeder Decurio, der floh, um sich seinen Verpflichtungen zu entziehen, vermehrte die Last, die seine Kollegen tragen mussten. Deshalb hatten wechselnde Kaiser unter immer schärferen Strafandrohungen den Stadträten untersagt, fortzuziehen oder auch nur ohne Genehmigung ihre Heimatstädte zu verlassen.

»Alarmiere die Vigiles, sie sollen sich Pferde besorgen und zuerst die großen Straßen nach Dividorum, Mogontiacum und Colonia abreiten, ob dort jemand den Wagen unseres werten Stadtrats gesehen hat.« Er überlegte einen Augenblick, dann fügte er hinzu: »Und sag Aurelius, er soll den Türhüter und die Nachbarn verhören, vielleicht weiß jemand, wohin sich dieser Aulucentius verzogen haben könnte. Verstanden?«

Vallio nickte. »Ja, Herr, aber ich soll Euch noch etwas ausrichten.«

»Noch eine schlechte Nachricht?«

»Ich weiß nicht. Es ist nur so, dass Euch Tertius Saturnus dringend zu sprechen wünscht. Wenn es Euch passt, um die zweite Stunde nach Mittag in den großen Thermen, bei dem ägyptischen Masseur.«

Flavius kratzte sich am Kopf. Was konnte dieser schwatzende Geldsack, bei dem er als Junge kurz in die Lehre gegangen war, von ihm wollen? Seit seiner Rückkehr nach Augusta Treverorum hatte er mit dem Weinhändler öfter Wortgefechte im Stadtrat geführt, bei denen es meist um die Weinpreise oder Transportrechte gegangen war. Doch wenigstens war der Mann trotz aller Gewinnsucht ihm gegenüber stets offen gewesen.

Nachdem er noch einige Urkunden geprüft hatte, rief Flavius seine Sänfte, um sich zu den Thermen an der Mosellabrücke bringen zu lassen.

Im Vorhof übten im Sommer athletisch gesinnte Badegäste Wettlauf, Weitwurf, Weitsprung oder Ballspiele. Andere, zu denen auch Flavius gehörte, spazierten lieber in der Sonne, doch jetzt lag die weite Fläche verlassen da. Dem Eingang gegenüber stieg dunkel die Thermenfassade in den Winterhimmel. Sie war mit vorgeblendeten Säulen und großen Nischen geschmückt, in denen übermannshohe

Götterstatuen von Roms vergangener Größe kündeten. Unter dem Dachansatz des rosa und weiß verputzten Gebäudes quollen die feinen Rauchfäden der Wandheizung hervor, um sogleich vom kalten Winterwind zerzaust zu werden.

Am Eingang bezahlte Flavius den bescheidenen Eintritt, schälte sich aus seinen Winterkleidern, gab sie im Umkleideraum in die Obhut des Wächters, ließ sich hölzerne Pantinen geben und ging zu einem Imbissstand, um sich mit etwas Brot, einigen Scheiben gallischen Schinkens und einem Becher Wein zu stärken. Dann schlenderte er zum Tepidarium, blickte sich um und fand sogleich die Marmorbank mit dem schwabbeligen Körper des Weinhändlers, der unter den Pranken des Masseurs stöhnte.

»Gut so, weiter, aber etwas zarter ... Ach du bist es, Flavius, schön, dass du so schnell kommen konntest ... Hier unten nicht so stark drücken, willst du mich ermorden, ja, so ist es besser ... Du kannst dich schon einölen, dieser Grobian ist gleich fertig mit mir, ja, danke, das war gut.«

Einige Minuten später setzte sich Tertius auf, atmete tief durch und reichte Flavius, der sich gerade mit einem Striegel das Öl vom Körper strich, die Hand.

»Komm, lass uns gleich zum Caldarium gehen. Um diese Jahreszeit in heißem Wasser zu schwimmen, ist fast die letzte Freude, die einem alten Mann verbleibt.«

Und ein Luxus, den wir uns nicht mehr leisten können, dachte Flavius, denn das große, beheizte Schwimmbecken war nicht nur einzigartig im Reich, es verschlang auch Riesenmengen Holzkohle.

Vorsichtig stiegen sie die Marmorstufen hinab und ließen sich in dem dampfenden Wasser treiben, bis sie in eine Ecke gelangten, wo sie niemand belauschen konnte.

»Wieso hast du mich rufen lassen?«, fragte Flavius schließlich. »Und warum gerade hierher?«

Der Weinhändler richtete sich auf, rieb sich das Wasser aus den Augen und wischte sich die Nase, die von einem Geflecht roter Äderchen überzogen war. Betroffen bemerkte der Jüngere, wie ungesund der Mann wirkte. Wo in der Jugend Muskeln den Körper

formten, wabbelte jetzt bleiches Fleisch, aus dem vereinzelte Haarbüschel sprossen.
»Weißt du, mein Junge, genau hier habe ich vor achtzehn Jahren einen Fehler begangen.«
Flavius wollte gerade einwenden, er sei mit bald dreiunddreißig für diese Anrede doch etwas zu alt, da fuhr Tertius fort:
»Damals habe ich deinem Freund Ulixes dabei geholfen, Pläne für eine Intrige zu spinnen, die zum Sturz unseres Kaisers Postumus in Colonia geführt hat. Ulixes, dieser blinde Idealist, wollte Roms Größe wieder aufrichten, während ich Trottel mir die Rückkehr zu den guten, alten Zeiten der profitablen Weinimporte versprach. Wir haben uns beide getäuscht, mein Junge. Rom ist vergreist. Ohne göttlichen Beistand wird das Reich an seiner aufgedunsenen Größe zugrunde gehen. Um die Barbaren abzuwehren, genügt kein ferner Kaiser, der zugleich die Aufständischen in Ägypten, die plündernden Goten an der Donau und die unverschämten Perser aufs Haupt schlagen muss.« Tertius hustete. »Wie soll er da noch uns die Alamannen und Sachsen vom Hals halten, die unsere Fluren verheeren und unsere Küsten plündern? Die ewigen Germanenüberfälle haben den Handel mit Tuch und Wein, von dem wir gut lebten, völlig zugrunde gerichtet. Ohne die reichen Handelsherren aber wird diese Stadt zu einem halbverlassenen Ruinenfeld verkommen. So, wie jetzt schon Ulpia Traiana …« Tertius verstummte, tauchte unter, doch als er wieder zum Vorschein kam und Flavius den Mund zum Sprechen öffnete, redete der Weinhändler weiter. »Was wir bräuchten, ist ein Herrscher, der hier residiert, für den wir mehr sind als eine unwichtige Randprovinz. Postumus war ein solcher Mann. Ich habe zu seinem Fall beigetragen und dafür mussten wir alle bezahlen.« Tertius strich sich die feuchten Haare aus dem Gesicht und schnaufte. »Aber ich wollte dich nicht hier treffen, um Vorträge über Geschichte zu halten, sondern um dich etwas zu fragen. Weißt du schon, wie hoch die Steuern für Augusta Treverorum ausfallen?«
»Nur ungefähr …«, Flavius nannte eine Zahl, Tertius zuckte zusammen und murmelte: »Das habe ich befürchtet. Einen solchen

Haufen Goldstücke werden die Einwohner dieser Stadt nie zusammenkratzen können, auch wenn wir sie noch so pressen. Da müssen wir Decurionen gewaltig den Beutel aufmachen …«
»Kannst du«, fragte Flavius zögernd, »kannst du nicht bezahlen?«
»Doch, doch«, lachte Tertius bitter, »ich muss einfach nur meine Stadtvilla verkaufen und wie Diogenes in einem Weinfass hausen.«
Einen Augenblick hatte Flavius das seltsame Gefühl, die schlechte Nachricht diene als willkommene Bestätigung eines bereits gefassten Beschlusses. »Weißt du, mein Junge, ich bin nämlich nicht nur pleite, sondern auch noch krank. Irgendeine Geschwulst macht sich in meinem Inneren breit.«
»Was spürst du?«
Tertius schilderte die Symptome. Flavius untersuchte ihn, dann runzelte er die Stirn. »Als ich in Augusta Raurica bei Doryphoros, dem Arzt, in die Lehre ging, hatten wir einen Patienten mit einem solchen Leiden. Bei der Operation stellte es sich heraus, dass sein Körper voll kleiner Wucherungen war.«
»Krebs?«, fragte Tertius leise und Flavius nickte. »Hast du schon mit Caius Julius Telesporus gesprochen?«
»Wo denkst du hin – diesen quälenden Händen würde ich nicht einmal meinen ärgsten Feind ausliefern.«
»Aber er ist doch unser Archiatrus, vom Stadtrat gewählt …«, entgegnete Flavius schockiert.
»Ich habe nicht für ihn gestimmt, mein Junge. Den letzten fähigen Medicus in dieser Stadt haben damals die Barbaren erschlagen, nachdem einer ihrer Häuptlinge an einem Lanzenstich krepiert ist. Telesporus hat den Posten bekommen, weil sonst niemand hierher wollte.« Tertius rieb sich die Augen. »Er war zuvor ein brauchbarer Gladiatorenarzt, nur hat er seither eine ungute Vorliebe fürs Amputieren entwickelt. Weißt du, wie man ihn in Opferkreisen nennt?« Flavius schüttelte den Kopf.
»Caesar. Er kam, sah und sägte …« Tertius gluckste über seinen Scherz, wurde aber sogleich wieder ernst. »Ich will nicht als blutiger Fleischklumpen unter seinem Messer enden. Darf ich dich um einen Freundschaftsdienst bitten?«

»Gerne, wenn ich kann. Aber mir fehlt für eine so komplizierte Operation die Erfahrung ...«
»Ach, das meinte ich nicht«, schnaufte der Weinhändler. »Ich weiß, dass meine Zeit abläuft. Meine Bitte ist eine andere.«

Drei Tage später, am Dies Veneris, pochten bei acht Männern in Augusta Treverorum Boten an die Tür, die versiegelte Wachstäfelchen mit einer Einladung für den Dies Saturnis überreichten. Einige Empfänger runzelten die Stirn, weil dieser Tag als Unheil bringend für Geschäfte galt, doch wurde ihnen versichert, dass es sich um ein rein privates Abendessen handele.
Als Flavius an die Tür klopfte, musste er an jenen Tag vor fast achtzehn Jahren denken, als er mit Julius zum ersten Mal hier gestanden und verlegen das Unheil abwehrende Phallusrelief mit der Inschrift »Zerspringe, Neid« am Eingang betrachtet hatte. Damals war er ein kleiner Junge vom Land gewesen, der die Luxusvilla des reichsten Händlers der Stadt bestaunte ...
Die Türe ging auf, Flavius trat ein und wurde in den großen Speisesaal geleitet, dessen Mitte das Mosaik »Heil dir, Gewinn« zierte. Doch viele Steinchen waren ausgebrochen, die Lücken nur notdürftig mit Mörtel verschmiert, während senkrechte Feuchtigkeitsstreifen die roten Wandfresken entstellten. Flavius kannte die anderen Gäste, meist bekannte Stadträte: Vor Jahrzehnten die reichen Jünglinge der Stadt, heute missmutige alte Männer, die von vergangenen Tagen schwärmten, als das Wetter wärmer, die Weine besser und die Frauen williger waren.
Das Abendessen schmeckte dafür ausgezeichnet: Der Hausherr hatte Olus als Koch engagiert und den Rest seiner einst berühmten Weinvorräte aus Italien und Hellas aus dem Keller geholt. Doch Flavius konnte sich nicht daran freuen, seit langer Zeit wieder Austern vom Nordmeer und Falernerwein genießen zu können – verkrampft wartete er auf den Augenblick, in dem Tertius den wahren Grund dieser Zusammenkunft enthüllen würde. Doch als es dann so weit war, nahmen die Gäste die Mitteilung mit einer seltsamen Gelassenheit auf, als hätten auch sie schon diesen Schritt erwogen.

Sie packten die Reste des Essens in die dafür mitgebrachten Tücher, umarmten den Gastgeber zum Abschied und verschwanden in der Nacht. Auf dem Triclinium blieb nur Flavius zurück, während Tertius einem wartenden Sklaven das Zeichen gab.
»Nun ja, jetzt ist es bald so weit …« Der Weinhändler lächelte müde, während im hinteren Teil des Hauses Rauschen einsetzte. Flavius nahm seinen Arm.
»Noch kannst du es dir überlegen … Vielleicht ist es kein Krebs, vielleicht stundet dir der Procurator die Steuern …«
»Das eine, das wissen wir beide, ist so unwahrscheinlich wie das andere. Jetzt kann ich meinen Abgang noch gestalten, später holt man mich einfach.« Er richtete sich ächzend auf. »Das viele Essen und den Wein vertrage ich nicht mehr. Dir bekommt es übrigens auch nicht, wenn ich das hier noch sagen darf.« Bei diesen Worten musterte er Flavius. »Achte etwas mehr auf dich, noch ist es nicht zu spät. In den Thermen habe ich gesehen, dass du um die Hüften …«
Flavius hätte ob dieses ungebetenen Ratschlags des alten Fettwanstes beinahe laut aufgelacht. Doch die Heiterkeit blieb ihm sogleich im Halse stecken, und er schluckte seine heftige Antwort hinunter.
»Du hast recht, Aqmat hat mich in letzter Zeit mehrfach seltsam angesehen. Aber die viele Arbeit, die Sorgen, die mangelnde Bewegung im Winter …« Er verstummte.
Tertius schien mit seinen Gedanken weit weg zu sein, doch dann blickte er den Jüngeren traurig an. »Du hast eine wunderbare Frau, tu alles, um sie glücklich zu machen. Ich war leider nie verheiratet. Die Mädchen, die mir gefielen, hätten mich allenfalls wegen meines Geldes genommen. Dazu war ich zu stolz, vielleicht auch zu unsicher. Da habe ich mir lieber junge Körper gekauft, wenn ich meinte, es zu brauchen … So fehlen mir jetzt die Kinder, ich bin der Letzte, mit mir stirbt mein Geschlecht aus. Niemand wird mir die Totenopfer bringen.«
Das ferne Rauschen verstummte und der Weinhändler erhob sich schnaufend. »Das Bad ist fertig. Hier geht es lang.«
Flavius folgte ihm bis zu einem marmorverkleideten Raum, in dessen Ecke Dampfwolken aus einer gemauerten Wanne stiegen. Ter-

tius entkleidete sich umständlich, legte seine Tunika zusammengefaltet auf einen Schemel und stieg in das warme Wasser.
»Ah, wie ich schon sagte, einem alten Mann bleiben nicht mehr viele Freuden …«
Eine Zeit lang war nur der tropfende Wasserhahn zu hören, und Flavius begann bereits zu hoffen, dass Tertius eingeschlafen sein könnte, da richtete sich der Mann in der Wanne auf und murmelte: »Dieser vertrottelte Badesklave schafft es nie, die richtige Temperatur zu treffen. Na ja, jetzt ist seine Zeit am Heizkessel vorbei. Gestern habe ich allen die Freiheit geschenkt. Aber dass der Staat dafür auch noch Freilassungssteuer kassiert …«
Der Weinhändler schüttelte den Kopf, dann öffneten seine fleischigen Finger den bronzenen Mischhahn und ließen heißes Wasser nachlaufen, bis Dampfschwaden den Raum erfüllten.
»Hast du …?«
Flavius nickte, zog das Klappmesser mit dem Affengriff aus der Tasche, prüfte die Schärfe und hielt es Tertius hin. Der winkte ab. »Noch einen Augenblick. Siehst du den Kasten dort? Bitte hol ihn.«
Flavius brachte das rechteckige Behältnis, dessen Außenseiten mit einem hornartigen Belag versehen waren, in den ein Triumphzug graviert war.
»Darin findest du die Anordnungen für mein Begräbnis sowie zehn Aurei, das müsste mehr als genug sein. Bitte, lass meinen Leichnam nach alter Sitte verbrennen. Der Gedanke ist mir unerträglich, dass Würmer in meinem Körper herumkriechen. Und was den Totendienst betrifft, kennst du die Stelle bei Ovidius Naso?«
Flavius schüttelte den Kopf. »… meine Schulzeit ist so lange her.«
»Meine auch, aber ich habe es nachgelesen und auswendig gelernt, als mir klar wurde, was in meinem Körper vor sich geht.« Tertius senkte die Stimme. »Der Tote ist nicht anspruchsvoll, er braucht kein reiches Opfer, nur Pietät: Am Ufer des Styx gibt es keine Wünsche. Es genügt, wenn du das Grabmal mit einem Blumenkranz schmückst, auch etwas Obst bringst, kleine Salzkörner streust. Einige Veilchen und mit Wein getränktes Getreide; dies alles stelle in einer Schüssel in die Mitte des Weges. Auch mehr kannst du op-

fern, doch dem Toten genügt auch das Wenige; mach ein Feuer und flehe zu den Göttern, sprich das Grabgebet und die hierfür bestimmten Worte!«

Flavius nickte stumm.

»Unser Familiengrab liegt im Norden der Stadt vor der Porta Martis. Du kannst es nicht verfehlen, oben sind zwei steinerne Schiffe drauf, die Weinfässer transportieren. Der Schlüssel im Kästchen ist für die Tür, die in das Gewölbe darunter führt. In den Wandnischen stehen die Urnen meiner Vorfahren. Es gibt noch viel Platz, früher hat man für eine ewige Zukunft geplant. Eine besonders bauchige für meine Asche steht schon bereit – sie hat sogar Gesichtszüge, die mir ähneln.«

Für einen Augenblick funkelten die Augen unter den hängenden Lidern und über das faltige Gesicht huschte ein jungenhaftes Lächeln, das jedoch gleich wieder erlosch.

»Und jetzt, bitte ...«

Flavius reichte dem Weinhändler das aufgeklappte Messer, der es prüfend quer über die Innenseite seines Unterarmes hielt. »Ist es so richtig?«

»Nein, du musst längs, die Adern entlang, und dann die Arme in das heiße Wasser halten ...«

Tertius sah ihn bittend an. »Ich bin kein Held, weißt du ... Könntest du nicht ...?«

Flavius nickte, führte die Schnitte so sanft er konnte und tauchte die Arme des Weinhändlers unter. Wie zwei rote Mohnblüten breitete sich das Blut im Wasser aus, bis es zu einer Wolke verschmolz, die langsam wucherte und die Wanne füllte. Der Atem des Mannes ging langsamer, sein Kopf sank herab und rutschte tiefer, bis das Rot sein Kinn umspülte. Zuletzt richtete er sich nochmals auf.

»Bitte, Flavius, denk an die Totenopfer. Sonst bleibt nichts von mir. Lass wenigstens die Erinnerung der Lebenden mir Kraft spenden ... im Reich der Schatten.« Der Mann sprach mit sichtlicher Mühe. »Erst wer vergessen wird, vergeht endgültig. Und vor allem sorge bitte für mein Grabmal ... Versprichst du mir das?«

»Ja, ich verspreche es dir.«

Tertius sank zurück. »Danke.«
Während Flavius wie erstarrt in der feuchten Wärme saß und den immer schwächer werdenden Atemzügen des Mannes lauschte, stiegen die Erinnerungen an die Augenblicke auf, als der Tod in sein Leben getreten war. Plötzlich stand ein düsteres Gewölbe vor seinen Augen, in dem ein alter Mann in einer blutbefleckten Senatorentoga lag. Flavius spürte, wie seine Augen feucht wurden, wie es ihm die Kehle zuschnürte, als er an den zwölf Jahre zurück liegenden Tod seines Freundes Ulixes denken musste. Nach der Einsamkeit seiner Jugend, in der er ohne Mutter und Vater bei Julius und Drusilla aufgewachsen war, hatte ihm die Freundschaft dieses Mannes alles bedeutet, sein Sterben in Neros halb verschüttetem Goldenen Haus ihn tiefer getroffen, als er sich je eingestanden hatte. Selbst seiner Familie gegenüber, das wurde ihm in dieser Nacht bewusst, fiel es ihm noch immer schwer, sich zu öffnen, sich ganz fallen zu lassen aus Angst, erneut alles zu verlieren.
Eine Stunde mochte vergangen sein, als er sich aufraffte, um die Halsschlagader des Mannes in der Wanne zu befühlen. Doch er konnte kein Zeichen von Leben mehr spüren.

Zwei Tage nach der Beerdigung des Weinhändlers pochte es leise an eine Tür in der Stadtverwaltung. Der Mann an seinem Schreibtisch richtete die grauen Augen auf den Eingang.
»Herein«, rief er und legte das Schreibrohr weg, als ein Junge von etwa fünfzehn Jahren den Raum betrat. »Nun, was hast du mir zu berichten?«
Eine Stunde später verließ der Knabe das Gebäude, und seine Augen glänzten, als er die Münzen in seiner Hand befingerte.
Auch der Mann lächelte. Aus einem Schränkchen nahm er ein Mühlebrett und schüttete eine Handvoll Spielmarken daneben. »Esuvius ist ein wacher Junge. Man spürt, dass er nicht sein Leben lang für seinen Stiefvater Wein ausschenken will«, murmelte er und legte eine Marke auf das Spielfeld.
Er drehte eine zweite zwischen den Fingern. »Ein Bettler mit vernarbtem Rücken, von Hass besessen.« Die kleine, gesprungene

Knochenscheibe landete auf der gegenüberliegenden Seite. »Ein alter Baumeister, dem der Christenglaube den Verstand trübt.« Klirrend warf er eine Spielmarke auf das Brett. »Nur leider nicht genug, um wirklich blind zu sein.«
Sorgfältig wählte er zwei besonders große Marken aus, die er lange betrachtete, bevor er sie setzte. »Ein Kaiser im Westen, der den Herkules gibt«, murmelte er, »und ein Herrscher der Flotte. Wenn das nur gut geht …«
Einige Positionen später schreckten Hufegetrappel und rollende Räder den Mann aus seinen Betrachtungen. Vom geöffneten Fenster blickte er auf das Forum, auf dem ein Reisewagen hielt. Einige Männer schwangen sich aus den Sätteln ihrer Pferde, ihr Atem ging stoßweise und gefror zu kleinen weißen Wölkchen. Baumelnde Schwerter am Gürtel, umringten sie den Wagen, dessen Türe sich nur zögernd öffnete.
In dem Augenblick, als er den hageren, blonden Kopf erkannte, nickte Aurelius und ging zu dem Tisch. »Valerius Aulucentius, ein Händler in Schwierigkeiten …«, bemerkte er zufrieden, platzierte den letzten Stein und stand auf. Doch beim Hinausgehen fiel sein Blick auf eine kleine, bunt bemalte Statuette, die neben den Laren in einer Nische stand. Nachdenklich blieb er stehen, nahm das Figürchen und drehte es in der Hand. »Eine lohnende Trophäe, die vielleicht einsamer ist, als sie ahnt«, murmelte er und setzte die kleine Venus in die Mitte des Spielfeldes.

»Herr, wir sind da!«
Flavius schrak aus seinem Halbschlaf auf, schob die Vorhänge des Wagenfensters zur Seite und spähte hinaus. Vor ihm zog sich das Zackenband der Mauer durch die Abenddämmerung, doch von der Stadt dahinter waren nur schemenhafte Umrisse zu erkennen.
»Warum muss es ausgerechnet hier sein«, murrte er nicht zum ersten Mal, seit diese unselige Reise begonnen hatte. Tagelang rumpelten sie jetzt schon vor sich hin, zuerst der Mosella folgend bis Noviomagus, dann über kurvenreiche Bergstraßen nach Belginum und weiter, immer weiter. Gestern hatten sie endlich bei Bingium

den Rhenus erreicht, diese bleigrau dahinströmende Wassermasse, die seit einem Vierteljahrhundert wieder die Grenze zu den Barbaren bildete. Heute Morgen, beim ersten Tageslicht waren sie erneut aufgebrochen, und Flavius hatte den Kutscher angetrieben, um noch am gleichen Tag die große Legionsstadt zu erreichen.
»Wenn es Herkules so gefällt, müssen wir Sterbliche gehorchen«, bemerkte der Mann gegenüber und gähnte.
Flavius schüttelte den Kopf. »Die Götter mögen mir Eure Gelassenheit verleihen, lieber Aurelius«, erwiderte er. »Ich habe es satt, Decurio zu sein, meinen Kopf für alles hinhalten zu müssen, aber nichts entscheiden zu dürfen.«
»Nun ja«, nickte der andere. »Dann solltet Ihr eine hohe Stelle bei Hofe anstreben, statt fremdes Geld zu verwalten.«
In diesem Augenblick konnte Flavius nicht ahnen, dass die Parzen gerade dabei waren, seinen Schicksalsfaden neu zu spinnen.

Langsam rollten sie durch das Stadttor. Gewöhnlich waren Wagen in der Stadt verboten, aber ein Wink des neuen Kaisers Maximianus hatte genügt, solche Beschränkungen außer Kraft zu setzen. Im Wintergrau zogen die Säulenreihen der Vordächer vorbei, eingemummte Menschen hasteten durch die Straßen, bis die Carruca endlich die Mansio erreichte. Doch obwohl sie zwei Tage vor dem großen Ereignis angereist waren, fanden sie alles belegt.
»Ich habe einmal in Batavis einen Flussschiffer getroffen, der aus Mogontiacum stammte. Wir können bei dessen Verwandtschaft anklopfen«, überlegte Aurelius. »Die sollen im gleichen Gewerbe tätig sein. Für Menschen in unserer Position ist das auf jeden Fall angemessener, als unser Blut zu den Wanzen irgendeines Gasthofes zu tragen. Lasst uns zum Hafen zurückfahren und dort beim Collegium der Schiffsleute nachfragen.«
Flavius glaubte nicht so recht an diesen Plan, aber da er selbst niemanden in den Stadt kannte, stimmte er zu. Zu seiner Überraschung saßen sie eine Stunde später im Speisezimmer einer Stadtvilla, wärmten sich an einem Holzkohlebecken, und Aurelius gewann rasch die Sympathie des Gastgebers, indem er ein Interesse

für die Flussschifffahrt an den Tag legte, das Flavius nie zuvor an ihm bemerkt hatte. So wurden sie nicht nur in ein geräumiges Gästezimmer geleitet, sondern auch für den nächsten Abend zu einem Gastmahl mit anschließender Comissatio eingeladen.

Den Folgetag begann Flavius mit Besorgungen. Der große Flusshafen war ein Umschlagplatz für Waren aller Art – solche aus dem Imperium ebenso wie ferne Kostbarkeiten. Glasgefäße aus den Werkstätten von Colonia waren hier deutlich günstiger als moselaaufwärts, desgleichen Pfeffer aus Indien und Bernstein von den Küsten eines fernen, unbekannten Meeres. Als er mittags seine Einkaufsliste erledigt hatte, ließ er alles zu seiner Unterkunft bringen und schlenderte den kreischenden Möwen nach, bis er zum Hafenbecken gelangte. Am Kai, der aus dicken Holzbohlen bestand, lagen zahllose flache Flusskähne. Aus einem Schiff, das vom Nordmeer stromaufwärts getreidelt worden war, hievten Lastenträger Amphoren mit spanischen Oliven und schleppten sie zum Hafenzollamt. Ein anderes Schiff brachte Käse vom Oberlauf des Rhenus, während daneben Zimmerleute ein Floß aus großen Baumstämmen zerlegten. Am Kai warteten Mühlsteine aus schwarzem Basalt auf ihre Verschiffung, stapelten sich Mehlsäcke, Weinfässer und Dachziegel. Flavius roch den leicht fauligen Geruch des Hafenwassers, das gegen die Bohlen schmatzte, sah die Matrosen mit wiegenden Schritten über die Planken balancieren und hörte ihre fremden Worte. Ein rhythmisches Klatschen ließ ihn aufblicken: Mit militärisch exakten Ruderschlägen glitt ein Kriegsschiff stromaufwärts, das Segel am Mast gerefft, die runden Schilde der Marinesoldaten an der Bordwand aufgereiht. Flavius sah ihm nach, bis es die Steinpfeiler passiert hatte, die als Reste der Rhenusbrücke noch immer aus der Strömung ragten.
Mit einem Mal packte ihn das Fernweh. Über ein Jahrzehnt saß er jetzt schon als Stadtrat in Augusta Treverorum, tags über seine Urkunden gebeugt, nachts oft schlaflos vor Sorgen, wie die nächste Steuerschätzung ausfallen würde. Vor zwei Jahren hatte ihn sein Diener, der ihn jeden Morgen rasierte, gefragt, was er mit dem

grauen Haar an der Schläfe seines Herrn machen sollte. Damals hatte Flavius »Ausreißen!« geknurrt. Doch inzwischen waren es zu viele geworden, sodass er sie lieber heimlich färben ließ.
Er dachte an seine Familie, die er liebte, an die verspielten Zwillinge, den ernsteren Alexander und an Aqmat, die trotz ihrer dreißig Jahre noch immer schlank und begehrenswert war. Doch unmerklich hatte sich Gleichförmigkeit in ihr Leben geschlichen. Oft saß er nach einem anstrengenden Tag nur noch lustlos herum und wollte sich nicht eingestehen, dass er manchmal sogar den Wunsch verspürte, für sich allein zu sein. So waren die Nächte mit seiner Frau seltener geworden, und wenn, dann nicht mehr so leidenschaftlich wie einst. Er sehnte sich nach etwas Neuem, Aufregendem und erinnerte sich an seinen Schwur aus Jugendtagen, nicht so zu enden wie sein Onkel Julius, dessen Leben aus seufzend erledigten Abrechnungen zu bestehen schien.
Er beschloss, sich schon einmal ein Glas Wein in einer Taverne zu gönnen, bevor er sich auf den Rückweg machte.

Flavius' Kopf pochte und schmerzte, der weiche Körper an seiner Seite jedoch tat ihm wohl. Er gähnte und räkelte sich, ohne die Augen zu öffnen. Wie ein sensibles Tier spürte er die Hand auf seinem Oberschenkel, die nach etwas zu tasten schien, von dem er wünschte, dass sie es bald finden möge. Vor und zurück glitten die Finger, die ihm neckisch auswichen, sobald er versuchte, sie durch Bewegungen seiner Hüfte ihrem Ziel näher zu bringen. Er wollte den Kopf heben und war nahe daran, die Augen zu öffnen, doch ein Schwindelgefühl ließ ihn aufstöhnend zurücksinken. Die Frau kicherte leise und schien anzunehmen, dass ihre Verführungskünste gemeint waren. Wie wirbelnder Nebel stiegen Bilder der letzten Nacht auf, Zärtlichkeiten, die in Lust mündeten, bis schließlich Wein und Erschöpfung die Oberhand gewannen. Lange hatten er und Aqmat sich nicht mehr so geliebt, und er gelobte Venus ein Opfer, um die Göttin auch weiterhin günstig zu stimmen.
Wohlig brummend überließ er sich den zärtlichen Händen, die ihn auf den Rücken drehten, fühlte Brüste an seiner Brust, Haare, die

sein Gesicht kitzelten und das Gewicht eines Körpers auf dem seinen – ein Körper, der sich aufrichtete, rhythmisch zu bewegen begann und ihn dabei mit sich riss, bis ihn ein weiteres Mal diese lange nicht mehr gekannte Lust überwältigte.
»Danke, mein Liebling …«, flüsterte er und hörte noch ihr helles Lachen, bevor ihn Erschöpfung umfing und er in den Schlaf zurücksank.

»Nicht so grob«, protestierte Flavius, als ihn eine feste Hand an der Schulter packte und rüttelte.
»Ich bedaure sehr, werter Duumvir«, hörte er eine Männerstimme, »aber in zwei Stunden tritt der neue Kaiser Maximianus sein Konsulat an. Ihr solltet Euch beeilen, wenn Ihr nicht Euren Platz im Festzug verpassen wollt!«
Ruckartig setzte er sich auf, rieb sich die Augen und ließ das fremde Zimmer vor sich auftauchen. Neben seinem Bett stand Aurelius, das Gesicht zu einem mitleidigen Lächeln verzogen. Flavius hielt sich stöhnend die Hand vors Gesicht, während er sich bemühte, seine Erinnerungsfetzen an gestern zu ordnen.
Da war das Gastmahl gewesen und anschließend die Comissatio, die fröhliche Männerrunde mit ihrem Trinkkönig. Auf Einladung des Gastgebers hatte sich Aurelius bereit erklärt, das Amt zu übernehmen, um die Gesellschaft zu unterhalten. Da musste ein Kahlkopf sich kämmen, ein Stotterer singen und Flavius darlegen, ob Geld oder Tugend glücklicher mache. Doch richtig entartet war der Abend erst, als die Tänzerinnen aus Gades hereingeschwebt kamen und Aurelius die Parole »Trinken oder Gehen« in die Runde rief. Natürlich war niemand gegangen, denn die drei Mädchen mit ihren wallenden, schwarzen Locken und ihren rhythmisch klappernden Kastagnetten zogen alle Blicke auf sich. Flavius konnte sich noch an eine erinnern, eine sehr junge, mit scharfen Wangenknochen und langen Beinen, die ihm schöne Augen machte und so lange vor seinem Platz ihre Hüften kreisen ließ, bis er die Hand nach ihr ausstreckte, worauf ihn der Trinkkönig unter dem Gegröle der anderen Gäste dazu verurteilte, auf jeden Buchstaben ihres Na-

mens einen Becher zu leeren. Lang war der Name gewesen, das wusste Flavius noch, aber was danach geschehen war, verschwamm in einem Nebel, den er vergeblich zu durchdringen suchte.
Und heute Morgen? Hatte ihn der Gott des Schlafes mit einem Traum genarrt, oder war es das fremde Mädchen gewesen, das ihm diese Wonne bereitet hatte?
Er schüttelte den Kopf und stierte auf sein zerwühltes Lager, als erneut die glatte Stimme in sein Ohr drang.
»Eine höchst ergiebige Ausschweifung, bei der Ihr wirklich Euren Mann gestanden habt …«
Unwillkürlich nickte er, dann fiel sein Blick auf das zweite Bett im Raum, und er zuckte zusammen. Was hatte Aurelius von dieser Nacht mitbekommen? Etwa alles?
»Habe ich …?« Unsicher sah er auf, betrachtete den anderen, dessen freundliches Gesicht so unverschämt ausgeruht wirkte, und wollte sich lieber nicht vorstellen, welchen Anblick er selbst bot.
»Aber natürlich, werter Freund. Meine tiefste Hochachtung!« Aurelius griff hinter sich und hielt Flavius einen Becher mit Wasser hin, den dieser in einem Zug herunterstürzte.
»Ihr seid wirklich zu beneiden. Dieser Erfolg bei Frauen, davon kann man nur träumen …« Er füllte den Becher erneut. Flavius trank und schüttelte den Kopf, doch kam er nicht dazu, etwas zu sagen, bevor Aurelius die Hände hob.
»Doch, doch, obwohl eine Nacht mit einer hübschen Tänzerin natürlich kaum zählt. Rechtlich gesehen begeht man mit einem Wesen dieser Schicht nicht einmal Ehebruch. Und wenn man seine Frau so gut im Griff hat wie Ihr …«
Flavius sah ihn fragend an. »Im Griff?«
»Nun, als gestern das Gespräch auf die bedauernswerten Ehen kam, in denen die Frauen das Geld besitzen und deswegen den Ton angeben – Ihr erinnert Euch sicher?«
Flavius nickte, obwohl er sich beim besten Willen an nichts Derartiges erinnern konnte.
»Nun, da habt Ihr doch betont, wie anders das bei Euch sei. Dass Eure Frau es nie wagen würde, Euch mit kleinlichen Vorschriften

das Leben zu vergällen – oder habe ich das nicht richtig verstanden?«
»Ja, ja, das stimmt schon …«
»Wie haben wir gelacht, als Ihr Euren Onkel nachgemacht habt, der nur den Hof seiner Frau verwaltet und kuschen muss, wenn sie die Stirn runzelt. Bewundert haben wir dagegen Euch, weil Ihr Herr im Hause geblieben seid, ein vorbildlicher Familienvater, dem natürlich auch hin und wieder mal ein kleines Vergnügen zusteht. Beneidet haben wir Euch um Aqmat, die dafür Verständnis zeigt, solange«, bei diesen Worten zog Aurelius die Brauen zusammen, »nun, solange die Sitte gewahrt wird und es sich nur um gewisse Mädchen handelt, die, wie gesagt, nicht zählen. Aber jetzt solltet Ihr wirklich, wenn ich Euch einen Rat geben darf, etwas für Euer Äußeres tun. Der Konsularzug des Kaisers wartet nicht.«
Flavius nickte, rappelte sich auf, rief einen Sklaven und ließ sich zum Bad bringen. Während er sich im heißen Wasser ausstreckte, um danach eingeölt, massiert und rasiert zu werden, verfluchte er innerlich seine großsprecherische Torheit. Gestern war mindestens ein Dutzend Gäste da gewesen. Wenn sich nur die Hälfte an diesen unglaublichen Blödsinn erinnerte, den er da wohl von sich gegeben hatte, und wenn nur ein Bruchteil davon Aqmat zu Ohren kam … Nicht auszudenken. Er konnte sich vorstellen, wie sie die feinsinnigen juristischen Unterscheidungen zwischen Frauen verschiedener Gesellschaftsschichten aufnehmen würde: mit einem tränenreichen Wutausbruch, bei dem ihre Tränen noch schrecklicher sein würden als ihre Wut. Aber vielleicht musste sie ja nie etwas von dem gestrigen Abend erfahren. Wenn die Flussschiffer nicht nach Augusta Treverorum kamen, blieb nur Aurelius. Mit dem würde er sich gut stellen müssen …
Eine Stunde später hatte er alles durchdacht und in seinen Plänen berücksichtigt. In einen Cucullus gehüllt, der seine beste Toga verdeckte, trat er vor die Türe der Villa. Das warme Wetter der letzten Tage war einer eisigen Kälte gewichen, in die sich Nebelschwaden mischten, die vom Fluss heraufstiegen. Seine Mietsänfte wartete schon, um ihn zum Forum zu bringen. Dort würde der Konsular-

zug beginnen, bei dem man Maximianus, mit der farbigen Toga Picta bekleidet, den Lorbeerkranz auf dem Kopf, Zepter und Schriftrolle in der Hand, in seiner prunkvollen Konsularsänfte durch die Stadt zum Palast des Statthalters tragen würde. Dort sollten vor geladenen Gästen die Festlichkeiten stattfinden, während das Volk mit Theaterspielen unterhalten wurde.

Am Nachmittag des gleichen Tages zog ein alter Fischer seine Stiefel am Ufer des großen Stromes aus und watete vorsichtig in die eiskalten Fluten. Fluchend tastete er in der schlammigen Brühe umher, bis er die erste Reuse fand, doch sie war leer. Erst in der dritten bewegte sich etwas; mit klammen Fingern packte er einen sich heftig sträubenden Flusskrebs, den er mit wohlgefälligem Grunzen in den mitgebrachten Korb setzte. Noch acht weitere Tiere raschelten darin, als der Mann sich zähneklappernd auf den Rückweg zu seinen Stiefeln machte.
»Euch trage ich gleich zum Markt und leiste mir einen Becher warmen Würzweines«, murmelte er. »Ja, das mache ich ...«
Durch die Geräusche der Krebse abgelenkt und in seiner Vorfreude auf den bevorstehenden Genuss nahm er das leise Plätschern auf dem nebelverhangenen Strom kaum wahr. Er stellte den Korb ab, um nach seinen Stiefeln zu greifen. Mit einem Büschel trockenen Grases wischte er sich den rechten Fuß trocken und versuchte, auf einem Beine stehend, sich den Lederschaft überzustreifen. Da ließ ein Rascheln im Schilf, gefolgt von einem dumpfen Aufprall, ihn nach links blicken. Sein Herz stockte. Im grauen Nebel konnte er den länglichen Umriss eines Kahnes ausmachen, dessen flacher Bug ein Stück weit aufs Land ragte. Stumme Gestalten, Sumpfgeistern gleich, hasteten ans Ufer. Nur gelegentlich war ein Wispern oder das Klirren von Metall zu hören. Da, jetzt plätscherte es rechts von ihm. Er fuhr herum und sah ein kleines Floß, das sich durch das Schilf schob. Hätte er sich ruhig verhalten, sich zwischen die hoch aufragenden Halme sinken lassen, sich in den feuchten Schlamm gekauert, wäre er vielleicht unbemerkt geblieben. Doch von Panik gepackt, reagierte er wie ein gehetztes Wild, dem nur die Flucht

bleibt. Kostbare Augenblicke vergingen, bis seine zitternden Finger den Stiefelschaft über die nassen Unterschenkel gezogen hatten, worauf er beschloss, den anderen Stiefel in die Hand zu nehmen. Doch da er auch den Korb mit den Krebsen nicht zurücklassen wollte, ergriff er beides und eilte los, so schnell er mit seiner Last konnte. Nach einigen Schritten – er begann schon zu hoffen, dass seine Flucht gelingen würde – trat er mit dem nackten Fuß auf einen trockenen Ast, der mit lautem Knacken zerbarst und einen Dorn in seine Sohle bohrte. Mit verzerrtem Gesicht hinkte er weiter, während vom Ufer halblaute Rufe zu hören waren. Verzweifelt ließ er den Korb mit den Krebsen fallen und versuchte, den Schmerz zu unterdrücken, der jeden Schritt zur Qual werden ließ. Getrampel hinter ihm – er wollte sich umwenden, sich ergeben, um Schonung flehen – als er einen dumpfen Schlag im Rücken spürte. Mit ungläubigem Staunen gewahrte er die blutige Spitze, die aus seiner Brust ragte. Der Stiefel entglitt seinen Händen, langsam fiel er auf die Knie und kippte mit dem Oberkörper nach vorne, bis der Speerschaft gen Himmel zeigte. Mit dem Gesicht im Gras begann er krampfhaft zu husten, als Blut in seine Lungen sickerte. Tränen füllten seine Augen, Tränen des Schmerzes und der Verzweiflung. Mit schwindenden Kräften klammerte er sich an eine Wurzel und zog sich eine Fußlänge voran, vom Wunsch besessen, die Götter möchten ihm die letzte Gunst gewähren, noch einmal seine Frau zu sehen, sie vor der Gefahr zu warnen. Doch die Götter blieben stumm. Der Fischer sank zur Seite. Den Schwerthieb, der seinem Leben ein Ende setzte, fühlte er in seiner Agonie nicht mehr.
Während aus dem umgestürzten Korb die Krebse krochen, um sich in Richtung Fluss davonzumachen, wimmelte das Ufer von schemenhaften Kriegern. Sie schlichen auf die Stadt zu, deren ahnungslose Einwohner ihren Kaiser feierten.

Im Palast des Statthalters von Niedergermanien herrschte gelöste Stimmung. Es gehörte zu den Eigenheiten römischer Tradition, das in der Republik mächtige, inzwischen einflusslose Amt des Konsuls noch immer als größte Ehre anzusehen, dessen jährlich wechselnde

Inhaber sich beim Volk durch großzügige Spenden für Schauspiele und einen prunkvollen Umzug beliebt machten. Jubelnde Bürger, Würdenträger der wichtigen Städte, gepanzerte Reiter mit versilberten Maskenhelmen, flatternde Drachenfeldzeichen, Parade der Legionen – Maximianus' bärtiges Gesicht spiegelte seine Zufriedenheit. Leutselig schlenderte er durch die Gruppen der Ehrengäste, noch immer in die bunt bestickte Konsulatstoga gekleidet. Hier begrüßte er einen verdienten Feldherrn, dort wechselte er einige Worte mit dem Statthalter, ließ sich einen Senator vorstellen, schlug lachend einem alten Mitkämpfer auf die Schulter – stets beäugt von den zahllosen anderen Anwesenden.
Auch Flavius, der zusammen mit Bürgermeistern aus Colonia, Mogontiacum und Borbetomagus in einer Ecke stand, spähte in die Richtung des Kaisers. Doch seine Hoffnung, der Herrscher möge seine Aufmerksamkeit dem Häuflein der Stadtabgeordneten schenken, wurde immer wieder enttäuscht. Schließlich verschwand die massige Gestalt im Purpurumhang durch eine Seitentüre, und Flavius wollte schon den Saal verlassen, als er aus den Augenwinkeln einen vertrauten Umriss wahrnahm. Aurelius stand etwa zehn Schritte entfernt, vertieft in ein Gespräch mit einem hohen Offizier. Flavius sah den goldverzierten Griff eines großen Dolches und die blank polierten, silbernen Phalerascheiben, die auf der Brust glänzten, und ging, einer plötzlichen Eingebung folgend, zu den beiden hinüber. Einen Augenblick hatte er das Gefühl, sein Auftauchen sei Aurelius unangenehm, doch sogleich überzog das übliche Lächeln sein Gesicht, und er wandte sich an den Offizier.
»Darf ich Euch Flavius Verecundus vorstellen? Augusta Treverorum kann sich glücklich schätzen, einen so überaus fähigen Duumvir an der Spitze zu haben, der in schweren Zeiten weiß, was zu tun ist!«
Flavius verbeugte sich und errötete, da ihm das Kompliment peinlich war, doch schon wandte sich die glatte Stimme an ihn.
»Constantius, des Kaisers Prätorianerpräfekt, der uns mit seiner Gesellschaft beehrt, ist einer der fähigsten Generäle des Kaisers. Ich glaube kein Geheimnis zu verraten, wenn ich die allgemeine Erwartung ausdrücke, dass wir noch viel von ihm hören werden!«

Wieder diese schmeichlerische Wortwahl, doch diesmal ohne den seltsamen Unterton, der Flavius vorher stutzig gemacht hatte. Er versuchte sich ein Bild von dem General zu machen, der den üblichen, kurz gestutzten Vollbart trug: breites Gesicht, gebogene Nase und eine unnatürlich bleiche Haut, die auch zahllose Feldzüge nicht zu bräunen vermocht hatten.
»Ein Duumvir, der in schweren Zeiten zu handeln versteht?« Die Stimme des Präfekten verriet seine Herkunft aus Illyricum – einer Provinz, die in den letzten Jahrzehnten viele Führer des Imperiums hervorgebracht hatte. »Das interessiert mich. Worum ging es?«
»Ach, vielleicht hätte ich das lieber nicht erwähnen sollen«, wiegelte Aurelius ab. »Schließlich war die Lage so ernst, dass die Übertretung eines kaiserlichen Verbotes, das natürlich mit gutem Grund erlassen wurde ...«
»Keine Abschweifungen«, schnitt ihm Constantius das Wort ab und wandte sich an Flavius. »Worum ging es?« Die scharfen Augen waren die eines Mannes, der gewohnt war, rasch zur Sache zu kommen.
Flavius erwiderte den Blick. »Ich war von Kaiser Aurelianus zum Curator von Augusta Treverorum ernannt worden.«
»Ihr habt Aurelianus getroffen?«, unterbrach ihn der Präfekt.
Flavius nickte. »Ja, das habe ich. Doch als ich ankam, hatten Frankenhorden die Stadt verwüstet, und kurz danach erreichte uns die Meldung, der Kaiser sei ermordet worden.«
»Dieser Retter des Reiches«, murmelte Constantius, »hätte er länger regiert, viel wäre uns erspart geblieben. Doch fahrt fort.«
»Da gibt es nicht viel zu erzählen.« Flavius zuckte die Schultern. »In Anbetracht des Umsturzes gab ich den Posten des Curators für verloren, nahm die Berufung zum Decurio an und ließ eine Bürgerwehr aufstellen, um die Stadt vor weiteren Überfällen zu schützen, da keine regulären Truppen verfügbar waren.«
»Bitte bedenkt, dass dieser Verstoß gegen kaiserliche Erlasse aus der Not erfolgte«, warf Aurelius ein, »und urteilt nicht zu streng.«
»Das Urteilen überlasst ruhig mir.« Constantius sah ihn durchdringend an. »Bis zum Abendessen habt Ihr sicher noch einiges zu

erledigen.« Er legte Flavius die Hand auf die Schulter und ging mit ihm ein paar Schritte. »Mit Euch möchte ich einige Worte wechseln. Berichtet mir mehr über Eure Stadt.«

Mit einem Hauch von Stolz sah sich Flavius nach Aurelius um und stutzte, als er dessen verkrampfte Gesichtszüge bemerkte. Doch gleich glitt wieder der freundliche Ausdruck über das ebenmäßige Gesicht, der Mann verbeugte sich und verschwand.

Während sich der Raum langsam leerte, stand Flavius dem General Rede und Antwort, der alles wissen wollte, was die Stadt betraf: öffentliche Bauten, Einwohnerzahl, Handwerksbetriebe, Verkehrsverbindungen und die Haltung der Einwohner zur neuen kaiserlichen Regierung.

»Habt Ihr daran Zweifel?«, erkundigte sich Flavius betroffen. »Dazu besteht kein Anlass!«

»Nun, es wäre doch nicht so abwegig.« Die Stimme blieb gelassen. »Schließlich war Augusta Treverorum vor anderthalb Jahrzehnten der Sitz der gallischen Rebellenkaiser.«

Flavius nickte. »Das stimmt. Aber es lag nicht an einer besonders aufrührerischen Gesinnung der Einwohner. Postumus, der erste Usurpator, begründete seine Herrschaft in Colonia. Erst Tetricus, der letzte seiner Nachfolger, verlegte die Hauptstadt von der Grenze weg, um sein schrumpfendes Reich besser kontrollieren zu können.«

»Um Gallien und Britannien zu verwalten, liegt Augusta Treverorum tatsächlich günstiger«, nickte Constantius. »Ein wichtiger Straßenkreuzungspunkt mit guter Verkehrsanbindung über die Mosella bis nach Divodurum.«

»Und strategisch gesehen grenznah genug für rasches Eingreifen, doch sicherer als eine Stadt am Rhein«, pflichtete ihm Flavius eifrig bei, »auch wenn dieser Vorzug vielleicht nicht so bedeutend ist.«

Der Präfekt lachte. »Ein Decurio mit Neigung zu Militärfragen!«

Flavius errötete. »Mein Vater war Legionär …«

»Und warum seid Ihr dann nicht in seine Fußstapfen getreten, wie sich das in einer Soldatenfamilie gehört?«

»Ich war erst sieben Jahre alt, als Kaiser Valerianus mit dem ganzen Heer von König Schapur gefangen genommen wurde. Auch mein

Vater musste den Marsch unter das persische Joch antreten. So wuchs ich auf dem Gut meiner Tante auf.«
»Das macht Euer Verhalten verständlich. Also habt Ihr Euren Vater nie kennengelernt und Euer Wissen aus Büchern gesogen?«, schmunzelte Constantius.
»Nicht ganz«, antwortete Flavius. »Natürlich habe ich während meiner Ausbildung zum Reichsbeamten Handbücher der Strategie studiert. Aber noch wichtiger waren die Gespräche, die ich mit meinem Vater nach seiner Rückkehr aus der Gefangenschaft führen konnte.«
»Rückkehr? Niemand wurde von Rom freigekauft, nicht einmal der Kaiser«, Constantius schüttelte den Kopf. »Wenn sie nicht gestorben sind, schleppen die armen Hunde noch immer Steine für irgendwelche Städte in Persien.«
»Das gilt sicher für die anderen Legionäre. Mir gewährten die Götter aber die Gunst, meinen Vater finden und befreien zu können.«
»Beim Jupiter!«, entfuhr es dem Präfekten. »Da steht neben mir ein einfacher Bürgermeister und erwähnt ganz beiläufig, dass ihn das Schicksal bis nach Persien geführt hat.« Constantius machte einige Schritte, bis er zu einer Fensternische kam. Durch das Holzgitter mit seinen Rechteckscheiben fiel trübes Winterlicht, doch der Nebel verhüllte alle Umrisse der Stadt. Der General lehnte sich an die Wand, hakte die Daumen in seinen breiten Ledergürtel, den eine Goldschnalle zierte, und sah Flavius aufmunternd an.
»Berichtet mir die Geschichte – kurz, aber das Wesentliche.«
Flavius erzählte von der geheimen Mission nach Palmyra, wie er dort Aqmat kennengelernt hatte und mit ihr weiter bis nach Veh-Schapur gereist war, wo er beinahe einem Mordanschlag zum Opfer gefallen war, seinen Vater gefunden hatte und mit ihm zurück in das Imperium gelangt war. Als er geendet hatte, sah ihn Constantius nachdenklich an.
»Wie alt seid Ihr?«
»Dreiunddreißig«, erwiderte Flavius.
»Ein Mann in den besten Jahren mit einer interessanten Vergangenheit.« Der General sah ihn nachdenklich an. »Habt Ihr von Carausius gehört?«

Flavius zuckte mit den Schultern. »Nur, was man so auf dem Forum tratscht. War das nicht ein Mann, der den Oberbefehl über die in Bononia stationierte römische Flotte erhielt, um die fränkischen Piraten zu vertreiben?«

»So war es«, nickte Constantius, »bis letztes Jahr ruchbar wurde, dass er die Piraten nicht am Plündern hinderte, sondern lieber ihre Schiffe auf dem Rückweg abfing und die Beute kassierte.«

»Bei dem Pflichtbewusstsein unserer heutigen Söldner soll das nicht selten vorkommen«, entfuhr es Flavius, doch der Präfekt lachte nur.

»Wie wahr, werter Duumvir, nur verdächtigte ihn der Kaiser, nach Höherem zu streben und sich mit der Beute die Treue seiner Soldaten zu kaufen. Und wisst Ihr, was dann geschah?«

»Lasst mich raten«, antwortete Flavius. »Als Maximianus Rechenschaft von ihm forderte, trat Carausius die Flucht nach vorn an und ließ sich zum Kaiser ausrufen. Aber warum hat man davon nichts gehört? Keine offizielle Nachricht, kein Edikt hat uns erreicht.«

»Weil die Lage schwierig ist«, antwortete Constantius. »Carausius kontrolliert nicht nur Bononia und die nordgallische Küste, wo eine Legion zu ihm übergelaufen ist und ihn etliche reiche Händler unterstützen. Er hat auch mit Hilfe seiner Schiffe Britannien in seine Gewalt gebracht. Dort können wir ihm ohne eigene Flotte nicht beikommen. Derzeit verhält er sich friedlich und versucht, von unseren beiden Kaisern als dritter Augustus anerkannt zu werden. Das ist natürlich ausgeschlossen, aber auch wir wollen keinen neuen Bürgerkrieg. Zumindest so lange nicht, bis wir eigene Schiffe haben. Und um die zu bauen, müssen wir erst die Werften an der gallischen Küste in die Hand bekommen.«

»Es sei denn«, überlegte Flavius, »es sei denn, man baut die Schiffe auf Flüssen und lässt sie stromabwärts zum Meer fahren. Zum Beispiel von Augusta Treverorum aus …«

Der General sah ihn verblüfft an, dann lachte er. »Euer Werben für diese Stadt wirkt manchmal schon etwas aufdringlich. Aber schlecht ist der Vorschlag tatsächlich nicht. Vielleicht sollte man ihn im kaiserlichen Rat zur Sprache bringen …«

Flavius wurde verlegen, doch bevor er einen Dank stottern konnte, strich sich Constantius über den Bart und sah ihn prüfend an.
»Ihr seid ein pflichtbewusster Mann, weil Ihr den Ruf Eurer Stadt, Decurio zu werden, angenommen habt. Aber war das auch klug? Warum habt Ihr das getan?«
»Mit Kaiser Aurelianus' Tod schien meine Berufung zum Curator hinfällig zu sein. Ratsherr hielt ich damals für ein ehrenvolles und einflussreiches Amt.«
»Das Euch leider auch wie ein Mühlstein um den Hals hinabziehen kann. Ihr wisst selbst, wie jedes Jahr die Bürden der Decurionen schwerer werden. Heutzutage ist diese einstige Ehre bei vielen Stadtbürgern derart verhasst, dass sie durch kaiserliche Erlasse zu ihrer Übernahme verpflichtet werden müssen. Auch Ihr kommt da nicht mehr so einfach raus, und nach Euch ist Euer Sohn dran, solltet Ihr einen haben.«
Flavius nickte düster. »Ja, ich habe einen, aber mein Ältester wird demnächst erst zwölf. Vielleicht bessern sich die Verhältnisse wieder …«
»Vielleicht.« Constantius klang wie jemand, der Wunder nicht ausschließen will, sich jedoch ungern darauf verlässt. »Wann genau ist er geboren?«
»Am 27. Februar – spielt das eine Rolle?«
»Möglicherweise«, antwortete Constantius mit einem seltsamen Ausdruck, »aber wir waren bei Eurer Lage als Decurio. Meint Ihr nicht, Ihr hättet das Zeug zu mehr, als für die Steuern der Stadt den Kopf hinzuhalten? Ein Mann mit Euren Erfahrungen, Kenntnissen und Fähigkeiten …«
Flavius sah den General aufmerksam an, der plötzlich innehielt und nach etwas zu horchen schien. Das bleiche Gesicht verwandelte sich in das eines lauernden Raubtieres, und als Flavius den Mund zu einer Frage öffnete, gebot ihm der andere Schweigen.
»Hört Ihr? Da draußen …«
In der plötzlichen Stille nahm Flavius seltsame Geräusche wahr: trampelnde Schritte, Schreie und das ferne Geklirr von Metall. Constantius riss das Fenster auf und blickte hinunter. Mit wehen-

den Mänteln hasteten Menschen unter die Vordächer, verschwanden in ihren Häusern und schlugen die Türen zu.
»Da, seht!« Er zeigte auf die nächste Insula, deren Umrisse schemenhaft aus dem Nebel ragten. Bewaffnete Barbaren, erkennbar an germanischen Hosen und langen Schwertern, füllten die Straße, in heftige Kämpfe mit einem Häuflein Legionäre verwickelt, das langsam vor der Übermacht zurückwich.
»Könnt Ihr mit Waffen umgehen?« Es schien mehr ein Befehl als eine Frage zu sein, sodass Flavius nickte. »Folgt mir!«
Beide rannten zur Treppe und sprangen hinunter, jeweils zwei Stufen auf einmal nehmend. Im halbdunklen Erdgeschoss des Statthalterpalastes, in dem nur einige Fackeln flackerten, herrschte heilloses Durcheinander, da die Offiziere ihre Schwerter den Dienern überlassen hatten und jetzt danach brüllten. Constantius stürmte mit gezückter Klinge zur Türe, ohne weiter auf Flavius zu achten, der sich verzweifelt nach einer Waffe umsah. Da erblickte er einen sarmatischen Ebenholzbogen, der neben einem Köcher voller Pfeile in einer Ecke lehnte. Mit wenigen Schritten war er bei der Prunkwaffe, deren geschnitzte Elfenbeinverzierungen matt im Halbdunkel schimmerten. Zögernd hob er sie auf, wog sie in der Hand, spannte den Bogen. Es gelang ihm unter Aufbietung aller Kräfte, und er verfluchte sein verweichlichtes Leben. Die viele Arbeit hatte ihm stets als Ausrede gedient, sich bei den Thermenbesuchen vor allem in den Wasserbecken zu räkeln und die Gymnastikplätze zu meiden. In Zukunft, so schwor er sich, würde das anders werden.
Mit klopfendem Herzen hängte er sich den Köcher um, lief die Treppe empor und spähte aus dem Fenster im Obergeschoss. Die Straße war ein einziges Gewoge kämpfender Männer, aus der das Klirren der Waffen, die Kriegsrufe der Angreifer und die Schreie der Verwundeten drangen. Welche Unverschämtheit, nein welche Tollkühnheit war in die Barbaren gefahren, schoss es Flavius durch den Kopf, dass sie es wagten, den Kaiser bei seinem Aufenthalt in einer großen Garnisonsstadt zu überfallen? Wo blieb nur die Legio XXII Primigenia Pia Fidelis, die in dem Kastell auf dem Hügel stationiert war?

Auf der gegenüberliegenden Straßenseite zogen zwei Kämpfende seinen Blick auf sich. Ein hünenhafter Barbar mit langen, braunen Hosen, ein wirbelndes Langschwert in der Hand, versuchte, einen römischen Offizier zu treffen, der seinerseits geschickt hinter einer Säule Deckung suchte, vor, zur Seite und zurück sprang, um den Gegner zu ermüden und offenbar auf eine Gelegenheit lauerte, ihm seine Waffe in den Leib zu rammen. Plötzlich erkannte Flavius in dem Römer Constantius. Zugleich fuhr ihm ein eisiger Schrecken durch die Glieder, denn von hinten schlich sich ein zweiter Mann heran, der Haartracht nach auch er ein Germane, obwohl er einen römischen Brustpanzer trug. Er hielt ein Pilum in der Rechten – Flavius legte einen Pfeil ein – der Mann hob seine Waffe – Flavius spannte mit aller Kraft den Bogen – der Mann holte aus – Flavius ließ die Sehne schnalzen, der Pfeil zischte durch die Luft und durchbohrte den Hals des Angreifers. In diesem Augenblick durchfuhr Flavius eine so wilde Genugtuung, dass er am liebsten einen Freudenschrei ausgestoßen hätte. Getötet hatte er nicht zum ersten Mal in seinem Leben, doch nie zuvor diese Wut, diese fast körperliche Befriedigung dabei empfunden!
Der getroffene Barbar versuchte noch im Fallen zu werfen, verfehlte sein Ziel, der Speer flog an Constantius vorbei und streifte den Hünen. Den Augenblick, als dieser sich verblüfft abwandte, nutzte der Römer, sprang vor und stieß sein Schwert in den Bauch des Angreifers. Eine kurze Drehung, die Klinge erschien wieder, nicht mehr silbern glänzend, sondern rot tropfend. Während sich der Verletzte mit ungläubigem Ausdruck an den Unterleib griff, spannte Flavius erneut den Bogen. Er genoss den Schuss, glaubte zu hören, wie sein Pfeil sich mit dumpfem Schlag in den mächtigen Körper bohrte, sah den Hünen mit schmerzverzerrtem Gesicht nach hinten umkippen, einige Male zucken, dann regungslos liegen bleiben. Constantius blickte auf, grüßte den Schützen mit erhobenem Schwert und sprang einige Schritte vor, um einem bedrängten Kameraden zu Hilfe zu eilen.
An die nächsten Minuten konnte sich Flavius später nur noch einem Fiebertraum gleich erinnern: Wie er einen Pfeil nach dem an-

deren ergriff, immer wieder die Sehne spannte, sie schnalzen ließ, bis der Köcher leer war. Doch die Bilder seiner Opfer blieben verschwommen.
Als er endlich innehielt, blutete seine linke Hand. Er hatte keinen Schutz getragen und nicht bemerkt, wie die Sehne seine Finger streifte, die Haut aufriss. Nur töten, möglichst viele derjenigen treffen, die, den Titanen der Unterwelt gleich, aus ihren Höhlen hervorbrachen. Alles wollten sie zerstören, was sein Leben von dem dieser Ungeheuer abhob; seine Welt, die Generationen vor ihm in vielen Jahrhunderten aufgebaut hatten und die Brandfackeln in Augenblicken einäschern konnten. Flavius vergaß völlig, dass er durch seine Mutter selbst ein halber Germane war, dass er als Jugendlicher unter ihnen gelebt und ein blondes Mädchen geliebt hatte, dass Herzlichkeit und Freundschaft unter ihnen nicht weniger zu finden waren als Härte und Grausamkeit. Sie bedrohten seine Welt, und das sollten sie büßen.
Als er erschöpft vom Fenster zurück trat und den Bogen fallen ließ, hallten bereits die Marschtritte der Legionäre durch die Straße. Die Soldaten aus dem Kastell trieben die flüchtenden Barbaren vor sich her, hinaus aus der Stadt, verfolgten sie bis zum Fluss, wo die Überlebenden in ihre Boote sprangen und im Nebel verschwanden.

Ausgelaugt, mühsam einen Fuß vor den anderen setzend, stieg Flavius die Treppe hinunter, ließ den Bogen in die Ecke fallen, öffnete die Tür und trat in die Abenddämmerung hinaus. Blutlachen und verkrümmte Körper bedeckten die Straße, Barbaren wie Römer, Soldaten und Bürger der Stadt, Männer und Frauen, die nicht mehr rechtzeitig Zuflucht gefunden hatten. Sein Blick fiel auf einen kleinen Körper, der mit dem Gesicht nach unten in der Gosse lag, und ein plötzlicher Schreck durchfuhr ihn. Alexander? Zitternd kniete er nieder und drehte den Jungen um, sah in die gebrochenen Augen und schämte sich seiner Erleichterung, dass es nicht sein Sohn war. Neben der Leiche ragte ein Schwertgriff unter einem toten Germanen hervor. Einer plötzlichen Eingebung folgend zog er daran, bis er die Waffe in der Hand hielt, deren ziselierte Klinge einer langen, blutverschmierten Zunge glich – ein prachtvolles Schwert, das auf unergründliche Weise seinen Weg aus dem fernen Damascus, wo man das Eisen so zu schmieden verstand, bis in die Wälder Germaniens gefunden hatte. Vielleicht war dabei sogar ein Römer im Spiel gewesen, ein Verräter, der trotz aller kaiserlicher Verbote seinen Beutel mit Waffenschmuggel füllte.

Das Schwert in der Rechten, schritt Flavius langsam die Straße entlang, sah, wie aus den Fenstern der Obergeschosse Frauen lugten, sah, wie sich Türen öffneten und Männer heraustraten, die sich verstohlen umblickten, sah, wie sie zu den toten Barbaren liefen, um die Leichen auszuplündern. Ein Stöhnen ließ ihn herum fahren. Ein kleiner Mann in einem geflickten Cucullus beugte sich über einen Germanen, der, aus zahlreichen Wunden blutend, in einer Nebengasse lag. Er hielt das Handgelenk des Schwerverletzten hoch und winkte Flavius, zu ihm zu kommen.

»Könnt Ihr mir helfen?« Flavius sah ihn fragend an und war mit wenigen Schritten bei ihm.

»Natürlich. Wohin wollt Ihr den Verwundeten bringen?«

»Nirgendwohin.« Die lispelnde Stimme verriet die keltische Herkunft des Sprechers.

»Seht Ihr den Ring? Ich krieg ihn nicht ab. Könntet Ihr nicht mit Eurem Schwert … ein Hieb müsste genügen.«

Ungläubig starrte Flavius auf den Mann, einen unscheinbaren Bürger, wie er ihm in einer Taverne, einer Bäckerei, auf dem Forum oder am Hafen hätte begegnen können. Doch jetzt verzerrte Gier das glatt rasierte Gesicht, und als Flavius zögerte, riss der Mann erneut an dem Finger, dass der Sterbende aufstöhnte.

Mit einem Male wurde Flavius übel, seine Beine schienen weich wie Wachs, klirrend fiel das Schwert auf das Pflaster, während er sich gegen die Säule eines Vordaches stützen und übergeben musste. Verstört starrte ihn der Plünderer an, dann ließ er das Handgelenk seines Opfers sinken und warf einen Blick auf die Waffe.

»Darf ich selbst …, wenn es Euch nichts ausmacht …«

»Verschwinde!« Flavius ergriff sein Schwert, richtete sich auf, wischte sich mit dem Handrücken den Mund ab und stolperte auf die Hauptstraße, verfolgt von einem gequälten Schrei. Erst jenseits des Stadttors, auf den winterbraunen Wiesen, die hinunter zum Fluss führten, hatte er sich wieder in der Gewalt. Er atmete tief ein, straffte seinen Körper und ging ruhig auf die Menschen zu, die das Ufer säumten. Stumm wichen sie auseinander, als sie den Mann mit dem blutverschmierten Schwert in der Hand kommen sahen, bildeten eine Gasse und ließen ihn durch, bis er eine Gruppe hoher Offiziere erblickte. In ihrer Mitte erkannte er Maximianus, noch immer in seine prunkvolle Konsulatstoga gekleidet. Schlagartig wurde Flavius bewusst, wie unpassend sein Auftreten war, er senkte die Klinge, tat so, als müsse er sich auf das Schwert stützen und blieb schweigend stehen.

Der Kaiser wies mit lebhaften Armbewegungen auf die Stümpfe der zerstörten Brücke. »... Balken ... Pläne sofort ... gesicherte Basis ... Kastell ...« – Flavius konnte nur Satzfetzen verstehen und wollte näher treten, als ihn ein Soldat so grob an der verletzten linken Hand packte, dass er fast aufgeschrien hätte.

»Lasst den Mann durch!« Constantius' Stimme ließ die Wache zusammenzucken. Flavius reichte sein Schwert dem Mann, der ihm mit erstauntem Gesicht nachgaffte, bis er vor dem Präfekten stand.

»Ich danke Euch.« Die Augen in dem bleichen Gesicht musterten Flavius, dann lächelte der massige General und umarmte ihn. »Ich habe mich nicht getäuscht, Ihr taugt zu mehr. Vielleicht ergibt sich nachher die Gelegenheit, Euch dem Kaiser vorzustellen.«

Ein Schwindel erfasste Flavius, doch diesmal war es nicht Schwäche, sondern das Gefühl des Triumphes, als sei Herkules aus der Götterwelt herabgestiegen, um ihm die Hand zu schütteln. Noch vor wenigen Stunden hatte er, zusammen mit den anderen Bürgermeistern, wie ein Bittsteller in der Ecke verharrt, um wenigstens ein flüchtiges Kopfnicken des Kaisers zu erhaschen. Und jetzt war alles anders, war er nicht länger ausgeschlossen, stand er selber bei den Mächtigen, die Befehle erteilten statt Befehle zu erhalten.

»Der Kaiser«, sagte Constantius mit mühsam unterdrückter Erregung, »hat seine Pläne geändert. Der nächste Feldzug wird sich nicht gegen Carausius richten, sondern gegen dieses Gesindel. Wir werden es in seinen Sümpfen aufstöbern, durch seine bemoosten Wälder hetzen und seine schäbigen Dörfer verbrennen. Kein See, kein Berg, kein Fluss wird unsere Legionen aufhalten.« Der Präfekt schwieg einen Augenblick, dann zeigte er auf die steinernen Pfeiler, die wie geschwärzte Zähne aus der grauen Wasserfläche ragten. »Wir werden diese Brücke, die vor drei Jahrzehnten in Flammen aufging, wieder errichten. Viel schneller, als sich das ein dumpfer Barbarenschädel vorstellen kann. Der Kaiser erteilt bereits seine Befehle. Morgen beginnen die Holzfällerarbeiten. Unsere Baumeister bereiten alle Balken passgenau vor, sodass wir die Konstruktion nur noch zusammensetzen müssen. Sobald das Wetter für den Feldzug günstig ist, spannen sich innerhalb von drei Wochen die Bogen zum anderen Ufer. Und damit die Barbaren merken, wie ernst es Rom damit ist, sich das Land jenseits des Stroms zurückzuholen, wird als Erstes das Castellum Mattiacorum wieder aufgebaut und mit einer starken Besatzung versehen!« Der Präfekt zeigte auf die andere Flussseite, wo überwucherte Mauern zu erkennen waren, und blickte Flavius an. »Zur Vorbereitung des Feldzuges bilden wir einen Planungsstab. Dafür brauchen wir die besten Leute, die sich hier finden lassen …«

Flavius' Herz machte einen Sprung. Das war der Augenblick, auf den er insgeheim so lange gewartet hatte.

»Vielleicht könnte ich dabei von Nutzen sein«, bemerkte er mit gespielter Gelassenheit, »ich musste dereinst jenseits des Rhenus zwei Jahre als Gefangener verbringen und beherrsche daher die Barbarensprache.« Er fand es besser, seine germanische Mutter nicht zu erwähnen.

»Bei Euch muss man stets auf neue Überraschungen gefasst sein.« Constantius schlug ihm auf die Schulter. »Ich werde Euch vorschlagen. Aber seid Euch bewusst: Für eine Karriere in kaiserlichen Diensten reicht Rechtschaffenheit nicht, ja sie kann sogar hinderlich sein. Wichtig sind Fleiß und Klugheit, um nicht zu sagen Schläue. Vor allem aber braucht Ihr den Willen zum Befehlen wie die Bereitschaft zu unbedingtem Gehorsam. Zum jeweils angemessenen Zeitpunkt, versteht sich!«

Flavius nickte. Die Götter schenkten ihm heute wirklich überreichlich ihre Gunst!
»Ich verstehe«, antwortete er so ruhig er konnte, »und ich bin dabei. Aber zuvor möchte ich Euch noch etwas fragen. Vorhin, kurz bevor die Barbaren kamen, habt Ihr seltsam reagiert.«
»Habe ich das?«, gab der Präfekt stirnrunzelnd zurück.
»Ja, als wir von meinem Sohn sprachen. Was ist an seinem Geburtsdatum denn so besonders?«
Constantius sah ihn nachdenklich an. »Dass ich nicht an derartige Zufälle glaube.«
»Ich verstehe Euch noch immer nicht. Was meint Ihr?«
»Dass mein Sohn Constantinus am gleichen Tag geboren wurde. Er und Alexander sind gleichsam Zwillinge. Damit wollen uns die Götter etwas sagen ...«
Beide Männer schwiegen und beobachteten zwei römische Kriegsschiffe, die vorüberzogen, bis die Nebelschwaden sie verschluckten. Flavius fröstelte und spürte die Gänsehaut auf seinem Arm, doch schob er das auf die feuchte Abendkälte.

3. Kapitel

MACHT UND OHNMACHT

(289–291 n. Chr.)

»Es ist nicht zulässig, über das Urteil eines Vorgesetzten eine abweichende Meinung zu haben; es ist nämlich Gotteslästerung, daran Zweifel zu hegen, ob der, den der Kaiser auf einen Platz gestellt hat, auch dessen würdig ist.«

Kaiser Diocletianus, nach Codex Theodosianus

Weit draußen, wo nur die graugrüne Wasserfläche wogte, schien die Dünung harmlos. Doch je näher die Wellen dem Land kamen, umso bedrohlicher wirkten sie, desto öfter trugen sie weiße Schaumkämme, die der Sturm zerzauste und als salzige Gischt davon trug. Am Ufer schließlich wurden sie zu Raubtieren, die vor dem tödlichen Sprung den Rücken krümmten, alle Kraft sammelten, um sich dann auf ihr Opfer zu stürzen. Immer höher bäumten sie sich auf, bis ihre Kronen vornüberkippten und auf den Strand donnerten. Ein Stück weit schoss das schaumige Wasser noch hinauf, ließ die dunkel glänzenden Kieselsteine wie Münzen klirren, bevor es zurückrauschte und von der folgenden Woge aufgesogen wurde.

Der Mann, der dieses Schauspiel beobachtete, war in einen braunen Cucullus gehüllt. Die Kapuze trug er zurückgeschlagen, sodass der Wind durch seine dunklen Locken fuhr und die beiden Haarsträhnen verwirbelte, die sich über seiner Stirne zueinander bogen. Seine Haut war von dem peitschenden Wind gerötet; auf dem rechten Wangenknochen zeichnete sich eine etwas hellere Narbe ab. Die blauen Augen blickten zum Himmel und folgten dem Flug der Möwen, die sich kreischend in den Sturm warfen, um plötzlich abzustürzen und auf wundersame Weise kurz über der Wasseroberfläche wieder emporzuschießen.

Der Mann stand am oberen Rand des Kieselstrandes, dort, wohin auch die stärksten Wellen nicht mehr gelangten. Den rechten Stiefel hatte er auf einen angeschwemmten Baumstamm gesetzt, den – was er nicht wissen konnte – einst Wind und Wellen von einer britannischen Kreideklippe herab gerissen hatten. Auf seiner langen

Reise durch das aufgewühlte Meer war das Holz knochenblank poliert worden, um schließlich an dieser einsamen Küste Nordgalliens zu landen. Im Wurzelstrunk hing Tang, eine Gabe der letzten Flut, die Mitleid mit der Kahlheit des toten Baumes gehabt zu haben schien, sodass sie ihm die grünen Strähnen hinterließ. Jetzt flatterten die getrockneten Algenfäden wie Hexenhaar im Wind.
Eine Bewegung am Ufer erregte die Aufmerksamkeit des Mannes. Das Meer hatte etwas angespült, das sich krümmte, von der nächsten auslaufenden Welle umgedreht wurde, sich erneut bewegte. Er machte einige Schritte vor, ergriff das Wesen und sprang zurück, als die schaumige Flut nach seinen Stiefeln langte. Was er in der Hand hielt war ein Seestern, doch ungleich größer als diejenigen, die er aus dem warmen Meer kannte, das Rom umgab. Er fühlte die feste, raue Haut dieses seltsamen Tieres, das wie zum Gruß langsam seine fünf kalten Arme um seine Finger legte.
Plötzlich musste Flavius an seine fernen Kinder denken, für die er in den letzten Jahren viel zu wenig Zeit gefunden hatte. Der hoch aufgeschossene Alexander gab sich mit vierzehn schon wie ein junger Mann. Die zwei Jahre jüngeren Zwillinge Lucius und Lucilla dagegen, die noch in ihrer Kinderwelt lebten, hätten dieses Seewesen begeistert ihrer Sammlung einverleibt. Doch beim Gedanken daran, was der morgige Tag und die kommenden Wochen bringen würden, beschloss er, lieber dem Meeresgott sein Geschöpf zurückzugeben.
»Neptun, bitte beschütze mich!«, rief er in die donnernde Brandung, holte aus und schleuderte den Fünfzack, so weit er konnte. In diesem Augenblick riss die Wolkendecke auf, ein Sonnenfleck tanzte auf den gischtigen Wogen, zog kurz über die aufgewühlte See und verblich wieder, als sich der graue Himmel erneut schloss. Flavius, dem das Meer unheimlich war, sah darin ein Zeichen der Götter, sodass er sich nun besser fühlte. Fröstelnd ging er zu seinem Pferd, das ein Stück entfernt angepflockt stand, und machte sich auf den Rückweg in die einige Meilen entfernte Stadt. Während sein Körper dem wiegenden Passgang des Tieres folgte, schweiften seine Gedanken zurück zu den Ereignissen der letzten

zwei Jahre, zu allem, was dazu geführt hatte, dass er morgen diesem wilden Meer sein Schicksal anvertrauen musste.
Auslöser war der Barbarenüberfall gewesen, dem seine Berufung in den kaiserlichen Planungsstab gefolgt war. Die Vorbereitungen für den Rachefeldzug hatten Flavius in Mogontiacum festgehalten, sodass er Aurelius einen Brief an Aqmat mitgeben musste, in dem er stolz von seinem neuen Amt berichtete. Erst drei Monate später, als die Rhenusbrücke schon fast fertig war, hatte er die Zeit für einen kurzen Besuch bei seiner Familie gefunden, doch war die Stimmung gespannt gewesen, sodass er froh war, wieder zum Heer zurückkehren zu können.
Wenn er sich jetzt an diesen Feldzug zu erinnern versuchte, stiegen Bilderfetzen vor seinem inneren Auge auf: düstere Wälder mit flechtenbehangenen Bäumen, einsam dahin rauschenden Flüsse, Wiesen voll roter Mohnblumen und Moore. Dazwischen marschierende Soldatenkolonnen, rote Helmbusche, lorbeerbekränzte Legionsadler, überragt von den Stangen mit den Feldzeichen der Panzerreiter – diese zähnefletschenden vergoldeten Drachenköpfe, deren schlauchförmige Leiber zu flattern begannen, sobald die Kataphrakten losgaloppierten und der Wind in die aufgerissenen Mäuler fuhr. Mehr als einmal war Flavius bei Manövern mitgeritten, hatte sein Herz pochen gespürt, die Kampfesrufe mitgebrüllt und das Glück gefühlt, ein Teil dieser donnernd dahingaloppierenden Masse zu sein. Doch zum entscheidenden Schlag gegen die Barbaren war es nie gekommen, da diese den römischen Vorstößen auswichen. So hatte Maximianus schließlich sein Heer unverrichteter Dinge über den Rhenus zurückgeführt.
Flavius war nach Augusta Treverorum mit dem Auftrag zurückgekehrt, Schiffe bauen zu lassen, so viele und so schnell wie möglich! Im nächsten Jahr, sobald die Flotte bereit war, wollte Maximianus mit dem Gegenkaiser in Britannien kurzen Prozess machen. Nach siegreicher Rückkehr, deutete Constantius an, sei die Erhebung von Flavius in den Ordo Equester nur noch eine Frage der Zeit …
Ritterstand – das Wort hatte einen magischen Klang, und während Flavius die Küste entlangritt, sann er über die Möglichkeiten nach,

die ihm die Zugehörigkeit zu dieser nach den Senatoren zweithöchsten Schicht eröffnen würde.
Im nächsten Schritt, so träumte er vor sich hin, könnte er im Stab einer Legion dienen, als Tribun eine Abteilung kommandieren, in der Provinzverwaltung Karriere machen, als Prokurator das kaiserliche Vermögen verwalten oder sogar Statthalter werden – gut bezahlte Posten, auf denen sich viel Geld verdienen und noch mehr Einfluss gewinnen ließ, sodass zuletzt mit etwas Glück die Erhebung in den Senatorenstand winken mochte. Vir Clarissimus – die Anrede schmeichelte seinen Ohren, und er sah sich schon auf dem Forum Romanum stehen, gekleidet in die weiße Senatorentoga mit dem breiten Purpurstreifen.
Vielleicht ging alles auch noch schneller – wenn einem die Schicksalsgöttinnen gewogen waren. Manchmal musste man nur zum rechten Zeitpunkt am rechten Ort sein. So wie er es vor einem Monat beobachtet hatte.
Er dachte an Mogontiacum, an die Feier zum Geburtstag der Stadt Rom, zu der von Maximianus alle geladen worden waren, die sich auf den vorangegangenen Feldzügen oder beim Bau der Flotte ausgezeichnet hatten. Als der Kaiser im Saal erschienen war, hatten sich alle tief verbeugen müssen, wie es jetzt am Hof der Brauch war, wenn, wie sein Nachbar Bubas, der Führer einer Reiterschwadron, flüsterte, Herkules der Umgebung die Gnade seiner Anwesenheit gewährte. Danach hatte der Kaiser Orden verteilt, und jetzt fragten sich alle im Saal, wo der Redner blieb.
In diesem Augenblick ließ ein Trompetenstoß die Köpfe herumfahren. Die Flügeltüren schwangen auf, bedächtig schritt ein mittelgroßer Mann in blütenweißer, sorgsam gelegter Toga herein. Zehn Schritte vor dem Kaiser, der in der halbrunden Apsis der Basilika auf seinem Stuhl aus goldverziertem Elfenbein thronte, verbeugte er sich, um dann auf die Knie zu fallen und mit der Stirn so lange den Boden zu berühren, bis ihn der Herrscher aufstehen hieß.
»Aber das ist doch, das kann doch nicht sein …«, murmelte Flavius entgeistert.
»Kennt Ihr den Mann?«, fragte Bubas leise.

Flavius nickte. »In der Tat, doch ich hatte keine Ahnung, dass er hier als Panegyriker auftreten würde. Sollte nicht ein Rhetoriklehrer aus Augustodunum die Rede halten?«
»Ja, aber wie ich gehört habe, hat ihn heute Nachmittag überraschend ein schreckliches Darmleiden befallen. Vielleicht war der Wels, den er gegessen hatte, nicht mehr frisch.« Bubas beugte sich vor. »Auf jeden Fall herrschte am Hof große Verzweiflung, denn eine kaiserliche Lobpreisung, die immer wieder unterbrochen werden muss, weil der Vortragende zur Latrine rennt, büßt doch sehr an Würde ein.« Der Thraker grinste. »Umso größer war die Erleichterung, als ein Beamter sich meldete und erklärte, er habe ebenfalls Rhetorik studiert, sei ein großer Verehrer der Heldentaten des Kaisers und habe rein zufällig eine Rede entworfen, die er untertänigst als bescheidenen Ersatz anbieten könne.«
»Ich bitte um Aufmerksamkeit«, hallte die Stimme des Ausrufers durch die hohe Basilika, »für Marcus Aurelius, der aus Anlass des Geburtstages der Stadt Rom und des bevorstehenden Unternehmens gegen den nichtswürdigen Piraten um die Gunst ersucht, einige Sätze zu Gehör bringen zu dürfen.«
Die Stimmen im Raum erstarben und Flavius beugte sich vor, um kein Wort zu versäumen.
Aurelius machte die gezierten, einstudierten Handbewegungen eines Redners, der sein Publikum begrüßt, ließ seinen Blick über die Anwesenden schweifen, verbeugte sich erneut vor dem Kaiser und begann: »O heiliger Imperator, wenn bei jedem Fest / die Euch erwiesene Ehre der zu gleichen hat, die Göttlichem geschuldet wird, / muss doch speziell an diesem hoheitsvollen und (da Ihr der Kaiser seid) auch freudenreichen Tag / Bewund'rung fügen sich für Eure Göttlichkeit / zur Ehrerbietung, die der heil'gen Stadt wir jährlich schulden.«
Die Stimme war glatt, ohne die geringste Unsicherheit, und troff wie Öl von den Lippen des Mannes, während er die bei solchen Anlässen üblichen Ausflüge in die ruhmreiche Vorgeschichte Roms absolvierte: »O heiliger Imperator, voller Recht kann Euch man und zugleich / auch Euren Bruder nennen des Röm'schen Reiches Grün-

der, / denn Ihr stellt, was dem gleich kommt, es wieder her; / und ist es auch der Tag der Stadt Geburt, der am Beginn / des röm'schen Volkes steht, bezeichnet doch vielmehr / noch Euer erster Herrschafts Tag der Rettung Anbeginn …«
Das ist auswendig gelernt, das muss er geübt haben, durchfuhr es Flavius in Anbetracht der gemessenen Schritte, der kontrollierten Bewegungen und der ausgefeilten Formulierungen. Aber wie konnte der Mann wissen, dass er heute seinen großen Auftritt haben würde?
»Jetzt trägt er ganz schön dick auf«, flüsterte er Bubas zu, als Aurelius die pannonische Abkunft Maximianus', die kriegerischen Verdienste dieser Provinz und die von Waffengeklirr umhallte Jugend des Kaisers pries, dem er familienseitig göttliche Abkunft zuschrieb. Langsam ließ seine Aufmerksamkeit nach, als der Redner die Feldzüge des Kaisers aufzählte und die dort vollbrachten Heldentaten beschrieb, sodass Flavius unwillkürlich nickte, als Aurelius mit Pathos in den Saal rief: »Doch wen der Wunsch erfüllt, all diese Taten zu behandeln – / Jahrhunderte muss er sich wünschen, Jahre ohne Zahl, / so lang ein Leben als Ihr es habt verdient! / Drum will, zum Vorteil meiner Rede, / doch meiner Neigung widerstrebend / ich das tun, was sich bei diesem Anlass ziemt: / Ich lasse weg den Rest und preise das vor allem, / das vielen staunenswert erscheint, / doch völlig wahr zugleich nur ist …«
Im Folgenden erging sich der Redner in einer Beschreibung des kaiserlichen Äußeren, hob das göttliche, von einem Schein umstrahlte Haupt hervor, unterstrich die Harmonie der Herrschaft der beiden Kaiser, spielte auf die bezwungenen Bagauden an, bevor er zu dem Überfall anlässlich seiner Konsulatsfeier und den anschließenden Rachefeldzügen in die Alamannengebiete jenseits des Rhenus kam. Diese verglich er mit Scipios Landung in Afrika, die Carthagos Niederlage besiegelte:
»Habt Ihr's vernommen, Imperator, / oder mit göttlichem Verstand erfasst, / dass völlig niederwerfbar nur die Feinde sind, / indem im eignen Lande sie erobert werden? / Dass sie nicht nur verlieren alle Beute, die sie einst gemacht; / nein, dass sie nun beklagen müssen

den Verlust / von Frauen, Kindern, Anverwandten, / und alledem, was teuer ihnen ist?«

Hier legte Aurelius eine Kunstpause ein, die pflichtgemäßer Beifall erfüllte, während Flavius an die zerstörten Alamannendörfer denken musste, an die angstgeweiteten Augen der Frauen, die in die Sklaverei verschleppt wurden, an die Leichen der Männer, über deren Blut die Fliegen summten, an die umgehauenen Obstbäume und die zertrampelten Felder …

Derweil schwang sich der Redner zu immer kühneren Vergleichen auf, und als selbst Alexander der Große unbedeutend erschien, verglichen mit diesem Herrscher aus herkulischem Geschlecht, bemerkte Flavius, an Bubas gewandt: »Rutscht er nicht bald auf seiner Schleimspur aus?«

»Psssst, Vorsicht! Das ist am Hof so üblich.«

»Aber wie kann Maximianus, ein Mann einfacher Herkunft, an dieser Lobhudelei Gefallen finden?«

»Glaubt mir, gerade solche Leute sind ganz wild darauf«, flüsterte Bubas hinter vorgehaltener Hand. »Ein Senator aus altem Geschlecht würde sich das Geschwätz nicht antun, aber unser Kaiser ist da anders, dem geht das runter wie Honigwein …«

Er verstummte, als ihn ein Tischnachbar unwillig anstieß, und Flavius beobachtete Maximianus. Bubas hatte recht, der Kaiser schien die Worte des Redners zu trinken, sich am dick aufgetragenen Lob zu berauschen, seine Macht zu genießen. Ein Weinglas in der Hand, lehnte Flavius sich zurück und ließ den Redestrom vorüber plätschern, bis Aurelius zu dem bevorstehenden Unternehmen gelangte: »Es ist durch Euer günstiges Geschick, / durch glückliche Gedanken, Kaiser, nun so weit, / dass Eure Männer siegreich schon am Ozean stehn, / und dass die Wellen weichend aufgesogen / das Blut der Feinde, die am Ufer man erschlug. / In welch Gemütsverfassung ist nun der Pirat, / kann er doch Eure Heere sehn, bereit / zu queren den Kanal, der bislang einzig nur / der Grund noch war, der Aufschub seinem Tode hat gewährt? / Welch Eiland abgelegner noch, welch andrer Ozean / kann seine letzte Hoffnung stützen? / Durch welche Mittel kann zuletzt der Strafe er entfliehn, / die er von

Staates wegen wohl verdient, / wird nicht geschluckt er von der Erde und verzehrt, / oder vom Wirbelwind hinweg gebracht / auf eines Felsens unzugänglich Gipfel?«

Diese Worte wurden von einer weit ausholenden Geste des Redners unterstrichen, um die beschworene Flucht des Mannes ins Lächerliche zu ziehen, dessen Namen nie genannt werden durfte, von dem jedoch alle wussten, dass Carausius gemeint war. Grölendes Gelächter folgte, Aurelius verbeugte sich nach allen Seiten, bevor er fortfuhr: »Die wunderschönsten Flotten sind erbaut und nun dabei, / auf jedem Strom zugleich dem Ozean sich zu nahn. / Und nicht nur Männer eiferten im edlen Streit, / um fertig sie zu stellen – nein, es schwollen auch / die Flüsse plötzlich an, um wohl sie aufzunehmen. / Das ganze Jahr, o Kaiser, fast, / wenn schönes Wetter Euch vonnöten war, / die Schiffe zu erbaun, das Holz zu sägen und der Werftarbeiter Mut aufs Neue zu entfachen, / auf dass kein Arm erschlafft, / da ward durch Regen kaum ein Tag getrübt. / Vorbild dem Winter war des Frühlings Milde. / Wir glaubten schon, nicht länger in / des Nordens Klima mehr zu hausen, / vielmehr durch einen seltsamen Versatz / von Sternen oder dieser Erde, / die Sanftheit südlicher Gefilde auszukosten. / Selbst die Mosella, der so lang des Regens Stärkung vorenthalten, / der Schiffe Last konnt sie nicht tragen, / nur Teile liefern Euren Flottenbauten. / Doch sieh! Gar plötzlich dann, wenn's nötig war, / des Krieges Fahrzeug loszulassen, / da öffnete die Erde Euch den reichen Quell, / für Euch ließ Jupiter den Regen strömen, / für Euch die Wassermassen übers Ufer treten./ Und so die Schiffe, durch geringsten Stoß / der Mannschaft schon in Fahrt gesetzt, / sie nahmen ihren Weg auf den Gewässern, die / sie eifrig trugen, dass für den glücksverheißend Start / ein Seemannslied weit eher tauglich schien denn pure Kraft. / So kann es jedermann gar leicht begreifen, / welch herrlicher Erfolg Euch in dem Meereswagnis winkt / wenn man bedenkt, wie günstig Wetter Euch schon ward zuteil!«

Hier brandete spontaner Beifall auf, und auch der Kaiser gab durch gemessenes Händeklatschen zu erkennen, wie sehr ihm die Rede gefiel. Bald darauf war Aurelius am Ende angelangt, fing einen schweren Beutel auf, den ihm ein Hofbeamter zuwarf, und trat rückwärts aus der Türe, sich immer wieder bis zum Boden verneigend.

Klatsch! Flavius wurde unsanft in die Gegenwart zurückgerufen und wischte sich die salzige Gischt aus der Stirn, die eine Bö vom Meer herübergeweht hatte. Sein Blick schweifte über die grünen Hügel, auf denen der Wind das Gras in Wellen beugte. Dahinter tauchten im trüben Nachmittagslicht bereits die Türme von Bononia auf. Er würde gerade rechtzeitig zum großen Festessen kommen, zu dem der Flottenkommandant heute Abend alle Offiziere und Staatsbeamte eingeladen hatte. Im Hafen der Stadt, die Maximianus' Truppen dem Rebellenkaiser bereits entrissen hatten, lagen die Schiffe vor Anker, die in den vergangenen Wochen die Flüsse hinabgefahren waren, um sich hier zu der großen Invasionsflotte zu vereinigen, die morgen früh auslaufen sollte.
Doch in dieser Nacht fand Flavius nur schwer Ruhe. Unruhig wälzte er sich in seinem Bett hin und her, und als ihn endlich der Schlaf umfing, brachte er seltsame Träume. Er sah sich in einem Schiff, das rastlos über die Meere segelte, immer auf der Suche nach etwas, von dem er selbst nicht zu sagen wusste, was es war. Sobald er es erblickte, dessen war er sich jedoch gewiss, würde er das Ziel seiner Reise kennen. Dann würden alle Irrfahrten ein Ende nehmen, versicherte er der Mannschaft stets aufs Neue. Doch mit jedem Tag, der vergeblich verstrich, schwand die Zuversicht der Matrosen, und als ein Sturm aufzog, steigerte sich ihr Murren zur Meuterei. Je höher die Wellen wuchsen, umso lauter schallte das Stimmengewirr über das Deck: »Wir werden nie ankommen und alle an seinem Wahn zugrunde gehen!«
»Er hat die Götter beleidigt, das ist die Strafe für seinen Frevel!«
»Warum sollen wir mit ihm verflucht sein?«
»Werft ihn über Bord, vielleicht besänftigt das Neptun …«
Drohend schließt sich der Kreis um Flavius, der verzweifelt versucht, auf die Männer einzureden, doch kein Wort herausbringt. Haarige, tätowierte Arme ergreifen ihn, er fliegt in hohem Bogen

über die Bordwand, aber noch bevor er die Wasseroberfläche erreicht, geschieht Seltsames. Ein riesiger Fisch taucht auf, der seinen Rachen aufsperrt, die Beute auffängt und herunterschluckt. Merkwürdigerweise verspürt Flavius keine Angst, als er in den Magen des Ungeheuers gleitet, und ist auch nicht verwundert, das Innere wie sein kleines Arbeitszimmer in Mogontiacum eingerichtet zu finden. Er ist nur froh, dem Meer entkommen zu sein und greift sich eine Papyrusrolle, um zu arbeiten. Doch was er in Händen hält, ist kein gewöhnliches dienstliches Dokument, sondern eine Eingabe seiner Frau an den Kaiser. Sie bittet um die Erlaubnis zur Scheidung und Wiederverheiratung, da sie, wie sie ausführt, ihren Mann seit Jahren kaum noch gesehen habe. Flavius erschrickt zutiefst, springt auf und sucht den Ausgang. Doch keine Türe ist zu finden, ringsum ertastet er nur glattes Mauerwerk, gegen das er vergeblich mit den Fäusten trommelt, bis er schließlich schweißgebadet erwacht.
Eine Weile sann er über den Traum nach, der ihn an die Geschichte eines gewissen Jonas erinnerte. Dieser störrische Prophet, so hatte sein Vater ihm erzählt, habe dem göttlichen Auftrag entkommen wollen und sei deshalb von einem Wal verschlungen worden, der ihn am Ort seiner Bestimmung ausgespien habe. Flavius hätte gerne einen Traumdeuter aufgesucht, doch dafür war heute keine Zeit. So gelobte er, sich nach diesem Feldzug mehr Zeit für seine Frau zu nehmen. So viel Zeit wie möglich – mit diesem Gedanken schlief er beruhigt wieder ein.

Am nächsten Morgen schwang sich Flavius erwartungsvoll aus dem Bett, ließ sich von seinem Barbiersklaven die Haare schneiden, einölen und den Vollbart stutzen, den er sich, wie fast alle in der Umgebung des Kaisers, in den letzten Jahren hatte wachsen lassen – trotz Aqmats Naserümpfen. Sie meinte, das Gestrüpp störe beim Küssen, doch Flavius fand, er sähe so männlicher, kraftvoller aus; und für das Besagte hatten sie so wenig Zeit gefunden, dass es darauf auch nicht mehr ankam. In diesem Augenblick fiel ihm sein Traum ein, bereits zu schemenhafter Erinnerung verblasst, und er

beschloss, sich nach seiner glücklichen Heimkehr den Bart scheren zu lassen, sollte seine Frau noch immer darauf Wert legen.
Als er vor die Tür trat, erglühte das rote Ziegeldach des Hauses gegenüber in der Morgensonne. Darüber wölbte sich ein blauer Himmel mit weißen Wolkenstreifen. Flavius bestieg seine Sänfte und ließ sich zum Hafen bringen. Voll freudiger Erwartung atmete er die salzige Luft ein, roch den fauligen Meeresgeruch, hörte das Kreischen der Möwen und ließ seinen Blick über den Mastenwald der Flotte gleiten. Heute würden sie nach Britannien aufbrechen! Trotz seines eingefleischten Misstrauens dem Meer gegenüber war er zuversichtlich, denn die Brandopfer waren gebracht worden und die Orakel günstig ausgefallen: Die heiligen Hühner hatten gefressen, Leberbeschau und Vogelflug keine Anzeichen für Missstimmung der Götter ergeben.
Er schritt am Kai entlang, vorbei an unzähligen Schiffen, die mit dem Bug voran vertäut lagen und sich sanft in den Wellen wiegten. Der größte Teil der Invasionsflotte bestand aus Lusorien, leichten, schnellen Ruderschiffen ohne Deck, die neben dem umlegbaren Hauptmast noch einen schrägen Vormast für das Artemonsegel trugen. Ihr Dollbord verlief parallel zur Wasseroberfläche, am Heck schwang sich ein gewölbter Steven nach oben, der in einer Art Blüte auslief, während auf dem Vordersteven ein Tierkopf mit drohend gebleckten Zähnen in Fahrtrichtung starrte. Am Bug, zwei Fuß über der Wasserlinie, war ein großes Augenpaar aufgemalt, zwischen dem der bronzene Rammsporn wie ein Schnabel hervorstach.
Flavius ging den Kai entlang, gefolgt von seinem Diener mit dem Gepäck, bis er zu einer Liburne kam, deren Bug, von einem Anker halb verdeckt, in großen Unzialen den Namen »Isis« trug. Ein gutes Omen, dachte er, denn die ägyptische Göttin galt wegen der Seereise, die sie auf der Suche nach ihrem zerstückelten Bruder unternommen hatte, als der Schifffahrt gewogen. Die »Isis« mochte etwa hundert Fuß lang sein; ihre verdickte Mastspitze war mit straff gespannten Tauen am Bug sowie an beiden Seiten verankert, das Segel noch an der niedrig hängenden Rahe gerefft. Träger schleppten

Vorräte an Bord, andere rollten Wasserfässer über eine Planke, und aus dem Unterdeck war das Schnauben von Pferden zu hören. Flavius ließ sein Gepäck an Bord schaffen, sah sich auf Deck um und bemerkte einen vertrauten Umriss.
»Bubas, Ihr reist auf dem gleichen Schiff wie ich?«
Der Mann, der am Bug stand, drehte sich um und kam auf ihn zu.
»Ja, eine Änderung im letzten Augenblick, um Platz für irgendwelche Steuerbeamte zu schaffen.«
»Die Britannier werden begeistert sein, wenn ihr Befreier so beginnt«, murmelte Flavius und musterte eine kleine Balliste, die auf Deck festgezurrt war. Sie bestand aus einem zweiteiligen, fest auf einem Mittelholz montierten Metallbogen, den man mit einer Kurbel so vorspannen konnte, dass seine Durchschlagskraft die eines normalen Bogens bei weitem übertraf. Doch ungewöhnlich daran schien ein länglicher Behälter voller Geschosse, ein Rundholz mit einer geschraubten Nut sowie eine Kette, die zu der Kurbel lief.
Bubas bemerkte den fragenden Blick und zeigte auf das kleine Geschütz. »Ein Polybolon, hat natürlich ein Grieche erfunden. Man muss einfach immer an der Kurbel drehen, dann wird automatisch der Bogen gespannt, ein Pfeil aus dem Behälter angehoben und abgefeuert.« Grinsend fügte er hinzu: »Nur manche Waffenmeister mögen es nicht und nennen es abwertend Pfeileverschwender …«
Flavius betastete die Kurbel, verzichtete jedoch nach dem mahnenden Hinweis darauf, die Funktion zu testen. »Glaubt Ihr, dass es zum Kampf mit Carausius' Flotte kommen wird?«
»Das will der Kaiser unbedingt vermeiden«, antwortete Bubas. »Wir haben zwar mehr Soldaten, aber die gegnerischen Mannschaften sind ungleich erfahrener. Die haben sich bei der Jagd auf fränkische Piraten schon Seeluft um die Nase wehen lassen, als unser Schiffsholz noch Blätter trug.«
»Ich weiß«, bemerkte Flavius nachdenklich, »ich habe ja selber mitgeholfen, diese Flotte aus dem Boden zu stampfen. Es hängt also alles davon ab, dass wir im Schutz der Dunkelheit die Küste erreichen, uns wie Diebe ans Ufer stehlen und dort den Gegner zur Schlacht zwingen?«

Bubas nickte. »Und dazu brauchen wir eine klare Nacht, um nach den Sternen steuern zu können. Sonst treffen wir uns nicht bei der Insel Vectis, sondern jedes Schiff verschlägt es an einen anderen Ort …«
Flavius blickte empor und musterte den blauen Himmel, über den sich vereinzelte Wolkenschleier zogen, als er unter einem Trompetenstoß zusammenzuckte und eine Bassstimme brüllen hörte:
»Der Wind dreht! Alles bereit zum Auslaufen!«
Er fuhr herum und sah einen großen Mann mit langem, gekräuseltem Bart, gekleidet in einen Byrrus mit zurückgeschlagener Kapuze, dessen Rechte auf eine Fahne am Hauptmast zeigte. Er überragte um Haupteslänge den neben ihm stehenden Legionär, der gerade einem Hornbläser das Zeichen gab, sein Signal zu wiederholen.
»Der Große ist der Nauarchos, der das Schiff führt. Der Kleinere neben ihm ist der Centurio Classicus, der militärische Oberbefehlshaber.«
Flavius musterte die Männer und hatte das unbestimmte Gefühl, dass sie sich nicht mochten. Doch für weitere Betrachtungen blieb ihm keine Zeit, denn er musste zwei Matrosen ausweichen, die zur Bordwand rannten, die Ladeplanke zurückschoben und die Taue lösten, die das Schiff am Kai gehalten hatten. Vom Heck waren rhythmische Rufe und Klatschen zu hören, als ein großes Ruderboot die »Isis« ins Schlepptau nahm und langsam in die Mitte des Hafenbeckens zog, wo bereits eine leichte Brise das Wasser kräuselte. An Back- wie Steuerbord hatten Seeleute die dort befestigten Schoten gelöst und waren dabei, über den Flaschenzug in der Mastspitze die quer zum Schiff hängende Rah emporzuhieven. Langsam entfaltete sich darunter das große Segel, als die mit einer Schlinge befestigte Stange immer höher glitt und der Wind in das mit Lederstreifen verstärkte Tuch fuhr. Der Gubernator, der rechts am Heck das Steuerruder führte, rief einige für Flavius unverständliche Befehle, die Matrosen zogen die Schoten nach hinten und befestigten sie dort, bis das Segel sich stramm im Wind blähte und nicht mehr flatterte. Das Schiff krängte leicht und nahm Fahrt auf,

als angstvolles Wiehern Bubas unter Deck eilen ließ. Flavius hangelte sich vorsichtig an der hölzernen Reling entlang, sah rechts das befestigte Lager von Bononia und links die vorspringende Mole vorbeiziehen. Achtern, in der weißen Schaumspur hinter dem nachgeschleppten Beiboot, folgte ihnen bereits das nächste Schiff. Als sie den Hafenbereich verlassen hatten, frischte der Wind auf, Dünung setzte ein, die »Isis« begann zu stampfen, und Flavius brachte Neptun noch schnell ein Weinopfer dar, um von der Seekrankheit verschont zu bleiben.

Der Tag verging ohne besondere Ereignisse. Flavius aß wenig und rieb sein Gesicht gegen die Sonne mit Eiweiß ein. Er genoss die Untätigkeit und gewöhnte sich allmählich an die wiegenden Bewegungen. Doch als sich im Westen die Sonne einer Wolkenbank näherte, wurde der bis dahin günstige Wind immer schwächer, bis er schließlich fast einschlief. Der Nauarchos betrachtete sorgenvoll den Himmel und befahl, das Segel zu reffen. Dem Centurio schien das nicht recht zu sein, Flavius sah die beiden Männer heftig gestikulieren, doch zuletzt setzte sich der Seemann durch. Derweil wurde die Wolke immer höher, verschluckte die Abendsonne und wuchs zu einem grauen Turm mit blutroten Rändern heran. Die Flaute wurde jetzt durch Böen unterbrochen, die das Wasser zu kurzen Wellen aufpeitschten. Die »Isis« begann zu stampfen und krängte mehrfach so stark, dass sich alle an Deck ständig mit einer Hand festhalten mussten. Als der Wind immer heftiger wurde und fahle Blitze aus der Wolke zuckten, befahl der Nauarchos alle Männer unter Deck, die oben nicht gebraucht wurden. Flavius stieg die Leiter hinunter und fand sich in dem düsteren, nur von schwankenden Laternen erhellten Rumpf des Schiffes. Mittschiffs waren die Pferde in ihren Boxen untergebracht, vorne drängten sich Legionäre, und im Achterschiff stapelten sich Vorräte, Wasserfässer, Waffen, Feldzeichen und Munition für die Ballisten. Doch am schlimmsten waren die stickige Luft, der Gestank nach Pferdemist, Erbrochenem, Schweiß, Rauch, alles vermischt mit den muffigen Ausdünstungen eines feuchten, kaum gelüfteten Raumes. Flavius sah Bubas, der sich mit einigen Gehilfen um die Pferde kümmerte und winkte ihm zu, aber der Thraker hatte nur Augen für die unruhigen Tiere. Vergeblich suchte Flavius einen freien Platz – auf jedem Handbreit Boden kauerten Soldaten, sodass er sich achtern auf ein Fass setzen musste. Hier waren allerdings die Bewegungen besonders stark zu spüren – das bockige Stampfen, wenn die »Isis« kleine, entgegenkommende Wellen durchschnitt, das Schlingern, wenn größere Wogen von hinten kamen und die rollenden Bewegungen, wenn der Rumpf von der Seite erfasst wurde. Um sich nicht immer an seinen Sitz klammern zu müssen, suchte er sich eine Kiste an der Bordwand, stemmte sich gegen die Planken und schloss die Augen, da ihm der Anblick der schwankenden Lampen Übelkeit verursachte. Jetzt nahmen seine angespannten Sinne das Rauschen und Gurgeln des Meeres wahr, von dem ihn nur eine Handbreit Holz trennte, untermalt vom Trommeln des Regens auf dem Deck und dem Grollen des Gewitters. Dazu kamen die Töne des Schiffes, das Knarzen, Schaben und Knirschen des Rumpfes, das Pfeifen des Windes in der Takelage, das Knattern eines losen Segelstücks und das Gepolter, wenn Teile der Ladung umher rutschten.

Die Bewegungen des Rumpfes schienen an Heftigkeit zuzunehmen, mal drückte die Kiste Flavius nach oben, im nächsten Augenblick war es ihm, als würde sein Körper frei schweben. Er versuchte, sich an einem Spant festzuklammern, der neben ihm zur Decke empor lief, fühlte die raue Oberfläche des Holzes und die umgebogenen Spitzen der Eisennägel, mit denen die Planken von außen befestigt waren. Seine Hand tastete über die Innenseite des Rumpfes, folgte den Fugen, die mit Hanf und Teer abgedichtet waren, fand eine feuchte Stelle, führte den Finger zum Mund und erschrak über den Salzgeschmack. Ohne lange nachzudenken, kniete er sich hin, strich mit zitternden Fingern über die Planken und erspürte immer mehr Ritzen, an denen Wasser hereinquoll. Sollte er seine Beobachtung melden? Auf Händen und Füßen kroch er in Richtung der Treppe, die zu der Luke führte. Als er seinen Kopf aus der Luke streckte, war das Meer nicht wiederzuerkennen. Um das Schiff herum tobte eine graue, gischtige Masse, immer wieder schlugen Brecher über die Reling, und das Wasser schoss fußhoch zwischen losen Tauen und den Stiefeln der Männer hindurch. Er rief einen Matrosen an, doch dieser bedeutete ihm nur mit einer unwirschen Handbewegung, wieder unter Deck zu verschwinden. Flavius kroch zu seiner Kiste zurück und begann, vor Erschöpfung und Kälte zitternd, mit den Zähnen zu klappern. Gab es denn nirgendwo etwas zu essen? Ein Goldstück für ein durchweichtes Brot und etwas Käse! Suchend blickte er umher, hörte ein schrilles Fiepen und bemerkte graue Schatten, die über die Bodenbohlen huschten. Kein Schiff war frei von Ratten, doch gewöhnlich hausten sie zwischen den Steinbrocken des Ballastes und wagten sich nicht hervor, solange Menschen in Sicht waren. Was mochte sie herausgetrieben haben – Hunger, Gefahr?

In diesem Augenblick legte eine unsichtbare Macht die »Isis« so stark nach Steuerbord über, dass die Soldaten wie von einer Riesenfaust auf die Seite gefegt wurden, die Pferde stolperten und wiehernd zu Boden stürzten. Eine Laterne löste sich aus der Deckenhalterung und erlosch, während ein loses Weinfass gegen eine Spante prallte, zersplitterte und seinen roten Inhalt verspritzte. Dumpfes Schaben folgte, dann sah Flavius zu seinem Entsetzen, wie zwischen den Bodenbohlen der Steuerbordseite eine schmutzige Brühe hervorquoll. Mehr und mehr folgte – das eingedrungene Wasser musste den Ballast geflutet und die Ratten vertrieben haben. Doch warum richtete sich der Rumpf nicht wieder völlig auf? Einen schrecklichen Augenblick brauchte er, um die Wahrheit zu begreifen: Die Steine über dem Kiel, denen das Schiff seine Stabilität verdankte, waren verrutscht!

Stimmen ließen ihn aufblicken: Durch die geöffnete Luke sprang der Nauarchos, immer zwei Stufen auf einmal nehmend, die Treppe hinab und zeigte auf ein Gerät, das auf einem Mittelscharnier ein mannslanges Querholz trug, von dem Verbindungen zu zwei darunter angebrachten Zylindern führten: »Los, an die Lenzpumpe, und strengt euch an, wenn euch das Leben lieb ist!«

Zwei Soldaten hasteten herbei und pressten den Schwengel wie

eine Wippe auf und nieder, bis ein Gurgeln verriet, dass der Pumpensog das Bilgenwasser erfasste.
»Wir müssen das Schiff erleichtern«, keuchte der Schiffsführer, an die restlichen Soldaten gewandt, »werft das Zeug da über Bord!« Er zeigte auf die im Heck gestapelten Waffen und Vorräte, doch bevor sich die Ersten erheben konnten, war der Decurio aufgesprungen.
»Auf keinen Fall! Das ist kaiserliches Eigentum. Alles wird für die Invasion benötigt!«
Der Nauarchos starrte ihn entgeistert an, als habe er nicht richtig gehört. »Wollt Ihr etwa meinen Befehl widerrufen?«
»Ja, denn ohne Waffen werden meine Männer abgeschlachtet!«
»Und wenn die Isis kentert, sind wir alle Fischfutter!«
Wie um die Aussage zu unterstreichen, packte erneut eine Woge das Schiff seitwärts, etwas krachte auf Deck und wieder war das schabende Geräusch zu hören. Das Bilgenwasser schwappte gegen die Bordwand und spritzte zurück, bevor die »Isis« mit noch stärkerer Krängung zur Ruhe kam.
»Geht hoch und steuert diese verdammte Liburne!«, schrie der Decurio, »lasst den Anker fallen oder bringt Neptun ein Opfer dar. Nur tut endlich was!«
»Mein Befehl lautet: Erleichtert das Schiff!«, brüllte die Bassstimme in Richtung der Soldaten, die sich zögernd erhoben. Der Decurio versuchte, den ersten Mann zurückzuhalten, doch ein Stoß des Seemanns ließ ihn in die Ecke stolpern. Die Soldaten rannten ins Heck, packten eine Balliste und wuchteten sie bis zum Aufgang. Flavius war unterdessen die Stufen hochgestiegen und versuchte vergeblich, die Luke aufzustemmen. Doch es ging nur eine Handbreit, dann wurde der Widerstand zu stark.
»Etwas scheint darauf zu liegen«, rief er in den dämmrigen Tumult hinab und musste husten, als ein Wasserschwall durch den Spalt schoss. Der Nauarchos kletterte zu ihm hinauf, gemeinsam hoben sie die Luke etwas weiter, sodass der Seemann einen Befehl hinausbrüllen konnte: »Schafft die Rah weg, ihr lahmen Quallen!«
Schritte näherten sich, eine Stimme draußen wiederholte das Kommando, Holz schabte über Holz, dann schwang die Luke auf.

Flavius kletterte dem Schiffsführer nach und hatte Mühe, sich auf dem schrägen Deck festzuhalten. Die »Isis« krängte jetzt so stark, dass die Steuerbordreling fast ständig durch schaumiges Wasser pflügte, vom Steuerruder war in den gurgelnden Fluten nichts mehr zu erkennen. Die Rah, von der die Matrosen das Segel gelöst hatten, hing halb über Bord und wurde von den Wogen immer wieder hoch geschwemmt, als wollte der Meeresgott seinen Spieß nach der Besatzung stoßen. Ächzend hoben die Soldaten die Balliste aus der Luke und ließen sie über das Deck rutschen, unter Krachen zersplitterte die Reling, als das Geschütz im Meer versank.
»Weitermachen!«, befahl der Nauarchos den Soldaten. »Und Ihr klettert nach Backbord hoch und warnt uns vor besonders großen Wellen«, rief er Flavius zu. Fässer, Vorratssäcke, Steine für Schleudern – alles fand seinen Weg aus dem Schiffsbauch in die Fluten, doch ohne dass sich die »Isis« merklich aufrichtete. Trotz steten Pumpens schien das Wasser unter Deck zu steigen. Der Rumpf lag schwer in den Fluten, Brecher fegten über das Deck.
Flavius hatte seinen Gürtel mit einem Tau an der Reling gesichert und beobachtete die Wogen. Wie ein feindliches Heer stürmten sie aus dem Dunkel heran, das zuckende Blitze für Augenblicke aufhellten. Sah er eine besonders bedrohliche kommen, rief er eine Warnung hinunter und die Männer klappten die Luke zu – wenn auch nicht immer rechtzeitig. Vergeblich spähte er zwischendrin nach anderen Schiffen oder Land und plötzlich packte ihn Angst. Alles hatte so gut begonnen, aber wenn nicht ein Wunder geschah, konnte die »Isis« den Sturm nicht überstehen. Und dann? Im Gegensatz zu den meisten Matrosen und Soldaten, die aus einfachen Familien kamen, hatte er in den Thermen Schwimmen gelernt. Doch wie lange würde er sich in den kalten Fluten über Wasser halten können?
»Achtung!«
Erschöpft und versunken in seine Gedanken, war seine Aufmerksamkeit für einige Augenblicke erlahmt – lange genug, um die Riesenwelle bedrohlich nahe kommen zu lassen. Im Lichte eines Blitzes türmte sich eine Wand aus graugrünem Glas über ihm auf. Sein

Warnschrei war kaum verhallt, schon begrub der Wasserberg das Schiff unter sich. Flavius schloss die Augen, als die kalte Flut seinen Körper empor schwemmte. Er spürte, wie sich das Tau spannte, bis er ruckartig freikam und plötzlich ein Teil des Wassers war, herumgewirbelt, verzweifelt mit den Armen nach einem Halt greifend, den es nicht mehr gab, salziges Wasser schluckend, dann nur noch nach Atem ringend, aufwärts schwimmend, bis endlich sein Kopf die Wasseroberfläche durchbrach.

Luft! Er füllte seine Lungen, ruderte mit den Armen, um nicht wieder hinabzusinken, spie Salzwasser aus und versuchte, sobald ihn eine der Wogen empor trug, nach der »Isis« Ausschau zu halten – vergebens. Eine halbe Stunde mochte so vergangen sein, seine Kräfte begannen nachzulassen und er kämpfte gegen einen Krampf im rechten Bein, als er in der Nähe eine Bewegung im Meer bemerkte. Dort trieb ein länglicher Gegenstand, und nachdem Flavius unter Aufbietung seiner Kräfte herangeschwommen war, sah er, dass es die Rah der »Isis« war. Er krallte sich eine Weile daran fest, dann fiel ihm das Tau an seinem Gürtel ein, das von der Reling losgerissen worden war. Er band seinen Körper an dem Balken fest und ließ seinen Kopf auf das nasse Holz sinken, bis ihn die Erschöpfung in einen unruhigen Schlaf fallen ließ.

Als Flavius am nächsten Morgen erwachte, war das Meer ruhiger, nur die Dünung zeugte noch von dem gestrigen Sturm. Er fühlte sich steif, kalt und zerschlagen, die Augen waren verklebt und der Mund salzig. Welch Hohn der Götter, in dieser ungeheuren Wassermasse zu treiben und dabei wie Tantalus vor Durst zu vergehen. Als der orange Feuerball der Sonne über den Horizont stieg, war er zuerst dankbar, doch bald merkte er, dass sein durchfrorener Körper davon nicht erwärmt wurde, während zugleich die Strahlen seine Not noch verschlimmerten. Im Laufe des Tages platzten seine Lippen auf, seine Zunge schwoll an und die salzige Haut brannte wie Feuer. Er wurde immer kraftloser, konnte die Augen kaum mehr aufhalten, und wenn, dann flimmerte und glitzerte die endlose Wasserfläche so stark, dass er die Lider schnell wieder schloss. So sah er nicht, dass ihn die Wellen eine Küste entlang trieben; vor-

bei an weißen Kreideklippen, die sich wie Wolken vor dem blauen Himmel türmten. Er war auch viel zu erschöpft, um auf das Rauschen zu achten, das langsam stärker wurde, bis ihn die erste Schaumkrone überraschte. Keine hundert Schritt entfernt brachen sich die Wogen am Ufer. Verzweifelt bemühte er sich, den Knoten zu öffnen, der ihn an die Rah band. Doch seinen steifen Fingern gelang es nicht, das verquollene Tau zu lösen, so sehr er sich auch mühte. Immer näher kam die Brandung, schon konnte er die einzelnen Wellen unterscheiden, und plötzlich schüttelte ein stummes Lachen seinen erschöpften Körper. Keine zwei Tage war es her, dass er in Gallien am Ufer gestanden hatte, und jetzt lagen die grünen Hügel Britanniens zum Greifen nah. Er war am Ziel, vielleicht der einzige Überlebende der Flotte. Ein hilfloser Schiffbrüchiger, so weit gekommen, nur um in Küstennähe elendig zu sterben.
In diesem Augenblick erfasste ihn ein Brecher von hinten, wirbelte ihn herum, und als ihm auf seltsam unwirkliche Weise klar wurde, dass jetzt das Ende nahte, war er traurig, zugleich aber auch fast erleichtert. Dann schlug sein Kopf auf etwas Hartes, und er verlor das Bewusstsein.

Aqmat saß auf einem bronzenen Klappstuhl und blickte in den blank polierten Silberspiegel. Sie war jetzt dreiunddreißig, und obwohl sich um die Augen herum erste Fältchen zeigten, hätte sie jedermann als schön und begehrenswert bezeichnet. Und doch musste ihr irgendetwas fehlen, das einen Mann anzog, das ihm wichtig war. Jedenfalls galt das offenbar für ihren Mann, mit dem sie seit anderthalb Jahrzehnten verheiratet war, mit dem sie drei wundervolle Kinder hatte und den sie noch immer liebte. In den letzten Jahren hatte er sich verändert, war zurückgezogener, schweigsamer geworden, und manchmal hatte sie das Gefühl, ihm fehle etwas. Doch wenn sie ihn darauf ansprach, kam stets die gleiche Antwort: Ihm gehe es gut, sie solle sich keine Sorgen machen, nur leider habe er derzeit besonders viel Arbeit.
Sie zupfte sich ein überlanges Haar aus den Brauen, verrieb die dunkle Schminke noch gleichmäßiger um die grünen Augen und

spitzte den Mund zu einem Lächeln. Gleich fühlte sie sich besser und fand sich sehr anziehend. Vielleicht sollte sie sich einen Liebhaber zulegen? Schließlich stammte sie mütterlicherseits von den Galatern ab, einem Volksstamm, bei dem auch verheiratete Frauen selbstbewusst genug waren, gelegentlich – wie Cassius Dio schrieb – »die Gunst ihrer Schenkel« zu gewähren. Einen Augenblick reizte sie der Gedanke, dann errötete sie und fuhr sich mit der Hand durch das aufgesteckte Haar, bis ihr einige rotbraune Strähnen über die Wangen fielen. Ein erneuter Blick in den Spiegel: So war sie früher in ihrer Heimatstadt Palmyra auf ihrem Renndromedar durch die Wüste galoppiert. So hatte sie nachts an den Lagerfeuern der Karawanen ihres Vaters gesessen, den abenteuerlichen Erzählungen sonnenverbrannter Männer gelauscht und jeden Gedanken, als ehrbare Hausmutter zu enden, spöttisch von sich gewiesen. Aber was war aus diesen Träumen geworden? Hatte sie die Blicke der begehrtesten palmyrenischen Jünglinge übersehen, die ihr alle zu konventionell erschienen waren, nur um ihre Tage in den feuchten Hügeln dieser Mosellaprovinz zu beschließen?
Sie stand auf, ließ ihr Kleid zu Boden fallen, zog leicht den Bauch ein und betrachtete sich nackt. Groß war sie, noch immer schlank, mit schmalen Hüften und einem Busen, dem man nicht ansah, dass er drei Kinder genährt hatte. Sie nahm die Brüste in die Hände, hob sie leicht an, streichelte sanft die Brustwarzen und lächelte, als sie ihre Reaktion spürte. Dann ging sie zum Schrank und öffnete die Tür. Da lagen ihre Gymnastiksachen, mit denen sie noch immer mehrmals die Woche in den Thermen trainierte: das knappe Höschen aus geflochtenem Leder, das Brustband, das gerade den Busen bedeckte, und die Gewichte, die sie bei den Übungen in den Händen hielt. Sie ballte die Hände zu Fäusten, bewegte sich rhythmisch, wie sie es sonst mit den Sprunggewichten tat, und begann, ihre Hüften kreisen zu lassen. Doch plötzlich stach sie die Erinnerung an etwas, das vor gut zwei Jahren geschehen war und das seitdem gleich einer nie verheilten Wunde schmerzte. Sie musste an die hispanische Tänzerin in Mogontiacum denken, in deren Armen Flavius am Neujahrsmorgen erwacht war und von der sie nur durch

einen seltsamen Zufall erfahren hatte. Sie war in die »Zenobia« gegangen, da sich ihr Sohn Alexander mit Esuvius angefreundet hatte. Hinter ihr war ein redseliger, schon leicht angeheiterter Mann eingetreten. Er hatte sich an einen Tisch gesetzt und gleich ein lautstarkes Gespräch begonnen, eigentlich einen Monolog mit den Tischnachbarn, denen er sich als Flussschiffer aus Mogontiacum vorstellte. Sie hatte zwar nicht direkt gelauscht, aber seine dröhnende Stimme war so unüberhörbar gewesen, dass sie einiges mitbekommen hatte und plötzlich aufmerksam geworden war, als der Name ihres Mannes gefallen war. Der Fremde hatte den letzten Tag des vergangenen Jahres mit anderen Mitgliedern seines Collegiums gefeiert, und dabei war ein Duumvir aus Augusta Treverorum, ein gewisser Verecundus, unter den Gästen gewesen. Ein richtiger Frauenheld, wie sich herausstellte, als zu vorgerückter Stunde die hispanischen Tänzerinnen auftraten und der Trinkkönig die Runde in Stimmung brachte. Die Schönste, mit langen schwarzen Locken und glutvollen Augen, so erzählte der Schiffer mit kaum verhohlenem Neid, habe dieser Verecundus mit den Blicken verschlungen und schließlich dazu bewogen, sich zu ihm zu setzen. Bald darauf sei der angetrunkene Duumvir, die Hand auf dem Hinterteil des Mädchens, in seiner Kammer verschwunden.
Aqmat war erstarrt und einen Augenblick versucht gewesen, den Fremden anzusprechen, doch in diesem Augenblick hatte Aurelius die Popina betreten und sie freundlich gegrüßt. Da war ihr der Gedanke gekommen, ihn zu fragen, denn sie wusste, dass die beiden gemeinsam das Ende des Jahres gefeiert hatten. Aurelius war auf den jungen Esuvius zugegangen, den er wie immer umarmte und als Freund behandelte, sodass Aqmat sich manchmal fragte, ob der Junge vielleicht sein Lustknabe war.
»Kommt Ihr nachher noch auf ein Wort zu mir?«, hatte sie Aurelius zugeraunt, der nickte und saß eine Stunde später bei einem Becher Wein im Saal mit dem Mosaik des Wagenlenkers.
»Vor einem Monat, in Mogontiacum, da habt Ihr doch gemeinsam mit meinem Mann das alte Jahr verabschiedet«, eröffnete sie nach einigen unverfänglichen Vorbemerkungen das Gespräch.

»So ist es. Wir waren bei einem Flussschiffer zu Gast, den ich kenne, da in der ganzen Stadt wegen der Konsulatsfeiern kein Zimmer zu bekommen war«, antwortete Aurelius freundlich.

»Das Abendessen hat Euch gefallen?«

»Köstlich! Es gab Wels mit Koriander ...«, begann Aurelius, doch Aqmat unterbrach ihn.

»Eigentlich interessiert mich mehr, wie die anschließende Comissatio verlief.«

»Unser Männerabend? Nun, sehr anregend. Guter Wein ...«

»Nur Wein? Meist gibt es doch auch Unterhaltung. Dichter, Musiker, ein Philosoph vielleicht?«

Aurelius schmunzelte. »Bei den rauen Gesellen? Die hätten solche Stimmungstöter nicht lange geduldet.«

»Da habt Ihr recht«, lachte Aqmat, »da waren wohl eher Tänzerinnen angesagt. Ich habe gehört, dass der Hüftschwung der Mädchen aus Gades im ganzen Imperium berühmt sei.« Bei diesen Worten fixierte sie Aurelius, der plötzlich seine Hände zu kneten begann.

»Also waren Mädchen da?«

Der Mann rutschte auf seinem Stuhl hin und her. »Ja ... eigentlich schon. Aber ich versichere Euch bei meiner Ehre, dass ich mich mit keiner derartigen Person eingelassen habe! Meine moralischen Ansichten ...«

»Aber werter Aurelius«, Aqmat legte ihm lächelnd die Hand auf die Schulter, »das habe ich keinen Augenblick unterstellt; übrigens ginge es mich auch nichts an. Mich interessiert nur, ob ... ob sich Flavius gut unterhalten hat.«

»Ach, der Glückliche«, seufzte Aurelius. »Ich hätte auch gerne eine so fürsorgende und verständnisvolle Frau, wie Ihr es seid.«

»Nun, ich glaube, da tut Ihr mir zu viel Ehre an«, wehrte Aqmat errötend ab.

»Nein, gewiss nicht! Wie viele Ehefrauen gibt es, die ihrem Mann nicht das kleinste Vergnügen gönnen. Die ihn immer nur dazu antreiben, Geld und noch mehr Geld zu raffen, mit wichtigen Senatoren Beziehungen zu knüpfen, vor kaiserlichen Legaten zu buckeln. Ihr seid da anders, dessen bin ich mir gewiss!«

»Wieso, wenn ich fragen darf, seid Ihr Euch da so sicher?«, erkundigte sich Aqmat geschmeichelt.
»Das spürt man; außerdem weiß ich es von Eurem Mann. An diesem Abend, als sich die Tänzerin zu ihm setzte, hat er einige Andeutungen gemacht. Was für eine vorbildliche, tolerante Ehefrau er habe …«
»Tolerant?«, bemerkte Aqmat spitz, doch Aurelius schien nicht darauf zu achten. »Ja, denn dass Ihr wunderschön seid, sieht jeder. Aber die charakterlichen Eigenschaften einer Frau zählen doch weit mehr, jedenfalls ist das meine Auffassung. Wie der bekannte Philosoph sagt, dessen Namen mir leider gerade entfallen ist …«
»Ihr hattet von meiner Toleranz gesprochen«, unterbrach Aqmat.
Aurelius hob mit entschuldigender Geste die Hände. »Tut mir leid, wenn ich in meiner Freundschaft zu Eurem Mann und«, er warf einen scheuen Blick auf die Frau ihm gegenüber, »in meiner Verehrung für Euch etwas abgeschweift bin.« Er kratzte sich am Kopf. »Also, während Flavius seinen Arm um dieses Mädchen legte, meinte er, dass seine Frau sehr wohl einzuschätzen wisse, was für Vergnügungen er sich gönne. Deshalb könne er ihr hinterher auch alles berichten, ohne Unmut befürchten zu müssen. Das ist doch so, oder?«
Die grauen Augen in dem bärtigen Gesicht blickten sie so besorgt an, dass Aqmat beruhigend nickte. »Natürlich, mein Freund. Doch erzählt bitte weiter.«
»Er meinte, dass Ihr in Übereinstimmung mit dem römischen Rechtsgrundsatz, dass eine Nacht mit einer Frau aus gewissen Kreisen ja keinen Ehebruch bedeute …«
»Das hat er gesagt?«, entfuhr es Aqmat.
»Ja. Oder bestimmt das Gesetz etwas anderes? Ich kenne mich da nicht aus …«
»Nein, nein, das wird schon seine Richtigkeit haben, wenn Flavius es so zitierte.«
»Er meinte, und da beneideten ihn alle um seine wunderbare Frau, dass Ihr keine Einwände hättet, sofern es sich nur um besagte Art von Mädchen handele. Außerdem, und da mussten alle schmun-

zeln – aber das sollte ich besser nicht erzählen, vielleicht wäre es Eurem Mann peinlich …«

»Keineswegs, wir haben doch niemals Geheimnisse voreinander«, presste Aqmat mit freundlicher Grimasse heraus.

»Nun, er gab zu bedenken, dass seiner Frau ja keinerlei Schaden entstünde, da eine heute verübte kleine Ausschweifung doch seine Fähigkeit, mit Euch bei einem späteren Wiedersehen … nein, mehr zu sagen verbietet mir mein Schamgefühl.«

»Ich habe verstanden«, murmelte Aqmat mit feuerrotem Gesicht. »Wie ging es weiter? Habt Ihr mitbekommen, ob er …«

Aurelius seufzte. »Ich konnte nicht anders. Wir teilten das gleiche Gästezimmer.«

»Das gleiche Zimmer?«

»Wie gesagt, die ganze Stadt war überfüllt wegen der Konsulatsfeiern. Hab ich Euch übrigens erzählt, wie Kaiser Maximianus …«

»Das ist jetzt nicht von Belang«, unterbrach sie ihn. »Sagt mir, lieber Freund, rein interessehalber – denn Flavius ist da manchmal etwas scheu – wie oft …«

Aurelius runzelte die Stirn, blickte auf seine rechte Hand und begann, mit dem Zeigefinger der linken die Finger abzuhaken: Daumen, Zeigefinger, Mittelfinger. Er zögerte und begann erneut: Daumen, Zeigefinger, Mittelfinger, dann hellte sich sein Gesicht auf, er murmelte: »Wie konnte ich den Neujahrsmorgen vergessen!« und hakte auch den Ringfinger ab. Strahlend hielt er die rechte Hand mit vier gestreckten Fingern empor. »Um einen solchen Mann würde Euch jede Frau beneiden, wenn ich mir diese Bemerkung erlauben darf!«

Aqmat schluckte und war nahe daran, in Tränen auszubrechen. Sie wischte sich die Augen und murmelte: »Entschuldigt, aber diese Lampe rußt dermaßen. Ich glaube, man hat uns schlechtes Öl angedreht.«

»Ja, ja, heutzutage gibt es keine Ehrlichkeit mehr unter den Händlern«, seufzte Aurelius. »Ich glaube, ich sollte jetzt gehen. Morgen will der Quaestor einen Bericht über die Finanzen der Stadt, da warten noch einige Papyrusrollen mit Aufstellungen auf mich.«

»Ja, geht nur«, murmelte Aqmat und gab sich Mühe, freundlich zu blicken. »Vielen Dank auch für Eure Offenheit.«
»Aber das ist doch nur selbstverständlich«, strahlte Aurelius, »Euch bin ich jederzeit gerne zu Diensten.«
Mit diesen Worten stand er auf und ging, während Aqmat sich auf ihr Bett warf und ihren Tränen freien Lauf ließ.

Das war gut zwei Jahre her. Als Flavius endlich zu Besuch gekommen war, hatte sie geschwankt, ob sie ihm alles auf den Kopf zusagen sollte, zuletzt aber nicht den Mut aufgebracht, ihm gleich die Wiedersehensfreude zu verderben. In der ersten Nacht hatte sie versucht, über die körperliche Liebe die verlorene Nähe zu finden. Doch der Akt war flüchtig gewesen, hatte sie nicht befriedigt und ihr Mann war sogleich eingeschlafen, erschöpft von der langen Reise. So hatte sie Zuflucht zu lustigen Andeutungen genommen, kleinen Sticheleien, auch mal deutlicheren Anspielungen – vergebens. Statt des erhofften Eingeständnisses seiner Verfehlung, statt Reue und einer offenen Aussprache, bei der sie ihm nur zu gerne verziehen hätte, war in den Folgetagen die Stimmung immer gespannter geworden. Flavius hatte die Zweisamkeit mit ihr gemieden, stattdessen mit den Kindern gespielt, seinen Vater besucht und sich am Ende der kostbaren Zeit mit förmlicher Herzlichkeit von ihr verabschiedet. Lange hatte sie ihm nachgeblickt, bis Pferd und Reiter hinter den Hügeln verschwunden waren, die noch das braune Gras des letzten Jahres bedeckte.
Nach dem Feldzug war er wiedergekehrt, stolz auf seine Auszeichnungen und seine verdienten Goldstücke, voller Pläne für Sägemühlen, um das Holz für die künftige Flotte vorzubereiten. Und als er auch da erfolgreich war, wobei jeder Erfolg zugleich mehr Arbeit nach sich zog, da hatte sie resigniert und ihre Liebe, ihre Zärtlichkeit den Kindern geschenkt, sie zum Mittelpunkt ihres Lebens gemacht. So führte sie seitdem mit Flavius das Leben der meisten römischen Ehepaare gehobener Schichten. Nach außen traten sie gemeinsam auf und behandelten sich im Haus mit respektvoller Freundlichkeit – von gelegentlichen Nächten abgesehen, wenn

beide die Lust nach der körperlichen Liebe überfiel. Ob Flavius damit zufrieden war, konnte und wollte Aqmat nicht beurteilen – sie selbst war es immer weniger …

Klopfen an der Türe schreckte sie aus ihren Gedanken. »Einen Augenblick!«, rief sie, während sie hastig das Kleid überstreifte. »Was gibt's?«

»Herrin, Besuch ist da!«, meldete die Stimme von Priscilla, ihrer persönlichen Dienerin.

»So spät, nach Sonnenuntergang – wer ist es denn?«

»Aurelius, Herrin. Er will Euch unbedingt sprechen.«

Aqmat runzelte die Stirne. Der Mann hatte in den vielen Monaten, in denen Flavius abwesend oder kaum ansprechbar war, auf zurückhaltende Weise ihre Nähe gesucht, sich freundlich gezeigt, ihr geduldig zugehört und gelegentlich kleine Dienste erwiesen, ohne wie andere Männer daraus Ansprüche abzuleiten. Aber eine verheiratete Frau, deren Mann vor Wochen zu einem Feldzug aufgebrochen war, zur zwölften Stunde aufzusuchen, ohne Einladung oder offiziellen Anlass? Verstieß das gegen die Sitten? Hoffentlich gab es einen triftigen Grund, sonst würde sie ihn zurechtweisen müssen.

»Führ ihn ins Atrium!« Das Mädchen nickte, dass die mit der Brennschere gekräuselten Locken wippten, und verschwand. Aqmat warf einen letzten Blick in den Spiegel, steckte die Haarsträhnen zurecht, musterte befriedigt die dunkle Umrandung ihrer Augen und errötete, als ihr bewusst wurde, dass sie dies für jemanden tat, der schließlich nicht mehr als ein wichtiger Beamter war. Mit raschen Schritten durchquerte sie den großen Saal und gelangte zum Atrium. Schwarz zeichnete sich die Säulenreihe gegen den dunkelblauen Nachthimmel ab, an dem die dünne Mondsichel über dem Hausdach schwebte. Priscilla hatte einen bronzenen Kandelaber, an dessen Ketten drei Lampen baumelten, in die Mitte des kleinen Gartens gestellt. In dem flackernden Schein der Flämmchen konnte sie die vertraute Gestalt erkennen. Aurelius stand vor dem Käfig, in dem die Nachtigall ihr melodisches Lied trällerte, und roch an einer Rose. Er schien so in Gedanken versunken, dass er ihre Schritte nicht hörte und aufschrak, als sie ihn ansprach.

»Auch Ihr liebt den Gesang?«
Der Mann wandte sich um und nickte. »Ja, als Kind schenkte mir meine Mutter eine zahme Nachtigall. Sie war mein kostbarster Besitz, ich kaufte ihr Leckerbissen, doch dann starb mein Vater, und meine Mutter wurde krank, schwer krank. Wir hatten kein Geld mehr und hungerten; ich musste meine Mutter pflegen und konnte kein Futter beschaffen.« Einen Augenblick stand er stumm, bevor er fortfuhr. »Da beschloss ich, meine Nachtigall freizulassen. Ich öffnete den Käfig, und sie flog hinaus, doch verwirrt durch die ungewohnte Freiheit ließ sie sich auf dem Dachfirst unseres Hauses nieder.«
»War dann nicht alles gut?«, fragte Aqmat gerührt.
Aurelius schüttelte den Kopf. »Leider nein. Als sie so hilflos dasaß, stürzte ein Falke vom Himmel herab und schlug seine Klauen in ihren kleinen Leib.«
Aqmat schluckte, machte einen Schritt auf Aurelius zu und legte ihre Hand auf seinen Arm. »Es ist selten, einen so empfindsamen Mann wie Euch zu treffen. Aber sagt doch, was Euch zu dieser späten Stunde zu mir führt?«
Aurelius wandte sich ihr zu und Aqmat sah voll Rührung, dass seine Augen feucht waren.
»Ich weiß nicht, wie ich es sagen soll …«, murmelte er. »Aber sobald ich es erfuhr, musste ich einfach kommen.«
»Was habt Ihr erfahren?«, fragte Aqmat beunruhigt.
»Nun, heute kam ein Bote aus Bononia, der Nachrichten von der kaiserlichen Flotte brachte.«
»Und, was gibt's Neues? Hat der Kaiser gesiegt?«
Aurelius senkte den Kopf. »Ich wünschte, ich könnte Euch das melden. Die Götter haben jedoch anders bestimmt.«
Aqmat spürte, wie plötzlich eine kalte Hand nach ihrem Herzen griff. Sie machte einen Schritt auf Aurelius zu. »Sagt endlich, was Ihr erfahren habt, ich bitte Euch!«
Mit gequältem Gesicht sah der Mann auf. »Die kaiserliche Flotte geriet in einen schweren Sturm. Viele Schiffe wurden an die Klippen Britanniens geschmettert, von der Rebellenflotte aufgebracht oder

sanken. Flavius war auf der ›Isis‹, einem der Transportschiffe, das verloren ging. Doch es gab Überlebende, die von einer anderen Liburne gerettet wurden.«

»Dann besteht also Hoffnung?« Aqmat atmete schwer.

»Leider nur wenig. Bevor das Schiff sank, riss eine große Welle Euren Mann von Bord, und er tauchte nicht mehr auf.«

Aqmat stand wie erstarrt, dann tastete sie mit der Hand nach etwas, um sich abzustützen, denn ihre Beine schienen aus Wachs zu bestehen. Mit einem Schritt war Aurelius bei ihr, fing die Schwankende auf und geleitete sie zu einer Bank unter den Säulen. Dort saß sie einen Augenblick wie erstarrt. Sie hatte das Gefühl, als drücke ihr jemand den Atem ab. Ihr Herz raste, und doch schien alles unwirklich zu sein, wie ein Albtraum, aus dem sie sogleich erwachen müsste.

»Bitte, treibt keine Scherze mit mir«, stammelte sie. »Sagt, dass es nicht wahr sein kann, dass Hoffnung bestehen muss. Vielleicht wurde er an Land gespült ...«

Aurelius nahm ihre Hand und sie ließ es geschehen. »Natürlich besteht Hoffnung. Wir sollten Neptun einen Weihestein geloben. Andererseits ...«

Aqmat schrak auf und entzog dem Mann ihre Hand. »Was meint Ihr damit?«

»Nun, es geht das Gerücht ... aber das ist natürlich nicht sicher.«

»Was meint Ihr? Hört auf, in Rätseln zu sprechen!«

»Also, wenn Ihr darauf besteht: Carausius, so sagt man, soll Befehl gegeben haben, jeden Überlebenden der Invasionsflotte zu erschlagen. Aber, wie gesagt, wahrscheinlich ist das nur ein Gerücht.«

Aqmat saß wie versteinert, während die dünne Sichel des Mondes unmerklich in den Himmel stieg. Eine Viertelstunde mochte vergangen sein, als sie plötzlich aufstand und ihr Kleid glatt strich.

»Ich danke Euch für Euren Versuch, mir die Nachricht schonend beizubringen. Bitte lasst mich jetzt allein.«

»Selbstverständlich«, antwortete Aurelius und wandte sich zum Gehen. Bevor er das Dunkel zwischen den Säulen am anderen Ende des Atriums erreichte, wandte er sich noch einmal um. »Übrigens,

falls Ihr jemals Schwierigkeiten haben solltet ...«, er ließ die Worte einen Augenblick in der nächtlichen Stille schweben, »... falls Ihr in irgendeiner Angelegenheit Hilfe benötigt, so zählt auf mich.«
Aqmat lächelte gequält. »Das ist sehr freundlich, aber was könntet Ihr ...«
»Unterschätzt mein Angebot nicht«, antwortete der Mann und tauchte in den Schatten, sodass nur noch seine Stimme zu hören war. »Der Kaiser hat jetzt mich zum Sekretär des Statthalters, also zu dessen rechter Hand ernannt. Gute Nacht und nochmals mein herzlichstes Beileid.«
Einen Augenblick vermeinte Aqmat, einen seltsamen Unterton zu hören. Doch achtete sie nicht weiter darauf, als der Schmerz ihr erneut den Atem nahm.
Sie schluckte und atmete tief ein. Ihre Schritte knirschten auf dem feinen Kies, während sie im Atrium auf und ab ging. Wie bedeutungslos erschien jetzt alles, was ihr vor kaum einer Stunde durch den Kopf gegangen war. Warum musste man Menschen erst verlieren, um ihren Wert zu begreifen? Nun, da es für immer zu spät war, tat ihr jedes unfreundliche Wort leid, jede Stichelei und jede mit belanglosem Herumgerede vertane Stunde. Sie hatte einen wunderbaren Mann verloren, der Fehler gehabt haben mochte, der schwach geworden war, doch den sie liebte und mit dem sie die Hälfte ihres Lebens verbracht hatte: siebzehn Jahre, die selbst Chronos, der Gott der Zeit, ihr nie mehr zurückgeben konnte. In Persien war sie mit Flavius gewesen, in Babylon und Rom, gemeinsam hatten sie die halbe Welt durchquert, um ihr Leben gekämpft und drei Kinder großgezogen.
Die Kinder ... Aqmat hielt inne, dann nahm sie eine der Öllampen von dem Kandelaber, löschte die anderen beiden und trat ins Haus. Sie hatte das Gefühl, als hallten ihre Schritte unnatürlich laut durch das nächtliche Haus, sodass sie ihre Sandalen noch vorsichtiger auf den Mosaikfußboden setzte.
»Herrin, kann ich irgendetwas ...« Priscillas ängstliches Gesicht erschien in der Türe, von einer flackernden Kerze schemenhaft beleuchtet, und einen Augenblick hätte Aqmat nichts lieber getan, als

sich an der Brust dieses Mädchens auszuweinen, nur um mit irgendwem reden zu können. Doch sie riss sich zusammen.
»Nein, du kannst schlafen gehen. Ich sehe nur nach den Kindern.«
Danach ließ sie sich aufs Bett fallen und weinte hemmungslos.

Die nächsten Tage durchlebte Aqmat wie in einem Fiebertraum. Sie stand auf, gab die Anordnungen für den Haushalt, umarmte die Kinder und ermahnte sie, wenn sie lärmten oder sich vor dem Unterricht des Hauslehrers zu drücken versuchten. Sie hatte das Gefühl, alles wahrzunehmen, doch nichts berührte sie. Das Leben erschien ihr unwirklich, als sei es nicht sie selbst, die da sprach und ging, sondern einer dieser seltsamen Automaten, die einst Ktesibios, ein Grieche aus Alexandria, konstruiert haben sollte.
Eine Zeit lang zögerte sie, sich an den Schreibtisch ihres Mannes zu setzen. Unschlüssig rückte sie Wachstäfelchen, Griffel, Abacus, Papyrusrollen, Schreibrohre und das Tintenfass zurecht, als könne sie so das Eingeständnis vermeiden, dass ihr Mann nicht mehr lebte. Doch dann gab sie sich einen Ruck und begann mit der Arbeit. Zum Glück war sie auch früher schon aktive Teilhaberin bei Flavius' Geschäften gewesen, hatte ihre Goldstücke in seine Unternehmungen investiert und die meisten Entscheidungen mit ihm besprochen. Jetzt musste alles weitergehen wie bisher. Im Interesse der Kinder durfte sie sich keine Schwäche anmerken lassen, musste sie wie gehabt die Listen der Lieferungen überprüfen, Anordnungen für Käufe geben, Preise verhandeln und entscheiden, was bei Streitereien unter den Arbeitern zu tun sei.
Nur abends, wenn sie allein in ihrem Bett lag und ihr bewusst wurde, dass der Platz neben ihr wohl für immer leer bleiben würde, schlug die Trauer wie eine Woge über ihr zusammen.

Wochen gingen ins Land, die zu Monaten wurden. Auch wenn es keine offiziellen Verlautbarungen über die fehlgeschlagene Invasion Britanniens gab, so flogen doch Gerüchte von Mund zu Mund, die wenig Hoffnung ließen. Aqmat hatte sich in die Arbeit gestürzt, war mancher Schlamperei auf die Spur gekommen und hatte voll

Verwunderung festgestellt, dass Aurelius bei den verschiedenen Transaktionen oft beteiligt war.

»Ich helfe Euch gerne – jederzeit«, hatte er immer wieder betont, doch Aqmat war lieber zu Primus hinausgeritten, um sich Rat zu holen.

»Was meinst du, soll ich die Sägemühlen stilllegen?«

»Und die Arbeiter entlassen?« Der alte Mann sah sie zweifelnd an. »Bringen sie denn kein Geld?«

»Nicht genug. Seit die Werft keine Schiffe mehr für den Kaiser baut, wird es jeden Monat schwieriger.« Ihr Blick wanderte über den Teich und folgte dem Eisvogel bei seinen Sturzflügen. »Um den letzten Auftrag für Dachbalken zu bekommen, musste ich Sergius Varus unterbieten. Du hättest seinen finsteren Blick sehen sollen, als er mir neulich auf der Straße begegnete …«

»Den Neffen von Rictius Varus, unserem neuen Präfekten? Den sollte man sich besser nicht zum Feind machen«, stimmte Primus zu. »Aber wenn du die Mühlen schließen lässt, verlieren die Arbeiter ihr Brot und du verdienst auch nichts mehr.«

»Und wenn sie weiterlaufen, könnte ich bald genausogut jede Woche einen Beutel Denare in die Mosella schütten«, gab Aqmat zurück. »Ich hatte schon überlegt, einige zum Mehlmahlen umzubauen, so wie die beiden hier.« Sie ging einige Schritte. »Das ist bei einer sinnvoll, vielleicht bei zweien. Der Rest liegt zu abgelegen. Da gibt es ringsum keine Kornfelder, nur Wald und Fels.«

»Fels …«, Primus wiederholte das Wort, als brächte es ihn auf einen neuen Gedanken. »Felsen. Stein. Da könnte man doch …«

Aqmat sah ihren Schwiegervater gespannt an. In solchen Augenblicken nahm sein Gesicht mit dem grau gesträhnten Bart einen verklärten Ausdruck an. Trotz seiner über sechzig Jahre wirkte er wie ein Kind, das ein neues Spielzeug erfindet. Er verzog das Gesicht zu einem vergnügten Lächeln und nickte. »Ja, das könnte gehen.«

»Was könnte gehen?«, fragte sie ungeduldig.

»Mühlen für Steine. Wenn ich nur wüsste, wie ich die Bewegung verändern kann. Statt einer langsamen Drehung …« Er begann, mit einem Stöckchen Linien in den Boden zu ritzen.

Aqmat verdrehte die Augen zum Himmel. »Könntest du mir nicht kurz erklären, was du willst?«
»Ganz einfach: Mühlen drehen sich. Man könnte damit Stein bearbeiten. Auf einer Drehbank formen, zu Säulen zum Beispiel. Verstehst du?«
Aqmat nickte. Jeder kannte die Werkstätten der Steinmetze, deren Hämmern, Schleifen und Sägen durch die Vorstädte hallte. Besonders mühsam war die Herstellung runder Steinteile, bei der sich die Werkstücke so schnell drehen mussten, dass man sie mit scharfen Eisen bearbeiten konnte.
»In dem Fall müsste ich auch Steinbrüche in der Nähe besitzen, sonst lohnt die Fahrt zu den Mühlen und zurück nicht …«, überlegte Aqmat. »Aber wenn ich das Gelände kaufen will, wird das gleich die Runde in der Stadt machen. Bevor der Hahn das nächste Mal kräht, habe ich jeden zum Feind, der einen Hammer hält. Dazu kommen die Steinbruchbesitzer, die keine Konkurrenz wollen – erst recht nicht von einer Frau …«
»Einen nahen Steinbruch brauchst du nur für große Teile«, widersprach Primus, »nicht aber, wenn du etwas herstellst, das klein und hochwertig ist. Verstehst du?«
»Nicht ganz«, seufzte Aqmat, »für mich ist alles, was mit Handwerk zu tun hat, eine fremde Welt. Mich kannst du fragen, wie man eine Karawane führt, wie man sich in der nächtlichen Wüste zurechtfindet oder wie man um Preise feilscht. Flavius hatte wenigstens noch etwas Ahnung von Waren, die man herstellt und verkauft, von der Qualität der Rohstoffe und dem Konkurrenzneid der anderen.«
Primus zuckte mit den Schultern. »Irgendwem wirst du auf die Füße treten müssen, wenn du die Mühlen nicht zusperren willst. Von der Töpferei allein kannst du nicht leben, geschweige denn eure Stadtvilla unterhalten. Vielleicht …«
»Vielleicht was?«, fragte Aqmat, als Primus verstummte.
»Kurz bevor … vor seiner Abreise hatte Flavius erwähnt, dass auch Maximianus nicht in Rom residieren wird. Das würde Diocletianus nicht wollen, der als Seniorkaiser von Nicomedia aus regiert. Außerdem ist Rom als Basis gegen Carausius zu abgelegen.«

»Du meinst, Augusta Treverorum könnte wieder Residenz werden? Häufig genug ist der Kaiser ja schon hier«, sagte Aqmat nachdenklich. Sie war Primus dankbar, dass er immer so tat, als werde Flavius eines Tages wieder vor der Türe stehen. Es half ihr, den Schmerz zu verdrängen, den sie bei der Erinnerung noch immer verspürte.
»Ich halte es für möglich«, entgegnete Primus. »Und sollte das so kommen, wird endlich wieder gebaut werden. Aber es gibt noch einen anderen Grund, warum du versuchen solltest, die Mühlen zu halten. Maximianus ist viel zu eitel und machthungrig, als dass er seine Herrschaft über den Westen des Imperiums auf Dauer mit dem verhassten Konkurrenten teilen wird. Sobald er kann …«
»… du meinst, sobald er Geld hat und den Rücken frei, wird er eine neue Flotte gegen Carausius ausrüsten«, ergänzte Aqmat und begann zu lächeln. »Dann regnet es wieder Goldstücke für alle, die bereit sind …«
Doch dass es nicht so leicht werden würde, sollte sie bald merken.

In den nächsten Monaten arbeitete Aqmat wie eine Besessene. Sie saß am Schreibtisch und prüfte Abrechnungen, verhandelte mit Kunden und feilschte erbittert um die Preise, sobald sie selbst etwas brauchte. Eine Sägemühle wurde umgebaut, um rechtzeitig für die Getreideernte bereit zu sein. In einer weiteren erprobte Primus seine Ideen für die Steinbearbeitung, doch für die restlichen vier fanden sich trotz aller Anstrengung nicht genügend Aufträge. Kaum jemand baute in der Stadt, und der Kaiser machte keine Anstalten, nach Augusta Treverorum zu kommen oder gegen Carausius vorzugehen. Ja, es hieß sogar, Diocletianus und Maximianus hätten heimlich Frieden mit ihm geschlossen. Aqmat wollte dem Gerücht nicht glauben, bis ihr Aurelius eine Münze reichte, deren Vorderseite in einer Reihe drei Kaiserportraits mit Zackenkronen zeigte, dazu die Umschrift »CARAUSIUS ET FRATRES SUI«.
»Carausius und seine Brüder«, las sie mit ungläubigem Staunen und drehte das Geldstück um. Auf der Rückseite war eine kleine Figur mit Zweig abgebildet, dazu die Umschrift PAX AUGGG. »Der Frieden der Kaiser – also haben sich die Streithähne geeinigt?«

Aurelius nickte. »Ja, es sieht so aus, als ob uns eine weitere Schlachterei erspart bliebe.«
Doch als Aqmat das Gebäude des Statthalters verließ, wusste sie nicht, ob sie froh oder traurig sein sollte. Ohne Krieg kein Blutvergießen, keine toten Männer und keine weinenden Frauen. Ohne Krieg aber auch keinen Flottenbau und keine Aufträge für ihre Sägemühlen, die sie bald würde stilllegen müssen. Andererseits – der Gedanke kroch immer wieder aus den Winkeln hervor, in die sie ihn zu verbannen versuchte – andererseits würde es ein Frieden möglich machen, herauszufinden, was mit Flavius geschehen war. Vielleicht konnte sie Aurelius, der überallhin Verbindungen zu haben schien, dafür gewinnen, ihr bei den Nachforschungen zu helfen. Alexander hatte in letzter Zeit immer drängender gefragt, wann sein Vater zurückkommen würde, mit verbissenem Schweigen auf ihre ausweichenden Antworten reagiert und sie danach meist um etwas Geld gebeten, um Esuvius und andere Freunde zu treffen, wie er sagte. Aqmat nahm sich vor, sich mehr um den Jungen zu kümmern, sobald sie mehr Zeit haben würde.

Einige Wochen später legte Aurelius seinen sorgfältig geputzten Löffel weg, wischte sich den Mund ab und winkte seinem Haussklaven, die Reste des Abendessens abzuräumen. Er reinigte seine Hände in einer Schale mit Rosenwasser und stand auf, um sich an seinen Schreibtisch zu setzen, als ihm Besuch gemeldet wurde.
»Esuvius, das wurde auch langsam Zeit«, murmelte er und ließ seinen Blick über einige Dokumente aus der Kanzlei des Statthalters gleiten, die er sich als Arbeit mit nach Hause genommen hatte. Doch mit seinen Gedanken war er nicht bei den Steuerlisten, den Lieferungen für den Kaiser, den Klagen über die Versuche einzelner Anlieger der Reichsstraßen, sich den Verpflichtungen zum Unterhalt der Staatspost zu entziehen. Er schob nur rasch eine kleine Rolle mit privaten Aufzeichnungen unter die offiziellen Urkunden, als der Angekündigte den Raum betrat.
Esuvius war mit seinen neunzehn Jahren schon fast ein Mann, doch sein Bartwuchs noch so schütter, dass er es nach zwei vergeblichen

Versuchen aufgegeben hatte, durch einen Bart erwachsener wirken zu wollen. Seine spitze Nase zwischen den stechenden Augen gab ihm etwas Aufmerksames, seine langen Locken, die feinen Glieder und seine gezierten Bewegungen etwas Weiches. Er trug eine Tunika aus hellbrauner Wolle, und als Aurelius die geschnürten Schuhe bemerkte, für die ein Töpfer einen Monatslohn hätte hinlegen müssen, schmunzelte er.

»Setz dich. Bei dir sieht man wenigstens, wo das Geld bleibt, das du mir aus der Tasche ziehst. Hast du meinen Plan ausgeführt?«

»Natürlich. Alexander war so scharf darauf, endlich mal mit einer Frau ins Bett zu gehen, dass er nicht schwer zu überreden war.« Man sah Esuvius seinen Stolz an, als er erzählte, wie er Alexander mit ins Lupanar genommen und ihm dort aus der Verlegenheit geholfen hatte, als dem Jungen das Geld für die Rechnung fehlte.

»Jetzt kann er von der Dirne nicht lassen und ist wie verrückt nach ihr. Zugleich hat er eine Riesenangst, dass seine Familie erfahren könnte, wo er sich am Nachmittag herumtreibt. Er würde alles, na ja, fast alles für mich tun.«

»Und du lässt dich zu ihm einladen?«

»Nun ja, ich gehöre schon fast zur Familie und bin wohl so eine Art älterer Bruder für ihn. Nachdem er keinen Vater mehr hat …«

Aurelius nickte. Manchmal fügten sich die Dinge auf vorteilhafte Weise. Und manchmal musste man, damit es so blieb, nur ein klein wenig nachhelfen. Er klappte ein Wachstäfelchen auf, nahm einen Stilus und sah Esuvius an. »Also, was beschäftigt seine Mutter so, dass sie ständig durch die Gegend reitet?«

»Nach dem Ende der Werftarbeiten stehen die meisten Mühlen still. Sie sucht neue Aufträge..«

»… und macht sich dabei Feinde. Das weiß ich.«

»Aber wisst Ihr auch, dass sie etwas völlig Neues plant? Die Mühlen sollen dazu dienen, Drehbänke anzutreiben, mit denen man Steine rund schleifen kann. Einzelheiten weiß ich allerdings auch nicht, Alexander war sich da selber unsicher.«

»Ich verstehe«, nickte Aurelius. »Will sie auch Gelände für Steinbrüche kaufen?«

»Ich glaube ja, ihr Sohn hat so etwas erwähnt.«
Aurelius ging im Geist die Lage der Mühlen durch und überlegte, welches Gebiet dafür in Frage käme. Der Eigentümer würde sich unschwer ausfindig machen lassen.
»Wer setzt ihr solche Ideen in den Kopf? Wieder dieser Primus?«
Esuvius zuckte mit den Schultern. »Ich weiß es nicht, aber wer sollte es sonst sein? Der Mann war früher Baumeister bei der Legion. Wenn man den auf sein Lieblingsthema, die Wassertechnik bringt, folgt ein Redestrom wie ein Bach bei der Schneeschmelze. Dann ist er kaum noch zu bremsen, meint zumindest Alexander.«
»Dieser Alte wird mit jedem Tag lästiger«, bemerkte Aurelius. »Irgendwann sollte irgendwer da irgendetwas unternehmen … Trauert übrigens seine Mutter noch ihrem Mann hinterher?«
»Flavius? Ich glaube schon, obwohl sie sich nichts anmerken lässt. Aber sie geht kaum aus, lädt selten jemanden ein … Warum? Soll ich versuchen, mehr in Erfahrung zu bringen?«
»Nein, nicht nötig. Nur falls ein anderer Mann auftaucht, möchte ich das wissen.« Er stand auf. »Sonst noch was, mein Junge?«
»Nein, das ist für den Augenblick alles. Soll ich schon mal …?« Esuvius zeigte auf die Türe zu den Privaträumen, doch Aurelius rümpfte die Nase. »Wann warst du das letzte Mal in den Thermen?«
»Gestern.«
»Dann hast du dich wohl seither in irgendwelchen Ställen herumgetrieben. Hier, nimm, ich muss noch arbeiten.«
Er drückte dem Jungen einige Münzen in die Hand und schob ihn aus der Türe. Lange starrte er in die Flammen der Öllampen auf seinem Schreibtisch, dann ging er zu der Nische mit den Laren. Er nahm die buntbemalte Tonstatuette der kleinen Venus, die etwas verloren zwischen den bronzenen Hausgöttern stand, drehte sie in der Hand und sah sie lange an, bevor er sie vorsichtig zurückstellte. »Noch bist du nicht so weit«, murmelte er, »vielleicht sollte ich etwas nachhelfen.« Er gab der Figur einen Stups, dass sie taumelte und beinahe umgefallen wäre, bevor er sich wieder an den Tisch setzte, um weiter an seinem Schreiben nach Britannien zu arbeiten. Er brauchte nur noch etwas Geduld zu haben.

Drei Monate später, an einem nebligen Herbsttstag, erhielt Aqmat ein Wachstäfelchen. Sie erbrach das Siegel und las in Aurelius' geschwungener Handschrift: »Bitte komme heute Abend zu mir. Wichtige Nachrichten. Sage niemandem etwas davon.«
Eine Stunde nach Einbruch der Dunkelheit betrat sie sein Arbeitszimmer im Palast des Statthalters.
»Ich darf dir das eigentlich nicht zeigen.« Seine zögernde Stimme verklang wie die eines Verschwörers im Raum, bevor er noch einmal zur Tür ging, um sicher zu sein, dass niemand lauschte.
»Was darfst du mir nicht zeigen?« Aqmat kam diese Heimlichtuerei seltsam vor. »Spielen wir hier Catilinarische Verschwörung?«
»Das nicht gerade«, Aurelius sah sie von der Seite an, »aber Kaiser Maximianus könnte das, was ich für dich getan habe, vielleicht genau so wenig schätzen.«
»Was hast du denn so Verbotenes getan?«, fragte Aqmat, noch immer in scherzhaftem Ton. Es fiel ihr schwer, sich vorzustellen, dass hinter dem gut geschnittenen, freundlichen Gesicht des jungen Mannes, dessen Züge im Halbdunkel des Raumes nur zu erahnen waren, finstere Machenschaften ausgebrütet würden.
»Vor einiger Zeit, als wir uns über den Usurpator Carausius unterhielten, meintest du, man könne vielleicht …«
Aqmat erstarrte. »… Kontakte nach Britannien knüpfen? Jetzt, wo die drei Kaiser versuchen, sich zu vertragen?«
Aurelius zögerte. »Nun, vertragen ist leider zu viel gesagt. Allenfalls ein erzwungener Waffenstillstand. Aber es gibt Verbindungen. Wagemutige Händler reisen in das nordgallische Küstengebiet, das Carausius nach dem Untergang der Flotte wieder besetzt hat. Manche gelangen sogar weiter, über den Ozean, bis nach Britannien.«
Aqmat versuchte vergeblich, in den grauen Augen zu lesen, was der Mann ihr sagen wollte. Sie ballte ihre Hände, dass sich die Fingernägel in die Handflächen gruben.
»Hast du Nachricht von Flavius?«, fragte sie schließlich, bemüht, ihre Erregung unter Kontrolle zu halten.
Aurelius nickte. »Ja, ich habe jemanden gebeten, sich dort umzuhören.« Er griff hinter sich und holte einen breiten Lederriemen aus

einem Schrank, den er auf den Tisch legte. »Diese geheime Meldung kam heute.«
Aqmat griff danach, ließ das Leder jedoch nach einem kurzen Blick wieder auf die Holzplatte fallen. Die Oberfläche war mit Teilen von Buchstaben bedeckt, die quer zu dem Streifen verliefen, sodass der Text in sinnlose Stücke zerfiel. »Was soll das?«, fragte sie kopfschüttelnd.
Unterdessen hatte Aurelius einen glatten, runden Stab aus dem Schrank geholt und begonnen, den Lederstreifen darum zu wickeln. »Man nennt das Skytale. Mein … nun, sagen wir Partner in Britannien hat zum Schreiben ein Gegenstück der gleichen Dicke und Länge.« Gespannt beobachtete Aqmat, wie sich die Buchstaben aneinanderfügten, wie einzelne Silben erkennbar wurden. Zuletzt reichte er ihr die Rolle, deutete auf den Anfang, und sie begann, halblaut zu lesen.
Stockend formten ihre Lippen die Worte. Sie zögerte, wenn die an den Streifenrändern zerschnittenen Buchstaben schwer zu erkennen waren, und las weiter, bis zuletzt ihre Stimme versagte. Mit Tränen in den Augen legte sie die Rolle auf den Tisch zurück, während sich die Enden des Lederriemens lösten und mit leisem Pochen auf die Holzplatte fielen.
»Dann ist es jetzt endgültig?«, flüsterte sie.
Aurelius nickte. »Ich fürchte, ja. Die Beschreibung der Leiche, des goldenen Fingerringes mit der Gemme … Ich glaube, es wäre unredlich, sich noch Hoffnung zu machen, so sehr ich mir das Gegenteil wünsche.« Er schluckte. »Aber bitte sage niemandem, woher du das weißt. Kontakte zu dem Rebellen sind streng untersagt. Verbannung ist das Mindeste, was mir droht, wenn der Statthalter erfährt, was ich für dich getan habe.«
Aqmat nickte, stand auf und ließ es geschehen, dass Aurelius den Arm um sie legte und sie zur Tür seiner Stadtvilla begleitete. Er sah der Sänfte mit den vier Trägern nach, wie sie die dunkle Straße entlang schwankte und schließlich um eine Ecke bog. Leise eine Melodie summend schloss er die Türe.
Doch seine Geduld würde auf eine harte Probe gestellt werden.

Zwei Jahre waren seitdem vergangen. Noch strahlte die letzte Septembersonne, und die Weinberge wimmelten vor Männern, die Trauben schnitten und in großen Rückenkörben zu Tal trugen. Doch die Nächte waren bereits kühl, und in wenigen Wochen würde der Herbstwind die roten Blätter von den Bäumen fegen.

Wer Aqmat in den letzten Monaten gesehen hatte, wie sie mit ihren Kindern über das Forum schritt, mit liebenswürdiger Festigkeit bei Einkäufen feilschte, Nachbarn zulächelte, in der Töpferei und den Mühlen den Arbeitern auf die Finger sah, musste sie vielleicht nicht für eine glückliche, aber für eine zufriedene Frau gehalten haben – ein Eindruck, der nicht ganz trog, denn sie war dabei, sich nach der langen Trauerzeit wieder dem Leben zu öffnen – bis sie vor drei Wochen die erste Botschaft erhalten hatte.

Ein Unbekannter war es gewesen – verfilzte Haare, bärtiges Gesicht und schmutzige Hände, an mehr konnte sich Lucilla nicht erinnern. Im Gedränge des Forums hatte er ihr etwas in die Hand gedrückt, »für Aqmat« gezischt und war sofort in der Menge verschwunden.

Kopfschüttelnd hatte das junge Mädchen die Scherbe eingesteckt, denn die in den roten Ton eingeritzten Buchstaben waren kaum zu entziffern gewesen. Fast hatte sie den Vorfall vergessen, als sie sich abends wieder daran erinnerte, ihrer Mutter das Stück eines Terra-Sigillata-Tellers gab und gespannt beobachtete, wie Aqmat beim Lesen die Brauen runzelte.

»Wer schreibt dir?«

»Ich weiß es nicht. Irgendein seltsamer Mensch.« Doch Lucilla war nicht entgangen, dass ihre Mutter die Scherbe behielt, anstatt sie wegzuwerfen.

Acht Tage später, am Dies Jovis, fand Aqmat die zweite Botschaft. Als sie nach dem Thermenbesuch am Ausgang ihre Kleider in Empfang nahm, fühlte sie darin etwas Hartes: eine kleine Holztafel, darauf einige Zeilen schwarz geschriebener Unzialbuchstaben. Aqmat las den Text und wurde rot. Schnell steckte sie die Tafel ein und hastete nach Hause. Noch immer nahm sie die Angelegenheit nicht wirklich ernst, obwohl sie am nächsten Tag Aurelius zu sich bat.

Das änderte sich, als Priscilla am Dies Lunae den Brief im Rosenstrauch entdeckte: ein kleines, zusammengerolltes Stück Papyrus in einem grünlichen, fingerlangen Glasfläschchen, dessen Öffnung mit Wachs verschlossen war. Unmöglich zu sagen, wie lange es dort schon steckte. Das Mädchen brachte die kleine Flasche ihrer Herrin, die mit einer Pinzette das Blatt herauszog, zu lesen begann und erbleichte.

»Wie kommt das in unser Haus?«, fragte sie ihre Dienerin, doch die konnte ihr genau so wenig etwas darüber sagen wie der Rest der eilig zusammen gerufenen Dienerschaft.

An diesem Abend erlebten Alexander, Lucius und Lucilla eine ungewohnt einsilbige Mutter, die sich bald in ihr Zimmer zurückzog und am nächsten Morgen einen Boten nach Primus schickte. Als der graubärtige Mann zwei Tage später eintraf, war Aqmat den Tränen nahe.

»Das habe ich heute Morgen gefunden«, flüsterte sie, als beide allein in ihrem Arbeitszimmer waren, und hielt ihrem Schwiegervater ein Bleitäfelchen hin.

Er las die wenigen, in das graue Metall geritzten Zeilen. »Wo hast du das her?«

»Es war unter den Boden der Schale mit Pflaumen geklebt, die mir Priscilla jeden Abend ins Zimmer stellt.« Sie holte aus ihrem Schrank die drei anderen Botschaften. »Ich habe es nur durch Zufall gefunden, als ich die Schale in die Hand nahm. Hier sind die anderen.«

Primus legte die rote Scherbe, das Holztäfelchen, das Papyrusblatt und die kleine Bleiplatte auf den Tisch und sah Aqmat nachdenklich an. »Wissen die Kinder, was da drin steht?«

»Nein, nur dass ich Nachrichten bekommen habe. Ich wollte sie nicht erschrecken …«

»Nun, das erste ist ja recht harmlos. Dass es da jemanden gibt, der dich verehrt. Ist dir aufgefallen, dass er eine Scherbe unserer Töpferei verwendet hat? Hier ist ein Stück des Bodenstempels.«

Aqmat nickte. »Auch das nächste Mal fand ich es noch nicht so schlimm. Dass ich auf den Kontakt zu Aurelius verzichten soll, weil in dieser Stadt ein Mann lebt, zu dem ich besser passe und der mich zur Frau will.« Sie nahm das Holzplättchen in die Hand. »Aurelius allerdings war besorgt und bot mir seinen Schutz an. Er meinte, vielleicht sei Berus wieder aufgetaucht.«

»Woher weiß er von der Nacht im Wald?«

»Keine Ahnung. Wahrscheinlich, weil Olus in der ›Zenobia‹ die halbe Stadt mit seinen Geschichten unterhält.«

»Das ist gut möglich. Aber so etwas sieht nicht nach diesem Barbaren aus, der zumindest damals nicht einmal lesen konnte. Was hast du Aurelius geantwortet?«

»Ich habe seinen Schutz dankend abgelehnt. Schließlich habe ich nichts mit ihm, brauchte mich also auch nicht von ihm zu trennen. Eher fühlte ich mich geschmeichelt und war neugierig, wer sich in mich verliebt haben könnte.«

»Das änderte sich erst, als der Brief in dem Fläschchen kam?«

Aqmat nickte. »Ja, denn jetzt war der Unbekannte in mein Haus eingedrungen. Stell dir vor, er könnte durch diese Räume gegangen sein. Vielleicht habe ich ihn sogar gesehen. Oder er ist in der Nacht über das Dach geklettert und wieder verschwunden, ohne dass jemand etwas bemerkt hat ...«

»In dem Schreiben will er ein Zeichen, dass du ihm gehörst. Du solltest bei einem der Tempel am Theater einen Brief an ihn in eine Mauerritze schieben, dazu eine Haarlocke. Was hast du getan?«

»Nichts natürlich. Ich dachte, dann merkt er, dass ich kein Interesse habe und hört auf.«

»Leider ein Irrtum, wie das Fluchtäfelchen beweist ...«

»Seitdem konnte ich kein Auge mehr schließen. Tags geht es noch, aber mit der Dunkelheit schleicht die Angst heran.« Aqmat fröstelte und zog sich den Umhang fester um die Schultern. »Jedes Mal, wenn der Wind eine Tür schlägt, wenn eine Lampe anders steht, als ich es in Erinnerung habe, wenn ich ein Geräusch höre ... Ich trage sogar meinen Wurfdolch wieder – das erste Mal seit fünfzehn Jahren. Zur Sicherheit habe ich aber auch Hekate ein Opfer gebracht, damit sie den Zauber abwehrt. Falls wirklich ein Dämon im Spiel sein sollte.«

Primus runzelte die Stirne. »Ich glaube an Gott, aber nicht an Geister. Du etwa?«
Aqmat hob die Hände. »Eigentlich auch nicht. Aber wie sollte sonst der Fluch unter meine Obstschale gekommen sein? Meinen Dienern vertraue ich. Die habe ich befragt und eine Liste von allen Leuten machen lassen, die uns besuchen kamen. Ein Fremder war nicht darunter.«
»Das heißt noch lange nicht, dass es kein Mensch gewesen sein kann«, murmelte Primus und nahm sich noch einmal die vier Botschaften vor. »Ist dir an den Formulierungen etwas aufgefallen?«
Aqmat überlegte. »Ja, der Stil wirkt seltsam. An einigen Stellen einfach und fehlerhaft, aber manche Worte scheinen geradezu aus einem Buch zu stammen.«
»Das ist auch mein Eindruck. Ich denke, der Schreiber versucht, sich zu verstellen. Meinst du, es könnte jemand sein, dem du als Konkurrentin im Wege bist und der dich nur erschrecken will?«
Aqmat schüttelte den Kopf. »Nein, das kommt woanders her. Ich glaube, der Mann begehrt mich wirklich. Aber aus irgendeinem Grund traut er sich nicht, mir das offen zu zeigen.«
»Das ist denkbar«, überlegte Primus. »Gib mir die Liste der Besucher, ich bleibe bei dir und versuche, Licht in diese Sache zu bringen. Zuerst werde ich mit Aurelius sprechen.«
Er konnte nicht ahnen, welche Lawine er mit seinen Nachforschungen auslösen würde.

Die nächsten Tage fand Aqmat keine Drohungen mehr, doch zur Ruhe kam sie dennoch nicht. Gerüchte schwirrten wie ein Wespenschwarm durch die Stadt. Man erzählte sich von einer unbotmäßigen Reitereinheit, die nach Augusta Treverorum verlegt werden sollte. Angeblich seien bereits mehrere Offiziere wegen ihres Bekenntnisses zur christlichen Religion hingerichtet worden.
»Was hältst du davon?«, fragte Aqmat ihren Schwiegervater, »meinst du, nach drei Jahrzehnten Duldung verfolgt Rom die Christen wieder? Wenn es so weit kommt, solltest du besser die Stadt verlassen.«

»Nein, Aqmat, das kommt nicht in Frage. Ich bin hier, weil du meine Hilfe brauchst.« Die warmen Augen des alten Mannes sahen sie vorwurfsvoll an. »Gott prüft meine Glaubensbrüder, und ich verstecke mich in meiner Mühle? Mein Platz ist bei ihnen, nirgendwo sonst!«

Aqmat spürte, dass sie ihn nicht umstimmen konnte. »Weißt du, was geschehen ist?«

»Nur ungefähr. Maximianus zieht Legionen zusammen und hat auch aus dem Ostteil des Reiches, wo unter den Soldaten viele Christen sind, Truppen angefordert. Vielleicht will er Carausius seine Stützpunkte an der nordgallischen Küste wieder abnehmen. Eine Vexillatio aus der Thebais, einem Landstrich in Ägypten, war auf dem Durchmarsch in Helvetien. Dort hat es angefangen.«

»Eine neue Verfolgung?«, fragte Aqmat.

»Nein, eine simple Befehlsverweigerung, die eine Eskalation ausgelöst hat.« Primus ging im Raum auf und ab. »Die Truppe sollte verstärkt werden, doch bei der Vereidigung trat plötzlich ein junger Rekrut vor und erklärte, der Militärdienst sei nicht mit seinem Glauben vereinbar.«

»Siehst du das auch so?«

»Nein, Aqmat, aber das spielt jetzt keine Rolle. Der Truppenkommandeur scheint jedenfalls alles versucht zu haben, doch der Starrkopf blieb bei seiner Weigerung.«

»Und wurde hingerichtet?«, vermutete Aqmat.

»Nicht sofort. Es kam zu einer Verhandlung, und selbst als der Proconsul dem Rekruten vorhielt, sogar sein eigener Vater dächte da anders und Christen täten in der kaiserlichen Garde Dienst, meinte der Mann nur, das sei deren Entscheidung, er persönlich aber könne als Christ nichts Übles tun.«

»Wozu er den Dienst mit der Waffe rechnete?«

»Ja, was natürlich den Proconsul aufbrachte, der dieses Verhalten als Majestätsbeleidigung wertete und ihn zum Tode verurteilte. So befahl der Kommandant einem Soldaten, Mauritius, den jungen Mann hinzurichten. Doch der weigerte sich, ebenso die nächsten, Exuperius und Candidus, an die der Befehl erging. Daraufhin wur-

den alle Meuterer, denn das waren sie in den Augen ihres Kommandeurs, von anderen Soldaten getötet.«
Aqmat versuchte sich die Szene vorzustellen und schauderte. »Und jetzt?«
»Übermorgen kommt die Einheit hierher und wird nördlich der Stadt lagern. Ein großes öffentliches Gelöbnis in Anwesenheit des Präfekten soll beweisen, dass alle Soldaten treu zum Kaiser stehen.«
»Und wenn sie sich weigern, was dann?«
Primus rieb sich den Nacken. »Im schlimmsten Fall könnte der Präfekt die Decimatio anordnen.«
»Was bedeutet das?«, fragte sie.
»Diese Strafe kann er im Falle von Meuterei einer ganzen Einheit verhängen. Dabei wird einfach jeder zehnte Soldat getötet, ohne Rücksicht auf persönliche Schuld.«
»Entsetzlich.« Aqmat spürte ihre Gänsehaut. »Was wird geschehen? Glaubst du, dass sie opfern?«
»Ich weiß es nicht. Ich weiß nicht einmal, was ich hoffen soll …«, murmelte Primus. »Alle Gläubigen der Stadt sind in Aufregung, es kursieren die wildesten Gerüchte. Palmatius, Flavius' Nachfolger als Duumvir, will mit einigen Stadträten hingehen und versuchen, das Schlimmste zu verhindern. Ich werde auch da sein …«
»Bitte, Primus, tu das nicht. Wenn dir etwas zustoßen würde …«
»… wäre das Gottes Wille. Niemand entgeht durch Flucht seinem Schicksal, wie der Prophet Jonas erfahren musste.«
Aqmat kannte von den Abenden, die sie in den letzten Jahren mit dem alten Mann verbracht hatte, eine Reihe von Erzählungen aus der Bibel. Ohne alles zu verstehen, war sie immer stärker von dem Glauben dieser Menschen angezogen worden. Manches an ihrer Religion, die viele noch immer für eine jüdische Sekte hielten, war seltsam. Dass es nur einen einzigen, unsichtbaren Gott geben sollte, zuständig für so unterschiedliche Geschehnisse wie glückliche Schiffsreisen, Vulkanausbrüche, Fruchtbarkeit der Äcker, Sieg im Feldzug oder Glück in der Ehe, war schwer zu glauben, widersprach es doch jeder Vernunft. Dass dieser Gott betrübt, ja sogar zornig und rachsüchtig werden konnte, erschien von den olympi-

schen Göttern her bekannt. Nur dass diese Stimmungen davon abhingen, ob die Gläubigen beispielsweise am Tag des Herrn die Arbeit ruhen ließen, keinerlei anderen Göttern die Ehre erwiesen und sich jeglichen Liebesaktes außerhalb der Ehe enthielten, war eine sonderbare Vorstellung. Doch mit der Zeit wurde Aqmat die Denkweise der Christen vertraut. Sie bewunderte ihren Gemeinschaftssinn, die Hilfsbereitschaft den Armen gegenüber, ihre Gelassenheit im Ertragen von Schicksalsschlägen und ihre Stärke, die aus der Zuversicht erwuchs, dereinst im Jenseits für alles belohnt zu werden. Vor allem die Vorstellung, im Leben eine Aufgabe zu haben, die über das Erringen von Reichtümern, Ansehen und Macht hinausging, zog sie an. Ihre Kinder würden bald erwachsen sein, dachte sie oft, und falls sie bis dahin nicht wieder einem Mann begegnen würde, dem sie ihr Herz schenken konnte, wäre es ein tröstlicher Gedanke, sich der Geborgenheit einer christlichen Gemeinde anschließen zu können.
»Ich werde mit dir gehen.« Aqmat sah Primus an. »Hast du wegen der Drohungen schon etwas herausgefunden?«
»Nein, aber ich habe einen ersten Verdacht«, antwortete er. Doch so sehr sie auch in ihn drang, mehr wollte er ihr noch nicht sagen, um nicht, wie er meinte, vielleicht einen Unschuldigen zu belasten.

Zwei Tage danach ritten die Soldaten in Augusta Treverorum ein, lagerten auf dem Marsfeld nördlich der Stadt, und der Präfekt Riccius Varus ließ durch Ausrufer verkünden, dass am Folgetag zur achten Stunde die Truppe zum öffentlichen Gelöbnis antreten werde. Die Anwesenheit der Honoratioren der Stadt werde erwartet, die der sonstigen Bürger sei erwünscht.
Am Morgen dieses Tages war es so kalt, dass der Nebel aus dem Fluss stieg, doch dann kämpfte sich die Sonne hindurch und tauchte alles in ein geisterhaft blasses Licht. Zimmerleute errichteten eine Holztribüne, in deren Mitte die Büsten der Kaiser Diocletianus und Maximianus prangten, umgeben von den Feldzeichen der Einheit. Goldene Lorbeerkränze schimmerten, während die bunten Stoffbänder der Drachenkopfstandarten langsam im Wind-

hauch pendelten. Davor erhob sich der Altar, auf dem die Opfer zugunsten der göttlichen Kaiser gebracht werden sollten.
Zur Mittagszeit begann sich der Platz zu füllen, zwei Stunden später drängten sich überall Menschen. In der Mitte war die Vexillatio angetreten, ein Block regungsloser Leiber, gehüllt in ihre silbern glänzenden Panzer. Auf der Tribüne waren drei vergoldete Bronzesessel aufgestellt, davor stand die Leibwache des Statthalters, eine Reihe Bewaffneter mit starren Blicken.
Zur achten Stunde trat ein Leibwächter vor und ein Trompetenstoß schallte über den Platz. Langsam, mit gemessenen Bewegungen, schritt ein etwa fünfzigjähriger, in eine makellose Toga gekleideter Mann mit weißem Haarkranz zur Tribüne, stieg auf das Podest, hob die Handfläche nach vorne und blickte auf die Menschenmenge, die schweigend zu ihm emporstarrte.
»Ich, Rictius Varus, Präfekt der Stadt Augusta Treverorum, entbiete den Soldaten und den Bürgern der Stadt im Namen unserer göttlichen Kaiser, dem Jupiter Diocletianus sowie dem Herkules Maximianus, meinen Gruß. Es ist mir eine Ehre, für unseren Statthalter, den dringende Angelegenheiten nach Colonia gerufen haben, seinen Stellvertreter Marcus Aurelius zu begrüßen. Da unser zweiter Bürgermeister durch schwere Krankheit verhindert ist, kann ich leider nur den Duumvir Palmatius begrüßen.«
Die beiden Männer stiegen auf das Podest und alle drei stellten sich vor den Sesseln auf. Erneut hallte ein Trompetenstoß über den Platz. Rictius Varus rief: »Im Namen Roms und unserer göttlichen Kaiser! Thyrsus, Befehlshaber der Vexillatio, möge mit dem Opfer beginnen!«
Die drei auf dem Podium setzten sich und alle Augen waren auf den Mann gerichtet, der aus dem Block der Soldaten nach vorne trat. Er mochte knapp vierzig Jahre zählen, das kantige Gesicht unter dem roten Helmbusch war regungslos, seine Bewegungen militärisch exakt. Doch anstatt zu dem Altar zu treten, ging er zum Podium, warf dort seinen Centurionenstab zu Boden, zog das Schwert aus der Scheide und ließ es zu Boden klirren, riss sich zuletzt die Phalerae von der Brust und wandte sich zu der Menschenmenge.

»Ich, Thyrsus, bisher Centurio der Reiterei, bekenne mich zu Gott und Christus, seinem Sohn. Mir ist bewusst geworden, dass der Dienst im römischen Heer, die mir dort erteilten Befehle sowie die Kaiseropfer mit meinem Glauben unvereinbar sind. Deshalb verlasse ich die Legion!«
Einen Augenblick herrschte Totenstille, bevor das Brausen Tausender Stimmen, von Schreien durchbrochen, wie ein Sturm über den Platz fegte. Rictius Varus war aufgesprungen und starrte den Soldaten ungläubig an, dann gab er dem Trompeter ein Zeichen. Es bedurfte mehrerer Signale, bis nur noch ein Raunen aus der Menschenmenge stieg. Als der Präfekt erneut die Hand hob, zitterte sie leicht.
»Centurio Thyrsus, hat Euch der Wahnsinn befallen? Ihr seid durch Euren Diensteid auf den Genius des Kaisers verpflichtet. Wenn Ihr sofort Stab, Waffe sowie Ehrenzeichen aufhebt und Eure Pflicht tut, werde ich mich bei Maximianus dafür verwenden, dass dieser Vorfall ohne Folgen für Euch bleibt!«
»Präfekt, hier steht kein Centurio mehr, hier steht der Christ Thyrsus. Meinen Stab gebt einem anderen, ich diene nur noch Gott.«
»Das … das ist Meuterei!«, schrie Rictius Varus und winkte der Leibwache. »Nehmt ihn fest!« Er wischte sich mit einem weißen Baumwolltuch die Stirn ab, straffte seinen Körper und beobachtete, wie Thyrsus, der keinen Widerstand leistete, abgeführt wurde.
»Ich werde nach Beratung mit dem Vertreter des Statthalters das Urteil verkünden, für das ich in Anbetracht der Ungeheuerlichkeit dieser Tat nur eine Möglichkeit sehe. Beginnt jetzt!«
Einer nach dem anderen schritten die Soldaten zum Altar, opferten und traten wieder in die Reihe. Langsam ließ die Anspannung nach, der Präfekt sank in seinen Sessel zurück und streckte die Beine aus. Doch dann wiederholte sich der Vorfall. Ein einfacher Soldat ging zum Podium, warf sein Schwert zu Boden und rief: »Ich folge meinem Centurio und lege mein Schicksal in Gottes Hand!«
»Abführen!« Rictius Varus saß vornübergebeugt in seinem Sessel und stieß den Zeigefinger wie eine Lanze in Richtung des Mannes. »Abführen und weiter!«

Das Opfer nahm seinen Fortgang, doch noch viermal verweigerten Soldaten die Loyalitätsbekundung und wurden in Ketten gelegt.

Am Ende gebot der Präfekt erneut Stille. »Ich werde mich jetzt mit Marcus Aurelius und Palmatius beraten, bevor ich das Urteil verkünde.« Von ferne war zu erkennen, wie erregt die drei Männer miteinander diskutierten, doch selbst Primus und Aqmat, die nahe am Podium standen, konnten im Getuschel der Menge kein Wort verstehen.

»Warum haben die das getan?«, fragte sie verstört. »Muss man als Christ zum Feind Roms werden?«

»Zum Feind Roms nicht. Das sind altgediente, treue Soldaten. Wahrscheinlich hat der Tod ihrer Kameraden in Agaunum sie so aufgebracht. Sie können es nicht mehr mit ihrem Gewissen vereinbaren, die Befehle des Kaisers auszuführen.«

»Und was geschieht jetzt?«

Primus runzelte sorgenvoll die Stirn. »Ich fürchte, da sieht die Dienstordnung nur eine Strafe vor, den Tod. Meuterei kann kein Heer dulden. Der Präfekt könnte vielleicht den Vollzug aufschieben und ein Gnadengesuch an den Kaiser richten ...«

Ein Trompetenstoß ließ alle zusammenfahren. Auf dem Podium standen Rictius Varus und Palmatius, der noch immer auf den Präfekten einredete, bis ihn Aurelius zur Seite schob.

»Hier handelt es sich eindeutig um Meuterei, auf die Todesstrafe steht.« Der Präfekt sah sich um, seine Züge wirkten angespannt. »Um diesem Wahn Einhalt zu gebieten, verfüge ich den sofortigen Vollzug der Hinrichtungen. Wache!«

Ein halbes Dutzend Bewaffneter führte die gefesselten Gefangenen zum Altar.

»Nein, wartet!« Auf dem Podium hatte sich Palmatius vorgedrängt und schrie: »Verstoßt sie aus der Legion, schickt sie von mir aus in die Bergwerke, aber vergießt nicht ihr Blut auf unserem Boden!«

Rictius Varus sah sich erstaunt um. »Was soll das, Duumvir? Habt auch Ihr den Verstand verloren?«

»Nein, aber ich bin Christ wie viele hier. Ich kann nicht schweigen, wenn diese Männer ihres Glaubens wegen getötet werden!«

»Glauben mögen sie, was sie wollen«, entgegnete Rictius Varus in scharfem Ton. »Aber wer seinen Diensteid bricht, wer Rom den Gehorsam versagt, indem er das Kaiseropfer verweigert, der muss die Folgen tragen. Ich will ihnen aber gerne eine letzte Möglichkeit zur Umkehr gewähren.« Er wandte sich an die Wachen. »Fangt mit Thyrsus an. Fragt aber jeden zuvor, ob er nicht doch opfern will. Dann kommt er mit der unehrenhaften Verstoßung aus der Legion davon.«

Der ehemalige Centurio, jetzt ohne Helm und Rüstung, wurde herangeführt. Man hörte, wie er laut »Nein!« antwortete, bevor er niederkniete und den Kopf beugte. Ein hünenhafter Wachsoldat, das Langschwert in der Hand, trat heran, holte aus und ließ die Klinge durch die Luft sausen. Ein Schlag, ein Aufschrei aus tausend Kehlen, dann fiel der Kopf zu Boden. Er rollte noch ein Stück, während der Körper mit dem Halsstumpf nach vorn kippte und pulsierende Blutstrahlen den Boden röteten.

»Der Nächste!« Unbeeindruckt von der Erregung der Volksmenge ließ der Präfekt einen weiteren Soldaten vorführen und als auch der die Frage verneinte, hob der Henker erneut sein Schwert.

»Weg hier, lass uns gehen!« Verzweifelt klammerte sich Aqmat an Primus und versuchte, ihn vom Platz zu ziehen.

»Nein, ich darf nicht«, stöhnte er, »so sehr ich das möchte. Gott verlangt von uns Christen Glaubensstärke, nicht wegsehen.«

Wieder ein Schlag, gefolgt von tausendfachen Schreien. Aqmat zitterte. Sie hatte die Augen geschlossen und wäre zusammengebrochen, hätte sie nicht Primus gestützt. Von hinten drängten Neugierige nach vorne, um besser sehen zu können.

»Der Nächste!« Die Stimme des Präfekten klang müde, aber fest wie die eines Beamten, der eine unvermeidliche Pflicht erfüllen muss. Wieder war der Schlag zu hören. Aqmats ersticktes Schluchzen ging in den Schreien der Menschen fast unter.

»Bitte, hilf mir zu gehen. Allein schaffe ich es nicht nach Hause …«

Primus drückte sie an sich und schüttelte den Kopf. »Wenn Gott mir eine Prüfung auferlegt, darf ich nicht fliehen. Diese Männer bleiben auch standhaft. Bitte verstehe das, ich kann nicht …«

Aqmat verharrte stumm und regungslos, wobei sie versuchte, nicht an das zu denken, das wenige Schritte entfernt vor sich ging. Endlich flüsterte der alte Mann: »Es ist vorbei.«
Aqmat öffnete die Augen und sah, wie Palmatius mit Abscheu im Gesicht auf dem Podium verharrte, während Aurelius mit dem Präfekten tuschelte. Die ersten Schaulustigen wandten sich bereits zum Gehen, als ein erneuter Trompetenstoß die Aufmerksamkeit aller forderte.
»Da das unwürdige Verhalten des Duumvir uns leider Veranlassung gegeben hat, an der Kaisertreue des Stadtrates von Augusta Treverorum zu zweifeln, verfüge ich …«, bei diesen Worten machte der Präfekt eine Kunstpause, »… um meine Amtsführung von jedem Makel zu reinigen und das Ansehen dieser Stadt wiederherzustellen …«, nochmals hielt der Mann inne und sah sich um, »verfüge ich ein öffentliches Opfer der anwesenden Mitglieder des Stadtrates sowie jener Bürger, deren Treue zu Rom wegen ihrer Zugehörigkeit zu diesem ungesetzlichen Irrglauben nicht über jeden Zweifel erhaben ist!«
Erneut brausten die Stimmen der Menschenmenge über den Platz, doch jetzt von zustimmenden Ausrufen unterbrochen. »Ja, alle sollen opfern!«, »Los, Stadträte, zeigt eure Treue!«, »Dort steht ein Christ, Wachen, da ist einer!«
»Primus, bitte lass uns endlich gehen!« Aqmat schob ihren Schwiegervater so heftig zum Rand des Platzes hin, dass er stolperte und beinahe auf seinen Nebenmann, einen stämmigen Töpfer mit tonverschmierter Tunika, gefallen wäre.
»Entschuldigung«, murmelte Primus, doch der andere musterte ihn, dann stahl sich ein böses Lächeln auf sein Gesicht. »Euch kenne ich, und der ist auch einer von denen«, zischte er Aqmat an, die sich zwischen ihn und Primus geschoben hatte. »Ich habe es eben selbst gehört.«
»Nein, wo denkt Ihr hin«, wehrte sie mit erhobenen Händen ab. »Einen kaisertreueren Veteranen findet Ihr nirgendwo!«
In diesem Augenblick wandte sich Primus um und entgegnete mit ruhiger Stimme. »Sie hat recht, ich habe meine Kaisertreue sogar

mit zwölf Jahren persischer Gefangenschaft bezahlt. Und doch«, dabei sah er dem Töpfer in die Augen, bis dieser den Blick senkte, »bin ich zugleich Christ und bekenne mich dazu!«

Einen Augenblick dachte Aqmat, der Mann würde jetzt Ruhe geben, da riss er plötzlich beide Arme hoch und winkte: »Vicomagistri, hierher! Holt den Christen!«

Wenige Augenblicke später hatten Bewaffnete Primus ergriffen und ihn zu der Gruppe geschleppt, die sich zwischen Tribüne und Altar bildete.

Einige Herzschläge lang war Aqmat wie gelähmt. Seltsam unbeteiligt, wie in einem Albtraum, sah sie die gespannten Gesichter der Menschen um sich herum, sah das Podium mit den Kaiserbildern, die weißen Figuren von Varus und Aurelius in ihren sorgfältig drapierten Togen, davor die Köpfe von Palmatius und Primus in der Gruppe der Gefangenen. Dahinter glitzerte die Wasserfläche der Mosella, überragt von dem grün bewachsenen Abhang des westlichen Steilufers, über dem ein Himmel strahlte, dessen Blau nur wenige Wölkchen unterbrachen. Diese Natur ist schön, fruchtbar und friedlich. Warum müssen die elenden Menschen aus dem Paradies eine Hölle machen, fuhr es ihr durch den Kopf und sie merkte, wie sehr sie schon wie eine Christin dachte. Doch dann wich ihre Wut der Angst und den Selbstvorwürfen.

Ich bin schuld, ich habe ihn von seiner Mühle weggeholt, wo er sicher war. Ohne mich wäre er nicht hier. Was werden sie tun? Werden sie opfern? Wird Primus opfern? Und wenn nicht, was dann? Christengott, hilf mir, ihn zu retten! Was kann ich tun?

Aqmat zwang sich dazu, mehrmals langsam tief ein- und auszuatmen, während sie beobachtete, was am Podium vor sich ging, und dabei fieberhaft überlegte. Die Gefangenengruppe mochte etwa zwei Dutzend Personen umfassen, als der Statthalter dem Trompeter erneut ein Zeichen gab. »Die anwesenden Stadträte wurden hierher gebracht, dazu einige Menschen zweifelhaften Rufes. Alle haben nun durch ein Kaiseropfer die Möglichkeit, ihre Treue zu beweisen. Wer sich weigert, stellt sich auf die Seite der Meuterer und teilt ihr Schicksal. Beginnt mit dem Bürgermeister!«

Wo ist Aurelius? Er steht nicht mehr auf dem Podium! Aqmat drängte sich nach vorn, bis sie den Gesuchten erkennen konnte, der gerade zum Anführer der Leibwache ging. Sie winkte ihm, doch er sah nicht in ihre Richtung.

»Warum zögert Ihr?« Die Stimme des Statthalters schnitt wie ein Messer durch die Luft. »Gerade ein Duumvir sollte Vorbild für die anderen sein!«

Palmatius stand leicht gebeugt am Altar, schien unschlüssig zu sein, doch dann straffte er sich und entgegnete ruhig: »Das werde ich, doch anders, als Ihr denkt. Ich bin alt und habe mich mein ganzes Leben zu Rom bekannt. Doch wenn ich jetzt opfere, stelle ich mich auf die Seite derjenigen, die meine Glaubensbrüder getötet haben. Macht mit mir, was ihr wollt, ich muss so handeln ...«

Ein Schrei zerriss die atemlose Stille. Mit aufgelösten Haaren drängte sich die Frau des Bürgermeisters nach vorne, doch zwei Soldaten packten sie bei den Armen und zerrten die Widerstrebende vom Platz.

»Der Duumvir hat sich entschieden«, rief Rictius Varus aufgebracht in Richtung des Hünen mit dem Langschwert. »Worauf wartest du?«

Der Mann trat vor, hob die Klinge und ließ sie durch die Luft sausen. Ein Stöhnen aus tausend Kehlen erfüllte den Patz, als der Kopf vom Rumpf getrennt wurde. Aqmat sah, wie Aurelius mit dem Anführer der Leibwache sprach und auf einen Stadtrat zeigte, der als Nächster vorgeführt wurde. Auch dieser weigerte sich, auch sein Kopf fiel unter dem Schwert.

Ich darf nicht wegsehen, ich muss wissen, wann Primus dran kommt, ich muss seinen Tod verhindern.

Zu Aqmats Erleichterung war der dritte Gefangene zum Opfer bereit, das er mit versteinerter Miene und fahrigen Bewegungen vollzog. Noch zwei Stadträte opferten, Ekel im Blick, dann weigerte sich wieder einer und starb für seinen Glauben.

Die Gruppe wird kleiner, wann fällt Primus' Name, wie kann ich Aurelius auf mich aufmerksam machen?

Wieder winkte Aqmat, wieder vergebens. Einer nach dem anderen wurden die Männer aufgerufen.

»Jesus Christus ist das ewige Leben. Ich opfere keinem Götzen!«
Sausendes Schwert, dumpfer Schlag, Aufstöhnen der Menge.
Nur noch sechs Gefangene. Gott, bitte lass ihn zu mir sehen!
In diesem Augenblick trafen sich ihre Blicke. Aurelius sagte etwas zu dem Anführer der Leibwache, bevor er mit wenigen Schritten bei Aqmat war. »Aqmat, du bist hier?«
»Aurelius, bitte, hilf mir!«
Der Mann sah sie durchdringend an. »Was willst du?«
»Wie kannst du das fragen?« Sie packte den Ärmel seiner Toga, doch er löste ihre verkrampften Finger und führte sie in eine Ecke, wo sie vor Zuhörern sicher waren.
»Aurelius, bitte rette den alten Mann.«
»Er muss nur opfern, das weißt du. Sein Schicksal liegt in seiner eigenen Hand …«
»Wenn er es aber nicht tut, wenn er meint, für seinen Glauben sterben zu müssen … ich könnte das nicht ertragen. Ich bin schuld, ohne mich wäre er nicht hier …«
Eine Stimme rief: »Auch der Kaiser ist nur Mensch, nicht Gott.«
Wieder einer, der sein eigenes Todesurteil gesprochen hat. Jetzt sind es nur noch fünf … Ich muss alles tun, um Primus zu retten.
»Du hast einmal gesagt, wenn ich je Hilfe bräuchte, könnte ich mich an dich wenden. Ich flehe dich an, Aurelius.« Aqmat nahm seine Hand. »Was willst du? Soll ich auf die Knie fallen?« Sie sah in die grauen Augen und bemerkte, wie unter dem kurz geschnittenen Vollbart die Mundwinkel zuckten. »Bitte, ich bin bereit, alles für dich zu tun, wenn du je etwas von mir willst!«
»Alles, Aqmat?«
»Ja, das schwöre ich bei Gott und …«
»Beim Leben deiner Kinder?« Der Mann sah sie an, als könne er es nicht glauben.
Aus den Augenwinkeln bemerkte Aqmat, wie der nächste Gefangene zum Altar geführt wurde, wo er nur stumm den Kopf schüttelte, während der Henker ausholte. Wieder nicht Primus, noch nicht. Ob er opfern wird? Ob er es kann, wenn die anderen für ihren Glauben sterben? Jetzt sind es nur noch vier.

»Ja, Aurelius, beim Leben meiner Kinder«, flüsterte Aqmat. »Rette ihn.«
Der Mann wandte sich um und erklomm mit raschen Schritten das Podium, vor dem jetzt elf Leichen lagen. Aqmat sah, wie er einige Worte mit dem Präfekten wechselte, der ihn mit zusammengezogenen Brauen musterte, dann mit den Schultern zuckte und den Trompeter mit einem Handzeichen aufforderte, erneut ein Signal zu blasen.
»Bürger von Augusta Treverorum!« Augenblicklich verstummte die Menge. Alle Augen waren auf den Mann in der weißen Toga gerichtet, der sich mit der Linken durch den weißen Haarkranz fuhr. »Ihr habt gesehen, wie es denen ergeht, die meinen, die Treue zu ihrem Irrglauben über die Treue zu unseren göttlichen Kaisern stellen zu müssen.« Rictius Varus ließ seinen Blick über die tausendköpfige Volksmenge schweifen, dann fixierte er das Häuflein der Gefangenen, die zu Füßen des Podiums verharrten. »Auf die persönliche Bitte von Marcus Aurelius hin, der heute den Statthalter vertritt, wird den letzten vier Männern das Opfer erlassen. Möge hinfort Dankbarkeit für die im Namen des Kaisers geübte Milde ihren Sinn erfüllen.« Der Präfekt gab dem Anführer der Leibwache ein Zeichen. »Löst ihre Fesseln, sie sind frei!«
Einen Augenblick lang starrten sich die Menschen auf dem Platz in ungläubigem Schweigen an, dann brauste ein Jubelruf wie eine Woge über den Platz.
Aqmat wischte sich die Tränen aus den Augenwinkeln, während sie mit stockenden Schritten zu Primus ging und seine Hand nahm.

Zwei Wochen später ging Aurelius in seinem Arbeitszimmer im Statthalterpalast auf und ab, während er seinem Sekretär einen Entwurf diktierte. Die neue Verordnung war schwierig, und er hatte lange daran gearbeitet, sollte doch damit ein für alle Mal die Streitfrage geklärt werden, wie weit und unter welchen Einschränkungen Handwerker, Händler oder Wirte ihre Geschäfte auf der Straße ausüben durften, wo sie sich regelmäßig ausbreiteten und den Verkehr behinderten. Gerade summte er leise vor sich hin,

während er sich eine geschliffene Formulierung überlegte, als es an die Türe klopfte.
»Was ist, ich hatte mir doch jede Störung verbeten!«
»Herr, ein junger Mann ist draußen, der Euch unbedingt sprechen will.« Der Diener wirkte besorgt. »Ganz dringend, meinte er.«
»Gut, dann lass ihn rein.« Aurelius schickte seinen Sekretär hinaus und verzog den Mund, als sich Esuvius' spitze Nase durch die Türe schob.
»Geht es nicht später? Hatte ich dir nicht verboten ...«
»Ja, Herr, aber ich muss fliehen!« Der Junge wirkte so verängstigt, dass Aurelius sich zur Ruhe zwang und ihm mit freundlicher Miene einen Sitz anbot. »Was gibt es?«
»Primus schnüffelt uns hinterher!«
Der Satz genügte, um das Lächeln wie eine zerbrochene Theatermaske von dem Gesicht des Mannes fallen zu lassen.
»Wie viel weiß er?«
»Zu viel. Er hat eine Liste aller angefertigt, die in den Wochen vor den Botschaften in Aqmats Haus waren, und ist dabei auf mich verfallen. Da ich mit Alexander befreundet bin, hat er den überwacht, sein Verhältnis mit der Hure entdeckt und ihn sich vorgenommen, bis er alles über ... nun, sein Treueschuldverhältnis zu mir wusste.«
»Soso«, nickte Aurelius. »Aber was habe ich damit zu tun?«
»Bisher noch nichts, soweit ich weiß. Aber ich habe belauscht, wie Primus mit Olus gesprochen hat, und der hat sich daran erinnert, dass wir früher ... nun ja, viel zusammen waren, auch wenn er nichts Genaues weiß.«
Aurelius überlegte. Gerade jetzt, wo sein Plan so schön aufzugehen begann, könnte alles zerstört werden, wenn Aqmat von seiner Intrige erfuhr. Eine Woche war es her, dass er sie aufgesucht und ihr ein Fläschchen kostbares Rosenparfüm mitgebracht hatte, wobei das Gespräch wie zufällig auf ihr Versprechen gekommen war. Im Verlauf des Abends hatte er erst angedeutet, dann immer klarer durchblicken lassen, wie sehr er sie als Frau bewundere, wie begehrenswert er sie fände, wie gut sie doch zusammen passen würden ... und sie hatte nicht nein gesagt, nur freundlich gelächelt. Er

schüttelte stumm den Kopf über sich selbst. Was ursprünglich als Selbstbestätigung gedacht war, als Befriedigung seiner Eitelkeit, als Triumph über den Nebenbuhler, hatte sich gewandelt. Nein, wenn er ehrlich war, hatten sich seine eigenen Gefühle verändert. Jetzt begehrte er diese Frau nicht mehr aus Jagdinstinkt, sondern weil er sich zu ihr hingezogen fühlte. Wie ihre angstvoll geweiteten grünen Augen, in denen kleine goldene Punkte schimmerten, ihn auf dem Marsfeld angefleht hatten, wie sie um das Leben dieses verbohrten alten Christentrottels gekämpft hatte, wie klug sie in den letzten Jahren ihre Unternehmungen führte – eine solche Frau würde er nie wieder finden …

»Aber da ist noch etwas …«

Aurelius schrak auf und sah Esuvius an. »Was noch?«

»Ich glaube, dieser Primus ist Eurer Verbindung zu Allectus auf der Spur.«

»Beim Höllenhund Pluto! Wie kommst du darauf?«

»Er hat gefragt, ob Olus etwas darüber wisse, aber der konnte ihm nichts sagen. Tags darauf habe ich beobachtet, wie er heimlich mit mehreren Sklaven aus dem Haus von Valerius Aulucentius sprach.«

Aurelius verschränkte seine Finger und presste die Hände zusammen, dass die Knöchel weiß hervortraten. Er hatte dem Händler damals, als dieser vor den Steuerforderungen geflohen war, mit einem vertraulichen Kredit ausgeholfen. Die Wucherzinsen dafür konnte der Mann nur bezahlen, indem er riskante Geschäfte mit den britannischen Rebellen tätigte, wobei er heimlich hin und wieder verschlüsselte Botschaften für Aurelius übermittelte. Nicht auszudenken, was hier eine offizielle Ermittlung zutage fördern könnte. Sklaven wussten meist gut über ihre Herrschaft Bescheid, weshalb man sie bei Verfahren vorab zu foltern pflegte, um ihre Zungen zu lösen.

»Lässt der alte Legionär andere wissen, wie weit er mit seinen Verdächtigungen ist?«

»Das glaube ich nicht«, antwortete Esuvius. »Als Olus ihn danach fragte, gab er nur zur Antwort, dafür sei es noch zu früh, er wolle keine Unschuldigen in Misskredit bringen.«

»Eine löbliche Zurückhaltung«, nickte Aurelius und verzog die Mundwinkel. »Ich glaube, hier muss etwas geschehen, und du«, damit nahm er einen Beutel voller Münzen aus dem Schrank, den er Esuvius in die Hand drückte, »du hältst dich verborgen und wirst dir eine Weile in einer anderen Stadt den Wind um die Nase wehen lassen. Aber erst, nachdem du noch etwas für mich erledigt hast.«

Als der junge Mann aus der Tür gehuscht war, befahl Aurelius seinem Diener, jede Störung fernzuhalten, und holte sein Mühlebrett. Er schüttete die Spielsteine daneben, nahm einige in die Hand und drehte sie zwischen den Fingern. Erfahrungsgemäß kamen ihm dabei die besten Einfälle – Ideen, wie er sie jetzt brauchte, damit die Lage nicht außer Kontrolle geriet.

Da war erstens der Händler, dem er damals aus der Klemme geholfen hatte. In letzter Zeit, seitdem dieser Aulucentius mit seiner Hilfe so erfolgreich geschmuggelt hatte, dass er den Kredit vollständig hatte tilgen können, gebärdete er sich immer dreister. Er hatte sich sogar geweigert, seinem Retter das Gelände bei den Mühlen zu verkaufen, das Aqmat für ihren Steinbruch brauchen würde, sollte Augusta Treverorum jemals wieder Kaiserresidenz werden. Selbst beim Übermitteln der geheimen Botschaften, durch die Aurelius gegen viele Goldstücke Allectus mit Nachrichten vom Kaiserhof versorgte, hatte er beim letzten Mal Schwierigkeiten gemacht. Der Mann im Statthalterpalast legte den Kopf schief, entschied sich, setzte den ersten Stein und nahm den nächsten.

Da war zweitens dieser alte Christ, der immer lästiger wurde. Solange er nur in der Mühle saß, seinen unsichtbaren Gott anflehte und gelegentlich Aqmat von der Gottgefälligkeit ehrbarer Witwenschaft zu überzeugen versuchte, mochte dieses Treiben noch angehen. Doch jetzt, anstatt für seine Rettung dankbar zu sein, schien er sich zu einer Gefahr auszuwachsen, die man nicht länger ignorieren konnte.

Aurelius stützte das Kinn auf die Hand, lächelte und setzte den zweiten Stein.

Als dritten nahm er einen, von dem bereits ein Stück abgesplittert war, und drehte ihn länger zwischen den Fingern. Dem alten Bettler war dank seiner Fürsprache das Handabhacken erspart geblieben. Doch auch die Auspeitschung, auf der, wie es ihm Aurelius eingeflüstert hatte, der bestohlene Primus bestanden habe, hatte tiefe Furchen des Hasses in den Geist des Mannes gegraben. Seitdem hatte er öfters kleine Aufträge für Aurelius erledigt; für einige Goldstücke und die Aussicht auf Rache würde er fast alles tun. Man musste es nur gut vorbereiten.
Aurelius stand auf und holte ein armlanges Paket aus seinem Schrank, das er sorgfältig auswickelte. Als er den Dolch in der Hand hielt, lächelte er versonnen und beglückwünschte sich noch nachträglich dazu, die Waffe mitgenommen zu haben, als er damals das Haus des flüchtigen Aulucentius durchsuchte. In der richtigen Hand, am richtigen Ort, würde sie unbezahlbar sein …
Er legte den Dolch auf den Tisch und ging eine Weile auf und ab, bis er wusste, wie alles zusammenpassen könnte. Passen würde. Passen musste.
Nachdem er die Klinge wieder verborgen hatte, rief er seinen Sekretär und diktierte den Rest der Verordnung in bester Laune.

Vier Tage später erhielt Primus eines Morgens eine mit schwarzer Tinte auf ein Stück Holz geschriebene Botschaft. Er solle sofort und allein zu einer der stillgelegten Mühlen kommen, falls er an wichtigen Informationen interessiert sei. Der alte Legionär ließ sein Pferd satteln, verabschiedete sich von Aqmat und war eine halbe Stunde später unterwegs.
Kurz danach wurde bei Aulucentius ein verschlossenes Wachstäfelchen abgegeben. Der Händler öffnete es, erstarrte, erkundigte sich nach einer Mühle und ritt gleichfalls los.
Als Primus ankam, war niemand zu sehen, nur das Bachwasser rauschte zu Tal, vorbei an dem stillgelegten Mühlrad. Er rief, ob jemand hier sei, doch als keiner antwortete, nahm er seinen Schlüssel vom Bund und sperrte das Tor auf. Innen roch es nach Schimmel und altem Holz, Mäuse huschten in die Ecken. Durch die

Ritzen der Bretter fiel nur gedämpftes Licht, und er musste einen Augenblick warten, bis sich seine Augen daran gewöhnt hatten. Schon länger hörte er nicht mehr gut, und der Bach rauschte stark. So nahm er die Schritte nicht wahr, die sich von hinten näherten. Doch gerade als der andere ihn fast erreicht hatte, trat Primus vor und tauchte in das Halbdunkel der Mühle. Er ging zu der großen Achse, auf der das Zahnrad saß, das die Sägevorrichtung angetrieben hatte. Alles schien in Ordnung. Es würde keinen großen Aufwand bedeuten, die Konstruktion so umzubauen, dass zukünftig der Gott des Wassers die Schwerarbeit leisten würde, die zum Bearbeiten runder Steinteile nötig war. Auf die Achse gehörte jedoch ein größeres Zahnrad, das seinerseits ein kleines antreiben würde, das sich so schnell drehen müsste, dass …

Er sollte den Gedanken nie beenden. Ein Schatten sprang ihn von hinten an und rammte ihm einen Dolch in den Rücken. Primus sackte nach vorn, versuchte sich an der Achse des Mühlrads festzuhalten, drehte sich im Fallen und sah gegen das Licht des Eingangs einen Mann mit grauer, ungepflegter Zottelmähne, in eine vielfach geflickte Tunika gekleidet. Dann legte sich ein Schleier über seine Augen und er versank in ewiger Nacht.

Der Angreifer zögerte, drehte die Leiche um, zog den blutigen Dolch aus der Wunde und ließ ihn einen halben Schritt vor dem Toten auf den gestampften Lehmboden fallen. Er lief zur Tür, spähte hinaus, und als er niemanden sah, war er mit wenigen Schritten im nahen Gebüsch verschwunden.

Kurze Zeit später kam ein Reiter, stieg ab und band sein Pferd neben dem von Primus fest. Misstrauisch sah er sich um. Als auf seine leisen Rufe niemand antwortete, betrat er die Mühle. Auch er brauchte einige Herzschläge, bis seine Augen sich an die Dunkelheit gewöhnt hatten und er den hingestreckten Körper sah. Mit einem leisen Aufschrei hastete er zu dem Toten, drehte ihn um, spürte die Feuchte an seinen Fingern, erkannte den Dolch auf dem Boden, hob ihn auf und stolperte wieder aus der Mühle. Mit zitternden Händen versuchte er sein Pferd loszubinden, als ihm einfiel, dass er sich das Blut von den Händen waschen musste. Er kniete am Bach nieder, da hörte er Hufschläge. Ein Reitertrupp galoppierte heran, Aqmat an der Spitze, gefolgt von Aurelius. Aulucentius ließ den Dolch fallen. »Ich war es nicht!«, rief er, als Aqmat in die Mühle stürzte und laut aufschrie. Er wiederholte seine Unschuldsbeteuerung, als man ihm die Hände auf dem Rücken zusammenband, um ihn in die Stadt zu bringen, und er schluchzte sie erneut während des Rückwegs, doch seine Bewacher fuhren ihn nur an, endlich sein Maul zu halten.

Das Begräbnis war schlicht. Aqmat spürte, dass Primus keinen Wert darauf gelegt hätte, jenseits der Stadtmauern von Augusta Treverorum zu liegen, inmitten prunkvoller Grabmäler, die um die Aufmerksamkeit vorüberziehender Reisender buhlten. Die letzten Jahre seines Lebens hatte er ruhig und zufrieden bei seiner Mühle gelebt, unweit von Drusillas Gut. So wurde er dort auch begraben, in der Nähe des kleinen Tempels, in jener Erde, in der seit zwei Jahrhunderten die Bewohner des Anwesens ihre letzte Ruhe fanden. Zu seiner Beerdigung kamen Olus und Faustina, dazu eine kleine Christengruppe aus der Stadt, scheel beäugt von Drusilla, Julius sowie den Knechten und Mägden des Hofes. Mit aller Kraft, die sie aufbringen konnte, versuchte Aqmat, ihre Kinder Alexander, Lucius und Lucilla zu trösten. Das Mädchen hatte seit Tagen um den Großvater geweint und konnte erneut kaum die Tränen zurückhalten, als sie sah, wie die Fremden ihre Gebete murmelten und es ablehnten, ihm eine Münze für den Fährmann über den Styx mitzugeben. Auch sonst erhielt er nichts mit ins Grab, was er im Jenseits brauchen konnte, denn der Priester meinte, dort würde der Christengott für alles sorgen. So bat Lucilla ihre Mutter um einen Doppeldenar und ließ ihn heimlich in die Grube fallen, als sie Abschied von dem Toten nahm. Der kluge Großvater, der sie so oft auf den Knien geschaukelt und ihr von fremden Ländern erzählt hatte, würde sicher die Münze finden und sie dem Fährmann geben.

Der Prozess gegen Aulucentius fand drei Tage später in der Halle statt, in der sonst die Stadträte tagten. Die Gründe für die Bluttat blieben im Dunkeln, da der Angeklagte nur schrie, er sei es nicht gewesen, er habe den alten Mann bereits tot gefunden, er sei unschuldig. Selbst als man ihm den Dolch zeigte und er zugeben musste, dass es seine Waffe war, leugnete er weiterhin den Mord. Alle schüttelten den Kopf, und der Händler wäre dazu verurteilt worden, in der Arena den wilden Tieren vorgeworfen zu werden, hätte sich nicht Aurelius für ein milderes Urteil eingesetzt. Alle, selbst Aqmat, waren ergriffen, als er den weisen Charakter des Ermordeten pries, der als Christ seinen Feinden gewiss verziehen hätte.

»Ich gehöre nicht dieser Sekte an«, rief er in den Saal, »aber ihr Prophet soll gesagt haben, ›mein ist die Rache, spricht der Herr‹. Wie können wir dann im Namen der Gerechtigkeit ein derartiges Urteil fällen, das dem Opfer selbst ein Gräuel gewesen wäre?«

So wurde Aulucentius zu sieben Jahren Zwangsarbeit in den Bergwerken Hispaniens verurteilt mit der Möglichkeit, nach zwei Jahren – falls er dann noch lebte – begnadigt zu werden. Sein Besitz sollte zugunsten des Staates versteigert werden.

Doch anstatt dankbar zu sein, nahm der Händler den Spruch mit dumpfer, verzweifelter Miene auf. Als man ihn abführte, um ihm das Zeichen der Minensklaven ins Gesicht zu brennen, schüttelte er nur den Kopf, als könne er es noch immer nicht fassen.

»Was meinst du, warum er es getan hat?«, fragte Aqmat, als Aurelius sie nach Hause begleitete. Sie gingen zu Fuß, um nach der Verhandlung noch etwas frische Luft zu schöpfen.

»Mit Gewissheit werden wir es wohl nie erfahren. Ich hege aber den Verdacht, dass Primus bei seinen Ermittlungen etwas herausgefunden hat. Etwas, das dieser Elende unbedingt verbergen wollte«, antwortete Aurelius. »Ich glaube zum Beispiel, dass er hinter diesen anonymen Botschaften an dich steckt.« Einige Schritte weiter fügte er hinzu: »Ach übrigens, du solltest zu der Versteigerung gehen und für das Gelände bei deinen Mühlen bieten, das Aulucentius gehörte …«

Aqmat sah ihn erstaunt an. »Woher weißt du, dass ich daran Interesse haben könnte?«

»Nun, das hat Primus erwähnt, als er sich bei mir wegen seiner Rettung bedankte. Du weißt ja, wenn er auf sein Lieblingsthema kam, war er nicht zu bremsen …«

Aqmat nickte. Seltsam, dass mir der alte Mann nichts von diesem Besuch erzählt hat. Als sie an der Türe ihres Hauses angekommen waren, lächelte sie müde.

»Aurelius, du bist fast der einzige Freund, der mir noch geblieben ist. Jetzt trage ich Trauer, aber wenn du mich in einem Monat fragst, glaube ich, dir die Antwort geben zu können, die du dir wünschst.«

Aurelius verbeugte sich, sodass Aqmat seinen Gesichtsausdruck nicht sehen konnte.

Wieder stand er kurz davor, eines seiner Ziele zu erreichen.

4. Kapitel

UNTER KALTEM HIMMEL

(289–296 n.Chr.)

»In seinem gemeinen Schurkenstück nahm sich der flüchtige Seeräuber erst die Flotte, die einst die Provinzen in Gallien beschützt hatte, baute dann weitere Schiffe von römischer Art, verführte eine römische Legion, schnitt Einheiten der Truppen in den Provinzen ab, nahm gallische Kaufleute in seine Dienste auf, gewann Horden barbarischer Kämpfer durch Güter aus den Provinzen selbst für sich und ließ sie durch Anhänger dieser ehrlosen Unternehmungen alle für den Einsatz zu Schiff ausbilden.«

Panegyriker über die Rebellion des Carausius

Komm mit, Ungario!« Der massige Körper verharrte gebeugt. Als habe er nichts gehört, kraulte der Mann den Hofhund unterm Kinn.
»Ungario! Wir müssen zurück sein, bevor er heute Nachmittag kommt.«
»Nachmittag, schöner Tag, ja, ja, wer?«
»Allectus, und jetzt nimm den Korb. Los.«
Die Magd beobachtete, wie der Mann die schwere Kiepe mit einer Leichtigkeit schulterte, als sei es ein Vogelnest. Ein so kräftiger Körper mit einem so schwachen Geist, dachte sie und winkte ihm zu, als sie merkte, dass er in Richtung des Stalles starrte.
»Hier lang, wir wollen zum Meer!«, rief sie mit Ungeduld in der Stimme.
Der Mann nickte, verzog das schiefe Gesicht zu einem Lächeln und kam zu ihr. Er lief schräg, fast wie ein Krebs, und senkte seine rechte Schulter, wenn er den rechten Fuß vorsetzte.
»Böse nicht, Ungario da. Meer gut, viel finden.«
»Ja, das wollen wir. Nach so einem Sturm liegt der Strand voll …«
Die beiden ließen die Villa hinter sich, deren weiß verputzte Wände sich gegen die grünen Sumpfwiesen abhoben und machten sich auf den Weg zur Küste. Der Himmel war blau, doch die Sonne stand noch zu niedrig, um gegen die Kälte des Maiwindes anzukommen, der in ihre Umhänge fuhr und sie wie Fahnen flattern ließ. Die Magd fror. Sie hasste das frühe Aufstehen, aber nur wenn sie das Ufer absuchten, bevor sich die Neuigkeit herumsprach, hatten sie Chancen, etwas von Wert zu finden. Und so ein Sturm würde so schnell nicht wiederkommen, vor allem keiner, bei dem Neptun

sein grausames Spiel mit einer ganzen römischen Flotte treiben konnte.

Trosia verstand nichts von großer Politik, wusste nichts vom Handeln der Mächtigen, ihren Begierden und Sorgen, aber sie hatte gelauscht, als ihr Herr vor einer Woche von der drohenden Invasion erfahren hatte. Ein Reiter war gekommen, verschwitzt und aufgeregt, und sie hatte in einer Ecke den Boden geschrubbt, während der Bote hervorkeuchte, was die Kundschafter in Erfahrung gebracht hatten. So gleichgültig der alten Frau das Ränkespiel der Kaiser war, so aufmerksam hatte sie zugehört, als von einer Flotte die Rede gewesen war und von dem Zeitpunkt, an dem die Schiffe auslaufen sollten, um Britannien dem Kaiser in Rom zurückzugewinnen. Wenn das stimmte, was der Bote berichtet hatte, mussten sie in den Sturm gekommen sein, in haushohe Wellen und heulende Winde. Die unbekannten Seeleute taten ihr leid, aber ein hartes Leben hatte Trosia gelehrt, sich nicht den Kopf anderer zu zerbrechen. Außerdem bedeutete für Küstenbewohner jeder Sturm zugleich ein Geschenk, denn fast immer warfen die Wogen etwas von Wert an Land. Die Frau brauchte Denare – nicht für sich, sondern für ihren Neffen, der sich ein Fischerboot kaufen wollte. Sie selbst war zu ihrem Kummer kinderlos geblieben. So hatte sie den Säugling angenommen, den, dem Stoff nach zu urteilen, in den er eingewickelt war, unbekannte Germanen am Tor der Villa ausgesetzt hatten. Nach längerem Grübeln hatte sie ihm den Namen eines der alamannischen Bauern gegeben, die von Kaiser Probus als Kriegsgefangene in der Nähe angesiedelt worden waren. Doch zu ihrem großen Kummer hatten die Götter das Kind mit Blödheit geschlagen. Stark wie ein Ochse, dachte sie bitter und sah sich nach Ungario um, der ihr in seinem Krebsgang folgte, nur mit noch weniger Verstand. Doch immerhin war er gutmütig und folgsam, wenn auch unfähig, länger bei einer Sache zu bleiben.

Endlich hatten sie die versumpften Überschwemmungsgebiete hinter sich und erreichten den Strand. Es war Ebbe, das Wasser hatte sich weit zurückgezogen, und nur die hoch angehäuften Tangstreifen zeigten, wie weit gestern die Wogen emporgeschossen waren.

»Du weißt, wonach du suchen musst?«, fragte sie, und der auf den zu kurzen Hals gepfropfte Kopf nickte heftig.
»Ja, Mutter, Ungario weiß.«
»Dann gehst du nach links, bis zu diesem Vorsprung dort, ich nach rechts. Hier treffen wir uns wieder.«
Der Vormittag verging mit Strandgutsammeln, und die Stimmung der Frau besserte sich, als die Sonne emporstieg und sie ihre Ausbeute musterte. Ein großes Stück Segeltuch, ein gut erhaltener Byrrus, ein zehn Fuß langes Tau, ein armlanger Fisch, der aber noch frisch roch, mehrere schön gearbeitete Holzrollen und ein kleines, verschlossenes Kästchen, das möglicherweise etwas Wertvolles enthielt. Dazu ein Haufen bearbeitete Holzteile, die von Schiffen stammten und die vielleicht Fischer für ihre Boote gebrauchen konnten. Mal sehen, was Ungario bringen würde …
Während sie ein Feuer entfachte, um den Fisch zu braten, sah Trosia voll Ungeduld, wie sich der ungelenke Mann näherte. Obwohl der Korb auf seinem Rücken nicht leicht zu sein schien, lief er nie mehr als einige Dutzend Schritte geradeaus, bevor er stehen blieb, die kreischenden Möwen musterte, irgendetwas am Strand untersuchte oder zum Spaß Steine ins Meer warf.
Endlich war er da, stellte die Kiepe ab und wartete folgsam, bis sie den Inhalt untersucht und ihn gelobt hatte.
»Komm, setz dich, das Essen ist fertig.«
Er schnupperte, ließ sich auf die Kiesel plumpsen, griff nach dem Stück Brot mit Fisch, das sie ihm hinhielt, und begann zu kauen. Nach einiger Zeit murmelte er: »Ah, Fisch gut. Sturm gut. Finden gut.« Er zeigte hinter sich. »Stiefel.«
Die Frau sah ihn zweifelnd an. »Hast du einen Stiefel gefunden? Warum hast du ihn nicht mitgebracht?«
Das deformierte Gesicht verzog sich zu einem Grinsen. »Zu schwer. Korb voll.«
»Unsinn«, fuhr ihn die Magd an. »Ein Stiefel hätte da allemal noch reingepasst.«
Ungario schüttelte eine Weile den Kopf, dann brachte er mühsam heraus: »Zwei!«

»Zwei Stiefel? Sogar zwei zusammengehörende Stiefel?«
Der Mann nickte.
»Aber Ungario, die sind doch wertvoll! Wo liegen sie? Weit entfernt?«
Er schüttelte den Kopf und setzte sich mit leicht gespreizten Beinen hin. »So weit.«
Die alte Frau sah ihn verdutzt an. »Du meinst, das Meer hat zwei leere Stiefel so nahe beieinander angespült?«
Er nickte, dann zuckte er mit den Schultern. »Aber nicht leer. Stiefel voll.«
»Voll? Was ist denn drin – Sand, Tang?«
Der Mann schüttelte den Kopf. »Kein Sand. Kein Tang. Füße.«
Trosia sprang auf. Manchmal brachte sie – trotz aller Liebe – seine begriffsstutzige Art noch immer in Wut.
»Zwei Stiefel mit abgetrennten Füßen?«, rief sie.
Ungario sah sie verschreckt an. »Nein, Füße, alles dran. Ganzer Mann.«
»Du hast einen Ertrunkenen gefunden? Beim Neptun, wir müssen sofort nachsehen, was er sonst noch bei sich hat.« Sie drückte ihm das Kästchen in die Hand. »Hier, nimm das, den Rest lassen wir solange hier. Wo liegt die Leiche?«
Ungario zeigte auf eine Stelle etwa zweihundert Schritte entfernt, und beide rannten los, dass die Kiesel hinter ihren Sohlen flogen.

Es dämmerte bereits, als die Männer die Villa erreichten. Sie ritten auf den Eingang zu, dessen säulengestützter Giebel wie ein Tempel aus der Fassadenmitte ragte. Das Portal stand offen, zwei Diener, die Wache hielten, liefen herbei und verbeugten sich tief, als sie zu der Gruppe gelangten. »Willkommen, edler Herr, das Essen ist fertig und das Bad steht bereit.«
Der bärtige, stattliche Mann schenkte ihnen ein Lächeln; ihm war der Rauch nicht entgangen, der rechts des Eingangs aus den kleinen Thermen stieg. Er hatte diese Villa erst kürzlich gekauft und nicht viel Zeit gefunden, seinen neuen Besitz zu genießen. Ausruhen fern des Trubels der Stadt und der Hektik des Kaiserhofes. Fri-

sche Seeluft atmen, beim Lesen weder von Kuhglocken, Schafgeblöke noch Hahnenkrähen gestört werden. Dem kleinen Palast war keine Landwirtschaft angeschlossen, er war Luxus pur. Jahrzehnte war das Haus heruntergekommen, hatte die letzten Jahre sogar leer gestanden. Man würde viel renovieren lassen müssen. Jetzt, nachdem der Sturm Roms Schiffe zerstreut hatte, hoffte er, irgendwann genügend Zeit zu finden. Allectus freute sich darauf, einmal andere Bauarbeiten beaufsichtigen zu können als die am nahen Kastell von Portus Ardurni. Das mächtige Viereck, dessen Mauern und Türme am Ufer emporwuchsen, war der Stolz des Kaisers Carausius, seine trotzige Antwort auf mögliche Bedrohungen durch den Kaiser in Rom oder fränkische Seeräuber. Allectus jedoch, ein gebildeter Mann, hatte mehr Freude an einem schönen Mosaik, einer Statue oder einer Wandmalerei als an Festungen und Waffengeklirr. Doch ohne den Posten des Finanzministers, den er seinem Freund Carausius verdankte, hätte Allectus nie Gold genug besessen, um den alten Palast zu kaufen.

Er stieg ab, durchschritt nach dem Portal die Eingangshalle, bis er in den Innenhof gelangte. Mit einem Kopfnicken begrüßte er den Gärtner, der Unkraut aus dem verwilderten Ziergarten rupfte und die kleinen, in bogenförmigen Reihen gepflanzten Büsche beschnitt. Gerade wollte er seine Privaträume im hinteren Flügel betreten, als Stimmengewirr seine Aufmerksamkeit erregte. Eine Gruppe stand vor dem Seitentrakt mit den Kammern der Bediensteten und diskutierte aufgeregt, verstummte jedoch, als er sich näherte.

»Was habt ihr?«, fragte er und bemühte sich, seinen Worten einen leutseligen Klang zu verleihen. »Ist etwas geschehen?«

»Er will uns nicht …«, begann einer, verstummte jedoch sogleich.

»Wer will was nicht?«, wollte Allectus wissen, der die meisten der Diener noch nicht mit Namen kannte.

»Der Schwachkopf will uns nicht zu seinem Meermann lassen.« Gelächter, dazwischen Trosias Keifen. »Selber Schwachkopf!«

Trotz seiner Müdigkeit wurde Allectus neugierig, ging auf die Tür zu und begrüßte die alte Frau, die er von einem früheren Besuch kannte. »Was hat dein Sohn da?«

»Ach, mein Herr, wohin hätten wir ihn denn bringen sollen?«
»Wen, deinen Sohn?«
»Nein, Herr, den Mann, der am Ufer lag. Ungario hat ihn die ganze Strecke bis hierher getragen, dazu noch alles, was wir am Strand gefunden haben.«
Allectus nickte. Er hatte schon von den Bärenkräften gehört. »Ich will den Mann sehen.«
Trosia machte ihrem Sohn ein Zeichen, den Herrn durchzulassen. Mit einem Kopfnicken begrüßte er Ungario, der mit schief gelegtem Kopf den Neuankömmling anstarrte. »Stiefel finden, Mann Ufer, tragen alles ich!«
Allectus trat zur Liege und musterte die ausgestreckte Gestalt. Der Mann mochte etwa Mitte dreißig sein, war in eine hellbraune Tunika aus feinem Wollstoff gekleidet, seine Füße steckten in gut gearbeiteten Stiefeln. Die dunkelbraunen Locken waren vom Salzwasser verklebt, die Haut vom Sonnenbrand gerötet und voller Blasen, die Platzwunde an der Schläfe blutverkrustet.
»Lebt er noch?«, fragte Allectus leise, mit zweifelndem Unterton.
Trosia hob die Hände. »Wir wissen es nicht. Am Strand hat er schwach geatmet, aber ohne Arzt fürchte ich, dass er stirbt.«
Ihr Herr nickte, nahm die Rechte des Liegenden und fühlte den fast unmerklichen Puls. Ein Goldring mit Gemme verriet Wohlstand, die gepflegten Finger zeigten, dass er kein Handwerk ausüben musste. Allectus runzelte die Stirne. Das war kein über Bord gegangener Fischer; der Schiffbrüchige hatte zur römischen Invasionsflotte gehört und einen wichtigen Posten bekleidet. In diesem Kopf konnte etwas stecken, das die Ausgabe für einen Arzt lohnte.
Allectus ging zu einem der Umstehenden. »Gibt es einen Medicus in der Gegend?«
Der Mann nickte. »Ja, der Nächste wohnt zwei Meilen entfernt, in Noviomagus. Sollen wir jemand schicken? Es dämmert schon …«
Sein Herr sah ihn stirnrunzelnd an. »Wir könnten auch so lange warten, bis wir einen Totengräber brauchen …«, bemerkte er ruhig.
Kurz danach galoppierte ein Reiter hinaus in die windige Neumondnacht.

Als Flavius das erste Mal aus seinen Fieberträumen erwachte, schien die Welt nur aus dumpfem Schmerz zu bestehen. Sein Körper war wie zerschlagen, und er fühlte sich so schwach, dass jede Bewegung eine unendliche Anstrengung erforderte. Mühsam hob er den rechten Arm, ächzte und ließ ihn wieder sinken.

Schlurfende Schritte näherten sich. Als er die Augen öffnete, hätte er fast aufgeschrien: das verquollene Gesicht, die wulstige Stirn, der stammelnde Mund mit den schiefen Zähnen. »Meermann wach, gut. Leben gut!« Offenbar war im Hades alles noch viel schlimmer, als es die Andeutungen der Priester erahnen ließen. Er schloss die Lider, und wieder umfing ihn gnädige Bewusstlosigkeit.

Irgendwann, während er in seiner Erinnerung mit den Wogen kämpfte, spürte er eine Hand auf seiner Schulter und schrak auf.

»Wie heißt Ihr?«

Flavius öffnete zögernd die Augen, voll Angst, wieder in diese entstellten Züge zu starren. Doch der Mann, dessen ruhige Stimme er gehört hatte, sah normal aus. Ein hohes, ebenmäßiges Gesicht, längerer, leicht gelockter Vollbart, kluge Augen. Er schluckte, räusperte sich und krächzte mühsam: »Flavius.«

»Gut. Und weiter?«

»Verecundus.« Flavius stöhnte, so stark schmerzte sein Hals.

»Bringt ihm warmen Gewürzwein mit Rosmarin und viel Honig.«

Kurz darauf hob eine kräftige Hand seinen Oberkörper an, während eine andere Pranke ihm einen Becher an den Mund hielt. Schluckweise ließ er die Flüssigkeit seine wunde Kehle hinunterrinnen. Zuerst brannte es, doch bald fühlte er sich besser.

»Wo bin ich, und wer seid Ihr?«

»In meiner Villa bei Noviomagus.« Die Augen unter den geraden Brauen musterten ihn. »Noviomagus Regnensium in Britannien. Ich bin Allectus, sollte Euch das etwas sagen.«

Flavius nickte. »Ja, das tut es.« Nicht viele wussten, wie der nach Carausius mächtigste Mann hieß, doch bei seiner Arbeit für den Statthalter in Augusta Treverorum war der Name gelegentlich hinter vorgehaltener Hand gefallen. Als Finanzminister des Rebellen blieb er meist im Hintergrund, nichts war sonst über ihn bekannt.

»Es freut mich, dass Ihr von mir gehört habt.«
Flavius sah ihn fragend an. »Warum? Was liegt Euch an meiner Meinung?«
»Nichts. Überhaupt nichts.« Die leise Stimme war unbewegt. »Aber dass Ihr meinen Namen kennt, bestätigt meine Einschätzung.«
»Welche Einschätzung?«
»Nun, dass Ihr nicht irgendwer seid. Dass Ihr mit gutem Grund auf der Invasionsflotte wart. Dass Ihr mir deshalb viele interessante Dinge erzählen werdet.« Allectus wandte sich an den hinter Flavius stehenden Mann. »Ungario, lass uns alleine.« Grunzen, Schnaufen, schwere, unregelmäßige Schritte entfernten sich, eine Tür wurde geschlossen. »Nun, habe ich recht?«
Flavius bemühte sich krampfhaft, seiner Stimme einen festen Klang zu verleihen. »Über meine Arbeit darf ich nichts sagen. Ich bin verpflichtet ...«
Er zuckte zusammen, als er einen harten Griff um seinen Arm spürte. Doch Allectus wirkte so unbewegt freundlich, als würde er einem unwissenden Kind die Welt erklären.
»Wäret Ihr stark und ausgeruht, könnte es vielleicht einige Stunden dauern – bis Ihr zu sprechen beginnt, meine ich. Bis Ihr nur noch den einen Gedanken habt, mir alles entgegenzuschreien, was ich vielleicht wissen möchte.« Der Mann stand auf. »Bis Ihr nur noch wollt, dass es aufhört. Dass sich das glühende Eisen nie wieder Eurem Körper nähert. Dass es nie wieder zischend Eure Haut berührt ...« Er ging einige Schritte im Raum auf und ab. »Natürlich gibt es verblendete Fanatiker wie die Christen, von denen manche lieber qualvoll sterben, als ihrem gekreuzigten Gott abzuschwören.« Das unbewegte Gesicht musterte Flavius. »Aber zu diesen Verrückten gehört Ihr nicht. Niemand hält Maximianus für einen Gott, für den man zu sterben bereit ist. Deshalb würde es schnell gehen.« Es klang nüchtern, nicht wie eine Drohung, nur wie die Feststellung eines Mannes, der wusste, wie solche Dinge abzulaufen pflegten. »Ziemlich schnell. Also wählt.«
»Zwischen was soll ich wählen?«, fragte Flavius, der spürte, wie eine Gänsehaut seinen Körper überzog.

»Zusammenarbeit mit mir. Rückhaltlose Offenheit, denn ich weiß mehr, als Ihr denkt, und werde alles mit meinen Berichten vergleichen. Oder …«, ein bedauerndes Schulterzucken, »erst das Eisen und dann die Sklaverei.«

»Und wenn ich … alle Fragen offen beantworte, was dann?«

»Das wird vom Wert Eurer Aussagen abhängen.«

Die nächste Stunde redete Flavius, unterbrochen von Allectus' präzisen Fragen, bis dieser nickte.

»Lassen wir es gut sein für heute.« Er ging zur Tür, wo er sich noch einmal umwandte. »Man wird Euch gut pflegen, damit Ihr bald wieder zu Kräften kommt. Vielleicht kann ich Euch brauchen.«

Noch mehrfach kam Allectus in den nächsten Tagen, um sich genauestens nach Dingen zu erkundigen, von denen Flavius nie gedacht hätte, dass sie die Rebellen wissen könnten. Er wurde gut gepflegt, doch sein Zustand besserte sich kaum, sodass der Medicus sorgenvoll den Kopf schüttelte.

»Sein Körper ist sehr geschwächt. Ich empfehle eine Behandlung in Aquae Sulis und ein Opfer am Tempel der Göttin Minerva.«

Allectus nickte. »Gut. Der Kaiser will auch dorthin. Ich werde die Gelegenheit nutzen, ihn zu treffen.« Er rief einen Diener. »Sorge dafür, dass morgen früh ein Wagen des Cursus Publicus bereitsteht, um den Kranken zu transportieren.«

Als Flavius drei Tage später in Aquae Sulis ankam, war er zu durchgerüttelt und erschöpft, um auch nur die Vorhänge beiseitezuschieben und aus dem Fenster zu spähen. Wie gedämpftes Rauschen drang das Stimmengewirr der Stadt in das Halbdunkel der Carruca, nur gelegentlich von den Rufen des Kutschers unterbrochen, der einen langsamen Lastenträger oder einen über die Straße hinkenden Alten aus dem Weg scheuchte. Am Tempelbezirk angekommen, wurde Flavius auf eine Trage geladen und in das riesige Thermengewölbe gebracht. In seiner Mitte dampfte ein großes Becken, dessen Wasser sich aus der nahen heiligen Quelle speiste.

Flavius zuckte zusammen, als die heiße Flüssigkeit seinen Körper umspülte, doch dann entspannte er sich und genoss es, umsorgt zu

werden und sich um nichts kümmern zu müssen. Täglich verbrachte er mehrere Stunden dort, wurde massiert, bekam mit Kräutern versetzte Fleischbrühe zu trinken und kräftigende Mahlzeiten mit viel Gerste, weißen Bohnen und Olivenöl, wie sie auch verletzte Gladiatoren erhielten, dazu jeden zweiten Tag Fleisch. Als er hörte, Allectus habe an dem Altar vor dem Tempel der Göttin Sulis, wie die Einheimischen Minerva nannten, ein Schaf opfern lassen und auch ein Täfelchen mit der Bitte um Genesung in die nahe Quelle geworfen, schwand seine Wut auf den Mann, der ihm seine Geheimnisse abgepresst hatte.
Den Kaiser Carausius bekam Flavius nur kurz zu sehen, als eines Tages der gesamte Thermenkomplex abgesperrt wurde. Obwohl er die Protektion von Allectus genoss, musste man seine Trage in einer Ecke des Vorraumes abstellen. Er richtete sich auf und konnte durch die Beine der Wachsoldaten hindurch einen vierschrötigen Mann erkennen, mit kurz geschnittenem Bart und kantig vorspringendem Kinn, der mit entschlossenen Schritten in Richtung des Heißwasserbeckens marschierte.
Zwei Stunden später wurde das Bad für die Soldaten geöffnet. Flavius fand sich inmitten einer Horde muskelbepackter Männer wieder, die sich angrölten, Zoten rissen, ihre Narben verglichen und mit ihren Heldentaten prahlten. Nach einer halben Stunde im heißen Wasser setzte er sich still in eine der Nischen, die das Becken umgaben, und lauschte dem Gewirr aus schlechtem Latein, Gallisch, Suebisch sowie diversen Sprachen, die aus dem Osten des Imperiums stammen mochten. Römer haben das Reich erobert, und jetzt bezahlen wir Barbaren dafür, es gegen ihresgleichen zu verteidigen, dachte Flavius voll Bitterkeit. Hoffentlich werden sie sich nie ihrer Stärke bewusst …
Der heiße Dampf machte ihn müde, er lehnte sich an die Wand, die Augen fielen ihm zu, und er war dabei, einzuschlafen, als ihn eine Stimme aus seinem Dämmerzustand riss. Sie war laut, grob und wechselte zwischen Soldatenlatein und Fränkisch. Flavius öffnete die Augen, und sein Blick fiel auf einen Bären von einem Mann. Ein breiter Schädel mit niedriger Stirn, auf der feuchte blonde Haar-

strähnen klebten, saß auf einem massigen Körper; unter der eingeölten Haut der Oberarme spielten die Muskeln, als ob Schlangen miteinander kämpften. Doch dann wanderte sein Blick tiefer und konnte sich nicht mehr von den Füßen des Germanen lösen. Bis zu einer Handbreit oberhalb der Knöchel war die Struktur der Haut seltsam verändert. Sie sah aus, als hätte man rötliches Pergament mehrfach geknittert und wieder glatt gestrichen.

»Was glotzt du auf meine Füße?«

Flavius schrak auf und sah in das Gesicht des Mannes, das ihm irgendwie bekannt vorkam. Die verkniffenen Augen unter den wulstigen Brauen musterten ihn tückisch. »Passt dir was nicht?«

»Nein, ich … ich sehe mich nur um. Seid Ihr verletzt worden?«

»Was sonst?« Die Stimme klang drohend. »Geht's dich was an?«

»Nein, natürlich nicht«, antwortete Flavius, mühsam die Ruhe bewahrend. »Ich bin selbst krank …«

»Krank?« Der Mann grunzte spöttisch. »Vielleicht Magendrücken vom Austernschlürfen, was …?«

»Ach, lass ihn in Ruhe«, raunzte ein Soldat neben dem Franken. »Was kann der dafür, dass man dir mal die Füße verbrüht hat.«

Der blonde Mann brummte unwillig, dann murmelte er wie zu sich selbst: »Eines Tages erwische ich die, die mir das angetan haben. Dann bring ich sie um. Alle. Aber langsam, schön langsam …« Dabei sah er durch den aufsteigenden Dampf Flavius an, als suche er nach etwas, bevor er den Kopf schüttelte und wieder in das heiße Wasser stieg.

Mit einem Male war Flavius dankbar, dass die vergangenen Jahre ihn verändert hatten. Jetzt wiesen seine dunklen Locken erste graue Strähnen auf, er hatte an Gewicht zugenommen, seine Schläfe bedeckte der Verband, und das Gesicht war noch immer von kaum verheilten Blasen entstellt. Aber am wichtigsten, um nicht erkannt zu werden, war sicher der Vollbart, den er seit einigen Jahren trug.

Leise fragte er einen Badegast neben sich: »Wer ist dieser Mann?«

»Kommt Ihr von jenseits der Hadrianusmauer? Das ist Berus, einer der Unterführer der fränkischen Söldner, die Carausius' Leibwache bilden.«

Flavius spürte einen Kloß in der Magengegend, doch dann riss er sich zusammen. Die Wahrscheinlichkeit, dass der Franke ihn erkannte, war gering. Aber ausgeschlossen war es nicht, und er atmete erst auf, als zwei Tage später der Kaiser die Stadt verließ. Allectus folgte ihm nach Londinium.

Nach einer Woche fühlte sich Flavius allmählich besser, doch seine Kräfte kehrten nicht so schnell zurück, wie er hoffte. Obwohl er stets darauf geachtet hatte, gesund zu leben, üppige Gelage und gepanschten Wein zu meiden, wurde ihm jetzt bewusst, dass mit sechsunddreißig Jahren die Zeit der Jugend vorüber war. Der Makedonenkönig Alexander war in meinem Alter schon drei Jahre tot, tröstete er sich mit bitterem Humor, allerdings nannte man ihn auch bereits »den Großen«. Ich dagegen sitze hier als Gefangener der Rebellen und muss froh sein, dass sie mich nicht in die Zinnminen schicken …
Doch dann verdrängte er solche Gedanken. In Begleitung zweier kräftiger Sklaven, die Allectus als Bewacher wie zu seiner Unterstützung zurückgelassen hatte, begann er, zu Fuß die Stadt zu erkunden – erst langsam, mit einer Verschnaufpause an jeder Insula, allmählich jedoch mit größerer Ausdauer.

Nach zehn Tagen, als er bereits in den Thermen Gymnastik treiben konnte, erreichte ihn ein versiegeltes Schreiben mit dem Befehl, umgehend nach Londinium zu kommen. Flavius grübelte, welche neuen Fragen Allectus eingefallen sein mochten, da er doch wieder und wieder geantwortet hatte. Ob er mich gehen lässt, wenn er alles aus mir herausgequetscht hat? Ich könnte meinen Ring verkaufen, um die Überfahrt und die Heimreise zu bezahlen. Auf jeden Fall möchte ich mich aber noch bei Ungario und Trosia bedanken, die mir das Leben gerettet haben.
Am nächsten Tag ritten sie in aller Frühe los. Die Sonne schien, und Flavius genoss die Frühlingswärme, während vor seinen Augen die grüne Hügellandschaft vorbeizog, auf der Herden hellbrauner Schafe grasten, alle paar Meilen überragt von den roten Dächern stattlicher Landvillen. Alles schien so friedlich, obgleich auch in

dieser Provinz selbst kleine Städte wie Calleva befestigt waren. Doch sie wirkten wohlhabend und eher stolz auf ihre weiß verputzten Mauerringe, auf denen rot gemalte Fugen große Quadersteine vortäuschten. Welch ein Gegensatz zum nördlichen Gallien, das Flavius auf seinem Weg nach Bononia durchquert hatte. Dort stachen noch überall die Ruinen des letzten Germaneneinfalls ins Auge, und selbst bedeutende Städte wie Lutetia hatten sich in enge Befestigungen eingeschnürt, die oft nur noch einen Bruchteil der früheren Ausdehnung umfassten.

Nach einigen Tagen erreichten sie bei Londinium die Thamesis, überquerten die träge dahinströmende Wassermasse auf der großen Brücke und drängten sich durch das Stadttor. Sie folgten der beidseitig von zweistöckigen Häusern gesäumten Straße, unter deren säulengestützten Vordächern Bäcker ihre Brote feilboten, Wirte die Vorübergehenden in ihre Tavernen zu locken versuchten, Schuster kleine Werkstätten aufgebaut hatten und Bettler fordernd ihre Schälchen in die Höhe reckten. Durch einen monumentalen Bogen gelangten sie auf das Forum, dessen Nordseite die Ruine der großen Basilika beherrschte. Durch die brandgeschwärzten, leeren Bogenfenster waren die Werkstätten von Schmieden zu sehen, aus denen graue Rauchfäden aufstiegen.

Rechts daneben lag das Gebäude, in dem Allectus seine Arbeitsräume eingerichtet hatte. Zwei Wachsoldaten salutierten, als die beiden Sklaven Flavius durch die Tür und eine breite Treppe empor geleiteten und die Türflügel öffneten. Er betrat einen hohen Raum mit dunkelbrauner Kassettendecke, dessen Mitte ein Eichenholztisch mit gedrechselten Beinen einnahm, auf dem sich Papyrusrollen stapelten. Der Mann dahinter blickte auf, musterte Flavius und wies auf einen Hocker. »Bitte. Wie fühlt Ihr Euch?«

»Danke, viel besser. Minerva hat sich ihre Opfergabe verdient.«

»Gut. Ich will mit Euch über Eure Zukunft reden.«

Flavius sah ihn gespannt an. »Meine Zukunft?«

»Ja, denn ich habe eine Verwendung für Euch.«

»Eine Verwendung? Ich dachte eigentlich, ich hätte Euch alles gesagt, was Ihr wissen wolltet.«

»Das habt Ihr«, antwortete Allectus und nahm eine Papyrusrolle. »Aber meint Ihr, Euch damit das Recht auf ein Leben in Müßiggang erworben zu haben?«

»Nein, natürlich nicht«, entgegnete Flavius, während er fieberhaft überlegte, wie er sich jetzt verhalten sollte. »Ich dachte …«

»Meine Pläne sehen Folgendes vor«, unterbrach ihn Allectus. »Ich habe, wie Ihr wisst, Verbindungen in den Herrschaftsbereich unserer kaiserlichen Mitbrüder, wie Maximianus und Diocletianus von unserem Kaiser Carausius betitelt werden.« Ein Anflug von Spott schien Allectus' Mundwinkel zu kräuseln. »Mein wichtigster Mann sitzt nun, wie es die Gunst der Götter will, in Augusta Treverorum. Ich weiß aber nicht, ob das, was er mir schreibt, seine Richtigkeit hat. Zugleich hängen jedoch wichtige Entscheidungen, bei denen ich den Kaiser beraten soll, davon ab, dass ich diese Nachrichten richtig einschätzen kann. Ihr versteht?«

»Nicht ganz«, erwiderte Flavius, um Zeit zu gewinnen. »Wer ist dieser Mann?«

»Seid Ihr wirklich so naiv oder hat das heiße Wasser von Aquae Sulis Euren Verstand erweicht?«, fragte Allectus mit einer Schärfe, die Flavius zusammenzucken ließ. »Sagt es mir, wenn Ihr lieber Euren Dinkelbrei in einem der Laufräder verdienen wollt, in denen nicht weit von hier tagein, tagaus Sklaven trotten und Brunnenwasser fördern. Habe ich mich deutlich ausgedrückt?«

Flavius nickte, und der Finanzminister fuhr fort: »Dass der Name meines Verbindungsmannes geheim bleiben muss, brauche ich nicht zu erläutern. Ihr werdet mir dabei helfen, seine Berichte noch besser zu verstehen und die richtigen Fragen zu stellen. Auch Fangfragen, um seine Zuverlässigkeit zu überprüfen.« Allectus stand auf. »Ab morgen gehört Ihr als Mitarbeiter für besondere Aufgaben zu meinem Stab. Ihr haltet Euch von den anderen fern, werdet gut bezahlt und …«, bei diesen Worten stand Allectus auf und strich sich über den Bart, »… gut überwacht. Wenn ich mit Eurer Arbeit zufrieden bin, steht Euch der Weg nach oben offen. Noch Fragen?«

Flavius zögerte. »Danke, das ist natürlich eine große Ehre.«

»In solchen Sätzen versteckt sich ein Vorbehalt.«

»Ich habe … Familie in Augusta Treverorum. Meine Frau, meine drei Kinder … Erwartet Ihr, dass ich sie nie mehr wiedersehe?«
Der Mann sah ihn nachdenklich an. »Ihr liebt Eure Frau sehr?« Flavius nickte stumm. »Ihr wollt zurück, obwohl Ihr bei mir viel erreichen könntet?« Wieder nickte Flavius. Allectus strich sich übers Kinn. »Nun, wenigstens seid Ihr offen. Euer Wert als Mittel zur Überprüfung meiner Quelle wird natürlich mit der Zeit sinken, da Ihr keinen Kontakt zu Eurer Heimat habt. Nach zwei, spätestens drei Jahren kann ich Euch dafür nicht mehr gebrauchen. Aber Ihr werdet mir sicher zustimmen, dass das keine Beschäftigung wäre, die Euch jeden Tag ausfüllen könnte.«
Flavius nickte leicht, während der andere fortfuhr: »In Britannien fehlt es an gutem Geld. Unsere Handwerker, unsere Baumeister, unsere Wirte und nicht zuletzt«, bei diesen Worten schmunzelte er, »unsere Steuereinnehmer brauchen dringend neue Münzen. Der Kaiser will dieses Mittel nutzen, seinem Volk zu zeigen, wer jetzt die Herrschaft ausübt. Deshalb möchte ich, dass Ihr Euch in die Finanzverwaltung einarbeitet und baldmöglichst die Leitung der Münze in Camulodunum übernehmt. Sie ist die Wichtigste nach Londinium. Dort brauche ich jemanden, der seine Finger nicht in der örtlichen Geschäftemacherei hat. Wenn ich mit Eurer Arbeit zufrieden bin …«, Allectus sah Flavius in die Augen, doch der hielt seinem Blick stand, »wenn es keinen Grund zur Klage gibt, dann könnt Ihr nach spätestens drei Jahren zurückkehren … solltet Ihr das dann noch wollen.«
»Drei Jahre können sehr lange sein …«
»Hättet Ihr die lieber im warmen Bett Eurer Frau verbringen wollen, wäre es klüger gewesen, nicht an riskanten Feldzügen teilzunehmen«, erwiderte Allectus. »Wäre alles nach Euren Vorstellungen gegangen, hätten mich schon längst die Bären in der Arena zerfleischt. Ihr versteht, dass mein Verständnis für Eure Kümmernisse sich in Grenzen hält.«
Flavius errötete. Der Stich hatte tiefer getroffen, als der andere ahnen konnte. »Wäre es wenigstens möglich, meiner Familie eine Nachricht zu schicken, dass ich lebe?«

Allectus nickte. »Ich werde sehen, was sich über meinen Mittelsmann tun lässt. Bevor Ihr jedoch geht, brauche ich noch Eure Unterschrift.«
»Was soll ich unterschreiben?«
»Euren Bericht über all das, was Ihr mir erzählt habt. Freiwillig, steht hier.«
»Freiwillig?«, lachte Flavius bitter.
»Es war Eure Entscheidung. Nur eine kleine Rückversicherung, dass Ihr nicht vorzeitig zur Küste rennt und versucht, Euch auf das nächste Schiff zu schleichen. Denn dann könnte dieses Dokument, das ich Euch sonst bei Eurer Abreise aushändigen würde, sehr schnell in die Hände von Kaiser Maximianus gelangen.« Allectus zeigte auf den Tisch mit der Papyrusrolle. »Hier ist Tinte und das Schreibrohr. Wenn Ihr so freundlich wärt, gut lesbar zu unterzeichnen und mit Eurem Ring zu siegeln, bevor Ihr die Tür von außen zumacht.«
Als Flavius unterschrieben hatte und sich zum Gehen wandte, holte ihn die ruhige Stimme nochmals ein. »Übrigens, was ich noch sagen wollte. Euer Bart …«
»Was ist mit meinem Bart?«
»… gefällt mir nicht. Ich mag keine Untergebenen, die aussehen wollen wie ihre Herren. Lasst ihn abnehmen.«
Flavius wollte etwas einwenden, schluckte jedoch nur und verneigte sich stumm Es kam jetzt darauf an, alles, was es über das Geldwesen zu wissen gab, so schnell wie möglich zu lernen. Während dieser Zeit musste er versuchen, den fränkischen Söldnern aus dem Wege zu gehen, die Carausius in dem Kastell am nordwestlichen Stadtrand von Londinium stationiert hatte. In Camulodunum würde die Gefahr nicht mehr sonderlich groß sein, ihnen über den Weg zu laufen. In dieser ältesten römischen Kolonie in Britannien konnte er seine Pläne in Ruhe schmieden – Pläne, die anders aussehen würden, als sich das Allectus und seine Helfer vorstellten. Wieder keimte Widerwillen gegen diesen Mann in ihm auf, für den andere Menschen allenfalls Mittel zum Zweck schienen. Aber wenn Karriere nur mit Verstellung, List und Skrupellosigkeit möglich ist,

so werde ich mich danach verhalten. Wenn sie mir keine andere Wahl lassen, kann ich das Spiel nach ihren Regeln spielen. Vielleicht sogar besser, als sie glauben …

Immer kürzer wurden jetzt die dunklen Nächte, immer länger die Tage. Flavius nutzte sie, um sich mit allem vertraut zu machen, das er wissen musste – von der Steuerverwaltung bis zur Münzkunde: woher die benötigten Erze kamen, in welchem Verhältnis sie zu schmelzen waren, wie die Münzstempel geschnitten und die kleinen Schrötlinge vorbereitet wurden, denen man dann mit einem klingenden Hammerschlag das Bild des Kaisers aufprägte. Er begann die Münzinschriften zu beachten, die er bisher kaum eines Blickes gewürdigt hatte, und Formulierungen wie »EXPECTATE VENI (komm, du Langerwarteter) als ein Vergil-Zitat zu verstehen, mit dem Allectus seinem Kaiser zu schmeicheln trachtete.
Am späteren Nachmittag, wenn sich die Sonne neigte – viel später als er das aus Augusta Treverorum gewohnt war –, schlenderte er manchmal noch zum Ufer der Thamesis und sah den Schiffen zu, die dort anlegten. Er hörte die Wellen gegen die Kaimauer klatschen, roch den modrigen Geruch des Wassers und lauschte dem Stimmengewirr des Hafens. Wieder, wie damals in Mogontiacum, blickte er sehnsüchtig den fremden Seeleuten nach, die ihre Schiffe beluden, um am nächsten Tag stromabwärts zu fahren, der Morgensonne entgegen, hinaus auf den Ozean, in eine Weite und Freiheit, die ihm verwehrt war. Manchmal reizte ihn der Gedanke, einen der Männer zu bitten, ihn mitzunehmen, doch ihm war nicht entgangen, dass er keinen dieser Spaziergänge unbeobachtet tun konnte. So kehrte er stets zurück, um in einer Schenke etwas zu essen, einen oder zwei Becher Bier zu leeren, mit Unbekannten um ein paar Münzen zu würfeln und sich dann schlafen zu legen. Besuche in der Arena mied er, da sie nahe der südöstlichen Ecke des Kastells lag, in dem die fränkischen Söldner untergebracht waren.
Nach vier Monaten glaubte er, genug gelernt zu haben, um mit Allectus über seine Versetzung nach Camulodunum sprechen zu können, doch der kam ihm zuvor und ließ ihn zu sich rufen.

Mit heiterer Miene betrat Flavius den hohen Raum mit der düsteren Holzdecke, durch dessen offene Fenster die Nachmittagssonne ihre schrägen Strahlen warf, sodass der Mann an dem Tisch in einem hellen Lichtfleck saß. Wieder durfte er auf dem Hocker Platz nehmen, doch diesmal schien der Finanzminister bedrückt und bot ihm einen Becher Wein an.
»Man hat mir zugetragen, dass Ihr Euch mit großem Eifer in die Arbeit gestürzt habt …«
Flavius nahm einen Schluck und lächelte. »Es ist mir nicht schwergefallen, den Teil unserer Vereinbarung zu erfüllen. Ich hätte nie gedacht, wie interessant diese Aufgabe sein kann.«
»Das freut mich«, nickte Allectus. »Seid Ihr bereit, nach Camulodunum zu gehen?«
»Ja, schon morgen, wenn Ihr es wünscht.«
»Gut, das ist sehr gut. Hier, nehmt das.« Der Mann warf ihm einen kleinen, doch relativ schweren Lederbeutel zu, den Flavius einsteckte. »Kommt morgen vorbei, dann erhaltet Ihr das Diploma für den Cursus Publicus und eine Rolle mit meinen Anweisungen.«
Flavius schwieg erwartungsvoll, doch sein Gegenüber starrte nur auf den großen Tisch, sodass er sich zuletzt ein Herz fasste: »Bei unserem letzten Gespräch hatte ich Euch um etwas gebeten. Ob es möglich wäre, meiner Familie eine Nachricht zukommen zu lassen.«
Allectus sah auf, nickte, griff nach einem Papyrusblatt, faltete es, sodass nur der obere Teil sichtbar war, und hielt es empor. »Diese Antwort kam gestern.«
Flavius stand auf, trat zu dem Schreibtisch und blickte auf die sauber geschriebenen Unzialbuchstaben, die wie schwarze Soldatenkolonnen über das Blatt zu marschieren schienen. Er las, stockte, las weiter, dann wurden seine Knie weich und der Raum schien sich um ihn zu drehen. Er musste alle Kraft zusammennehmen, um nicht laut aufzuschreien. Mit schleppenden Schritten ging er zu seinem Hocker, auf den er sich fallen ließ.
»Es tut mir leid«, murmelte Allectus und ließ das Blatt sinken. »Ich habe selbst keine Familie, aber ich kann mir vorstellen, wie Euch zumute ist.«

Flavius saß eine Weile stumm da und schüttelte nur den Kopf, während durch das Fenster das ferne Stimmengewirr des Forums drang. Dann sah er dem bärtigen Mann in die Augen.
»Wie kam die Nachricht?«
»Ein … nun, ein Reisender brachte sie. Es war weder nötig, sie zu verschlüsseln noch sie zu verbergen; schließlich steht nichts darin, was kontrollierenden Benefiziariern verborgen bleiben müsste.« Nach einer kurzen Pause sprach der Mann hastig weiter, als könne er die Stille nicht ertragen. »Ansonsten verstecken wir unsere Botschaften gerne in den Fässern, in denen lebende Austern in Salzwasser transportiert werden. Auch wenn der Handel mit uns offiziell verboten ist – auf diese britannischen Leckerbissen wollen selbst loyale Statthalter nicht verzichten und weisen die Grenzer an, ein Auge zuzudrücken.« Allectus setzte ein gewolltes Lächeln auf. »Dafür dürfen wir Mosellawein kaufen, wobei sich gelegentlich in einem Fass noch etwas anderes verbirgt …«
Schweigen erfüllte erneut den Raum, bis Flavius endlich aufstand. »Ich danke für Euer Bemühen, obwohl es mir lieber gewesen wäre, das nie gelesen zu haben.« In der Türe wandte er sich nochmals um. »Ich fahre morgen nach Camulodunum. Und was in drei Jahren ist, das wissen die Götter …«

Er ging die Treppe hinab, trat auf das Forum und tauchte in das Getümmel der Menschen, doch ohne jemanden wahrzunehmen. Er sah durch den fliegenden Händler hindurch, der ihm aus seinem Bauchladen einen Apfel entgegenstreckte, er achtete nicht auf die verlockenden Blicke eines stark geschminkten, blond gefärbten Mädchens, er überhörte die Anpreisungen des Kammverkäufers und ging achtlos am Stand des Honigkuchenbäckers vorbei. Stundenlang wanderte er durch die Straßen der Stadt, bog ziellos in eine Seitengasse ab, gelangte auf einen Platz, ging weiter, immer nur weiter. Endlich, als die Sonne schon hinter dem Horizont verschwunden war, fand er sich am Thamesisufer wieder. Erschöpft setzte er sich auf ein altes Fass und starrte in den Fluss. Sein Leben war sinnlos geworden.

Wie schön wäre es, allem ein Ende setzen zu können ... Welch verlockender Gedanke, nicht abends ins Bett zu sinken und morgens aufzuwachen, nur um nach wenigen Augenblicken gnädiger Ahnungslosigkeit den stechenden Schmerz zu spüren. Den Schmerz der Erinnerung, der jede Freude vergiften würde, jeden Sonnentag trübe, jede Mahlzeit geschmacklos, jede Begegnung öde werden ließe. Wozu diesen Hades auf Erden noch länger ertragen? Jeder Mensch war Herr über sein Leben, jedem stand das Recht zu, es zu beenden.
Er stand auf, ging zum Kai und starrte auf die schwärzliche Wassermasse, die mit unerbittlicher Beharrlichkeit dem Ozean entgegenströmte. Ein Sprung, eine kurze Agonie, dann wäre alles vorüber. Am besten von der Brücke aus, die sich ein Stück flussaufwärts als dunkle Schattenfolge über den Strom spannte. Flavius begann, am Ufer entlangzugehen, immer schneller, bis er fast rannte. Um ein Haar hätte er die Stimme überhört, die ihm nachkrächzte.
»Bitte, Herr, eine Gabe für einen alten Seemann!«
Flavius wandte sich um und brauchte einen Augenblick, um in dem dunklen Lumpenbündel einen Menschen zu erkennen. Er hielt an und sah ein faltiges Gesicht, umrahmt von einem Büschel langer, weißer Haare. Unter dem mit Flicken übersäten Mantel ragte ein lappenumwickelter Fuß neben einem Holzstumpf hervor.
»Herr, nur eine kleine Münze. Mögen Euch die Götter weiterhin wohlgesinnt sein ...«
Flavius trat näher. »Wie kommst du darauf, dass mir die Götter wohlgesinnt sein könnten?«
»Nun, Herr, Ihr seid jung, gut gekleidet – ein Mann, bei dem sich die Frauen nicht lange zieren werden ...«
Unwillkürlich musste Flavius lachen. »Du alter Schmeichler.« Dann wurde er wieder ernst. »Wenn du wüsstest, wie es in mir aussieht ..., wenn du nur eine Ahnung hättest ...«
Er war nahe dran, dem Alten sein Schicksal zu erzählen, doch dann langte er in seine Tasche und griff den Beutel, den ihm Allectus gegeben hatte. Seine Finger tasteten in der Dunkelheit und fanden eine Münze, die er achtlos dem Bettler zuwarf: »Hier, kauf dir ei-

nen Krug Wein in der nächsten Schenke.« Er wandte sich zum Gehen, als ihn ein Schrei einholte.
»Beim Merkur, Ihr habt … das kann nicht sein!«
»Was ist los? Passt dir etwas nicht?«, fragte Flavius gereizt.
»Das nicht, Herr, aber wisst Ihr denn, was Ihr mir gegeben habt?« Der Alte hielt die Münze hoch, und Flavius sah, dass es ein glänzender Aureus war. Er holte den Beutel aus der Tasche, fand noch weitere fünf Goldstücke darin und zuckte mit den Schultern.
»Behalt ihn und lass es dir gut gehen. Ich brauche kein Geld mehr.«
»Gerne, aber nur, wenn ich Euch einladen darf …«
»Jetzt stellst du auch noch Bedingungen für die Annahme eines Geschenks?« Flavius wusste nicht, ob er lachen oder sich über die Dreistigkeit des Mannes ärgern sollte.
»Versteht mich nicht falsch. Wenn ein armer Krüppel wie ich mit einem Aureus bezahlen will, hat der Wirt kein Wechselgeld und ruft die Wache, weil er glaubt, ich hätte das Goldstück gestohlen. Deshalb bitte ich Euch, mitzukommen – natürlich als mein Gast!« Die letzten Worte wurden so hoheitsvoll gesprochen, dass Flavius schmunzelte, dem Alten auf die Beine half und ihn zur nächsten Taverne begleitete. Plötzlich spürte er, wie der Hunger in ihm nagte, und er bestellte Fischeintopf für beide, dazu einen Krug Wein, den der Wirt mit ehrfurchtsvoller Geste auf den Tisch stellte.
»Eine Ehre, so vornehmen Besuch zu haben«, nuschelte er mit gallischem Akzent, während er den Wein durch ein Sieb in die Becher goss. »Wohl bekomm's, hier ist Brot mit Oliven, das Essen wird gleich da sein.«
»Was für ein Glückstag«, seufzte der Krüppel und hob seinen Becher. »Ich heiße Chrauttius. Auf Euch, meinen unbekannten Wohltäter!«
Flavius nannte seinen Namen, trank und musterte den Mann im Licht der Flämmchen, die aus einer Öllampe mit drei Mündungen züngelten. Er mochte etwa sechzig Jahre zählen, das Gesicht war von Runzeln übersät, die blonden Augenbrauen buschig verwachsen. Wenn er den Mund öffnete, sah man, dass die Jahre oben noch drei, unten nur noch zwei Zähne übrig gelassen hatten. Die

weiße, leicht gelockte Mähne ließ ihn fast wie eine alte Frau erscheinen.
»Ich bin Bataver, von der Mündung des Rhenus, aber schon seit meiner Jugend in römischen Diensten.«
»Auf der kaiserlichen Flotte?«
»Ja, fast zwanzig Jahre hatte ich dort gedient, als bei einem Sturm der Mast brach und meinen Fuß zerschmetterte. Wurde brandig, das Bein musste abgesägt werden«, nickte Chrauttius und verzog das Gesicht. »Kein schöner Tag. Dafür kann ich beim Schuster sparen. Wenn ich dort hingehen würde.« Er lachte. »Aber so geht es mir auch gut. Und Ihr? Was für ein Unglück hat Euch betroffen?«
Plötzlich war Flavius so dankbar, einem Unbekannten sein Herz ausschütten zu können, dass er ihm die Geschichte des Schiffbruchs und seiner Aufnahme bei Allectus erzählte.
»Ein gefährlicher Herr«, murmelte der Bataver, »der keinen Widerspruch duldet. Wie man munkelt, soll er seine Spione überall haben und hinter Carausius' Rücken die Fäden ziehen.«
»Woher weißt du das?«
»Ach, viele Bettler sind alte Seeleute, die sich kennen. Wir sitzen überall, auf uns achtet keiner. Dabei haben wir Zeit, zuzuhören und untereinander Gerüchte auszutauschen.« Chrauttius versuchte, ein Stück Brot zu kauen, dann seufzte er und tunkte den Kanten in den Wein. »Manche von uns verdienen sich sogar einen Denar extra, indem sie für ihn arbeiten.« Er schob sich das eingeweichte Brot in den Mund, schmatzte zufrieden und wandte sich wieder Flavius zu. »Und jetzt seid Ihr verzweifelt, weil Ihr hier sitzt und nicht bei Eurer Familie?«
Der Wein und die fremde Umgebung hatten Flavius einen Augenblick lang sein Elend vergessen lassen. »Heute ließ mich Allectus zu sich rufen und zeigte mir einen Brief, den er von seinem Spion in Augusta Treverorum bekommen hatte. Darin stand«, er schluckte, »dass meine Familie tot sei. Umgekommen bei einem Brand meines Hauses. Keiner habe sich retten können …«
Beide Männer schwiegen. Brände gehörten zum Alltag jeder Großstadt, und selbst wenn es eine Feuerwehr mit Kolbenpumpen gab,

konnte sie oft nur noch das Überspringen der Flammen auf die Nachbarhäuser verhindern. Der alte Mann legte seine knochige Hand auf den Unterarm seines Gegenübers. »Ich weiß, wie Euch zumute ist«, murmelte er. »Meine Frau ist im Kindbett gestorben. Ich habe lange gebraucht, darüber hinwegzukommen.«
»Kann man das überhaupt?«, zweifelte Flavius. Der andere nickte. »Ja. Es dauert, aber man kann. Meine Frau wollte, dass ich gleichsam für sie mit weiterlebe. Dass ich ihr im Hades durch meine Erinnerung Kraft spende, bis ich ihr eines Tages dort begegne. Das musste ich ihr auf dem Totenbett versprechen ...«
Der Fischeintopf wurde gebracht, und beide Männer aßen schweigend, während Flavius darüber nachsann, was Aqmat wohl gewünscht hätte. Sicher nicht, schoss es ihm durch den Kopf, dass er seinem Leben in einem schmutzigen Strom ein Ende setzte. Von seinem Vater ganz zu schweigen, der als Christ glaubte, dass nur Gott, der das Leben gegeben habe, es auch wieder nehmen dürfe.
»Meine Frau hätte auch gewollt, dass ich lebe«, sagte er leise.
Es war schon spät, als Flavius bezahlte, Chrauttius das Wechselgeld in die Hand drückte und beide die Taverne verließen.
»Und jetzt«, fragte er und stützte den Alten, »kann ich dich noch irgendwohin bringen?«
»Nein«, lachte der Bataver. »Ich suche mir im nächsten Hauseingang einen Schlafplatz. Nochmals tausend Dank, und wenn Ihr je Hilfe in Londinium braucht, dann sagt nur einem der Bettler, dass Euch Chrauttius schickt.«
»Danke«, erwiderte Flavius, »du hast mir bereits mehr geholfen, als du ahnst. Ohne dich würde ich jetzt in der Thamesis treiben.«

Am nächsten Tag packte Flavius seine wenigen Habseligkeiten. Bei Allectus hinterließ er ein kleines Päckchen mit zwei Aurei für Trosia und Ungario, seine Lebensretter. Als er an einer Buchhandlung vorbeikam, kaufte er eine zerfledderte Abschrift der »Annalen« des Tacitus als Reiselektüre, um möglichst wenig an sein Schicksal denken zu müssen. Bei der Station des Cursus Publicus zeigte er sein Diploma vor, fand den Wagen bereit und brach auf. Nach einer

Übernachtung in der Mansio von Caesaromagus fuhr er am nächsten Tag in Richtung Camulodunum. Während sein Reisewagen durch das flache Land rollte, las Flavius die Beschreibung des 230 Jahre zurückliegenden großen britannischen Aufstandes. Selbst der römische Historiker beschönigte nicht, wie brutal die Steuereintreiber die neue Provinz ausgesaugt, wie rücksichtslos die Veteranen der Legion die Einheimischen von ihrem Land vertrieben hatten. Der Stamm der Trinovanten war gezwungen worden, für den Bau eines Tempels in Camulodunum aufzukommen, der dem vergöttlichten Kaiser Claudius gewidmet war. Doch die Behandlung Boudiccas, der Königswitwe des mit Rom verbündeten Stammes der Icenier, brachte das Fass zum Überlaufen. Obgleich der verstorbene Herrscher schon die Hälfte seines Besitzes Kaiser Nero vermacht hatte, um wenigstens den Rest für seine beiden Töchter zu retten, hatte der Procurator alles beschlagnahmt, die Mädchen vergewaltigen und die Witwe auspeitschen lassen.
Boudiccas Rache war furchtbar ausgefallen. Einer Furie gleich hatte sie einen Aufstand organisiert, der sich bald wie ein Lauffeuer ausbreitete. Nach der Vernichtung eines römischen Heeres stürmten die Britannier Camulodunum, metzelten die Einwohner nieder und steckten die Stadt in Brand. Anschließend bereiteten die Horden Londinium und Verulamium das gleiche Schicksal. Gefangene wurden nicht gemacht – wen die Rasenden nicht gleich erschlugen, verbrannten, kreuzigten oder folterten sie sonst wie zu Tode. An die 70 000 Männer, Frauen und Kinder, schrieb Tacitus, seien damals umgebracht worden. Doch bald darauf hatte die römische Militärmacht gesiegt und nun ihrerseits ein Blutbad angerichtet …
»Herr, wir sind in Camulodunum!«
Flavius blickte auf, schob den Vorhang zur Seite und sah einen etwa hundert Fuß breiten Torbau, der wie ein Block aus der Stadtmauer ragte. Zwei große Mittelbögen wurden von zwei kleineren flankiert, durch die sich die Fußgänger drängten. Langsam rollte der Wagen in die Stadt, die Hauptstraße entlang. Nach einer Weile kam links das Forum in Sicht, in dessen Mitte sich ein großes, von Säulen umstandenes Gebäude erhob. Flavius schauderte bei der Vorstellung,

wie sich einst hier, im Claudiustempel, die letzten Verteidiger der Stadt verschanzt und vergeblich auf Hilfe gehofft hatten. Doch von alledem waren keinerlei Spuren mehr zu sehen. Stolz ragte der Tempel mit seinen bunt bemalten, reich verzierten Kapitellen empor. Die zweistöckigen, weiß-rot verputzten Häuser mit ihren säulengestützten Vordächern strahlten den zufriedenen Wohlstand einer traditionsbewussten, ruhigen Kleinstadt aus, selbst das Straßenleben schien gemächlicher zu verlaufen als in Londinium.
Nachdem er sich etwas umgesehen hatte, bezog Flavius eine Wohnung im Westteil, der besseren Gegend der Stadt, und stürzte sich in die Arbeit, um seine Trauer zu verdrängen. Doch abends, wenn er gelegentlich den kleinen Fluss entlangwanderte, der sich nördlich der Stadt durch die Wiesen wand, musste er an die ferne Heimat denken und spürte, wie ihm der Schmerz fast das Herz abdrückte. Dann stellte er sich vor, Aqmat sei da, er könnte ihr erzählen, was er tagsüber getan hatte, und bald gewöhnten sich die Einheimischen an den wunderlichen Mann, der in der Dämmerung Selbstgespräche führte.
Es dauerte nicht lange, bis er sich so weit eingearbeitet hatte, dass ihm die Leitung der Münze ohne Mühe von der Hand ging. Besonders gern sah er dem alten Münzmeister über die Schulter, der mit einem feinen Stichel die Prägestempel schnitt. Flavius musste an das Gespräch vor vielen Jahren im Nordturm der Porta Martis denken, als sein Vater gesagt hatte, selbst Rebellen wie Postumus seien als römische Kaiser aufgetreten, nicht als gallische. Hier war es nicht anders – auch Carausius wollte als Römer anerkannt werden und keine vom Imperium losgelöste Herrschaft begründen.

Meist hatte Flavius seine Pflichten bis zum frühen Nachmittag erledigt, sodass ihm genügend Zeit für die Thermen blieb. Um körperlich in Form zu bleiben, hatte er begonnen, in den Gymnastikräumen bei einem alten Kämpfer Boxunterricht zu nehmen und es nach einigen blauen Augen zu leidlicher Fertigkeit gebracht. Gelegentlich besuchte er auch das Theater. Manchmal gab es dort Gladiatorenkämpfe, doch meist nur Mimus-Aufführungen, bei denen die wohlbekannten, durch Masken verkörperten Charaktere aufeinandertrafen – der alte Geizhals, der Tölpel vom Land, der kluge Sklave, die eifersüchtige Frau oder der gehörnte Ehemann –, um sich in alltägliche, stets ähnliche Peinlichkeiten zu verstricken. Seltene Höhepunkte der Schauspiele waren die Wagenrennen, bei denen alle Einwohner in den südlich der Stadt gelegenen Circus strömten. Einmal hatte er dort sogar Geld gewonnen, als alle der grünen Wagenlenkerpartei zubrüllten, sodass er aus reinem Trotz auf die Blauen setzte. Nach deren überraschendem Sieg hatte ihn der Buchmacher so wütend angestarrt, als er ihm zwei Goldstücke in die Hand drücken musste, dass Flavius nie wieder wettete.

Einmal im Monat fuhr er nach Londinium, um mit Allectus die Berichte aus Augusta Treverorum durchzugehen. Da er zuverlässig und unbestechlich war, gewann er mit der Zeit immer mehr das Vertrauen seines Herrn, der ihm zunehmend auch andere Aufgaben übertrug. So hatte Flavius Gelegenheit, im ganzen südwestlichen Britannien umherzureisen und sich überall heimlich Notizen zu machen. Dabei achtete er besonders auf alles, was der Verteidigung des Landes diente und was zu wissen für einen Angreifer vom Meer her wichtig sein könnte. Immer wieder durchwanderte er Dubris, die große Hafenstadt mit ihren zwei Leuchttürmen und den ausgeklügelten Schleusenanlagen. Daneben bemühte er sich, möglichst viel über Mauerstärke, Bewaffnung und Besatzung der Festungen auszuspähen, die sich längs der Küste reihten. Zu Hause angekommen, studierte er seine Aufzeichnungen, bis ihm die Augen tränten. Dann legte er die Wachstäfelchen weg und versuchte, die Pläne aus dem Kopf auf Papyrus nachzuzeichnen. Er brauchte mehrere Anläufe, bis es ihm so gut gelang, dass er mit dem Ergebnis zufrieden war und seine Unterlagen in einer alten Amphore verbergen konnte. Genaue Vorstellungen, was er mit diesem Wissen anfangen würde, hatte er nicht, aber er zweifelte keinen Augenblick daran, es eines Tages brauchen zu können.

Doch nachdem er anderthalb Jahre in Camulodunum gelebt und alles in seinem Kopf verstaut hatte, was es über die Festungen von Regulbrium, Rutupiae, Dubris, Lemanis und Portus Adurni zu wissen gab, machte sich wieder Einsamkeit und Leere in seinem Herzen breit. Immer öfters, wenn er es abends nicht mehr in seiner einsamen Wohnung aushielt, zog er seinen Byrrus über, trat hinaus und lief durch die dunklen Straßen, bis er in einer Taverne landete, wo er mit Unbekannten würfeln, trinken und über irgendetwas reden konnte. Am nächsten Morgen, wenn er mit schwerem Kopf erwachte, fluchte er über sich selbst und gelobte, in Zukunft lieber zu einer Schriftrolle seiner kleinen Bibliothek zu greifen, doch hielt der gute Vorsatz meist nicht lange.

Während einiger Wochen brachte ihn die siebzehnjährige Tochter eines reichen Wollhändlers auf andere Gedanken. Er hatte sie in einem Stoffladen gesehen und sich viel Mühe gegeben, unauffällig die Bekanntschaft der Familie zu machen. Sein Herz hüpfte, als ihn die mit Schmuck behängte Mutter endlich fragte, ob er sie zu dem Gladiatorenkampf begleiten wolle, den ihr Mann für die Bürger der Stadt ausrichtete. Flavius ließ sich massieren und seine Nägel polieren, die Haare frisch färben, um die grauen Strähnen zu verdecken, besah sich im Spiegel und fand, er sähe zehn Jahre jünger aus. Dann kaufte er sich teure Stiefel aus besticktem Leder und legte seine Toga an, um sich von der besten Seite zu zeigen. Im Theater nahmen sie die Ehrenplätze vorne an der Bühne ein. Höflich lauschte er dem Redeschwall des Vaters, der sein Doppelkinn rieb, ständig auf irgendwelche Bekannte in der Menge zeigte und seinem Gast zuflüsterte, welch vorteilhafte Geschäfte er mit diesem oder jenem getätigt habe. Unterdessen wanderten Flavius' Blicke immer wieder zu Claudia, dem Mädchen, das neben ihrer Mutter saß und sich in etwas gereiztem Ton erkundigte, wann endlich der Gladiator Meleager auftreten würde. Sie hatte lange, schwarze Haare, eine helle Haut, die sie mit einem kleinen Schirm vor der Sonne schützte, und volle, leicht geöffnete Lippen, über die gelegentlich, wenn sie aufgeregt war, eine hellrote Zunge fuhr. Klein und von zierlichem Wuchs, konnte sie doch sehr bestimmt auftreten, wenn sie etwas wollte, und ihr leicht schwingender Gang wirkte herausfordernd.

»Da, der mit Helm, Schwert und Schild, das ist der Thraker«, bemerkte Flavius in Claudias Richtung.

»Das weiß ich doch«, antwortete sie und betupfte ihre Stupsnase mit Puder aus einer Silberdose. »Jetzt muss er gleich kommen!«
»Wer?«
»Meleager natürlich, der Retiarier«, entgegnete das Mädchen mit ungeduldiger Stimme. »Er ist der beste Netzkämpfer in ganz Britannien!« Mit zwei Fingern, an denen Goldringe glänzten, war sie dabei, den Puder zu verreiben, als sie plötzlich aufsprang und applaudierte. »Seht, da kommt er!«
Flavius sah einen mittelgroßen Mann mit leicht wulstigen Lippen, dichten schwarzen Locken und einem eitlen Lächeln, der soeben den Kampfplatz betrat. In der Rechten hielt er ein bündelförmiges Netz, in der Linken Dolch und Dreizack mit nach unten gerichteten Zinken. Er war fast nackt, nur der linke Oberarm und die Schulter wurden von einem schimmernden Metallpanzer geschützt. Als er am Publikum vorbei paradierte, ließ er die Muskeln spielen, die seinen braungebrannten Körper überzogen. Um die Hüften trug er eine knappe lederne Hose, die vorn nur aus einem kleinen Dreieck bestand, während hinten der senkrechte Lederstreifen so schmal war, dass er zwischen den kräftigen Gesäßbacken verschwand.
»Ist er nicht großartig?« Claudia sah kurz zu Flavius hinüber, der sich ein »Ja, wirklich großartig!« abrang, obwohl er den halbnackten Muskelmann widerwärtig fand. Mit einem Male wünschte er sich, weit weg zu sein, irgendwo in der Einsamkeit der Natur, wo er vergessen konnte, dass er fast schon ein alter Mann war – für dieses hübsche Mädchen jedenfalls, dessen unreifes Wesen ihn abstieß, während er zugleich ihren jungen Körper fast schmerzhaft begehrte.
Aber er wollte nicht so unhöflich sein, aufzustehen und sich durch die Menge hinauszudrängen. Lustlos sah er zu, wie der Schiedsrichter das Zeichen gab und der Netzkämpfer begann, mit raubtierhaften Bewegungen den Thraker zu umkreisen, sein Netz zu schwingen und mit dem Dreizack zu zielen. Der Gepanzerte drehte sich bedächtig, beobachtete seinen flinken Gegner und machte blitzartige Ausfälle, bei denen seine silberne Schwertklinge durch die Luft zischte. Flavius sah wieder zu dem Mädchen hinüber, des-

sen große Augen unter langen Wimpern den Retiarier verfolgten, während ihre kleine Zunge über die Lippen spielte. Plötzlich schrie sie auf, als der Thraker mit einem wuchtigen Schwerthieb den Dreizack zersplitterte, den Meleager nach seinem Helm gestoßen hatte. Er stürmte vor, der Netzkämpfer wich zurück und ließ sich zur Seite fallen, als sei er beim Flüchten gestolpert. Einen Augenblick jauchzte Flavius innerlich, da er hoffte, jetzt sei es mit dem eitlen Muskelmann vorbei. Doch da schleuderte dieser sein Netz über den Gepanzerten, zog heftig daran und brachte den Gegner, der sich vergeblich zu befreien suchte, mit einem Ruck zu Fall. Tausende sprangen auf und klatschten Beifall, als sich Meleager auf den hilflos zappelnden Thraker kniete, ihm den Dolch an die Kehle setzte und schwer atmend aufblickte.
Der dicke Wollhändler erhob sich und sah im Theater umher, als wolle er die Stimmung prüfen. Der Unterlegene hatte gut gekämpft, außerdem würde ein toter Gladiator teuer kommen, da er seinem Herrn, der ihn für Aufführungen vermietete, ersetzt werden müsste. Zögernd streckte der Händler seine Faust mit nach oben gerecktem Daumen vor und war sichtlich erleichtert, als das Publikum applaudierte. Meleager stand auf, wischte sich den Schweiß von der Stirn, verbeugte sich vor den Ehrenplätzen, bevor er die Arme in die Luft warf und Fäuste schwenkend über den mit Sand bestreuten Kampfplatz lief.
Während des Heimweges hörte sich Flavius mit höflicher Geduld das muntere Geplapper des Mädchens an, das seine Tochter hätte sein können. Sie schwärmte so lange von Meleagers Kunst, von seinem guten Aussehen, von seinem gewinnenden Lächeln, bis es selbst ihrem Vater zu viel wurde und er das Thema für beendet erklärte. Daraufhin versank Claudia in trotziges Schweigen, und Flavius war erleichtert, als er sich an der Stadtvilla der Familie verabschieden konnte.
In seiner Wohnung angekommen, griff er zu der Rolle mit den »Selbstbetrachtungen« des Kaisers Marcus Aurelius. Er hatte sich angewöhnt, jeden Abend etwas darin zu lesen. Sein erster Blick fiel auf die Zeile: »Was du erhältst, nimm ohne Stolz an. Was du ver-

lierst, gib ohne Trauer auf.« Er las noch eine halbe Stunde, bis er seine tränenden Augen kaum mehr offen halten konnte und zu Bett ging.

»Ihr habt geschrien, mein Herr. Fehlt Euch etwas?« Flavius' Diener stand in der Türe und sah ihn besorgt an.
»Ein Traum«, murmelte Flavius und setzte sich auf, »nur ein Traum. Das Holzkohlebecken hat wohl geraucht, mir geht es gleich wieder gut.«
Aber das war alles andere als die Wahrheit. Mit gespenstischer Eindringlichkeit hatte er geträumt, dass Aqmat gekommen sei. Geradezu körperlich spürte er noch die Seligkeit, die ihn erfüllt hatte, als er sie in die Arme schließen konnte. Dann war sie gegangen, um die Kinder zu holen, und nicht mehr zurückgekehrt. Flavius war auf die Straße gelaufen, hatte versucht, ihr zu folgen, war aber trotz aller Anstrengungen keinen Fuß vorangekommen.
Eine Weile saß er auf dem Bett, bevor er sich erhob und das Fenster öffnete. Draußen trieb der Sturm graue Wolken über den Himmel, ein Schauer peitschte das Land, wie Geschosse prasselten Regentropfen in eine Pfütze. Ein gebeugter Mann, in einen braunen Kapuzenmantel gehüllt, zerrte ein schwer beladenes Pferd die Straße entlang.
»Das kam gestern für Euch, als Ihr unterwegs wart ...«
Flavius wandte sich um, nahm das versiegelte Täfelchen, das ihm der Diener reichte, öffnete es und überflog die wenigen Zeilen. »Bestelle den Wagen, ich muss nach Londinium.«
Er warf noch einen kurzen Blick aus dem Fenster, dann schloss er die Flügel mit den trüben Glasscheiben. Mit einem Mal wusste er, was zu tun war. Rasch, aber sorgfältig sah er seine wenigen Habseligkeiten durch, warf einen letzten Blick auf seine geheimen Aufzeichnungen und ließ die Papyrusblätter mit den Festungsskizzen auf die Glut des Holzkohlebeckens fallen. Dann packte er den Marcus Aurelius in seine lederne Reisetasche, dazu einige Kleidungsstücke und schnallte den Gürtel um, in den er eigenhändig sein gesamtes erspartes Vermögen, dreiundzwanzig Aurei, eingenäht

hatte. Eine Stunde später ratterte der Wagen aus dem Stadttor in Richtung Westen, am Nachmittag des Folgetages erreichte er Londinium. Er konnte nicht ahnen, was ihn dort erwartete.
Allectus empfing ihn mit gefurchter Stirn und reichte ihm einen Papyrusbogen. »Das ist die Übertragung der letzten Nachricht. Was haltet Ihr davon?« Sein linker Zeigefinger deutete auf eine unterstrichene Zeile. Flavius nahm das Blatt. Üblicherweise wurden wichtige Botschaften nicht nur in Warentransporten versteckt, sondern zusätzlich noch verschlüsselt. Dabei schrieb man den Text so, dass zwischen den Buchstaben zuerst eine festgelegte Anzahl von Zwischenräumen frei blieb. Am Ende der Seite angekommen, wurde oben weiter fortgefahren, wobei der jeweils erste Platz beschrieben wurde, dann, erneut am Ende des Blattes angekommen, der zweite, bis die Zwischenräume ausgefüllt waren. Ein auf dem Blatt vermerkter Geheimschlüssel teilte dem Empfänger mit, wie viele Buchstaben beim Entziffern des Textes zu überspringen waren.
»Ob es sein kann, dass Diocletianus und Maximianus bei ihrem Treffen in Mediolanum darüber gesprochen haben, zwei weitere Mitkaiser zu ernennen?«, versuchte Flavius Zeit zu gewinnen, »und ob im Westen Constantius dafür vorgesehen ist? Möglich wäre es.« Er rieb sich das Kinn, während Allectus ungeduldig im Raum auf und ab ging. »Wenn Carausius das erfährt, wird er toben. Er klammert sich noch immer an die Hoffnung, von den anderen beiden als Mitherrscher anerkannt zu werden.«
»Das halte ich für eher unwahrscheinlich«, bemerkte Flavius vorsichtig. »Ich schätze Maximianus als nachtragend ein; er wird die Rebellion und den Untergang seiner Flotte kaum vergessen haben.«
Allectus nickte. »Das denke ich auch, aber niemand wagt es, das dem Kaiser zu sagen. Er beginnt bereits, überall Verrat zu wittern. Die Krankheit der Mächtigen … Vor Kurzem hat er sich von einem Chaldäer das Horoskop erstellen lassen, seitdem ist es noch schlimmer geworden.«
»Wieso, was hat der Astrologe ihm vorhergesagt?«
»Dass ihn jemand töten wird, von dem er es nie vermuten würde. Seitdem fängt er an, die Horoskope der Männer in seiner Umge-

bung überprüfen zu lassen, ob jemand zum Kaiser geboren sein könnte.«
»Und, hat er schon einen gefunden?«, erkundigte sich Flavius, doch Allectus überging die Frage und sah ihn prüfend an.
»Ihr seid jetzt zwei Jahre in meinen Diensten. Träumt Ihr davon, wieder frei zu sein? Endlich selbst zu bestimmen, ob Ihr bleibt oder Britannien verlasst?«
Flavius spürte innerlich einen Stich. Konnte dieser Mann Gedanken lesen? Doch hatte er gelernt, sich zu beherrschen, und entgegnete mit gespielter Gelassenheit: »Seit meine Familie nicht mehr lebt, gilt für mich das Wort Ciceros: ›Wo es mir gut geht, ist mein Vaterland.‹«
Allectus schmunzelte. »Ein weiser Satz. Aber wie gut es Euch dabei geht, hängt auch von Euch selbst ab, meint Ihr nicht?«
Jetzt war Flavius in Alarmstimmung. Was ging hinter diesen dunklen Augen vor? Was dachte der Finanzminister, wenn er sich über den Bart strich? Welche Intrige plante dieser Mann? Gleichmütig nickte er. »Daran kann man wohl kaum zweifeln.«
»Nun, dann bleibt nur die Frage, was jemand«, Allectus machte mit der rechten Hand eine kreisförmige Bewegung, wobei er Daumen und Zeigefinger gegeneinander rieb, »was ein entschlossener Mann bereit wäre, zur weiteren Verbesserung seiner Lage zu tun.«
»Ein entschlossener Mann, dem Ihr ab einem gewissen Alter sicher auch Klugheit zubilligen würdet …«
»… die er mit über dreißig Lebensjahren hätte, nehmen wir mal an …«, ergänzte Allectus. »Ein solcher Mann müsste sich, denke ich, genau kundig machen, was die Umstände von ihm erfordern könnten, um dann, nach Abwägen des möglichen Gewinns, seine Entscheidung zu treffen. Wobei diesem klugen und entschlossenen Mann klar wäre, dass ein hoher Gewinn nie ohne einen hohen Einsatz zu erlangen ist.«
Allectus blickte Flavius an, der nickte und entgegnete: »Lassen wir das Versteckspielen. Was wollt Ihr von mir?«
»Ich biete Euch das hier!« Mit diesen Worten nahm Allectus einen Lederbeutel vom Tisch, öffnete ihn und schüttete einen Haufen

goldglänzender Aurei auf den Tisch. »Dazu, wenn Ihr es wünscht, die sofortige Freiheit, ein Schiff nach Gallien und dort eine Eskorte bis zur Grenze unseres Machtbereiches …«
»Das klingt sehr verlockend. Nur – was wollt Ihr als Gegenleistung?«
»Den Tod eines Mannes.« Schlagartig war die Stimme scharf, ja bedrohlich geworden. »Eines wichtigen Mannes, dessen Beseitigung Euch in Eurer alten Heimat jedoch keineswegs zum Nachteil gereichen würde – sollte die Tat jemals mit Euch in Verbindung gebracht werden …«
»Ein Mann, der sicher auch einen Namen hat …«
»… den Ihr erfahren werdet, sobald wir uns grundsätzlich einig sind.«
Flavius spürte den Schweiß auf seinen Handflächen. Diese Unterhaltung nahm eine unheimliche Wendung. Er hob einen Aureus auf, drehte ihn zwischen den Fingern und ließ ihn klirrend auf den Haufen zurückfallen »Der Preis der Freiheit. Warum gerade ich?«
»Weil Ihr ein Ziel habt, keine Bindungen und nichts zu verlieren. Keine Frau, keine Verwandte, kein Landgut.«
»Falls der Anschlag misslingt, meint Ihr …«
»Wir waren uns einig«, bemerkte Allectus im Ton eines Kaufmanns, der ungern einen bereits geklärten Handel nochmals erläutert, »dass ein hoher Gewinn nicht ohne entsprechenden Einsatz zu haben ist.«
»Worüber ein kluger Mann, wie ebenfalls erwähnt, nachdenken sollte.«
»Ja, nur nicht zu lange.« Das Gesicht des Finanzministers blieb ebenso unbewegt wie seine Stimme. »Morgen, bei Einbruch der Dunkelheit, erwarte ich Eure Antwort. Und heute Nacht würde ich Euch gerne als Gast in meiner Stadtvilla begrüßen. Lasst Euch von meinem Hausverwalter Afer ein Zimmer anweisen.«
Flavius bedankte sich, obgleich er ein weniger überwachtes Nachtlager vorgezogen hätte. Draußen atmete er tief ein, während er seine Hände an der Tunika trocken rieb. Nachdenklich schlenderte er die Straße entlang, versuchte, seine Gedanken zu klären und lenkte,

ohne es zu merken, seine Schritte zu den Ständen der Fischhändler, die lauthals ihre Ware priesen. »Bester Thamesislachs, fangfrisch, seht, mein Herr, wie klar die Augen sind!«

Flavius winkte dankend ab und wich einem Träger aus, der einen schweren Rückenkorb absetzte, aus dem er einen Schwall silbern glänzender Leiber in einen flachen Kasten schüttete. Einige Fische zappelten noch matt, schon drängte sich eine dicke Frau herbei und fing an, mit dem Verkäufer um den Preis zu feilschen.

Der leicht säuerliche Fischgeruch machte Flavius bewusst, wie hungrig er war. Jetzt eine dampfende Fischsuppe mit viel Pfeffer, Knoblauch, Zwiebeln, dazu einen guten Wein – wie damals, als er mit diesem Bataver in eine Hafenkneipe gegangen war. Plötzlich stand das Bild des alten Krüppels vor ihm, an den er seit zwei Jahren kaum mehr gedacht hatte: grauweiße Mähne, faltiges Gesicht und darin lebenskluge, fröhliche Augen. Er kannte sonst niemanden in der großen Stadt, und mit einem Schlag freute er sich darauf, den lustigen Alten, ach ja, Chrauttius hieß er, wiederzusehen. Er beschleunigte seine Schritte und stand bald unten am Fluss, wo sich die am Ufer vertäuten Schiffe drängten. Nach kurzem Suchen fand er den Bettler, der an einer Straßenecke um Almosen warb.

»Weit gereister Gubernator, ein guter Tag für eine gute Tat! … Erleichtert Euer Gewissen und Euren Beutel, schöne Frau!«

Dazu wurde die Schale emporgereckt, und meist klimperte eine Münze darin. Flavius trat näher und warf einen Denar hinein. Der Alte wollte gerade seinen üblichen Dank aufsagen, als ein breites Lächeln sein runzeliges Gesicht überzog. »Was für eine Freude! Ihr seht gut aus, stattlich, sicher sind die Frauen – ach so«, der Alte kratzte sich das Genick, »diesen Spruch kennt Ihr wohl schon. Wollt Ihr Euch zu mir setzen?«

»Ja, gern, nur nicht hier. Willst du mit mir zum Essen kommen?«

»Essen? Natürlich, aber ich kann nicht einfach weg.« Der Alte hob seine Hände. »Wer vertritt mich solange hier?«

Wieder musste Flavius über die Dreistigkeit schmunzeln. »Angenommen, es würde auch in der Taverne ab und zu eine Münze in dein Schälchen fallen?«

»Ihr habt mich überzeugt, hoher Herr, ich komme mit.« Bei diesen Worten rappelte sich der Mann auf, wies mit seiner Krücke den Weg, und bald saßen beide in der hintersten Ecke der Popina vor zwei dampfenden Tellern.
»Ihr seid doch«, begann der Alte und schlürfte dabei einen Löffel Fischsuppe, »aus Augusta Treverorum, wenn ich mich recht erinnere.«
Flavius nickte. »Ja, wieso?«
»Weil zufällig heute ein Schiff aus dieser Stadt angekommen ist.«
»Ein Schiff?« Flavius ließ seinen Löffel fallen, dass die warme Brühe auf den Tisch spritzte. »Wo liegt es?«
»Im Hafen, wo sonst? Soll ich Euch hinführen?«
»Nein, besser nicht. Es kann sein, dass mich Allectus noch immer beschatten lässt. Aber du könntest dir einige Denare verdienen.«
»Aber gern«, lachte der Bettler, wobei er seine restlichen Zähne entblößte, »solange es nicht in Plackerei ausartet ...«
»Nein, keine Angst, es dreht sich nur um einige Fragen. Folgendes würde ich gern wissen ...«
Eine Viertelstunde später humpelte der Einbeinige los, und Flavius saß, das Kinn in die Hand gestützt, vor seinem zweiten Becher Rotwein. Langsam fiel die Anspannung des Tages von ihm ab, und er versuchte, seine Gedanken zu ordnen. Ich will nicht länger in Camulodunum sitzen und darüber wachen, wie kleinen Metallplättchen das Bild eines Usurpators aufgeprägt wird.
Allectus scheint Angst vor etwas zu haben, das Carausius herausfinden könnte. Möglicherweise ist Constantius auf dem Weg, Kaiser zu werden. Der Finanzminister bietet mir Gold und die Freiheit, wenn ich bereit bin, einen Mord zu begehen. Kann ich überhaupt ablehnen? Wer ist der Mann und wie hoch ist die Wahrscheinlichkeit, diesen Auftrag zu überleben? Ein Schiff aus meiner Heimat liegt im Hafen – ein Wink der Götter?
Wer ist der wichtige Mann, den ich töten soll? Habe ich ihm schon einmal in die Augen gesehen? Ein Mord, der mir in meiner Heimat nicht vorgehalten würde? Weil das Opfer dort unbekannt ist? Oder gerade, weil es dort bekannt ist?

Flavius zuckte zusammen, als habe ihn ein Dolchstich getroffen. Er stieß dabei den Becher um und starrte auf die rote Lache, die sich wie ein Blutfleck auf der braunen Tischplatte ausbreitete. Er zog seinen Fuß weg, während der Wein über die Tischkante zu Boden tropfte. Langsam schüttelte er den Kopf. Es gab einen Mann, auf den das zutraf, doch der Gedanke hatte etwas Ungeheuerliches …
»Entschuldigung, soll ich neuen Wein bringen?« Die Schankwirtin, eine dralle rothaarige Gallierin mit dunkel umrandeten Augen, wischte mit einem Lappen über den Tisch und sah ihn fragend an. Flavius nickte und bemerkte im gleichen Augenblick die weiße Mähne des Batavers hinter der Frau. »Zwei Becher«, rief er ihr nach, als der Mann seine Krücke auf den Boden fallen ließ und sich ächzend auf den Schemel setzte.
»Ich habe mit dem Gubernator sprechen können«, murmelte er und schob die Bettelschale wie zufällig auf seinen Gastgeber zu. Flavius ließ einige Münzen hineinfallen. »Nun, was sagt er?«
»Dass er nichts von einem großen Brand weiß, dem eine Stadtvilla in Augusta Treverorum zum Opfer gefallen sein soll.«
»Wirklich?«, murmelte Flavius. »Aber ich habe den Bericht mit eigenen Augen gelesen. Und weiter?«
»Er will auslaufen, sobald die Ladung aus Wolle, Getreide und Austernfässern an Bord ist. Sollte ihm jemand einen Aureus in die Hand drücken, wäre er auch bereit, einen weiteren Packen mitzunehmen, ohne genau auf den Inhalt zu achten.«
»Und die Hafenkontrolle?«
Chrauttius lachte. »Ein Schmuggler weiß, welche Hände rechtzeitig gewärmt werden müssen…« Dann wurde er ernst. »Übermorgen früh könnte es losgehen.«
»Warum nicht morgen?«
»Weil die Ladung verstaut werden muss und die eine Hälfte der Mannschaft dabei ist, sich in den Tavernen zu besaufen, während die andere gerade ihre Heuer in den Lupanaren des Hafens verschleudert.«
»Gut, dann beschreibe mir den Liegeplatz des Schiffes und richte dem Gubernator aus, dass ich ihn morgen Abend bei Einbruch der

Dunkelheit sprechen möchte.« Nach einem Augenblick des Überlegens fügte er hinzu: »Ich sollte mich verkleiden, vielleicht als Bettler. Willst du mir das Nötige besorgen? Wir könnten uns bei den Thermen am Fluss, unweit deines, nun ja, Arbeitsplatzes treffen.«
Chrauttius schmunzelte. »Mit Vergnügen. Kommt zur fünften Stunde, dann habe ich alles für Euch bereit. Und als Dreingabe gibt's jetzt eine Einführung in die Geheimnisse erfolgreichen Bettelns.«
Als Flavius eine Stunde später aufbrach, pochte sein Herz vor Aufregung. Freiheit um den Preis von Blut an meinen Händen – nein! Morgen Abend werde ich auf das Angebot eingehen – zum Schein, um Allectus hinzuhalten. Einige Stunden Täuschung, so lange, bis am nächsten Morgen in der Thamesismündung der Wind die Segel des Schmugglerschiffes bläht ...

Als er die Villa des Finanzministers betrat, herrschte eine seltsame Unruhe im Haus. Aus einem unbestimmten Gefühl heraus stieg er in das Obergeschoss, wo das persönliche Arbeitszimmer seines Herrn lag. Allectus stand im Türrahmen, eine Schriftrolle in der Hand. Die stechenden Augen in dem hohen, bärtigen Gesicht schienen ihn durchbohren zu wollen. »Nun, schon eine Entscheidung getroffen?«, fragte er, während er die Tür verschloss und den Schlüssel abzog.
»Ich glaube schon«, lächelte Flavius, »aber die Einzelheiten würde ich gerne morgen Abend in Ruhe besprechen.«
»Gut, ich muss jetzt zum Kaiser.« Bei diesen Worten stieg Allectus die Treppe hinab, wechselte einige Worte mit Afer, drückte ihm den Bronzeschlüssel in die Hand und ging zu der Sänfte, die vor dem Haus im Fackellicht wartete. Plötzlich hatte Flavius eine Eingebung. Er beobachtete, wie der dunkelhäutige Afrikaner den Schlüssel an einen Haken in der etwa acht Fuß breiten Nische hängte, in der er seinen Tisch so aufgestellt hatte, dass er den Eingang überwachen konnte. Dann ließ er sich das Zimmer zeigen, in dem er die Nacht verbringen sollte. Ein Bett, eine Kleiderkiste, ein Korbstuhl und ein bronzener Leuchter mit zwei an Ketten aufgehängten Öllampen bildeten die Einrichtung des kleinen Raumes. Die Wände

waren unten rot und oben gelb gestrichen, ein enges Fenster ging auf das rückwärtige Atrium mit dem kleinen Garten. Er stellte seine Reisetasche ab und untersuchte die Tür: Auch sie konnte mit einem Hebeschloss verriegelt werden; darin steckte ein Bronzeschlüssel, der dem anderen glich. Flavius zog ihn ab und stieg die Treppe hinunter. Afer saß an seinem Tisch und übertrug Aufzeichnungen aus Wachstäfelchen auf eine Papyrusrolle. Er schlenderte zu dem gebeugten Mann, der ihn fragend ansah, und zog seinen Geldbeutel. »Ich habe noch Hunger – könntest du jemanden losschicken, der mir in der nächsten Popina einen Braten holt?«
Bei diesen Worten öffnete er das kleine Ledersäckchen so ungeschickt, dass ein halbes Dutzend Münzen auf den Boden klirrte. Während Afer aufsprang und einem davon rollenden Doppeldenar nachlief, vertauschte Flavius blitzschnell seinen Zimmerschlüssel mit dem zum Arbeitszimmer des Finanzministers, entschuldigte sich für seine Ungeschicklichkeit und drückte Afer etwas mehr Geld in die Hand, als nötig war. Mit klopfendem Herzen wartete er in seinem Zimmer, bis ein Sklave die Schüssel gebracht hatte, ließ sich von ihm die Öllampen anzünden, gähnte vernehmlich und wünschte dem Mann eine gute Nacht.
Zur Sicherheit kaute er etwas auf seinem Braten herum, bevor er zur Türe ging und lauschte. Nichts war zu hören. Langsam drückte er den Griff herunter, öffnete die Türe und spähte hinaus. Verlassen lag der Gang in der Dunkelheit, von unten waren undeutliche Stimmen zu hören. Flavius löste eine der Öllampen von ihrer Kette, löschte die andere und zog die Türe seines Zimmers hinter sich zu. Mit der hohlen Hand deckte er die Flamme ab, während er vorsichtig einen Fuß vor den anderen setzte.
Verflucht – eine Bohle knarzte, als sollte das ganze Haus geweckt werden, doch das Gemurmel im Untergeschoss ging unverändert weiter. Er schlich den Gang entlang, bog um eine Ecke und hielt unwillkürlich den Atem an, bis er vor der Türe zu Allectus' Zimmer stand. Langsam atmete er aus, als er den Schlüssel ins Schloss steckte, den Riegel anhob, langsam zur Seite schob, die Türe öffnete und hineinhuschte. Schwer atmend lehnte er sich innen gegen

die Bohlen und hob die Lampe. Im zuckenden Licht des Flämmchens erkannte er den Schreibtisch mit den gedrechselten Beinen und der großen, mit verschiedenfarbigen Edelhölzern eingelegten Platte, vor dem er so oft gesessen hatte, wenn ihn der Finanzminister in seinem Privathaus sprechen wollte. Halb ausgerollt lag dort die Bauzeichnung einer Villa, daneben warteten ein Tintenfass, Schreibrohre, Griffel, Siegel, Wachstäfelchen und unbeschriebene Papyrusblätter auf ihren Benutzer. Flavius hob die Lampe und musterte die Regale, deren Systematik er sich bei zahllosen Treffen eingeprägt hatte. Vorne war Britannien, dahinter zeichneten sich im Halbdunkel weitere Reihen ab. Gestelle voller runder Lederbehältnisse, in denen die Schriftrollen vor Staub geschützt lagerten. Wo kann nur mein Geständnis sein? Wo könnte es Allectus, dieser Sammler von Berichten, eingeordnet haben?
Mit klopfendem Herzen schritt Flavius die Regale ab, prüfte ein Schildchen nach dem anderen im Schein seiner Lampe: Organisation des Cursus Publicus, Ertragsaufstellung der Zinnminen, Bau des Kastells in Portus Adurnis, Lieferungen für die Flotte in Dubris, Truppenentlohnung an der Hadriansmauer … immer schneller nahm er die Schildchen in die Hand, nur um sie gleich wieder enttäuscht fallen zu lassen. Da, jetzt kam Gallien: Anweisungen für die Münzprägung in Rotomagus, Erneuerung des Hafenkastells in Bononia, Anwerbung fränkischer Söldner – auch hier wurde er nicht fündig.
Gehetzt sah er die restlichen Regale durch, doch unter den Hunderten von Dokumenten das Gesuchte zu finden war unmöglich. Zuletzt stand er am Ende des Raumes vor einem Schrank und erinnerte sich, dass Allectus bei Berichten aus Augusta Treverorum immer nach hinten zu gehen pflegte. Die Tür war unverschlossen, Flavius zog sie behutsam auf und fuhr mit der Lampe die Fächer entlang, doch auch hier fand er sein Geständnis nicht. Alles war voll einheitlicher kleiner Papyrusrollen, an denen vorne jeweils ein Band mit einem Schildchen hing. Im Licht des Lampe sah er »AT XI« – wohl der elfte Bericht aus Augusta Treverorum. Er zog die Rolle heraus und las zu seiner Verblüffung eine Beschreibung des Flottenbaus, den er einst selbst vorangetrieben hatte. Eine frühere

Rolle: Bericht über den Angriff auf den Konsularzug in Mogontiacum. Doch stets handelte es sich um die Entzifferungsprotokolle – neutrale Schriftstücke, die keinen Hinweis auf den Verfasser zuließen. Schon wollte er enttäuscht die Tür schließen, da sah er in einem Fach einen kleinen Codex liegen. Er nahm das in Leder gebundene Büchlein und blätterte darin: Seite um Seite voller Daten, die gemäß den Konsulatsjahren des Kaisers Carausius gezählt waren, darunter Summenangaben in Aurei und immer wieder ein Name: M. Aurelius, M. Aurelius, M. Aurelius …
Fassungslos ließ er den Codex sinken. Marcus Aurelius ein Verräter, der ein doppeltes Spiel trieb? Dieses Buch könnte den Mann den Kopf kosten, wenn es in die falschen Hände geriet – oder in die richtigen …
Eine Weile stand er da, während die Gedanken wie ein Wirbelsturm durch seinen Kopf brausten. Langsam keimte in ihm ein Verdacht, noch schrecklicher als der mögliche Landesverrat: Wenn von diesem Mann auch der Brief mit der Beschreibung des Brandes stammt … wenn Marcus Aurelius, dem ich vertraut habe, Allectus eine falsche Botschaft übermitteln kann, wie leicht wäre es dann für ihn, auch Aqmat hinters Licht zu führen …
Flavius spürte, wie seine Beine nachgaben. Er legte das Büchlein zurück, ging zu dem Schemel vor dem Schreibtisch und ließ sich darauf niedersinken. Es wurde ihm heiß und kalt, zitternd stellte er die Lampe auf den Tisch und wischte sich mit dem Ärmel den Schweiß von der Stirn. Er musste weg von hier, so schnell wie möglich. Jeder Tag zählte, vielleicht jede Stunde, während der dieser Mann seine Frau umschlich.
Stimmen auf der Straße ließen ihn aufschrecken. Mit wenigen Schritten war er am Fenster und konnte durch die trüben Scheiben zwei lodernde Fackeln erkennen, dazwischen die Sänfte des Finanzministers. Einen Augenblick stand er wie erstarrt, dann lief er zu dem Schrank, griff sich den Codex und schloss die Tür. Der letzte Eintrag war gerade drei Tage alt, der nächste Bericht erst in einem Monat fällig. Unwahrscheinlich, dass Allectus das Büchlein so schnell vermissen würde. Er nahm die Lampe, hastete zur Türe, zog

sie Daumenbreite um Daumenbreite auf, sah den leeren, dunklen Gang, trat hinaus und sperrte hinter sich ab. Gerade konnte er noch sein Zimmer erreichen, als von unten eine Stimme emporschallte.
»Afer, lass den Bauplan holen – er muss auf meinem Schreibtisch liegen – und ihn in mein Schlafzimmer bringen.«
Schritte kamen die Treppe empor. Flavius fühlte, wie ihm der Schlüssel in den Händen brannte. In wenigen Augenblicken musste der Sklave vor der Türe stehen. Einige vergebliche Versuche, Rütteln am Griff, dann würde er Afer benachrichtigen. Der würde ihn einen Tölpel schelten, es auch nicht besser können und danach den Schlüssel prüfen. Wie lange konnte es dauern, bis er herausfand, zu welchem Zimmer er gehörte?
Jetzt erreichten die Schritte das Ende der Treppe und kamen den Gang entlang. Soll ich das Fenster öffnen und den Codex hinauswerfen? Wie viel Zeit kann ich so gewinnen, bis sie ihn im Morgenlicht im Garten finden? Oder nein …
Mit einem Schlag wurde er ruhig. Schnell schob er das Büchlein unter seine Bettdecke, nahm seine Lampe, öffnete die Türe und trat auf den Gang. Er konnte den Rücken des Jungen erkennen, der ihm vorhin den Braten gebracht hatte.
»Mein Kleiner«, rief er und machte einige lange Schritte, bis er ihn eingeholt hatte. »So spät noch auf?«
»Ach, ich soll irgendein Dokument für den Herrn holen«, brummte der Sklave.
Flavius bog mit ihm um die Ecke. »Übrigens, was ich dir noch sagen wollte …«
»Ja, Herr?«
Im Dämmerlicht sah Flavius die Türe zu Allectus' Arbeitszimmer auftauchen. »Der Braten war ausgezeichnet. Woher hast du ihn?«
»Mein Onkel hat eine Popina«, antwortete der Junge stolz, »aber er züchtet auch selbst Schweine.«
Bei diesen Worten waren sie vor der Tür angelangt. Der Sklave hielt die linke Hand mit der Öllampe empor, während er mit der rechten den Schlüssel ins Schloss schob. Kurzes Ruckeln, der Riegel ließ sich nicht anheben. Erneuter Versuch, wieder vergeblich.

»Hat mir Afer den Falschen gegeben?«, wunderte sich der Junge.
»Einen Augenblick, solche Schlösser klemmen manchmal. Darf ich?« Flavius nahm dem Jungen den Schlüssel aus der Hand und während er ihm die Lampe reichte, zog er heimlich den anderen aus der Tasche.
»So, jetzt wollen wir es noch mal ganz sanft versuchen.«
Einige vorsichtige Bewegungen, dann hatte er den Riegel angehoben und die Türe schwang auf. »Na also, mein Junge. Wie heißt übrigens die Popina deines Onkels?«
»›Zum Bratspieß‹, mein Herr. Und vielen Dank noch.«
»Gern geschehen, gute Nacht.«

Am nächsten Morgen erwachte Flavius in bester Laune. Die Sonnenuhr im Atrium zeigte die dritte Stunde, als er nach einem Frühstück mit frischem, duftendem Brot, würzigem Schafskäse und eingelegten Oliven das Haus verließ. Seine Reisetasche hatte er im Zimmer gelassen, nur aus Vorsicht den kleinen Codex eingesteckt. Jetzt, da er Londinium endlich den Rücken kehren konnte, durchstreifte er die Stadt ein letztes Mal mit offenen Augen, wagte sich auch in bisher unbekannte Bezirke und bemerkte betroffen die Straßenzüge voll verfallener Häuser, die eingestürzten Dächer und die grasüberwachsenen Höfe. Offenbar war die Hauptstadt der Provinz Britannia Superior im Gegensatz zu den kleinen Städtchen, die von der Landwirtschaft lebten, als Hafen und Warenumschlagsplatz vom Rückgang des Handels mit dem Rest des Reiches besonders hart getroffen worden.
Zur fünften Stunde, als die Sonne schon fast ihren mittäglichen Höchststand erreicht hatte, traf er den Krüppel, der ihm ein schmutzig aussehendes Bündel überreichte, das Flavius noch misstrauischer beäugte, als er den Preis erfuhr.
»Fünfzig Denare für diese Lumpen?«
»Wenn Ihr Euch lieber als Senator verkleiden wollt, hättet Ihr mir das sagen müssen!«, entgegnete der Bataver mit fröhlichem Grinsen. »Dafür ist aber auch alles drin – sogar eine Rosshaarperücke, damit Ihr wie der gute alte Chrauttius aussehen könnt, ein flecki-

ger Verband sowie eine ganz besondere Salbe. Wenn Ihr die ins Gesicht schmiert, rennt selbst Eure Mutter schreiend davon …«

»Ich möchte als Bettler durchgehen«, brummte Flavius und zerquetschte eine Laus, die aus dem Bündel krabbelte, »nicht als Missgeburt die Bürger erschrecken.«

»Dann geht sparsam mit dem Töpfchen um. Wollt Ihr jetzt das Mitleid erregende Lallen und Hinken üben, den britannischen Akzent und die Geschichte von Eurer Verschleppung durch die Picten?«

»Ja, aber nicht zu lange. Ich will mich noch etwas in den Geschäften am Forum umsehen.«

Flavius konnte nicht ahnen, dass er das besser unterlassen hätte.

Die Sonne stand hoch am Himmel und brannte mit einer Stärke herab, als wollte Britannien die letzten zwei Jahre wechselhaften Wetters vergessen machen. Flavius schlenderte über das Forum, besah sich hier emaillierte gallische Gürtelschnallen, warf dort einen Blick auf die aus Knochen geschnitzten Kämme, nahm prüfend die feilgebotenen Dolche in die Hand und kaufte zuletzt einen Lederriemen, wie ihn Boxer um ihre Faust geschlungen trugen, dazu einen Dolch und einen kleinen Sack aus dickem Leinenstoff, in den er seine Bettlerausrüstung stopfte. Gerade wollte er an einem Stand einen Becher Apfelsaft trinken, als Hufgetrappel über den Platz hallte. Die Menschen traten zurück und drängten sich gegen die Verkaufsstände, deren Besitzer verzweifelt versuchten, ihre Tische vor dem Umkippen zu bewahren. Eine Reitergruppe näherte sich, an der Spitze ein Standartenträger mit wehendem Banner, dahinter ein Mann in goldschimmernder Rüstung. Er trug einen Prunkhelm, doch ohne Gesichtsmaske, sodass man den kantigen Kiefer, den kurz geschnittenen Bart und den herrischen Blick erkennen konnte.

»Auf die Knie vor dem Kaiser!«, brüllte ein stämmiger, blonder Reiter Flavius an, der sich beeilte, dem Befehl Folge zu leisten. Doch es war zu spät. Plötzlich schien sich der Blick des Mannes an ihm festzusaugen, und ein bösartiges Grinsen überzog das breite Gesicht.

»Die Fresse kenn ich!« Mit diesen Worten zog der Söldner sein Schwert, eine Frau kreischte, alle wichen angstvoll zurück. »Fasst ihn!« Die Klinge zischte durch die Luft, doch Flavius hatte sich schon gegen den Stand gedrängt, mit den Füßen abgestoßen und auf den Tisch gestemmt. Er rollte sich rückwärts über den Tisch, spürte einen stechenden Schmerz, als sein Rücken gegen einen Krug prallte und landete auf der anderen Seite.

»Er hat den Kaiser beleidigt!«, rief Berus, während der Getränkeverkäufer versuchte, den über die Platte rollenden Krug aufzufangen, aus dem schäumendes Bier quoll. Flavius rappelte sich auf, griff seinen Wollsack, stieß die Umstehenden beiseite und tauchte in der Menschenmenge unter.

»Einen Aureus Belohnung!«, brüllte es in seinem Rücken, doch die Bereitwilligkeit, mit der ihn alle durchließen und danach die Reihen wieder schlossen, zeigte deutlich, wie verhasst die fränkische Leibwache des Kaisers war. Nach etwa dreißig Schritten fiel Flavius schwer atmend in einen etwas langsameren Lauf, als ihn Gepolter und Kreischen zurückblicken ließen. Ohne Rücksicht auf die Menschen, die sich auf dem Forum aufhielten, hatte Berus seinem Pferd die Sporen gegeben. Gefolgt von einer Gruppe seiner Kameraden preschte er durch die auseinanderstiebende Menge, ein Kind stürzte und schrie, als ihm ein Huf die Hand zerquetschte.

Als er Flavius erblickte, schleuderte der Franke sein Pilum auf den Flüchtling, der sich zur Seite duckte und Haken schlagend um sein Leben rannte, während das Wurfgeschoss einen gelben Käselaib durchbohrte. Jetzt hatte Flavius die Säulenvorhallen erreicht, die den großen Platz umgaben, sah sich gehetzt um und stürmte in einen Töpferladen. Mit ausgebreiteten Armen versuchte der Besitzer ihn aufzuhalten, doch Flavius tauchte unter ihm durch, rannte an Regalen voll roter und schwarzer Schüsseln vorbei, durchquerte einen kleinen Innenhof, stieß die Türe zu den Wohnquartieren auf und starrte in das verblüffte Gesicht einer jungen Mutter, die gerade einem Säugling die Brust gab.

»Gibt's einen Hinterausgang?«, keuchte er, »die Franken sind hinter mir her!«

»Hier lang!« Die Frau deutete auf einen Gang, während im Vorderhaus Stiefelgepolter und das Geräusch zersplitternder Töpfe zu hören war. Flavius folgte ihr, bog um eine Ecke und erreichte einen düsteren Lagerraum, an dessen anderem Ende sich die Frau mühte, mit einer Hand einen rostigen Riegel beiseitezuschieben, während sie das greinende Kind im Arm hielt. Endlich schwang die Türe auf, Flavius dankte ihr mit einer Geste und rannte nach rechts, bog gleich wieder nach links ab und bemühte sich dann, ruhig zu gehen, um keine Aufmerksamkeit zu erregen. Die Frau würde seine Verfolger in die falsche Richtung schicken, dessen war er sich sicher, doch konnte es nicht lange dauern, bis sie auch diese Gasse durchkämmten. Die römischen Städte mit ihren rechtwinkeligen Straßen, bei denen man von einem Ende zum anderen sehen konnte, boten keine Winkel, um sich zu verstecken.

Wieso hat Berus mich diesmal erkannt? Natürlich – ohne Bart und mit den frisch gefärbten Haaren gleiche ich wieder dem Mann, den er in Erinnerung hat. Ich muss sofort mein Aussehen verändern.

Flavius sah sich um. Einige Schritte entfernt stand ein Handkarren voller Mehlsäcke vor einem Hauseingang. Männer traten heraus, beluden sich und verschwanden wieder in der Tür. Flavius ging zu dem Karren, spähte umher – niemand beobachtete ihn – und schulterte einen Sack. Aus den Augenwinkeln bemerkte er, wie eine Insula entfernt ein Haufen Söldner um die Ecke bog. Er schwankte unter der Last und wäre fast gestürzt. Mühsam fand er sein Gleichgewicht und torkelte in den Eingang, während Stiefelgetrampel die Gasse füllte. Durch einen Gang ging es in einen Hof, an dessen Ende große Bottiche voller Teig standen, dahinter gloste der feurige Schlund eines Backofens; aus einem Schornstein stieg grauer Rauch in den Himmel. Niemand beachtete Flavius, der seinen Sack bei den Teigbottichen ablud und sich nach einem Versteck umblickte. Die Tür eines Schuppens stand halb offen, er schlüpfte hinein und fand sich in einem Raum wieder, den ein großer Berg Holzkohle fast zur Gänze anfüllte. Im Licht, das vom Eingang her in den Raum fiel, hockte er sich auf den staubigen Boden, öffnete seinen Leinensack, zog seine fein gewebte Wolltunika aus und streifte voller Widerwillen die Bettlerkleider über: eine schmutzige, vielfach geflickte germanische Hose, unter der er sich den Gürtel mit den Au-

rei auf die Haut band, einen Umhang und ein Paar ausgelatschter Sandalen unterschiedlicher Machart. Neben der Salbendose fand er auch einen kleinen Bronzespiegel, in dem er sein Gesicht prüfte, während er die braunrote Masse so auf Wangen, Kinn und Hals schmierte, dass es wie schwärende Wunden wirken musste, bevor er die weiße Perücke überstülpte. Dann stopfte er schweren Herzens die Tunika in den Sack, dazu die restlichen Habseligkeiten. Den Leinensack rieb er gegen den schmutzigen Boden, bis er gebraucht und schäbig aussah, griff die Bettlerschale und trat gebeugt aus der Türe. Der Erfolg übertraf seine kühnsten Erwartungen.
»Hau ab, du Tagedieb!«, brüllte ihn eine Stimme vom Backofen her an. Flavius sah einen feisten, mit Mehl bepuderten Mann, der ihn wütend musterte, die Arme in die Seite gestemmt. Flavius murmelte Unverständliches, schlich an ihm vorbei zum Ausgang, wobei er mit der Rechten seine Schale schwenkte, und fand sich unbehelligt auf der Straße wieder.
Wohin jetzt? Soll ich mich zu Allectus' Villa durchschlagen und ihm alles berichten? Was wird er tun? Selbst wenn er mich gegen die kaiserliche Garde schützen kann, versäume ich mit Sicherheit mein Schiff. Oder aber ich bin für ihn wertlos geworden, und er verrät mich. Ich muss es allein schaffen.
An der Ecke zur nächsten Hauptstraße sah er sich um, erblickte zwei Häuser weiter, neben dem Straßentresen einer Taverne, einen anderen Bettler, hinkte zu ihm und ließ sich auf den Boden sinken.
»Verschwinde!«, zischte ihn das kahlköpfige Männchen wütend an. »Das ist mein Platz!«
»Ich will dir nichts nehmen«, flüsterte Flavius. »Ich bin ein Freund von Chrauttius und brauche Hilfe.«
Über der Hakennase starrten ihn zwei misstrauische Augen an. »Was willst du von ihm, bist doch keiner von uns!«
»Wieso, woran erkennt man das?«
Der Kahlkopf lachte. »Ein Blick auf deine Finger …«
Flavius sah mit Entsetzen, dass er noch immer seinen goldenen Ring trug und zog ihn hastig ab. »Und deine Nägel passen nicht«, bemerkte der Mann spöttisch.

Flavius nickte, er hatte sie am Tag vor dem Gladiatorenspiel extra frisch feilen lassen; jetzt grub er sie in den Straßenschmutz und drückte dem Bettler eine Kupfermünze in die Hand.
»Schon besser. Was soll ich Chrauttius sagen?«
»Dass Flavius von den Franken verfolgt wird. Ich muss wissen, ob sie am Flussufer kontrollieren. Bitte ihn, hierherzukommen.«
Der Kahlkopf nickte und verschwand in Richtung Hafen. Nach einer halben Stunde sah Flavius den Bataver auf seiner Krücke heran hinken, der sich neben ihn setzte, mühsam ein Lachen zu unterdrücken schien, doch sofort wieder ernst wurde.
»Das ganze Flussufer wimmelt von ihnen, sie überwachen jedes Schiff. Ein Mann soll den Kaiser angegriffen haben.«
»Carausius angegriffen?« Flavius erschrak. »Davon ist kein Wort wahr!« Chrauttius nickte. »Mag sein, aber man beschreibt den Attentäter so ähnlich, wie Ihr noch heute Morgen ausgesehen habt. Vorsicht, da kommen welche!«
Eine Gruppe Bewaffneter marschierte die Straße entlang. Angstvoll wichen ihnen die Menschen aus, eine Frau zerrte ihr blökendes Schaf in eine Seitenstraße. Die Söldner blieben vor der Taverne stehen. Chrauttius zischte Flavius an: »Los, mach's wie ich!«
Zwei Schalen wurden den Männern entgegengereckt, die jedoch die Bettler verächtlich übersahen. »Wirt, bring Wein!«, brüllte eine Stimme in Latein, dann verfielen sie wieder in ihren germanischen Dialekt, den Flavius leidlich verstand.
»Hast du etwas von dem Mordanschlag mitbekommen?«
»Nein, aber ich ritt auf der anderen Seite. Der Mann soll einen Wurfspeer in der Hand gehabt haben.«
»Muss verrückt gewesen sein.« Schluckgeräusche, dann Rülpsen.
»Ah, das tut gut. Weiß man, woher er kam?«
»Berus hat ihn erkannt; er sagt, es sei ein Agent aus Augusta Treverorum.«
»Ein gedungener Mörder?« Der Mann ließ zischend den Atem zwischen den Vorderzähnen entweichen. »Vielleicht sogar im Auftrag von Kaiser Maximianus? Üble Sache. Weiß jemand, wohin der Kerl verschwunden ist?«

»Keine Ahnung. Auf seinen Kopf ist eine Belohnung ausgesetzt. Hafen und Tore werden überwacht. Wir sollen die Straßen absuchen.«
»Und das in der verdammten Mittagshitze. Na ja, sonst müsste man für ’nen Aureus ’nen ganzen Monat Dienst schieben.«
»Kriegen wir ihn lebend, gibt's das Doppelte!«
»Beim Donar, die ham wohl was mit ihm vor …«
»Darauf kannst ’nen Furz lassen. Sobald der ausgespuckt hat, wer sein Auftraggeber war, werden sie ihm die Haut vom Rücken peitschen. Dann nageln sie ihn ans Kreuz, aber so, dass er drei Tage zum Verrecken braucht. Hab so was schon mal gesehn. Komm, wir suchen weiter …« Die Stimmen entfernten sich.
Flavius spürte die Gänsehaut und wischte sich den Schweiß von der Stirn. »Davon ist kein Wort wahr«, flüsterte er. »Alles persönliche Rache dieses verfluchten Berus.« Mit wenigen Worten erzählte er die Geschichte von der ersten Begegnung mit dem Franken.
Chrauttius nickte. »Ich glaub Euch, nur zählt jetzt die Wahrheit weniger als zwei Aurei …«
»Willst du mich verpfeifen?«
»Natürlich nicht, auch ein Bettler hat seine Ehre. Aber für andere würde ich meine Hand nicht ins Feuer legen …« Chrauttius zuckte die Schultern. »Das Schiff könnt Ihr vergessen. Das fällt dem dümmsten Barbaren auf, wenn Ihr in der Verkleidung an Bord spaziert. In Londinium dürft Ihr aber auch nicht bleiben. Kennt Ihr jemanden auf dem Land, wo Ihr Unterschlupf finden könntet?«
Flavius überlegte. Die meisten Bekannten hatte er in Camulodunum, doch dort würde man sicher zuerst nach ihm fahnden. Aber es gab einen Ort, wo er einen Freund hatte und wo Berus ihn kaum vermuten würde. Gleichsam in der Höhle des Löwen …
»Ja, bei Noviomagus. Dort verrät man mich nicht, dessen bin ich mir sicher.«
»Nach Südwesten. Ich glaube, da weiß ich etwas …«, murmelte der alte Bataver.

Am Nachmittag des gleichen Tages schob sich ein zäher Menschenstrom über die Thamesisbrücke. An der Zollstation stauten

sich die Marktheimkehrer und fluchten über die verschärften Kontrollen. Doch die fränkischen Söldner überhörten das Gemurmel und übersahen die bösen Blicke. Dafür musterten sie jeden Mann in den Dreißigern, der dunkles, gelocktes Haar hatte. Manche wurden sogar ergriffen und zu einem besonders kräftigen, finster dreinblickenden Blonden gebracht, der sie scharf ansah, bevor er sie mit unwilliger Geste entließ. Den Bauern mit seinem Handkarren, auf dessen Stroh ein weißhaariger Bettler hockte, dessen linker Fuß mit einem fleckigen Verband umwickelt war, würdigten sie dagegen kaum eines Blickes.
Am südlichen Thamesisufer, einige hundert Schritt von der Brücke entfernt, hielt der Bauer an, und der Bettler kroch vom Karren. »Mein Weg nach Calleva hier rechts«, grunzte der Mann in seinem kaum verständlichen Latein. »Du geradeaus gehen, einige Tage, dann Noviomagus kommen.«
Flavius dankte dem Bauern, gab ihm einen Denar und begann, die Straße entlangzuhinken. Als der andere außer Sichtweite war, verschwand er hinter einem Busch, wickelte den Verband vom Fuß und zog sich mit einem dankbaren Seufzer die Sandale an. Den kleinen, beschmutzten Leinensack geschultert, begann er seine Wanderung. Anfangs genoss er die neu gewonnene Freiheit, beobachtete die grasenden Schafe, die mit Korn bestandenen Äcker und die Obstbäume mit den kleinen, noch grünen Äpfelchen. Doch bald merkte er, dass er solcherlei Fußmärsche nicht mehr gewohnt war. Die Sonne brannte, die abgetretenen Schuhe schmerzten und verursachten Blasen. Er zwang sich, weiterzugehen; ganz wie ein richtiger Bettler den anderen Reisenden sein Schälchen entgegenzustrecken und um Almosen zu bitten. Zwar trug er einen Gürtel voller Goldstücke um den Bauch geschnallt, aber eines davon zu wechseln, durfte er in seinem armseligen Aufzug nicht wagen, und Kupferstücke hatte er fast keine mehr. So bemerkte er mit zunehmender Verbitterung, wie selten eine Münze in seiner Schale klirrte, wie häufig dagegen eine grobe Verwünschung die Antwort war.
Als nach einigen Stunden die Sonne sank, war Flavius erschöpft. Im letzten Dorf hatte er sich ein Stück Brot und einen Kanten Käse

gekauft, so setzte er sich an einen dahinplätschernden Bach, kühlte seine müden Füße, aß und trank, bevor er sich einen Platz im Gebüsch suchte. Jetzt merkte er, was ihm auf seiner Wanderung fehlte: Feuersteine, eine Decke, eine Wasserflasche. Genug Geld, all das hundertfach zu kaufen, trug er mit sich – dennoch musste er zur Sicherheit weiter als Bettler leben. Aber besser so, als von Carausius' Barbaren und Allectus' Männern durch die Straßen Londiniums gehetzt zu werden. Hier würde ihn keiner vermuten. Mit diesem Gedanken schlief er zufrieden ein.

Am nächsten Morgen erwachte er steif und durchgefroren vom Gesang der Vögel, den er so laut und durchdringend noch nie wahrgenommen hatte. Er fluchte, als er hungrig nach dem restlichen Käse griff und feststellen musste, dass er schwarz von kleinen Ameisen war. Wütend wusch er sie ab und würgte lustlos sein Essen hinunter, bevor er sich wieder auf den Weg machte. Seine Beinmuskeln schmerzten, und er fror, denn es war noch früh. Ein kalter Wind blies ihm entgegen, und die Sonne hatte sich hinter grauen Wolken versteckt. Nach einiger Zeit rumpelte von hinten ein leerer Karren heran. Flavius begann zu hinken, zog seine Bettlerschale und winkte dem Lenker, zu halten, doch der trieb unbeirrt die beiden Pferde an ihm vorbei. Kurz danach überholte ihn ein Reiter, den Flavius an seinem Byrrus, den Stiefeln und dem Kurzschwert als kaiserlichen Expresskurier erkannte, gefolgt von einer Carruca des Cursus Publicus. Flavius hielt einen Augenblick inne und starrte dem Wagen nach. Noch vor zwei Tagen war er selber so gereist, und jetzt … Dann schüttelte er den Kopf und setzte seine Wanderung fort. Wenn er wenigstens seine guten, teuren Stiefel anziehen könnte!
Je weiter er sich von Londinium entfernte, umso weniger Menschen schienen auf der Straße unterwegs zu sein und seine Bettelschale blieb leer. Mittags leistete er sich eine warme Suppe in einer Taverne am Wegesrand, und als es Abend wurde, versuchte er sein Glück in einem Gasthof, doch da er kein Kleingeld mehr besaß, musste er dankbar sein, dass ihm der Wirt ein Lager im Stroh zuwies.

Als Gesellschaft hatte er den alten Hofhund, der die ganze Nacht schnarchte, gelegentlich so heftig zuckte, als sei er im Traum einem Rudel Rehe hinterher und Flavius immer wieder aus dem Schlaf riss. Diesmal wachte er erst spät auf und fand seinen Körper von Flohbissen übersät. Mit verquollenen Augen klopfte er sich die Strohhalme ab, bedankte sich bei dem Wirt, der ihm mit großzügiger Geste noch einen angeschimmelten Brotkanten zuwarf, und schleppte sich wieder auf die Straße, die sich als grausames, gerades Band durch die hügelige Landschaft zog. Mittags hatte er Glück: In einem Dorf, das aus einem Dutzend gallischer Rundhäuser bestand, gab ihm eine mitleidige alte Frau ein Stück Wurst, als er mit Hilfe seiner paar Brocken Gallisch um etwas Essen bat. Doch danach steigerte sich der Wind zu kurzen, heftigen Böen, die den Straßenstaub aufwirbelten und bald von peitschenden Regenschauern abgelöst wurden. Flavius musste niesen, dann begann seine Nase zu laufen, und er spürte, dass eine Erkältung im Anzug war. Noch eine Nacht im Freien, und er würde vor Fieber nicht mehr weiter können. So beschloss er, als er in der nächsten kleinen Stadt ein Stabulum sah, seine Verkleidung zu wechseln. Er verschwand in einer Scheune, wusch sich mit Hilfe des Regenwassers die Salbe aus dem Gesicht, zog seine gute Tunika aus dem Sack, schlüpfte in die Stiefel, holte einen Aureus aus seinem Gürtel und streifte seinen goldenen Siegelring über. Dann hastete er durch den Regen zu dem Gasthaus und bemerkte mit Befriedigung, wie ihn der verblüffte Wirt buckelnd begrüßte, als er nach einem Einzelzimmer fragte.
»Gerne, Ihr bekommt das Beste. Und wohin darf ich das Gepäck bringen, mein Herr?«
»Ich habe nur diesen Sack hier«, antwortete Flavius. »Meine Carruca hatte einen Speichenbruch und blieb liegen.«
»Ach so«, antwortete der Wirt. »Wenn ich dann um sofortige Bezahlung bitten dürfte?«
»Natürlich, mein Bester, wenn du herausgeben kannst.« Mit diesen Worten reichte ihm Flavius den Aureus, als sei das die selbstverständlichste Angelegenheit der Welt, und sah mit Genugtuung, wie ehrfürchtig der feiste, kleine Mann die Goldmünze befingerte, be-

vor er einen Haufen Denare aus seiner Kasse kramte. Dann ließ sich Flavius, da er sich fiebrig fühlte, das Essen auf sein Zimmer bringen, verriegelte die Türe und schlief wie ein Stein.
Am nächsten Tag fühlte er sich besser, aber noch so schwach, dass er beschloss, einen Ruhetag einzulegen. Doch hatte er nicht mit dem Eifer des Wirts gerechnet, der sich bei einem so wohlhabenden Gast einen Zusatzverdienst erhoffte und den Medicus des Ortes rufen ließ.
Flavius war in einen unruhigen Dämmerzustand gefallen, als es an die Türe klopfte und ein seltsamer Mann den Raum betrat. Er trug eine nach vorne gewölbte phrygische Mütze, unter der schwarze Locken hervorquollen. Er mochte etwa vierzig Jahre zählen, seine Nase war gebogen, die unruhigen Augen unter den schwarzen Brauen spähten unter schweren Lidern hervor. Über der mit Sternen bestickten Tunika trug er einen breiten, roten Ledergürtel, ein Cucullus hing von seinen Schultern.
»Darf ich mich vorstellen? Mein Name ist Paresorios Theodulos, der berühmte Medicus aus Pergamon«, verkündete er mit schwerem griechischem Akzent. Seine Hand hielt eine Schriftrolle, mit der er auf den Patienten zeigte.
»Ah, ich sehe schon – das Fieber des Vulcanos hat die üblen Säfte in Wallung gebracht. Hier hilft laut dem großen Galenos«, bei diesen Worten zog er die Rolle zu Rate, »ein Aderlass, natürlich am besten mit frischen Blutegeln. Wie gut, dass ich welche dabeihabe.« Damit stellte er ein Glas, in dem sich schwärzliche Würmer wanden, zusammen mit einem bronzenen Medizinkästchen auf den kleinen Tisch.
»Ich habe einfach eine fiebrige Erkältung«, hustete Flavius. »Bitte keine Egel.«
»Es steht dem Patienten nicht zu, den Erkenntnissen der Medizin zu widersprechen.« Der Arzt nahm das Glas wieder in die Hand. »Galenos schreibt ausdrücklich ...«
Flavius richtete sich auf. »Zeigt mir die Stelle.«
»Gerne, aber es ist Griechisch, Ihr werdet es nicht lesen können.«
»Ich habe früher einmal diese Sprache studiert. Den Galenos bitte.«

Zögernd reichte ihm der Arzt die Rolle, zeigte auf eine Stelle, und Flavius las stumm, bis er kopfschüttelnd dem Medicus die Schrift zurückreichte. »Das ist eine Anleitung zur Verhütung aus dem Werk des Soranos über die Frauen. Ich bin selbst einst bei einem Arzt in die Lehre gegangen.« Ein erneuter Hustenanfall schüttelte ihn. »Ihr scheint Euch in Eurer gewiss umfangreichen Bibliothek verlaufen zu haben. Und nehmt jetzt bitte die Egel weg!«

»Oh, tatsächlich, ein Missgriff meines Büchersklaven«, murmelte der Arzt. »Ich werde ihn zu Hause ausgiebig peitschen lassen, das verspreche ich Euch.« Er stellte das Glas mit den Blutegeln ab und wandte sich wieder dem Patienten zu. »Dann ist es umso wichtiger, den Bauch zu befühlen, ob sich hier eine Hitzewallung bemerkbar macht!« Bevor Flavius widersprechen konnte, hatte der Arzt begonnen, ihn zu betasten, war auf den Geldgürtel gestoßen und hatte ihn mit flinkem Griff hervorgezogen. Aus der offenen Naht purzelte ein Aureus, ein weiterer war im Lederfutter sichtbar. Die Augen des Mannes begannen zu glänzen, während Flavius seine Hand nach dem Gürtel ausstreckte. »Gebt mir mein Eigentum zurück!«

»Gemach, gemach«, zischte Paresorios, und plötzlich war sein griechischer Tonfall wie weggeblasen. »Ein reicher Mann seid Ihr also, reist aber ohne Gepäck, ohne Sklaven und steigt in dieser Spelunke ab. Da stimmt doch was nicht!« Er ging im Raum auf und ab. »Ein Bote hat verkündet, dass auf Kaiser Carausius ein Anschlag verübt worden sei. Der Anführer der Bande wird genau so beschrieben wie Ihr; es ist eine Belohnung von zwei Aurei auf seinen Kopf ausgesetzt. Was haltet Ihr von der Geschichte?«

»Keine Ahnung. Ich habe nichts damit zu schaffen!«

»So, habt Ihr nicht?« Paresorios' Augen glänzten, als er die Goldstücke in dem Gürtel befingerte. »Da bin ich aber nicht so überzeugt.« Er bückte sich, hob den Aureus auf und steckte ihn ein. »Das ist schon mal für meine ärztlichen Bemühungen, wenn Ihr keine Einwände habt.«

Flavius zögerte, dann lachte er gekünstelt. »Aber kauft Euch davon einen richtigen Galenos, am besten auf Latein …«

»Mache ich. Nur – solche Schriften sind teuer. Wenn ich bedenke, dass zwei Aurei Belohnung ausgesetzt sind, die ich so gut gebrauchen könnte. Tatsächlich ist meine Bibliothek nicht so weitläufig, wie sie sein sollte. Zwei, sagen wir drei weitere Goldstücke könnten da schmerzliche Lücken füllen. Was denkt Ihr?«
Flavius brach der Schweiß aus. »Also, wenn ich durch eine Spende helfen kann, so nehmt Euch noch drei, aber dann gebt mir den Gürtel zurück!«
»Danke.« Der Arzt öffnete die Naht, kramte drei Aurei heraus, betrachtete sie andächtig und steckte sie ein. »Allein, da wäre noch etwas …«
»Was denn noch?«
»Ich glaube, der Wirt könnte Verdacht geschöpft haben. Wenn ich auch ihm zwei Aurei anbieten dürfte, nur zur Sicherheit …«
Flavius schüttelte ein Hustenanfall. Er zeigte auf den Sack: »Bitte gebt ihn mir. Da ist eine Dose mit Heilkräutern drin. Wenn Ihr mir davon einen Sud macht, bekommt Ihr noch drei Goldstücke!«
»Aber gern!« Paresorios griff den Leinensack und reichte ihn dem Patienten, der darin herumfingerte, sich dann jedoch erschöpft auf das Bett zurückfallen ließ. »Bitte seht Ihr nach, ich bin zu schwach.«
Der Arzt trat näher, beugte sich über den Kranken und griff nach dem Sack, als plötzlich eine Hand sein Genick umfasste, während zugleich die kalte Klinge eines Dolches seinen Hals berührte.
»Keinen Laut«, zischte Flavius, »sonst werdet Ihr ein Opfer meiner Therapie des vollständigen Aderlasses. Verstanden?«
Paresorios nickte stumm. Flavius wand sich zur Seite, ohne jedoch den Griff zu lockern, drückte den Arzt mit dem Gesicht auf das Bett und band ihn mit dem Lederriemen die Hände auf dem Rücken zusammen.
»Ruhig bleiben«, ermahnte er den Zitternden, »habt Ihr Opium in Eurem Arzneikästchen?«
»Nein, Herr«, stotterte der Liegende. »Nur Mittel gegen Blähungen, Verstopfung, Durchfall, maßloses Furzen, Schwäche der Lenden und dergleichen. Wozu braucht Ihr es, habt Ihr Schmerzen?«

Flavius würdigte ihn keiner Antwort. Er riss von seinem Bettlergewand ein Stück Stoff ab, wobei er darauf achtete, eine möglichst schmutzige Stelle zu erwischen, formte daraus einen Knebel und stopfte ihn dem Widerstrebenden in den Mund. Dann öffnete er die Tür und rief im griechischen Tonfall des Arztes: »Wirt, ich bedarf für meine Dionysos-Säftetherapie des reinen Weines. Bringt einen großen Krug, mindestens drei Sextarii, und einen Becher.«
»Gerne, mein Freund. Auch Wasser?«
»Nicht nötig, macht nur schnell.«
Zurück im Zimmer zog Flavius die Bettdecke über den Gefesselten, setzte dessen phrygische Mütze auf und hängte sich den Cucullus um. Als der Wirt den Raum betrat, gewahrte er den Rücken des Arztes, der am Krankenbett saß, unverständliche Sprüche murmelte und ihm bedeutete, den Wein abzustellen.
Kaum war die Türe wieder geschlossen, holte Flavius den Krug, richtete Paresorios im Bett auf, löste den Knebel, wobei er den Dolch in der Hand behielt, und füllte einen Becher, den er dem Gefesselten an den Mund setzte.
»So, jetzt trinken wir schön auf den großen Hippokrates.«
Der Arzt starrte ihn finster an, befolgte jedoch den Befehl.
»Sehr gut. Und nun einen Becher zu Ehren seines Nachfolgers Praxagoras.«
Wieder schluckte der Gefangene die blutrote Flüssigkeit.
»Aber wir dürfen auch Diokles von Karystos nicht vergessen!«
Flavius setzte seinem Opfer einen weiteren Becher an die Lippen. Ein leichtes Kitzeln mit dem Dolch genügte, und der Gefesselte trank, rülpste und flehte: »Bitte, lasst es genug sein.«
»Leider unmöglich«, entgegnete Flavius.
Nachdem auch Herophilos, Galenos, Rufus von Ephesos und der arzneimittelkundige Dioskurides gebührend gewürdigt worden waren, lallte der Gefesselte nur noch, sodass der Wein zu Ehren des großen Frauenarztes Soranos an seinem Kinn herunterlief. Flavius nickte zufrieden, trank selbst den Rest, löste die Handfesseln und ließ den Volltrunkenen auf das Bett plumpsen. Danach zog er ihm den Gürtel, die Sternentunika und die Stiefel aus, band ihm erneut

die Hände zusammen, legte ihn auf den Bauch und deckte ihn zu. Er ging zur Tür und betrachtete das Bild: Ein Patient, von dem nur der schwarz gelockte Hinterkopf zu sehen war, lag regungslos im Bett. Für mindestens zwölf Stunden würde der Mann bewegungsunfähig sein und sich danach möglicherweise an nichts mehr erinnern. Diese Zeit blieb ihm zur Flucht.
Gebeugt, mit abgewandtem Gesicht, durchquerte er die Gaststube und rief von der Türe aus dem Wirt zu:
»Alles in Ordnung. Damit die Schlaftherapie mit Hilfe des Gottes Asklepios wirken kann, darf der Patient vierundzwanzig Stunden nicht gestört werden. Danach wird er geheilt sein und für uns beide fällt ein schönes Sümmchen ab. Ich muss zum nächsten Kranken!«

Wieder auf der Straße, verflog nur zu bald die Hochstimmung, mit der Flavius das Gasthaus verlassen hatte. Obwohl er sich fiebrig und schwach fühlte, zwang er sich weiterzugehen. Paresorios schien ziemlich bekannt zu sein, denn immer wieder grüßten ihn die Bewohner des Städtchens, und Flavius musste sich zu freundlichen Antworten aufraffen. Doch dank der seltsamen Verkleidung und des griechischen Akzents sah niemand genau hin. Langsam verschwanden die letzten Häuser hinter ihm, die Straße wand sich durch die grüne Landschaft des südlichen Britanniens, und nun hielt auch ein vorüberfahrender Karren, als Flavius winkte und etwas von Kräutern murmelte, bei deren Suche er sich verlaufen habe. Am Spätnachmittag bog der Fahrer ab, sodass er erneut auf seine Füße angewiesen war, und als der Abend nahte, war weit und breit kein Rasthaus zu sehen. Ein Stück entfernt ragten die roten Dächer einer Villa über den Hügel, und Flavius erwog einen Augenblick, die Verkleidung zu wechseln. Doch als sonderbarer Arzt zu reisen erschien ihm sicherer, als der Suchbeschreibung eines Kaiserattentäters zu entsprechen.
Als er am Tor des Gutshofes anklopfte, wurde er bereitwillig von einer stämmigen, dunkelblonden Frau eingelassen.
»Vielen Dank«, hustete er und ließ sich auf den angebotenen Korbstuhl fallen. »Mein Name ist Paresorios, der Medicus. Ich war beim

Kräutersammeln – Bilsenkraut und Nieswurz, man muss nur die richtigen Stellen kennen – und als ich zurückkam, hatte ein Schurke mein Pferd gestohlen.« Ein erneuter Hustenanfall, den er nicht einmal vortäuschen musste, schüttelte seinen erschöpften Körper, und die Gastgeberin ließ ihm sogleich einen Becher heißen Wein mit Honig und vielen Kräutern bringen.
»Sicher nicht so gut wie Eure Medizin«, entschuldigte sie sich, »doch meine Großmutter hat meinen Großvater damit immer auf die Beine gebracht.«
»Vielen Dank, ich mache mich gleich wieder auf den Weg«, murmelte Flavius, doch der erhoffte Widerspruch blieb nicht aus. »Das habe ich nicht gemeint, Ihr bleibt natürlich hier, bis Ihr wieder gesund seid.«
»Ihr seid zu gütig, aber ich kann Eure Gastfreundschaft nur eine Nacht in Anspruch nehmen. Morgen früh muss ich weiter.«
»Das sehen wir schon. Mein Mann kommt gleich vom Feld zurück, auch er wird sich freuen, dass wir einen Gast haben.«
Dankbar sank Flavius, nachdem er zwei Teller Hühnerbrühe gelöffelt hatte, in sein Bett und schlief mit dem Vorsatz ein, am nächsten Morgen zeitig aufzubrechen.
Doch als er aufwachte und aus dem Fenster sah, bemerkte er zu seinem Schrecken, dass draußen die Nachmittagssonne schien – er hatte an die zwanzig Stunden durchgeschlafen. Seine Blase war so voll, dass er sich schon etwas in das Bettlaken entleert hatte. Beschämt zog er seine normale Tunika an, öffnete leise die Türe und lief über den verlassenen Gang zum Badehaus, wo sich die Latrine befand. Auf dem Rückweg vernahm er Pferdewiehern und Stimmen vor dem Eingang der Villa, deren Tonfall ihn stutzig machte. Vorsichtig ging er zu einer Ecke und lauschte.
»Das ist ja schrecklich«, hörte er die Frau sagen. »Erstickt ist er?«
»Ja, an seiner eigenen Kotze«, antwortete die grobe Stimme eines Knechtes. »Und als der Wirt ihn umdrehte, da war's gar nicht dieser Fremde, hinter dem der Kaiser her ist, sondern der Arzt der Stadt. Stellt Euch das vor!«
»Wann hat man den Toten entdeckt?«

»Heute Morgen, durch Zufall. Der Wirt wollte nach dem Gast sehen und bemerkte den Arzneikasten. Er schickte ihn zu dem Haus dieses Paro … irgendwie so ähnlich …«

»Paresorios?«

»Ja, ich glaube, so hieß er.«

»Aber das kann nicht sein«, rief die Frau verwundert aus. »Der schläft seit gestern Abend bei uns!«

»Das verstehe ich nicht …«

Flavius hatte genug gehört. Mit klopfendem Herzen hastete er zu seinem Zimmer, stopfte die Kleider des Arztes in das Bett, sodass es aussah, als läge dort noch jemand, zog den Cucullus an, griff seinen Sack und war mit wenigen Schritten aus dem Hintereingang des Hauses. Mit erzwungener Ruhe überquerte er den Hof und wich einem Ganter aus, der ihn mit gesenktem Hals anzischte. Vorbei an den Misthaufen, dem Schweinestall und den Lagerschuppen, trat er aus dem Hoftor und begann zu laufen, als er sicher war, von der Villa aus nicht länger gesehen werden zu können. Nach einer Meile konnte er nicht mehr, verfiel in eine ruhigere Gangart und beschloss, die Hauptstraße zu meiden und sich lieber ein Stück abseits durch die Wiesen und Felder zu schlagen.

Nach einer Stunde Wanderns war er ruhiger geworden, der Schlaf hatte ihn gekräftigt, und er freute sich, als er eine halbe Meile voraus gegen die Abendsonne eine Schafherde mit Junglämmern erblickte, die friedlich an den Zitzen ihrer Mütter saugten. Er dachte an Drusillas Hof, auf dem er aufgewachsen war, und sehnte sich mit einem Mal so nach seiner Heimat, dass ihm fast die Tränen kamen. Bald würde es so weit sein! Da hörte er das Kläffen hinter sich.

Er sah sich um – noch lag ein Hügel zwischen ihm und seinen Verfolgern, aber die Hunde würden auf seiner Spur bleiben. Wahrscheinlich hatte man sie an dem Laken schnuppern lassen und ohne einen Bach, den es hier nicht zu geben schien, konnte er sie nicht abschütteln. Es sei denn …

Hastig schnitt er einen dünnen, langen Streifen von seinem Bettlergewand, urinierte darauf und zog den Stoff hinter sich her, während er sich der Schafherde näherte. Die Tiere waren zutraulich und als er sich mitten unter ihnen befand, suchte er sich ein Schaf ohne Jungtier, packte es und knotete ihm den Stoff an das Hinterbein. »Tut mir leid«, murmelte er, als er den Dolch zog und dem Tier einen vorsichtigen Stich versetzte, sodass es mit lautem Blöken davonstob. Dann suchte er sich einen Haufen frischen Schafskot, rieb die Sohlen seiner Stiefel darin und begann, im rechten Winkel zu seiner bisherigen Richtung davonzulaufen, wo die Wiese an einen endlos scheinenden Wald grenzte.

Wenn alles gut ging, würden die Hunde die Schafe aufscheuchen und die Verfolger zu spät bemerken, dass sie der falschen Fährte folgten. »Fortuna«, keuchte er, »ich gelobe einen Stein vom besten Handwerker der Stadt, wenn du mich rettest!«

Als er sich mitten in der Nacht erschöpft auf den weichen Waldboden sinken ließ und in den Cucullus hüllte, war er überzeugt, dass die Göttin sein Angebot angenommen hatte. Morgen würde er die Villa erreichen und in Sicherheit sein.

Am Morgen erwachte er durstig und hungrig. Trotz seines Widerwillens zog er sich die Bettlerkleider an, um unerkannt seinen Weg fortsetzen zu können, stülpte sich die Perücke über und schmierte sich wieder Schminksalbe auf Hals und Gesicht. Meine Verbrecherkarriere macht Fortschritte, dachte er bitter. Inzwischen werde ich von Carausius als Attentäter, von Allectus als entflohener Untergebener und von den lokalen Aedilen als Mörder gesucht. Mal sehen, welch weitere Untaten man mir heute Abend zur Last legt.

Die Sandalen des Bettlers scheuerten an seinen aufgeplatzten Blasen, sodass er nur hinkend vorankam, doch niemand beachtete ihn, als er am frühen Nachmittag Noviomagus erreichte. Ein Stück links des Weges sah er das verfallene, nicht mehr benutzte Amphitheater, dann betrat er durch das Osttor die Stadt. Dort gönnte er sich einen Teller gebratener Innereien am Straßentresen einer Taverne des Decumanus Maximus, bevor er erneut aufbrach. Nach einer Meile bog er von der Hauptstraße nach links ab und gewahrte schon die weiß verputzten Mauern, als er hinter sich Hufgetrappel hörte. Unwillkürlich senkte er den Kopf, als ihn die Reiter erreichten.

»Wo willst du denn hin, Alterchen?«, hörte er eine mitleidige Stimme mit fränkischem Akzent.
Er wagte nicht, aufzublicken. »Zur Villa, hab Hunger …«, lallte er mit britannischem Tonfall und schlurfte weiter, als der Reiter einem Kameraden zurief: »Komm, den armen Kerl nehmen wir mit!«
Ehe Flavius es sich versah, packten ihn zwei Söldner an den Armen und hievten ihn lachend hinter den Sattel eines Dritten, dann gaben sie ihren Pferden die Sporen. Flavius klammerte sich an den Reiter vor ihm und flehte alle Götter an, dass ihm der Wind nicht die Perücke vom Kopf reißen möge. Aus den Wortfetzen, die er von der Unterhaltung der Männer mitbekam, konnte er entnehmen, dass der Wirt, dem klar geworden war, wen er beherbergt hatte, die Behörden verständigt hatte und dass die Reiter sich in Allectus Villa einquartieren wollten, um von dort aus die Umgebung nach dem Flüchtling abzusuchen. Die Männer waren jung, kaum älter als zwanzig; freundliche, fröhliche Barbaren, die sich auf eine spannende Menschenjagd freuten.

An der Villa angekommen, dankte er dem Reiter, rutschte von der Pferdekruppe, hinkte zur Rückseite des Hauses, suchte die Pforte für die Dienerschaft und setzte sich ein Stück entfernt auf den Boden. Es herrschte ein reges Kommen und Gehen, doch niemand schien ihn zu erkennen oder auch nur zu beachten. Endlich fasste er sich ein Herz und fragte einen jungen Burschen nach Trosia.
»Ist nicht da«, war die mürrische Antwort, »aber da kommt ihr Ochse, vielleicht weiß der, wo sie steckt.«
Der Junge winkte Ungario, der sich in seinem zuckenden Krebsgang näherte und Flavius verständnislos anstierte, bis plötzlich ein Leuchten über sein verquollenes Gesicht glitt. »Meermann wieder da. Gut!«
»Ja, sehr gut«, flüsterte Flavius. »Aber leise!«
»Leise nicht gut, alle freuen! Bad schon fertig, Ihr schmutzig …« Er zerrte Flavius, der sich vergeblich sträubte, zur Pforte. »Allectus bald kommen, viel Freude. Trosia Freude!«
»Nein, Ungario«, rief Flavius verzweifelt, »warte und hör mir zu!«

Der Mann stierte ihn verwirrt an. Aus seinem schiefen, halb offen stehenden Mund rann der Speichel. »Meermann kein Freund?«
»Doch, aber es ist ein Geheimnis, dass ich hier bin. Geheimnis!«
Ungario kratzte sich die Nase. »Geheimnis gut. Gleich allen sagen, alle freuen über Geheimnis.«
»Nein!« Flavius hätte am liebsten auf den begriffsstutzigen Trottel eingeprügelt. »Das Geheimnis ist nur für dich und Trosia. Ein Geschenk nur für euch!«
Der Mann legte den Kopf schief, verzog den Mund, doch dann schien er zu verstehen. »Andere später sagen, später freuen?«
»Ja, Ungario. Später, morgen, aber auf keinen Fall jetzt. Es soll eine Überraschung werden!«
»Gut, gut. Da Trosia kommen!«
Ungario lief der alten Magd entgegen und nahm ihr ein schweres Bündel von den Schultern. Die Frau sah Flavius verständnislos an, bis der seine Perücke abzog.
»Herr, wie seht Ihr denn aus?«
»Leise, bitte«, flüsterte er. »Lasst es mich erklären.«
Eine Stunde später saß er in einer Abstellkammer auf einem Haufen Stroh und vertilgte einen großen Teller Schweinebraten, den Trosia von der Tafel der fränkischen Söldner abgezweigt hatte. Die Magd saß neben ihm und erzählte.
»Mein Neffe konnte sich inzwischen das Fischerboot kaufen – dank Eurer zwei Aurei. Ich spreche nachher mit ihm; wenn alles klar ist, könnt Ihr morgen früh an Bord gehen. Bei günstigem Wind wird er Euch abends an der Küste Galliens absetzen. Von da aus müsst Ihr Euch alleine durchschlagen …«
»Danke, das habe ich in der letzten Woche gelernt«, antwortete Flavius. »Vielen, vielen Dank! Jetzt wird alles gut!«
Erst viel später erfuhr er, dass an diesem Tag sein Vater beerdigt worden war.

Marcus Aurelius summte vor sich hin, tupfte sich etwas Rosenwasser ins Haar und sah in den Spiegel. Ein ebenmäßiges Gesicht, dessen Züge mit den Jahren männlich-markanter geworden waren, blickte ihm zufrieden entgegen. Heute Nachmittag war es so weit, und diese Nacht würde er seinen Triumph auskosten. Leider musste er zuvor noch eine Kleinigkeit erledigen. Als er aus dem Haus trat, den Cucullus über den Kopf gezogen, nieselte es leicht, doch er winkte ab, als ihm sein Türwächter die Sänfte rufen wollte. Durch Seitengassen ging er bis zum Flussufer, verließ die Stadtmauer durch eine kleine Pforte und folgte dem Strom. Er begegnete niemandem, bis er nach einer Leuge zu einem Weidendickicht gelangte, wo er schon erwartet wurde.

»Du wolltest mich sprechen?«, fragte er.

Der Mann mit den geflickten Kleidern nickte. »Ich brauche Geld.«

»Schon wieder?« Seit der kleinen Gefälligkeit, wie Aurelius den einen Monat zurückliegenden Mord an Primus zu nennen pflegte, war der Taschendieb immer lästiger geworden.

»Ja, ich schlaf nachts kaum noch, wenn ich mich nicht vorher besaufe. Immer verfolgt mich der Blick dieses Müllers …«

»… den abzustechen dein eigener Wunsch war!«

»Aber Euch bringt's Nutzen. Da ist es nur recht, dass Ihr zahlt!«

»Andernfalls …?«, erkundigte sich Aurelius.

»Gäb's so einiges, was ich sagen könnte.«

»Du hast recht, mein Freund«, nickte Aurelius. »Wir sollten uns nicht streiten. Aber dennoch fände ich es vorteilhafter, wenn du die Stadt verlassen würdest. Auch für dich ungefährlicher. Wie gefiele dir eine Schiffsreise? Die Mosella hinab und den Rhenus, zum Meer, bis nach Britannien?« Aurelius wog seinen Geldbeutel in der Hand. »Ich würde für alles aufkommen, du bekämst Geld für unterwegs, und in Londinium habe ich Freunde, die könnten dir eine Stelle verschaffen. Leichte Arbeit, guter Lohn. Wie wäre das?«

»Ein Traum wär das, herrlich …«, stammelte der Alte. »Das Meer … ich habe in meinem ganzen Leben noch nichts anderes gesehen als die Straßen dieser Stadt. Vielen Dank, Herr, vielen Dank.«

»Ach, doch nicht der Rede wert – so oft, wie du mir behilflich warst. Komm mit zum Fluss, vielleicht sehen wir ein Schiff.«

Die beiden gingen bis zum Ende einer kleinen Landzunge, die gurgelndes Wasser umströmte. Aurelius griff mit der Rechten in seine

Tasche, während die Linke flussabwärts zeigte. »Da, ich glaube da kommt eines.«
Der andere starrte über die Wasserfläche. »Wo?«, murmelte er, »ich sehe nichts.«
»Du musst dich weiter vor beugen …«
Der Grauhaarige tat wie ihm geheißen, da spürte er einen stechenden Schmerz im Rücken. Er merkte gerade noch, wie ihn ein Tritt in die Fluten taumeln ließ, bevor er für immer das Bewusstsein verlor.
Einen Augenblick blickte Aurelius dem dahintreibenden Körper nach, dann spülte er das Blut von seinem Dolch. Hier dürfte niemand den Taschendieb vermissen, dessen Leiche der Fluss jetzt mit sich führte, und woanders kannte man ihn nicht. Immer weiter würde ihn das Wasser tragen, die Mosella hinab, zum Rhenus, zum Meer, vielleicht sogar bis nach Britannien. »Gute Reise«, murmelte er und kehrte zur Stadt zurück.

Am Nachmittag spürte Aurelius sein Herz pochen, als ihn Priscilla, Aqmats persönliche Dienerin, in den großen Raum bat, auf dessen blank poliertem Boden das Mosaik mit dem längst verstorbenen Rennfahrer schimmerte. Zwischen zwei Korbstühlen stand ein rundes Tischchen mit drei geschwungenen Beinen, darauf ein silberner Weinkrug und zwei Gläser.
»Aber setz dich doch, lieber Aurelius«, hörte er Aqmats Stimme. Er drehte sich um, ein Lächeln auf den Lippen, und war hingerissen. Man sah der Frau im Türrahmen durchaus an, dass sie bereits Mitte dreißig war: die leichten Falten um den Mund, das schärfer konturierte Gesicht – doch all das wurde mehr als wettgemacht durch ihre Ausstrahlung. Ihr Gang, ihr Lächeln, die Bewegung, mit der sie die rotbraunen Haarsträhnen aus der Stirne strich – Aqmat betrat den Raum wie eine Königin. Diese Frau würde er heute noch besitzen, dachte er, und sie schien glücklich darüber zu sein. Er spürte die körperliche Erregung, und seine Hand zitterte leicht, als er aus seiner Tasche ein kleines Elfenbeinkästchen holte. Vorsichtig öffnete er es, entnahm einen goldenen Ring mit einer großen Perle und hielt ihr das Schmuckstück entgegen. »Für dich!«

»Danke, mein Freund«, lächelte sie, »aber bitte setze dich doch erst einmal.« Sie senkte die Augen. »Ein erfahrener Mann wie du versteht gewiss, dass man bei Frauen nichts überstürzen soll ...«

»Natürlich, wie unbedacht von mir«, beeilte er sich zu versichern. Er stellte das Kästchen auf den Tisch und fühlte sich wie ein Junge bei seinem ersten Treffen mit einem Mädchen. Aqmat schenkte Wein ein, goss etwas Wasser dazu und hielt ihm ein Glas hin.

»Auf die Ehrlichkeit, die Grundlage allen Vertrauens und damit auch der Liebe!«

»Auf die Liebe«, antwortete er und trank ihr zu.

»Weißt du, Aurelius, ich betone das nicht ohne Grund«, fuhr sie fort, »denn die Tatsache, dass Flavius mir gegenüber nicht immer ehrlich war, dass er nicht eingestanden hat, was damals in Mogontiacum geschah«, sie sah ihm so fest in die Augen, dass er Mühe hatte, seinen Blick nicht zu senken, »in dieser unseligen Neujahrsnacht, das hätte beinahe unsere Ehe zerstört.«

Aurelius nickte. Worauf wollte diese Frau hinaus?

Aqmat sah in ihr Glas, dann hob sie wieder den Blick. »Du hast gewusst oder zumindest geahnt, dass ich keineswegs eingeweiht war. Habe ich recht?«

Aurelius spürte, wie sich sein Magen verkrampfte. Diese Wendung des Gesprächs gefiel ihm nicht. Er zuckte mit den Schultern.

»Geahnt vielleicht, aber nicht sehen wollen. Ich verehrte deinen verstorbenen Mann und wollte auf keinen Fall als jemand erscheinen, nun, als einer, der seine Abwesenheit ausnützt, um ihn bei seiner Frau anzuschwärzen.«

Aqmat nickte und trank einen Schluck. »Das ist edel gedacht – zumindest vom männlichen Standpunkt aus. Dann hast du also nie versucht, mir die Wahrheit zu sagen?«

Wieder dieser seltsame Blick, doch Aurelius war klar, dass er jetzt bei der Linie bleiben musste. »Nein, niemals, auch wenn mir manchmal fast das Herz brach, wenn ich sah, wie du leiden musstest.«

»Männerehre«, murmelte sie und setzte unvermittelt hinzu: »Und du hast mir immer die Wahrheit gesagt?« Er nickte stumm. »Mich nie belogen, mir nie falsche Informationen zugespielt?«

Aurelius spürte Schweißtropfen auf seiner Stirne. »Was soll das werden«, sagte er mit rauer Stimme, »ein Verhör?«
Aqmat schüttelte den Kopf. »Kein Verhör, aber die Gelegenheit, alles noch rechtzeitig auf den Tisch zu legen.« Sie lächelte verlegen. »Du weißt doch, dass ohne Ehrlichkeit die Liebe verdorrt.«
»Also, ich habe dir alles gesagt, und jetzt lass uns bitte dieses Thema beenden.«
»Gleich, lieber Aurelius, hilf mir einfach etwas über meine Scheu hinweg, mich ein zweites Mal zu binden. Willst du das?«
Ihr versöhnlicher Ton beruhigte ihn und er nickte. »Was erwartest du von mir?«
»Dass du schwörst, mir nie die Unwahrheit gesagt zu haben oder zu sagen. Ein Schwur, genauso bindend wie der, den ich dir damals geleistet habe. Was ist dir das Wichtigste auf der Welt?«
»Du, Aqmat. Dich zur Frau zu haben.«
»Dann schwöre, dass du eher auf mich verzichten würdest, als mich zu belügen. Kannst du das?« Ihre grünen Augen sahen ihn an, ihr Mund war leicht geöffnet, ihre Lippen zitterten. Diese Frau musste er haben, dafür würde er alles schwören.
»Ich schwöre es dir!«, sagte er mit fester Stimme.
»Danke«, hauchte sie. »Damit hast du mir eine große Last vom Herzen genommen.«
Sie stand auf und begann durch den Raum zu gehen. Wie eine Wildkatze, dachte Aurelius, der ihre Gestalt mit den Blicken maß. Plötzlich wandte sie sich ihm zu. »Da gibt es noch etwas, das ich nicht verstehe ...«
»Was denn?«, fragte er, mühsam seinen Unwillen unterdrückend. »Was verstehst du nicht?«
»Damals, in der ›Zenobia‹, da war ein Mann, der behauptete, ein Flussschiffer aus Mogontiacum zu sein, der bei der Comissatio anwesend war. Als die Tänzerin, du weißt schon ...«
»Gut, aber was habe ich damit zu tun?«
»Hast du den Mann an dem Abend bemerkt?«
Aurelius strich sich über den Bart. »Ja, auch wenn es schon lange her ist, ich glaube, der war dabei. Wieso?«

»Weil Olus ihn vor Kurzem gesehen hat. Unten am Hafen.«
»Ja und? Sein Schiff wird halt …«
»Er ist kein Flussschiffer«, unterbrach ihn Aqmat. »Er ist Hafenarbeiter.«
»Dann hat er damals wohl etwas aufgeschnitten.«
»Das glaube ich auch«, entgegnete sie. »Er war nämlich noch nie in Mogontiacum. Nach dem dritten Becher Wein hat er zugegeben, dass er für seinen Auftritt in der ›Zenobia‹ bezahlt wurde. Von Esuvius …«
»Was? Von diesem kleinen Wiesel?«, rief Aurelius aus. »Den sollte man mal kräftig durchprügeln!«
»Das geht leider nicht«, seufzte Aqmat. »Er ist ja seit Wochen verschwunden. Aber die Prügel hätte wohl eher sein Auftraggeber verdient.«
»Auftraggeber? Wieso das?«
»Woher wusste denn Esuvius, was sich bei dieser Comissatio abspielte? Es gab in ganz Augusta Treverorum nur einen Mann, der dabei war. Zufällig noch ein guter Freund dieses Bürschleins. Du!«
»Jetzt reicht es aber!«, rief Aurelius und sprang auf. »Du hast einen Schwur getan, beim Leben deiner Kinder. Heute sollte ich kommen, damit du die meine wirst, und jetzt …«
»Bitte schrei nicht so«, bat sie ihn. »Das hören ja alle im Haus!«
»Entschuldige, aber was zu viel ist …«
»Natürlich«, beruhigte ihn Aqmat. »Du wolltest mich einfach warnen und hast dich nicht getraut, es mir direkt ins Gesicht zu sagen. War es so?«
»Ja, so war es«, brummte Aurelius. »Kannst du mir verzeihen?«
»Ich glaube schon – wenn es wirklich das einzige Mal wäre, dass du mich getäuscht hast. Denk an deinen Schwur.«
Aurelius wischte sich den Schweiß von der Stirn. »Hast du noch etwas auf dem Herzen?«
»Ja, wenn du mich so direkt fragst«, gab Aqmat zu. »Es hat wieder mit Flavius zu tun.«
Aurelius sah sie an und presste die Hände zusammen. Dann entspannte er sich. »Bitte sag mir, was dich bedrückt.«

»Der Brief mit der Nachricht vom Tode meines Mannes, von wem stammte der?«
»Das ist geheim, das darf ich niemandem sagen ...«
»Nicht einmal deiner Frau?«, Aqmat sah ihn traurig an. »Nicht einmal mir?«
Aurelius überwand sich. »Also gut. Der Brief war von Allectus persönlich, dem Finanzminister des Rebellenkaisers.«
»Und der ist vertrauenswürdig?«
»Auf jeden Fall. Warum sollte er mir die Unwahrheit schreiben?«
»Natürlich, warum sollte ein so hoher Herr das tun«, murmelte Aqmat wie in Gedanken. »Es sei denn, es diente seinen Zwecken. Wenn er um eine falsche Botschaft gebeten worden wäre ...«
»Was sollen diese Überlegungen«, unterbrach sie Aurelius. »Flavius ist tot, ertrunken angespült, und du musst ihn jetzt vergessen.« Er stand auf und lächelte sie an. »Ab heute beginnt ein neues Leben – für uns beide!«
»Nein, für uns beide!«, hörte er eine Männerstimme hinter sich und fuhr herum. Flavius stand im Türeingang, in eine braune Tunika gekleidet. Seine dunklen Locken waren von grauen Strähnen durchzogen. Doch davon abgesehen wirkte er gesund und kräftig, als er sich langsam einen Lederriemen um die rechte Faust wickelte. »Für Betrüger wie Euch ist darin kein Platz!«
»Oh, wie schön, dass Ihr lebt!«, stotterte Aurelius und wich langsam zurück, während der andere auf ihn zuschritt. »Euer Tod war also ein Missverständnis ...«
»Sprecht lieber von einer hinterhältigen Intrige«, gab Flavius zurück, »für die dem Schurken jetzt die Rechnung präsentiert wird.«
»Grobheiten würde ich mir gut überlegen«, zischte Aurelius. »Es könnte Euch reuen, wenn ein gewisses Dokument in die Hände von Diocletianus fiele.«
Flavius sah ihn durchdringend an. »Welches denn?«
»Die von Euch unterzeichnete Ergebenheitsadresse an den ehemaligen Kaiser Carinus, zum Beispiel.«
»Mag sein, allerdings ist das sechs Jahre her. Ich besitze dagegen etwas Neueres, das Euch die Damnatio ad Bestias eintragen könnte.«

»Und was wäre das?«, lachte Aurelius, doch es klang gekünstelt.
»Dieses hier«, Flavius hielt den kleinen Codex hoch. »Eine Aufstellung aller Eurer Berichte an die Rebellen und aller Zahlungen, die Euch ein ordnungsliebender Finanzminister dafür hat zukommen lassen.«
»Woher … woher habt Ihr das?«, keuchte Aurelius, sah sich um und wich langsam in Aqmats Richtung zurück.
Flavius lächelte ihn verächtlich an. »Vielleicht war Allectus mit Eurer Arbeit nicht mehr zufrieden? Vielleicht hat er eine bessere Quelle? Wer kann schon die Gedanken der Mächtigen lesen?« Er steckte den Codex ein und hob seine Faust mit dem Lederriemen. »Auf jeden Fall wird heute abgerechnet …«
In diesem Augenblick machte Aurelius einen Satz, riss Aqmat an sich und setzte ihr seinen Dolch an den Hals. »Eine falsche Bewegung und Ihr seid Witwer!«
Flavius erstarrte. »Bitte tut ihr nichts, Ihr habt Aqmat schon genügend angetan.« Langsam ließ er die Faust sinken. »Belastet Euer Gewissen nicht mit einem weiteren Verbrechen.«
»Warum sollte ich das, wenn Ihr mich den Löwen vorwerfen lassen wollt? Was habe ich denn zu verlieren?« Aurelius sah Flavius an wie eine in die Enge getriebene Ratte. »Warum sollte ich jemanden verschonen, wenn ich selbst nicht verschont werde?«
Einige Herzschläge lang herrschte Schweigen im Raum, bevor Aqmat mit gepresster Stimme sagte. »Verzichte auf Rache, Flavius, und lass ihn laufen. Was geht uns seine Spitzeltätigkeit an?«
Ihr Mann zögerte, dann nickte er. »Gut, aber unter zwei Bedingungen.«
»Was für Bedingungen?«, stieß Aurelius hervor.
»Ihr händigt mir das Schreiben an Diocletianus aus und verlasst innerhalb von drei Tagen diese Stadt, um Euch nie wieder im Westteil des Imperiums blicken zu lassen. Dafür bekommt Ihr den Codex und ich werde kein Wort über Euren Verrat verlieren.«
»Schwört Ihr das?«, fragte Aurelius misstrauisch.
»Ja, das schwöre ich. Bei allem, was mir heilig ist und bei der Liebe meiner Frau.«

Aurelius nickte und ließ den Dolch sinken. »Einverstanden.«
Aqmat entwand sich seinem Griff und lief zu Flavius, der sie in die Arme schloß. Beide beobachteten, wie der andere mit hängenden Schultern zur Türe ging und sich dort ein letztes Mal umsah. Aqmat zeigte auf den Ring. »Ihr habt etwas vergessen!«
»Behalte es«, sagte Aurelius mit erloschener Stimme und verließ den Raum. Doch draußen ballte er die Faust.
Aqmat und Flavius standen eine Weile eng umschlungen, dann flüsterte sie: »Verlass mich nie wieder. Ich liebe dich und habe dich schrecklich vermisst. Wenn du gestern Abend nicht plötzlich vor der Türe gestanden hättest, wäre es vielleicht zu spät gewesen.«
Er nickte. »Ja, auch mir ist erst bewusst geworden, wie sehr ich dich liebe, als ich glaubte, dich verloren zu haben. Lass uns immer zusammenhalten und nie mehr Geheimnisse voreinander haben.«

Zwei Tage später verließ Aurelius die Stadt, ohne irgendwem sein Reiseziel zu nennen. Man munkelte, ein geheimer kaiserlicher Auftrag habe ihn in den Ostteil des Reiches gerufen.
Anderthalb Jahre später geschah, was Allectus einst befürchtet und Flavius lange erhofft hatte: Am 1. März erhob Kaiser Maximianus in Mediolanum seinen Feldherrn Constantius zum Mitregenten mit dem Titel eines Caesars. Einige Wochen später vollzog Diocletianus im Osten des Reiches den gleichen Schritt, indem er einen rohen, doch fähigen Soldaten namens Galerius zu seinem Mitkaiser machte. Um die vier Herrscher auch familiär miteinander zu verbinden, mussten sich beide Caesares von ihren bisherigen Frauen trennen. Galerius heiratete Diocletianus' Tochter Valeria, während Constantius Maximianus' Stieftochter Theodora ehelichte. Damit musste Helena, die Mutter des jungen Constantinus, den Kaiserhof verlassen, doch der junge Mann selbst genoss weiterhin das Wohlwollen seines Vaters.
Constantius wählte Augusta Treverorum zu seiner Residenz, ohne dort jedoch viel Zeit zu verbringen, denn seine erste Bewährungsprobe war der Kampf gegen den britannischen Rebellen. Flavius wurde dank seiner Kenntnisse über die Küstenbefestigungen Bri-

tanniens zur rechten Hand des Kaisers und nahm an den Sitzungen des Kriegsrats teil, der die Belagerung von Bononia plante. Der befestigte Hafen, Carausius' wichtigster Stützpunkt in Gallien, wurde durch Pfahldämme vom Meer abgeschnitten, und als die Einwohner erkannten, dass ihnen die britannische Flotte keine Hilfe mehr bringen konnte, ergaben sie sich. Am gleichen Tag unterspülte das Meer die Sperranlage und brachte sie zum Einsturz. Die Tatsache, dass diese genau so lang gehalten hatten, wie sie ihrem Zweck diente, sah man als Zeichen göttlichen Beistands.
In Britannien dagegen versetzte der Verlust der gallischen Besitzungen Carausius' Ansehen einen so schweren Schlag, dass Allectus ihn ermordete, selbst nach dem Purpur griff und bald darauf begann, sich am Londoner Thamesisufer einen Palast zu errichten. Flavius, der in den Ritterstand erhoben worden war, kehrte zu seiner Familie zurück. Er sollte die Wiedereröffnung der Münzstätte in Augusta Treverorum vorbereiten, um später deren Leitung zu übernehmen. Im gesamten Reich, so wollte es der Augustus Diocletianus, sollte das alte Inflationsgeld durch neue Münzen ersetzt werden, die wieder das Vertrauen des Volkes genießen würden. Außerdem brauchte der neue Caesar Constantius Geld für seine Soldaten und für die Bauten, mit denen er seine Residenz schmücken wollte. Neben einem Palast, den er sich im Norden der Stadt, unweit der Porta Martis errichten ließ, war vorgesehen, die Arena mit Untergeschoss und modernsten Hebemaschinen auszustatten. Das meiste Gold würden jedoch die neuen Thermen verschlingen, die in der Mitte der Stadt, zwischen Forum und Arena, zwei ganze Insulae einnehmen sollten. Es war ein Schock für Flavius und seine Familie, als sie erfuhren, dass auch ihr Haus dem Riesenbau weichen musste.

Constantius brach auf, um die mit den Rebellen verbündeten Germanenstämme am Unterlauf des Rhenus zu unterwerfen, ließ die Werften an der gallischen Küste instand setzen und befahl den Bau neuer Schiffe. Nach drei Jahren intensiver Vorbereitungen stachen zwei gewaltige Flotten zur Eroberung Britanniens in See. Die eine, unter dem Befehl des Prätorianerpräfekten Asclepiodotus, erreichte im Schutz des Nebels die britannische Küste bei der Insel Vectis. Dort ließ der Befehlshaber die nicht mehr benötigten Transportschiffe in Brand stecken und sein Heer in Richtung Londinium marschieren. Der völlig überraschte Allectus eilte ihm mit seinen Söldnern entgegen, wurde vernichtend geschlagen und fiel mit fast allen seinen Getreuen.

Auf einem der Schiffe der zweiten Flotte, die von Constantius befehligt und von widrigem Wetter aufgehalten worden war, stand Flavius' Sohn Alexander. An den Vordersteven gelehnt, starrte er ungeduldig nach vorn, während die Ruder rhythmisch klatschend das Schiff die Thamesis hinauf schoben. Aqmat hatte versucht, ihren Ältesten von diesem Abenteuer abzuhalten – vergeblich. Constantius hatte den jungen Mann, der altersgleich mit seinem Sohn war, auf Flavius' heimlichen Hinweis hin die Teilnahme befohlen, was Alexander einen ganz unrömischen Freudenschrei entlockte. Doch als sich die Schiffe jetzt Londinium näherten, sahen sie Rauchsäulen aufsteigen und hörten die Schreie von Menschen in Todesangst. Die Legionäre stürmten an Land und stießen auf fränkische Söldner, die Reste von Allectus Armee, die dabei waren, die Stadt zu plündern. Den disziplinierten Legionären war es ein Leichtes, die Barbaren vor sich herzutreiben. Ein kleiner Haufen scharte sich eine Zeit lang um einen blonden Hünen namens Berus, doch einer nach dem anderen wurde niedergehauen, bis auch der Anführer, von einem Pilum in den Hals getroffen, zu Boden stürzte, während Hunderte von Bürgern das Schauspiel von den Fenstern ihrer Häuser aus beklatschten.

Als Constantius kurze Zeit später in Londinium einzog, jubelten die Bürger und begrüßten ihn als Befreier. Der Kaiser blieb nur kurz, um die überlebenden Anhänger des Rebellen aus ihren Ämtern zu jagen und neue Statthalter einzusetzen, dann kehrte er nach Gallien zurück.

Britannischen Boden würde er erst ein Jahrzehnt später wieder betreten. In Eboracum, der nördlichsten Kolonie des Reiches, sollte sich sein Schicksal erfüllen.

5. Kapitel

JUPITERS BEFEHL

(300–304 n. Chr.)

»Die alte Religion darf nicht von einer neuen getadelt werden. Es ist das größte Verbrechen, zu widerrufen, was einmal von den Alten bestimmt und festgesetzt ist und einen sicheren Gang innehält. Darum sind wir eifrig darauf bedacht, die böswillige Hartnäckigkeit schlechter Menschen zu bestrafen, die neue und unerhörte Sekten den alten Götterdiensten entgegensetzen, um nach ihrer schändlichen Willkür zunichtezumachen, was uns einst von den Göttern gewährt wurde.«

Aus dem Anti-Manichäererlass der Kaiser Diocletianus und Maximianus.

Ein Klopfen riss Flavius aus seinen Gedanken. Hastig nahm er eine Liste, verlieh seinem Gesicht einen ernsten Ausdruck und rief: »Herein!« Anfangs hatte der Wiederaufbau der Münze seine ganze Kraft erfordert, aber seit einigen Jahren lief die große Werkstatt, und er konnte sich darauf beschränken, die Qualität des Stempelschnitts zu prüfen und die Abrechnungen zu überwachen, damit das Gewicht der gelieferten Metallbarren dem der geprägten Münzen entsprach. Es war ein geruhsames Dasein, und wenn nichts Besonderes geschah, würde er es irgendwann als geachteter Nummularius beschließen.

Sein Sekretär betrat mit feierlicher Miene den Raum. »Der Kaiser«, sagte er in ehrfurchtsvollem Ton, »wünscht Euch zu sehen. Baldmöglichst.«

Eine Stunde später saß er Constantius gegenüber, in seine beste Toga gekleidet. Der Kaiser sah alt aus, sein bleiches Gesicht faltig, das Haar von grauen Strähnen durchzogen. Doch seine Stimme war fest wie immer, und er behandelte Flavius aus alter Verbundenheit eher als Freund denn als Untertanen. Nach einigen höflichen Worten kam er zur Sache.

»Ihr habt in den vergangenen Jahren so gute Arbeit geleistet, dass sie selbst am Hof in Nicomedia bemerkt wurde.«

Flavius deutete eine Verbeugung an. »Es war mir eine hohe Ehre, zum Ruhm des Augustus Diocletianus beitragen zu können.« Nachdem genügend Münzen mit dem Bild des neuen Caesars in die ewig offenen Hände der Legionäre gewandert waren, prägte man in Augusta Treverorum zunehmend auch für Maximianus, Diocletianus und Galerius.

Constantius lächelte. »Schön, aber lassen wir die Formalitäten beiseite.« Im Gegensatz zu den drei anderen Cäsaren war er der bescheidene alte Soldat geblieben, der sich für große Gelage das Silbergeschirr zusammen borgte und wenig Gefallen an umständlichem Zeremoniell fand. »Dann könntet Ihr Euch sicher vorstellen, noch mehr für Diocletianus zu arbeiten?«
»Sehr gern. Vielleicht noch eine Sonderserie in Gold auf den Sieg über die Perser? Oder auf die Niederschlagung des Aufstands in Ägypten?« Den zweiten Vorschlag machte er ohne rechte Überzeugung, denn bei der Rückeroberung von Alexandria nach monatelanger Belagerung war es zu einem Massaker gekommen. Doch Constantinus, der Sohn des Kaisers, hatte an diesem Feldzug teilgenommen und sich durch Tapferkeit ausgezeichnet.
Constantius schüttelte den Kopf. »Nein, diesmal dreht es sich um mehr. Wie Ihr wisst, will Diocletianus die schwierigen wirtschaftlichen Verhältnisse im Reich verbessern.«
Flavius nickte schweigend. Münzreform und Steuerreform waren nur zwei Beispiele für den unermüdlichen Drang des Kaisers, die Verwaltung des Riesenreichs bis in den hintersten Winkel neu zu regeln. Allerdings musste zur Durchsetzung der anschwellenden Gesetzesflut die Zahl der Beamten stetig steigen. So zogen jetzt alle fünf Jahre Horden von Steuerschätzern durch das Land, um die wirtschaftlichen Verhältnisse jedes Untertanen zu erfassen.
»Dabei ist Diocletianus bewusst geworden, dass manche, nun, sagen wir ruhig: Misserfolge auf mangelnder Abstimmung der einzelnen Maßnahmen beruhen.« Constantius legte seine Hand auf die goldene Gürtelschnalle und sah Flavius an, als sei er sich selbst noch nicht darüber klar geworden, was von der Paragrafenflut aus Nicomedia zu halten sei. »Deshalb plant er zwei neue umfassende Gesetzeswerke, die das Finanzwesen betreffen. Um sie gründlich vorzubereiten, braucht er Fachleute aus dem gesamten Reich. Ich möchte, dass auch die mir unterstehenden Gebiete vertreten sind: durch einen fähigen Mann meines Vertrauens, der möglicherweise mäßigend einwirken kann, damit wir nicht in Reskripten ersticken. Was haltet Ihr davon?«

»Das scheint mir eine kluge Vorgehensweise zu sein«, bemerkte Flavius vorsichtig.
Der Kaiser nickte. »Es freut mich, dass Ihr das genau so seht. Ich hatte mir Folgendes gedacht …«

»Und du hast zugestimmt?« Aqmat wusste nicht, ob sie wütend oder nur verblüfft sein sollte.
Flavius zuckte mit den Schultern. »Constantius hat mir gesagt, was er will, und mich gefragt, ob ich bereit sei, als sein Vertreter an den Hof nach Nicomedia zu gehen.«
»Du hättest auch ablehnen können, oder? Ist der Kaiser nicht dein Freund?«
»Aqmat«, antwortete Flavius und schüttelte den Kopf, »denk an die Enteignung unseres Hauses. Wer den Purpur trägt, hat keine Freunde. Wenn Constantius, als ich ihn kennenlernte, zehn Stufen über mir stand, so sind daraus jetzt tausend geworden. Wenn er mich das nicht merken lässt, wenn er mich fragt, statt zu befehlen, so ist das unserer alten Freundschaft geschuldet. Nur mach dir bitte keine Illusionen, was mit meiner jetzigen Stellung geschehen würde, sollte ich mich weigern …«
»Du meinst, er könnte einen anderen zum Nummularius machen, obwohl du der Beste für diesen Posten bist?«
»Das würde er sogar sicher«, erwiderte Flavius. »Die Mächtigen hassen Widerspruch. Unter den Eigenschaften, die sie von ihren Untergebenen erwarten, schätzen sie Gehorsam mehr als Können.«
Aqmat überlegte. Seit die Stadt zur Kaiserresidenz ausgebaut wurde, konnten sie von ihren Einkünften aus den Mühlen, den Steinbrüchen und der Töpferei gut leben. Aber sie wusste, wie sehr Flavius es hassen würde, wieder darauf angewiesen zu sein. Und in dem riesigen Reich war es normal, dass hohe Staatsbeamte im Rahmen ihrer Karriere heute in Syrien, ein Jahr später in Britannien, danach vielleicht in Germanien, Italien oder Afrika Dienst taten.
Sie nahm die Hand ihres Mannes. »Ich komme mit dir. Unsere Kinder sind inzwischen erwachsen genug, ihren eigenen Weg zu gehen. Lucilla ist verlobt, sie wird uns in jedem Fall bald verlassen.«

Das blonde Mädchen war verliebt in Marchius Metusan, einen gut aussehenden, schwarzhaarigen Tribun. Er stammte aus einer Grundbesitzerfamilie in Gereisa, einer Siedlung südlich der Stadt Leptis Magna in der Provinz Tripolitanien. Seit dem Africafeldzug des Kaisers Maximianus war er in dessen Stab tätig und derzeit für einige Monate nach Augusta Treverorum abkommandiert.
»Lasst uns heute Abend besprechen, was wir tun«, schlug Aqmat vor und ging zur Tür. Dort fiel ihr gerade noch rechtzeitig ein, dass sie vergessen hatte, eine Frage zu stellen, die ihr Mann sicher erwartete: »Verdienst du dann mehr?«
Flavius nickte, und sie spürte seinen mühsam unterdrückten Stolz. »Ja, fast das Doppelte.«

Nach dem Abendessen trafen sich alle in der großen Halle. Dank dreier Holzkohlebecken war es erträglich warm, obwohl draußen ein kalter Märzwind Regenschauer gegen die Fensterscheiben prasseln ließ. Im Raum hatten die Diener Bronzekandelaber mit Öllampen verteilt, die ein mattes Licht auf die unten dunkelrot, darüber in einem warmen Gelbton bemalten Wände warfen. Da die jüngeren Familienmitglieder zunehmend ihre eigenen Wege gingen, hatten sie schon viele Wochen nicht mehr zusammengesessen, und alle ahnten, dass ihr Leben bald nicht mehr sein würde wie zuvor. Der endgültige Abschied nahte.
»Jetzt wisst ihr, worum es geht«, beschloss Flavius seinen Bericht.
»Ich komme mit euch«, erklärte Alexander in seiner ernsten Art.
»Und ich will mit Marchius gehen«, rief das blonde Mädchen mit den dunklen Augenbrauen. Lucilla hob ihre Hand, an der ein Goldring mit Lapislazuligemme glänzte, auf den sie sehr stolz war. »Könnten wir noch vorher heiraten? Er hat mir erzählt, dass er bald wieder zum Kaiser zurückmuss. Als seine Frau könnte ich mit!«
Aqmat musste lächeln. Je älter ihre Kinder wurden, umso deutlicher traten die Unterschiede in den Charakteren hervor. Alexander war, wie Flavius, vom Imperium fasziniert, hatte eine Ausbildung zum Rhetor absolviert, neben Griechisch von seinem Vater auch Suebisch gelernt und arbeitete in der kaiserlichen Verwaltung.

Er war ein ruhiger junger Mann, der Spaß an schwierigen philosophischen Fragestellungen hatte, sich nicht leicht für etwas begeisterte, dann aber mit verbissener Zähigkeit sein Ziel verfolgte.
Lucilla dagegen, wild und unternehmungslustig, geriet immer mehr nach ihrer Mutter. Seit Jahren hing sie an Aqmats Lippen, wann immer diese vom Osten des Reiches erzählte, von Palmyra, der prachtvollen Stadt in der Wüste, dem nachtschwarzen Himmel, an dem man ungleich mehr Sterne sah als hier; von Palmen und Kamelen, von Karawanen und dem fernen Perserreich, dem Erzfeind des Imperiums. Dafür hasste sie Regen und Kälte und hatte ihren Großonkel Julius mehr als einmal mit dem Spruch geneckt, dieser Landstrich sei vielleicht für Regenwürmer, nicht jedoch für menschliche Besiedlung geeignet.
Aqmat streifte sich die Perlenkette vom Hals, in deren Mitte ein kleiner Steinzylinder hing, und ging auf ihre Tochter zu. »Möge sie dir so viel Glück bringen wie mir.« Sie legte das Schmuckstück dem Mädchen um den Hals und umarmte sie.
Flavius trat zu den beiden. »Du bist erwachsen. Heirate Marchius mit unserem Segen – du würdest es wohl ohnehin tun …«, schmunzelte er und blickte auf seinen jüngeren Sohn. »Und du?«
Im Gegensatz zur sommersprossigen Zwillingsschwester war Lucius wortkarg, stämmig und dunkelhäutig. Der junge Mann verschränkte die Arme vor der Brust. »Ich bleibe hier.«
Aqmat hatte nichts anderes erwartet. Lucius war der Praktiker in der Familie. Nach gerade mal einer Woche beim Rhetoriklehrer hatte er sich kopfschüttelnd erhoben und erklärt, jetzt sei es genug. Mit der Begründung, er wolle seinen Geist nicht länger mit solchem Blödsinn plagen, war er in der Steinsägemühle verschwunden. Flavius hatte anfangs getobt, aber bald einsehen müssen, dass sein jüngerer Sohn andere Neigungen hatte. Lucius liebte das Handwerk, die Landwirtschaft und die Mühlen. Es war ein offenes Geheimnis, dass die kinderlose Drusilla ihm ihr Landgut vermachen würde.
»Traust du dir zu, unsere Betriebe hier zu leiten?«, fragte Flavius. »Aqmat und ich werden eine Weile in Nicomedia sein, ein halbes, vielleicht sogar ein Jahr.«

Lucius nickte. »Solange es sein muss. Mach dir keine Sorgen.«
An diesem Abend saßen sie noch Stunden zusammen, sprachen von vergangenen Zeiten, und die Geschwister erinnerten sich an die gemeinsame Jugend.
Aqmat hatte den Kopf an Flavius' Schulter gelehnt. Im Schein der Flämmchen betrachtete sie ihren Mann. Auch er war älter geworden, und bald würde das Alter kommen. Noch immer kreuzten sich die beiden Locken zangenförmig über seiner Stirn, wie auf den Statuen des Kaisers Augustus. Doch das einst schmale Gesicht war nun breiter, mit leichten Tränensäcken unter den Augen und senkrechten Falten an den Mundwinkeln. Graue Strähnen durchzogen die immer noch vollen Haare.
»Lass uns gehen, mein Augustus«, flüsterte sie ihm ins Ohr, und er nickte. Beide standen auf, wünschten ihren Kindern gute Nacht, und als sie draußen im dunklen Gang waren, fassten sie sich an den Händen und gingen zu ihrem Zimmer.

Mitten in der Nacht wachte Aqmat auf. Langsam zerfloss das Gespinst des Traumes, und sie sah in das besorgte Gesicht ihres Mannes, der sich über sie beugte.
»Was ist los? Du hast gestöhnt und im Bett um dich geschlagen.«
Sie setzte sich auf und rieb sich die Augen. »Ich weiß nicht, ich hatte einen schrecklichen Traum ...«
Meist war es Flavius, den Nachtmahre bedrückten. Sie versuchte, sich an das zu erinnern, was sie in Schrecken versetzt hatte: »Ich glaube, ich lag in einem dunklen Raum, nackt auf einen Tisch gebunden. Überall hörte ich das Rascheln und Fiepen von Ratten. Ich betete, dass sie es nicht schaffen würden, vom Boden zu mir hinaufzuklettern. Ich rief Christus an, mir zu helfen, da hörte ich Schritte. Jemand kam, er sah aus wie ein Priester, und ich dankte Gott. Der Mann hatte eine Kapuze über den Kopf geschlagen. Er schien blind zu sein, so wie er sich im Raum umher tastete. Schließlich stieß er an den Tisch und beugte sich über mich. Da sah ich, dass sein Gesicht dem einer Ratte glich. Lange, vibrierende Tasthaare wuchsen aus einer feuchten, schnuppernden Schnauze, die

immer näher kam. Meine Arme waren gefesselt, ich konnte nur schreien …«

»Liebling, das war ein böser Traum, alles ist gut, ich bin bei dir.«

Aqmat drückte sein Gesicht an sich. »Ich glaube, ich habe Angst, Angst vor unserer Reise, vor dem, was uns dort erwartet …«

»Aber dazu gibt es keinen Grund. Wir reisen mit dem Cursus Publicus, mit Begleitschutz, alles ist sicher.«

»Ja, das weiß ich. Aber ich bin Christin, und Christen sollen am Kaiserhof schlecht angesehen sein.«

Nach Primus' Tod, für den sie sich mitverantwortlich fühlte, hatte sich Aqmat taufen lassen. Seitdem besuchte sie die christlichen Versammlungen in Augusta Treverorum. Gemeinsam mit ihren Glaubensbrüdern und -schwestern las sie in den heiligen Schriften, half Armen und Kranken.

»Das mag sein«, beruhigte sie Flavius, »aber selbst in des Kaisers Umgebung gibt es viele Christen. Seit vier Jahrzehnten werden sie im Römischen Reich nicht mehr verfolgt. Was die anderen am Hof denken, kann uns gleichgültig sein.« Er legte den Kopf schief und lächelte sie an. »Versuch nur nicht, Diocletianus zu missionieren!«

Aqmat lachte. »Du hast sicher recht. Wahrscheinlich mache ich mir einfach zu viele Gedanken. Es ist so ungewohnt, in unserem Alter noch mal aufzubrechen.«

Flavius strich ihr übers Haar. »Nicomedia soll eine schöne Stadt am Meer sein. Dort ist es warm, nie fällt Schnee, es wird dir gefallen. Vielleicht kannst du auch deine Familie in Palmyra besuchen …«

Dankbar kuschelte sich Aqmat an ihren Mann, doch wirklich beruhigt war sie nicht.

Die Reise dauerte zwei Monate und führte sie über Castrum Rauracense, wo Legionäre an einem riesigen Kastell mauerten, weiter nach Vindonissa, Arbor Felix, Brigantium und Cambodunum. Aqmat saß meist stumm im Wagen, hielt die Hand ihres Mannes, der mit Alexander politische Fragen erörterte, und sehnte sich danach, endlich diese verarmten Provinzen hinter sich zu lassen, in denen selbst Anfang Mai noch Schneeflocken über die braunen Äcker wir-

belten. Ihre Stimmung heiterte sich erst auf, als sie die befestigte Höhensiedlung von Abodiacum erreichten, wo die hungrigen Männer zum Straßentresen einer Taverne gingen. Aqmat, die eingeschlafen war, gähnte und kletterte steifbeinig aus der Carruca, als sie plötzlich glaubte, ihren Augen nicht zu trauen: »Flavius, Alexander, schaut euch das an!«
Die beiden fuhren herum und sahen eine Gruppe dunkelhäutiger Legionäre auf der schlammigen Straße heranstapfen. Hinter ihnen schwankte der braune Höcker eines Kamels, das einer der Männer an einem Strick führte. Aqmat winkte dem Tier zu, das seinen langen Hals in ihre Richtung hob, die Zähne bleckte und sie hochmütig zu mustern schien.
»Meine Heimat grüßt mich«, lachte sie. »Ich hätte nicht gedacht, dass der Osten des Imperiums schon in Rätien beginnt. Jetzt kann es nicht mehr weit sein.«
Danach wurde sie zunehmend fröhlicher, während der Wagen bei frühlingshaftem Wetter Iuvavum erreichte, über die Alpenpässe nach Pietas Julia rollte, von dort der Küstenstraße folgend über Aspalathos, dann die bergige Via Egnatia entlang nach Thessalonica, bis sie schließlich Nicomedia erreichten.
Unsicher betraten sie die Eingangshalle des kaiserlichen Palastes, der sich wie ein Gebirge aus Säulen und Bögen erhob. Sie meldeten sich an, und während Beamte mit Buchrollen unter dem Arm, Soldaten in Waffen, Boten mit Depeschen, Handwerker mit ihren Werkzeugen und zahllose Bedienstete vorbeieilten, bestaunten sie die schimmernde Marmorverkleidung der Wände, die Götterstatuen in den Nischen und die bemalte Kassettendecke mit ihren vergoldeten Ornamenten. Endlich näherte sich ihnen ein dunkelhäutiger Mann mit sorgfältig geölten Locken, glattem Gesicht, bekleidet mit einer bestickten Jacke und orientalischen Pluderhosen, unter denen spitze Schuhe hervorragten.
»Der Ritter Flavius Verecundus mit Familie?«, erkundigte er sich mit einer hellen, melodischen Stimme, die eher zu einem Jüngling als zu einem etwa vierzig Jahre alten Mann gepasst hätte. »Mein Name ist Demetrios, Vorsteher der kaiserlichen Gemächer.«

Sein Latein war perfekt, doch mit griechischem Akzent. Alexander, der noch nie einen Eunuchen gesehen hatte, starrte ihn unverhohlen an, während sie ihm zu dem entfernten Seitentrakt folgten, in dem sie Räume erhielten, die sie bis auf weiteres bewohnen sollten. Aqmat sah sich um, freute sich über den Balkon, von dem aus sie einen Blick über die Dächer der Stadt hatten, und erkundigte sich, wo man Diener mieten konnte. Nachdem keuchende Sklaven das Gepäck die Treppen emporgeschleppt hatten, machte sie sich ans Auspacken, während Demetrios Flavius zur Seite nahm.

»Ihr seid gerade rechtzeitig gekommen«, sagte er mit freundlichem Tonfall, der nicht verriet, ob er ein Lob oder einen verhüllten Tadel aussprechen wollte. »In zwei Tagen, zur vierten Stunde, ruft der Kaiser alle, die an den neuen Edikten mitarbeiten sollen, in die heilige Aula.« Nachdem er beschrieben hatte, wo in dem weitläufigen Gebäude diese Halle zu finden sei, setzte er mit einem Blick auf Flavius' Wolltunika hinzu: »Es ist eine nette Abwechslung, wieder die bodenständige Kleidung der Provinz erblicken zu dürfen. In der Umgebung des Kaisers wirkt die Sitte, nur feine Gewänder zu tragen, manchmal schon fast zwanghaft.«

Mit diesen Worten verabschiedete er sich und ließ Flavius rätseln, was wohl damit gemeint sein könnte. Doch als dieser sich daranmachte, die zahllosen Gänge, Hallen und Höfe der Anlage zu erkunden, lehrte ihn das Stirnrunzeln und Getuschel der Vorübergehenden schnell, dass hier offenbar viele Bemerkungen lobender klangen, als sie gemeint waren. So erkundigte er sich nach einem guten Schneider und besorgte sich eine bestickte Tunika aus mit Seide vermischter Baumwolle, dazu einen Umhang, der von einer goldenen Spange gehalten wurde, dazu aus feinstem Leder geflochtene Schuhe. Aqmat kicherte, als sie ihn zum ersten Mal in seinen neuen Gewändern sah. Sie hielt ihm den Spiegel und meinte anzüglich, solange er nur auf diesem Gebiet den Beschnittenen des Palastes nacheifern wolle, sei es ihr recht.

Zwei Tage später fand Flavius sich inmitten eines Dutzends vornehmer Staatsbeamter wieder, die vor einem Portal warteten, das von vier starr dreinblickenden Lanzenträgern bewacht wurde. Die

Männer waren meist älter als er, trugen gestutzte Vollbärte und sorgfältig geöltes Haar. An ihren Fingern schimmerten Goldringe, die Umhänge waren bestickt, manche mit Perlen verziert und mit Fransen besetzt. Alle boten einen prächtigen Anblick, doch ihre Gesichter waren angespannt und ihre Blicke berechnend.
Endlich schwangen die Türflügel auf, und sie durften eintreten. Durch Fenster mit großen Alabasterscheiben fiel gelbliches Licht in die Halle, deren Wände zehn Fuß hoch mit Marmor ausgekleidet waren. Man hatte die Steinplatten auseinandergesägt und paarweise verlegt, sodass ihr Muster symmetrisch verdoppelt erschien. Gegenüber dem Eingang wurde der Raum von einer halbrunden, oben mit einem Bogen gekrönten Nische abgeschlossen, zu der drei Stufen hinaufführten. Die Decke der Apsis nahm das Relief eines Adlers mit ausgebreiteten Schwingen ein, der einen Siegeskranz in den Krallen hielt. Die Rückwand zierte ein Mosaik des stehenden Jupiters, das Blitzbündel in der Hand, dessen Haupt von einem goldenen Nimbus umrahmt war. Davor, auf einem mit Edelsteinen verzierten Podium, stand ein vergoldeter Stuhl, auf dem ein alter Mann saß. Ein weiter Purpurmantel umfloss den massigen Körper, darunter war eine weiße, seidene Toga erkennbar, die Füße steckten in roten Schuhen, auf denen Perlen glänzten. In der Rechten hielt er ein goldenes, mit Edelsteinen verziertes Szepter. Weihrauchduft erfüllte den Raum.
Nacheinander schritten die Männer geneigten Hauptes nach vorne, sanken in die Knie, verbeugten sich dreimal, bis ihre Stirn den Boden berührte und führten den Saum des kaiserlichen Mantels mit den Worten an die Lippen: »Seid gegrüßt, o Herr und Gott.«
Mit klopfendem Herzen folgte Flavius dem Hofzeremoniell, dann stellte er sich in eine Reihe mit den anderen und hatte zum ersten Mal Gelegenheit, den Augustus zu betrachten. Er sah grobe, aufgedunsene Züge – das bärtige Gesicht eines einfachen Mannes, der zum Herrn der Welt aufgestiegen war und seit anderthalb Jahrzehnten nur noch dafür lebte, den wankenden Bau des Riesenreiches durch immer neue Verordnungen, Beamtenernennungen, Urteile, Überwachungsmaßnahmen und Feldzüge zu stützen.

Der Kaiser räusperte sich und musterte die Reihe: »Ihr wisst, dass mein ganzes Tun und Trachten darauf gerichtet ist, dem Imperium seinen alten Glanz zurückzugeben. Zweifellos werden nur dann die unsterblichen Götter auch weiterhin dem römischen Namen günstig gesinnt sein, wenn wir uns davon überzeugt haben, dass alle Menschen unter unserer Herrschaft ein frommes, ruhiges und reines Leben in allem nach der Sitte der Ahnen führen. Dafür habe ich vor einigen Jahren im Eheedikt Sorge getragen.«
Die Männer nickten stumm.
»Heute habe ich euch zusammengerufen, weil ich die Fähigsten für eine wichtige Aufgabe benötige«, fuhr der Kaiser mit seinem illyrischen Akzent fort. »Nun, da die äußeren Feinde besiegt sind, die in vergeblicher Wut gegen das Reich anstürmten, müssen wir uns den inneren Gegnern zuwenden. Jetzt gilt es, die Gier zu besiegen, die manche dazu verleitet, den eigenen Nutzen über das Gemeinwohl zu stellen.« Der Kaiser machte eine Pause, sein Atem ging schwer. »Vor allem unsere Legionäre, auf deren Tapferkeit die Sicherheit des Imperiums beruht, sehen ihren Sold durch Preistreiberei aufgezehrt. Wir dürfen nicht zulassen, dass die Not sie zu Plünderungen treibt, unter denen das Volk zu leiden hätte. Wir, die unter dem Schutze Jupiters stehenden Augusti und Caesares, wünschen deshalb in unserer väterlichen Fürsorge, dass diesem Übelstand ein Ende gesetzt werde.«
Wieder nickten die Männer stumm, während der Kaiser fortfuhr: »Wir sind zu dem Entschluss gekommen, dass dazu ein neues Edikt erarbeitet werden muss. Es soll Höchstpreise für alle Waren und Dienste bestimmen und zugleich die Strafen nennen, die jedem drohen, der sich darüber hinwegsetzt. Dazu zählen auch alle, die Güter horten, um Mangel zu verursachen und höhere Preise zu erzielen, sowie diejenigen, die das Edikt missachten, indem sie zu überhöhten Preisen kaufen. Im Falle der Wiederholung sei ihre Strafe …«, der Kaiser hob den Kopf und richtete das zur Seite gesunkene Szepter auf, »… der Tod!«
Ein Raunen ging durch die Gruppe, erstarb jedoch sogleich wieder. »Wem dies zu hart erscheint«, fügte der alte Mann hinzu, »der

möge bedenken, dass nach der Sitte der Ahnen Abschreckung stets das beste Mittel war, den bloßen Gedanken an neue Übeltaten im Keim zu ersticken. Jedem steht es frei, durch Befolgen unseres heiligen Ediktes die Strafe zu vermeiden.« Diocletianus stand auf und blickte die Männer an. »Die Leitung übertrage ich meinem Finanzminister Julius Antoninus, der mir für sorgfältige Arbeit bürgt. In einem Jahr will ich eine Preisliste auf meinem Tisch sehen!« Der Kaiser hielt inne, und ein jungenhaftes Lächeln stahl sich auf sein Gesicht. »Beim Merkur, da soll von der Dattel bis zum Löwen, von der Pferdepeitsche bis zum Baumstamm alles verzeichnet sein!«
Die Männer lächelten unsicher, und Julius Antoninus murmelte: »Das muss ich mir merken – Dattel bis Löwe.«
Nach wenigen Augenblicken erstarrten des Kaisers Züge wieder zu unnahbarem Ernst, und er fuhr fort: »Sobald wir Augusti und Caesares sie gebilligt haben, soll sie im ganzen Imperium bekannt gemacht werden und das Edikt in Kraft treten. Ich danke euch.«
Diocletianus setzte sich langsam, und der Saal leerte sich. Vor der Türe sammelten sich die Männer um Julius Antoninus, einen hageren, hakennasigen Mann in den Sechzigern: »Ihr habt des Kaisers Befehl vernommen: Dattel bis Löwe, Peitsche bis Baumstamm. Wir treffen uns morgen zur vierten Stunde in meinen Arbeitsräumen im Nordflügel des Palastes. Bis dahin überlege sich jeder, was wir zur Erfüllung unserer Aufgaben benötigen.« Sein Zeigefinger stieß in die Luft. »Was wir brauchen, bekommen wir. Ausreden für einen Misserfolg wird es nicht geben.«

Als Flavius durch die Gänge des Palastes zu seinen Räumen gefunden und vom Wunsch des Kaisers berichtet hatte, verblüffte ihn Aqmats Reaktion.
»Und dieser Haufen gelehrter Togaträger glaubt wirklich, dass so etwas geht?«, fragte sie kopfschüttelnd.
»Wieso, was ist daran seltsam?«, fragte er verdutzt.
»Alles, mein lieber Mann. Wann hast du denn das letzte Mal auf dem Markt eingekauft? Dein großmächtiger Jupiter hat offenbar keine Ahnung, wie viele Sachen Menschen kaufen und verkaufen,

wie viele Unterschiede es bei jedem Ding gibt und wie viele Dienste für Geld feil sind.«

»Wir haben ein Jahr Zeit, und wenn wir mehr berücksichtigen müssen, wird die Liste eben etwas länger«, gab Flavius zurück.

»Die Menge allein ist es doch gar nicht«, gluckste Aqmat. »Ich stelle mir nur gerade vor, wie ein Trupp Weißbärtiger, mit Schreibtäfelchen bewaffnet, das Lupanar betritt ...«

Flavius nahm sie in den Arm. »Ich glaube dem Kaiser, dass er das Beste für das Reich will. Wir treffen uns morgen unter Leitung des Finanzministers, um unsere Arbeit zu besprechen. Da kann ich deine Bedenken vorbringen.«

Doch als Julius Antoninus am nächsten Tag die Aufgaben verteilt hatte, fehlte Flavius der Mut, seine Stimme zu erheben und das Unternehmen an sich in Frage zu stellen. Die Männer – allesamt verdiente Mitglieder des Ordo Equester – saßen mit ernsten Gesichtern um den langen Tisch herum und überboten sich in Vorschlägen, wie das große Werk anzugehen sei. Zuletzt einigte man sich darauf, die zu erfassenden Preise in Gruppen einzuteilen, für die jeweils bestimmte Mitglieder verantwortlich sein würden. Beginnen sollte die Preisliste mit einer umfassenden Aufzählung von Lebensmitteln, gefolgt von Dienstleistungen, Stoffen, Fellen, Luxuswaren, Hölzern, Landfrachtkosten, Sklaven, Marmorsorten, Tieren, Kräutern, Arzneien und dem Schiffstransport.

»Der Kaiser weiß, dass wir keine Senkung der Preise erzwingen können«, schärfte ihnen Julius Antoninus ein. »Deshalb sollen wir genau studieren, was alles derzeit kostet, möglichen Wucher jedoch herausrechnen, um gerechte Obergrenzen festsetzen zu können. Wer die dann verletzt, soll die ganze Härte des kaiserlichen Zorns zu spüren bekommen.«

»In welcher Münzeinheit sollen wir denn die Preise angeben?«, erkundigte sich Flavius. »In den meisten Fällen wäre der Aureus viel zu groß. Den Argenteus und den Nummus aber, so haben wir gehört, will Diocletianus neu bewerten lassen, um die kaiserlichen Silbervorräte zu strecken.«

Alle sahen sich einen Augenblick verdutzt an, dann brach eine erregte Diskussion los. Wesentlicher Teil der Münzreform war die seit einem Menschenalter nicht mehr erfolgte Prägung eines reinen Silberstückes, des Argenteus, gewesen, dem vier der gleichfalls neu eingeführten Nummi entsprechen sollten. Dabei handelte es sich um größere, mit Silberüberzug versehene Kupfermünzen, die man ihrerseits auf 12,5 der alten, entwerteten Denare festgesetzt hatte, die freilich im Alltag noch immer benutzt wurden.
»Ruhe bitte«, unterbrach Julius Antoninus das Stimmengewirr. »Unser ehemaliger Nummularius hat eine wichtige Frage aufgeworfen.« Wieder wusste Flavius nicht, wie diese Betonung seiner früheren Tätigkeit aufzufassen war, doch in diesem Augenblick kümmerte er sich nicht darum. »Ich schlage vor, dass wir vom alten Denar ausgehen, den das Volk kennt.« Mit einer Handbewegung brachte er Zwischenrufer zum Verstummen. »Im Edikt können wir festhalten, wie viele Denare ein Pfund Gold wert ist. Das Verhältnis zu den neuen Münzen kann sich dann jeder selbst ausrechnen.«
Nach längerer Debatte wurde dieser Vorschlag angenommen, und man verteilte die Aufgaben. Flavius erklärte sich bereit, die Verantwortung für die Zusammenstellung der Lebensmittelpreise zu übernehmen. Er wusste, dass er sich damit viel Arbeit aufhalste, war aber zuversichtlich, es mit Aqmats Hilfe zu schaffen.

»Was hast du?«, fragte er, als er an diesem Abend spät in seine Gemächer zurückkam und im Licht der Öllampen das betroffene Gesicht seiner Frau bemerkte. »Ist etwas geschehen?«
»Nein, Liebling, alles in Ordnung.«
Flavius hätte das gerne geglaubt, denn er war müde und wollte sich einfach nur mit einem Becher Wein in die Ecke setzen, doch ließ ihm Aqmats Ausdruck keine Ruhe.
»Du hast etwas auf dem Herzen.« Er nahm sie in den Arm. »Bitte, sag mir alles.«
»Ach, vielleicht ist es ja dumm und du meinst, dass ich mich alleine langweile oder nicht ganz richtig im Kopf bin …«

»Das meine ich bestimmt nicht!« Er sah sie an. Die grünen Augen unter den geschwungenen Brauen wanderten unruhig im Raum umher, als suchten sie etwas, das sich in einem Winkel verborgen haben könnte. Er berührte ihre Wange mit seinen Fingern, sie neigte leicht den Kopf und lächelte ihn zaghaft an. »Weißt du, heute Abend, als es schon dunkel war, nicht lange bevor du kamst, da …« Sie strich sich eine Haarsträhne aus der Stirne. »Ich hatte beschlossen, diesen Palast zu erkunden, aber es gibt hier so viele Gänge, Treppen, Räume, Säulenhallen …«
Aqmat verstummte, und Flavius wartete geduldig, bis sie wieder zu sprechen begann: »Plötzlich merkte ich, dass ich mich verlaufen hatte. Ich war ganz allein in einem gewölbten Gang, von dem auf der einen Seite Fenster, auf der anderen Türen ab gingen, die alle verriegelt waren.«
»Woher weißt du das?«
Sie sah ihn verlegen an. »Weil ich daran gerüttelt habe. Ich wollte jemanden fragen, wie ich wieder zurückkomme.«
»Gut. Und weiter?«
»Alles war verschlossen. Ich stand einen Augenblick ganz still, weil ich überlegte, was ich jetzt tun könnte. Da hörte ich ein Geräusch.«
»Was für ein Geräusch?«
»Schritte. Ich drehte mich um und sah einen Mann. Er stand am Ende des Ganges, in der Richtung, aus der ich gekommen war.«
»Konntest du sein Gesicht sehen?«
»Nein, nicht in diesem Augenblick. Es war dunkel.«
»Was tat der Mann?«
Aqmat zuckte mit den Schultern. »Nichts. Er stand da und starrte in meine Richtung.«
Flavius nahm ihre Hand. Er sah die Adern auf ihrem Handrücken und die Sommersprossen, die mit den Jahren größer geworden waren. Nein, nicht nur Sommersprossen, auch erste Altersflecken waren darunter. Sie legte ihre Finger zwischen die seinen und fuhr fort: »Ich winkte ihm und rief, ob er mir sagen könne, wo ich sei.«
»Was tat er?«
»Er drehte sich um und ging weg. Einfach weg.«

»Aber was hat dich daran so erschreckt?«
»Er schien leise zu lachen. Und als er sich umdrehte, war sein Gesicht einen Augenblick im Abendlicht, das durch das Fenster fiel.« Aqmat drückte Flavius' Hand. »Ich glaube, dass es Esuvius war.« Einen Augenblick herrschte Stille im Raum. Flavius murmelte: »Esuvius. Den hast du doch seit dem Tod meines Vaters nicht mehr gesehen. Wie soll der hierherkommen? Bist du ganz sicher?«
»Nun, es war fast dunkel, aber dieses dreieckige Wieselgesicht, die spitze Nase – wie damals, nur jetzt erwachsen. Ich lief dem Mann nach, doch als ich um die Ecke bog, war niemand mehr zu sehen.« Flavius stand auf und ging im Zimmer hin und her. »Selbst wenn er es war, so kann er uns nichts tun. Das konnte er noch nie. Esuvius ist harmlos.«
»Ich glaube, dass er es war, der damals die Botschaften im Haus versteckt hat. Deshalb habe ich Angst. Weißt du, wer alles Schlüssel zu diesen Räumen hat? Ständig überlege ich, ob irgendwo etwas liegt, das nicht dahin gehört. Und außerdem …«
»Was außerdem?«
»… war er oft mit Aurelius zusammen. Vielleicht ist der auch hier.«
»Liebling«, lachte Flavius und gab sich Mühe, es natürlich klingen zu lassen. »Jetzt geht aber deine Einbildung mit dir durch. Du bist doch sonst nicht so furchtsam!«
»Siehst du, jetzt meinst du, dass ich nicht richtig im Kopf bin. Nein, ich weiß, was du denkst. Am liebsten würde ich sofort nach Hause fahren. Lass uns so bald wie möglich ein eigenes Haus suchen.«
»Aber dir hat es hier doch gefallen. Gestern Abend standen wir auf dem Balkon und betrachteten die Stadt, die Abendsonne über den Dächern, die Rauchfahnen, die Menschen in den Straßen …«
Aqmat sah ihrem Mann in die Augen. »Spürst du nicht die Stimmung in diesem Palast? Die Kälte, das Getuschel, die Intrigen, die heimlichen Blicke? In diesen Mauern braut sich etwas zusammen. Etwas Unheilvolles …«
Flavius nickte. »Also gut. Nur bitte ich dich, die Suche zu übernehmen, denn ich muss mich um meine Arbeit kümmern. Finde eine schöne Stadtvilla. Genügend Aurei haben wir.«

Die nächsten Tage gaben Flavius einen Vorgeschmack dessen, was auf ihn zukommen würde. Er bekam Mitarbeiter zugeteilt, eigene Räume und vereinbarte mit den anderen Mitgliedern der Arbeitsgruppe regelmäßige Treffen, um das Vorgehen abzusprechen. Nachdem festgelegt worden war, für welche Mengen die zu ermittelnden Preise gelten sollten, konnte es losgehen.
Doch womit anfangen? Flavius saß an dem großen Tisch, auf dem sich Papyrusblätter stapelten, und starrte das Tintenfass an, während sein Sekretär geduldig wartete. In diesem Augenblick ging die Tür auf und eine atemlose Aqmat trat ein, in ein dünnes, weißes Baumwollkleid gehüllt, dessen um die Hüfte geschlungener Gürtel ihre noch immer ansprechende Figur betonte: »Ich habe ein Haus für uns gefunden. Drei Stockwerke, mit Blick auf das Meer!«
Flavius überlegte kurz, dann gab er dem Sekretär für den Rest des Tages frei und folgte ihr. Zum ersten Mal besichtigte er bewusst die Stadt, die seine neue Heimat war, sah die hell verputzten Häuser, die Balkone aus dunklem Holz, die von Säulen umstandene Agora, den Hafen, in dem sich die Schiffe wiegten, und die farbenprächtig gekleideten Menschen, die sich durch die Straßen drängten.
Vor allem aber interessierte ihn, was am Straßenrand, in den Geschäften und auf dem Markt angeboten wurde. An einem Gemüsestand nahm er Artischocken in die Hand, erkundigte sich nach dem Preis und notierte ihn auf zwei zusammengebundenen Wachstäfelchen, die er immer mit sich führte. Belustigt beobachtete Aqmat, wie er von dem Verkäufer, einem sonnenverbrannten Bauern, wissen wollte, was der für Zwiebeln, Knoblauch und Kapern verlangte, um dann nach Gurken, Wassermelonen, Rettich, Zitronen und Lauch zu fragen. Doch als er sich nach Spargel erkundigte, den er selbst gerne aß, verlor der Mann am Gemüsestand die Geduld.
»Herr, dafür seid Ihr Monate zu spät, es ist bald September! Was soll überhaupt die Fragerei, seid Ihr von der Marktpolizei?«
Flavius trat einen Schritt vor und hob die Hand. »Nein, nur reine Neugierde.« Er senkte die Stimme und deutete auf Aqmat. »Ich möchte einfach wissen, wofür meine Frau immer so viel Geld braucht!« Dabei zwinkerte er dem Verkäufer verschwörerisch zu.

Beim Weitergehen sah Flavius Aqmat kopfschüttelnd an. »25 Denare für eine große Zitrone, kann das sein?«
Sie lachte. »Zitronen sind selten, und das war eine wirklich große. Aber ich sagte dir ja, dass es schwierig werden wird, sinnvolle Preise für alle Güter zusammenzutragen.«
Nach kurzem Fußmarsch kamen sie zu dem Haus, das sie ausgesucht hatte. Es war ein schmaler, hoher Bau, in dessen Erdgeschoss ein Schneider zwischen seinen Stoffen saß und nähte.
»Macht keinen Lärm, nicht wie eine Schmiede oder eine Schreinerei«, betonte Aqmat, als sie die Treppen zum Obergeschoss emporstiegen. Der Raum war leer. Die Wände, unten rot angestrichen, waren darüber so bemalt, als sei alles mit hellgrauem Marmor ausgekleidet. Aqmat öffnete die Tür, und beide traten auf den Balkon. Auf dem glitzernden Meer, auf das man über die Dächer hinweg blickte, liefen zwei schwer beladene Getreidesegler den Hafen an. Dahinter erhoben sich die blaugrauen Formen der Berge auf der anderen Seite der Bucht. Möwen segelten kreischend am Himmel.
Aqmat stellte sich mit dem Rücken zum Geländer und sah Flavius erwartungsvoll an. Die Nachmittagssonne ließ ihr rotbraunes Haar wie einen feurigen Kranz aufleuchten; die Umrisse ihres Körpers zeichneten sich durch den weißen Stoff ab, den eine Meeresbrise leicht bewegte. »Wie gefällt es dir?«
»Wunderschön«, murmelte Flavius und blickte seine Frau an. »Fast so schön wie du.« Sie lächelte und folgte ihm, als er sie an der Hand nahm und nach innen zog. Dann verriegelte er die Türe zur Treppe, nahm sie in den Arm, küsste sie und begann, ihren Gürtel zu lösen.
»Aber Flavius, doch nicht jetzt, es ist noch nicht dunkel. Und nicht hier, ohne …«
Er hielt ihr den Zeigefinger vor den Mund. »Ssssst. Jetzt und hier. Wie könnte man ein neues Haus besser einweihen?«
Eng umschlungen sanken sie zu Boden.

Als sie nach einer halben Stunde aus der Türe traten, erkundigten sie sich im Erdgeschoss nach einem Schreiner, bei dem sie Möbel

bekommen konnten. Doch bevor sie den Schneider verließen, stellte ihm Flavius noch einige Fragen.
»Ich weiß, Kleider sind nicht mein Bereich«, entschuldigte er sich anschließend bei Aqmat, die ihn mit hochgezogenen Brauen musterte. »Aber wir helfen uns gegenseitig. Lass mich nur schnell notieren: zwei Denare für ein kleines Kindergewand, sechs für das Säumen eines feinen Untergewandes oder das Färben eines gebrauchten Männerunterhemdes, zwanzig für eine Hose oder einen kleinen Kapuzenmantel, fünfzig für das Besticken der Kopf- und Armlöcher eines ganzseidenen Hemdes. Ach, jetzt habe ich den Preis für die Pferdedecke vergessen …«
»Zweihundertfünfzig Denare für eine neue, bestickte Filzdecke und hundert für eine einfache«, ergänzte Aqmat mit leichter Ungeduld in der Stimme. »Jetzt komm, sonst sperrt der Schreiner zu. Dort kannst du auch gleich den Preis für ein gutes Bett aufschreiben. Ich spüre nämlich schon die blauen Flecken am Rücken.«

In den nächsten Monaten nahm die Arbeit Flavius immer mehr gefangen. Jeden zweiten Tag traf sich die Männerrunde, sprach die ermittelten Preise durch, erhob in manchen Fällen Bedenken, ließ erneut nachforschen oder ergänzte die Liste um weitere Punkte. Erst mit der Zeit stellte sich der ungeheure Umfang der Aufgabe heraus, die der Kaiser ihnen gestellt hatte, vor allem da es sich ja um Höchstpreise handeln sollte, die maßvoll sein sollten, aber nicht zu viel über den gängigen Marktpreisen liegen durften.
Alexander, der anfangs seinem Vater geholfen hatte, war abgereist, um die Stelle des persönlichen Sekretärs bei dem jungen Constantinus anzutreten, der im Heer Dienst tat und derzeit in Palmyra stationiert war. Diocletianus hatte angeordnet, die Stadt, die sich vor fast drei Jahrzehnten gegen die römische Herrschaft erhoben hatte und daraufhin geplündert worden war, als Grenzfestung gegen die Perser auszubauen. Seit damals hatte Aqmat weder von ihren Eltern noch von ihrem Bruder etwas gehört. Während Alexander sich mit der Unbefangenheit der Jugend darauf freute, die Geburtsstadt seiner Mutter kennenzulernen, war Aqmat eher von Furcht davor

erfüllt, er werde die reiche Wüstenmetropole als verarmte, halb zerstörte Grenzstadt vorfinden.
Halt bot ihr zunehmend die christliche Gemeinde des Ortes, die ihre Versammlungen in der Halle eines Privathauses unweit der Kaiserresidenz abhielt. Eines Tages überwand sie ihren Widerwillen gegen den Palast und kam aufgeregt in Flavius' Arbeitsräume.
»Kennst du einen gewissen Lactantius?«, fragte sie ihren Mann, der über einem Haufen von Schriftrollen brütete.
»Meinst du Lucius Caecilius Firmianus Lactantius, den Rhetor?«, erwiderte er. »Den hat der Kaiser vor einiger Zeit aus Carthago an seinen Hof geholt. Was ist mit ihm?«
»Er ist ein großartiger, weiser Mann«, entgegnete sie. »Ich habe ihn in der Gemeinde kennengelernt.«
»Er besucht christliche Versammlungen?«, wunderte sich Flavius. »Gehört er etwa zu den Weltfremden, die meinen, mit Logik gegen Religionen anreden zu können?«
»Im Gegenteil. Er steht unserem Glauben nahe und will mehr darüber erfahren«, entgegnete sie. »Du solltest ihn auch einmal kennenlernen.«
»Von mir aus«, seufzte Flavius, dem die Arbeit bis zum Hals stand. »Wenn das hier fertig ist. Bis dahin trefft euch ohne mich.«
Er gab sich Mühe, seine Worte so klingen zu lassen, als sei es ihm recht, wenn sie ihre Zeit auf diese Weise zubrachte, doch in seinem Herzen fühlte er einen leichten Stich. Allerdings war die Vorstellung noch viel bedrückender, seine knapp bemessenen freien Stunden damit zu verbringen, in verzückten Versammlungen vom Lamm Gottes, der Dreifaltigkeit oder noch schlimmeren Peinlichkeiten reden zu hören.

Im Juli konnte Julius Antoninus dem Kaiser, der aus Antiochia gekommen war, melden, die Liste sei fertig. Diocletianus ließ sich die schier endlose Rolle bringen, studierte sie einige Tage und rief die Männer zu sich. Mit klopfendem Herzen standen sie vor ihrem Herrn und Gott, wie seine offizielle Anrede lautete. Doch Flavius konnte nicht anders, als diesen alten, dicken Mann mit der gefurchten Stirn und den schweren Augenlidern, der da saß, vor sich die Rolle, zu bemitleiden. Niemand war mächtiger als Diocletianus, und doch konnte er sich mit allem Gold keine freie Stunde kaufen, keinen unbeschwerten Augenblick, in dem die Gedanken nicht irgendeiner Sorge über das Imperium galten. In seinem Leben gab es weder Liebe noch Gelöstheit oder gar unbeschwerten Genuss – nur Pflichten über Pflichten.

Es schien eine Ewigkeit, bis der Kaiser das Wort an sie richtete: »Ihr habt sehr gute Arbeit geleistet.« Er nahm den Papyrus und fuhr mit den Fingern die Zeilen entlang. »Doch einige Fragen hätte ich gerne beantwortet.«

»Selbstverständlich«, beeilte sich Julius Antoninus zu versichern. In der folgenden Stunde erkundigte sich der Kaiser, warum ein Bär mit fünfundzwanzigtausend Denaren angesetzt war, während ein Hirsch schon um dreitausend zu haben sei, warum die Preisangaben für Seetransporte meist von Alexandria aus berechnet würden und ob ein Kubikfuß ägyptischen Porphyrs wirklich die horrende Summe von zweihundertfünfzig Denaren kosten müsse.

Zuletzt ließ Diocletianus die Rolle sinken und nickte: »Ausgezeichnet. Im September wird das Edikt über die Neubewertung der Münzen veröffentlicht, einen Monat später könnte das Preisedikt folgen. Lasst die Liste kopieren und schnellstmöglich meinen kaiserlichen Brüdern in Thessalonica, Mediolanum und Augusta Treverorum zustellen, damit diese ihr Einverständnis geben können.« Er warf erneut einen Blick auf die Rolle, dann fuhr er schwer atmend fort: »Da ich keinen Widerspruch erwarte, können die Kopierer sofort mit ihrer Arbeit beginnen. Ich wünsche, dass in jeder größeren Stadt des Imperiums dieses Edikt am Forum oder einem anderen öffentlichen Gebäude angeschlagen werde.«

»Vielleicht wäre es noch besser«, warf Fulvius Asticus, der Statthalter von Karien, beflissen ein, »wenn man es jeweils in die Wand eines Gebäudes meißeln ließe!«

»Ein guter Vorschlag«, nickte Diocletianus. »Fangt so bald wie möglich damit an.« Er stand auf. »Ich bin mit der geleisteten Arbeit sehr zufrieden. Wie ich jedem von euch danken kann, möchte ich einzeln besprechen. Haltet euch die nächsten Tage zu meiner Verfügung. Ich lasse euch rufen.«

Damit war die Audienz beendet, und Flavius eilte nach Hause. Doch musste er eine Weile warten, bis Aqmat von ihrer Versammlung kam. Sie strahlte ihn an. »Was ist los? Ich habe dich noch gar nicht so früh erwartet.«

»Wir sind fertig! Der Kaiser will mit jedem von uns persönlich über die Belohnung sprechen.« Er nahm Aqmat in die Arme. »Wir können endlich in die Heimat zurück. Das wolltest du doch auch!«

Aqmat sah ihn verlegen an. »Ja, das war letztes Jahr, als wir noch im Palast wohnten. Seitdem ich diesem düsteren Labyrinth entkommen bin, fühle mich wohl hier.« Sie trat auf den Balkon. »Hier wärmt die Sonne, dort unten rauscht das Meer, und nirgendwo lauern Germanenstämme darauf, uns zu überfallen.« Sie wandte sich Flavius zu und nahm seine Hand. »Lass uns noch bleiben. Einige Jahre, dann kehren wir zurück. Lucius hat uns geschrieben, dass er gut zurechtkommt, und Lucilla ist glücklich in Tripolitanien.«

Flavius schwieg und sah aus dem Fenster. Auch ihm gefiel es in Nicomedia, doch er fühlte sich verletzt, weil Aqmat Bindungen entwickelt hatte, die ihm verwehrt waren.

»Ist es dieser Lactantius, der dich hier hält?«, fragte er mit gespielter Beiläufigkeit.

»Nein«, antwortete sie, »aber du solltest ihn wirklich kennenlernen. Ich bin überzeugt, du wirst ihn mögen.«

Ihr Mann, der sich da nicht so sicher war, brummte: »Gewiss ein großartiger Gelehrter.« Von Neugierde getrieben, hatte er vor einigen Monaten, ohne es Aqmat zu sagen, die Gelegenheit genutzt, einen Vortrag des Rhetors im Palast zu hören. Groß und schlank, mit hellbraunen Haaren und Philosophenbart, hatte der lebhafte Mann die Zuhörer sofort in seinen Bann geschlagen. Umfassend gebildet, sprach er ein Latein von so klassischer Klarheit, wie es Flavius noch nie gehört hatte, und Rhythmus wie Wohlklang seiner Worte rissen alle Anwesenden mit. Widerwillig musste er sich eingestehen, dass der Vortrag ein Genuss gewesen war, auch wenn er von dem philosophischen Inhalt nur wenig verstand. Doch in einer Umgebung,

in der Flavius zumeist gezwungen war, sich auf Griechisch zu verständigen, und Latein fast nur in Form des groben illyrischen Dialekts des Kaisers und seiner Vertrauten erklang, war die Schönheit dieser Sprache eine unerwartete Wohltat.
Aqmats Stimme riss ihn aus seinen Gedanken. »Bist du etwa eifersüchtig?« Sie sah ihn mit hochgezogenen Brauen an. »Auf Lactantius? Da kannst du völlig beruhigt sein. Er ist Christ geworden. Dem könntest du eine nackte Frau auf den Schoß setzen – er würde ihr einen geschliffenen Vortrag über die Vorzüge der Tugend halten.«
»Natürlich bin ich nicht eifersüchtig«, beteuerte er und gab ihr einen Kuss auf die Wange. »Und du weißt, dass ich dir vertraue.«
Aber dennoch war er beruhigt zu erfahren, dass dieser faszinierende Gelehrte sich einer Glaubensgemeinschaft angeschlossen hatte, die Ehebruch als Todsünde betrachtete. Solange ihre Prediger andere in Frieden ließen und Aqmat nicht mit dem Wahn ansteckten, nach vollbrachter Kindergeburt sei Keuschheit das höchste Ideal einer gottgefälligen Ehe, sollten sie von ihm aus zu ihrem Heiland beten, so viel sie mochten, beim Jupiter!
»In den nächsten Tagen wird mich Diocletianus zu sich rufen. Wahrscheinlich drückt er mir einen Beutel Goldstücke in die Hand, dazu ein Diploma für den Cursus Publicus …«
»Dann frage ihn einfach, ob er dir nicht eine gute Stelle bei Hofe geben könnte«, erwiderte Aqmat fröhlich. »Sollte er daraufhin die Stirn runzeln, können wir immer noch unsere Kisten packen.«
»Gut, wenn du meinst«, sagte Flavius nachdenklich. »Aber dann muss ich Kaiser Constantius eine Nachricht senden, dass ich nicht zurückkehre. Daraufhin wird er vermutlich den Mann, der mich jetzt vertritt, zu meinem Nachfolger als Münzmeister ernennen.«
Er ging einige Schritte im Raum auf und ab, bevor er Aqmat ansah. »Wenn ich Diocletianus um einen Posten bitte, muss ich schon einige Jahre bleiben. Überlege es dir gut.«
»Das habe ich längst«, lachte Aqmat. »Ich freue mich darauf, hierzubleiben – mit dir, wenn du jetzt nicht mehr so viel arbeiten musst. Es wird die schönste Zeit unseres Lebens, glaub mir!«
Flavius nickte und versuchte, seine Zweifel nicht zu zeigen.

Drei Tage später wurde er zu Diocletianus gerufen, der ihm nochmals sein Lob aussprach und ihn ohne große Umschweife zum stellvertretenden Finanzminister ernannte – eine verantwortungsvolle Aufgabe, da es unter diesem Kaiser zum ersten Mal in der Geschichte des Imperiums einen im Voraus abschätzbaren Staatshaushalt gab. Er beruhte auf einer detaillierten Steuerveranlagung aller Untertanen, während früher die Kaiser bei Bedarf einfach Sonderabgaben verfügt hatten. Jetzt wurden die Einnahmen berechnet und die enorm gestiegenen Ausgaben für Heer, Bauten und Beamte so geplant, dass beides im Gleichgewicht blieb.
Mit einem Mal konnte sich auch Flavius vorstellen, dass nun für Aqmat und ihn die glücklichste Zeit ihres Lebens anbrechen würde.

Im September verkündeten kaiserliche Erlasse die Verdoppelung des Wertes von Argenteus und Nummus gegenüber den alten Denaren, die noch immer die Beutel des Volkes füllten. Damit konnten sich alle, die in den neuen Silbermünzen bezahlt wurden, plötzlich doppelt so viel leisten wie zuvor. In Städten wie Nicomedia, wo es viele Hofbeamte und Soldaten gab, kam es zu tumultartigen Szenen auf den Märkten. Bei einem ihrer Einkäufe wäre Aqmat beinahe in eine Schlägerei zwischen Soldaten und einem Fischhändler geraten, der seine alten Preise durch solche in den neuen Münzen ersetzen wollte. Ein Optio hatte darauf bestanden, für einen Oktopus den bisherigen Betrag in Denaren zu bezahlen, woraufhin ihm der Händler das glitschige Tier aus der Hand riss. Drei Soldaten hatten sich drohend neben ihren Unteroffizier gestellt, der dem Verkäufer ins Gesicht schlug. Das hatte einen anderen Händler so in Zorn versetzt, dass er einen Eimer voller Fischabfälle auf die Soldaten schleuderte. Die Folge war eine allgemeine Schlägerei gewesen. Aqmat duckte sich hinter ein Fass, konnte entkommen und berichtete alles ihrem Mann, der sich sorgenvoll am Kopf kratzte.
Inzwischen hatte Diocletianus die Zustimmung seiner Mitkaiser zu dem Höchstpreisedikt erhalten und ließ es eilig veröffentlichen, um Ruhe zu schaffen, bevor er wieder nach Antiochia abreiste. Doch nun verschwanden die Händler samt ihren Waren vom Markt.

Diocletianus tobte und schrie seine Finanzbeamten an, endlich etwas zu unternehmen. Mit versteinerter Miene musste sich Flavius anhören, dass der Kaiser doch nicht alles selbst machen könne, dass er von Unfähigen umgeben sei, dass man seine gut gemeinten Maßnahmen hintertreibe ... keuchend hielt der Alte inne, sein aufgequollenes Gesicht von Wut verzerrt: »Wenn das so weitergeht, schicke ich euch aus Antiochia den Fortunatus, meinen besten Mann. Der hat die Truppe der Agenten in Rebus aufgebaut, die werden wie der Blitz den Wucherern und Preistreibern ihre Gier austreiben!«
Flavius nickte stumm, sein Herz hämmerte. Er wusste, dass Diocletianus die alten Frumentarier aufgelöst hatte, die zu oft als korrupte Erpresser aufgetreten waren, um sie durch die Organisation der Agenten in Rebus zu ersetzen. Die neuen Geheimdienstler galten als effizient, aber auch als kalt und rücksichtslos.
»Kennst du diesen Fortunatus, der da kommt?«, fragte Aqmat ihren Mann, als er ihr mit hängenden Schultern von dem kaiserlichen Wutanfall erzählte.
»Nein, aber wir werden ihn wohl bald kennenlernen.«

Am westlichen Vorgebirge stauten sich graue Regenwolken, während Antiochia selbst, vom nahen Apolloheiligtum in Daphne aus betrachtet, weiß und rot in der Wintersonne schimmerte. Doch auf die Schönheit der Stadt, eine der größten und angesehensten des Imperiums, achtete niemand von denen, die sich im heiligen Hain versammelt hatten. Manche starrten auf den marmornen Opferaltar, der sich vor dem Tempel erhob, andere blickten den Tempeldienern nach, die ein mit Bändern geschmücktes Schaf heranführten, aus dessen Eingeweiden man den Wille der Götter erkennen würde.
Die meisten jedoch hatten nur Augen für das Podest, auf dem drei vergoldete Bronzesessel standen, mit Seidenkissen gepolstert. In der Mitte saß ein älterer, massiger Mann, der trotz des Purpurumhangs und der mit Perlen bestickten Schuhe seine einfache Herkunft nicht verleugnen konnte. Das grobe, bärtige Gesicht wirkte müde und angespannt, sein Blick verlor sich in der Ferne. Zu beiden Seiten hatten seine Frau Prisca und seine Tochter Valeria Platz

genommen, in deren sorgfältig gelegten Haaren edelsteinbesetzte Diademe in der Sonne glitzerten. Daneben und dahinter reihten sich in ehrerbietiger Haltung die Höflinge, umgeben von der Volksmenge, die sich im Schatten hoher Lorbeerbäume drängte.
In der Menge, wenn auch am vorderen Rand, befand sich ein Mann, der im Grunde genommen in den Kreis der Höflinge gehört hätte. Er war schlank, hatte braune Locken und ein regelmäßiges, gut geschnittenes Gesicht ohne besondere Merkmale. Er trug eine Tunika aus feinem, hellem Tuch, darüber einen dunklen Umhang. Niemand, der ihn da stehen sah, hätte vermutet, dass es sich um einen der mächtigsten Männer am Kaiserhof handelte. Genau das beabsichtigte der Befehlshaber aller Agenten in Rebus, denn was er stets seinen Männern einschärfte, musste er selbst auch vorleben: unauffällig auftreten, zuhören und danach handeln. Immer wieder überflogen seine grauen Augen die Menschenmenge, verweilten kurz auf der purpurbehängten, sitzenden Gestalt, um dann dem Priester zum Altar zu folgen.
Dort hatten die Tempeldiener das Schaf mit Wein besprengt und alles für das Opfer vorbereitet. Einer von ihnen betäubte das Tier mit dem Schlag eines Hammers, dann zog ein anderer sein Bronzemesser, schlitzte ihm den Bauch auf und drehte das noch zuckende Wollbündel auf den Rücken. Der Priester, die Toga über den Kopf gezogen, trat heran, blickte lange auf das blutige Gewirr der Gedärme, bevor er stumm den Kopf schüttelte. Apollo hatte das Opfer nicht angenommen.
Ein Raunen durchlief die Volksmenge. Auch der Kaiser erwachte aus seiner Starre, musterte den Altar und blickte gespannt auf das nächste Schaf, das die Tempeldiener heranführten. Wieder der Hammerschlag, das Geräusch des Schnittes durch Fleisch und Fell, der lange Blick des Priesters, und wieder das Kopfschütteln.
Jetzt wurden die Stimmen im Volk lauter. Der Kaiser runzelte die Stirn. Der Beobachter in der Menge ließ seine Blicke rastlos über die Menschen gleiten, bis er zu den beiden Frauen neben dem Kaiser gelangte. Letztes Mal hatte er ihre Hände nur aus den Augenwinkeln wahrgenommen. Diesmal würde er genau hinsehen.

Der Priester hob den Arm und gebot Schweigen. Stille senkte sich über den Platz. Ein dumpfer Schlag, das dritte Schaf sank zu Boden. Nun schnitt das Messer langsam, mit peinlicher Sorgfalt durch die haarige Haut. Während das Tier auf dem Rücken lag, seine klaffende Wunde dem Himmel zugereckt, starrte der Mann mit den grauen Augen auf die Hände der Frauen. Diese Bewegung – ja, nun war er sich sicher. Kein Irrtum möglich.

Noch immer sah der Priester auf die Eingeweide. Mit versteinerter Miene hob er den Kopf, schüttelte ihn erneut und schritt in Richtung des Tempels davon.

Einige Herzschläge lang geschah nichts, dann durchbrachen Rufe die Stille. Wehklagen, Angst, Wut – alles mischte sich zu einem Gewirr von Stimmen, auf- und abwogenden Lauten, die sich ausbreiteten wie die Wellen eines ins Wasser geworfenen Steines.

Der Kaiser stand auf und verließ das Podium, gefolgt von den beiden Frauen, die ihre perlenbesetzten Umhänge zurechtzupften. Der Beobachter näherte sich dem Herrscher, flüsterte ihm etwas zu, ungläubiges Kopfschütteln war die Folge, erneutes Flüstern. Mit finsterem Blick schritt der Kaiser davon.

Einige Stunden später schlenderte Fortunatus, wie der Beobachter genannt wurde, durch die Straßen von Antiochia. In wenigen Tagen würde er nach Nicomedia aufbrechen. Schon lange war er neugierig darauf, zu überprüfen, ob die seltsame Nachricht seines Gewährsmannes stimmte. Ob die beiden wirklich den Fehler gemacht haben sollten, an den Hof in Nicomedia zu kommen.

Er würde dort eine Weile bleiben – lang genug, um alles herauszufinden und seine Beziehung zu Lydia erkalten zu lassen. Und das war ihm recht, denn die schwarz gelockte, jähzornige Griechin, die in letzter Zeit häufig sein Bett wärmte, wurde immer fordernder. Ständig wollte sie Komplimente über ihre Schönheit hören, wollte wissen, wo er seine Zeit verbrachte und wann er ihr endlich den rubinbesetzten Goldreifen schenken würde, ohne den ihr Handgelenk so nackt und bloß aussähe. »Warte auf die Saturnalien«, hatte er ihr zugeflüstert, wohl wissend, dass er da bereits die Stadt verlassen haben würde. Doch für die Zwischenzeit brauchte er noch eine Kleinigkeit, um sie bei Laune zu halten. Etwas Ungewöhnliches.

Der Gedanke kam ihm, als er vor einem Laden stand, in dessen Auslage die seltsamsten Gegenstände feilgeboten wurden. Da hing ein mumifiziertes ägyptisches Krokodil neben einem Pelzmantel aus der Pontusregion, eine griechische Vase zeigte Pan beim intimen Umgang mit einer Ziege, daneben stand ein siebenarmiger Bronzeleuchter. Kleine Glasfläschchen schimmerten grünlich im Abendlicht, und bunte Tücher lagen aufeinander getürmt. »Heraklius – Seltene Kostbarkeiten« prangte außen auf einem großen Holzschild. Kurz entschlossen betrat er das dämmerige Gewölbe. Innen stapelten sich noch mehr Waren, dazwischen stand ein dicklicher Mann mit kahl glänzendem Schädel und Haarkranz.

»Willkommen, womit kann ich dem Herrn dienen?«

Der Besucher sah sich um, verwirrt von der Vielfalt seltsamer Gegenstände, die langsam aus dem Dämmerlicht hervortraten. Er nahm ein kleines Glasfläschchen, roch an dem duftenden Öl und stellte es wieder ab.

»Ich suche ein Geschenk für … eine Frau. Eine Kleinigkeit, nicht zu teuer, aber auch nicht zu schäbig.«

Der Mann seufzte. »Ja, ja, die Frauen.« Er zog ein elfenbeinernes Kästchen unter seinem Tisch hervor und schüttete einige Perlen sowie zwei dunkelblaue Lapislazuli in die Hand. »Aus Indien. Ich habe sie von meiner letzten Reise mitgebracht.«

Der Besucher nahm eine Perle in die Hand. »Ihr wart in Indien?«

Heraklius nickte. »Ja, mehrfach. Das erste Mal ist schon lange her. Bei der Rückreise aus dem Seidenland.«

»Unglaublich.« Fortunatus drehte die schimmernde Kugel zwischen den Fingern, bevor er sie zurücklegte. »Schön, aber die müsste erst zu einem Schmuckstück verarbeitet werden, und die Zeit fehlt mir. Habt Ihr Seidentücher?«

»Aber gewiss, mein Herr. Wenn Ihr euch herüber bemühen wollt.«

Fortunatus nahm einige in die Hand und erkannte sofort, dass es sich um ausgezeichnete Ware handelte, bei der die Muster gewebt und nicht nachträglich eingefärbt waren.

»Wann wart Ihr im Land der Serer?«
»Vor fast zwei Jahrzehnten. Als ich aufbrach, kommandierte noch Kaiser Probus. Als ich zurückkehrte, musste man schon Diocletianus huldigen …«
Der Besucher wählte ein Tüchlein aus und ließ sich auf einem Stoffballen in der Ecke nieder. Zu seinem Erstaunen war dieser nicht weich, wie erwartet, sondern so hart, als säße man auf einem Stein. Er wandte sich an Heraklius, der gerade das Geschenk einpackte.
»Was gibt man für die Seide?«
»Gold, wenn man muss«, kicherte der Händler. »Glas, wenn man kann.«
»Glas? Einfaches Glas?«
»Genau das. Die Chinesen kennen es nicht und halten es für einen Edelstein. Oft kauft man auch Waren unterwegs ein, zum Beispiel Rhinozeroshorn oder indisches Tuch aus Asbestos.«
Der Besucher schüttelte den Kopf. »Asbestos? Was ist das?«
»Ein sehr seltsames und seltenes Gewebe. Ihr sitzt darauf.«
Verwundert betastete der Besucher den Ballen unter sich. »Und wozu ist es gut? Das Material scheint mir nicht gerade der Haut zu schmeicheln. Woraus ist es gemacht?«
»Steinfasern, von einer Wüste im Norden Indiens. Einen Augenblick …« Der Händler langte in eine Ecke, holte Feuerstein, Eisen und Zunder und zündete eine Öllampe an. »Und jetzt seht her.«
Er hob ein Stück des Stoffes an und hielt die Flamme so, dass ihre heiße Spitze kurz darunter endete. Der Feuerschein durchdrang das Gewebe, doch es blieb unversehrt.
Der Besucher pfiff leise vor sich hin. »Wahrlich seltsam. Warum habt Ihr es noch nicht verkauft?«
»Weil offenbar keiner etwas damit anfangen kann. Oder es niemandem so viel wert war, wie ich dafür haben möchte.«
»Wie viel wäre das?«
Der Händler nannte einen Preis. Der Besucher feilschte etwas, dann bezahlte er, nahm sein Päckchen und ließ sich den schweren Stoff nach Hause schicken. Er hatte keine Ahnung, wozu er das seltsame Gewebe einmal brauchen könnte – noch nicht jedenfalls.

Die Unruhen, die Währungs- und Preisedikt hervorgerufen hatten, dauerten noch an, als Fortunatus Mitte Dezember in Nicomedia eintraf. Er zeigte sich nie in der Öffentlichkeit, richtete sich in einem entfernten Winkel des Palastes ein und begann, wie eine Spinne seine Fäden zu ziehen. Jetzt strömte die Angst aus dem Palast hinaus auf die Straßen, kroch hinein in die Gassen, erfüllte die Läden, ja die gesamte Agora. Die Agenten in Rebus sahen jedem über die Schulter, verglichen die Preise mit denen des Ediktes und erstatteten bei Verstößen unbarmherzig Anzeige.

Eines Tages, als Aqmat Brot einkaufen wollte, gelang es ihr kaum, auch nur in die Nähe der Bäckereien zu gelangen, denn eine dichte Menschenmenge staute sich schon eine halbe Insula zuvor. Sie konnte nichts sehen, vernahm nur die Kommandostimme eines Offiziers, dann grobes Gelächter und das Jammern eines Mannes, der um Gnade zu flehen schien.

»Was ist los?«, fragte sie eine dicke ältere Frau mit hochgestecktem Haar, die neben ihr stand, die Arme über der fülligen Brust verschränkt.

»Aulus Alfidius ist dabei erwischt worden, wie er mal wieder zu viel verlangt hat.«

»Ist das nicht der Bäcker, der besonders gutes Brot bäckt?«

»Besonders gut? Na ja, auf jeden Fall teuer.« Mit gehässigem Unterton setzte die Frau hinzu: »Aber jetzt kriegt er seinen Lohn.«

Ein klatschender Schlag, gefolgt von einem Schrei war zu hören. Aqmat starrte sie an. »Was … für einen Lohn?«

»Ein Dutzend«, antwortete die Frau mit zufriedenem Gesichtsausdruck, um dann zu erklären: »Peitschenhiebe natürlich.«

Wieder ein Schlag, Aufheulen des Bäckers, dann schienen Schläge und Schreie zu einer einzigen Lautfolge zu verschmelzen. Ein junger Mann spendete Beifall. Aqmat wandte sich ab und lief nach Hause. Mit roten Augen saß sie in der Ecke, als ihr Mann abends durch die Türe trat.

»Bitte, Flavius, kannst du dich nicht dafür einsetzen, dass sie damit aufhören?«

»Womit? Wer soll mit was aufhören?«

»Diese Agenten in Rebus. Sie denunzieren Händler und Handwerker, die dann öffentlich ausgepeitscht werden. Du wolltest doch die anderen warnen, dass so etwas nicht angehen kann …«
Flavius stand verlegen da, schloss die Tür, ging auf sie zu und nahm sie in den Arm. »Ich weiß, es ist schlimm. Aber hast du nicht selbst schon über die stetig steigenden Preise geklagt? Das trifft besonders die Armen, deswegen sind viele für das Edikt.«
Aqmat verzog den Mund. »Das mag sein. Aber so darf der Kaiser nicht vorgehen. Angeblich haben sie sogar schon einen Getreidehändler hingerichtet.«
»Hingerichtet? Das wusste ich nicht«, erwiderte Flavius betroffen. »Aber ich kann nichts daran ändern. Wenn ich als Einziger aufstehe und dagegen bin, gibt es zwei Möglichkeiten: Man verlacht mich, oder man wirft mich raus.«
»Also müssen einfach mehrere den Mut haben, ihre Stimme zu erheben!«
»Einfach? Weißt du, wie es im Palast zugeht? Keiner traut irgendwem, niemand sagt, was er wirklich denkt, man tuschelt nur hinter dem Rücken des anderen …« Flavius wirkte in diesem Augenblick so niedergeschlagen, dass Aqmat stumm seine Hand nahm, während er fortfuhr: »Außerdem ist jeder Widerspruch sinnlos, wenn unser fleischgewordener Jupiter sich etwas in seinen Dickschädel gesetzt hat. Ich denke oft, dass er Regieren mit Befehlen gleichsetzt. Lass uns jetzt nicht weiter darüber reden. Hast du Nachricht von Alexander?«
Aqmat nickte. »Ja, er wird Anfang des nächsten Jahres kommen. Im Gefolge von Constantinus, der eine Zeit am Hof bleibt, um von Lactantius lernen zu können.«
»Schön, dass er kommt. Wenn unsere anderen beiden Kinder schon so weit entfernt sind …«
Aqmat meinte, den Anflug eines vorwurfsvollen Untertones herauszuhören, ging jedoch nicht darauf ein. »Vielleicht könnten wir nächstes Jahr Lucilla besuchen. Sie hat zuletzt geschrieben, dass sie schwanger sei.« Als hoher Staatsbeamter war Flavius nicht auf Reisende angewiesen, die zufällig die gewünschte Stadt besuchten,

sondern konnte seine Briefe mit der staatlichen Post befördern lassen. »Nach Alexandria gehen viele Schiffe, und von dort aus ist es doch nicht mehr so weit nach Tripolitanien ...«

»Nicht weit?«, widersprach Flavius. »Das sind viele Tagesreisen. Nächstes Jahr ist es bei mir völlig ausgeschlossen. Da wird wieder, wie alle fünf Jahre, die Steuerveranlagung durchgeführt. Jeder Handwerker, jeder Bauer, jeder Händler wird geschätzt, Mensch und Vieh gezählt, die Äcker vermessen und nach ihrer Güte bewertet. Das muss sein, um die Steuerlast gerecht zu verteilen, aber kannst du dir vorstellen, was das für eine Arbeit bedeutet?«

Aqmat nickte stumm. »Ich kann es mir vorstellen. Dann verschieben wir die Reise und freuen uns, wenn Alexander zu uns kommt.«

Der zweite Winter, den Aqmat in Nicomedia zubrachte, war mild und brachte viel Regen, doch keine Kälte, was sie sehr genoss. Sie ging regelmäßig zu der Gemeinde, wo sie andere Frauen traf, die sich ebenfalls von der offiziellen römischen Religion ausgeschlossen fühlten. Sie halfen Armen, kümmerten sich um Kranke, lasen in den heiligen Schriften und deuteten sie gemeinsam mit erfahrenen Gemeindemitgliedern.

Eines Nachmittags stand endlich Alexander vor der Türe. Aqmat schloss ihn in die Arme und freute sich über sein sonnengebräuntes, männliches Aussehen. Sie befahl Thekla, ihrer Dienerin, warmen Gewürzwein zu bringen und wollte genau wissen, wie es ihm in dem Jahr ergangen sei, das er jetzt im Lager der Legion zugebracht hatte. Dann stellte sie die Frage, die zu stellen sie sich so lange gefürchtet hatte: »Wie ist es in Palmyra? Wie sieht die Stadt aus? Steht unser Haus noch?«

»Sei froh, Mutter, dass du es nicht sehen musstest. Palmyra ist arm geworden. Die meisten Geschäfte an der großen Säulenstraße sind mit Brettern verschlagen oder führen nur noch Datteln, einfache Töpfe oder grobe Stoffe aus der Umgebung. Und wenn doch einmal eine Karawane ihre Waren auf der Agora lagert, so läuft alles zusammen und staunt sie an. Nur Schenken, Lupanarien und Waffenhändler gibt es zuhauf. Aber wenn die Legion nicht viel Geld dort lassen würde, stünde es noch schlimmer um die Stadt.« Er drehte sein Glas in der Hand, kostete den Wein, murmelte »sehr gut« und fuhr fort: »Was unser Haus betrifft … du hattest mir einen Plan gezeichnet, und ich war dort. Die Vordertüre fehlt, der Wind hat Sand und Staub in den großen Saal geweht, der Garten im Atrium ist vertrocknet. Die Wände stehen noch, aber alles von Wert ist weggeschleppt. Das Badehaus liegt voller Ziegenkot, dort hat wohl jemand einen Stall eingerichtet.«

Aqmat schluckte, dann fasste sie sich wieder. »Deswegen predigen unsere Priester, dass man sein Glück nicht auf Besitz bauen soll. Frei ist nur, wer nicht an irdischen Gütern hängt.«

Alexander lachte und wies mit einer Handbewegung auf das Zimmer. »So armselig scheint euer Leben ja nicht zu sein.« Dann wurde er wieder ernst. »Du gehst also noch zu den Versammlungen?«

Aqmat nickte. »Ja. Flavius muss sehr viel arbeiten. In der Gemeinde habe ich Freunde, mit denen ich Gespräche führen kann … über Gott, über unsere Seele, über den Sinn unseres Daseins und was danach kommt.« Sie lächelte und legte die Hand auf den Arm ihres Sohnes. »Wenn man alt wird, denkt man mehr an solche Dinge. Komm einmal mit und frage auch Constantinus, ob er möchte.«

Alexander verschränkte die Arme. »Weißt du, da wo ich bin, hat man andere Gedanken, andere Sorgen. Ein Soldat lebt für den Tag, denn morgen kann es zu spät sein. Und er muss das Schwert ziehen, wenn es der Kaiser beschließt. Deswegen sind Christen in der Legion nicht gerade wohlgelitten. Man verdächtigt sie, im Zweifel mehr ihrem Glauben zu gehorchen als den Befehlen der Offiziere.«

»Dann stimmt also«, sagte Aqmat leise, »was man sich erzählt: dass die Christen aus der Legion ausgestoßen werden?«

Alexander nickte. »Ja, aber nicht wegen ihres Glaubens, sondern weil der Kaiser befürchtet, sich nicht auf sie verlassen zu können. Die oberste Tugend des Soldaten, noch vor der Tapferkeit, ist der Gehorsam. Und der zeigt sich auch in der Bereitschaft, am Kaiseropfer teilzunehmen.«

Alexander nahm die Hand seiner Mutter. »Glaubst du denn, weil ich gelegentlich Weihrauch auf den Alter werfe und etwas vom Genius des Kaisers murmele, dass ich einen purpurbehängten Viehhirten wie Galerius oder diesen Diocletianus, der in seinem Palast hockt und das Reich mit Edikten zuscheißt, für Götter halte? Ich zeige ihnen nur, dass ich sie als Herren des Imperiums anerkenne. Und dann gehe ich und reiße meine Witze – zumindest wenn niemand zuhört, dem ich nicht vertrauen kann.«

Aqmat schwieg. Wie Alexander dastand, redete und gestikulierte, erinnerte er sie so sehr an den jungen Flavius, dass es ihrem Herzen einen Stich gab. Sie zwang sich ein Lächeln ab. »Wahrscheinlich hast du recht und musst so handeln. Sag Constantinus, dass wir ihn gern zu uns einladen würden, und natürlich seid ihr beide jederzeit bei unseren Versammlungen willkommen.«

Bevor Alexander zurück in den Palast ging, wo man Constantinus ein Dutzend Räume zur Verfügung gestellt hatte, fiel ihm noch etwas ein. »Stell dir vor, wen ich am Tag nach unserer Ankunft auf einem Gang des Palastes gesehen habe.«

»Wen?«, fragte Aqmat, in Gedanken schon ganz beim Abendessen, zu dem Flavius hoffentlich rechtzeitig zurückkommen würde.

»Esuvius. Ich bin sicher, er hat mich auch erkannt, aber er ging weiter.«

»Also doch«, murmelte sie, als sich die Tür hinter ihrem Sohn geschlossen hatte.

Einige Tage später brachte Alexander Constantinus mit. Aus dem Kind, das Aqmat zuletzt gesehen hatte, war ein junger Mann geworden, der sich seiner Wirkung auf Frauen wohl bewusst war. Groß, stark, draufgängerisch, trotz seiner lang gezogenen Nase gutaussehend und mit einer Beredsamkeit ausgestattet, die zwar manchmal berechnend, aber stets liebenswürdig wirkte, gewann er sofort die Zuneigung aller. Neben ihm schien Alexander oft schüchtern, fast hölzern, doch waren die beiden auch vom Rang her ungleichen Männer einander in enger Freundschaft verbunden. Der Sohn des Kaisers gab sich leutselig, doch merkte man ihm stets an, dass er weit mehr im Sinn hatte, als nur ranghöchster Tribun einer Legion zu werden.

Aqmat nahm ihn einmal zu einer christlichen Versammlung mit, wo er mit höflichem Gesichtsausdruck zuhörte, sich in Zwiegespräche mit Lactantius vertiefte und anschließend meinte, auch er glaube an die Existenz eines einzigen, übermächtigen Gottes statt des mit Schurken, Menschenfressern, Ehebrechern und eifersüchtigen Weibern gefüllten Pantheons der Griechen. Doch mit Blick zum Himmel setzte er hinzu: »Da oben sehe ich meinen Gott. Sol Invictus, die unbesiegte Sonne.« Dann entschuldigte er sich, er habe noch eine wichtige Verabredung, und verschwand – zur Missbilligung einiger Frommen, die noch größer ausgefallen wäre, wenn sie geahnt hätten, wohin er ging. Doch nur Alexander, der seine Mutter begleitet hatte, wusste, dass er die Nacht bei Minervina, seiner Geliebten, verbringen würde und dass er den strengen Moralvorstellungen der Christen nichts abgewinnen konnte.

Einige Wochen später befahl Diocletianus erneut die Mitglieder des Thronrates zu sich. Aqmat war nicht entgangen, dass sich Flavius schon die Nacht zuvor unruhig im Bett gewälzt und kaum Schlaf gefunden hatte. Schließlich sprach sie ihn auf seine Sorgen an: »Hast du Angst, dass er wieder auf die Durchsetzung des Preisedikts kommt?«
»Möglich, aber ich glaube es nicht.«
Zum Glück hatten die Unruhen nachgelassen und die Händler waren zurückgekehrt, auch wenn manche Waren nur auf Nachfrage oder dann zu haben waren, wenn man noch etwas anderes dazu kaufte. »Wenn ich nur wüsste, was der Kaiser jetzt in seinem Dickschädel ausbrütet.«
»Mach dir nicht zu viele Gedanken«, murmelte sie und schmiegte sich an ihren Mann. »Es wird uns schon nicht betreffen.«

Doch als Flavius am nächsten Tag aus dem Palast zurückkehrte, wirkte er sehr betroffen.
»Was ist geschehen?«, fragte sie. »Was will er?«
»Er macht sich Sorgen um die Festigkeit des Reiches, die er durch alles Neue gefährdet sieht.«

»Tut er das nicht ständig?«, erwiderte Aqmat, wurde jedoch sogleich wieder ernst. »Bitte erzähl weiter.«

»Jetzt hat er sich in den Kopf gesetzt, dass die Manichäer den Staat untergraben.«

»Die Manichäer?« Aqmat schüttelte den Kopf. Sie wusste nicht viel von dieser religiösen Bewegung, die vor einem halben Jahrhundert von einem Perser gegründet worden war. Viele Christen sahen sie als gefährliche Abweichung von ihrem eigenen Glauben an und bekämpften sie heftig. »Wie kommt er denn darauf?«

»Er wirft ihnen vor, die alten römischen Götter zu verachten und der Religion unseres gefährlichsten Feindes anzuhängen.«

Aqmat schüttelte den Kopf. »Dabei hat der Schah vor einem guten Jahrzehnt, so heißt es, diesen Mani kreuzigen, ihm die Haut abziehen und seine Anhänger verfolgen lassen. Wie kann man sie da als Hilfstruppe der Perser schmähen?«

»Ängste und Hass sind selten logisch«, seufzte Flavius. »Auf jeden Fall scheint sich diese Sekte in Africa derart auszubreiten, dass der Statthalter eine Anfrage an Maximianus im Westen schickte, der das heiße Eisen lieber an Diocletianus weitergereicht hat.«

»Und der Kaiser, lass mich raten, brütet über einem Edikt, nicht wahr?« Trotz des Ernstes der Lage musste Aqmat in diesem Augenblick schmunzelnd an die Formulierung denken, mit der ihr Sohn die kaiserliche Sucht beschrieb, alle Übel der Welt durch Gesetze zu kurieren.

»Ja, das tut er. Genauer gesagt hat er eine Gruppe von Männern beauftragt, einen Text auszuarbeiten.«

»Ich hoffe, dass du da nicht darunter bist«, bemerkte Aqmat mit einem Unterton, der Flavius nicht gefiel.

»Nein, den Göttern sei's gedankt«, erwiderte er, wohl wissend, dass sie diesen Ausdruck nicht mochte. »Doch wenn ich dir sage, wer der Leiter ist …«

»Fortunatus, vermutlich«, bemerkte sie. »Der Unbekannte im Hintergrund.«

»So unbekannt ist er nicht mehr«, erwiderte Flavius. »Wie ich seit heute weiß, ist sein voller Name Marcus Aurelius Fortunatus!«

Einen Augenblick herrschte bleiernes Schweigen im Raum. Aqmat öffnete den Mund, als ob sie etwas sagen wollte, dann ging sie zu einem Sessel und ließ sich hineinfallen. »Unser Marcus Aurelius?«
»Genau der.« Flavius ging zu seiner Frau. »Keine Angst, er kann uns nichts anhaben.«
»Mir reicht, dass er hier ist – zusammen mit Esuvius, der als seine rechte Hand herumschnüffelt.«
Flavius zuckte mit den Schultern. »Der Palast ist groß, ich kann ihnen aus dem Weg gehen. Was ich aber nicht kann«, fügte er hinzu, als er die unausgesprochene Frage in ihren Augen las, »ist jetzt alles hinzuwerfen. Dazu ist es zu spät, und wenn ich meine Arbeit gut mache, so hat der Kaiser angedeutet, könnte ich in zwei Jahren vom Stellvertreter zum Finanzminister befördert werden.«
Aqmat schwieg. Was er sagte, klang logisch und überzeugend. Warum nur verspürte sie trotzdem diese Angst im Bauch?

Es dauerte nicht lange, bis das Manichäeredikt fertiggestellt war. Auf Aqmats Wunsch brachte Flavius eine Kopie mit nach Hause. Eilig überflog sie die Einleitung, in der die Notwendigkeit betont wurde, die althergebrachten Sitten zu befolgen, die Rom groß gemacht hätten, bis sie zum Wesentlichen kam.
»Es ist zu fürchten, die Manichäer könnten im Laufe der Zeit durch ruchlose Bräuche und falsche Gesetze der Perser Menschen unschuldiger Natur, das bescheidene und ruhige römische Volk und unseren ganzen Erdkreis mit ihren üblen Gifttränken gleichsam anstecken ...« Aqmat ließ die Rolle sinken. »Spricht Diocletianus wirklich so?«
»Nein, persönlich soll er ein einfacher Mann geblieben sein.« Flavius ließ sich auf seinem mit Seidenkissen gepolsterten Sessel aus eingelegtem Edelholz nieder, den er kürzlich gekauft hatte. »Aber das hier ist der Ton eines heiligen Ediktes.«
»Heilig?« Kopfschüttelnd las sie weiter. »Daher befehlen wir, dass die Begründer und Häupter zusammen mit ihren abscheulichen Schriften strengster Bestrafung – der Verbrennung im Feuer – unterworfen werden; ihre Anhänger, vor allem die Fanatiker, sol-

len mit dem Tode bestraft werden, ihr Besitz zugunsten des Fiskus eingezogen werden ...«, Aqmats Stimme stockte, »... die Seuche dieser Bosheit soll mit der Wurzel ausgerottet werden aus unserem glücklichen Zeitalter.«
Sie warf die Rolle auf den Boden. »Flavius, das ist ja entsetzlich. Was faselt er da von einem glücklichen Zeitalter, das er mit der Verbrennung von Menschen herbeizwingen will?«
Flavius saß schweigend da, das Kinn auf die Hände gestützt. Langsam hob er den Blick. »Ich weiß«, murmelte er fast unhörbar. »Ich weiß.« Dann richtete er sich auf und schrie: »Schau mich nicht so an! Ich habe das nicht geschrieben! Ich bin für Finanzen zuständig, nicht für religiösen Verfolgungswahn.«
Aqmat schrak zurück, dann lief sie aus dem Raum und schlug die Tür ihres Zimmers hinter sich zu. Sie konnte selbst nicht sagen, was sie von ihrem Mann erwartete, doch das steigerte nur ihre Verzweiflung. Lange lag sie in dieser Nacht wach, bis sie wusste, was sie tun würde: in der Gemeinde um Rat fragen. Dort gab es viele weise Männer, die aus den heiligen Schriften Gottes Willen zu deuten verstanden. Sicher würden diese genau so empört sein und alle Christen aufrufen, den Verfolgten beizustehen. Gleich morgen Abend, bei der Versammlung, würde sie von dem neuen Edikt berichten.

Die Versammlung fand, wie üblich, im großen Saal des Privathauses statt, das unweit des Kaiserpalastes lag. Der Besitzer, ein reicher Kaufmann aus Antiochia, gehörte mit Aqmat zur Minderheit der Wohlhabenden, während die Mehrzahl der Gläubigen in geflickten Tuniken erschien, mit schwieligen Händen und verhärmten Gesichtern, die aufleuchteten, wenn sie einen bekannten Glaubensbruder erblickten. Gelegentlich waren sogar die Halsreifen von Sklaven zu sehen, die sich oft ohne Wissen ihrer Herrschaft hierher schleichen mussten. Wie üblich hatte auch Thekla ihre Herrin Aqmat begleitet, denn das Mädchen stammte aus einer christlichen Familie und hatte Freunde in der Gemeinde, meist Sklavinnen wie sie. Die Fackeln in den Halterungen an den Wänden tauchten die Gesichter in ein unruhiges Licht, als Aqmat nach dem Gottesdienst auf

das Edikt zu sprechen kam. Doch die Reaktion war zwiespältig. Einige wenige wirkten empört, doch viele wiegten den Kopf und einige meinten sogar, dies sei Gottes verdiente Strafe für solch ruchlosen Aberglauben. Die Debatte wurde immer hitziger, und harte Worte fielen, bis zuletzt der Älteste alle zur Ruhe mahnte.
»Liebe Brüder! Es darf nicht sein, dass uns eine solche Frage entzweit. Wie können wir Gottes Gnade erflehen, wenn wir uns zugleich selbst wie die Hunde anknurren?«
Der weißhaarige Mann sah sich im Saal um. »Bei der schwierigen Entscheidung, wie wir uns in einer solchen Lage zu verhalten haben, brauchen wir geistlichen Beistand. Zum Glück wird uns bald Episcopus Ephraim aus Thessalonica besuchen, ein in Fragen des Glaubens erfahrener Mann. Ich werde ihn bitten, bei unserem Gottesdienst über dieses Thema zu predigen.«

Drei Wochen später war der Versammlungsraum bis auf den letzten Fußbreit Boden gefüllt. Selbst im Gang drängten sich die zu spät gekommenen Besucher, als sich Ephraim von seinem Schemel erhob. Er mochte an die siebzig Jahre zählen, sein kahler Schädel war von einem Kranz weißer Haare eingerahmt, zwei fanatische Augen glühten in dem eingefallenen Gesicht. Der Gemeindediener geleitete ihn zu der aus Holzbohlen gezimmerten Kanzel. Der bärtige Mann stützte sich darauf und musterte die Menschenmenge, die so still war, dass Aqmat meinte, ihr eigenes Herz klopfen zu hören.
»Liebe Brüder und Schwestern! Ihr habt mich gerufen, um Rat in einer schwierigen Angelegenheit zu erlangen. Denn nur vordergründig geht es hier darum, wie wir zu der Heimsuchung stehen, die der Herr über die verblendeten Anhänger des Mani verhängt hat.« Der Prediger hob die Hand. »In Wirklichkeit müssen wir uns fragen, wie wir es mit allen Arten der Häresie halten, die die Einheit unserer heiligen katholischen Kirche bedrohen.« Er sah sich um. »Ich weiß, dass es welche gibt, die meinen, dass da viele Wege seien, um zu Gott zu gelangen. Doch ich ermahne euch: Bedenkt, dass nur ein Weg zum Herrn führt, aber viele in die Wüste des Irrtums, in die Flammen der Hölle!«

Einen Augenblick schwieg der Mann, bevor er die Faust ballte und ausrief: »Schon Paulus sagt: Wollte Gott, dass sie ausgerottet würden, die euch verstören! Und ich sage euch: Zahllos sind die, die nach ihren Lüsten wandeln, die im Taumel fleischlicher Begierden stecken, deren Wort um sich frisst wie der Krebs!« Ephraim hustete, und der Diakon reichte ihm ein Glas Wasser. »So nennt schon Episcopus Ignatius von Antiochia vor über einem Jahrhundert diejenigen, die vom rechten Weg des Glaubens abweichen, einen stinkenden Unrat und ihre Gottesdienste Teufelsdienste. Wütende Hunde sind sie, die heimlich beißen. Da gibt es Häretiker, die nach Judenart leben, doch wer sich dadurch befleckt, wird in das unauslöschliche Feuer wandern! Da gibt es die Anhänger Markions, die ihrer Verrücktheit die Zügel schießen lassen, an denen schon der heilige Irenäus, Episcopus von Lugdunum, die Hinterlist ihres Betruges und die Bosheit ihres Irrtums geißelte. Diese Possenreißer und Sophisten tun alles Verbotene ohne Scheu, dienen maßlos den Lüsten des Fleisches und schänden heimlich die Weiber! Nicht nur aufzeigen, sondern von allen Seiten verwunden wollen wir diese Bestien!«

Die Stimme erfüllte den Saal, und Aqmat merkte, wie die Gemeinde von den kämpferischen Worten mitgerissen wurde, wie sich Fäuste ballten und Augen fanatisch zu leuchten begannen.

»Und was weiß Clemens von Alexandrien über die Abweichler vom wahren Glauben zu berichten? Sie vergewaltigen die Deutung der Schrift im Sinne ihrer eigenen Begierden, sie fürchten den Herrn nur zum Schein, sündigen aber und werden dadurch einem Schwein ähnlich. So geht es denen, die die kirchliche Überlieferung verächtlich mit Füßen treten!« Ephraim nahm einen weiteren Schluck und fuhr fort:

»Nicht minder streng, liebe Gemeinde, geht der große Tertullianus mit den Häretikern ins Gericht, von denen er sagt, dass sie Heiliges den Hunden und Perlen, wenn auch unechte, den Säuen vorwerfen. Und der ehrwürdige Episcopus Cyprianus klagt die falschen Christen an, die durch ihre wütende Stimme täglich ihre giftige Raserei bezeugen, diese ruchlosen Anhänger der häretischen Verkommenheit mit ihren bellenden Schmähungen und Beschimpfungen. Deshalb ermahnt er die Gläubigen, mit diesen verkehrten, von sich selbst verurteilten Sündern nicht einmal irdische Speise und weltlichen Trank zu teilen, geschweige denn das Heil bringende Wasser der Taufe! Denn alle diese Abweichler, so sagt er, stehen draußen, wo das Licht der Finsternis weicht, der Glaube dem Unglauben, die Hoffnung der Verzweiflung, die Vernunft dem Irrtum, die Unsterblichkeit dem Tode, die Liebe dem Hass, die Wahrheit der Lüge und Christus dem Antichrist!«

Ephraim senkte erschöpft den Kopf und klammerte sich an der Kanzel fest, sodass der Diakon besorgt herbeieilte und ihn stützte. Doch nach einiger Zeit hatte der Prediger wieder Kraft geschöpft und fuhr leise fort:

»Liebe Brüder in Christo, lasset mich nun zum Ende meiner Predigt kommen. Wenn der Herr sich des Kaisers als seines Werkzeugs bedient, um die Anhänger Manis zu züchtigen, dieses Wahnsinnigen, gerüstet mit der Waffe der Geistesverwirrung, dessen falsche und gottlose Lehrsätze ein tödliches Gift sind, der so oft den Speichel des Drachen aufleckte, das Bittere für seine Anhänger ausspie und das Scharfe für seine Schüler, durch den der Teufel wie durch ein Schwein immerdar seinen Kot emporwühlt; wenn kranke Hunde, ganz und gar irrsinnig, niedergeschlagen werden, ist es da nicht an uns, die strafende Hand des Herrn zu preisen?«

Bei den letzten Worten hatte sich seine Stimme erhoben, der alte Mann richtete sich auf und rief mit triumphierendem Ton in den Saal: »Heil dir, hehre Kirche, aus jedem Mund, die du frei bist von Schmutz und Unrat des Anhanges Markions, des Rasenden, die du rein bist von der Hefe und dem Frevel des Anhanges Manis, die du losgelöst bist von der Unreinheit des Truges und von dem Gestank der stinkenden Juden!«

Während der Diakon den zitternden Alten zu seinem Schemel zurückführte, herrschte einen Augenblick lang atemloses Schweigen in der Gemeinde, dann erfüllte Stimmengemurmel den Raum. Aqmat stand unschlüssig in der Menschenmenge, die sich um den Episcopus drängte. Diese Predigt war so ganz anders ausgefallen,

als sie es erwartet hatte, und es fiel ihr schwer, das den Irrgläubigen – denn das waren die Anhänger Manis zweifellos – drohende Unheil als gerechte Strafe zu begrüßen.
Andererseits war ihr bewusst, dass sie noch viel zu wenig von den heiligen Schriften wusste und dass dieser ehrwürdige Episcopus, der sein Leben der Kirche geweiht hatte, die Gefahren besser einschätzen konnte, die dem Glauben durch falsche Lehren drohten. Und wenn er recht hatte, dachte sie erleichtert, wenn tatsächlich der Kaiser als Werkzeug Gottes handelte, dann war es auch richtig, dass Flavius ihm diente. Wer weiß, vielleicht hatten sogar Prisca und Valeria, von denen es hieß, sie seien Christinnen, vielleicht hatten die Frau und die Tochter des Kaisers den sittenstrengen, religiösen alten Mann bereits dem wahren Glauben näher gebracht. Bei dieser Vorstellung atmete Aqmat tief durch und spürte, wie ein inniges Glücksgefühl sie durchströmte.
Eine Weile unterhielt sie sich noch mit dem Diakon, dann gab sie Thekla ein Zeichen, den zwei vor der Türe wartenden Sklaven Bescheid zu geben, die Fackeln für den Heimweg zu entzünden. Als sie aus dem Haus trat, schien der Vollmond zwischen Wolkenfetzen, die der Wind wie eine Schafherde nach Osten trieb. In ihrer wandernden Insel aus flackerndem Lichtschein konnte Aqmat das dreieckige, spitznasige Gesicht nicht sehen, das hinter der Säule eines Vordaches hervorspähte. Doch die Augen des Mannes konnten genau erkennen, wer da aus dem erleuchteten Haus trat.

Der Frühling brachte die rosa Oleanderblüten zur Entfaltung, dann ließ die Hitze des Sommers das Grün der Gräser und Blumen verdorren, bevor die Regenschauer der ersten Herbststürme über das ausgetrocknete Land peitschten. Was mit den Manichäern geschah, spielte sich meist in fernen Provinzen ab, und Aqmat vermied es, davon zu sprechen. Flavius konnte sich langsam unter den Wagenladungen von Dokumenten hervor arbeiten, die rastlose Steuerschätzer monatelang auf seinem Schreibtisch abgeladen hatten, und eines Tages versprach er Aqmat: »Morgen werde ich mir früher freinehmen und schon eine Stunde nach Mittag gehen.«

»Das wäre herrlich! Ich komme zum Palast und hole dich ab.« Mit schelmischem Blick auf den gerundeten Umriss ihres Mannes setzte sie hinzu: »Ohne Sänfte, wir gehen zu Fuß durch die Stadt. Etwas Bewegung schadet dir wirklich nicht.«

Der nächste Tag war wieder sonnig und ließ sich gut an. Ein Bote der kaiserlichen Post überbrachte Aqmat einen Umschlag, als dessen Absender sie ihren Sohn Lucius erkannte. Mit zitternder Hand erbrach sie das Siegel, denn sie hatte gehört, dass die Alamannen erneut über den Rhenus gestürmt sein sollten. Doch Lucius war wohlauf und Augusta Treverorum nicht gefährdet gewesen. Allerdings hatten die Barbaren so überraschend zugeschlagen, dass der Caesar Constantius vor Lingonae verwundet und beinahe in die Hände der Feinde gefallen wäre, da die Stadttore bereits verriegelt gewesen waren. Im letzten Augenblick, wie Lucius schrieb, hätten ihn seine Legionäre mit einem Seil die Stadtmauer emporhieven können. Aqmat schmunzelte bei der Vorstellung, wie der beleibte, ältere Kaiser an einem dicken Tau in die Stadt gezogen worden war. Anschließend hatte Constantius mit eilig zusammengezogenen Truppen die Feinde zurücktreiben und ihnen bei Vindonissa eine so vernichtende Niederlage zufügen können, dass jetzt die Knochen von sechzigtausend Alamannen auf den Feldern bleichten.

Aqmat ließ den Brief sinken. Sechzigtausend Tote, eine unglaublich scheinende, erschreckende Zahl. Doch selbst wenn sie nicht übertrieben war, würde auch dieser römische Sieg, ebenso wie alle Rachefeldzüge und Strafmaßnahmen zuvor, auf Dauer nicht mehr bewirken als ein Hammerschlag auf einen Wespenschwarm. Sollte das immer so weitergehen: Barbarenüberfälle, die ganze Landstriche in Schutt und Asche legten, beantwortet von römischen Siegen und Metzeleien?

Sie trat auf den Balkon und blickte über die Häuserdächer. Doch was würde geschehen, falls Rom eines Tages nicht mehr siegen konnte? Wie würde es dann solchen Städten ergehen? Den Tempeln mit ihren Statuen, den Thermen mit ihren Fußbodenheizungen, den Theatern mit ihren palastgleichen Bühnenwänden, den Wunderwerken der Aquädukte, den Bibliotheken voll geistiger Schätze, den Häu-

sern mit ihren Mosaikfußböden, Wandmalereien und Fensterscheiben? Würden siegreiche Barbaren ihre Herden durch die Ruinen treiben, um selbst in schmutzigen Hütten zu hausen?
Was waren die Gründe für diese ewigen Kämpfe? War es die Gier nach Besitz, den die einen mit Gewalt den anderen entreißen wollten, die ihn wiederum mit Klauen und Zähnen verteidigten? War es der auf beiden Seiten angestaute Hass, die Furcht, das gegenseitige Unverständnis und die unversöhnliche Erinnerung an selbst erlittenes Leid, ohne das den anderen zugefügte zu sehen?
Sie verstand Flavius, dem sein Dienst am Imperium ungleich mehr bedeutete als nur die Möglichkeit, ein Zipfelchen vom Purpur zu erhaschen und viele Goldstücke nach Hause zu tragen. Das Imperium war wie eine Insel im tosenden Meer der Barbarei. Es war von Gott gewollt, damit die christlichen Prediger ungehindert und sicher reisen konnten, um immer mehr Menschen zu bekehren. Denn es musste einen anderen Weg geben als den von Angriff und Gegengewalt, von Hass und Zorn. Wenn ein neuer Glaube, der Verzicht und Verzeihen als höchste Tugend ansah, den Geist der Menschen verwandelte, ein Glaube, der allen Völkern offen stand, Männern wie Frauen, Reichen wie Armen, Römern, Persern und Barbaren gleichermaßen, ohne dass ihn ein Staat für sich beanspruchte – ja dann wäre es möglich, dass endlich Frieden in der Welt einkehrte. Wenn nicht mehr die Anhänger Wodans gegen die Jupiters, die des persischen Gottes Ormazd gegen die des Propheten Mani zum Schwert greifen müssten, dann könnten alle ohne Krieg zusammenleben, ihre Kinder großziehen, ihre Äcker bestellen und ihre Häuser bauen. Christus hatte diesen Glauben gepredigt und selbst vorgelebt, bis zum bitteren letzten Augenblick, und seine Gläubigen beteten, arbeiteten und litten für eine bessere Welt. Aqmat war so stolz und glücklich wie nie zuvor, dass sie Christin war, als sie aus dem Haus trat, um zum Palast zu gehen. Vielleicht würde es ihr gelingen, auch Flavius zu überzeugen – eines Tages, mit Gottes Hilfe.
Am Forum warf sie einen Blick auf die Sonnenuhr und erschrak – es war schon fast die vereinbarte Stunde, und sie hatte noch drei Insulae vor sich. Sie raffte ihr Kleid mit beiden Händen hoch und

begann zu laufen. Plötzlich wurde ihr bewusst, wie voll die Stadt war: Die Bürgersteige waren zugestellt mit Tischen von Honigbäckern, Melonenverkäufern und Gewürzhändlern. Dazwischen hockten nähende Schuster, eine alte Frau bot gelbe Küken feil, die sich piepsend in einem Korb drängten. Schankwirte priesen lautstark die Güte ihres Weines, Huren lehnten lässig an Häuserecken und warfen wohlhabend aussehenden Männern einladende Blicke zu. Die Straße war erfüllt von Lastenträgern, die unter Säcken dahinschwankten, während andere kleine Handkarren schoben und eine Karawane hochbeladener Kamele in Richtung Forum zog.
Endlich sah Aqmat den Palast vor sich aufragen – dieses Gebirge giebelbekrönter Fenster, säulengeschmückter Portale, statuengefüllter Nischen und marmorner Balkone, die über dem Leben des Volkes zu schweben schienen, als gehörten sie zur Behausung der olympischen Götter.
Keuchend erreichte sie das große Portal, vor dem Legionäre mit rotbuschigen Helmen, silbernen Brustpanzern und langen Lanzen Wache hielten. Sie besaß einen Berechtigungsschein zum Betreten des Palastes, doch hatte sie mit Flavius ausgemacht, sich hier zu treffen. Etwa eine Viertelstunde mochte sie zu spät sein, aber noch war nichts von ihm zu sehen. Erleichtert setzte sie sich auf eine Steinbank, um wieder zu Atem zu kommen. Auch wenn sie dank regelmäßiger Gymnastik für ihre sechsundvierzig Jahre gut in Form war, so merkte sie doch in solchen Augenblicken das Alter.
Die Minuten tropften dahin wie zäher Honig. Zwei rundliche Eunuchen verließen den Palast; mit hellen Stimmen unterhielten sie sich darüber, wo man den besten Wein verkosten könne. Fluchend dirigierte ein Stoffhändler drei gebeugte Lastenträger, die unter den Ballen gelben Baumwolltuches kaum etwas sehen konnten, an den Wachen vorbei ins Innere der Vorhalle. Aqmat blickte sich um, entdeckte eine Sonnenuhr, stellte fest, dass es schon mehr als eine halbe Stunde über die vereinbarte Zeit war und fühlte, wie allmählich eine Mischung aus Ärger und Unruhe in ihr emporstieg. Was mochte geschehen sein? Sonst war Flavius immer zuverlässig. Sicher war etwas Wichtiges vorgefallen. Sollte sie die Wachen fragen?

Oder selbst im Palast nachforschen? Sie erhob sich und spähte durch den Bogen in die düstere Vorhalle, in der sich die Ströme der kommenden und gehenden Menschen vermengten, doch von ihrem Mann war nichts zu sehen.

Schließlich, als sie schon fast eine Stunde gewartet hatte, überwand sie ihre Abneigung und betrat den Riesenbau. Sie ließ sich den Weg zum Arbeitszimmer ihres Mannes zeigen, doch sein Sekretär konnte ihr nur sagen, dass er kurzfristig zu einer Sitzung des erweiterten Kronrats gerufen worden sei. So setzte sie sich auf eine Bank in dem langen Korridor, dessen gewölbte Decke so hoch war, dass sie im grauen Halbdunkel verschwamm, und vertrieb sich die Zeit damit, den Hofbeamten nachzusehen, die mit Bündeln von Papyrusrollen vorbeischritten.

Endlich, als schon der abendrote Himmel durch die Fenster schimmerte, sah sie den vertrauten Umriss den Gang entlang hasten, zwei Rollen in der Hand.

Flavius hob die Arme. »Bitte entschuldige, ich wurde kurzfristig weggerufen.«

Sie umarmte ihn. »Das habe ich erfahren. Was ist geschehen?«

»Jetzt nicht.« Flavius sah sich um, ob sie niemand beobachtete. »Bitte geh voraus, wir treffen uns an dem kleinen Brunnen fünfzig Schritte links vom Palast.«

»Aber warum …?«

»Keine Fragen, nicht hier. Bitte geh!«

Aqmat schluckte ihren Ärger herunter und wartete am Brunnen, bis Flavius erschien.

»Kannst du mir endlich sagen, was geschehen ist?«, fragte sie scharf.

Er sah sie müde an. »Der Kaiser bereitet ein neues Edikt vor.«

»Ach, was will er jetzt vorschreiben? Bessere Ernten, ewige Siege?«

Flavius schüttelte den Kopf. »Ich darf es dir nicht sagen. Lass uns nach Hause gehen.«

Aqmat war zum Weinen zumute. Sie hatte sich so auf diesen Nachmittag gefreut, und nun war irgendeine Verordnung wichtiger gewesen. Stumm gingen sie durch die abendliche Stadt, in der die Händler ihre Läden verriegelten und die ersten Betrunkenen aus

den Tavernen torkelten. Zu Hause ließ sich Flavius in seinen Sessel fallen und legte die beiden Schriftrollen auf seinen Schoß.
»Also, was hat der Kaiser Geheimnisvolles von euch gewollt?«
»Es war nicht der Kaiser«, antwortete Flavius. »Es war Marcus Aurelius Fortunatus, der sprach.« Stille hing im Raum, bis er fortfuhr: »Später kam jedoch der Caesar Galerius dazu. Anschließend mussten alle schwören, Stillschweigen zu bewahren, und jeder von uns bekam zwei Schriftrollen. Zum geheimen Studium, wie Fortunatus es ausdrückte.«
»Sind es diese beiden?«, fragte Aqmat, und als Flavius nickte, streckte sie die Hand aus. Ihr Mann reichte ihr einen Papyrus.
»Celsus: Wahre Worte«, murmelte sie und nahm den anderen. »Porphyrios: Gegen die Christen.« Ihre Hand begann zu zittern. »Das sind bekannte Schmähungen unseres Glaubens«, murmelte sie, dann starrte sie ihren Mann mit schreckgeweiteten Augen an. »Plant der Kaiser Maßnahmen gegen uns?«
Flavius sah sie verzweifelt an. »Ich darf nichts sagen ... aber wenn du es selbst errätst ...«
Aqmat schwieg, ihre Gedanken rasten. Endlich stand sie auf. »Ich muss mit dem Diakon sprechen.«
»Nein, das darfst du nicht«, stöhnte Flavius. »Es würde nichts ändern. Außerdem lauert er genau darauf!«
»Wer, Fortunatus?«
»Ja. Als er von uns Verschwiegenheit forderte, sah er mich an und setzte hinzu, dies gelte natürlich besonders für diejenigen, welche Christen in ihrer Familie hätten. Glaub mir, er lässt die Gemeinde überwachen und weiß, dass du dorthin gehst. Wahrscheinlich hat er sogar seine Spione in eurer Mitte. Sollte das mit dem Edikt vorher bekannt werden, wird er mich beschuldigen, es dir verraten zu haben, damit du sie warnen kannst.« Nervös rang er die Hände. »Ich brauche dir nicht zu sagen, welche Strafe auf Hochverrat steht. Mit viel Glück ein schneller Tod durch das Schwert. Ansonsten ...«
Aqmat beugte sich über ihren Mann und nahm seine Hand. »So will er sich also an uns rächen ...« Sie richtete sich auf. »Und wenn ich ab sofort eine Zeit lang nicht zu den Versammlungen ginge?«

»Nein, das würde Verdacht erregen.« Flavius schüttelte den Kopf. »Unser Leben muss so weitergehen, als sei nichts geschehen. Es sei denn, du wolltest dich ganz von der Gemeinde lösen …«
»Auf keinen Fall. Mich wegducken, wenn Gefahr droht? Das wäre Verrat an meinem Glauben, an allem, was mir etwas bedeutet, an mir selbst!«
Aqmat spürte, dass dieser sonnige Herbsttag ihr Leben umgestürzt hatte. Wie immer sie sich verhielt – sie musste schuldig werden. Ihr graute schon vor dem Gedanken, inmitten der Gemeinschaft zu stehen, in die vertrauten Augen zu blicken, die Fürsorge und Liebe dieser Menschen zu spüren und dabei zu wissen, was ihnen drohte – ja sogar noch bei dem Gedanken zittern zu müssen, sie könnten das kommende Unheil auf anderem Wege erfahren …

Am nächsten Tag versuchte Flavius herauszufinden, wann das Edikt gegen die Christen geplant war, doch er stieß auf eine Mauer des Schweigens, die Fortunatus um die ganze Angelegenheit gezogen hatte. Nach einem langen Gespräch mit Aqmat beschloss er, sich als Christengegner zu gebärden, um so das Vertrauen der Mächtigen zu gewinnen. Als Erstes nahm er sich die vor einem guten Jahrhundert geschriebenen »Wahren Worte« des Celsus vor. Zu seinem Erstaunen musste er feststellen, dass es sich keineswegs um eine Schmähschrift handelte, sondern dass sich der Philosoph kenntnisreich und überzeugend mit dem Christentum auseinandersetzte. Der Autor fand viele ethische Lehren »besser bei den Griechen ausgedrückt, doch ohne hochfahrendes Wesen und Ankündigungen, als ob sie von Gott oder dem Sohne Gottes kämen«. Flavius konnte ihm nur zustimmen, wenn er den Auserwähltheitsglauben der Juden und Christen anprangerte und spöttisch fragte, weshalb Gott denn auf die Erde herabgestiegen sei. »Etwa damit Er die Zustände bei den Menschen kennenlerne? Weiß Er denn nicht alles? Er weiß es also, bessert's aber nicht.« So fiel es Flavius leicht, der Logik des Autors zu folgen, dass es schon vor Jesus viele bedeutende Männer gegeben habe, deren Leben nicht weniger voller Wunder gewesen sei. »Oder meint ihr, was von den anderen erzählt wird, das sei Fabel und gelte auch dafür, von euch dagegen sei der Ausgang des Schauspiels schicklich oder glaubwürdig erfunden worden, nämlich sein Ausruf am Pfahl, als er verschied, und das Erdbeben und die Finsternis?«

Als er endlich die Rolle weglegte, tränten seine Augen, und er war betroffen, wie viele seiner Bedenken gegen diese Religion er hier mit geschliffenen Worten ausgedrückt fand. Am nächsten Tag nahm er sich den wesentlich umfangreicheren Porphyrios vor, der vor wenigen Jahrzehnten in fünfzehn Büchern mit dem Christentum abgerechnet und zu Jesu Erscheinen geschrieben hatte: »Weshalb war es notwendig, dass er erst in jüngster Zeit gekommen ist und nicht, bevor eine zahllose Menge von Menschen zugrunde ging?«

Ja, weshalb eigentlich, dachte Flavius und las weiter, bis er zu einer Stelle kam, die er Aqmat zeigte, da sie einen Punkt ansprach, der schon wiederholt zu Auseinandersetzungen zwischen ihnen geführt hatte: »Selbst wenn unter den Griechen einer stumpfsinnig genug wäre, anzunehmen, dass die Götter in den Standbildern hausen, so hätte er eine viel weniger trübe Vorstellung als derjenige, der glaubt, dass die Gottheit in den Leib der Jungfrau Maria eingegangen, dass sie zum Fötus geworden und nach der Geburt in Windeln gelegt worden sei.«

Aqmat versuchte, so gut sie es verstand, ihrem Mann die Lehren des Christentums zu erklären, doch erntete sie so viele ungläubige Gegenfragen, dass sie ihn zum Schluss wütend anfauchte: »Warum studierst du das Zeug? Willst du dich wirklich nur besser tarnen oder vielleicht doch gegen meinen Glauben angehen?«

Flavius nahm sie in den Arm, versuchte sie zu beruhigen und nahm sich vor, in Zukunft keine Auseinandersetzungen um Glaubensfragen mehr mit seiner Frau zu führen. In der Tat musste er ja die christliche Lehre nicht verstehen – es genügte, wenn er die Beweisführung ihrer Gegner kannte.

Es dauerte einige Wochen, bis seine Strategie Früchte trug. Er hatte begonnen, sich Mitarbeiter des Palastes durch kleine Geldgeschenke gewogen zu machen, darunter auch Demetrios, den Obereunuchen, der ihn eines Tages beiseitenahm. »Ihr wünschtet die

Bekanntschaft von Gegnern dieser Christensekte zu machen.« Die listigen Augen blickten ihn über den glatten Wangen prüfend an. Als Flavius bejahte, fuhr die jungenhafte Stimme fort: »Dann würde ich Euch gerne den Philosophen Sossianus Hierocles vorstellen. Er ist der Autor von ›Der Freund der Wahrheit‹, einer Schrift, die diesen ungesetzlichen Aberglauben auf das Schärfste verdammt.«
»Kann ich das Werk lesen, bevor ich mit ihm spreche?«, erkundigte sich Flavius.
»Ja, es gibt zwei Kopien in der Palastbibliothek, und ich könnte Euch ein Exemplar besorgen … oh, vielen Dank, das ist sehr großzügig, das wäre nicht nötig gewesen.« Der Eunuch steckte den Argenteus ein. »Heute Abend haltet Ihr es in den Händen.«
An diesem Abend zog sich Flavius in sein Zimmer zurück, arbeitete sich durch die Rolle und notierte Fragen. Als Demetrios es zwei Tage später so einrichtete, dass er wie zufällig Hierocles begegnete, zeigte sich der bärtige Mann mit der dröhnenden Stimme von seinem Wissen so angetan, dass er darauf bestand, Flavius in die Arbeitsgruppe aufzunehmen, die das Edikt vorbereitete. Einige Tage später ließ Flavius sich in der Sänfte durch den Novemberwind nach Hause tragen und nahm Aqmat in den Arm.
»Sie werden das Orakel in Didyma befragen. Dass Apollo durch seine Priester verkünden lassen wird, die Christen zu verfolgen sei dem Gott gefällig, kann man sich unschwer denken«, murmelte er, als habe er Angst, jemand von der Dienerschaft könne lauschen.
»Wann?« Aqmat ergriff seinen Arm. »Wann, bitte sag es mir!«
»Wenn du mir versprichst, dass niemand davon erfährt«, antwortete Flavius. »Wirklich niemand: Am 24. Februar nächsten Jahres soll das Edikt am Forum angeschlagen werden.«

Der 23. war ein bewölkter Tag, an dem ein kalter Wind vom Meer her jeden schaudern ließ, der morgens schon auf die Straßen musste. Am Eingang ihres Hauses verabschiedeten sich Aqmat und Flavius voneinander. Er bestieg seine Sänfte, und sie ging, die Kapuze ins Gesicht gezogen, in Begleitung von Thekla, die eine leere Ledertasche trug, die Straße entlang. Die letzten Monate waren eine

Qual gewesen: Jede Woche die Gesichter sehen zu müssen, die ihr vertrauten: die geschwätzige Witwe aus Byzantium, die ihr Vermögen der Gemeinde geschenkt hatte und sich darauf freute, ihrem verstorbenen Mann im Paradies wiederzubegegnen. Der glaubensstarke Diakon, der so gern selbst redete und dessen Augen fanatisch blitzten, wenn er auf Streitfragen des Glaubens zu sprechen kam. Der wortkarge Schmied, der einst im Streit einen Nebenbuhler mit dem Hammer erschlagen hatte und nun hoffte, im christlichen Glauben Vergebung zu finden. Die verschreckte junge Sklavin, die einem strengen Herrn im Palast diente und sich oft mit verheulten Augen zum Gottesdienst schlich. Ihnen allen würde ab morgen ein schreckliches Schicksal drohen. Doch noch schlimmer hatte Aqmat die Angst gequält, das Geheimnis könne vorzeitig verraten und zum Todesurteil für Flavius werden.
Sie schämte sich für die Erleichterung, die sie empfand, dass bis heute nichts durchgesickert war, sodass sie versuchen wollte, wenigstens einige der heiligen Schriften in Sicherheit zu bringen. Flavius gegenüber hatte sie nur erwähnt, sie müsse nochmals kurz in die Gemeinde, um einige Sachen zu holen, und er hatte geistesabwesend genickt. Sie würde den Diakon bitten, ihr die Rollen für einige Tage zu leihen.

Im Palast schien noch mehr Unruhe als sonst zu herrschen. Beamte schritten mit ernsten Mienen über die Gänge, gefolgt von Schreibern mit Tintenfass und Schreibrohr, während Sklaven versiegelte Kisten trugen, in denen Flavius die Abschriften des Ediktes vermutete. Vor seinem Arbeitszimmer warteten schon mehrere hagere, im Dienst ergraute Finanzbeamte, deren gravitätisches Gehabe an alte Geier gemahnte. Doch kaum hatte er den ersten zu sich hereingerufen, als es an die Türe pochte. Fortunatus ließe ihn sofort zu sich rufen, richtete der Bote in einem Ton aus, der keinen Aufschub duldete, und Flavius erhob sich mit einem seltsamen Gefühl in der Magengrube. Bei seinem Weg durch die endlosen Korridore warf er zufällig einen Blick in den großen Hof und wunderte sich, so viele Soldaten dort zu sehen, doch maß er dem weiter keine Bedeutung bei.

Endlich stand er vor der hohen, mit Edelholz eingelegten Türe, hinter der sich der Arbeitsraum des Herrn aller Agenten in Rebus befand. Durch diese Türe war er noch nie gegangen und hatte auch nie das Bedürfnis verspürt zu erfahren, was dahinter lag.
Ein Türflügel schwang auf, Flavius durfte eintreten und fand sich in einem hohen Raum von riesigen Ausmaßen. Zwei Schritte vor dem Fenster stand ein langer Ebenholztisch, in dessen spiegelglatte, dunkle Oberfläche hell schimmernde Sphingen aus Elfenbein eingelegt waren. Der Tisch war leer, abgesehen von einem Tintenfass, einem Satz Schreibrohre und einer grünen Glasvase, aus der eine rote Rose ragte, die ein schnelles Schiff aus Ägypten gebracht haben mochte. Dahinter, das Fenster im Rücken, saß ein Mann, der etwa Ende dreißig war, mit ebenmäßigen, unauffälligen Zügen, die auf den ersten Blick freundlich wirkten. Doch sah man genauer hin, so verliehen ihm die grauen Augen und die stets witternden Nasenlöcher etwas Raubtierhaftes. Die Hand mit dem silbernen Ring, in den eine karneolrote Gemme eingelassen war, zeigte auf den Stuhl vor dem Schreibtisch.
»Bitte nehmt Platz. Etwas Wein?«
Flavius schüttelte den Kopf. »Nicht so früh. Warum habt Ihr mich rufen lassen?«
Fortunatus spitzte den Mund, dann lächelte er. »Ich wollte mich nach Eurer Arbeit erkundigen. Ob es noch Schwierigkeiten gibt, Widerstände …«
»Widerstände?«
»Nun, meine Männer mussten Euch doch bei der Preisüberwachung öfters zu Hilfe eilen …«
Flavius spürte Ärger in sich aufsteigen, doch er beherrschte sich. »Wofür ich Euch, falls ich das versäumt haben sollte, hiermit meinen verbindlichen Dank ausspreche. Ich weiß, dass Ihr Euch damit viele Feinde unter den Händlern gemacht habt.«
»Ach, Ihr kennt sicher den trefflichen Spruch, der Kaiser Caligula zugeschrieben wird: Mögen sie mich hassen, solange sie mich fürchten.«
»Meines Wissens war es Kaiser Tiberius«, entgegnete Flavius, »und

dieser zitierte aus irgendeinem Theaterstück. Aber wie dem auch sei – beide Kaiser wurden ermordet.«

Fortunatus sah ihn einen Augenblick verblüfft an, dann lachte er. »Gute Antwort, die muss ich mir merken …«

Flavius stand auf. »Darf ich jetzt gehen? Meine Mitarbeiter erwarten mich …«

»Gleich, gleich. Nur nicht so ungeduldig.« Fortunatus lächelte. »Ich möchte Euch meine Anerkennung aussprechen.«

»Wofür?« Flavius, der einen Blick aus dem Fenster geworfen hatte, wandte den Kopf. Im Hof nahm der Soldatentrupp Aufstellung, wobei einige der Männer Brecheisen, schwere Hämmer und Äxte trugen.

»Dass Ihr so verschwiegen wart. Ich kenne Eure Frau, ihren scharfen Geist und ihre bohrende Neugierde«, bei diesen Worten umspielte ein böses Lächeln seinen Mund, »und hatte deshalb kaum zu hoffen gewagt, dass es uns gelingen könnte, diese Feinde des Menschengeschlechts zu überraschen.«

Im Hof schien es Schwierigkeiten mit der Disziplin zu geben; die bellende Stimme des Centurio drang bis in den Raum im dritten Stock.

Flavius nickte. »Wenn nicht, säße ich nun wohl als Hochverräter auf der Anklagebank. Zu Eurer tiefen Betrübnis, versteht sich …«

»Menschen, die mitdenken, sind etwas Wunderbares«, entgegnete Fortunatus versonnen und roch an der Rose. »Zu meiner allertiefsten Betrübnis, Ihr sagt es. Nun, soeben haben die Kaiser das Edikt unterzeichnet. Jetzt freue ich mich schon auf die ersten Verhöre heute Abend.«

Flavius brauchte einige Herzschläge, um die Tragweite des beiläufig hingeworfenen Satzes zu erfassen. Den Befehlen nach zu urteilen, machten sich unterdessen die Soldaten im Hof zum Abmarsch bereit. Er spürte den Schweiß auf der Stirn und zwang sich, mit unbewegter Miene zu entgegnen: »Ich hatte nichts anderes erwartet, als dass Ihr bereits am Fest der Terminalia, einen Tag vor der offiziellen Verkündigung des Edikts, zuschlagen würdet. Wer morgen Christ ist, wird es auch heute schon sein.«

»Ihr bringt es auf den Punkt, mein lieber – nun, Freund zu sagen wäre wohl nicht ganz ehrlich, werter … stellvertretender Finanzminister. Sehen wir uns übermorgen bei der Versammlung des Thronrates?«
Flavius nickte. »Selbstverständlich.«
Jetzt hallten Marschtritte durch den Hof. Fortunatus stand auf und streckte ihm die Hand hin, die sich wie ein toter Fisch anfühlte: »Dann bis morgen.«
Als Flavius die Arbeitsräume des Herrn der Agenten verlassen hatte, hämmerte sein Herz und seine Beine waren wie weiches Wachs. Doch er zwang sich, so schnell zu gehen, wie er konnte, ohne Aufsehen zu erregen. Den wartenden Finanzbeamten rief er zu, sie sollten in zwei Stunden wiederkommen, Fortunatus habe ihn um etwas Wichtiges gebeten. Dann stürzte er wieder hinaus auf den Gang und begann zu rennen. Aqmat war bei den Christen, und die Soldaten würden den Versammlungsraum zuerst stürmen. Nur weg hier!
Er stolperte die Treppe hinunter, glitt aus, wäre beinahe gestürzt und fand sich in den Armen eines massigen Mannes wieder, die Nase in dessen parfümierten Philosophenbart gepresst.
»Gemach, mein Freund. Solche Eile ist von Übel«, dröhnte die Stimme durch das Treppenhaus. »Aber gut, dass ich Euch treffe …«
»Bitte entschuldigt, dringende Angelegenheiten …«
»Natürlich, werter Flavius, heutzutage haben es immer alle eilig, niemand nimmt sich Zeit zum Nachdenken. Aber ich muss Euch schnell einige Sätze gegen die Christen vorlesen, die mir gestern Abend eingefallen sind«, entgegnete Hierocles.
»Ich würde ja liebend gerne …«
»Na seht Ihr, mein Freund, mit niemandem kann man sich so gut über diese Sektierer austauschen wie mit Euch.« Eine fleischige Hand entrollte den Papyrus, während Flavius seinen gelösten Sandalenriemen schnürte und sich aufrichtete.
»Später mit Vergnügen, so lang Ihr wollt«, keuchte er und rannte los.
»Aber mein Bester, so hört doch«, verhallte die enttäuschte Bassstimme hinter ihm, während er um eine Ecke bog, die Haupttreppe erreichte und aus dem Portal des Palastes stürzte.

Die Soldaten hatten bereits den Vorplatz überquert und bogen in die Hauptstraße ein. Schwer atmend überholte Flavius den wippenden Helmbusch des Centurio, während er versuchte, einer entgegenkommenden Sänfte auszuweichen. Sein Herz hämmerte, Seitenstiche peinigten ihn, er verfluchte seine überflüssigen Pfunde um die Leibesmitte und spürte, dass er bald langsamer würde laufen müssen. Doch in seinem Rücken dröhnten die Stiefel auf dem Pflaster. Da vorn, hinter der Ecke, die leicht ansteigende Straße entlang, die vom Hafen kam, nach einer weiteren Insula, dort lag das Haus.

Als er um die Ecke bog, sah er den Karren. Er war schwer beladen mit Amphoren, der Form nach mussten sie Olivenöl enthalten. Unter aufmunternden Rufen des Besitzers plagte sich ein altes Maultier redlich, das Gefährt bergauf zu ziehen.

»Olivenöl?«, rief Flavius dem Mann zu.

Der nickte: »Ja, mein Herr. Öl vom Feinsten.«

»Was wollt Ihr …«, keuchte Flavius, »für zwei, besser drei Amphoren?«

»Nun, das ist beste Pressung, vom Gut meines Großvaters …«

»Wie viel, schnell den Preis!«

Der Mann schüttelte den Kopf, dann grinste er, winkte Flavius heran und flüsterte ihm ins Ohr: »Wenn Ihr das Edikt vergessen könnt …«

»Ja, kann ich!« Flavius hörte, wie sich die Marschtritte der Häuserecke näherten, um die er soeben gebogen war.

»Also dann«, der Mann nannte einen unverschämt überhöhten Preis. Mit offenem Mund starrte er Flavius an, als dieser ihm die Münzen in die Hand drückte, nach dem Henkel der ersten Amphore griff und sie vom Karren hob.

»Wollt Ihr alle gleich mitnehmen?«, stotterte er.

»Nicht nötig«, entgegnete Flavius, holte aus und warf das Gefäß einige Schritte bergab auf den Boden. Der bauchige Krug zerbarst, gelbgrünes Öl spritzte auf die Steinplatten, mit denen die Straße gepflastert war.

»Herr, mein gutes Öl …«

»... ist jetzt meines«, keuchte Flavius und schleuderte eine zweite Amphore auf die Straße. Als er die dritte in der Hand hielt, schrie er den fassungslosen Bauern an: »Schnell, verschwinde von hier!« Mit entsetztem Ausdruck hieb der Mann auf sein Maultier ein, während Flavius die letzte Amphore auf dem Pflaster zerplatzen ließ. Nun war die gesamte Straßenfläche von einer glänzenden Pfütze bedeckt, in der sich Öl mit Staub zu einem schmierigen Belag verbanden, der langsam talabwärts glitt. Als Flavius wieder zu rennen begann, bogen gerade die Soldaten um die Ecke. Doch kurz darauf geriet das rhythmische Klacken ihrer genagelten Stiefel aus dem Takt, Schreie und Flüche hallten über die Straße, dazu das Klirren von Waffen auf dem Steinboden und die vergeblich gebrüllten Befehle des Centurio.
In diesem Augenblick erreichte Flavius das Haus des christlichen Kaufmanns und hämmerte gegen die Türe.

Aqmat seufzte erleichtert auf, als sie die Stimme des Diakons hörte. Seit fast einer Stunde wartete sie jetzt schon auf den Vorsteher der Gemeinde, der einen Glaubensbruder im Kerker besucht hatte. Diesem wurde vorgeworfen, ein junges Mädchen aus angesehener Familie von den Vorzügen der Jungfernschaft überzeugt zu haben, sodass sie ihre Verlobung löste und sich als Braut Christi der Gemeinde anschloss. Ihr Vater hatte nicht weniger getobt als der Bräutigam, und nachdem die Rute nicht mehr fruchtete als die Ermahnungen zuvor, hatten sie einen Schlägertrupp losgeschickt, der den frommen Mann verprügelte und ins Gefängnis schleppte, wo er jetzt auf seinen Prozess wartete.
»Wie geht es ihm?«, fragte Aqmat. Der Diakon, ein etwa vierzigjähriger Mann mit scharfen Gesichtszügen, wiegte den Kopf. »Für jemanden, dem man die Zähne eingeschlagen und mehrere Rippen gebrochen hat, erstaunlich gut. Als er hörte, dass das Mädchen standhaft geblieben sei, pries er den Herrn.«
Aqmat nickte und verdrängte den Gedanken, wie Alexander oder Flavius wohl in einem solchen Fall reagiert hätten. »Dürfte ich dich um etwas bitten?«

»Schon gewährt. Wie könnte ich einer unserer großzügigsten Unterstützerinnen etwas abschlagen.«
»Ich würde gern die Evangelien in Ruhe studieren. Zu Hause. Ich habe so viel Zeit, da mein Mann ständig arbeiten muss …« Aqmat schämte sich bei dieser Begründung, hoffte aber, Christus würde die Notlüge verzeihen. »Könnte ich einige Schriften mitnehmen? Nur für wenige Tage?«
»Aber gern.« Die stechenden Augen musterten sie. »Es ist zwar ungewöhnlich, dass sich eine Frau selbst in die Schrift vertiefen will«, er strich sich über das vorspringende Kinn, »dass sie nicht auf die Auslegung unserer weisen Männer baut«, wieder befühlten Daumen und Zeigefinger die Bartstoppeln, dann lächelten die schmalen Lippen, »aber du bist ja auch keine gewöhnliche Frau. Komm mit, ich gebe dir etwas.«
Aqmat folgte ihm durch den Versammlungsraum in den hinteren Teil des Hauses, wo der Diakon einen braunen Schrank aufschloss und ihm einige Rollen entnahm. »Hier, das Evangelium des Markus, hier das des Lukas«, er hielt inne und horchte. »Jemand hämmert an die Türe. Ist denn niemand vorne?«
»Doch«, antwortete Aqmat und nahm die Rollen. »Der Türhüter und Thekla.«
»Gut.« Der Diakon reichte ihr zwei weitere Rollen. »Die Prophezeiung des Johannes und die fünf Bücher Mose … was ist da nur los?«
Laute Stimmen hallten durch das Haus, gefolgt von hastigen Schritten auf dem Steinfußboden. Aqmat steckte die Rollen in ihre Ledertasche. »Wir sollten zurückgehen und nachsehen …«
In diesem Augenblick wurde die Türe aufgestoßen und Theklas angstverzerrtes Gesicht erschien, gefolgt von Flavius, der schrie: »Ihr müsst fliehen!«
Aqmat zog die Tasche an sich. »Was ist los?«
»Soldaten«, keuchte er, »sie stürmen das Haus!«
Gerade noch rechtzeitig konnte Aqmat die Frage »Wieso schon heute?« herunterschlucken, die alles verraten hätte. Sie ergriff die Hand ihres Mannes und lief auf eine kleine Tür zu, von der sie

wusste, dass sie durch einen Vorratsraum auf eine Gasse führte. Vom Eingang her dröhnten Axtschläge durch das Haus, gefolgt von dem Geräusch splitternden Holzes und einem Schrei.
»Komm auch!«, Thekla riss den zögernden Diakon mit sich, »hier schlagen sie dich tot!«
Alle vier rannten durch die kleine Türe und den Abstellraum, entriegelten die rückwärtige Pforte und stolperten auf die Gasse hinaus. Während im Haus Gepolter, gebrüllte Befehle und Hammerschläge verrieten, dass die Soldaten alles kurz und klein schlugen, sah Aqmat zurück. Auf einem benachbarten Stadthügel konnte man den Palast sehen, der dem Olymp gleich über dem Häusermeer aufragte. Auf einem Balkon, der zu den kaiserlichen Gemächern gehörte, standen zwei Männer. Sie packte Flavius an der Schulter und zeigte zurück. »Du hast die besseren Augen. Kannst du sie erkennen?«
Flavius nickte. »Die beiden Kaiser. Galerius und Diocletianus.«

Am Folgetag wurde das Edikt gegen die Christen am Forum angeschlagen und von Ausrufern verlesen. Eine große Menschenmenge drängte sich darum, doch wenn Aqmat gehofft hatte, es würde auf Empörung stoßen, so sah sie sich enttäuscht. Die meisten nahmen es mit jener dumpfen Ergebenheit hin, die sie im Umgang mit kaiserlichen Befehlen gelernt hatten.
»Christliche Versammlungshäuser sind niederzureißen und die Schriften zu verbrennen«, wiederholte Aqmat halblaut die ersten Bestimmungen. Weiterhin sollten im ganzen Reich die Christen aus den Ständen der Senatoren, Ritter und Decuriones ausgestoßen werden, alle Standesprivilegien und in einer Reihe von Fällen sogar das Klagerecht verlieren. »… und sie dürfen gefoltert werden …«, las sie schaudernd.
»Warum auch nicht«, zischte ein junger Mann neben ihr. »Die Bande ist doch ganz wild darauf, für ihren Glauben zu leiden!«
Bevor Aqmat etwas erwidern konnte, fuhr der Mann fort: »Meine Erbtante ist so einem Priester ins Netz gegangen. Und wisst Ihr, was geschah?« Der Mann spuckte aus. »Ihr Haus, ihr Geld – alles hat er

ihr abgeschwatzt. Ihm hat sie alles vermacht, angeblich für die Armen der Gemeinde. Aasgeier sind das, ha!«
Aqmat hatte Angst, sich auf ein Gespräch einzulassen, und schwieg. In diesem Augenblick sah sie nur wenige Schritte entfernt den Diakon. Er war in eine dunkelbraune Tunika gekleidet, seine verkrampfte Rechte öffnete und schloss sich. Sie hatten sich am Vortag aus den Augen verloren, und sie fragte sich, warum er noch in der Stadt blieb, denn das Gemeindehaus war bis auf die Grundmauern zerstört und seine Eltern lebten in einem entfernten Dorf. In diesem Augenblick sah er sich um, sein wilder Blick streifte Aqmat, er drängte sich durch die Menge nach vorn, zu der gelb getünchten Wand, an der die Rolle mit den großen Unzialbuchstaben angenagelt war. Vorbei an einer dicken Frau, sprang er zu dem Edikt und riss es herunter. Schreckensstarr vernahm Aqmat das hässliche Geräusch reißenden Pergaments, übertönt von dem spöttischen Ausruf: »Das kennen wir schon. Wohl wieder einer der ewigen Gotensiege des Kaisers!«
Danach ging alles im Aufschrei der Menge unter. Aqmat sah, wie sich die Wachsoldaten auf den Mann stürzten, ihm die Hände hinter den Rücken zwangen und ihn abführten, während er ihren Blick suchte. Seine Augen schienen zu sagen: Ich war feige, aber jetzt habe ich meinen Mut wiedergefunden.
Kurz darauf gellte ein Trompetensignal über den Platz und die Stimme des Ausrufers verkündete: »Heute Nachmittag wird der Verbrecher auf dem Platz vor dem Palast seine Strafe erleiden!«

Mit Angstschweiß auf der Stirn machte sich Aqmat auf den Weg nach Hause. In ihrer Wohnung angekommen, rief sie Thekla zu sich. »Wie erging es den anderen?«
»Bei denen, die eine höhere Stellung bekleiden und sich in der Gemeinde hervorgetan haben, hat schon ein Bote angeklopft. Binnen dreier Tage müssen sie am Forum erscheinen, um vor den Kaiserstatuen zu opfern. Die Agenten in Rebus wissen alles.«
Aqmat schwieg. Sie selbst war nur eine einfache Gläubige – aber Flavius? Sie dachte an die heiligen Schriften, die unter ihrem Bett

versteckt lagen und die sie zum Verbrennen abliefern müsste. Wenn man sie dort fand …

»Herrin«, unterbrach Thekla ihre Gedanken, »erinnert Ihr Euch an die kleine, schwarzgelockte Sklavin, die oft so verheult aussieht?«

Aqmat nickte. »… und meistens stumm dasitzt?«

»Ja. Sie heißt Agnes und dient im Palast.«

»Und wer ist ihr Herr?«

»Es ist …«, das Mädchen zögerte, fasste dann aber doch Mut. »Es ist Fortunatus!«

»Der Fortunatus? Dann müssen wir ja nicht lange fragen, wer uns verraten hat!«

»Herrin, Agnes war es gewiss nicht!«

»Wieso bist du dir da so sicher?«

»Ich weiß es. Wenn Gott uns Hass gestattet, so hasst sie ihren Herrn.«

Aqmat konnte sich viele Gründe vorstellen, warum man Fortunatus hasste, wollte es aber genauer wissen.

»Er ist tückisch und jähzornig. Beim kleinsten Fehler muss sie sich entkleiden und über den Tisch beugen. Dann holt er die Peitsche … und danach …«, Theklas Stimme versagte, sie schluckte und fuhr fort, »danach tut er ihr Gewalt an … Eines Abends hat sie einmal ihr Kleid ein Stück angehoben, da konnte ich sehen, dass sie die Wahrheit sagt «

»Ich glaube dir. Lass uns aber trotzdem die Schriften in einer Amphore verbergen.«

Thekla nickte eifrig. »Im Vorratsraum ist Platz, dort sucht sie niemand.«

Aqmat nickte. In Gedanken war sie schon bei dem Schrecklichen, das heute Nachmittag geschehen sollte. Dennoch würde sie hingehen, um dem Diakon in seiner letzten Stunde beizustehen.

Der Platz vor dem Palast war nicht so groß wie das Forum, dafür konnten Diocletianus und Galerius von ihren vergoldeten Bronzesesseln auf dem Balkon aus das Geschehen verfolgen. Legionäre, die sich an den Händen gefasst hatten, umstanden die freie Fläche

in der Mitte. Dort war ein Pfahl aufgerichtet, daneben türmte sich ein großer Haufen Reisig und Holz. Einige Wachen führten den gefesselten Diakon heran, der einen ruhigen Eindruck machte. Als er mit dem Rücken zum Pfahl angenagelt wurde und die Wachen die Folterwerkzeuge brachten, ging ein erwartungsvolles Raunen durch die Menge, doch Aqmat konnte von ihrem Platz aus nur die Gesichter der Männer sehen.
Jetzt traten die hohen Vertreter des Staates aus dem Portal, alle in weiße Togen gekleidet, und stellten sich in einer Reihe an der dem Palast zugewandten Seite auf. Aqmat erkannte die Mitglieder des Thronrates, darunter auch Hierocles, Fortunatus und Flavius, dessen rastloser Blick über die Menschen schweifte, bis er Aqmats Gesicht entdeckte und sich ein gequältes Lächeln abrang. Würdevoll sah er aus, einer jener dem Purpur verschriebenen Honoratioren, einer der Quadersteine, die den Riesenbau des Imperiums stützten. Plötzlich musste sie an einen anderen Ort denken: vor vielen Jahren in Persien, an den jungen, schlanken Mann, der damals an ein Brett gebunden saß, den Kopf emporgereckt, während auf Befehl einer anderen Gruppe von Würdenträgern der Schöpflöffel mit dem flüssigen Blei heranschwebte …
Der Herr der Agenten in Rebus trat vor, hob die Hand und wartete, bis das Getuschel der Menge verebbt war.
»Bürger von Nicomedia, mein Name ist Marcus Aurelius Fortunatus. Ich bin mit der Führung dieses Prozesses beauftragt. Sollten einige unter euch noch Zweifel gehegt haben, wie notwendig das heilige Edikt unserer Kaiser gegen diese nichtswürdige Gemeinschaft von Staatsfeinden war, so dürfte sie das Verhalten dieses Mannes beseitigt haben. Dass jedermann, der die kaiserliche Majestät beleidigt, den Tod verdient hat, steht außer Frage. Dennoch ist unser Herr, der Augustus Diocletianus bereit, Milde walten zu lassen.« Die Stimme war wohltönend und klang, als versuche ein besorgter Vater, seinem verstockten Kind die Rute zu ersparen. »Noch hat der Übeltäter die Gelegenheit, durch ein Kaiseropfer seine Reue zu bezeugen, wofür ihm die Gnade eines raschen Todes durch das Schwert gewährt wird.«

Fortunatus hielt inne, und Aqmat beobachtete die Menschen um sie herum. Doch alle schienen sich gespannt auf ein grausiges Schauspiel zu freuen. Ein junges Paar, das schräg vor ihr stand, eng aneinandergeschmiegt, die Hand des Mannes auf der Hüfte der Frau, stellte sich auf Zehenspitzen, um möglichst nichts zu versäumen. Ein alter Mann mit Ziegenbart, der begierig nach vorne starrte, schien sichtlich zufrieden, als der Diakon mit lauter Stimme rief: »Ich opfere keinem Götzen, sondern lege meine Seele in Gottes Hand. Bald werde ich seine Herrlichkeit schauen!«
Nachdem das Volksgemurmel verstummt war, hob Fortunatus erneut die Rechte: »Dein Wille geschehe, wie ihr Christen zu sagen pflegt. Nur ganz so rasch wird es nicht abgehen.« Ein böses Lächeln verzog seinen Mund. »Hier wird nicht einfach schnell gestorben. Wir nehmen uns Zeit. Ausreichend Zeit. Fangt an!«
Die letzten Worte hatte er laut gerufen und Aqmat konnte sehen, wie mehrere Soldaten auf den Gefesselten zuschritten und sich bückten. Was im Einzelnen vor sich ging, war nicht zu erkennen, nur ab und zu tauchte der behelmte Kopf eines der Männer auf, die sich um den Gefangenen scharten, und gelegentlich gaben die vorn Stehenden im Flüsterton weiter, was dort geschah. »Jetzt das Brenneisen«, »die Zangen«, »sie nehmen die Messer«, »das siedende Blei …«
Alles, was Aqmat sehen konnte, war der Kopf des Diakons. Doch die scharfgeschnittenen, manchmal fanatischen, gelegentlich auch milden Züge, die sie so oft in der Gemeinde beobachtet hatte, ließen erahnen, was dem Körper zugefügt wurde. Anfangs hatte sich das mühsam beherrschte Gesicht nur kurz verzerrt, waren Lippen, Mund, Augen für Momente wieder zu einem menschlichen Antlitz geworden, doch mit der Zeit war der Mund nur noch eine gebleckte Höhle, die Augen aufgerissene Löcher, der ganze Kopf eine ruckende, qualentstellte Fratze, der nichts Menschliches mehr anzuhaften schien. Manchmal war ein Stöhnen zu vernehmen, nicht mehr, und diese Stummheit, der etwas Unnatürliches anhaftete, war für Aqmat schrecklicher, als jeder Schrei es hätte sein können. Endlich gelang es ihr, den Blick von dem Gequälten zu lösen, und

sich umzusehen. Der Ziegenbart hielt die Hand über die Augen, um besser sehen zu können, und versuchte zugleich, durch Drängeln einen günstigeren Platz zu gewinnen. Dann blieb ihr Blick an dem Pärchen haften. Der Mann hatte seine Hand unter das Kleid der Frau geschoben, die einen Arm auf seine Schulter gestützt hielt und sich daran emporzuziehen schien, während ihre halb geöffneten Lippen und ihr keuchender Atem verrieten, was sie empfand. Schon war Aqmat kurz davor, sich auf die beiden zu stürzen und mit den Fäusten auf sie einzuschlagen, als ein Trompetenstoß alle Blicke nach vorn zog.

Der Gefesselte hatte das Bewusstsein verloren, sein Kopf war zur Seite gesunken. Fortunatus rief einen Befehl, woraufhin ein Soldat dem Diakon einen Eimer Wasser ins Gesicht kippte. Langsam richtete dieser sich auf, während Soldaten Holz und Reisig um ihn herum aufschichteten. Mit schwacher Stimme begann er, ein Gebet zu sprechen, als eine leichte Rauchfahne emporstieg, dichter wurde, bis die ersten Flammenspitzen emporzüngelten. Jetzt stockte die Stimme, der Mann riss den Kopf nach hinten, stieß noch einige Worte hervor, dann drangen nur noch Schreie, die keinem menschlichen Laut mehr ähnelten, aus seinem aufgerissenen Mund – Schreie einer gequälten Kreatur, die schwächer wurden und erstarben, während das Feuer den Körper einhüllte und verschlang. Doch das hatte Aqmat nicht mehr gesehen, denn sie war ohnmächtig geworden und wäre zu Boden gestürzt, hätte sie nicht ein muskulöser Seemann aufgefangen. Wenige Augenblicke später war Flavius zur Stelle, der beobachtet hatte, was mit seiner Frau geschehen war. Er dankte dem Mann, legte ihre Hand um seine Schulter und stützte sie, während sie zitternd vom Platz stolperten. Sie hatten Glück und fanden schnell eine Mietsänfte, die Aqmat nach Hause brachte, wobei Flavius nebenherlief.

Dort angekommen, zeigte sie auf seine Toga, auf der sich ein roter Streifen von oben nach unten zog.

»Ist das Blut?«

»Ich glaube …«, sagte Flavius verwirrt und blickte an sich herab, »wir standen wohl zu nahe dran …«

»Dann hast du ja jetzt deinen Purpurstreifen«, versetzte sie wütend. »Ich glaube, du bist an manchem schon viel zu lange viel zu nahe dran …«
Mit diesen Worten ging sie in ihr Zimmer und schlug die Tür hinter sich zu.

Die nächsten Tage verbrachten alle Christen in Angst. Einige zogen sich Kapuzen über den Kopf und flohen im Schutze der Dunkelheit aus der Stadt. Andere erschienen vor dem Altar, verbeugten sich vor den Kaiserbildern, führten das Opferfleisch an die Lippen, ohne jedoch davon zu essen, worauf sie von den Beamten mit einem Seufzer der Erleichterung registriert und nach Hause geschickt wurden. Manche jedoch lehnten solche Täuschung ab, bekannten sich zu ihrem Glauben oder schmähten den Kaiser, ja drängten sich geradezu danach, für ihren Glauben zu sterben. Doch ob ihr Kopf unter dem Schwert fiel, man sie zum langsamen Siechtum in die Bergwerke schickte oder den wilden Tieren zum Fraß vorwarf – es half nichts. Ihr Tod schien, wie die Agenten in Rebus melden mussten, nur immer neue Fälle von Aufsässigkeit hervorzurufen.
»Wie eine Hydra, der für jeden abgeschlagenen Kopf zwei neue nachwachsen«, meinte Fortunatus, als er vor dem Caesar Galerius stand, der einen täglichen Bericht über den Fortgang der Maßnahmen forderte.
»Dann schlagt schneller«, brüllte dieser und hieb mit der Faust auf den Tisch. »Spürt sämtliche ihrer Episcopi auf, oder wie sie auch immer heißen mögen. Wenn ich daran denke, dass sich dieses Geschmeiß jahrelang in Furzweite von diesem Palast zusammenrotten konnte …« Die Augen des stiernackigen, bärtigen Mannes mit den kurzgeschorenen Haaren funkelten vor Zorn. »Durchsucht die Häuser, die Landsitze, die Dörfer, erfasst jeden … am besten wäre es, sie allesamt zu verbrennen!«
»Der Augustus Diocletianus wünscht aber, dass möglichst wenig Blut vergossen werde. Er will nicht seine Steuer zahlenden Untertanen ausrotten, sondern nur den Trotz einiger weniger brechen«, wandte der Herr der Agenten ein.

»Er wird alt«, stieß Galerius hervor. »Wenn das Feld voller Unkraut ist, muss man es abbrennen, nicht bedächtig Hälmchen rupfen.«
Fortunatus beobachtete das wutverzerrte, wulstige Gesicht. Man munkelte, dass seine Mutter Romula, eine heidnische Priesterin, dem Kaiser diesen Hass gegen alles Christliche eingepflanzt habe. Die grobe, gewalttätige Art des hünenhaften Caesars war Fortunatus fremd, noch viel fremder als die pedantische, altväterliche Weise, mit der Diocletianus das Römische Reich befehligte. Doch diesem Mann hier gehörte die Zukunft, er war der Nachfolger, mit ihm musste man sich gut stellen.
»Es bedürfte eines Ereignisses, das dem alten Augustus die Augen öffnet …«, murmelte er wie zu sich selbst.
Galerius stierte ihn an, dann verzog sich sein Mund zu einem spöttischen Lächeln. »Dass einer dieser Bande, was Jupiter verhüten möge, ihm einen Dolch in den Leib rennt?« Er schüttelte den Kopf. »Glaube ich nicht. Dazu haben die zu wenig Mark in den Knochen. Die kann man pfählen, braten, in Stücke schneiden – sie faseln dabei noch vom Paradies, in das sie kommen werden. Warum es da so schön sein soll, verstehe ich nicht«, brummte er und erhob sich, »gibt's da wenigstens Weiber? Ihr habt Euch doch reichlich mit diesen Wahnvorstellungen abgegeben.«
»Nützlich ist es, die Gedanken seiner Gegner zu kennen«, entgegnete Fortunatus kühl. »Nein, von Weibern war in dem wirren Gefasel nichts zu lesen.«
»Ist ja auch gleichgültig«, winkte Galerius ab. »Haltet trotzdem die Augen offen, und sobald sich einer aus dieser Bande aufraffen sollte, nun, Ihr wisst schon, will ich es sofort erfahren. Dann muss der Alte zustimmen.«
Schon in der Türe wandte sich der Caesar nochmals um. »Damals, unter Nero, haben sie doch sogar Rom angezündet, oder?«
Die schwere, bronzebeschlagene Türe, die zu den Privatgemächern des Kaisers führte, fiel dröhnend ins Schloss.

Einige Tage später machte sich eine verhüllte Gestalt an einem Türschloss zu schaffen. Es war Neumond, eine Stunde nach Mitternacht, und der Sturm, der über die Stadt fegte, ließ die hölzernen Fensterläden klappern. Doch auch sonst wäre nichts zu hören gewesen, als sich der Schlüssel in der sorgfältig geölten Mechanik bewegte und den Riegel anhob. Lautlos huschte der Mann hinein, in der Hand eine abgedunkelte Laterne, einen Leinensack geschultert. Auf seinen mit feuchtem Filz umwickelten Stiefeln schlich er wie eine Katze über die Steinplatten des nachtschwarzen Ganges. Er schien sich in dem verwinkelten Riesenbau auszukennen, denn als er sich dem Trakt näherte, in dem Diocletianus schlief, umging er die Stellen, an denen die Wachen postiert waren. Stattdessen arbeitete er sich durch versperrte Nebenräume und kleine Kammern voran, bis er in die angrenzenden, verlassenen Gemächer kam, in denen der Kaiser seine Besucher zu empfangen pflegte. Hier öffnete er seinen Sack, entnahm ihm ölgetränkte Lumpen, legte sie unter die schweren Stoffvorhänge und auf die bestickten Sesselkissen. Zuletzt entzündete er an der Laterne eine kleine, mit pechgetränktem Werg umwickelte Fackel, mit der er die überall verteilten Zünder in Brand setzte. Gerade wollte er durch die Nebentür verschwinden, als Schritte zu hören waren, Rufe, eine Alarmtrompete, die durch die Nacht gellte. Der Mann erstarrte, wandte sich um, lief auf das Feuer zu. Fassungslos sahen die Wachleute, die volle Wassereimer in den Raum schleppten, wie eine dunkle Gestalt durch die überall emporschießenden Flammen lief, durch Funken und Rauch zu tanzen schien, doch ohne dass ihre Kleider zu brennen begannen, bis sie hinter einer Feuerwand verschwand.

»Gott steh uns bei, der Satan …«, murmelte einer der Wachen und bekreuzigte sich unauffällig, bevor er die nächste Eimerladung in die zischenden Flammen schleuderte, während andere die großen Hebel der Kolbenpumpe bedienten, die sie herbeigerollt hatten.

Einige Räume weiter schrak Diocletianus hoch, als an die Tür seines Schlafgemaches gehämmert wurde.

»Dominus!«, hörte er die Stimme seines Kammerherrn, »Ihr müsst fliehen!«

»Was gibt es?« Der alte Mann rieb sich die Augen und starrte in den von einigen Öllampen kaum erhellten Raum, als die Tür aufgesto-

ßen wurde und Demetrios ohne den vorgeschriebenen Kniefall hereinstürzte. »Feuer im Palast!«
Fluchend sprang der Kaiser aus dem Bett, ließ sich einen Mantel umlegen und rannte hinaus auf den Gang, mitten unter die Schar der aufgeregt durcheinanderlaufenden Diener, bis er durch die Rauchschwaden hindurch den Innenhof erreichte.

Am folgenden Tag brodelte die Stadt vor Gerüchten. Dämonen steckten hinter dem Brand, flüsterten die einen. Nein, Feinde des Reiches hätten ihre Hände im Spiel, versicherten die anderen: Perser, Manichäer, bestochene Eunuchen. Vor allem aber die Christen wurden verdächtigt. Hatten sie nicht den meisten Grund, dem Kaiser nach dem Leben zu trachten? Feinde des Menschengeschlechtes, die all das verabscheuten, was Rom seit einem Jahrtausend groß und mächtig gemacht hatte!
Mit wachsender Besorgnis hörte Aqmat, was ihre Diener bei den Einkäufen gehört hatten, und als Flavius nach Hause kam, konnte er wenig berichten, was sie beruhigt hätte: »Der Brandschaden ist nicht so bedeutend, wie es erst schien, doch der ganze Hof gleicht einem aufgescheuchten Hornissenschwarm. Galerius hat natürlich herumgebrüllt, er habe es schon immer gesag, dass es die Christen gewesen seien, dass sie den Feuertod ihres Diakons rächen wollten, dass man endlich richtig zuschlagen müsse …«
»Und Diocletianus? Auf ihn kommt es doch an?«
»Ich weiß nicht, wie er denkt. Im Grunde genommen ist er ein eher bedächtiger, abwägender Charakter. Andererseits will er, so heißt es, seine letzten Aufgaben im Reich erledigt wissen, den letzten Widerstand gebrochen sehen …«
»Wieso? Denkt er an Rücktritt?«
Flavius nickte. »Erinnerst du dich an den großen Palast, den er sich in Aspalathos bauen lässt? Es heißt, dahin wolle er sich im Alter zurückziehen. Im Herbst dieses Jahres plant er noch einen großen Triumphzug in Rom, die Krönung seines Lebenswerkes, und dann, nach zwanzigjähriger Regierungszeit, könnte er die Macht übergeben.«

»An Galerius«, murmelte Aqmat, »Gott steh uns bei. Aber was hat er jetzt befohlen?«
»Er rief Fortunatus zu sich, um ihm die Untersuchung anzuvertrauen. Der hat sofort die Agenten in Rebus im Palast ausschwärmen lassen. Sie haben das Recht, alle zu verhören: Eunuchen, Sklaven, Diener. Mit allen Mitteln …«
Flavius schwieg, doch Aqmat verstand auch so, was der Nachsatz bedeutete.
»Du musst jetzt noch vorsichtiger sein«, sagte er und nahm Aqmat in den Arm, doch sie stand nur steif und unbeteiligt da, ohne seine Zärtlichkeit zu erwidern. »Denk an mich, an Alexander. Könntest du nicht darauf verzichten, dich mit den … den anderen zu treffen?«
Aqmat schüttelte den Kopf und entwand sich seiner Umarmung. »Nein«, flüsterte sie, »das kann ich gerade jetzt nicht.«

Die Nachrichten aus dem Palast klangen immer bedrohlicher. Unter der Folter schrien einige Sklaven wirre Beschuldigungen heraus, doch wer tatsächlich den Brand gelegt hatte, blieb im Dunkeln. Diocletianus befahl, dass alle in der Umgebung des Kaisers öffentlich zu opfern hätten, auch seine Frau und seine Tochter. Wer sich weigerte, wurde im Meer versenkt, landete auf dem Scheiterhaufen oder starb in der Arena.
Die Christen in der Stadt wagten kaum noch, sich zu treffen. Wenn Aqmat zu einer der Versammlungen ging, die nach Einbruch der Dunkelheit und in stets wechselnden Häusern stattfanden, schlich sie aus dem Hinterausgang. Thekla verließ das Haus etwas später und spähte in die Dunkelheit, ob jemand ihrer Herrin folgte. Sah sie etwas Verdächtiges, pfiff sie leise, und Aqmat nahm einen anderen Weg, blieb lange stehen oder ging zurück, um es später erneut zu versuchen. Sie war die Einzige, die noch heilige Schriften gerettet hatte, die sie jeweils in einem Lederbeutel mitbrachte. Die Ältesten der Gemeinde lasen daraus vor, denn der Episcopus war in der Arena von Löwen zerfleischt worden. Anschließend gingen die neuesten Gerüchte von Mund zu Mund. Die Agenten in Rebus

hätten diesen oder jenen verhaftet, alle Christen sollten von Staats wegen erfasst werden, in Phrygien hätten Legionäre ein ganzes Dorf umstellt und alle Einwohner, die sich zum Glauben bekannten, verbrannt; in Kappadokien sei ein Aufstand der Verfolgten gegen ihre Unterdrücker ausgebrochen …

So vergingen die Tage in Angst, bis eines Morgens Thekla mit aufgelösten Haaren die Treppe emporkeuchte: »Herrin, sie haben Perpetua verhaftet!«

Aqmat schrak auf. Die junge Mutter war erst kürzlich getauft worden und hatte ihr Haus als neuen Treffpunkt angeboten. Trotz einiger Bedenken hatte die Gemeinde zugestimmt, denn die meisten anderen Orte waren zu gefährlich geworden.

»Wieso das? Wer hat sie verraten?«

»Wohl einer ihrer Sklaven. Ihr müsst die Schriften verstecken. Die Soldaten suchen überall …«

Marschtritte hallten von der Straße herauf. Aqmat lief auf den Balkon und erblickte ein Dutzend Bewaffnete, die sich dem Hauseingang näherten.

»Schnell, die Amphore!«

Thekla brachte den Krug, Aqmat schob die Rollen hinein und setzte den Verschluss darauf, der wie ein unerbrochenes Siegel wirkte. Thekla lief zur Rückseite des Hauses, wo sie ein Seil durch die Henkel zog und das Tongefäß vorsichtig in den Hof hinunterließ, während Fäuste gegen die Haustüre hämmerten.

»Öffnet im Namen des Kaisers!«

Aqmat entriegelte die Türe und blickte in ein behelmtes, bärtiges Gesicht. Eine Stimme bellte sie an: »Seid Ihr die Aqmat, die gestern an der christlichen Versammlung teilgenommen hat?«

Sie wusste, dass Leugnen zwecklos gewesen wäre, und nickte stumm.

»Ihr hattet verbotene Schriften dabei, wie sie laut kaiserlichem Edikt zur Verbrennung abgeliefert werden müssen. Wo sind sie?«

»Wie kommt Ihr darauf?«, entgegnete Aqmat ruhig. »Wir besitzen eine kleine Bibliothek, griechische Philosophen, Tacitus, Cicero, aber nichts Verbotenes …«

»Leugnen hilft nicht. Durchsucht die Wohnung!«
Die Soldaten trampelten herein und machten sich daran, Schränke auszuräumen, die Betten zu durchwühlen und Flavius' Zimmer zu durchstöbern, doch sie fanden nichts Verdächtiges.
»Ihr wurdet beobachtet, wie Ihr Schriftrollen eingepackt und damit das Haus verlassen habt.« Jetzt klang die Stimme des Optios gefährlich ruhig. Seine Brauen waren buschig und fast zusammengewachsen, der Blick stechend, gewohnt, einzuschüchtern. Er musterte die hochgewachsene Frau, deren grüne Augen keine Furcht verrieten.
»Dann muss sich Euer Spion eben getäuscht haben. Wisst Ihr, dass Ihr der Frau des stellvertretenden Finanzministers gegenüber steht? Wie lautet überhaupt Euer Name?«
»Malisius.« Einen Augenblick schien der Soldat verunsichert, strich sich mit der Linken über den Lederpanzer, dann fasste er sich wieder. »Wenn Ihr leugnet, muss ich Euch verhaften.«
Aqmat erschrak, doch im Vertrauen auf Flavius' Stellung am Hof erwiderte sie ruhig: »Wenn Ihr einen Fehler begehen wollt, der Eurer Laufbahn ein Ende setzen kann, so müsst Ihr das selbst verantworten!«
»Wem oder was ein Ende gesetzt wird, werden wir bald sehen«, lachte der Soldat. »Mein Befehl ist vom Kaiser, unterzeichnet von Fortunatus persönlich!«

Kurze Zeit später fanden sich Aqmat und Thekla in einem Gewölbe wieder, dessen feuchtkalte Luft nach Urin, Kot, Erbrochenem und Angstschweiß stank. Eng zusammengedrängt hockten die Gefangenen auf dem Boden, nur durch zwei kleine, vergitterte Fenster fiel etwas Licht in den Keller. Entsetzt tastete Aqmat sich durch den finsteren Raum, versuchte eine freie Handbreit Platz zu finden, wohin sie ihre Sandalen aus fein geflochtenem, rot gefärbtem Leder setzen konnte.
»He, Schönheit, mein Schoß für deinen Schoß …« Ein schief gewachsener, zwergenhafter Mann streckte seinen Arm nach ihr aus, doch sie schlug seine Hand weg und stolperte vorwärts.

»Pass doch auf, blöde Schlampe«, fauchte sie ein Dicker an, der gerade noch sein Bein hatte wegziehen können. Aqmat entschuldigte sich, während sie sich weiter vorantastete, als sie plötzlich eine vertraute Stimme hörte.
»Aqmat, haben sie selbst dich geholt?«
In einer Ecke erkannte sie Perpetua, die dort neben ihrem Bruder kauerte. »Kommt zu uns, irgendwie finden wir noch etwas Platz.«
Dankbar ließen sie sich nieder, noch mehr vertraute Gesichter zeichneten sich in der Düsternis ab. Fast alle Christen des gestrigen Abends waren in den Kerker verschleppt worden. Jemand musste sie verraten haben.
Die Stunden verrannen, ein Wärter ging herum und verkaufte Käsescheiben mit Fladenbrot, dazu Wein. Wer jedoch kein Geld hatte, musste die schmutzige Brühe trinken, die er anschließend in einen großen Trog schüttete.
Aqmat war es gelungen, vor ihrem Aufbruch eine Handvoll Münzen einzustecken, sodass sie für alle Christen Nahrung kaufen konnte, doch immer ungeduldiger fragte sie sich, wann endlich Flavius käme, um sie hier herauszuholen.
Am späten Nachmittag wurde sie von einem Wärter ausgerufen und in einen Nebenraum geführt. Dort ging, in eine hellbraune Tunika gekleidet, Flavius auf und ab, eine Dokumententasche in der Hand.
»Meine Aqmat!« Er umarmte sie, doch sofort erscholl eine Stimme vom Gang.
»Berührungen sind verboten!«
Flavius unterdrückte einen Fluch, kramte eine Silbermünze aus dem Beutel, drückte sie der Wache in die Hand und kehrte zurück.
»Ich habe von deiner Verhaftung erst erfahren, als ich den Palast verließ. Einer unserer Diener hatte beobachtet, wohin man euch gebracht hat. Er wurde aber nicht vorgelassen …«
Er verstummte und nahm sie wieder in den Arm. Aqmat legte den Kopf auf seine Schulter.
»Lass uns gehen. Die Stunden da drin waren schrecklich …«
»Ich kann dich da nicht herausholen«, entgegnete Flavius. »Wir dürfen nur eine Viertelstunde miteinander sprechen.« Er senkte die

Stimme. »Du bist angeklagt, staatsfeindliche Schriften im Besitz zu haben und nicht zur Verbrennung ausliefern zu wollen. Hast du?«
Aqmat nickte und murmelte: »Ich habe sie damals gerettet, als die Soldaten das Haus stürmten …«
»Und du hast das Zeug immer noch?« Flavius griff sich an den Kopf. »Ich fasse es nicht. Wo sind sie?«
»Gut versteckt.« Sie nahm seine Hand. »Bei der Durchsuchung haben sie nichts gefunden.«
»Aber die wissen, dass du so etwas vor ihnen verbirgst. Bitte spiel nicht die Heldin und gib ihnen, was sie haben wollen. Dann könnte ich meinen Einfluss geltend machen, dass du freikommst …«
Aqmat schüttelte den Kopf. »Das kann ich nicht. Da steht nichts Schlechtes drin, keine Anleitung zum Tyrannenmord oder Verrat. Nichts, was den Kaiser etwas anginge.«
Flavius schüttelte den Kopf. »Diocletianus entscheidet selbst, was ihn etwas angeht. Was du da sagst, kann uns alle ins Verderben stürzen.«
Sie konnten noch einige Worte miteinander wechseln, dann musste Aqmat in den Kerker zurück, wenn auch in einen besseren Teil. Dort fühlte sie sich zuerst sehr einsam, doch am nächsten Tag wurden auch Perpetua und ihr Bruder dorthin verlegt, deren Vater dem Wärter einen Beutel zugesteckt hatte. Flavius sah seine Frau täglich, und sobald Alexander von Constantinus Urlaub bekam, besuchte auch er seine Mutter, doch beide konnten nichts Neues berichten.
Perpetua hatte es durchgesetzt, dass ihr das Kind ins Gefängnis gebracht wurde, und so saß sie in der Ecke, stillte und herzte das kleine Mädchen, während ihr Bruder und Aqmat Trost darin fanden, sich gemeinsam den Wortlaut der Schriften ins Gedächtnis zu rufen. Einmal kam der Vater der Geschwister zu Besuch und flehte sie an, doch dem Kaiser zu opfern.
»Erbarme dich meines weißen Haares, gib deine Familie nicht der Schande preis.« Bei diesen Worten fiel er vor dem Mädchen auf die Knie. »Lass ab von deinem Starrsinn, richte uns nicht alle zugrunde.« Er nahm ihre Hände und küsste sie. »Keiner von uns wird je frei und unbeschwert mehr sprechen können, sollte dir etwas zu-

stoßen.« Mit fast versagender Stimme fügte er hinzu: »Was kann ich mehr tun, als dich anzuflehen ...?«

Doch Perpetua nahm ihn nur in den Arm, strich ihm über die Haare und schüttelte den Kopf. »Bitte verstehe doch: Gott hat mich als Zeugin für unseren Glauben auserwählt.«

Stumm erhob sich der alte Mann und verließ mit schleppenden Schritten den Raum.

Nach einer Woche wurden Perpertua, ihr Bruder und eine Reihe anderer Christen zur Verhandlung gerufen, und da alles gute Zureden des Procurators nichts half, dazu verurteilt, in der Arena den wilden Tieren vorgeworfen zu werden.

»Bleib standhaft!«, flüsterte die junge Frau, als sie abgeholt wurden, Aqmat zu, die allein in der Ecke zurückblieb. Sie hatte Mühe, die Tränen zurückzuhalten, als sie an den verzweifelten alten Mann und das kleine Mädchen dachte, das seine Mutter nie kennenlernen würde.

An diesem Abend kam Flavius später. Sein Gesicht war eingefallen, er hatte Ringe unter den Augen, die grauen Strähnen in seinem Haar schienen in den letzten Wochen noch breiter geworden zu sein. Lange umarmte er seine Frau: »Morgen wirst du verlegt und einige Tage später zur Verhandlung geholt. Ich kann dich jetzt nicht mehr besuchen. Bitte überlege dir gut, was du tust ...«

Aqmat nickte und drückte ihn an sich. War es wirklich schon dreißig Jahre her, dass sie Flavius in einem Kerker besucht, in dem er auf seinen Prozess gewartet hatte? Damals, in Persien, wo er sich auch dafür entschieden hatte, zur Wahrheit zu stehen ...

Drei Tage später lag Aqmat auf der Liege in ihrer Zelle. Sie beobachtete, wie außerhalb des kleinen, hohen Fensters die purpurroten Abendwolken am Himmel verblassten und langsam in das Grau der einbrechenden Nacht übergingen. In den letzten Stunden war endlich Ruhe eingekehrt, hatten die Schreie aufgehört, die seit Tagesanbruch immer wieder in den kleinen Raum drangen, trotz der dicken Mauern und der Entfernung, die alle hohen Töne verschluckte. Jetzt hallten Schritte über den Gang, ein Schlüssel wurde

in das Schloss geschoben und die Türe schwang auf: »Mitkommen, bitte.«
Aqmat zwang sich ein Lächeln ab. Der junge Wachsoldat schien die schöne Frau, die gut doppelt so alt sein mochte wie er, auf schüchterne Weise zu verehren, so unsicher gebärdete er sich ihr gegenüber. Mit hochrotem Kopf stand er jetzt im Türrahmen. »Ihr sollt zum Verhör …«
Aqmat stand auf und strich das dunkelbraune, einfache Baumwollkleid glatt, das Flavius ihr ins Gefängnis gebracht hatte. Der Augenblick, vor dem sie seit zwei Wochen zitterte, war gekommen.

Am übernächsten Tag hatte der Herr aller Agenten in Rebus wieder ein großes Kaiseropfer angesetzt. Zur neunten Stunde sollten diejenigen, die des Christenglaubens verdächtigt oder überführt waren, sich öffentlich von diesem Makel reinigen. Die Kaiser hatten schon lange den Geschmack an solchen Veranstaltungen verloren. Beim Volk jedoch waren sie noch immer ein beliebter Zeitvertreib, bei dem Wetten abgeschlossen wurden, ob jemand unter den Verhafteten sich im letzten Augenblick besinnen, das Opfer verweigern und damit den Anwesenden das Schauspiel eines spannenden Todes bescheren würde.
Zur vereinbarten Stunde erfüllte eine bunt gemischte Menschenmenge das Forum. Vor dem Zeustempel, dessen gelb und rot bemalte Säulen in den Nachmittagshimmel ragten, war ein Podium errichtet, auf dem Hierocles und Fortunatus saßen, umgeben von Schreibern und anderen Hofbeamten. Davor stand der Altar, über dem ein dünner Rauchfaden in den Himmel stieg. Ein Stück entfernt wartete eine Gruppe Gefangener, von Soldaten bewacht. Flavius und Alexander standen vorn in der Menge und sahen sich angstvoll um.
Ein Legionär trat vor, hob eine zu einem Kreis gebogene Trompete und blies einen langen, klagenden Ton.
Fortunatus erhob sich und öffnete die Hände, wie um eine Gabe zu empfangen. Ein breites Lächeln überzog sein ebenmäßiges Gesicht, das in den letzten Jahren kantiger geworden war, ohne jedoch an

Attraktivität einzubüßen. Sein Haar war noch immer voll und an den Schläfen ergraut. »Bürger Nicomedias! Es ist mir eine Freude, heute wieder eine Gruppe jener versammelt zu sehen, die sich einst im Irrtum verstrickt hatten. Sie wähnten, die Kaiser und Reich geschuldete Ehrerbietung vertrüge sich nicht mit dem eifernden Geist ihres Gottes.«
Er gab ein Zeichen, worauf zwei Tempeldiener ein Schaf heranführten, es schlachteten und blutige Stücke auf die Glut des Altars warfen. Während der Geruch verbrannten Fleisches über den Platz zog, sprach Fortunatus weiter: »In seiner um das Wohl des ehrbaren römischen Volkes besorgten Art hat der Kaiser Vollmacht erteilt, uns gerade in schwer wiegenden, manchmal fast hoffnungslos erscheinenden Fällen besondere Mühe geben zu dürfen. So freue ich mich, heute diese Gruppe von Verirrten vor mir zu sehen. Menschen, die, um ihre eigene Sprechweise zu gebrauchen, von der Verstocktheit ihres Irrtums Abstand genommen haben.«
Ein Raunen ging durch die Menge, als Fortunatus die Hand hob. »Ich will nicht verhehlen, dass dieser Einsicht in einigen Fällen – nun, sagen wir eindringliche, manchmal auch langwierige Gespräche vorausgehen mussten ...«
»Wenn er sie hat foltern lassen, bringe ich ihn um!«, zischte Alexander seinem Vater ins Ohr, der stumm die Hand seines Sohnes drückte.
»... doch sind nun alle bereit, ihre Pflicht zu tun. Beginnt!«
Die Legionäre stießen den ersten Mann aus der Gruppe zum Altar, der das Ritual mit sichtlichem Widerwillen vollzog, das Opferfleisch kurz zum Mund führte und dann gehen durfte. Der Nächste musste von zwei Soldaten gestützt werden, da ihn seine Füße, die seltsam verkrümmt abstanden, nicht mehr zu tragen vermochten. Manche zögerten am Altar, doch in solchen Fällen genügte es, dass einer der Soldaten näher trat, um den Gefangenen zum Opferfleisch greifen zu lassen.
Langsam wurde das Häufchen der Christen kleiner und auch das Volk auf dem Forum, diese dicht gedrängte Masse von Leibern, gereckten Köpfen und flüsternden Stimmen, begann, am Rande aus-

zufransen, als erneut Fortunatus' Stimme über den Platz hallte: »Bürger Nicomedias, ich bitte um eure Aufmerksamkeit!« Mehrere, die im Begriff waren, zu gehen, wandten sich um. »Es ist mir eine besondere Freude, verkünden zu dürfen, dass wir jetzt einige der verkommenen Schriften verbrennen können, aus denen diese verruchte Sekte ihre abwegigen Gedanken saugt!«

Er machte eine Handbewegung, ein Soldat trat vor, entnahm einem Korb eine Rolle, hielt sie hoch und ließ sie auf das Opferfeuer fallen. Der Papyrus wurde braun, wellte sich, dann schoss eine Flamme auf, und kurz danach war nur noch Asche übrig. Noch dreimal wiederholte sich das Schauspiel, während Fortunatus erneut die Rechte hob: »Diese Schriften, das darf ich mit tief empfundener Dankbarkeit verkünden, hat uns Aqmat, die Frau unseres stellvertretenden Finanzministers, zur Vernichtung übergeben. Ich konnte sie von der Nichtswürdigkeit eines Glaubens überzeugen, der einen gekreuzigten Aufrührer höher stellt als den göttlichen Kaiser. Sie möge zum Opfer vortreten.«

Das Stimmengemurmel schwoll an, als sich Aqmat aus dem Häuflein der Gefangenen löste. Alexander und Flavius musterten sie genau, versuchten zu erkennen, ob sie in irgendeiner Weise unregelmäßig ging, ob etwas an ihrem noch immer schlanken und aufrechten Körper anders war als sonst, doch vergebens. Mit langsamen Schritten näherte sie sich dem Altar, stand einen Augenblick davor, sah in Richtung der Tribüne, bevor ihr Blick über die Volksmenge schweifte. Dann vollzog sie das vorgeschriebene Ritual, führte das Opferfleisch zum Mund und wandte sich ab. Mit starrem Blick ging sie auf Flavius und Alexander zu, die sie umarmten.

»Hat er dir etwas getan?«, fragte Flavius leise beim Gehen.

»Falls du meinst, ob er mich angerührt hat«, entgegnete Aqmat mit tonloser Stimme, »so hat er das nicht.« Einige Schritte weiter fügte sie hinzu: »Er hat mir nur gezeigt, was mit mir geschehen würde, sollte ich mich weiterhin weigern. Er zeigte es mir am Körper von Agnes, seiner Sklavin …«

Flavius sah sie an und erschrak. Er kannte ihre grünen Augen gut genug, um darin nur einen Gedanken lesen zu können: Rache.

Der Rest des Jahres verlief ruhig. Diocletianus war an die Donau abgereist, um dort gemeinsam mit Galerius die Grenzbefestigungen zu inspizieren. Anschließend traf er sich mit Maximianus in Rom, wo die beiden Augusti alle Siege in einem einzigen großen Triumph feiern wollten. Fast zwei Jahrzehnte währte ihre Herrschaft nun – länger, als es die Götter seit einem Jahrhundert irgendeinem Kaiser gewährt hatten. Das Reich war wieder geeinigt, die äußeren Feinde niedergeschlagen und selbst die letzte Aufgabe, die Auslöschung der Christensekte, schien fast vollendet.
So nahm der Triumphzug den traditionellen Weg vom Marsfeld durch den Circus Maximus, umrundete den Palatin, durchquerte den Bogen des Titus und das Forum, um schließlich zum Jupitertempel auf dem Kapitol zu gelangen. Die Kaiser fuhren in einem von vier Elefanten gezogenen Wagen, Gefangene und Beute aus den zahllosen Kriegen wurden auf Podesten an den staunenden Zuschauern vorbeigetragen, dazu die Bildnisse des besiegten persischen Großkönigs und seiner gefangen genommenen Verwandten, gefolgt von ihren goldbestickten Gewändern. Dahinter schritten weitere Elefanten, wehten die Mähnen unzähliger Pferde, marschierten die Legionen unter ihren glänzenden Feldzeichen.
Das ewige Rom schien verjüngt, zu neuem Glanz erwacht, bereit für ein weiteres Jahrtausend der Weltherrschaft. Die Einwohner, von denen jeder ein Geldgeschenk erhalten hatte, jubelten, und keiner hätte sich vorstellen können, dass dies einer der letzten Triumphzüge in der Geschichte der Stadt war.
Doch Diocletianus fand die laute Metropole widerwärtig, voll verwöhnter Nichtsnutze, die ihn bald darauf als Geizhals verspotteten, weil sie die Circusspiele nicht prächtig genug fanden, und die Ansammlung des Prunks vergangener Zeiten stieß ihn ab. Er verzichtete darauf, den Beginn seines neuen Konsulats in der alten Reichshauptstadt zu feiern, und befahl noch im November, seine Reisesänfte bereitzumachen. Während das rote Laub fiel, trug man ihn über die Berge des Apennin nach Ravenna. Im neuen Jahr ging die Reise weiter durch die schweren Nebel der norditalienischen Ebene, dann über die wolkenverhangenen Berge der Donaupro-

vinzen, immer weiter, Tag für Tag, Woche für Woche, den ganzen Winter. Dabei erkrankte der alte Mann schwer, hustete und sehnte sich in seinen Fieberträumen nach einem Ende all dieser Reisen, Sorgen und Kämpfe.
Flavius, den der Kaiser vor seiner Abreise noch zum Finanzminister befördert hatte, war in Nicomedia geblieben, zusammen mit Aqmat, die all diese Monate mit rastloser Spürarbeit verbracht hatte. So fand der zurückgekehrte Augustus unter den Stapeln von Dokumenten, die auf ihn warteten, auch die Bitte um eine Audienz unter vier Augen vor. Nach zehn Tagen wurde sie gewährt.

Es war schon Abend, als Flavius endlich vorgelassen wurde. Er hatte eine Stunde in dem Vorraum gewartet, nervös die Hände geknetet und sich immer wieder verstohlen umgeblickt. Flackernde Fackeln, deren Flammen sich in den blank polierten Marmorwänden spiegelten, erfüllten den Raum mit unruhigem Licht und ließen die Schatten auf den unbewegten Gesichtern der Wachen zucken.
Endlich winkte ihm Demetrios, der Kammerherr, öffnete die mit vergoldeten Löwenköpfen beschlagene Türe und hieß ihn mit seiner glockenhellen Stimme eintreten. Flavius war sich bewusst, dass dieses Gespräch vielleicht das wichtigste in seinem Leben werden würde. Er trat durch die Tür, erhaschte einen Blick auf den Mann hinter dem Schreibtisch, verbeugte sich, so tief er konnte, und fiel auf die Knie, da er keine Möglichkeit sah, den Umhang des Kaisers zu küssen.
»Das braucht es nicht, wir sind unter uns …«
Die Stimme war freundlich, doch rau, als koste jedes Wort den Sprecher große Mühe. Zögernd hob Flavius den Kopf, sah den Kaiser an und erschrak. Ein Jahr hatte er ihn nicht mehr aus der Nähe gesehen, und der Mann, der ihn aus der Dunkelheit anblickte, nur von einer Reihe von Öllampen auf dem Tisch beleuchtet, wirkte wie ein Schwerkranker. Die Augen, die herrisch und durchdringend sein konnten, saßen in tiefen Höhlen, und das massige Gesicht war eingefallen wie das eines alten Elefanten. Der Kaiser hatte das per-

lenbestickte Gewand abgelegt und saß in einer schlichten, dunkelbraunen Tunika auf seinem Sessel aus schwarzem Ebenholz, an dem Perlmutteinlagen glänzten. Er zeigte auf einen Stuhl an der Wand.

»Setzt Euch. Ich nehme an, Ihr habt ein wichtiges Anliegen …«

Flavius zog den Stuhl heran, nickte und räusperte sich: »Ich hatte Euch um diese Aussprache gebeten, bin mir aber unsicher, ob ich Euch mit dieser persönlichen Angelegenheit behelligen soll.«

Dieser Anfang war gewagt, das wusste Flavius, aber er hoffte, Diocletianus richtig einzuschätzen.

»Ihr wisst, wie sehr ich Eure Zuverlässigkeit und Eure Ehrlichkeit schätze.« Der Kaiser nahm einen Schreibgriffel in die Hand, legte ihn wieder hin und hustete. »Deshalb habe ich Euch zu meinem Finanzminister gemacht, nachdem die … Schwierigkeiten mit Eurer Frau bereinigt waren. Worum geht es?«

Flavius fühlte einen Stich im Herzen. Dieser Anlass seiner Beförderung hatte zu wochenlangen Zerwürfnissen mit Aqmat geführt.

»Ich möchte nicht, dass Ihr hinter meinen Worten etwas anderes vermutet als … den Wunsch, dass alles aufgeklärt werden möge.«

Jetzt schien der Kaiser hellwach. »Was soll aufgeklärt werden?«

»Ein Verdacht, der unglaublich scheint, für den ich aber gute Gründe habe.«

»Gegen wen richtet er sich?«

»Gegen Marcus Aurelius Fortunatus.«

Jetzt war es heraus. Nun würde alles von der Reaktion des Kaisers abhängen, der ihn jedoch nur durchdringend musterte und ruhig fragte: »Was werft Ihr ihm vor?«

»Für den Palastbrand vor einem Jahr verantwortlich zu sein.«

»Jeden anderen, der das behauptete, würde ich als Lügner aus dem Raum werfen lassen.« Diocletianus schüttelte den Kopf. »Ich kenne diesen Mann seit Jahren, davor hat er dem Statthalter in Augusta Treverorum gedient. Er brachte ein gesiegeltes Empfehlungsschreiben mit …«

»… das er vermutlich selbst geschrieben hat. Konntet Ihr je mit dem Statthalter über ihn sprechen?«

»Nein, ich hatte weder Veranlassung noch Gelegenheit dazu«, sagte der alte Kaiser nachdenklich. »Also kennt Ihr ihn auch?«
»Ja, ich kenne ihn«, antwortete Flavius und erzählte die gesamte Vorgeschichte, ohne sein Schreiben an den früheren Kaiser Carinus zu verschweigen.
»Ein doppeltes Spiel«, überlegte Diocletianus und klopfte mit dem rechten Mittelfinger auf die Tischplatte. »Das könnte ich mir sogar gut vorstellen. Nur was hat das mit Brandstiftung zu tun?«
»Eine unserer Sklavinnen kennt Agnes, die bei Fortunatus diente. Er hat das Mädchen misshandelt, missbraucht und …«
»Rachsüchtiges Sklavengetratsche also«, fuhr Diocletianus auf. »Ich hatte mir Besseres von Euch erwartet!«
Flavius erhob sich, nahm sein Siegel aus der Tasche und legte es auf den Tisch. »Wenn mein Kaiser auch nur den leisesten Zweifel an meiner Ehrlichkeit oder der Lauterkeit meiner Absichten hegt, möchte ich sofort mein Amt zur Verfügung stellen.«
Diocletianus starrte ihn verblüfft an. »So ernst ist es Euch? Nun, dann sprecht weiter.« Er zeigte auf den Stuhl. »Setzt Euch und nehmt Euer Siegel. Sollten sich allerdings die Beschuldigungen als haltlos erweisen, seid Ihr es endgültig los.«
Flavius fühlte sein Herz hämmern. »Ihr erinnert Euch vielleicht, dass bei dem Brand ein Mann gesehen wurde?«
»Ein Dämon, ein Zauberer, der durch die Flammen lief, ohne dass seine Kleider Feuer fingen«, nickte der Kaiser. »Man hat es mir berichtet.«
»Es war kein Dämon, sondern ein Mensch. Es war Fortunatus, in einem Gewand aus unbrennbarem Asbeststoff.«
»Eine kühne Behauptung«, antwortete Diocletianus kopfschüttelnd. »Von einem solchen Material habe ich noch nie gehört. Wie kommt Ihr darauf?«
»Agnes, die Sklavin, hat es durch Zufall entdeckt. Es lag auf einem Tisch und sie goss aus Versehen etwas Rotwein darüber. Normalerweise hätte Fortunatus sie für ein solches Vergehen mit der Peitsche gezüchtigt, aber er war gerade von seiner Geliebten gekommen, ziemlich angetrunken und guter Stimmung …«

»Soso, eine Geliebte hat er«, murmelte der Kaiser. »Aber fahrt fort.«
»Diesmal lachte er nur, als sie auf die Knie fiel und um Gnade flehte, und warf den Stoff auf das Kohlebecken.« Flavius sah dem alten Mann in die müden Augen über den schweren Tränensäcken. »Wie durch Zauberhand verschwand der Fleck, doch dem Stoff konnte die Glut nichts anhaben. Agnes zitterte bei dem Anblick, was ihren Herrn nur noch mehr zum Lachen brachte.«
»Und deswegen soll er den Palast angezündet haben?« Kopfschüttelnd lehnte sich der Kaiser zurück. »Ihr solltet Bücher schreiben, mein lieber Finanzminister. Die Zahlen scheinen Eurer Einbildungskraft nicht genügend Freiraum zu lassen.«
Flavius wusste, dass jetzt alles auf dem Spiel stand. »Meines Wissens ist das Asbestgewand noch in seinen Arbeitsräumen hier im Palast. In dem großen Schrank am Ende des Raumes. Schickt Eure Wachen, sie sollen die Türe aufbrechen und nachsehen.«
Diocletianus lächelte. »Jetzt wird die Geschichte spannend. Und falls, sage ich, falls sie es fänden, was dann?«
»Schickt zugleich nach Fortunatus und bittet, nein befehlt, er möge sofort kommen. Die Wachen sollen durchblicken lassen, was geschehen ist. Wenn er Ausflüchte macht, ist er schuldig!«
Flavius verdrängte den Gedanken daran, was geschehen würde, sollte sein Gegner die Kaltblütigkeit besitzen, der Gefahr ins Auge zu sehen und alles abzustreiten. Diocletianus saß da, das Kinn in die Hand gestützt, dann läutete er mit der kleinen Glocke auf seinem Tisch. Demetrios erschien und sah ihn fragend an.
»Die Wachen sollen Fortunatus' Räume öffnen und mir alles bringen, was in dem Schrank ist. Und schickt eine Abteilung der Garde, um den Mann so schnell wie möglich herzuschaffen.« Der Kaiser fügte noch einige Einzelheiten hinzu, dann lehnte er sich zurück und strich sich über den Bart. »So, damit habt Ihr Euren Willen. Nun ist es wie beim Würfeln: Venuswurf oder Hundewurf, alles oder nichts.« Der Kaiser ließ einen Krug Wein mit zwei Bechern bringen. »Trinken wir. Im Wein sei Wahrheit, sagt man!«
Flavius zwang sich, ruhig den Becher zu nehmen und ihn zu heben. »Auf die Wahrheit!«

Diocletianus trank und blickte sich in dem hohen Raum um, dessen Konturen in der Dunkelheit verschwammen. »Wie ich mich darauf freue, endlich wieder ein ruhiges, normales Leben führen zu können. Ohne Edikte, Hass, Streit, Kampf, Intrigen …«
»Wollt Ihr den Purpur niederlegen?«
»Ja, in etwa einem Jahr. Maximianus und ich haben uns das in Rom geschworen. Er wollte anfangs nicht von der Macht lassen, hat aber zuletzt eingesehen, dass es Zeit ist, den Caesares das Szepter zu übergeben. Formell bleiben wir die Senior Augusti, doch die Regierungsgeschäfte werden die Augusti Constantius und Galerius führen. Dann kann ich endlich so leben, wie ich will …«
»In Eurem Palast am Meer?«, fragte Flavius. »Ich habe ihn gesehen.«
»Ihr wart dort?«, lächelte der Kaiser. »Wie gefällt er Euch?«
»Er war noch nicht fertig, als ich vor drei Jahren auf der Anreise nach Nicomedia vorbeikam. Aber es muss wunderbar sein, auf der Bogengalerie hoch oben über dem Meer zu stehen, das Rauschen der Wellen zu hören, die Seeluft zu riechen …«
»Ja, und vor allem nicht mehr die Verantwortung für ein Imperium zu tragen, das von Mauretanien bis Armenien, von Ägypten bis Caledonia reicht. Für alles verantwortlich zu sein.« Diocletianus sah seinen Finanzminister an. »Früher taten die Bürger freiwillig, was zum Erhalt des Staates nötig war. Früher glaubten sie an Rom, waren zu Opfern bereit. Heute tun sie nur noch, was ihnen nützt oder ihnen befohlen wird. Und oft nicht einmal das …«
Der Kaiser wurde von einem Hustenanfall geschüttelt, dann fuhr er fort: »Man muss sie zwingen, ihnen alles vorschreiben, ihnen keine Möglichkeit geben, Übles zu tun. Nur so kann Rom in diesem Sturm der Barbarei überdauern. Und die Christen …«, der Kaiser leerte seinen Becher und goss sich nach. »Die Christen lehnen den Staat ab. Mit ihrem Jungfrauenwahn entfremden sie die Mädchen ihren Männern, ihr Jenseitsglauben lehrt die Sinnlosigkeit irdischen Mühens, ihr Abscheu vor dem Kriegsdienst wiegelt die Soldaten gegen die Offiziere auf. So würde das Imperium zugrunde gehen.« Er entrollte einen Papyrus. »Ich habe mir diese Stelle bei Celsus angestrichen.«

Flavius nahm die Rolle und las halblaut. »Wenn alle es so machen wollten wie ihr, so würde der Kaiser bald einsam und verlassen dastehen. Das ganze Reich müsste in die Hände der rohen und wilden Barbaren fallen, und dann würde eure Religion ebenso von der Erde verschwinden wie die wahre Philosophie.«

Diocletianus leerte den Becher und setzte ihn mit lautem Knall auf den Tisch. »Solange ich die Macht habe, wird das nicht geschehen!«

Flavius wagte einen Einwand. »Die meisten Christen sind treue Bürger, nur wenige sind verbohrte Feinde dieser Welt. Wenn man sie ihren Glauben ausüben ließe, so wie die Juden ...«

»Die Juden belästigen mit ihren seltsamen Vorschriften nur ihresgleichen. Wenn man dagegen die Christen weiter wachsen lässt, werden sie eines Tages ihren eifernden Gott allen anderen aufzwingen. Ich will davon nichts mehr hören!«

In diesem Augenblick klopfte es, und zwei Wachsoldaten traten ein. Sie brachten ein graues, an manchen Stellen geschwärztes Gewand. Flavius winkte sie herbei und hielt einen Zipfel über eine Lampe. Kopfschüttelnd sah Diocletianus zu, wie die Flamme den Stoff durchdrang, ohne ihn zu versengen.

»Der erste Wurf ging an Euch«, murmelte er. »Warten wir ab, wie Fortunatus uns dieses Rätsel erklärt. Und seine Spionagedienste für Allectus ...«

Doch dazu kam es nicht. Kurz danach kehrte die Garde unverrichteter Dinge zurück und berichtete, Fortunatus, der schon im Bett gelegen habe, sei sehr freundlich gewesen und habe nur gebeten, sich schnell anziehen zu dürfen. Als er nach einer Viertelstunde immer noch nicht bereit gewesen sei, seien die Soldaten in das Schlafzimmer eingedrungen und hätten nur ein offenes Fenster vorgefunden. Selbstverständlich habe man sofort die Fahndung eingeleitet, doch vor Morgengrauen sähe man wenig Hoffnung ...

Diocletianus drückte Flavius die Hand. »Ihr scheint recht gehabt zu haben. Geht jetzt, ich möchte mit meinen Enttäuschungen als Herr der Welt allein sein.« Dann fügte er leise, wie zu sich selbst, hinzu: »Ihrer vier oder fünf tun sich zusammen, um den Kaiser zu täuschen. Sie legen ihm einen Entscheid vor. Er, zu Hause eingeschlossen, kennt die wahre Sachlage nicht, er darf nur wissen, was jene sagen. Er ernennt Beamte, die besser nicht eingestellt würden, und setzt die ab, welche er an ihrer Stelle lassen sollte, und so wird auch der beste, klügste Kaiser verkauft.«

Drei Monate später rastete ein Mann in den Bergen nördlich des Sees Genezareth in einer verlassenen Hirtenhütte. Er war mager, die einst teuren Stiefel abgetreten, und ein abgewetzter Mantel hing über seinen Schultern. Doch er war zufrieden, denn bald hatte er es geschafft. In Tiberias hatte er Freunde, dort würde er sich ein neues Leben aufbauen, weit weg von Nicomedia, versehen mit dem schweren Beutel voller Goldstücke, den er bei seiner Flucht hatte retten können. Wieder einmal hatte sich seine Umsicht bewährt, stets auf alles vorbereitet zu sein.
Er beschloss, sich in einem nahen Dorf etwas zu essen zu kaufen. Nach kurzem Zögern grub er in der Ecke der Hütte ein kleines Loch, in dem er sein Gold verbarg. In den Bergen hausten oft Räuber – da war es besser, so wenig wie möglich bei sich zu tragen. Als er in Gedanken versunken aus der Türe trat, achtete er nicht auf den Himmel.

Eine halbe Stunde später trieb ein Ziegenhirte seine Herde durch die mit Gebüsch überwachsenen Felsen. Ängstlich blickte er nach oben, zu den grauschwarzen Wolkentürmen, lauschte dem entfernt rollenden Donner. Gerade als die ersten schweren Regentropfen im Staub zerplatzten, schlüpfte er mit seinem Hund in die Hütte. Er durfte nicht krank werden, nicht auch noch er, nachdem seine Frau mit einem gebrochenen Bein darniederlag. Doch trotz allen Bittens und Betens war kein Arzt bereit gewesen, den weiten Weg zu einem armen Hirten zu machen, der keine Silbermünze aus seinem Beutel ziehen konnte.
»Was treibst du da?« Verwundert sah er, wie sein Hund in einer Ecke der Hütte schnüffelte, scharrte und grub. Er trat näher, kniete nieder, griff in die Grube, zog ein Säckchen heraus, öffnete es und konnte sein Glück nicht fassen.

»Danke, Herr«, stammelte er, den Blick nach oben gewandt. »Danke, dass du mein Flehen so überreich erhört hast.«

Der Wanderer mit dem kleinen Korb in der Hand war guter Stimmung. Fröhlich summte er ein Lied seiner Jugend. Braten, Brot und Käse – jetzt freute er sich auf das Mahl, nachdem das Gewitter vorübergezogen war und die mit Piniennadeln bedeckte Erde vor Feuchtigkeit dampfte. Der federnde Boden verschluckte seine Schritte – aber auch die seiner Verfolger, die ihn plötzlich umringten und zu Boden rissen, bevor er an Widerstand denken konnte.
»Ja, das ist er«, rief ein schwarzhaariger Mann mittleren Alters, nachdem er dem Gefangenen lange ins Gesicht gestarrt hatte. »Ich erinnere mich noch gut an ihn, damals in Antiochia …«
Sie zogen den sich Sträubenden aus, befingerten seine feine Unterkleidung, doch ohne den erhofften schweren Beutel zu finden.
»So jemand wie du ist nicht ohne Geld unterwegs«, zischte ein stämmiger Junge, dem zwei Finger an der linken Hand fehlten. »Lüg uns bloß nicht vor, du hättest nichts«, fügte er drohend hinzu und zog seinen Dolch.
Bald darauf hallten entsetzliche Schreie durch das Wäldchen. Doch der Hirte hörte sie nicht mehr, dazu war er schon zu weit entfernt. Keuchend rannte er seiner Hütte zu, jubelnd, seine Ziegen mit Kosenamen antreibend …

6. Kapitel

IN DIESEM ZEICHEN

(306–313 n. Chr.)

»Ich sehe einen Circus Maximus, der mit dem römischen wettzueifern scheint, und sehe Basiliken und ein Forum, königliche Bauwerke und den Sitz der Gerechtigkeit sich zu solcher Höhe erheben, dass sie schier den Sternen und dem Himmel nahe und ihrer würdig zu sein verheißen. Dies alles sind gewiss Geschenke, die wir Deiner Gegenwart verdanken.«

Panegyriker über den Neubau von Trier
unter Constantinus

Aqmat stand am Fenster und sah durch die trüben, in kleine Holzrahmen eingefassten Scheiben hinaus. Eben noch waren schräge Sonnenstrahlen durch die Löcher der grauen Wolkendecke gefallen, jetzt peitschte ein Regenschauer über die Häuserdächer. In Eboracum, der nördlichsten Stadt des Reiches, musste man stets auf alles gefasst sein.

»Und wenn er stirbt?«, fragte sie.

»Was dann wird, weiß niemand«, antwortete Flavius, der durch die Türe getreten war und sich aus seinem tropfnassen Kapuzenmantel schälte. »Alles hängt von den Legionen ab.«

»Du meinst, es könnte wieder Bürgerkrieg geben?«

Er nickte und befahl dem Sklaven, der ihm den nassen Mantel abgenommen hatte, einen Krug warmen Gewürzweins zu bringen. »Bitte mach dir keine Sorgen«, meinte er. »Unsere Entscheidung, Nicomedia zu verlassen, war richtig!«

Er versuchte, seiner Stimme einen zuversichtlichen Klang zu geben, obwohl er sich keineswegs so sicher war, wenn er seine Gedanken zurückwandern ließ. Im Mai vergangenen Jahres hatte Kaiser Diocletianus abgedankt – vor dem versammelten Heer, bei der Jupitersäule bei Nicomedia, genau an der Stelle, wo er gut zwei Jahrzehnte zuvor seinen Eber getötet und den Purpur ergriffen hatte. Mit zitternder Stimme und feuchten Augen hatte er seinen Rücktritt erklärt, während zur gleichen Zeit sein Mitkaiser Maximianus in Mediolanum dem Thron entsagt hatte. Constantius und Galerius waren zu Augusti aufgerückt, doch bei der Besetzung der nun frei gewordenen Positionen der Caesares hatte es eine Überraschung gegeben: Im Westen war es ein gewisser Severus, im Osten der kaum bekanntere Maximinus Daia geworden, beides rohe Soldaten, der erste ein Freund des Galerius, der zweite sein Neffe. Sollten sich Constantinus und Maxentius, der Sohn des Maximianus, Hoffnungen auf diese Würde gemacht haben, so konnten sie nur die Fäuste ballen, denn im ausgeklügelten Herrschaftssystem des Diocletianus war für ehrgeizige Söhne kein Platz.

Der Rückzug des Altkaisers in seine Palastfestung am Meer hatte Flavius eines strengen, doch wohlwollenden Herrn beraubt. Von da an zitterte er jeden Tag vor den Launen des tyrannischen Galerius, dessen wachsender Hass auf alles Christliche auch Aqmat schaudern ließ. Als dann eines Abends Alexander unter dem Siegel der Verschwiegenheit erzählte, dass selbst der sonst so unbekümmerte Constantinus begann, um sein Leben zu fürchten, dass er eine geheime Botschaft an seinen Vater Constantius mit der Bitte gesandt habe, ihn zu sich zu rufen, da war in beiden der Gedanke gekeimt, Nicomedia zu verlassen, um an den Hof des Augustus Constantius zurückzukehren. Im Juni letzten Jahres waren sie zusammen mit Constantinus aufgebrochen – überhastet, immer in Angst, Galerius könnte seine widerwillig hingeknurrte Zustimmung widerrufen oder ihnen ein Mordkommando nachsenden. Flavius hatte allen Besitz in Goldmünzen verwandelt, und zusammen mit den Ersparnissen aus fünf Jahren waren über zweihundert Aurei zusammengekommen, die in einer Amphore voll stinkender Fischsauce verschwanden. Doch hatte sie die Reise nicht nach Augusta Treverorum geführt, sodass sie ihren verborgenen Schatz mit der kaiserlichen Post dorthin schicken mussten, wo ihr Sohn Lucius die Geschäfte führte.

Constantius hatte seinen Sohn nach Bononia gerufen, von wo er zu einem Britannienfeldzug aufbrechen wollte. Die Picten, Barbaren, die nördlich der Hadrianusmauer hausten, waren wieder einmal aufsässig geworden und bedrohten die Provinz. Sie schienen vergessen zu haben, was es bedeutete, Rom zu reizen. Nach Studium der Berichte über die Feldzüge des Kaisers Septimius Severus, mit Flavius als Mitglied des Planungsstabes, hatte Constantius diesem Mangel gründlich abgeholfen, war bis weit nach Caledonia mar-

schiert, hatte Sumpfland ebenso durchquert wie nebelverhüllte Berge und dabei erstaunt festgestellt, wie lang zur Jahresmitte der Tag in diesen Gefilden dauerte.
Doch jetzt schien es, als könnte sich das Schicksal noch in anderer Weise wiederholen, war doch der alte Kaiser nicht nur siegreich, sondern auch schwer krank nach Eboracum zurückgekehrt – ganz wie Septimius Severus, der hier ein gutes Jahrhundert zuvor gestorben war.
»Hast du Alexander sehen können?«, fragte Aqmat ihren Mann, der an seinem dampfenden Becher nippte.
»Nur kurz, er ist ständig mit Constantinus am Krankenbett.«
Als persönlicher Sekretär folgte er dem Kaisersohn wie ein Schatten. Aqmat war stolz darauf, machte sich jedoch zunehmend Gedanken, weil er trotz seiner einunddreißig Jahre wenig Neigung zeigte, sich eine Frau zu suchen und eine Familie zu gründen. Inzwischen wäre sie selbst über den Sohn einer Konkubine froh gewesen, so wie Constantinus, der von Minervina den fünfjährigen Crispus hatte.
»Wie ist die Stimmung im Heer?«, erkundigte sich Aqmat. »Was denken die Legionen? Wollen sie wieder den Kaisermacher spielen?«
»Ich glaube, dass ihnen Diocletianus in den zwei Jahrzehnten seiner Herrschaft solche Gelüste ausgetrieben hat. Wenn sie niemand zur Rebellion reizt, werden sie wohl diesem farblosen Severus als ihrem Oberkaiser huldigen.«
Einen Augenblick schwiegen beide. Damit würde sich für Flavius jede Hoffnung zerschlagen, am Hofe eines fähigen und maßvollen Herrschers, wie es Constantius war, eine verantwortungsvolle Stellung zu bekleiden. Dann hätten sie gleich in Nicomedia bleiben und weiterhin vor Galerius buckeln können.
»Denkst du, dass der junge Constantinus selbst nach dem Purpur greifen könnte?«, fragte Aqmat.
Flavius zuckte mit den Achseln. »Alexanders Berichten zufolge ist er sehr ehrgeizig. Aber auch vorsichtig. Von allein wird er eine offene Rebellion nicht wagen …«

»Wenn ihm die Macht jedoch angetragen würde«, überlegte sie, »geradezu aufgedrängt – ob er dann widerstehen könnte? Mir scheint er ziemlich eitel …«
»Meine Frau …« Flavius schüttelte den Kopf und schmunzelte. »Man sagt nicht umsonst, die weiblichen Ränke seien die am feinsten gesponnenen. Aber ich glaube nicht, dass die Disziplin in den Legionen so nachgelassen hat, dass die Offiziere den Kaisermacher spielen würden.«
Aqmat spitzte die Lippen, legte einen Finger darauf und wisperte mit Verschwörermiene: »Aber gilt diese Zurückhaltung auch für die germanischen Hilfstruppen?«
Flavius' Hand, die den Weinbecher hielt, blieb in der Schwebe, dann nickte er, trank und stellte den Becher ab. »Eine schlaue Frage. Eine sehr schlaue sogar. Ich glaube, ich werde doch noch einen Spaziergang in das Lager machen.«
Aqmat wandte sich ab und lächelte. Constantinus wäre nicht nur ein fähiger, sondern gewiss auch ein toleranter Herrscher, der, wie sie wusste, dem Christentum wohlwollend gegenüberstand.
Flavius ließ sich wieder den Mantel bringen, doch als er aus der Türe trat, war der Platzregen bereits vorüber. Die Nachmittagssonne spiegelte sich in zahllosen Pfützen, während er die Straße entlangging, dann rechts abbog und auf der Brücke den Fluss überquerte. Nach kurzem Fußmarsch erreichte er die große Legionsfestung, in deren Principia der kranke Kaiser lag. Der Wachposten, der ihn kannte, salutierte und winkte ihn durch, ohne das Losungswort zu verlangen. Gleich darauf stand er vor der lang gestreckten Holzbaracke, in der die alamannischen Söldner untergebracht waren, die unter ihrem König Crocus den Römern Waffendienste leisteten.
Am Eingang, auf einem grob geschnitzten Hocker, lümmelte sich ein schlaksiger Germane herum und untersuchte mit Hilfe eines Spiegels seinen Bart nach etwas, von dem Flavius hoffte, es möchten keine Läuse sein. Neben ihm, angekettet auf einer Stange, saß ein Rabe, der den Besucher mit wachen Augen musterte.
»Krrrrk«, bemerkte der schwarz glänzende Vogel. Der Türwächter

blickte auf, befand den Römer für unwichtig und widmete sich erneut seiner Bartpflege.
Flavius wandte sich an den Raben, offenbar den wortmächtigeren von beiden. »Werter Bote Wodans«, begann er in seinem besten Suebisch. »Ich brauche deine Hilfe und suche den König Crocus.«
Der Türwächter fuhr auf, während der Rabe den Kopf schief legte und klar und vernehmlich »Caseus« krächzte.
»Entschuldigt sein Benehmen«, sagte der Wächter. »Das hat nichts mit König Crocus zu tun.« Er griff neben den Stuhl, holte einen Teller, schnitt den darauf liegenden Käse in Stücke und reichte eines dem Vogel, der gierig danach hackte. »Der König ist ausgeritten. Was wollt Ihr?«
»Ich gehöre zum kaiserlichen Stab und müsste ihn sprechen. Ihn oder einen seiner Unterführer.«
Der Wächter kratzte seinen Bart, dann verzog er den Mund. »Derzeit ist nur Pacu da. Da hinten links, am Ende des Ganges.«
Flavius dankte mit einem stummen Handzeichen und klopfte wenige Augenblicke später an eine grob gezimmerte Holztür. Fieberhaft überlegte er, was er jetzt sagen sollte. Als eine Stimme »Herein!« rief und er den Raum betrat, wusste er es.
Der Mann, der auf einer fellüberzogenen Liege saß, mochte etwa vierzig Jahre zählen. Sein dunkelblondes, langes Haar war an der Schläfe zu einem Knoten aufgebunden, sein muskulöser Oberkörper mit dichtem, hellem Flaum bedeckt. Er trug eine Leinenhose, auf den Knien hielt er ein germanisches Langschwert, dessen glänzende Klinge er mit dem Daumen prüfte.
Der Mann war Flavius schon während des Feldzugs aufgefallen – zum ersten Mal, als sich der Heerwurm aus dem Kastelltor hinauswand in die hügelige Landschaft, die einst ebenfalls zum Imperium gehört hatte, seit über einem Jahrhundert aber wieder Barbarenland war. Er hatte sich im Sattel umgeblickt, um noch einen Blick auf die Mauer zu werfen, deren zinnengezacktes, weiß verputztes Band sich an die achtzig Meilen auf den Hügelkronen entlangzog. Sie trennte die britannischen Provinzen von dem Rest der Insel, der Heimat der Picten und anderer Stämme. Bei diesem Blick zurück

hatte er den Reiter bemerkt, der aufrecht im Sattel saß und aufmerksam die Umgebung musterte. Ein offenes, unbekümmertes Gesicht, das ihm auf seltsame Weise vertraut vorkam. Noch mehrfach hatte er ihn gesehen und sich den Kopf zermartert, woher er ihn kennen könnte.

Jetzt wusste er es, denn um den Hals des Mannes hing an einem Lederband eine Muschel. Ihr Inneres schillerte in vielen Blautönen, wie der Flügel eines Schmetterlings. Dieses Amulett hatte er schon einmal gesehen – vor vielen Jahren, als er in germanischer Gefangenschaft seiner Mutter begegnet war. Alamannen hatten sie bei einem Überfall auf die Stadt seiner Jugend verschleppt und neu verheiratet. Der Mann mit der Muschel, der ihn fragend anblickte, musste sein Halbbruder sein. Darauf baute sein Plan.

»Guten Tag, mein Name ist Flavius.«

Der Mann legte sein Schwert weg, stand auf und zog sich ein Hemd über. »Ich heiße Pacu.« Sein Latein klang rau.

Flavius legte sein Gesicht in ernste Falten. »Der Krieger aus dem südlichen Dekumatland?«

»So hieß es wohl bei euch Römern, bevor es sich die freien Stämme nahmen.«

»Dann danke ich den Göttern, dass ich denjenigen gefunden habe, den meine Frau in ihrem Traum erblickte.«

»Mich? In ihrem Traum?«

»Ja, denn sie ist aus Thessalien und hat seit ihrer Geburt die Sehergabe. Gestern Nacht sah sie, wie die Seele des Augustus von einem Adler zum Himmel emporgetragen wurde. Und Ihr standet neben dem König Crocus, der in diesem Augenblick vortrat und Constantinus zum neuen Kaiser vorschlug.«

Pacu schüttelte den Kopf und sah seinen Besucher misstrauisch an. »Wollt Ihr die Treue des alamannischen Heerbanns auf die Probe stellen? Mit so etwas habe ich nichts zu schaffen.«

»Ich will nichts prüfen, nur eine Botschaft bestellen. Meine Frau sagte mir: Suche Pacu, den Sohn des Gundomadus.«

Der Alamanne lachte. »Wie mein Vater heißt, ist schließlich kein Geheimnis.«

»Das mag sein«, entgegnete Flavius. »Doch sie nannte mir auch den Name Eurer Mutter.«
Der Alamanne stand vor ihm, beide Hände um den Knauf des Schwertes gelegt, dessen Spitze sich in den Bretterboden der Baracke bohrte. »Da bin ich aber gespannt.«
»Brigida. Soll ich Euch noch das Haus beschreiben, in dem Ihr aufgewachsen seid?«
Der Mann war schon bei dem Namen zusammengezuckt, jetzt starrte er Flavius an, als stünde ein Geist vor ihm.
Dieser drehte sich um, ging zur Türe und bemerkte beiläufig: »Hiermit habe ich gesagt, was zu sagen war. Ob Ihr Crocus die Botschaft der Götter vorenthaltet oder ausrichtet, liegt ganz in Eurer Hand. Mein Auftrag ist erfüllt.«
Beim Verlassen der Baracke bückte er sich. »Ihr gestattet?« Mit diesen Worten nahm er ein Stückchen Käse vom Teller des Wächters und reichte es dem schwarzen Vogel, der misstrauisch zur Seite wich. »Richte Wodan meinen Dank aus!«, ermahnte ihn Flavius und lächelte zufrieden, als ihm der Rabe den Brocken aus den Fingern zog. Es war noch lange hell, während er nach Hause ging, denn man schrieb den 24. Juli.

Den nächsten Morgen verbrachte das Heer, ja ganz Eboracum mit bangem Warten. Immer wieder liefen Gerüchte durch die Stadt: Der Kaiser sei genesen … sein Zustand sei unverändert … er liege auf dem Totenbett … Als die Sonne am höchsten stand, pochten Hufe auf dem Steinpflaster vor dem Haus, in dem Flavius und Aqmat wohnten. Alexander stürzte, jeweils zwei Stufen auf einmal nehmend, die Treppe zum Obergeschoss empor, in dem Flavius an seinem Schreibtisch saß. »Ist er …«
Alexander nickte atemlos. »Ja, vor einer halben Stunde.«
»Hat er irgendetwas bestimmt? Eine letzte Verfügung? Ein Testament?«, fragte Aqmat, die die Stimmen gehört hatte.
Alexander schüttelte den Kopf. »Nein, nur auf dem Totenbett, schon fast ohne Kraft, winkte er Constantinus herbei. ›Du … du sollst es sein!‹, flüsterte er und verschied kurz darauf.«

»Also hat er ihn seinen legitimen Kindern aus der Ehe mit Theodora vorgezogen«, warf Flavius ein.
»Dalmatius, der Älteste, ist gerade mal zwölf«, gab Alexander zu bedenken. »Wohl kaum ein Alter, um Galerius die Stirn zu bieten ...«
»Und Constantinus?«, fragte sein Vater. »Was tut er?«
»Derzeit hält er die Totenwache. In zwei Stunden findet eine große Versammlung in der Principia statt. Auch du sollst kommen.«
Flavius nickte und verbarg seine Freude hinter einer ernsten Miene. Im Gegensatz zum Hof in Nicomedia, wo er ein hohes Amt bekleidet hatte, war er hier als Mitglied des Planungsstabes nur von untergeordnetem Rang, die Einladung eine besondere Ehre.

Zwei Stunden später drängten sich in der Halle der Principia Offiziere in ihren metallbesetzten Lederpanzern, Hofbeamte in ihren bestickten Togen und die Scharführer der germanischen Hilfstruppen, deren Hosen und grob gewebte Umhänge seltsam von der allgemeinen Pracht abstachen. Der tote Kaiser war in der Mitte des Raumes aufgebahrt, von seinem Purpurmantel bedeckt. In der halbrunden Apsis reihten sich die Feldzeichen der Legionen – Stangen mit vergoldeten Adlern, die ihre Schwingen über die in vielen Schlachten errungenen Ehrenzeichen breiteten. Die Sonne fiel schräg durch die hohen Fenster des Obergeschosses und zeichnete den Schattenriss der Holzgitter auf die gegenüberliegende, dunkelrot verputzte Wand.
Langsam erstarben die Stimmen, als Constantinus den Raum betrat und zur Apsis schritt. Er trug eine schlichte, dunkelgraue Toga, die er sich zum Zeichen der Trauer über den Kopf gezogen hatte. Alle Blicke richteten sich auf den jungen Mann, dessen sonst so gewinnende, offene Züge jetzt verschlossen und ernst wirkten.
In der Mitte der Apsis angekommen, hob er die Hand, doch bevor er ein Wort sagen konnte, hallte ein Ruf durch den Raum. »Heil dir, Constantinus!«
Alle Blicke richteten sich auf König Crocus, der wiederholte: »Heil dir ... Imperator!«

Einen Augenblick herrschte Schweigen im Raum, dann trat ein Tribun vor. »Heil unserem neuen Imperator!«
»Constantinus, Constantinus!« Zwei Centurionen riefen den Namen, liefen zu der Bahre, hoben den Purpurmantel auf und trugen ihn nach vorn. »Nimm, Constantinus, unser neuer Augustus!«
Der Angesprochene stand wie versteinert, versuchte vergeblich, sich mit der erhobenen Rechten Gehör zu verschaffen, und wich langsam zurück, als die Offiziere ihm den Mantel über die Schultern legen wollten. Doch immer stärker wurden die Stimmen in der Halle, immer mehr schlossen sich dem Ruf an.
»Constantinus Imperator! Constantinus Imperator!«
Auch Flavius hielt sich nicht mehr zurück, schrie mit allen anderen, und hätte er in diesem Augenblick Aqmat an seiner Seite gehabt, sein Glück wäre vollkommen gewesen. Er war trunken vor Erregung, getrieben von dem Wunsch, das Richtige zu tun, eins mit der Masse zu sein, die vorwärts drängte, den Kaisersohn umringte, der jetzt den Purpurmantel trug, während alle wieder und wieder »Constantinus Imperator!« skandierten. Dann sah er, wie Pacu einen großen, runden Schild brachte, den mehrere Alamannen umfassten, wie sie den jungen Mann dazu drängten, sich daraufzusetzen, um ihn dann den Mittelgang entlangzutragen, vorbei an der Bahre, während andere die großen Türflügel aufrissen, sodass jetzt Licht in den Saal strömte. Sie hoben den neuen Kaiser hinaus in die Sonne, unter die Menge der wartenden Soldaten, die ohne Zögern in den Ruf einstimmte »Constantinus Imperator!«.
Am gleichen Tag noch galoppierte ein Eilkurier zu den Toren der Stadt hinaus, im Gepäck ein lorbeerbekränztes Bild von Constantinus und ein offizielles Gesuch um Anerkennung, um sich auf den wochenlangen Weg nach Mediolanum zu machen, wo der Caesar Severus residierte. Doch in diesen Stunden taumelnder Begeisterung verschwendete niemand einen Gedanken an die Frage, was die anderen drei Herrscher zu diesem Griff nach dem Purpur sagen würden, ob nicht soeben der Keim zu einem neuen, blutigen Bürgerkrieg gelegt wurde, wie ihn das Reich in den letzten hundert Jahren so oft durchlitten hatte.

Am nächsten Tag wurde der verstorbene Augustus auf einem großen, reich geschmückten Scheiterhaufen vor den Toren der Stadt verbrannt. Während Flammen und Rauch aufstiegen, brachten die Priester einen Käfig mit einem Adler. Als sie dessen Tür öffneten und der große Vogel seine Flügel ausbreitete, um sich in die Lüfte zu schwingen, jubelte das Volk, denn sein Flug gen Himmel symbolisierte die Aufnahme des Toten unter die Götter.
»Damit ist Constantinus der Sohn eines Gottes«, flüsterte Flavius Aqmat zu, die neben ihm stand. Doch als er ihre gerunzelte Stirn bemerkte, fügte er rasch hinzu: »Jedenfalls für die Soldaten hier!«
Sie lächelte und drückte ihm stumm die Hand.

Die nächsten Wochen ließen weder Flavius noch Aqmat zur Ruhe kommen. Der junge Kaiser hob als Erstes das Versammlungsverbot für Christen auf. Dann reiste er nach Londinium ab und machte sich daran, Britannien neu zu ordnen und letzte Zeugnisse der vor einem Jahrzehnt beseitigten Herrschaft der Piratenkaiser zu tilgen. Selbst Meilensteine mit dem Namen des Carausius wurden ausgegraben und umgedreht. In die neue Oberseite meißelte man eine Inschrift für Constantinus.
Unterdessen warteten alle auf die Antwort aus Mailand, die über Krieg oder Frieden entschied. Mitte September, nachdem sich Severus mit Galerius, dem Augustus des Ostens, beraten hatte, galoppierte ein schweißbedeckter reitender Bote heran, und Jubel schallte durch die Straßen: Constantinus war anerkannt, wenn auch nur als Caesar, während Severus zum neuen Augustus des Westens erhoben wurde.
Aqmat und Flavius sahen Alexander nun noch seltener, denn zugleich hatten Hilferufe vom Unterlauf des Rhenus den neuen Kaiser erreicht. Trotz gültiger Verträge waren auf die Nachricht vom Tode des alten Kaisers hin die Franken mordend und brandschatzend in römisches Gebiet eingefallen. Bevor Constantinus seine Residenz in Augusta Treverorum aufschlagen konnte, musste er zuerst sein Heer nach Gallien einschiffen und sich den Barbaren gegenüber als Feldherr bewähren. So saß er in seinem Arbeitszim-

mer, beriet sich mit seinen Feldherrn und diktierte vom Morgengrauen bis zum Einbruch der Nacht seine Befehle.
Am 28. Oktober, als Constantinus bereits am Rhenus kämpfte und Flavius mit Aqmat in ihrer Carruca nichtsahnend die Mosella entlangrollten, ereignete sich im fernen Rom eine politische Sensation: Maxentius ließ sich von den Prätorianern, der städtischen Garnison, zum Kaiser ausrufen! Die Römer, schon lange verärgert über die Vernachlässigung der alten Hauptstadt durch ferne Herrscher, zusätzlich gereizt durch die beabsichtigte Streichung von Steuerprivilegien, jubelten dem neuen Kaiser zu. Sein Vater, Altkaiser Maximianus, der im Vorjahr nur widerwillig den Purpur abgelegt hatte, eilte sofort aus Lucanien herbei und erklärte seine Bereitschaft, seinen Sohn zu unterstützen und künftig wieder aktiv zu regieren. Maxentius ließ sich nicht anmerken, was er von diesem Ansinnen hielt und befahl ein Ende der Christenverfolgungen. Vorsichtig taktierend nahm er nur den Titel Princeps an und schickte, dem Beispiel Constantinus' folgend, eine Botschaft an die beiden Augusti Severus und Galerius mit der Bitte um Anerkennung.
Doch nach Augusta Treverorum drang dieses ferne Donnergrollen erst, als Flavius bereits seinen Sohn Lucius in die Arme geschlossen hatte.

»Treveri hat sich sehr verändert ...«, sagte Lucius, während sie das Haus verließen und auf eine Baustelle zugingen, auf der die bereits mannshohen Ziegelmauern eines langgestreckten Gebäudes emporwuchsen. Als er den erstaunten Blick seines Vaters bemerkte, erklärte er: »So sagt man jetzt zu der Stadt. Alle sind in Eile, niemand hat mehr Zeit für lange Namen.«
Flavius betrachtete seinen Sohn. Obwohl er erst knapp dreißig Jahre zählte, wurde sein dunkelbraunes Haar schütterer. Schon immer kräftig und gedrungen, wölbte sich bereits ein Bauch unter der Tunika; immer stärker ähnelte er seinem vor drei Jahren verstorbenen Großonkel Julius.
Mit Blick auf die Kräne, die um den Bau in den Himmel ragten, fragte er: »Wird das die neue Palastaula für die Staatsempfänge?«

Lucius nickte. »Ja, leider alles aus Ziegeln, die in den staatlichen Manufakturen gebrannt werden. Aber auch so verdienen wir mit unseren Sägemühlen, den Drehbänken und Steinbrüchen ein hübsches Sümmchen.«
Flavius nickte; Lucius hatte ihm geschrieben, welchen Aufschwung das Geschäft genommen hatte, seit Constantius seine Residenzstadt mit Prachtbauten zu schmücken begann. »Sind die neuen Thermen fertig?«
Lucius schüttelte den Kopf. »Noch immer nicht, obwohl schon an die zehn Jahre daran gearbeitet wird. Willst du die Baustelle sehen?«
Flavius schüttelte den Kopf. »Nein, nur eine Frage.« Seit sein Haus dem Prachtbau hatte weichen müssen, konnte er sich mit dem neuen Badepalast nicht anfreunden, und die Tatsache, dass er noch immer nicht vollendet war, bestätigte seine geheime Meinung über die Fragwürdigkeit so manchen kaiserlichen Vorhabens.

Constantinus schlug die Franken vernichtend und hielt in Treveri einen prachtvollen Einzug, bei dem sich das Volk an den Straßen drängte, um den mit Siegerpose grüßenden Kaiser zu bejubeln. Hinter ihm ritten die Offiziere in schimmernden Prunkrüstungen mit wippenden roten Helmbuschen, flatterten die Drachenköpfe der schwer gepanzerten Kataphrakten, gefolgt von den goldglänzenden Legionsadlern, die ihre Flügel über die an den Stangen befestigten Ehrenzeichen breiteten. Dann folgte der einfach gekleidete Alamannenkönig Crocus mit den Hilfstruppen, bei deren Anblick die Bürger von Treveri verstummten und sich unsicher ansahen, denn solche Barbarenhaufen kannte man bislang nur als plündernde Feinde oder gefesselte Gefangene, nicht als Verbündete. Flavius, der mit Aqmat auf einem Holzpodest saß, erkannte Pacu in der Gruppe der Unterführer, die hinter ihrem König schritten, doch dieser schien ihn nicht zu bemerken, und so verhielt auch er sich ruhig.
Zuletzt nahte sich ein endloser Zug gefesselter Franken, Männer in zerrissenen Hosen, Arme oder Beine mit blutfleckigen Binden um-

wickelt, manche hinkend, andere gebeugt, doch einige auch mit erhobenem Haupt, die neugierigen Blicke der Zuschauer trotzig erwidernd. Wächter gingen zu beiden Seiten des Zuges und schlugen mit Holzstöcken auf jeden Barbaren ein, der zu langsam ging oder irgendeine unerwartete Bewegung machte. Große, von Legionären an Stangen hochgehaltene Tafeln verkündeten den vollständigen Sieg des Kaisers, nannten die Zahl der getöteten Feinde, der niedergebrannten Dörfer, der in Ketten geschlagenen Gefangenen, vor allem aber die Namen der zwei Könige, die Constantinus durch sein schnelles Zuschlagen gefasst hatte.

»Merogaisus und Ascarius«, las Flavius halblaut vor und spürte, wie Aqmat neben ihm erstarrte und nach unten zeigte. »Meinst du, er ist es?«, flüsterte sie. Flavius kniff die Augen zusammen, um den blonden Mann besser sehen zu können, der hinter dem Schild schritt. Er mochte an die fünfzig Jahre zählen, war kräftig und hochgewachsen. Das lange Haar hing ihm verfilzt und schmutzig ins Gesicht, sein linker Unterarm war mit verkrustetem Blut bedeckt, doch die Augen in seinem kantigen, von Bartstoppeln bedeckten Gesicht musterten die Menschenmenge, als sei er es, der hier zu befehlen habe.

»Ich weiß nicht, wie häufig dieser Name bei den Franken ist«, erwiderte Flavius und hielt die Hand über die Augen, um sie vor der Sonne zu beschirmen, die gerade durch die Wolken brach. »Ähnlich sieht er ihm. Aber es ist an die dreißig Jahre her …«

»Was wird mit ihm geschehen?«, fragte Aqmat, und Flavius hatte einen Augenblick das Gefühl, als empfinde sie mehr als nur christliches Mitleid für den gefangenen Barbarenkönig. Er nahm ihre Hand.

»Wer stark, gesund und bereit zum Kriegsdienst ist«, sagte er leise, während sich der Gefangenenzug vorbeischleppte, »der kann als Söldner in des Kaisers Heer dienen. Wer folgsam und brauchbar zur Arbeit scheint, wird auf dem Sklavenmarkt verkauft. Die Übrigen, die in ihrem Trotz verharren …«

Er beendete den Satz nicht, und Aqmat ergänzte langsam »… werden den Tieren vorgeworfen?«

Flavius zuckte mit den Schultern. »Das hätten sie bedenken sollen, bevor sie vertragsbrüchig wurden. So dienen sie wenigstens als abschreckendes Beispiel.«

Nachdem die Siegesfeiern vorbei waren, richtete sich Constantinus im Palast seines Vaters ein und ließ umgehend seine vor Jahren vom Hof verbannte Mutter Helena holen. Sie brachte den jungen Crispus mit. Dessen Mutter Minervina, die einst das Bett des jungen Tribunen hatte wärmen dürfen, war in einem kaiserlichen Palast nicht mehr willkommen. Dafür ging Alexander jetzt dort ein und aus, der eines Tages, als kalter Herbstregen die Stadt einhüllte, seinen Vater rufen ließ.
»Constantinus will dich sprechen. Wenn ich mich nicht täusche, wird er dich zum Comes Sacrarum Largitionum ernennen.«
»Zum was?«, fragte Flavius mit gerunzelter Stirne.
Alexander lachte. Er hatte im Dienst am Hof seine Berufung gefunden, kannte sich in allen Feinheiten des Zeremoniells aus, hatte seine Schüchternheit abgelegt und verstand es, so geschliffen zu sprechen wie zu schreiben. »Fast alle Ämter am Hof beginnen jetzt mit der Bezeichnung Comes, also Begleiter. Diese Position ist eine der sieben wichtigsten. Du wirst für Finanzen und Geschenke verantwortlich sein.« Er strich sich über sein sorgfältig geschnittenes, mit Salböl parfümiertes Haar. »Ach ich sehe, da kommt schon ein Diener, der dich zum Caesar bringen wird.«
Flavius folgte dem Mann durch endlose Gänge, deren Wände mit Marmorplatten belegt waren, über Treppen und vorbei an unzähligen Türen, deren blank poliertes, eingelegtes Holz sie wie große Schmuckkassetten glänzen ließ. Schließlich wurde er in einen hohen Raum geleitet
»Der Kaiser wurde nur einen Augenblick aufgehalten, er wird gleich zurück sein«, versicherte der Diener und zog sich mit einer Verbeugung zurück. Flavius sah sich um. Der Raum war unten mit Marmorplatten verkleidet, die spitze geometrische Muster bildeten. Darüber zogen sich mit Rankenmustern verzierte, rot und gelb bemalte Stuckflächen bis zur Decke empor. Ein großer Tisch, dahin-

ter ein mit vergoldeten Bronzeteilen verzierter Stuhl standen in der Mitte, hohe Fenster ließen Licht hereinfluten.

Plötzlich wurde er durch Stimmen aus dem Nebenraum aufgeschreckt. »... nicht mehr hier sehen!«, hörte er eine ältere Frau sagen. Eine Männerstimme antwortete Unverständliches, wurde klarer. »... ist sie die Frau meines Vaters.«

»Und ich? Was ...« Hier sank die Frauenstimme zu einer Tonlage herab, die es Flavius unmöglich machte, etwas zu verstehen. Dann wurde der Mann wieder deutlicher. »... Theodora eine Residenz woanders anweisen.«

»Danke!« Mit diesen Worten öffnete sich die Tür zu einem Nebenraum und eine Frau von Mitte fünfzig trat heraus. Sie war schlank, hielt sich aufrecht, und ihr braunes Haar, in feine Locken gelegt, wurde von einem Perlendiadem umspannt. Die dunklen Augen in dem klugen Gesicht maßen Flavius, der sich beeilte, durch eine tiefe Verbeugung seine Ergebenheit zu bezeigen, während er die mit Perlen besetzten Sandalen beobachtete, die der Tür zustrebten. Als er sich langsam wieder aufrichtete und dem Kaiser ins Gesicht blickte, wirkten dessen Augen unsicher, als sei ihm die Anwesenheit eines Dritten unangenehm.

»Ich nehme an, Ihr kennt meine Mutter?«, fragte er, während er sich den Sessel heranzog. Flavius nickte stumm. Der Kaiser lächelte sein Jungenlächeln, das ihm so viele Herzen öffnete, strich sich über den dünnen Oberlippenbart und schlug die Beine übereinander. Er trug eine fast weiße Tunika, in die mit roten und goldenen Fäden geometrische Muster gestickt waren, darüber einen dunkelroten Umhang, der an der Schulter durch eine goldene Zwiebelknopffibel zusammengehalten wurde. Seine braunen Locken waren ohne jeden Schmuck.

»Ich bin dabei, die Ämter am Hof neu zu vergeben. Nicht, dass die bisherigen Inhaber mein Missfallen erregt hätten, nur ...«, begann er und verzog die vollen Lippen zu einem Lächeln, »... neue Zeiten erfordern neue Wege. Mein Vater war persönlich sehr bescheiden, er blieb in seinem Herzen immer der alte Soldat. Aber als Kaiser muss man heute eine andere Rolle spielen als zu Zeiten eines

Augustus oder Marcus Aurelius.« Die wachen Augen in dem hohen Gesicht schienen durch Flavius hindurch in unbekannte Weiten zu blicken. »Das Amt verkörpert das Reich. Es erhöht seinen Träger über die Masse der Untertanen. Das muss stets sichtbar sein, bei jedem öffentlichen Auftritt. Diocletianus hat das verstanden und danach gehandelt – nur hat er sich dann in diese überflüssige Verfolgung der Christen verstrickt ...«

Flavius hörte aufmerksam zu. Man munkelte viel über die Sympathie des jungen Kaisers für die bislang verfemte Religion, ohne jedoch Genaues zu wissen.

Constantinus fuhr fort: »Ich habe ein neues Amt geschaffen, das des Comes Sacrarum Largitionum, in das ich Euch berufen möchte.«

»Und was wären dort meine Aufgaben?«

»Zum einen seid Ihr zuständig für die Finanzen, das heißt das Fundament, auf dem sich der prächtige Bau des Kaisertums erhebt. Da habt Ihr Euch, wenn ich den Berichten glauben darf, bereits am Hofe in Nicomedia bewährt.«

In diesem Augenblick wurde Flavius bewusst, wie verkrampft er da stand. Er lockerte seine Glieder und nickte.

»Im nächsten Jahr steht wieder die alle fünf Jahre fällige Neuveranlagung für die Steuern an. Ich wünsche eine genaue, aber gerechte Erfassung eines jeden Bürgers in den mir unterstehenden Reichsteilen, also hier in der Belgica, in Germanien, Gallien, Britannien und Hispanien. Keine unnötigen Härten, jeder soll die ihm aufgebürdeten Lasten tragen können, sie aber auch wirklich tragen.« Constantinus verschränkte die Arme vor der Brust. »Ihr wisst selbst, wie ungeheuer seit den Markomannenkriegen des Kaisers Marcus Aurelius die Ausgaben des Staates für die Legionen gestiegen sind. Früher, in den großen Tagen der Republik, ja auch noch in den ersten hundert Jahren nach Augustus, konnte Rom seine Legionen hauptsächlich durch Beute finanzieren, durch Eroberung immer neuer Länder. Doch seit der große Traianus den Schatz des Dakerkönigs nach Rom schleppte, sind wir an Grenzen gestoßen, jenseits derer sich nur noch öde Wüsten oder undurchdringliche Wälder erstrecken. Wenn wir jetzt nicht gerade Ktesiphon ausrauben können, kostet uns jeder Krieg Geld, viel Geld. So stehen wir seit zwei Jahrhunderten immer mehr mit dem Rücken zur Wand; bemüht zu verhindern, dass Feinde unsere Provinzen plündern oder ganze Stücke aus dem Reich herausbrechen. Und in den vergangenen Jahrzehnten gelang uns oft nicht einmal mehr das, wie Ihr wisst ...«

Wieder nickte Flavius, und mehr schien der Kaiser auch nicht zu erwarten. »Nachdem Seuchen, Kinderlosigkeit und Kriege unsere Kräfte verringert haben, zugleich aber die Gier der Söldner wächst, die wir zu unserem Schutz bezahlen müssen; seit das Imperium nicht mehr seine Klauen in den Körper anderer Völker schlagen kann, um sich zu nähren, seitdem frisst Rom sich selbst. Wie Erisychton ...«

Der frevelnde Königssohn aus der griechischen Mythologie, der von den Göttern mit einem so unersättlichen Heißhunger gestraft wurde, dass er begann, seine eigenen Gliedmaßen zu verschlingen, war Flavius geläufig. Doch den Vergleich verstand er nicht sofort. »Wieso das?«

»In ihrer Not, in ihrem Kampf ums Überleben haben sich zahllose Kaiser einfach genommen, was sie brauchten, das Volk ausgeplündert, damit jedoch zugleich die Grundlage jeder dauerhaften Macht aufgezehrt. So hat sich Willkür breit gemacht, ist die Herrschaft roher Gewalt an die Stelle des Rechts getreten, auf das sich einst unser Staat gründete. Was Wunder, dass vom Decurio hinab zum einfachsten Händler, zum kleinsten Pächter, zum armseligsten Schankwirt jeder meint, sich gegen tatsächliche oder vermeintliche Ungerechtigkeiten durch Flucht vor der Bürde öffentlicher Ämter, durch Betrug am Nächsten, durch Hinterziehung der Steuern auflehnen zu müssen.« Constantinus sah Flavius an. »Ich denke, das hat auch Diocletianus gewusst. Nur hatte er kein Gespür für die Zeit, in der wir leben. Er wollte das Reich in einem besseren Vorgestern mumifizieren und glaubte, durch unzählige Paragrafen, durch Festschreibung jeder Kleinigkeit, durch das Heer seiner Beamten und der Agenten in Rebus die moralische Leere in den Herzen der Menschen wenigstens mit Furcht vor Strafe füllen zu können.«

»Ja, etwas Derartiges hat er einmal erwähnt«, erwiderte Flavius nachdenklich. »Aber er schien nicht sehen zu wollen, dass dieses Rechtsbewusstsein, dessen Fehlen er den Menschen vorwarf, in einer Atmosphäre des Zwangs, der Furcht und der Unfreiheit nicht gedeihen kann. Schon gar nicht, wenn man Andersgläubige mit dem Henker auf die Knie zwingen will ...«
Beide schwiegen einen Augenblick, bevor der Kaiser erneut das Wort ergriff: »Ich weiß, worauf Ihr anspielt. Ich selbst bin zwar kein Christ, aber ich glaube, dass es irgendwo einen Gott gibt, der unfassbar groß ist, dessen Wesen wir Menschen zu begreifen außerstande sind. Ein einziger Gott, nicht dieses Sammelsurium von Theaterfiguren, das uns die Priester vorführen. Aurelianus, der Retter des Reiches, glaubte, die Verkörperung dieses Gottes sei die Sonne, und dieser Ansicht neige auch ich zu.« Constantinus' Stimme war leiser geworden, der Kaiser schien nur noch zu sich selbst zu sprechen. »Welchen Sinn kann ein Reich vermitteln, wenn niemand mehr an den göttlichen Auftrag glaubt, den gesamten Erdkreis zu beherrschen? Wenn der Wohlstand nicht wächst, sondern schwindet? Wenn das Höchste, das man erstreben kann, die Hoffnung ist, es möge nicht schlechter werden?«
Flavius öffnete den Mund zu einer Antwort, doch der Kaiser fuhr in seinem Monolog fort. »Die einzige Gruppe im Reich, die auch in solchen Zeiten noch einen inneren Halt findet, sind die Christen. Sie erhoffen von ihrem Gott nicht eine stete Mehrung irdischer Güter, wofür sie dann Tieropfer, Weihesteine oder ganze Tempel geloben. Leid im Leben bedeutet für sie nicht Abwesenheit oder Gleichgültigkeit der Gottheit. Es ist für sie kein Grund zum Hadern mit dem Schicksal, sondern eine ihnen auferlegte Prüfung, für die sie einmal im Jenseits reichlich Belohnung erwarten. Deswegen ist Diocletianus mit dem Versuch gescheitert, sie zum Kniefall vor den alten Göttern zu zwingen. Auch Galerius und Maximinus Daia haben nichts daraus gelernt und verfolgen sie weiterhin. Nur – wer sagt denn, dass nicht auch der Gott der Christen seine schützende Hand über das Imperium halten würde? Könnte nicht ein neuer Glaube die von dem zerstörten Rechtsempfinden hinterlassene Lücke füllen? Des-

halb will ich versuchen, die moralische Stärke der Christen für das Reich zu gewinnen, um ihm eine neue Zukunft zu geben.«

Wieder schwieg der Kaiser, dann gab er sich einen Ruck und sah Flavius an. »Seid Ihr bereit, das Amt zu übernehmen?«

»Es wird mir eine große Ehre sein. Nur – worin besteht die andere Aufgabe?«

Constantinus lachte. »Nun, wie ich eingangs sagte, muss der Kaiser gelegentlich seine Rolle als erhabener Herrscher spielen – um Freunde an sich zu binden und mögliche Verbündete zu beeindrucken. Dazu gehört es, öffentlich den richtigen Männern die richtigen Geschenke zu überreichen. Da ich selbst, wie Ihr versteht, nicht mit einer Schale voll Münzen oder Geschmeide herumgehen kann, wird Euch diese Aufgabe zufallen – natürlich auf meine Anweisung hin. Beantwortet das die Frage?«

Flavius nickte, verbeugte sich tief und verließ den Raum.

Auf dem Heimweg kam er an einer nahe dem Palast gelegenen Insula vorbei, durch deren offene Türen die flackernden Feuer syrischer Glasbläser zu sehen waren. Aus einem besonders vornehmen Haus, in dem sich eine Versammlungsstätte der Christen befand, trat soeben eine elegante, in einen langen Mantel gehüllte Frau in Begleitung mehrerer Hofdamen.

»Theodora«, murmelte Flavius und musste an die Erkenntnis denken, die er heute Abend gewonnen hatte: dass nicht nur die Feindschaft des Kaisers, sondern auch die seiner Mutter Helena gefährlich werden konnte …

Flavius stürzte sich in seine Arbeit, froh, nach den Monaten der Ungewissheit wieder eine Aufgabe gefunden zu haben. So nahm er nur am Rande wahr, welche Stürme sich im Reich und an seinen Grenzen zusammenbrauten. Das neue Jahr begann damit, dass Constantinus sich mit dem alten Maximianus verbündete, um gemeinsam das Konsulat zu übernehmen. Doch dessen Sohn Maxentius erklärte sich gleichfalls zum Konsul, während im Osten des Reiches der Augustus Galerius mit seinem Caesar Maximinus Daia ihr eigenes Konsulat ausriefen. Bürgerkrieg lag in der Luft.

Theodora musste mit ihren sechs Kindern Treveri verlassen, um hinfort in Tolosa Hof zu halten, während Constantinus erneut mit seinen Legionen auszog, den Rhenus überquerte und begann, die Gebiete der Bructerer zu verheeren, die immer wieder über die römische Grenze drängten. Bald bekamen die Barbaren zu spüren, dass nun ein anderer Wind wehte, dass Rom nicht mehr auf ihre Angriffe wartete. Sobald die Späher Constantinus meldeten, dass sich irgendwo Feinde zusammenrotteten, überraschte sie der Kaiser durch Eilmärsche und fuhr wie ein Blitz unter die Haufen. Unzählige ließ er niedermetzeln, schlug den Rest in Ketten, ließ das Vieh wegtreiben oder totschlagen und die Dörfer einäschern. Das Volk bejubelte den neuen Herrscher, und die Soldaten verehrten seinen Mut, sein taktisches Geschick und seine Großzügigkeit.
So fanden die Ereignisse im fernen Italien nicht den Widerhall, den sie verdient hätten Nachdem Maxentius von den anderen Kaisern die Anerkennung versagt worden war, machte sich Severus, der Augustus des Westens, daran, dem Usurpator in Rom auf den Leib zu rücken. Der unkriegerische Maxentius wusste sich nicht anders zu helfen, als seinen Vater um Hilfe zu bitten, der dem anrückenden Heer entgegenzog. Dieses bestand hauptsächlich aus seinen ehemaligen Legionären, die ihren alten Herrn noch nicht vergessen hatten. Einige Beutel Goldes taten ein Übriges, schon liefen die meisten Soldaten zu Maximianus über, während sich Severus mit den Resten seiner Truppen in das durch Sümpfe geschützte Ravenna zurückzog. Nach längeren Verhandlungen ergab er sich dem alten Kaiser auf die Zusicherung hin, dass sein Leben geschont würde. Maximianus brachte ihn nach Rom, wo er dem Volk vorgeführt und danach eingekerkert wurde.
Als im Osten Galerius von der schmählichen Niederlage seines Freundes erfuhr, brüllte er wie ein angestochener Elefant und gab Befehl, sofort ein neues Heer aufzustellen. Constantinus dagegen beobachtete schmunzelnd, wie sich seine Rivalen in den Haaren lagen, ließ die Statuen des Severus umstürzen und Münzen mit den Bildnissen von Maximianus und seinem Sohn prägen. Doch dann geschah etwas Unerwartetes.

»Weißt du schon das Neueste?«, fragte Flavius seine Frau, als er eines Sommernachmittags vom Palast kam.
Die Frage war durchaus berechtigt, denn oft flogen Nachrichten innerhalb der christlichen Gemeinden von Mund zu Mund – kaum langsamer als mit staatlichen Kurieren. Doch diesmal schüttelte sie den Kopf. »Was gibt es?«
»Der alte Maximianus beehrt uns mit seinem Besuch.«
»Hat er sich mit seinem Söhnchen in die Haare gekriegt?«, entgegnete Aqmat spöttisch, und Flavius konnte nur erneut das sichere Gespür bewundern, das sie in die Lage versetzte, aus bruchstückhaften Berichten ein zutreffendes Bild der Menschen und Geschehnisse zu zeichnen.
»Ja, so etwas Ähnliches. Wie du weißt, ist Galerius mit seinem Heer auf Rom gezogen, um diesmal höchstpersönlich den Thronräuber Maxentius auszuheben …«
»… und dieser hat mit Geld und schlauen Worten die Missstimmung unter den Soldaten derart geschürt, dass auch Galerius unverrichteter Dinge umkehren musste«, ergänzte Aqmat. »Danach schwoll dem Jungen der Kamm, vermute ich.«
»Du vermutest richtig. Noch während der Augustus Galerius im Anmarsch war, ließ Maxentius allen Zusicherungen zum Trotz den gefangenen Severus erwürgen und sich selbst zum Augustus ausrufen. Und als der Vater ihm Vorhaltungen machte, winkte er nur höhnisch ab. So beschloss Maximianus, Rom zu verlassen und seinen Freund Constantinus aufzusuchen.«
»Dann wird es in Treveri wohl wieder ein heftiges Tuscheln und Ränkeschmieden geben«, vermutete Aqmat und überlegte im Stillen, was dies für Folgen haben mochte.
»Nicht nur das.« Flavius senkte die Stimme, obwohl niemand im Raum war. »Wie mir Alexander verraten hat, bringt er seine Tochter Fausta mit, die Verlobte unseres Caesars. Sie sollen heiraten.«
»Heiraten?«, entfuhr es Aqmat. »Aber das Mädchen ist noch nicht einmal zwölf und Constantinus über dreißig!«
»Na und? Älter wird sie von alleine, und so entkommt sie der strengen Aufsicht ihres Vaters. Im Übrigen ist das eine politische Ver-

bindung, keine Liebesheirat. Wir dürfen wohl davon ausgehen, dass Constantinus, seit er sich seiner Minervina entledigt hat, seine Nächte gewiss nicht nur mit dem Studium christlicher Predigten verbringt, und das wird sich auch so schnell nicht ändern.«
Es bereitete Flavius Vergnügen, ein wenig an dem Ruf des edlen Herrschers zu kratzen, mit dem die dankbaren Christen den Kaiser zunehmend umgaben.
Aqmat schwieg. Dass man der jungen Minervina den kleinen Crispus weggenommen hatte, um ihn am Hof von seiner Großmutter Helena erziehen zu lassen, fand auch sie ebenso unverständlich wie herzlos. Der Ton ihres Mannes jedoch tat ihr weh, aber sie sagte nichts, denn im Grunde ihres Herzens wusste sie, dass er recht hatte.
An diesem Abend saß die Familie seit Langem wieder einmal beisammen, denn aus dem fernen Tripolitanien war ein Brief von Lucilla gekommen. Ihr ginge es gut, schrieb sie, auch die Geburt des zweiten Kindes, diesmal ein Junge, sei glücklich verlaufen. Als Aqmat diese Stelle strahlend vorlas, blickte sie ihre beiden Söhne an, die verlegen den Blick senkten. Lucius war mit Pedania, der Tochter eines Bauunternehmers verlobt, einem großen, dickzöpfigen Mädchen mit sehr weiblicher Figur, doch schien er weiter keine Eile zu haben. Alexander dagegen hielt sich bedeckt, lächelte nur vielsagend, wenn das Stichwort Enkel fiel, und meinte, er übe noch und alles würde sich rechtzeitig finden.
»Lucilla lebt jetzt in Leptis Magna«, sagte Aqmat und ließ den Brief sinken. »Ich würde sie so gern einmal besuchen. Das muss eine der prächtigsten Städte der Welt sein, auch wenn sie schon etwas heruntergekommen ist.«
Flavius nickte. »Kaiser Septimius Severus wollte vor einem Jahrhundert nicht kleinlich erscheinen, als er daranging, seinen Geburtsort mit Prunkbauten zu spicken …«
»Was für ein Geschäft für Steinmetze und Bauunternehmer«, seufzte Lucius sehnsüchtig, bevor er sich an seinen Vater wandte. »Weißt du schon etwas über die neuen Bauaufträge des Kaisers, von denen man gerüchteweise hört?«

Flavius nickte. »Ja, aber nichts Genaues. Er hat mich nur angewiesen, eine erhebliche Summe für Festungsbauten bereitzustellen. Wenn ich dazu noch die Kosten für den Besuch des Senior Augustus Maximianus zähle ...«
Während er schweigend dasaß, versunken in Berechnungen, drang Alexanders sanfte Stimme in seine Gedanken: »Constantinus versteht diese Schwierigkeiten und hat, wie ich zufällig mitgehört habe, auch schon einen Vorschlag. Er meinte ...«
»Seit wann kümmert sich der Kaiser darum, wie man zusätzliche Goldstücke herbeischafft, um die Folgen seiner Großzügigkeit zu lindern?«, unterbrach ihn Flavius ungläubig.
Alexander verzog den Mund. »Herbeischaffen nicht. Aber er sagte, man könne sparen, indem man alte, nicht mehr benötigte Bauten abreiße.«
»Und auf welches überflüssige Gemäuer ist des Kaisers Auge gefallen?«, erkundigte sich Lucius in einem Ton, dem man anmerkte, was er von diesem Vorschlag hielt.
»Auf die alten Gräber vor der Stadt«, entgegnete Alexander mit unbewegter Miene, »die keiner mehr braucht. Das geht auch viel schneller, als neue Quader zu brechen.«
Flavius starrte seinen älteren Sohn ungläubig an. Dann schüttelte er den Kopf, als könne er es nicht fassen, und murmelte: »Erisychton.« Doch was er mit dieser Bemerkung meinte, verriet er trotz Nachfragens nicht.

Eine Woche später rückten Arbeitertrupps mit Flaschenzügen, Leitern und Brechstangen an, um die herrenlosen Grabmäler im Norden und Süden der Stadt niederzureißen. Tempel, Bildnispfeiler, Säulen, Grabsteine – mit klirrenden Schlägen trieben sie Keile in die Fugen, brachen die Quader heraus, ließen sie auf den Boden poltern und schleiften sie zum Ufer, wo schon die Frachtkähne vertäut lagen. In einigen Fällen kamen Nachkommen derjenigen, die einst die Monumente zu ihrem ewigen Angedenken errichtet hatten, um die Schändung zu verhindern. Doch meist fand sich niemand mehr, da die Familien schon lange erloschen oder weggezogen waren.

Als Flavius am zweiten Tag die Abrissarbeiten in Augenschein nehmen wollte, sah er, wie die Arbeiter ihre Brechstangen an einem gedrungenen Bau mit Ecksäulen ansetzten. Gerade waren sie dabei, ein steinernes Weinschiff hochzustemmen, das den Giebel krönte. Flavius erschrak, wollte herbeistürzen und der Zerstörung von Tertius' Grab Einhalt gebieten, doch dann wurde ihm die Sinnlosigkeit eines solchen Tuns bewusst und er verfolgte stumm, wie der riesige Stein herunterkippte und sich mit dumpfem Schlag in den Boden bohrte. Eine Gruppe von Männern, deren verschwitzte Muskeln sich unter ihren löchrigen Tuniken abzeichneten, umschwärmte den gefallenen Block und zerrte ihn unter rhythmischen Rufen auf einen grob gezimmerten Schlitten. Die Peitsche knallte, vier Ochsen setzten sich in Bewegung und zogen die Last über untergeschobene Rollen das kurze Stück zum Ufer, wo ein Kran aufgebaut war. Mit Seilen verschnürt, schwebte das Schiff in den Himmel, während die Sklaven in ihrem Tretrad schwitzten. Wie betäubt sah Flavius die aus Stein gemeißelten Ruderer, deren Farbe schon verblasst und abgeblättert war, samt ihren Fässern zur letzten Fahrt aufbrechen, sah noch einmal den Steuermann am Heck nach vorn spähen, überragt von dem drohend gereckten Wolfskopf. Dann senkte der Kran den Steinblock in den Bauch des Frachtkahnes, der leicht schwankte und deutlich tiefer eintauchte. Bald würde er ablegen und das kurze Stück moselaabwärts treiben, wo bei Noviomagus eine mächtige Rundfestung entstand, die jedem Angreifer den Weg flussaufwärts nach Treveri verlegen würde. Flavius verstand die Notwendigkeit eines besseren Schutzes für die Residenzstadt, dennoch schmerzte ihn die Zerstörung dieser protzigen, zum ewigen Gedenken errichteten Bauten. Wieder ging ein Stück jener fernen Zeit verloren, als das Reich seine Größe noch nicht auf Beamtenzwang, gottgleiche Kaiser und fremde Söldner gründete, sondern auf den freiwilligen Einsatz seiner freien Bürger.

»Ich werde alt und denke zu viel an die Vergangenheit«, murmelte er und ging auf die Porta Martis zu, deren Bogenfenster mit den hochgeklappten Läden ihn wie unzählige Augen anstarrten. Im

Durchgang, wo Raubtierzähnen gleich die Fallgitter mit ihren eisenbeschlagenen Spitzen drohten, verharrte er kurz und blickte empor. Mit vierzehn hatte er das erste Mal hier gestanden, mit offenem Mund vor ängstlichem Staunen, ein unbedarfter Junge vom Land. Acht Jahre später hatte ihn hier seine Familie davon abgehalten, der ausgeplünderten und halbzerstörten Stadt den Rücken zu kehren. Im Alter von achtunddreißig Jahren, nach zwei Jahren Gefangenschaft in Britannien, war er überglücklich gewesen, endlich die mächtigen, halbrunden Türme in den Himmel ragen zu sehen. Mit siebenundvierzig hatte er erneut Abschied von dem Torpalast genommen, um den Wagen nach Nicomedia zu besteigen. Und in Zukunft? Wie lange würde sein Leben noch währen im Vergleich zu diesem Bauwerk, dessen ungeschlachte, eisenverklammerte Quader für Jahrtausende gemacht schienen – wenn nicht zuvor menschlicher Unverstand sie niederriss.

Maximianus, obgleich ein Kaiser ohne Land, zog im Spätsommer mit großem Gepränge in Treveri ein. Als seine mit vergoldeten Bronzeornamenten geschmückte, von vier Pferden gezogene Carruca in die Stadt rollte, begleitet von Legionären mit blinkenden Kettenpanzern und flatternden Wimpeln, gefolgt von einer langen Reihe schwer beladener Lastpferde, drängte sich das staunende Volk am Straßenrand. Dann begann in den hohen Hallen des Palastes das Spiel der Mächtigen.

Zuerst musste die kleine Fausta von ihrer Kindheit Abschied nehmen, indem sie ihre Puppen auf dem Tempelaltar niederlegte, um dann in einem offenen Wagen durch die mit Kränzen und grünen Zweigen geschmückten Straßen zu ihrem zukünftigen Heim zu fahren. Die Schränke mit den Ahnenbildern des Constantinischen Hauses standen weit offen, während der Ehevertrag in Anwesenheit der kaiserlichen Familienmitglieder unterzeichnet wurde. Anschließend begaben sich alle in die Halle, wo die Würdenträger des kaiserlichen Hofes warteten. Die Brautführerin legte die Hände des Paares ineinander, das gemeinsam an einem kleinen Altar opferte. Aqmat, die mit Flavius in der zweiten Reihe stand, schüttelte un-

merklich den Kopf, als die beiden ungleichen Menschen ihr Schicksal miteinander verbanden: Der hochgewachsene, starke, gutaussehende Kaiser mit seinem funkelnden Perldiadem im lockigen Haar und neben ihm das zarte Mädchen mit seinem runden Kinderkopf, dem aufgesteckten Haarkranz, den vollen Lippen und der kleinen Stupsnase. Unter geschwungenen, an der Nasenwurzel zusammengewachsenen Brauen blickten große, fragende Augen in diese fremde Welt der Erwachsenen, in die sie mit diesem Tag eingetreten war. Anschließend wurde sie von der Kaisermutter Helena bei der Hand genommen und zu der Amme geführt, die den jungen Crispus im Arm hielt. Fausta stellte sich auf die Zehenspitzen und warf einen Blick auf das Kind, lächelte schüchtern und nahm vorsichtig die kleine Hand.
In diesem Augenblick hätte sich niemand vorstellen können, in welch schrecklicher Weise sich diese beiden jungen Menschen einmal gegenseitig in den Abgrund reißen würden.

In der Mitte der Halle ließ sich unterdessen der alte Maximianus einen Purpurmantel reichen und legte ihn mit feierlicher Geste Constantinus um die Schulten. »Hiermit ernenne ich dich zum Augustus!«
Die Anwesenden jubelten, dann hob Constantinus die Hand. »Ich danke dem Senior Augustus, der zurückgekehrt ist, um die ihm von Jupiter auf ewig verliehene Macht erneut zum Wohl des Reiches auszuüben!« Wieder hallte der Beifall durch den Raum, während sich die Versammlung langsam auflöste und alle in den großen Speisesaal hinübergingen.
Als sie Platz genommen hatten, trat Flavius auf einen Wink des Kaisers vor und begann, ausgesuchten Gästen mit tiefen Verbeugungen Schüsseln voll glänzender Goldstücke zu überreichen. Aqmat verfolgte ihren Mann mit den Augen, bis ihr Blick auf eine schöne, schwarzhaarige Frau mit orientalischen Zügen fiel, deren goldene Ohrringe langsam pendelten, während sie mit dem Lächeln der Siegerin einen Weinpokal leerte. Eutropia, die syrische Gemahlin des Augustus Maximianus, war zufrieden. Sie hatte Helena nie verzie-

hen, dass diese Theodora, die Witwe von Constantius Chlorus und Eutropias ältere Tochter aus einer früheren Ehe, vom Hof verdrängt hatte. Aber mit dieser Hochzeit ihrer jüngeren Tochter war die einstige Niederlage mehr als wettgemacht.

Jetzt trat Eumenos vor, ein aus Augustodunum angereister Rhetor, um eine lange und gestelzte Preisrede zu Ehren der beiden Kaiser Maximianus und Constantinus zu halten. Aqmat ließ die hochtrabenden Worte an sich vorbeiplätschern. Hier drehte sich alles doch nur um eines: Macht, Macht, Macht … Und was mochte Diocletianus dazu sagen, dass sein auf ewig gezimmerter Bau der Vierkaiserherrschaft, von immer größeren Rissen durchzogen, in Trümmer zu sinken drohte? Er, der als Einziger die Größe besessen hatte, freiwillig den Purpur niederzulegen, um sich im Alter der Pflege seines Gemüsegartens zu widmen – was würde er tun?

Doch solche Gedanken machte sich sonst niemand in Treveri – am allerwenigsten das Volk, das draußen den Gladiatoren im Theater zujubelte und Wetten auf die Wagenrennen im Circus abschloss.

Im neuen Jahr, das mit kalten Winden und Regenschauern begann, tat der alte Diocletianus in seinem Riesenpalast einen Schritt, den er lange verworfen hatte, bis er sich zuletzt doch von Galerius überreden ließ. Gemeinsam mit dem Augustus des Ostens übernahm er noch einmal das Konsulat – zum Zeichen, dass er das Durcheinander im Reich nicht länger tatenlos mit ansehen wollte. Doch als sich die Nachricht in Treveri herum sprach, zuckten die Beamten am Hof nur mit den Schultern, und im heißen Wasser der Thermen wanden sich die Gespräche bald interessanteren Ereignissen zu.

Maximianus hatte nach der Hochzeit versucht, seinen neuen Schwiegersohn dazu zu bewegen, ihm militärischen Beistand zu leisten, um Galerius, sollte er wieder nach Italien vorstoßen, von Norden her in die Flanke zu fallen. Constantinus jedoch bedauerte zutiefst – leider, so betonte er, könne er wegen der unsicheren Lage an der Rhenusgrenze keinen einzigen Soldaten entbehren, mehr als wohlwollende Neutralität seinem Schwiegervater deshalb nicht in Aussicht stellen. Die Zeiten seien eben hart …

Enttäuscht musste der alte Kaiser seinen Wagen besteigen, um nach Rom zurückzukehren, wo ihn sein Sohn mit Vorwürfen überschüttete, wie er seine einzige Tochter für so wenig Gegenleistung habe weggeben können. Die beiden fauchten einander immer heftiger an, bis zuletzt der Vater bei einer Sitzung des Thronrates versuchte, seinem Sohn den Purpurmantel abzureißen, worauf dieser seine Wache rief, sodass dem Alten nichts anderes übrig blieb, als schleunigst wieder nach Gallien abzureisen. Dort, in Constantinus' Machtbereich, saß er und grollte, bis ihn im Herbst eine Nachricht aus dem Palast in Aspalathos erreichte: Der Senior Augustus Diocletianus lud alle rechtmäßigen Herrscher in die große Grenzfestung Carnuntum, um dem Durcheinander mit einem Machtwort ein Ende zu bereiten. Maxentius in Rom erhielt keine Einladung, und Constantinus ließ sich entschuldigen – die Franken gebärdeten sich gerade wieder besonders dreist, aber sein Schwiegervater werde ihn gewiss gut vertreten. Zur Sicherheit schickte er jedoch Alexander mit, der einige Wochen später dem Kaiser Bericht erstattete und am gleichen Abend mit seinen Eltern in einem Raum zusammen saß, den die Hypokaustheizung wohlig erwärmte.
»Und was hat Constantinus dazu gesagt?«
Alexander rieb sich das Kinn. »Erst sah er aus, als wolle er das Tintenfass an die Wand werfen, dann fing er sich wieder und lachte.«
»Lachte?«, fragte Aqmat, die es sich in einem großen Korbstuhl mit vielen Seidenkissen bequem gemacht hatte. Auch sie hatte in den letzten Jahren etwas zugenommen, doch im Gesicht waren die Züge schärfer geworden. Durch ihr aufgestecktes Haar wand sich ein Band aus rubinbesetzten Goldgliedern, das ihr Flavius vor zwei Jahren zum fünfzigsten Geburtstag geschenkt hatte. Ihre von dunkler Schminke umrahmten Augen sahen den Sohn fragend an.
»Der Gedanke, dass man ihm den von Maximianus verliehenen Augustustitel wieder entziehen wollte, um stattdessen Licinius, einen alten General des Galerius, direkt zum neuen Augustus des Westens zu erheben, schien ihn zu belustigen«, erklärte Alexander und nahm sich eine getrocknete Dattel aus einer silbernen Schale, die auf dem dreibeinigen Tisch in der Mitte stand.

»Offenbar hat Mithras, dem die Kaiser in Carnuntum einen Altar geweiht haben, die beiden alten Trottel doch nicht erleuchtet. Oh, Entschuldigung«, er warf einen Blick auf seinen Vater, der, die Hände über dem Bauch gefaltet, dasaß, »ich wollte nicht respektlos sein. Aber es war schon gespenstisch zu sehen, wie Diocletianus, der als Gemüsegärtner wohl einen Hang zur frischen Luft entwickelt hat, am Flussufer durch den Nebel stapfte, während seine alten Kampfgefährten Maximianus und Galerius wie Ochsen hinterhertrotteten, gefolgt von diesem grässlichen Rohling Maximinus Daia.«

»So viel Ungeschick hätte ich dem Senior Augustus nicht zugetraut«, bemerkte Flavius kopfschüttelnd. »Mit dieser Lösung hat er sich doch alle zu Feinden gemacht ...«

»So ist es«, antwortete Alexander und strich sich durch das mit wohlriechendem Öl gefettete, sorgfältig gelegte Haar. »Nach der einen Woche ist Maximianus grollend nach Gallien abgereist, weil ihn der alte Diocletianus erneut zum Rücktritt verdonnert hatte, und wird wohl bald in Treveri auftauchen, um hier seinen Missmut zu pflegen. Auch Galerius war enttäuscht, da er Diocletianus nicht dazu überreden konnte, selbst wieder den Purpur anzulegen. Wisst ihr, was ihm der Alte auf diesen Vorschlag hin geantwortet haben soll?«

Aqmat und Flavius schüttelten den Kopf.

»Wenn ihr wüsstet, wie gut der Kohl schmeckt, den ich in Aspalathos anbaue, würdet ihr kein solches Ansinnen an mich richten.«

Flavius schmunzelte. »Ich weiß noch, wie er mir in Nicomedia davon erzählt hat, dass er sich darauf freue, endlich seinen Lebensabend ohne die Bürde des Imperiums genießen zu können.«

»Ganz im Gegensatz zu Maximianus, der sich wohl am liebsten den Thronsessel an den Hintern binden würde«, bemerkte Alexander spöttisch. »Übrigens war auch der Caesar des Ostens, Maximinus Daia, wütend, weil nicht er Augustus wurde, sondern dieser Licinius.«

»Sind das nun erwachsene Männer oder gekrönte Kinder?«, warf Aqmat ein und winkte ihrer Dienerin, ihr ein Glas heißen Gewürz-

weines zu bringen. »Jetzt liegt doch erst recht alles in Scherben. Den Maxentius, der sich in Rom breitmacht, haben sie wohl einfach übersehen.«
»Mit diesem Usurpator soll Licinius aufräumen, er ist schließlich der Augustus des Westens«, warf Alexander ein. »Jetzt, wo Africa von Maxentius abgefallen ist, könnte es möglich sein.«
»Ach richtig, dort hat man ja aus Angst vor der Tyrannei des Maxentius den Vicarius Domitius Alexander genötigt, den Purpur zu nehmen«, seufzte Flavius. »Bald haben wir wieder Bürgerkrieg, ganz wie zur Zeit meiner Kindheit ...« Er stand auf. »Sieben Kaiser und Möchtegernkaiser, die sich in den Haaren liegen – das kann sich kaum noch jemand merken und kein Reich aushalten. Seien wir froh, dass wir von Constantinus regiert werden, der sich nicht im Rest des Imperiums einmischt und seine Soldaten lieber mit dem Spalten von Barbarenschädeln in Übung hält.« Er gähnte. »Ich bin müde und gehe schlafen.«

Das nächste Jahr verlief in Treveri friedlich, mochten sich auch anderswo die Kaiser belauern und auf eine Gelegenheit warten, übereinander herzufallen. Langsam wuchs der Riesenbau der Kaiserhalle seiner Vollendung entgegen, während Constantinus mit unermüdlichem Eifer Grenze wie Hinterland mit kleinen Kastellen sicherte, in deren dicken Mauern und hohen Türmen mancher Grabstein, manches Säulenkapitell und manche Statue aus den Glanzzeiten des Imperiums verschwand.
Nach langer Krankheit, bei der ihr kein Medicus helfen konnte, starb Drusilla. Sie hatte sich geweigert, nach Treveri zu ziehen, und lieber an schönen Tagen ihre Liege auf die Bogengalerie stellen lassen, sodass sie den Sonnenschein, den Blick über die nahen Obstbäume und die weiten Felder und Wiesen genießen konnte. Ihren Hof vermachte sie Lucius, der einen Verwalter einsetzte und bald darauf Pedania zur Frau nahm. »Steinsägemühle ehelicht Baukran«, kommentierte Alexander, als er in einer stillen Stunde mit seiner Mutter allein war, doch die gab zurück, das sei immerhin schon mehr, als er zustande gebracht habe.

Aqmat liebte ihre beiden Söhne, aber sie vermisste ihre Tochter sehr, deren Wildheit und Abenteuerlust sie an ihre eigene Jugend erinnerten. In einem Brief hatte Lucilla geschildert, wie sie auf dem Landgut ihres Mannes in Gereisa ihr Pferd bestiegen hatte, um durch die von Dattelpalmen bedeckte Hügellandschaft zu reiten – weiter, immer weiter, mit flatternden Haaren, den ganzen Tag lang bis zur Einbruch der Dämmerung, während ihre beiden Kinder von der Amme versorgt wurden. Doch seit Maxentius die Macht in Italien ergriffen und die offizielle Post unterbrochen hatte, war nur noch ein Brief durchgekommen, den ein reisender Händler aus Gefälligkeit mitgenommen hatte. Und jetzt noch der Aufstand der Provinz gegen Maxentius …

»Gibt es Nachrichten aus Italien oder Africa?«, fragte Aqmat, als sie an einem warmen Märztag ihren ältesten Sohn im Atrium des Hauses empfing, doch dieser verneinte.
»Dafür habe ich Neuigkeiten von Maximianus.« Seit der missglückten Kaiserkonferenz in Carnuntum vor über einem Jahr saß der alte Augustus grollend in Treveri. Dort verzehrte er sich – ganz anders als Diocletianus – danach, endlich wieder Macht in den Händen zu halten.
»Er wird ja wohl kaum seinen Schwiegersohn rumgekriegt haben, die Herrschaft mit ihm zu teilen?«, lachte Aqmat.
»So dumm ist Constantinus nun wahrhaftig nicht. Aber er muss wieder gegen die Franken ins Feld, und da hat ihn der Alte überredet, ihm einige Truppenkontingente zu überlassen, damit er von Arelate aus seinem Sohn Maxentius den Weg versperren könnte, sollte dieser von Italien aus einmarschieren.«
Flavius, der soeben den kleinen Garten betreten hatte, schüttelte sorgenvoll den Kopf. »Ich verstehe ja, dass Constantinus ihn endlich los sein wollte, aber wie ich den Alten kenne, wird er auch dort keine Ruhe geben. Ich habe auf jeden Fall im Thronrat meine Pflicht getan und davor gewarnt, den machtgierigen Greis in die Nähe des Münzgoldes zu lassen, das dort lagert. Der ist gefährlicher als sein fauler Sohn in Italien.«

Alexander zuckte mit den Schultern. »Ich glaube, der Kaiser kann das am besten beurteilen. Maximianus will auf seine alten Tage einfach nur irgendwen herumkommandieren können, und seien es einige Kohorten seiner einstigen Soldaten. Mit über sechzig wird er offenbar kindisch und braucht wieder Spielzeug …«
»Ich weiß, dass du dem Kaiser nie widersprechen würdest«, bemerkte Flavius, den die glatte Art seines Sohnes störte. »Aber manchmal muss man das tun …«
»Wozu sollte ich widersprechen?«, konterte Alexander. »Nur um eine andere Meinung zu äußern, die an seinen Entscheidungen doch nichts ändern würde? Ich bin sein Sekretär, nicht sein Gegenanwalt.«
»Streitet euch nicht wie die Gockel«, unterbrach ihn Aqmat. »Wann musst du abreisen?«
»In einer Woche geht es nach Colonia. Dort lässt der Kaiser eine Brücke über den Rhenus schlagen, um den Franken zu Leibe zu rücken.« Alexander zog seinen dunkelblauen Umhang fester um die Schultern. »Diesmal will er den endgültigen Sieg über die Barbaren erringen. Auf der östlichen Flussseite, in Divitia wird er den Grundstein für ein großes Kastell legen, von dem aus unsere Legionen jederzeit in Feindesland vorstoßen können.«
»Der endgültige Sieg«, murmelte Flavius, »ob Constantinus wirklich an diese Vision glaubt?«
Doch darauf antwortete Alexander nicht.

Es dauerte fünf Monate, bis die Familie wieder zusammentraf. Diesmal hatte auch Lucius Zeit gefunden und seine Frau Pedania mitgebracht, deren Bauch sich schon deutlich wölbte. Die schweigsame, stämmige Frau hatte Pausbacken, rotblondes Haar und strahlte immerzu ihren Ehemann an, der ihre Hand hielt. Alexander dagegen saß müde und abgemagert auf seinem Stuhl und berichtete von den Ereignissen der letzten Zeit.
»Und gerade als wir in den fränkischen Wäldern die ersten Siege errungen hatten, als der Imperator die Gefangenen musterte, die bereits zusammengetrieben auf den Abtransport warteten, da ga-

loppierte der Eilkurier in unser Lager und brachte die Nachricht vom Verrat des alten Maximianus.« Er nahm einen Schluck Wein und übersah die spöttisch verzogenen Mundwinkel seines Vaters. »Constantinus befahl den sofortigen Aufbruch. Schnelligkeit ist schließlich seine Stärke. Er marschierte zurück nach Gallien und ließ seine Truppen auf Schiffe verladen, um den Rhodanus hinabzurudern, so schnell sie konnten.«
»Maximianus hat sich also tatsächlich von seinen Soldaten wieder zum Imperator ausrufen lassen?«, fragte Aqmat.
Alexander nickte. »Ja, er hatte sich der Goldvorräte der Münze bemächtigt und allen ein hohes Donativum versprochen. Außerdem ließ er das Gerücht verbreiten, Constantinus sei bei dem Frankenfeldzug umgekommen. Als er aber Wind davon bekam, wie schnell der Kaiser heranrückte, geriet er in Panik und floh aus Arelate, um sich in der schwer befestigten Hafenstadt Massilia zu verschanzen. Vielleicht hatte er geglaubt, von dort aus notfalls zu seinem Sohn nach Rom flüchten zu können.«
»Was dafür spräche, dass er seinen strategischen Verstand doch nicht ganz verloren hat«, bemerkte Flavius belustigt. »Sich den machtgierigen Alten vorzustellen, wie er mit wehendem Purpurmantel aus dem Palast in Arelate rennt ... Schade, dass ich das nicht erleben konnte.«
»Sei froh, dass du nicht dabei warst«, bemerkte Alexander düster. »Meine Erzählung ist noch nicht zu Ende.« Er nahm einen tiefen Schluck Wein. »In Massilia angekommen, konnte Constantinus im Handstreich den Hafen besetzen, sodass der Alte in der Falle saß. Nach zähen Verhandlungen ergab er sich und legte zum dritten Male den Purpur nieder ...«
»Worin er inzwischen ja geübt ist«, bemerkte Aqmat spöttisch, die wieder einmal ihre Meinung bestätigt fand, dass sich mächtige Männer oft wie eitle Kinder gebärdeten.
»Constantinus hatte ihm sein Leben zugesichert, war sich aber noch nicht klar darüber, welchen Winkel des Imperiums er ihm als Alterssitz zuweisen sollte, als es geschah.«
Alexander verstummte, bis Lucius fragte: »Als was geschah?«

»Wenn ich das nur wüsste«, seufzte sein Bruder. »Eines Abends rief mich der Kaiser zu sich. Es war schon spät, trotzdem saß er noch an seinem Schreibtisch, vor sich einen Papyrusbogen.«
»Konntest du erkennen, was darauf stand?«, fragte Flavius.
Alexander schüttelte den Kopf. »Nein, aber es sah aus wie einer der üblichen Agentenberichte. Constantinus schien sehr wütend und sah mich durchdringend an. ›Kann ich in einer heiklen Angelegenheit auf dich zählen?‹, fragte er mich. ›Wie immer, Augustus‹, antwortete ich. ›Ihr müsst nur sagen, was Ihr wünscht.‹ Wenn ich gewusst hätte …« Er drehte seinen goldenen Fingerring. »Um es kurz zu machen: Er sagte, Maximianus habe schon wieder begonnen, einen Verrat auszuhecken, und jetzt sei seine Geduld erschöpft. Aber er wisse nicht, was er machen solle, denn schließlich könne er doch nicht einfach einen Senior Augustus, der auch noch sein Schwiegervater sei, dem Henker übergeben …«
Alexander schwieg, und alle im Raum wagten kaum zu atmen. »Dabei blickten mich die Augen in seinem immer noch jugendlichen Gesicht müde an; man sah die Tränensäcke und die Falten an den Mundwinkeln. Zuletzt fragte ich ihn, ob der Alte wirklich sterben müsse, worauf er nickte und leise meinte, ich solle mir etwas einfallen lassen, um die Angelegenheit möglichst unauffällig aus der Welt zu schaffen.«
»Und was hast du dann getan?«, fragte Flavius leise.
Alexander hob die Hände. »Was sollte ich tun? Der Kaiser hatte einen Wunsch geäußert …«
»… dem zu widersprechen du dich nicht berufen fühltest«, ergänzte Flavius, doch seinem Tonfall war nicht anzumerken, was er dabei dachte.
Alexander nickte gequält. »Ja nun, ich holte mir einige Legionäre aus Constantinus' Leibwache, von denen ich wusste, dass sie ihm treu ergeben sind, und ging zu den Räumen, in denen Maximianus unter Bewachung lebte. Ich klopfte an seine Tür …« Alexander nahm noch einen Schluck Wein. »Gleich nach dem ersten Mal fragte die Stimme des Senior Augustus, wer da sei, und ich nannte meinen Namen. Einen Augenblick später wurde der Riegel zurück-

geschoben, und der Alte stand vor mir, eine Öllampe in der Hand. Er war in eine zerknitterte Tunika gekleidet und sah verbraucht und müde aus. Sein Gesicht war aufgedunsen, der Mund stand etwas offen, und die Lippen zitterten leicht. ›Komm herein‹, sagte er und wies auf einen Hocker. ›Derzeit ist das alles, was ich anbieten kann.‹ Ich setzte mich …« Alexander stützte den Kopf auf die Hände. »Der Senior Augustus fragte mich, was ich wolle und was in dem Säckchen sei, das ich dabei hatte. Ich öffnete es ohne ein Wort und zog einen Strick heraus …«

»Einen Strick?«, wiederholte Aqmat betroffen.

»Ja, ein etwa zehn Fuß langes Tau, wie man es auf Schiffen verwendet. Er starrte es an und erbleichte. Ich reichte es ihm und meinte nur, Constantinus wisse alles und er habe die Wahl, es selbst zu tun und ein Staatsbegräbnis zu erhalten, oder …«

Lucius sah ihn fragend an. »Oder was?«

»Oder ich müsse die Soldaten vor der Türe rufen, die ihn in den Kerker schleppen würden, wo schon der Henker warte.«

Alle schwiegen einen Augenblick, dann schüttelte Aqmat ungläubig den Kopf. »Das hat Constantinus angeordnet?«

Alexander sah sie verzweifelt an. »Nein, aber er hat es gewollt. Nur sollte ich es für ihn erledigen …«

Flavius schien etwas sagen zu wollen, schwieg aber, als Alexander fortfuhr: »Ich stand auf, machte eine Verbeugung und verließ den Raum. Bevor ich die Tür schloss, warf ich einen letzten Blick auf den zusammengesunkenen alten Mann, der das Tau in seiner Hand musterte, zum Deckenbalken des Raumes empor sah und wieder den Strick anstarrte. Anschließend ging ich draußen auf und ab.«

Alexander knetete nervös die Hände. »Auf und ab, bis ich langsam ungeduldig wurde und an die Türe klopfte. ›Gleich, gleich‹, hörte ich die Stimme des Alten, dann ein Schaben auf dem Boden, Schnaufen, ein Poltern und ein röchelndes Geräusch, das schnell erstarb. Als ich die Tür öffnete, hinter mir die Soldaten, baumelte der schwere Leib von dem Balken. Maximianus war tot.«

Flavius ging zu seinem Sohn und drückte ihn stumm an sich.

»Was geschah dann?«

»Constantinus schien sehr erleichtert und ließ verbreiten, zu seinem großen Bedauern habe der Senior Augustus den erneuten Machtverlust nicht verwinden können. Anschließend ließ er den Leichnam einbalsamieren, reich schmücken und in einem prächtigen Marmorsarkophag beisetzen ...«
»Als ich Maximianus vor über zwanzig Jahren das erste Mal in Mogontiacum sah, hätte ich mir nie vorstellen können, dass er einmal so schmählich enden würde«, sagte Flavius nachdenklich. »Und weiter?«
»Constantinus befahl den Rückmarsch«, antwortete Alexander. »Dabei geschah etwas Seltsames. Er verbrachte eine Nacht im Apollotempel von Grannus, unweit von Divodurum. Am nächsten Tag berichtete er, im Traum sei ihm Sol Invictus erschienen und habe Kränze überreicht, die eine dreißigjährige Herrschaft verhießen.«
Dass er selbst einen Astrologen aufgesucht hatte, um seine Zukunft zu erfragen, erwähnte Alexander nicht, da er wusste, wie sehr sich Aqmat über solche Weissagungen lustig machte. Der Mann, ein alter Ägypter, hatte vor seiner rechteckigen Elfenbeintafel gesessen, auf der die farbigen, teilweise vergoldeten Sternkreiszeichen wie in einem Speichenrad angeordnet waren, mit den Büsten von Sol und Luna im Zentrum. Die Ecken zierten vierflügelige Wesen als Verkörperungen der vier Winde. Mit leisem Klacken waren die silbernen Würfel mit den Planetensymbolen über das Brett gerollt, dann hatte der Mann Alexanders Geburtsdatum erfragt und geheimnisvolle Berechnungen angestellt. Zuletzt hatte er seinem Besucher in die Augen gesehen und gelächelt. »In zwei Jahren wird Jupiter besonders günstig für die im Zeichen der Fische Geborenen stehen. Wenn Mars und Venus sich in Eurem Leben begegnen, solltet Ihr Kairos, den Gott der günstigen Gelegenheit, unbedingt beim Schopfe packen ...«
»Wann genau wird das sein?«, hatte Alexander wissen wollen. »Ende Oktober«, war die Antwort gewesen. Doch als er bezahlt und schon in der Tür gestanden hatte, hatte die Stimme noch etwas Seltsames hinzugefügt. »Das Glück gilt auch für Euren Zwillingsbruder, denkt daran!«

»Dann will sich Constantinus offenbar nicht nach zwanzig Jahren von der Herrschaft zurückziehen«, unterbrach Flavius' Stimme seine Gedanken. »Was tat er daraufhin?«

»Er bedeutete mir, in Zukunft jeden Bezug auf Herkules wegzulassen und stattdessen die Abstammung seines Vaters vom Kaiser Claudius Gothicus hervorzuheben.

»Claudius Gothicus als sein Vorfahre?« Flavius schüttelte den Kopf. »Davon habe ich noch nie etwas gehört. Da will er wohl ganz mit der Tetrarchie brechen und sich über die anderen Augusti erheben.« Nach kurzer Pause fügte er hinzu: »Ich glaube, dass sein Ehrgeiz weit über seinen jetzigen Herrschaftsbereich hinausreicht. Constantinus wird nicht ruhen, bis nur noch einer im Reich den Purpur trägt!«

Doch vorerst deutete nichts darauf hin, dass sich diese Voraussage erfüllen würde. Im Sommer feierte Constantinus seine Siege über die Germanen und den Wortbrüchigen, den das Alter seines Verstandes beraubt habe, wie der tote Maximianus von dem Festredner aus Augustodunum taktvoll beschrieben wurde.

Der Empfang fand in der kurz zuvor fertiggestellten großen Palastaula statt, einem gewaltigen, grauweiß verputzten Bau von über hundertzwanzig Fuß Höhe, beleuchtet von zwei Reihen hoher Rundbogenfenster, deren Laibungen außen mit ockerfarbigem Rankenwerk auf rotem Grund verziert waren.

Wer sich jetzt dem Kaiser nähern wollte, musste zuerst eine Vorhalle durchqueren, bevor er in die eigentliche Aula gelangte, deren ungeheure Ausmaße jedem die Macht Roms vor Augen führten. Wie Zwerge wirkten die Abgesandten der Barbarenstämme, die Abordnungen aus den Städten des Reiches und die hohen Offiziere des Heeres, wenn sie über die schwarz-weißen Marmorplatten des Fußbodens schritten. Scheu blickten sie nach rechts und links, wo die Wände bis zum Beginn der ersten Fensterreihe mit glatt polierten grünen, weißen und roten Marmorplatten verkleidet waren. Darüber erstreckten sich bunt bemalte Stuckornamente hinauf zu der hundert Fuß breiten, frei über dem Riesenraum schwebenden hölzernen Kassettendecke. Doch angezogen wurden alle Blicke von der halbrunden Apsis mit ihren säulengeschmückten Nischen, in denen Götterstatuen hoheitsvoll auf die Menschen herabblickten. In der Mitte saß der Kaiser auf einem goldenen Thron, in seinen Purpurmantel gehüllt, das perlen- und edelsteinbesetzte Diadem auf dem Haupt, umgeben von dem reglosen, schweigenden Hofstaat. Was war da natürlicher, als sich vor diesem überirdischen Herrscher zu Boden zu werfen, mit der Stirn die kühlen Marmorplatten zu berühren und darauf zu warten, dass die kaiserliche Gnade es wieder gestatten würde, das Haupt zu heben …

Ein Dreivierteljahr später erreichte den Hof in Treveri eine Nachricht, die Alexander sofort freudestrahlend nach Hause eilen ließ.
»Der Augustus Galerius und sein Caesar Maximinus Daia haben ein Edikt erlassen, das den Christen die Ausübung ihrer Religion gestattet. Sie müssen nur für den Kaiser und das Reich beten«, rief er, sobald er das Haus betreten hatte.
»Gott sei Dank«, antwortete Aqmat und nahm ihren Sohn in die Arme. »Wie kam dieser Sinneswandel zustande?«
»Nun, Galerius soll schon länger schwer krank sein. Angeblich zerfrisst ein scheußliches Geschwür seinen Unterleib, jetzt will er wohl in seiner Verzweiflung die Gunst des Christengottes erflehen.«
»Ein schlechter Grund für eine gute Tat«, bemerkte Aqmat und war nicht verwundert, als eine Woche später die Nachricht vom qualvollen Tod des Kaisers in der Mosellametropole eintraf. Sofort teilten sich Licinius, der Augustus des Westens, der allerdings bislang nur in den Donauprovinzen geherrscht hatte, und der von Ägypten her anmarschierende Maximinus Daia die Gebiete des Verstorbenen.
Maxentius in Rom dagegen, der dem Gegenkaiser Domitius Alexander die Provinz Africa wieder hatte entreißen können, sonnte sich in seinem Sieg und entdeckte seine Zuneigung zu dem verstorbenen Vater. Er ließ Maximianus zum Gott erklären und die Statuen des Constantinus umstürzen, den er des Mordes bezichtigte. Doch dieser, weit davon entfernt, besorgt oder auch nur verärgert

zu sein, lächelte. Er verbündete sich mit Licinius, dem er seine Halbschwester Constantia versprach, und rief seine Generäle zusammen, um mit ihnen einen neuen Feldzug zu planen.

Die Luft in dem Raum war so drückend, dass Aqmat keinen Schlaf fand. Sie erhob sich von der Liege, auf der sie sich einen Augenblick ausgestreckt hatte, und trat in den Garten hinaus. Wie schwarze Dolche ragten die Umrisse der Zypressen gegen den Nachthimmel, an dem die Scheibe des vollen Mondes über dem Hausdach zu schweben schien. Die zweistöckige Villa mit ihren Säulengängen, den Fußbodenmosaiken und den Wandmalereien, die Städte und Landschaften darstellten, wäre eines Kaisers würdig gewesen, doch handelte es sich nur um der Landsitz des reichen Senators Annius Annulinus – eine Villa von vielen, wie der erschrockene Pförtner erzählt hatte, als die Soldatenstiefel den Weg emportrampelten, der von der Via Flaminia zu diesem Palast führte. Überhastet sei der Senator aufgebrochen, sobald im Norden die Staubwolke des heranrückenden Heeres sichtbar gewesen sei. Nein, wohin, wisse er nicht, aber vermutlich habe er hinter den Mauern der ewigen Stadt Zuflucht gesucht.

Jetzt war in dem weitläufigen Gebäude der Stab des Heeres untergebracht, das im Tal lagerte. 25 000 Mann – Fußvolk, Reiter, Pferde, Packesel, Belagerungsingenieure, Waffenschmiede, Diener. Eine regelrechte Zeltstadt, umgeben von dem Schwarm von Händlern, Amulettverkäufern, Dirnen. Ein ganzes Volk schien auf der Wanderschaft zu sein, und doch waren es erschreckend wenig Soldaten für das, was Constantinus vorhatte.

Aqmat ging auf die Terrasse hinaus. Zikaden zirpten und schwerer Blütenduft stieg ihr in die Nase. Jenseits der Mauer, die den Ziergarten mit den sorgsam gestutzten Hecken und dem kleinen Wasserbecken umgab, zogen sich endlose Beete hin, denn der Senator, der sich für Geschäfte nicht zu fein war, hatte sich auf die Blumenzucht für den Bedarf der nahen Hauptstadt spezialisiert.

Aqmats Schritte knirschten auf dem Kies, als sie langsam den Weg entlangschritt, bis sie zu der lebensgroßen Statue des Herkules gelangte. Sie legte ihre Hand auf den glatten, kühlen Marmor und war einen Augenblick lang versucht, gewisse Körperteile der Figur zu berühren, doch dann errötete sie und ließ die Hand sinken. In den letzten Monaten hatte sie nicht viel Gelegenheit gehabt, mit ihrem Mann alleine zu sein. Sie vermisste seine Nähe. Das Lagerleben, das sie seit dem Abmarsch aus Treveri führen musste, dieses stete Gedränge, die Enge, die Unruhe und Unsicherheit, was der nächste Tag bringen würde, belastete sie immer mehr. Und doch hatte sie die Entscheidung im Frühjahr nie bereut.

Eines Abends war Flavius bedrückt nach Hause gekommen und hatte unter dem Siegel der Verschwiegenheit berichtet, Constantinus sei zum Krieg entschlossen. Er könne die Leiden der Römer nicht mehr mit ansehen, habe der Kaiser geklagt: Wie Senatoren nur wegen ihres Geldes absurder Vergehen beschuldigt und hingerichtet würden, wie Maxentius die Jungfrauen der Stadt verschleppe, wie er sich der Zauberei ergebe und die blutigen Eingeweide neugeborener Kinder studieren lasse, wie er bei seinen Ausschweifungen tyrannische Befehle erteile, die selbst ihn am nächsten Morgen reuten.
»Und, musst du mit ihm in den Krieg ziehen?«, war ihre erste Frage gewesen, und Flavius hatte genickt. »Ja, er glaubt fest an seinen Sieg und will, dass ich ihn dabei unterstütze, aus Unterworfenen Freunde zu machen. Außerdem soll sein Thronrat dabei sein, um sogleich die Neuordnung der eroberten Gebiete in Angriff nehmen zu können. Alexander ist auch Feuer und Flamme.«
»Dann komme ich mit!«, hatte sie erklärt. »Wenn ihr siegt, ergibt sich vielleicht die Möglichkeit, in Rom herauszufinden, was aus Lucilla und ihrer Familie geworden ist. Und wenn es schlecht geht, will ich dein und Alexanders Schicksal teilen.« Von diesem Entschluss hatte sie sich weder von ihrem Mann noch von ihrem Sohn abbringen lassen, die ihr die bevorstehenden Strapazen in düsteren Farben ausmalten.
Doch alle Schlachten auf dem Weg nach Rom waren nur Vorgeplänkel gewesen verglichen mit dem Kampf, der ihnen nun bevor-

stand. Am Nachmittag hatte Aqmat mit ihrem Mann auf der Dachterrasse der Villa gestanden und auf die etliche Meilen entfernte Stadt geblickt. Sie konnte die mächtige Mauer erkennen, die einst Aurelianus begonnen hatte und die kürzlich verstärkt worden war. Sorgenvoll hatte Flavius von den 40 000 Mann berichtet, die Maxentius dort zusammengezogen habe, und von den riesigen Mengen an Korn, die nach Späherberichten die Speicher füllten.
Ein leichter Wind hatte sich erhoben, und Aqmat zog den Umhang fester um ihre Schultern, als sie auf die Villa zuging. Sie sah das erleuchtete Fenster, hinter dem der Kaiser mit seinem Stab beratschlagte, und wollte schon allein in ihr Zimmer zurückkehren, als sich die Türe öffnete und Flavius in die Nacht hinaustrat. Er verharrte etwas, bis sich seine Augen an die Dunkelheit gewöhnt hatten und er das helle Kleid seiner Frau erkennen konnte.
»Aqmat, was machst du hier?«
»Im Zimmer war es so stickig, da bin ich etwas spazieren gegangen.«
Er ging mit schweren Schritten auf sie zu und nahm sie in den Arm. Man sah ihm die neunundfünfzig Jahre an, obwohl er stets maßvoll gelebt hatte. Sein noch immer volles Haar war eisgrau, die Falten um den Mund tief, die Haut uneben und an den Händen voller brauner Flecken. Doch noch immer kreuzten sich die beiden zangenförmigen Locken über seiner Stirn, noch immer, wenn auch selten, lachte er so, dass sich sein Gesicht für einen Augenblick in das des jungen Mannes zurückverwandelte, in den sie sich einst verliebt hatte.
»Zu welchem Beschluss seid ihr gekommen?«, fragte sie leise.
Flavius zuckte mit den Schultern. »Die Generäle haben auf die Warnungen der Eingeweidebeschauer vor Beginn des Feldzugs verwiesen. Sie meinten, weder ein Sturmangriff noch eine Belagerung versprächen die geringste Aussicht auf Erfolg. Sie rieten, die eroberten Teile Italiens zu sichern und mit Maxentius zu verhandeln.«
»Und Constantinus?«
»Er saß nachdenklich da und hörte sich alles einfach nur an.«
»Meinst du …«, Aqmat zögerte, »meinst du, er wird umkehren? Bislang deutet nichts darauf hin, dass sich Rom erheben und den Tyrannen stürzen könnte.«

»Ich weiß es nicht. In den letzten Jahren ist der Kaiser verschlossener und selbstherrlicher in seinen Entscheidungen geworden.« Er legte den Arm um seine Frau. »Lass uns schlafen gehen. Vielleicht ist morgen unser letzter Tag …«

Mitten in der Nacht hämmerte es an die Türe. Aqmat schrak auf. »Was gibt es?«
»Der Kaiser ruft den Thronrat und seine Feldherrn zu sich«, hörte sie die Stimme eines Dieners.
Flavius gähnte, rieb sich die Augen und stieg aus dem Bett. Er glättete sein Haar, streifte die Tunika über und eilte aus dem Raum. Aqmat versuchte zuerst, wieder Schlaf zu finden, doch als das nicht gelang, ließ sie mehr Lampen entzünden und griff sich eine ihrer christlichen Schriftrollen, öffnete sie wahllos und las:
»Der Gottlose flieht, auch wenn niemand ihn jagt; der Gerechte aber ist furchtlos wie ein junger Löwe. Um des Landes Sünde willen wechseln häufig seine Herren; aber durch einen verständigen und vernünftigen Mann gewinnt das Recht Bestand. Ein gottloser Mann, der die Geringen bedrückt, ist wie ein Platzregen, der die Frucht verdirbt … Ein Gottloser, der über ein armes Volk regiert, ist wie ein brüllender Löwe und ein gieriger Bär …«
Sie ließ den Papyrus mit den Sprüchen Salomos sinken, betroffen über die prophetischen Worte, zugleich aber auch voll Zuversicht, dass Gott den Tyrannen Maxentius nicht ein weiteres Mal triumphieren lassen würde.
In diesem Augenblick hörte sie Schritte, die Türe öffnete sich und Flavius trat herein.
»Was gab es?«, fragte sie und schrak zurück, als sie seinen verwirrten Gesichtsausdruck sah. »Hat Constantinus den Rückzug befohlen?«
Flavius schüttelte den Kopf. »Nein, ganz und gar nicht. Wir marschieren morgen in aller Frühe los!«
»Trotz der Mauern? Gegen die Übermacht? Obwohl die Milvische Brücke über den Tiber zerstört ist?«, fragte Aqmat ungläubig. »Wieso das?«

Flavius setzte sich auf das Bett. »Als alle Feldherrn versammelt waren, trat der Kaiser vor. Seine Haare waren durcheinander, er trug keinerlei Zeichen der Macht, und sein Gesicht war müde, doch seine Augen leuchteten. ›Ich habe euch zusammengerufen‹, sagte er, ›weil mir im Traum Gott erschienen ist.‹ Alle saßen da und wussten nicht, was sie antworten sollten. Der Kaiser fuhr fort: ›Ich hörte eine Stimme, die mir befahl, das Labarum an den Feldzeichen zu befestigen. Sorgt dafür, dass dies morgen bei allen Einheiten geschieht.‹«

»Unser christliches Symbol?« Aqmat sprang auf und umarmte ihren Mann. »Er bekennt sich zum Glauben! In diesem Zeichen wird er siegen!«

Flavius sah sie nachdenklich an, dann nickte er. »Genau das hat ihm die Stimme verheißen!«

Am Morgen des 28. Oktober wurden überall im Lager die Feldzeichen umgearbeitet. Die meisten Legionäre führten den Befehl, die Buchstaben X und P anzubringen, mit der üblichen Mischung aus Unverständnis, Gehorsam und Verehrung für Constantinus aus, der sie bislang von Sieg zu Sieg geführt hatte. Die wenigen Christen dagegen erkannten mit ungläubigem Staunen die griechischen Buchstaben Chi und Rho, die den Beginn des Namens Christus bildeten. Doch allen gemeinsam war eine seltsame Unruhe, eine drängende Ungeduld, der Wunsch, nach monatelangem Marschieren, Belagern, Kämpfen nun endlich die Schlacht zu schlagen, die alles entscheiden würde.

Späher, die sich bis vor die Mauern der Stadt geschlichen hatten, kamen mit seltsamen Neuigkeiten zurück: Maxentius habe die uralten sibyllinischen Bücher befragt und sich dann, getrieben vom Spott der Römer über seine träge Feigheit, zur Schlacht entschlossen. Den sechsten Jahrestag seiner Thronbesteigung sehe er als glückliches Datum, um mit seinen überlegenen Truppen die Angreifer zu vernichten. Deshalb habe er neben der abgebrochenen Milvischen Brücke eine neue Schiffsbrücke errichten lassen und sei dabei, sein Heer über den Tiber zu führen.

Constantinus sieht einen Augenblick aus, als könne er dieses Geschenk des Schicksals nicht fassen, dann ruft er lachend: »Wir werden siegen!«, und dieser Ruf fliegt von Mund zu Mund. Centurionen schreien es den Anführern der germanischen Hilfstruppen zu, Panzerreiter einfachen Legionären, hoch dekorierte Tribunen grüßen damit ihre Burschen, die ihnen die Waffen bringen. Dann formieren sich die Abteilungen zum Abmarsch. Befreit von den Gehäusen, die sie auf dem Marsch schützen, glänzen die vergoldeten Legionsadler im Morgenlicht, scheinen hoch über den Köpfen der Adlerträger zu schweben, die ihre Furcht einflößenden Wolfsfelle über den Kopf gezogen haben.

Nach einigen Meilen, als sich die Straße an rötlichen Felsen vorbei windet, stößt die Vorhut auf eine Abteilung des Maxentius, die ihnen den Weitermarsch verlegen will. Die Soldaten formieren sich zum Kampf und stürmen vor, Schild an Schild, dazwischen blitzen die Klingen der Stichschwerter wie riesige Stacheln. Der Aufprall ist heftig, der Kampf kurz, schon wenden sich die Verteidiger zur Flucht, lassen Tote in ihrem Blut zurück und Verwundete, die vergeblich um Hilfe stöhnen. Immer mehr Angreifer drängen vor, die Kunde vom ersten Sieg verbreitet sich wie ein Lauffeuer. Constantinus' Männer heben ihre Schwerter, schreien wieder und wieder: »Wir werden siegen!«

Zwei Stunden später melden Späher das nahe Gros des Gegners.

Der Kaiser erkennt, dass Maxentius die Aufstellung seiner Truppen noch nicht abgeschlossen hat. Lang gestreckt zieht sich das zahlenmäßig überlegene feindliche Heer den Fluss entlang, noch immer marschieren Einheiten über die Schiffsbrücke, die unter den Marschtritten schwankt. Jetzt oder nie!

Constantinus lässt zum Angriff blasen, seine Kataphrakten preschen vor, hinein in die Flanke der Feinde, treiben die gegnerische Reiterei zurück. Drüben kann man erkennen, wie die Tribunen gestikulieren und Befehle brüllen, hört Trompeten gellen, sieht die Adler auf ihren Stangen schwanken, rote Helmbusche wehen. Maxentius, kenntlich an seiner vergoldeten Rüstung, versucht, sein Heer in Schlachtordnung aufzustellen, obgleich ihm der Fluss im

Rücken kaum Raum zur Entfaltung lässt. Jetzt stoßen Constantinus' Germanenkrieger vor, entbrennt der Kampf auf breiter Front, blitzen Schwerter, surren Pfeile durch die Luft, stoßen Lanzen zu, graben sich Klingen in Fleisch, werden Helme von Äxten gespalten, durchbohren die Geschosse der Ballisten Schilde samt den Männern dahinter, verwandelt Blut den Boden in glitschigen Schlamm. Geordnete Kohorten zerfallen zu Haufen brüllender Wahnsinniger, die in blinder Wut aufeinander einschlagen, über Verwundete hinwegtrampeln, nur noch töten wollen, den anderen die Klinge in den Leib rennen. Diesen Namenlosen, die sie nicht kennen, nie zuvor gesehen haben, die auch unter römischen Feldzeichen kämpfen, nur für einen anderen Purpurträger …

Langsam weichen Maxentius' Truppen zurück. Nur die Prätorianer mit ihren Schuppenpanzern stehen noch wie ein Fels in der Brandung, scharen sich um ihren Kaiser. Doch immer mehr Soldaten wenden sich zur Flucht, müssen erkennen, dass ihnen der Rückweg versperrt ist: Hinter ihnen fließt der Tiber, die Reste der abgebrochenen Milvischen Brücke ragen hinein, allein die schwankenden Bohlen über den Schiffen verbinden noch beide Ufer …

Umbarmherzig drängen die Angreifer nach, 40 000 Mann sitzen in einer tödlichen Falle, ihre Überzahl wird ihnen zum Verhängnis. Manche schlagen sich zur Schiffsbrücke durch, andere flehen um Gnade oder werfen ihre Waffen weg, springen in den Fluss, versuchen sich schwimmend zu retten, verfolgt von Pfeilen und Wurfspießen. Maxentius schreit Befehle, wendet sein Pferd. Mit einigen Getreuen bahnt er sich seinen Weg durch die Flüchtenden, hin zur Schiffsbrücke, der letzten Hoffnung, während die Prätorianer, die unerschrocken seinen Rückzug decken, Mann für Mann niedergehauen werden.

Jetzt hat der Kaiser die Brücke erreicht, inmitten seiner schiebenden, drängenden, stolpernden Soldaten. Mit Schwerthieben versucht seine Leibwache, eine Gasse für ihn freizuhauen. Allein, die Brücke ist überfüllt, an beiden Rändern werden die Legionäre abgedrängt, taumeln, stürzen platschend ins Wasser. Einige versuchen sich an die Rümpfe der Schiffe zu klammern, sich hochzuzie-

hen. Wenn nur die Planken nicht so glitschig wären, die Bordwand nicht so steil, die Rüstung nicht so schwer …
Jetzt ist Maxentius in der Mitte angekommen, die Brücke schwankt, neigt sich unter der Last der um jeden Fußbreit kämpfenden Männer. Niemand wird später sagen können, wo sich die Verklammerung zuerst gelöst hat, sich die ersten Risse aufgetan haben, die ersten Planken abgerutscht und in die Fluten geglitten sind. Schreiend taumeln immer mehr Legionäre in den Fluss, werden sogleich von schmutzigen Strudeln verschlungen, hinabgezogen von ihren Kettenhemden, Helmen und Schwertern. Das Pferd des Kaisers stolpert, versucht auf der zerfallenden Brücke Halt zu finden, ein Huf rutscht in einen Spalt, wiehernd geht das Tier zu Boden. Ein letztes Mal noch glänzt das silberbeschlagene Zaumzeug, schimmert die goldene Rüstung des Kaisers, weht sein roter Helmbusch. Dann platscht der massige Körper ins Wasser, reißt den Reiter mit sich. Ein gurgelnder Hilfeschrei, doch der schwere Panzer zieht ihn hinab. Kaiser Maxentius teilt das Schicksal von Tausenden seiner Soldaten …

Die Schlacht endete mit Constantinus' vollständigem Sieg. Während der Kaiser seine Truppen ordnete, Gefangene und Verwundete versorgen ließ, fuhren Legionäre in Booten auf den Tiber hinaus, um mit Hakenstangen nach Leichen zu stochern und den toten Maxentius aus dem Fluss zu fischen.
Zur gleichen Zeit ritt ein Trupp Kataphrakten auf die Porta Flaminia im Norden der Ewigen Stadt zu. Angeführt wurden sie von Flavius, der zu den wenigen gehörte, die sich in Rom auskannten, auch wenn sein letzter Aufenthalt schon fast vierzig Jahre zurücklag. Alexander hatte vom Kaiser die Erlaubnis erhalten, ebenfalls an dem Erkundungsritt teilzunehmen. Sie sollten den Stadtpräfekten finden, um mit ihm die Übergabe der Stadt zu vereinbaren. Den Berichten von Gefangenen zufolge hatte der abergläubige Maxentius noch am Vortag den Senator Annius Annulinus dazu ernannt, jenen Mann, der das Amt an dem Tag bekleidet hatte, als er vor sechs Jahren an die Macht gekommen war.

Als sich die Reiter der Stadtmauer näherten, wuchsen zu beiden Seiten des Tores die Türme in den Himmel, die Maxentius zu uneinnehmbarer Höhe hatte aufstocken lassen. Die eisenbeschlagenen Flügel standen weit offen, schnelle Schritte hallten über das Pflaster. Die Reiter hoben ihre Bogen, legten Pfeile ein, doch niemand zeigte sich. Langsam durchquerten sie die Stadt, sahen verängstigte Gesichter aus den Fenstern der turmhohen Häuser spähen. Langsam wagten sich die Ersten auf die Straßen, sahen stumm die Fremden vorbei reiten, niemand jubelte.
»Der Tyrann ist tot, ihr seid frei! Was steht ihr da wie die Statuen?«, rief Flavius einem älteren Mann zu, der ihn misstrauisch anstarrte.
»Kann ich sicher sein? Vielleicht täuscht Ihr uns?«, gab der zurück.
»Morgen zieht Constantinus selbst ein, dann werdet ihr es schon glauben. Wo finde ich den Stadtpräfekten?«, erwiderte Flavius.
»Im Süden der Stadt, hinter dem Palatin.«
Sie ritten weiter, überquerten hoch zu Ross das verlassene Forum, auf dessen Steinpflaster die Hufe wie Hammerschläge hallten, passierten staunend die unfertige Riesenhalle der Basilika, die Maxentius am Südrand des Forums errichten ließ, bis sie sich jenseits des Titusbogens nach links wandten und bald darauf die Stadtvilla des Senators Annulinus erreichten.
Durch ein mit Säulen aus numidischem Marmor verziertes Portal betraten Flavius, Alexander und der Decurio der Kataphrakten die Eingangshalle, wo sie der Senator empfing; ein älterer, etwas rundlicher Mann mit Hakennase, wachen Augen und dünnen Brauen, dessen makellos weiße Toga ein Purpurstreifen zierte.
Doch Alexander hatte nur Augen für die schwarzhaarige, schlanke Frau von Mitte zwanzig, die neben ihm stand. »Mars und Venus«, murmelte er fast unhörbar, als sie der Senator begrüßte, mit einer Handbewegung in das Atrium bat und ihnen seine Tochter Corinna vorstellte.

Am nächsten Tag zog Constantinus auf einem von vier Pferden gezogenen Prunkwagen in die eroberte Hauptstadt ein, den Purpurmantel über den Feldherrenpanzer gelegt. Ihm voran gingen Tuba-

bläser, wurden Feldzeichen und Götterbilder getragen, darunter Sol Invictus im Strahlenkranz. Präfekt und Senatoren verneigten sich vor dem Sieger, den das Volk bejubelte. In endlosem Zug marschierten die Legionäre durch die Straßen, reckten die Hälse nach den Tempeln, Triumphbögen, Aquädukten, Theatern, Thermen und Palästen der Stadt, die sie, aufgewachsen in den Grenzprovinzen des Reiches, allenfalls vom Hörensagen kannten.
Auch Alexander, Flavius und Aqmat ritten mit und winkten den Menschen zu, die die Straßen säumten. Doch Aqmat konnte sich nicht mehr über den Sieg freuen, seit sie einmal zurückgeblickt und dabei gesehen hatte, was einige Schritte hinter ihnen auf einer Lanze mitgeführt wurde: ein abgehacktes Haupt, das mit toten Augen und herabgesunkenem Unterkiefer ein letztes Mal durch die Stadt zog, die Maxentius auf den Tag genau sechs Jahre beherrscht hatte.

Flavius legte die Linke vor die Augen, um sie gegen die Nachmittagssonne abzuschirmen, die sich auf dem Meer spiegelte. Seine Rechte wies nach vorn, wo sich im blauen Dunst die Umrisse einer Felsenküste mit Mauern, Türmen und Tempeln abzeichneten: »Roms alte Rivalin.«
Aqmat lachte und schmiegte sich an ihn: »Wo die Erfüllung deiner Träume auf dich wartet.«
Beide schwiegen einen Augenblick, während die Riemen der Liburne rhythmisch ins Wasser klatschten. Die Ereignisse der letzten sechs Monate, die nicht nur sein Leben, sondern die Welt verändert hatten, zogen noch einmal an ihm vorüber: der triumphale Einzug in Rom, den Constantinus zum Befremden der Priester, des Volkes und des Senates nicht mit dem traditionellen Gang zum Kapitolstempel und dem Opfer vor dem Staatsgott Jupiter gekrönt hatte. Die einige Monate später in Mediolanum prunkvoll gefeierte Vermählung seiner Tochter Constantia mit Licinius, dem Augustus des Ostens. Das Edikt, das beide dort beschlossen hatten und in dem es hieß: »Wir wollen deshalb sowohl den Christen als auch überhaupt allen Menschen freie Vollmacht gewähren, der Religion anzuhängen,

die ein jeder für sich wählt, damit die Gottheit auf ihrem himmlischen Throne – was immer ihr Wesen sein mag – uns und allen unseren Untertanen friedlich und gnädig gesinnt sein kann.«
Und dann der Tag, an dem der Kaiser ihn zu sich gerufen hatte: »In den africanischen Provinzen mangelt es an Eintracht unter den Christen«, war Constantinus ohne Umschweife zur Sache gekommen, »sodass ich sie nicht, wie vorgesehen, zur Stütze meines Reiches machen kann. Der bisherige Proconsul der Diözese scheint mir der Sache nicht gewachsen zu sein. Ihr seid mit einer Christin verheiratet und kennt Euch in den Gedanken der Christen besser aus. Könntet Ihr Euch vorstellen, diese Aufgabe zu übernehmen?«
Flavius musste einen Augenblick lang um Atem ringen, bevor er sich wieder gefasst hatte und antworten konnte: »Es würde mir eine Ehre sein, dort dem Imperium zu dienen. Doch worin bestehen die Schwierigkeiten – jetzt, nachdem Ihr gesiegt und Religionsfreiheit gewährt habt?«
Constantinus hatte ungeduldig mit den Fingern auf den Tisch getrommelt, auf dem sich offene Papyrusrollen ringelten. »Genau aus dieser Freiheit rühren die Ärgernisse. Solange die Unterdrückung währte, schwelte der Streit nur unter der Oberfläche. Die lang ersehnte Glaubensfreiheit scheint von einigen als Freiheit zur Schmähung ihrer Brüder missbraucht zu werden. Ich habe vor, eine erhebliche Summe in Gold zur Verfügung zu stellen«, fuhr der Kaiser fort, »um das erlittene Unrecht wiedergutzumachen und die Gemüter zu besänftigen. Ich bitte Euch, in Zusammenarbeit mit Caecilianus, dem Episcopus von Carthago, in meinem Auftrag die Verteilung gerecht vorzunehmen. Ein Vertrauter, Episcopus Ossius von Corduba, hat eine Liste der Geschädigten erstellt, die zur Orientierung dienen kann.« Bei diesen Worten war Constantinus aufgestanden und hatte Flavius mit müdem Lächeln die Hand gegeben. »Ich setze meine Hoffnungen auf Euch. Beendet diesen Zwist. Mit Nachsicht, mit Gold oder mit Festigkeit – Ihr versteht, was ich meine. Ich brauche Einigkeit unter den Christen! Wenn Ihr diese Aufgabe gemeistert habt, steht Eurer Ernennung zum Proconsul nichts mehr im Wege.«

Inzwischen hatte sich die Liburne der Küste so weit genähert, dass man die Prunkfassade der großen Thermen erkennen konnte, die Kaiser Antoninus Pius vor anderthalb Jahrhunderten errichtet hatte. Ein Stück weiter schienen die Säulen des Kapitolstempels auf dem Byrsahügel über den Dächern der Stadt zu schweben, die in den letzten Jahrhunderten zu einer der reichsten des Imperiums geworden war.
Aqmat legte ihren Kopf auf die Schulter ihres Mannes. Proconsul in Carthago – sie war stolz auf ihn und glücklich, endlich die Familie ihrer Tochter gesehen zu haben. Von Rom aus hatten sie einen leeren Getreidesegler nach Leptis Magna genommen, wo sie Lucilla, ihren Mann Marchius und die beiden süßen Kinder in die Arme schließen konnten. Lucilla war eine reife Frau geworden, doch wirkte sie mit ihren blonden Haaren, den dunklen Augenbrauen, der gebräunten Haut und dem wilden Lachen fast noch schöner als beim Abschied vor dreizehn Jahren. Einige Tage waren sie durch die prunkvolle Stadt gewandert, hatten die reich geschmückte, riesige Basilika, das Forum mit dem Tempel und den Gorgonenhäuptern über den Läden, das Theater, die Markthalle und den Hafen bewundert, bevor sie ins Landesinnere aufgebrochen waren. Vor allem Flavius hatte Gereisa als eine fremde Welt erlebt, hatte verwundert vor den rechteckigen Gutshöfen gestanden, die mit ihren dreißig Fuß hohen, fensterlosen Mauern kleine Festungen bildeten. Und dann diese fremdartigen Grabtempel, deren massive Mittelteile mit den steinernen Scheintüren von Säulen umgeben waren, die Reliefs mit seltsam ungeschlachten Darstellungen des Landlebens stützten. Gemeinsam waren sie durch Wälder von Dattelpalmen geritten, die sich über die Hügel zogen, hatten sich den trockenen Wind der nahen Wüste um die Nase wehen lassen, bevor sie wieder nach Leptis Magna zurückgekehrt waren, um dort die Liburne nach Carthago zu besteigen.

Kommandos hallten durch den Hafen, als das Schiff langsam die kleine Insel mit dem Tempelchen in der Mitte passierte und sich dem Kai näherte, wo es vertäut wurde. Am Ufer stand bereits eine

Abordnung des bisherigen Statthalters, der noch nichts von des Kaisers Plänen ahnte. Flavius und Aqmat bestiegen zwei offene Sänften, die dunkelhäutige Sklaven mit Kraushaar und wulstigen Lippen durch das Menschengewirr der Stadt trugen.
Im Palast angekommen, ließ Flavius für den nächsten Morgen den Schatzmeister der Provinz, Fabricius, zu sich rufen. Der Finanzbeamte, ein aufrechter, nüchterner Mann in schlichter, brauner Toga, führte ihn vor ein Gewölbe, schob den Riegel der Tür auf und hob seine Öllampe, sodass das flackernde Licht auf die im Boden verankerte Eisenkiste fiel.
»Zwanzigtausend Aurei. Genug, um zweitausend Legionäre ein Jahr lang zu besolden«, brummte er.
»Nicht zu viel, wenn es offene Wunden heilt«, erwiderte Flavius. »Lasst die Kiste in mein Officium schaffen.«
Auf dem Weg die Treppen hinauf fragte er: »Wann könnt Ihr mir den Episcopus von Carthago in den Palast rufen? Ich habe einen Brief des Kaisers für ihn und möchte mit ihm die Zuwendungen an die geschädigten Christen festlegen.«
»Letzteres wird nicht so einfach sein«, erwiderte der Mann mit seltsamem Unterton.
Flavius schüttelte den Kopf. »Warum? Ist dieser Caecilianus nicht mehr im Amt?«
»Doch, doch – zumindest meint er das, und mit ihm ein Teil der Gemeinde. Aber andere bezichtigen ihn, zu den Lapsi zu gehören, die bei der Verfolgung schwach wurden und opferten. Außerdem wird der Priester, der Caecilianus geweiht hat, verdächtigt, einer der Traditores zu sein, die heilige Schriften ausgeliefert haben.«
Flavius schüttelte den Kopf. »Ja und? Der Christenglaube gebietet, sogar seinen Feinden zu verzeihen – da werden sich die Brüder doch wohl verständigen können …«
Fabricius hob die Hände. »Verzeiht, Herr, natürlich steht mir in solchen Fragen kein Urteil zu. Aber wir sind hier in Africa, und von brüderlicher Zuneigung ist bei denen wenig zu spüren.«
In diesem Augenblick öffnete sich die Tür, vier schwer atmende Diener trugen die Eisenkiste herein und stellten sie auf Flavius' Zei-

chen vor seinem Schreibtisch auf den roten Steinfußboden. Fabricius zog einen großen Schlüssel, öffnete das Vorhängeschloss und klappte den Deckel auf. Die Morgensonne, die durch die offenstehenden Fenster schien, ließ Tausende von Goldmünzen aufblitzen. Einen Augenblick standen die beiden Männer schweigend in die Betrachtung dieses Reichtums versunken, dann fuhr Fabricius fort: »Ich selbst bin kein Christ. Aber da der Statthalter sich schon länger mit diesem Gezänk herumschlagen muss, habe ich einiges in Erfahrung gebracht.« Er nahm eine Münze, die er zwischen den Fingern drehte, bevor er sie klirrend zurückfallen ließ. »Alles begann vor knapp zwei Jahren, nach der Wahl von Caecilianus auf einer Synode in Carthago. Auf dem Land, in Numidien, wurde eine Gegensynode einberufen, die diese Wahl für ungültig erklärte, weil das Sakrament von Personen gespendet worden sei, die als Traditores den Glauben verraten hätten …«

»Das Sakrament?«, fragte Flavius.

»Nun, die Weihe zum Episcopus«, erläuterte Fabricius. »Auf dieser Gegensynode wurde Caecilianus für abgesetzt erklärt und an seiner Stelle ein gewisser Maiorinus gewählt.«

»In Treveri, woher ich komme, würden sich die Christen treffen und gütlich einigen«, entgegnete Flavius.

»Dort gab es auch, soviel ich weiß, kaum Verfolgungen, die so viel Bitterkeit hinterließen. Hier dagegen sind wir in Africa.« Fabricius lächelte resigniert. »Es geht aber wohl nicht nur um grundlegende Glaubensfragen …«

»Sondern worum dann?«, erkundigte sich Flavius stirnrunzelnd.

»Um Macht, persönlichen Ehrgeiz, verletzte Eitelkeit …«

»O Gott«, entfuhr es Flavius, der zu ahnen begann, was für ein Abgrund sich hier auftat. Er ging zum Fenster und sah auf die Stadt hinaus, deren menschenerfüllte Straßen noch im Schatten lagen, während die roten Ziegeldächer bereits im Morgenlicht erstrahlten. Ein Stück entfernt konnte er das türkisblaue Meer erkennen, auf dessen Oberfläche die Sonne glitzerte und der Wind kleine, weiße Schaumkronen vor sich hertrieb. Er wandte sich um und fuhr sich mit der Hand durchs Haar. »Wer oder was steckt dahinter?«

»Man sagt, dass eine reiche Witwe aus der Gemeinde in Carthago im Gottesdienst die Knochen eines Märtyrers zu küssen pflegte, den jedoch nur sie kannte und verehrte. Als Caecilianus, damals noch einfacher Priester, ihr das verbieten wollte, zog er sich ihren Hass zu. Sie begann, Ränke gegen ihn zu schmieden und seine Gegner in ihrem Haus zu sammeln.«

»Welche Gegner?«

»Zum einen ein gewisser Donatus, vor allem aber ein seltsamer Kirchenmann namens Lucifer aus Tiberias.«

»Wieso seltsam?«

Fabricius kratzte sich am Kinn. »Man sagt, er sei unter Galerius gefoltert worden, ohne jedoch nachgegeben und geopfert zu haben. Zuletzt ließen sie ihn als tot liegen. Irgendwie konnte er wegkriechen und sich nach Africa durchschlagen, wo die Christen unter Maxentius nicht mehr verfolgt wurden. Seitdem ist er wohl nicht nur körperlich gezeichnet, sondern auch voll Abscheu und Verachtung gegen alle, die sich nicht für ihren Glauben mit scharfen Klingen und glühenden Zangen martern lassen wollten. Und wenn jetzt des Kaisers Gold an die Anhänger Caecilianus geht, an diese von ihm verachteten Lapsi, wird das seinen Hass noch mehr schüren. Ich habe gehört, dass die Gegner des Caecilianus einen Brief an Kaiser Constantinus schicken wollen, aber so friedlich muss es nicht bleiben.« Fabricius beugte sich vor. »Ihr solltet Euch nicht scheuen, notfalls des Statthalters Leibwache zu rufen und mit dem Schwert für Ruhe und Ordnung zu sorgen …«

Flavius ging zu seinem Schreibtisch zurück, setzte sich und stützte das Kinn auf die Hände. »O Gott, nimmt denn das nie ein Ende …«, murmelte er. Dann blickte er auf. »Lasst uns jetzt die Liste mit den Entschädigungen durchgehen und bestellt mir für morgen diesen Caecilianus in den Palast.«

Zwei Tage später bestieg Aqmat ihre Sänfte. Ostern stand bevor, und gerade zu dieser Zeit wollte sie endlich wieder unter Glaubensbrüdern sein. Flavius war so vollständig von seiner Arbeit eingenommen, dass er nur geistesabwesend genickt hatte, als sie ankündigte, an einem Gottesdienst teilnehmen zu wollen. Nach den wochenlangen Reisen sehnte sie sich nach der Wärme der christlichen Gemeinschaft und freute sich darauf, mit Gleichgesinnten über die heiligen Schriften sprechen zu können.

Am Versammlungshaus angekommen, befahl sie den Trägern, vor der Tür auf sie zu warten, und betrat den Raum, den schon eine dichte Menschenmenge füllte. Durch trübe Glasscheiben fiel gedämpftes Licht in die längliche Halle, in deren schlichter, halbrunder Apsis ein weißer Marmortisch schimmerte. Daneben stand ein kleines Holzpodest mit einem Rednerpult. Aqmat sah sich um und bemerkte mit Erstaunen, dass sie hauptsächlich von ärmlich gekleideten Menschen umgeben war. Vor allem neben der Tür drängte sich eine Gruppe in Schwarz gehüllter Männer, in denen sie Totengräber vermutete. Plötzlich fühlte sie sich unwohl mit ihrem bestickten Kleid und den goldenen Ohrringen, während die anderen Frauen den Kopf mit einem grauen Tuch verhüllt trugen. Doch dann erkannte sie einen kraushaarigen, dunkelhäutigen Jungen, der in der Schreibstube des Palastes diente, und war froh, mit ihm einige Worte wechseln zu können.

Nach einer Viertelstunde erstarben die Stimmen im Raum, und alle Blicke richteten sich auf den Mann, der zum Rednerpult geleitet wurde. Als Aqmat, die sich auf die Zehenspitzen stellte, ihn sah, hatte sie Mühe, einen Entsetzensschrei zu unterdrücken. Dieses mühsam heranhumpelnde Wesen, das zwei junge Gemeindemitglieder stützten, war ein schreckliches Zeugnis dafür, was menschliche Grausamkeit vermochte.

An seiner verkrüppelten rechten Hand fehlten alle Finger bis auf den kleinen, dazu hatte man ihm Nase und Ohren abgeschnitten und die Lippen so verstümmelt, dass die Zähne wie zu einem dauernden Totenkopfgrinsen gebleckt schienen. Das linke Auge war nur noch eine hautüberwucherte Höhlung, während das rechte mit scharfem Blick die Menge musterte. Ein junger Diakon mit rosigem Kindergesicht trat vor und hob die Hand.

»Liebe Gemeinde, ich muss euch nicht sagen, wie froh ich bin, dass Lucifer von Tiberias uns die Ehre erweist, heute die Osterpredigt zu halten. Was wäre passender an diesem Tag, an dem Jesus für uns das Martyrium erlitt, als dass uns ein Mann das Licht der Wahrheit bringt, der selbst frohen Sinnes für den wahren Glauben leiden durfte?«

Er trat zurück, und Totenstille erfüllte den Raum.

»Liebe Brüder!«, begann der Prediger, »wir sind heute zusammengekommen, um Jesu Christi zu gedenken, der für unser Heil am Kreuz gestorben ist. Damit hat er die schwere Last der Sünden dieser Welt auf sich genommen, damit wir durch die Taufe frei von der Erbsünde ins Leben treten können.« Die Stimme zischelte wegen der verstümmelten Lippen, sodass Aqmat sich nach vorne drängte, um die Worte besser zu verstehen.

»Ach, liebe Brüder, erweisen wir uns dieser göttlichen Gnade auch als würdig? Ist unser Trachten darauf gerichtet, hinfort frei von Sünde zu sein? Gibt es nicht auch bei uns solche, die noch immer Umgang mit Götzendienern pflegen? Schlimmer noch, selbst mit Juden, obgleich doch schon vor Jahren die Synode in Eliberis dies den Gläubigen untersagt hat? Anstatt sie zu grüßen und sie eines Wortes zu würdigen, solltet ihr euch abwenden wie von der Pest! Muss ich deutlicher werden, muss ich Namen nennen?«

Sein Blick schien sich an einer Frau festzusaugen, die auf die Knie fiel und stammelte: »Ja, ich bekenne mich dessen schuldig!«

Lucifer versuchte, trotz verstümmelter Lippen zu lächeln, was sein Gesicht jedoch nur noch mehr entstellte. »Manche mögen sagen: Was kann man daran Schlechtes finden, freundlich zu Juden zu sein? Ich aber sage euch: Alles ist schlecht daran, denn sie haben Jesus Christus verschmäht!« Er machte eine Pause und hob die Stimme. »Getötet haben sie den Herrn inmitten Jerusalems! Hört es, alle Geschlechter der Völker, und seht es: Ein nie dagewesener Mord geschah in Jerusalem, in der Stadt des Gesetzes, in der hebräischen Stadt, in der Stadt der Propheten, in der Stadt, die als gerecht angesehen wurde! Der, welcher die Erde aufgehängt hat, ist selbst aufgehängt worden; der, der die Himmel anheftete, ist am Holz festgemacht worden. Gott ist getötet, der König Israels ist durch Israels Rechte beseitigt worden!«

Lucifer machte erneut eine Pause, bevor er fortfuhr: »Weil sie Christus getötet haben, weil sie gegen den Herrn die Hand erhoben haben, weil sie sein kostbares Blut vergossen haben, deshalb gibt es für sie keine Besserung mehr, keine Verzeihung und auch keine Entschuldigung! Zu welchen Verleumdungen werden sie sich denn nicht versteigen, die auch Christus mit falschen Zeugen verleumdet haben? Zu welchen Verleumdungen sollen sich nicht diese Menschen versteigen, die auch im Bezug auf Göttliches zu lügen pflegen?«
Der Prediger hob die Rechte und stieß den verbliebenen Finger zuckend in die Luft. »Die Juden sammeln die Chöre der Lüstlinge, das Gesindel der unzüchtigen Weiber und ziehen das ganze Theater samt den Schauspielern in die Synagoge. Denn zwischen Synagoge und Theater ist kein Unterschied. Die Synagoge ist nicht bloß ein Theater, sie ist ein Hurenhaus, eine Räuberhöhle und Zufluchtsstätte unreiner Tiere, eine Wohnstätte der Teufel. Und nicht bloß die Synagogen sind Wohnstätten von Räubern, Händlern und Teufeln, sondern auch die Seelen der Juden selbst!«
Jetzt brach die kniende Frau in Tränen aus und stammelte immer wieder: »Gnade, ich bekenne meine Sünde, vergebt mir …«, bis Lucifer ihr mit einer Bewegung der Hand bedeutete, aufzustehen. »Dir sei vergeben, wenn du aufrichtig bereust.« Dann wanderte sein Blick über die Gemeinde und schien einen Augenblick bei Aqmat zu verweilen, bevor er fortfuhr:
»Aber gibt es da nicht andere, die einem Hund gleichen, der stets zu seinem eigenen Gespei zurückkehrt? Die immer wieder aufs Neue das Lamm Gottes mit dem Unrat ihrer Verfehlungen besudeln, um dann, aufgeputzt mit weltlichem Tand, herumzustolzieren, als sei nichts geschehen?«
Erneut bohrte sich der Blick des grauen Auges in die Menge der Gläubigen, die sichtbare Unruhe erfasste: »Wofür hat Jesus Christus gelitten? Wozu sind unzählige Blutzeugen für ihren Glauben eingetreten, wenn sich die Lauen erdreisten, sobald der Sturm vorbei ist, durch die Hintertüre hereinzuschleichen? Wenn sie sich ohne Reue am Tisch des Herrn breitmachen, ja sich in ihrer tö-

richten Verblendung sogar das Amt des Episcopus anmaßen?« Er schwieg einen Augenblick, dann fuhr er mit erhobener Stimme fort: »Gerade in diesem Augenblick, so hat man mir berichtet, hockt dieser Caecilianus, der einst bei den Verfolgungen winselte wie ein Hund vor der Knute, hockt dieser Abtrünnige beim Schatzmeister des Kaisers, um seine gierige Klaue auf die Goldstücke zu legen, die wahren Märtyrern wie uns gebühren!«

Bei diesen Worten wurde die Unruhe im Saal stärker, einzelne schrien: »Nieder mit Caecilianus!«

Der Redner hob die Hand und gebot Schweigen: »Wozu, so frage ich euch, hätte dann in Augusta Treverorum eine ganze christliche Legion heiteren Sinnes ihr Blut für den Herrn vergossen? Wozu hätte bei Beginn der Verfolgungen in Nicomedia ein frommer Diakon freudig das Martyrium gesucht, unter Lobpreisungen des Herrn die größten Martern erduldet? Wozu hätte ich selbst den Folterknechten Satans getrotzt, wenn der Weg zur Gnade ein so bequemer und einfacher wäre?«

Schon bei den letzten Sätzen war Aqmat die zischelnde Stimme auf unheimliche Weise vertraut erschienen, ohne dass sie hätte sagen können, woher. Bei der Anspielung auf die Schrecken, deren Zeugin sie selbst gewesen war, steigerte sich ihre Unruhe zu Angst. Wer außer Aurelius konnte das alles wissen? Aber dieser gnadenlose Verfolger der Christen ein eifernder christlicher Prediger? Wie war das möglich?

»Brüder in Christo!« Die Stimme des Predigers hatte sich erhoben und übertönte alle Geräusche. »Aber das ist noch nicht alles. Ich spüre, dass sich heute eine fremde, mit schwerer Sünde befleckte Seele bei uns eingeschlichen hat!«

»Wer ist es? Wen meinst du?«, hallten die Fragen durch den Raum. »Nenn den Namen! Zeig sie uns!«

Lucifer verzog seinen Mund zu der Grimasse, die einst ein Lächeln gewesen wäre, löste sich von dem Predigerpult und schlurfte langsam auf die Zuhörer zu.

»Ich rieche die Sünde«, zischte er, »ich sehe ihre dreiste Fratze, sie ist ganz nahe.«

Bei diesen Worten schoss seine verstümmelte Rechte vor, der kleine Finger wies auf Aqmat. »Hier spüre ich sie! Dieses Weib gehört zu den Lapsi, schlimmer noch, sie ist eine von den Traditores! Sie hat die ihr anvertrauten heiligen Schriften ausgeliefert! Gestehe, Sünderin, dass es sich so verhält!«
Bei den letzten Worten hatte Aqmat begonnen, wie eine Fieberkranke zu zittern. Sie sah das entstellte Gesicht, die verwachsene Augenhöhle, die aufgeschnittenen Nasenlöcher, das verfärbte Zahnfleisch, nickte und stammelte hilflos: »Ja … ich habe es getan, aber …«
Der Rest ging in einem allgemeinen Aufschrei unter. »Ein Wunder! Lucifer hat sie erkannt! Gott zeichnet die Sünderin!«
Aqmat schubste die Umstehenden beiseite, um so schnell wie möglich zum Ausgang zu gelangen, verfolgt von der Stimme des Predigers, der ihr hinterher höhnte. »Ein solches Weib muss der ehrwürdige Clemens Alexandrinus gemeint haben, als er sagte: ›Bei der Frau muss schon das Bewusstsein vom eigenen Wesen Scham hervorrufen!‹«
Anfangs ließ man Aqmat durch, als habe sie den Aussatz. Doch als sie zu der Gruppe dunkelgekleideter Männer kam, die sich an der Türe scharten, langten immer mehr Hände nach ihr, zerrten an ihrem Kleid, befingerten ihren Gürtel.
»Da flieht die Sünde vor dem Wort des Herrn«, krächzte ein alter Mann und griff nach einem goldenen Ohrring. Aqmat schlug seine Hand weg, doch schon waren andere Finger dabei, nach ihrem Geldbeutel zu tasten.
»Tu lieber Buße, eitles Weib!«, schrie ein baumlanger Mann mit niedriger Stirne und buschigen Augenbrauen, der sich zu ihr drängte. »Lasst sie uns in die Katakomben mitnehmen!«
»Ja, unter den Toten soll sie bereuen!«, zeterte eine hässliche alte Vettel und spuckte nach Aqmat, die jetzt die Türe erreicht hatte.
»Helft mir!«, schrie sie den Sänftenträgern zu, die draußen an der Wand lehnten. Die beiden stämmigen Sklaven liefen herbei und stellten sich schützend vor sie. Einen Augenblick wichen die Totengräber zurück, doch als Aqmat die Sänfte bestiegen hatte, drängten

sich die schwarzgekleideten Gestalten wieder heran. Schnell zog sie die Vorhänge zu, spürte, wie sie angehoben wurde, doch voran schien es nicht zu gehen. Stattdessen langten immer mehr Hände durch den Stoff; schmutzige, abgearbeitete Finger mit Hornhaut und schwarzen Nägeln, die wie Spinnen auf ihrem Kleid umher tasteten. Sie hörte, wie die Sklaven die Menge anbrüllten, den Weg frei zu geben. Dann schwankte die Sänfte wie ein Schiff im Sturm, ruckte, neigte sich, sodass Aqmat sich abstützen musste. Zuletzt vernahm sie das hässliche Geräusch brechenden Holzes, landete mit hartem Schlag auf dem Boden, kippte auf die Seite, schlug mit dem Kopf gegen den Holzrahmen. Und dann schrie sie, hörte ihre eigene Stimme, die um Hilfe rief, in ihrer Not Gott anflehte, sie zu retten, während draußen eine alte Frau wie eine Hyäne lachte.

Noch schwebte der rote Ball der Sonne über den Hügeln, die sich bis zum Horizont erstreckten, doch die Täler waren bereits von grauen Schatten erfüllt. Die Grillen zirpten, und ein leichter Wind strich durch die Mohnblumen, deren Blüten wie Blutstropfen aus dem Grün leuchteten. Auf einem Felsvorsprung saßen zwei Menschen mit dem Rücken zur Sonne, die Gesichter dem Meer zugewandt, das weit unter ihnen gegen die Küste brandete. Möwen kreischten und segelten über den beiden, deren gebeugte Haltung verriet, dass sie alt, vielleicht auch müde waren. Sie betrachteten schweigend die Wasserfläche, die am Horizont verschwamm und in deren Mitte ein Zweimaster mit weißen Segeln seine Bahn in Richtung Carthago zog.

»In diesem Sommer werde ich sechzig«, sagte der Mann gedankenverloren und strich sich zwei Locken aus der Stirn. »Vier Jahrzehnte ist es her, dass mir ein Freund, der damals so alt war wie ich heute, von seinem Traum erzählte …«

»Ulixes?«, fragte die Frau.

Der Mann nickte, zog die Goldglasminiatur heraus und betrachtete das Bild des bärtigen Senators. »Hier wollte er sich seine kleine Villa erbauen. Genau hier, hoch über den Felsen, um in der Abendsonne zu sitzen, die salzige Meeresluft zu atmen und Seneca zu lesen.«

»Er brachte das Geld zusammen, das er brauchte«, setzte die Frau die Erzählung fort, »doch dann hatte der Kaiser noch einen letzten Auftrag für ihn. Einen allerletzten nur, der ihn jedoch das Leben kostete.«
Sie verstummte, lehnte sich an den Mann und sagte leise, mit stockender Stimme: »Wenn der Junge aus der Schreibstube nicht zum Palast gerannt wäre, wenn du nicht so schnell die Wache gerufen hättest, dann wäre das vielleicht auch das Ende unserer Träume gewesen.«
Flavius drückte ihre Hand. »Ich hätte sie alle in Stücke hauen lassen. Den Priester samt seinem Schlägertrupp von Totengräbern.«
»Und was hätte das gebracht, außer einige Augenblicke lang deinen Rachedurst zu stillen?« Aqmat blickte ihn traurig an. »Wem wäre damit gedient gewesen, die Provinz in Aufruhr zu versetzen, immer neues Blut zu vergießen? Wir sind in Africa, vergiss das nicht.«
Flavius nickte stumm und sah seine Frau an. Langsam strich seine Rechte über ihr Gesicht, über die braun verschorfte Wunde auf der Wange, über die geschwungenen Brauen und die feinen Fältchen. Sein Zeigefinger folgte den Konturen ihres Mundes, der sich zu einem Lächeln verzog, fuhr zärtlich die Nase entlang bis zu ihren grünen Augen, die sie schloss, während er ihre Lider berührte. Dann spitzte sie die Lippen und küsste seine Hand.
»Ich liebe dich«, sagte er kaum hörbar und musste schlucken, weil Tränen seine Stimme zu ersticken drohten. »Auch wenn ich manchmal dumm war, verblendet, dich verletzt habe. Bitte verzeih mir.«
»Auch ich liebe dich. Seit vier Jahrzehnten habe ich nie aufgehört, dich zu lieben«, flüsterte sie. »Und wenn du hierbleiben möchtest, um Proconsul zu werden, stehe ich dir zur Seite.«
Flavius stand langsam auf und streckte sich. Der Wind hatte aufgefrischt und ließ den gelben Baumwollstoff seines Umhangs flattern. Er ging einige Schritte, bis er zum Abhang der Klippe gelangte, wo tief unter ihm die weiße Gischt auf dem türkisfarbenen Wasser brodelte. Er sah hinab, dann wandte er sich der Abendsonne zu, die gerade hinter den Hügeln versank. Einen Augenblick lang schloss er die Augen, bevor er den Kopf schüttelte.

»Nein«, erwiderte er ruhig. »Alles hat einen Preis, wie Ulixes zu sagen pflegte. Einen Preis, den es nicht mehr wert ist. Und wenn man das erkannt hat, muss man danach handeln – auch auf die Gefahr hin, den Unmut der Purpurträger dieser Welt zu erregen. Ulixes hat das oft genug gesagt, aber im entscheidenden Augenblick nicht danach gehandelt.«

Er nahm Aqmat in den Arm. »Wir haben genug Gold angehäuft, unsere Kinder gehen ihre eigenen Wege. Wenn man jung ist, meint man, alle Zeit der Welt zu haben. Doch dann verfliegen die Tage, die Monate eilen dahin und selbst die Jahre verrinnen, bis irgendwann nichts mehr übrig ist von diesem einst unerschöpflich scheinenden Schatz des Lebens.« Flavius sah seiner Frau in die Augen. »Was uns noch bleibt, will ich nicht mit politischen Ränkespielen vergeuden. Deshalb möchte ich mein Amt niederlegen und mit dir nach Treveri zurückkehren.«

Aqmat lächelte. »Gott allein weiß, ob uns noch gemeinsame Jahre, Monate oder nur Tage vergönnt sind. Aber ich weiß, dass ich jeden kostbaren Augenblick davon genießen werde!«

EPILOG

»Das Alter aber ist wie der letzte Akt im Theater. Wir müssen verhindern, dass wir dabei müde werden.«
Cicero

Diocletianus starb an einem Dezembertag des Jahres 313 einsam und geistig verwirrt, bedrängt von den Schatten der Vergangenheit. Er wurde im Mausoleum seines Palastes in einem Porphyrsarkophag bestattet, über den man eine Purpurdecke breitete – Symbol seiner vergangenen Macht. So musste er nicht mehr erleben, wie der von ihm zum Caesar berufene Licinius seine Witwe Prisca und seine Tochter Galeria, die er vergeblich umworben hatte, durch das Reich jagen und zuletzt in Thessalonica köpfen ließ.

Doch sein Alterssitz erstrahlte noch einmal im Glanz der Hofhaltung eines Exilherrschers. Im Jahre 475 wurde in Rom der Kaiser Julius Nepos vertrieben und floh nach Dalmatien, wo er hinfort im Diocletianspalast residierte. Fünf Jahre später wurde er dort vergiftet – vermutlich auf Anstiften eines gewissen Glycerius, den Nepos einst selbst vom Kaiserthron gestoßen und zwangsweise zum Bischof der nahen Stadt Salona gemacht hatte.

Constantinus errang 324 gegen Licinius die Alleinherrschaft im Reich – mit Hilfe seines ältesten Sohnes Crispus. Zwei Jahre später beschuldigte Constantinus' Frau Fausta den jungen Mann, sich ihr unsittlich genähert zu haben. Daraufhin ließ ihn der Kaiser in Pietas Julia hinrichten, ohne ihn auch nur anzuhören. Als die Kaisermutter Helena wenig später die Intrige aufdeckte, befahl Constantinus, Fausta in einem heißen Bad zu ersticken. Seinen Sohn rehabilitierte er jedoch nicht. Der Palast in Treveri, in dem Crispus mit seiner jungen Frau Helena gelebt hatte, wurde niedergerissen und darüber eine große Kirche errichtet. Bei der Renovierung des heutigen Doms entdeckten Archäologen Fragmente der Deckenfresken des Palastes mit Bildern der kaiserlichen Familie.

Im elften Jahrhundert fand man das Grab des Kaisers Maximianus bei Marseille. Wie die Chronik vermeldet, ließ Erzbischof Raimbald von Arles die wohlerhaltene Leiche des Christenverfolgers samt allen Kostbarkeiten ins Meer werfen, das seither an dieser Stelle heftig brausen soll.

Nachwort

Das halbe Jahrhundert zwischen dem Machtantritt Diokletians und dem Tod Konstantins gleicht einem Scharnier: Beide Teile hängen zusammen, doch die Richtung wechselt – und mit ihr die Problematik einer historisch korrekten Darstellung. Während es für Diokletian keine zeitgenössische Biographie gibt, wurde Konstantins Leben von christlichen Apologeten gewürdigt (Lactantius, Eusebius). Bedeutend waren beide Herrscher:

Diokletian errichtete auf den Trümmern von fünf Jahrzehnten Soldatenkaisertum seinen durchorganisierten Zwangsstaat. So sicherte er Roms Herrschaft für ein weiteres Jahrhundert – so lange, bis mit dem Einbruch ganzer Germanenstämme eine Bedrohung auftrat, die von der Zentralmacht nicht mehr gemeistert werden konnte. In dieser Krise taten die Untertanen das, was sie seit einem Jahrhundert gewohnt waren: Sie duckten sich und sahen zu, wie ihre Herren wechselten. Zur Verteidigung des westlichen Kaisertums rührten sie keinen Finger.

Konstantin war einerseits der letzte Tetrarchieherrscher, der Diokletians Politik der gottgleichen Überhöhung des Kaisertums übernahm – zugleich sind mit seinem Namen folgenschwere Neuerungen verbunden. Mit seiner neuen Hauptstadt Konstantinopel, der Festung zwischen zwei Kontinenten, erhielt der östliche Reichsteil ein Zentrum, das seine Kräfte bündelte und wesentlich zu seinem tausendjährigen Weiterleben beitrug. Rom dagegen sank langsam von der Welthauptstadt zu einem grasüberwucherten Ruinenfeld herab. Am folgenschwersten wirkte jedoch Konstantins Förderung des Christentums. Sie führte allerdings nur für wenige Jahre zu Religionsfreiheit im Römischen Reich. Schon unter seinen Söhnen wurden Andersgläubige behindert, ein Menschenalter später die heidnischen Kulte verboten.

Die von Konstantin begründete Tradition des christlichen Kaisertums wirkte in Gestalt des Heiligen Römischen Reiches als übernationale Staatsidee weiter bis 1806.

Kapitel 1
Ein römisches Taschenmesser mit Affengriff wurde in Weilheim gefunden und ist im Anhang des Buches »Der Abend des Adlers« abgebildet. Ein Gutshof mit einem zum Burgus umgebauten Speicherturm, der den Frankensturm von 275 überstand, konnte bei Rheinbach-Flerzheim archäologisch nachgewiesen werden.

Kapitel 2
Die Machtergreifung Diokletians wird – ebenso wie seine Prophezeiung – so in der »Historia Augusta« aus dem 4. Jh. überliefert. Die Reste zweier hintereinanderliegender Wassermühlen fand man bei Lösnich, einen römischen Mischwasserhahn in Pettinesca/Biel (CH). Der Ort von Maximianus' Konsulatsfeier ist nicht gesichert, doch kann Mainz als wahrscheinlich angenommen werden.

Kapitel 3
Die Festrede vor dem Auslaufen der Flotte gegen Britannien ist anonym überliefert. Ich habe den Text übersetzt und umformuliert, um ihm den Rhythmus eines Vortrags zu verleihen. Der Dichter Ausonius erwähnt im 4. Jh. die Steinsägemühlen an der Mosel. Ein Lederhöschen für Gymnastik, wie es Aqmat in einer Szene trägt, wurde im Moselland gefunden, die Knochen eines nur handhohen Hündchens in Xanten. Das Martyrium einer thebäischen Legion findet sich als frühe Überlieferung, allerdings ist eine primär religiös motivierte Verfolgung unwahrscheinlich, die Tötung einer ganzen Legion ausgeschlossen. Ich habe in Anlehnung an zeitgenössische Soldaten-Märtyrerberichte (Maximilianus, Marcellus) eine mögliche Eskalation geschildert.

Kapitel 4
Bei Fishbourne (UK) liegt eine Villa, die um 296 abbrannte; die Verbindung zu Allectus ist erfunden. Alle Namen im Buch sind historisch. Über Carausius ist wenig, über Allectus fast nichts bekannt; dennoch habe ich versucht, sie so zu zeichnen, wie es die Quellen erlauben. Carausius stützte sich auf fränkische Söldner; ob er – wie

andere römische Kaiser – an Astrologie glaubte, ist unbekannt. Der Circus in Colchester wurde 2004 nachgewiesen, eine Scherbe mit einem Gladiator im »Stringtanga« 2005 bei Piercebridge (UK) gefunden.

Kapitel 5

In Epfach wurden Kamelknochen aus der Zeit um 300 n. Chr. entdeckt. Die zitierten Preise stammen aus dem überlieferten Preisedikt. Asbeststoffe beschreibt Plinius als aus Nordindien kommend; in chinesischen Quellen werden sie als römische Handelsware erwähnt; dort ist auch ein westlicher Reisender namens Heraklius für die Zeit um 284 n. Chr. genannt. Die Reaktion der Christen auf das Manichäeredikt ist nicht überliefert, ich habe angesichts des Hasses auf die konkurrierende Religion keine Solidarität unterstellt. Den Beginn der Christenverfolgung beschreibt so Lactantius. Die Aussagen in der Predigt des fiktiven Bischofs Ephraim stammen von den zitierten zeitgenössischen Kirchenvertretern, der Schluss (»Heil dir …«) original von Bischof Ephräm (4. Jh.). Die Szene im Gefängnis lehnt sich an den Martyriumsbericht der Perpetua an. Der resignierende Schlusssatz Diokletians im Gespräch mit Flavius ist aus einer zeitgenössischen, wenn auch unsicheren Quelle, in den gut erhaltenen Resten seines Alterssitzes befindet sich die Altstadt von Split, sein Grabbau wurde zur Kirche.

Kapitel 6

Konstantins Gedanken im Gespräch mit Flavius sind erfunden, würden aber seiner Handlungsweise entsprechen. Das steinerne Weinschiff stammt von einem Grabbau in Trier und wurde aus den Grundmauern des Neumagener Kastells geborgen. Das beschriebene Astrologiebrett wurde in einem Brunnen in Grand (F) gefunden. Der Name Lucifer ist für einen Bischof des 4. Jahrhunderts bezeugt; die antisemitischen Formulierungen der Predigt stammen aus den Schriften des Melito von Sardes, Johannes Chrysostomos und Ambrosius von Mailand. Die als Donatisten bekannten fanatischen Christen versetzten damals Nordafrika in Schrecken. Der

Einsatz von Krankenpflegern als kirchliche Kampftruppe ist im 4. Jahrhundert überliefert.
Bei den Städte- und Flussnamen habe ich (bis auf Rom) die antike Fassung gewählt; zur Orientierung sind in der Imperiumskarte auch einige moderne Städte verzeichnet.
Der Faktenhintergrund dieses Buches basiert auf zu vielen Quellen, um sie hier alle würdigen zu können. Deshalb möchte ich nur einige besonders wichtige anführen, allen voran das grundlegende Werk von Professor W. Kuhoff, »Diokletian und die Epoche der Tetrarchie«. Dem Autor bin ich auch ganz besonders zu Dank verpflichtet für die Zeit und Geduld, die er für mich und meine Fragen aufgebracht hat. Bei der Interpretation sowie der zeitlichen Einordnung in der Wissenschaft strittiger Ereignisse folge ich seinen Überlegungen.
Sehr hilfreich für mein Bild von der Spätantike waren besonders folgende Bücher: W. Dahlheim, »An der Wiege Europas«, A. Demandt, »Geschichte der Spätantike« sowie N. Faulkner, »The decline and fall of Roman Britain«, dem ich auch viel über die römische Epoche Britanniens verdanke. Die Zeit der britannischen Rebellenkaiser wird umfassend abgehandelt in P. J. Casey, »Carausius and Allectus, The British Usurpers«; die Wassermühlen sind in Ö. Wikander (Ed.), »A handbook of Ancient Water Technology« dargestellt, die Panegyrikerrede in Kapitel 3 stammt aus C.E.V. Nixon and B. S. Rodgers »In praise of later Roman emperors: the Panegyrici Latini«. Für Informationen über das römische Alltagsleben sind die Bücher von K.-W. Weeber eine Fundgrube, z.B. »Alltag im alten Rom/Das Leben in der Stadt« sowie »Das Landleben«. Die Aussagen christlicher Kirchenväter entnahm ich K. Deschners »Kriminalgeschichte des Christentums« sowie E. Endress »Die gelbe Farbe«.
Mein herzlicher Dank gilt darüber hinaus Bernhard Walter Kaempf, der sich bei der Durchsprache des Manuskriptes wieder als ebenso engagierter wie sprachlich versierter Kritiker erwies.

Frank Stefan Becker

Glossar

Orte:

Abodiacum	Epfach
Ad Decem	Detzem
Agaunum	St. Maurice im Wallis (CH)
Alexandria	Iskenderija (Stadt in Unterägypten)
Antiochia	Antakya (Türkei)
Aquae Sulis	Bath (UK)
Arbor Felix	Arbonne (CH)
Arelate	Arles (F)
Aspalathos	Split (Kroatien)
Augusta Treverorum; Treveri	Trier
Augustodunum	Autun (F)
Bataver	Volksstamm an der Rheinmündung
Batavis	Passau
Beda	Bitburg
Berytus	Beirut (Libanon)
Bononia/Gesioracum	Boulogne (F)
Borbetomagus	Worms
Brigantium	Bregenz (A)
Bructerer	Volksstamm n/ö des Niederrheins
Byzantium	Istanbul (Türkei)
Caesaromagus	Chelmsford (UK)
Caledonia	Schottland
Calleva Atrebatum	Silchester (UK)
Cambodunum	Kempten
Camulodunum	Colchester (UK)
Carnuntum	Ruinenstätte bei Deutsch-Altenburg (A)
Carthago	Ruinenstätte bei Tunis (Tunesien)
Castellum Mattiacorum	Kastel/Mainz
Castrum Rauracense/ Augusta Raurica	Kaiseraugst (CH)
Colonia (Claudia Ara Agrippinensis)	Köln
Corduba	Córdoba (Spanien)
Dakien	Etwa das heutige Rumänien
Didyma	Ruinenstätte im westlichen Kleinasien (Türkei)

Divitia	(Köln) Deutz
Divodurum	Metz (F)
Dubris	Dover (UK)
Eboracum	York (UK)
Eliberis	Elvira bei Granada (Spanien)
Gades	Cadìz (E)
Gereisa	Ghirza (Libyen)
Grannus	Grand (F)
Helvetien	Etwa die heutige Schweiz
Hibernia	Irland
Hispania	Spanien und Portugal
Illyricum	Landschaft auf dem Balkan
Iuvavum	Salzburg (A)
Karien	Landschaft im westlichen Kleinasien (Türkei)
Ktesiphon	Alte persische Hauptstadt bei Bagdad (Irak),
Lemanis	Lympne (UK)
Leptis Magna	Ruinenstadt in Tripolitanien (Libyen)
Limes	Römische Grenzbefestigung
Lingona	Langres (F)
Londinium	London (UK)
Lopodunum	Ladenburg
Lucanien	Basilikata (Landschaft in Süditalien)
Lugdunum	Lyon (F)
Lutetia	Paris (F)
Massilia	Marseille (F)
Mediolanum	Mailand (I)
Mosella	Fluss Mosel
Mogontiacum	Mainz
Nicomedia	Izmit (Türkei)
Noviomagus	Neumagen
Noviomagus Regnensium	Chichester (UK)
Numidien	Provinz im heutigen Algerien
Palmyra	Tadmor, Ruinenstätte in Syrien
Pannonien	Etwa das heutige Ungarn
Picten	Stamm in Schottland, pflegte Sittte der Körperbemalung
Pietas Julia	Pula (Kroatien)
Portus Ardurni	Portchester

Rätien	Etwa das heutige Südbayern
Regulbrium	Reculver (UK)
Rhenus	Fluss Rhein
Rhodanus	Fluss Rhône (F)
Rotomagus	Rouen (F)
Rutupiae	Richborough (UK)
Sirmium	Sremska Mitrovica (Serbien)
Thessalonica	Saloniki (Griechenland)
Thamesis	Fluss Themse (UK)
Tiberias	Tawarije (Israel)
Tolosa	Toulouse (F)
Tripolitanien	Nordwestlicher Teil Libyens
Ulpia Traiana	Xanten
Veh-Schapur	Bischapur, Stadt bei Shiraz (Iran)
Vectis	Isle of Wight (UK)
Verulamium	St. Albans (UK)
Vindonissa	Windisch (CH)
Volubilis	Ruinenstätte bei Meknes (Marokko)

Begriffe:

Aedil	Städtischer Beamter mit Polizeibefugnissen
Agens in Rebus	Spätantiker kaiserlicher Agent
Ala	»Flügel«, römische Reitereinheit (ca. 500 Mann)
Aper	»Eber«
Archiatrus	Offizieller Heilbeauftragter (daher der Begriff »Arzt«)
Artemonsegel	Quaratisches Segel am Bugspriet römischer Kriegsschiffe
Atrium	Säulenumstandener Innenhof
Augur	Priester, der aus dem Vogelflug die Zukunft deutet
Aureus	Römische Goldmünze (ca. 6,5 gr)
Balliste	Armbrustartiges Geschütz
Benefiziarier	Römische Straßenpolizei
Burgus	Befestigter Turm (germanisches Wort, daher »Burg«)
Byrrus (britannicus)	Kurzer Mantel mit Kapuze

Caldarium	Heißbereich eines Bades
Caseus	Käse
Catilinarische Verschwörung	Gescheiterter Staatsstreich in Rom 62. v. Chr.
Carruca	Vierrädriger Reisewagen
Cardo Maximus	Nordsüdliche Hauptstraße einer Stadt
Caupo	Schankwirt
Centurio	Hundertschaftsführer einer Legion
Centurio Classicus	Militärischer Befehlshaber eines Kriegsschiffes
Chaldäer	Babylonier, gleichbedeutend mit Sterndeuter
Circus	Rennbahn
Codex	Aus Einzelblättern gebundenes Buch
Collegium	Handwerkervereinigung
Colonen	Kleinpächter
Comes Sacrarum Largitionum	Oberster Minister für Finanzen und Staatsgeschenke
Comissatio	Männerabend
Cucullus	Gallischer Kapuzenmantel
Curator	Aufseher über die Finanzen einer Stadt
Cursus Publicus	Staatliche Reisepost
Damnatio Memoriae	Auslöschung allen Gedenkens
Damnatio ad Bestias	Tod durch wilde Tiere in der Arena
Decimatio	Tötung jedes Zehnten (daher »dezimieren«)
Decumanus Maximus	Ostwestliche Hauptstraße einer Stadt
Decurio	Mitglied des Stadtrats
Denar	Römische Silbermünze
Dies Jovis	Jupitertag (Donnerstag)
Dies Saturnis	Saturntag (Samstag)
Dies Veneris	Venustag (Mittwoch)
Dies Lunae	Mon(d)tag
Diözese	Verwaltungseinheit mehrerer spätrömischer Provinzen
Diploma	Berechtigungsurkunde
Donar	Germanischer Gott
Donativum	Geldgeschenk an die Soldaten
Duumvir, Pl. Duoviri	Einer der zwei Bürgermeister

Dux	Heerführer (militärischer Rang)
Edikt	Verordnung
Episcopus	Bischof
Eques	Reiter
Frigidarium	Badebereich mit Kaltwasserbecken
Frumentarier	Kaiserlicher Agent des 3. Jh. n. Chr.
Fuß, römischer	Knapp 30 cm
Galater	Keltischer Stamm, Siedlungsgebiet bei Ankara (Türkei)
Garum	Würzige Fischsauce
Gubernator	Steuermann; auf einem Handelsschiff auch Kapitän
Hades	Totenreich
Häretiker, Häresie	Ketzer, Ketzerei
Hekate	Göttin der Zauberei
Hypokaustheizung	Fußbodenheizung
Iden	Tage um die Monatsmitte
Insula	Häuserblock einer Stadt
Kairos	Gott der Gelegenheit mit Stirnlocke zum Ergreifen
Kataphrakten	Panzerreiter nach persischem Vorbild
Lapsi	Christen, die dem Kaiser geopfert hatten
Laren	Hausgötter
Legion	Römische Armeeeinheit, im 4. Jh. noch ca. 1000 Mann
Leuge	Gallisches Entfernungsmaß (2,2 km)
Liburne	Leichtes römisches Kriegsschiff
Luna	Mondgöttin
Lupanar	»Wölfinnengehege« (=Bordell)
Lusoria	Leichter Einruderer mit Segelmast
Mansio	Staatliches Rasthaus
Medicus	Privatarzt
Milia (passuum)	1000 Doppelschritte = 1,48 km (daher »Meile«)
Nimbus	Heiligenschein
Nummularius	Münzmeister
Nux	Nuss (hier: Kinderspiel)
Officium	Arbeitszimmer
Ordo equester	Ritterstand

Panegyriker	Offizieller Lobredner
Parther	Persische Dynastie (2. Jh. v.–3. Jh. n. Chr.)
Phalera	Tapferkeitsorden
Pilum	Wurflanze
Popina	Speiselokal
Prätorianer	Elitetruppe der Kaiser
Principia	Hauptgebäude eines Legionslagers
Proconsul	Statthalter einer Diözese
Procurator	Finanzverwalter einer Provinz
Quaestor	Stadtkämmerer (Finanzverwalter)
Rah (neuzeitlich)	Am Schiffsmast befestigtes Querholz zum Befestigen deines Segels
Retiarier	Netzkämpfer (Gladiator)
Schoten (neuzeitlich)	Taue zum Schwenken eines Segels
Sextarius	ca. 0,55 l
Sol invictus	Der unbesiegbare Sonnengott
Stabulum	»Stall«, Herberge für Reisende
Styx	Grenzfluss zum Totenreich
Sueben	Germanischer Stamm (daher »Schwaben«)
Tepidarium	Lauwarmbereich des Bades
Terra Sigillata	Moderner Name für rote, oft verzierte Keramik
Nauarchus	Nautischer Befehlshaber eines Kriegsschiffes, Steuermann
Traditores	»Auslieferer«; Christen, die heilige Schriften übergaben
Terminalia	Wegegötter
Unziale	Ab dem 3. Jh. gebräuchliche Großbuchstaben
Vexillatio	Teil einer Legion
Vicarius	Leiter eine Diözese, d.h. mehrerer Provinzen
Vicomagistri	Straßenaufseher, im 3. Jh. religiöse Wächter über den Kult
Vigiles	Stadtwache
Vir clarissimus	Anrede der Senatoren

Personenverzeichnis

(in der Reihenfolge ihres Auftretens)

Berus ein fränkischer Söldner in der römischen Reiterei
Flavius Verecundus kaiserlicher Finanzverwalter von Augusta Treverorum
Aqmat seine Frau; Kaufmannstochter aus Palmyra
Primus Verecundus Vater des Flavius, ehemaliger Legionsbaumeister
Olus ein Gallier; Koch und Freund des Flavius
Faustina ehemalige Geliebte des Flavius
Esuvius unehelicher Sohn der Faustina
Alexander, Lucius und Lucilla Kinder von Flavius und Aqmat
Ulixes Gabinius Aquila verstorbener Freund des Flavius
Ascarius fränkischer Häuptlingssohn
Julius Verecundus Gutsverwalter und Halbbruder des Primus
Drusilla seine Frau, Gutsbesitzerin
Tertius Saturnus Weinhändler und Stadtrat in Augusta Treverorum
Titus Aelius Viperinus Geldverleiher und Stadtrat in Augusta Treverorum
Marcus Aurelius Fortunatus machthungriger Freigelassener
Valerius Aulucentius Händler und Stadtrat in Augusta Treverorum
Palmatius christlicher Bürgermeister von Augusta Treverorum
Rictius Varus Präfekt in Augusta Treverorum
Thyrsus christlicher Centurio
Ungario ein germanisches Findelkind in Britannien
Trosia Magd, seine Stiefmutter in Britannien
Chrauttius Bataver, jetzt verkrüppelter Bettler in Londinium
Paresorios Theodulos ein seltsamer Arzt in Britannien
Marchius Metusan Mann der Lucilla Verecundus aus Nordafrika
Ephraim Bischof aus Thessalonica
Hierocles Statthalter und Christenfeind am Hof des Diocletianus
Caecilianus Bischof von Karthago
Lucifer von Tiberias ein fanatischer Märtyrer

Zeittafel

259–274*	Gallische Gegenkaiser Postumus, Victorinus, Tetricus
270–275	Aurelianus Kaiser, ermordet durch seine Offiziere
275*	Constantinus geboren (†337), Frankeneinfall
275–282	Tacitus, Florianus und Probus Kaiser
282–283	Carus Kaiser, ernennt seine Söhne Numerianus (†284) und Carinus (†285) zu Mitregenten
284–305	Diocletianus Kaiser (Augustus), residiert in Izmit, erbaut in Split seinen Riesenpalast als Altersresidenz
285	Bagaudenaufstand in Gallien durch Maximianus niedergeschlagen, dieser wird Juniorkaiser (Caesar)
286*	Carausius Gegenkaiser in Britannien(†293)
286	Ernennung von Maximianus zum Mit-Augustus
287	Maximianus in Mainz* bei Konsularantritt von Germanen überfallen; Brückenbau, Rachefeldzug
288*	Flottenbau gegen Carausius, u.a. von Trier aus
289*	Maximianus' Flotte gegen Carausius wird vernichtet
293	Constantius und Galerius Juniorkaiser (Caesares)
293	Ermordung des Carausius durch Allectus (†296)
296*	Constantius erobert Britannien, rettet London
301/302*	Höchstpreisedikt, Manichäeredikt
303	Beginn Christenverfolgung (bis 311)
305	Abdankung von Diocletianus und Maximianus; Constantius und Galerius werden neue Augusti, als neue Caesares Severus und Maximinus ernannt
306	Constantius stirbt in York, Constantinus zum Caesar, ausgerufen; Maxentius Gegenkaiser in Rom (†312)
308	Kaisertreff in Carnuntum, Maximianus abgesetzt
310*	Maximianus ergreift den Purpur, Tod in Marseille
312	Constantinus besiegt Maxentius bei Rom
313	Toleranzedikt; christliche Fraktionskämpfe in Afrika
326	Tod von Crispus und Fausta, Konstantinopel gegründet

* Überlieferung bzw. Faktenlage nicht eindeutig.

Hibernia
Eboracum (York) 16
Mare Germanicum
(Nordsee)
Britannia
Camulodunum (Colchester) 11
Aquae Sulis (Bath) 3
21
Londinium (London)
28
Oceanus Atlanticus
(Atlantischer Ozean)
Lübeck
Ulpia Traiana (Xanten) 34
Bononia /Gesioracum (Boulogne) 9
Der Kanal
Belgica
Colonia (Köln) 15
Germania
Rotomagnus (Rouen) 31
Augusta Treverorum (Trier) 6
Mogontiacum (Mainz) 26
Lutetia (Paris) 23
Loire
36
Rhenus (Rhein)
Danuvius
7
Basel 14
Golf von Biskaya
Gallia
Aquitania
Lugdunum (Lyon) 22
Mediolanum (Mailand) 25
Pietas
Po
Rhodanus
Burdigala (Bordeaux)
33
Bracara Augusta (Braga)
Arelate (Arles) 4
Tolosa (Toulouse)
Massilia (Marseille) 24
Pisae (Pisa)
Duero
Ebro
Caesaraugusta (Zaragoza)
Olisipo (Lissabon)
Tajo
Corsica
Hispania
Tarraco (Tarragona)
Roma
Balearen
Mare Tyrrhenum
Valentia (Valencia)
Sardina
Corduba (Cordoba) 17
Gades (Cádiz) 18
Mare Internum
(Mittelmeer)
Tingis (Tanger)
Volubilis 35
Meknès
Mauretania Caesariensis
Carthago (Karthago) 13
Tacape (Gabes)
Oea (Tripolis)
Leptis M
Tripolitanie
Gereisa
N
0
400 km
19 Gereisa
20 Leptis Magna
21 Londinium
22 Lugdunum
23 Lutetia
24 Massilia
25 Mediolanum
26 Mogontiacum
27 Nicomedia
28 Noviomagus Regnensium
29 Palmyra
30 Pietas Julia
31 Rotomagus
32 Thessalonica
33 Tolosa
34 Ulpia Traiana
35 Volubilis